A

Charlotte Lucas ist das Pseudonym von Wiebke Lorenz. Geboren und aufgewachsen in Düsseldorf, studierte sie in Trier Germanistik, Anglistik und Medienwissenschaft und lebt heute mit Mann und Kindern in Hamburg. *Luzie in den Wolken* ist ihr vierter Charlotte-Lucas-Roman.

Charlotte Lucas

Luzie in den Wolken

ROMAN

ATLANTIK

Das Motto auf S. 7 entstammt folgender Ausgabe:
Fernando Pessoa, *Das Buch der Unruhe des Hilfsbuchhalters Bernardo Soares*.
Aus dem Portugiesischen übersetzt und revidiert von Inés Koebel.

MIX
Papier | Fördert gute Waldnutzung
FSC® C014496
FSC www.fsc.org

Atlantik ist ein Imprint des Hoffmann und Campe Verlags, Hamburg.

1. Auflage 2025

www.hoffmann-und-campe.de
Umschlaggestaltung: © wilhelm typo grafisch, Zollikon
Umschlagabbildung: © Shutterstock.com
Satz: Dörlemann Satz, Lemförde
Gesetzt aus Adobe Caslon
Druck und Bindung: GGP Media GmbH, Pößneck
Printed in Germany
ISBN 978-3-455-01972-8

HOFFMANN
UND CAMPE

Ein Unternehmen der
GANSKE VERLAGSGRUPPE

Für Luzie, Eric, Rebecca und Markus

Und für Nadja. Vor allem für Nadja.

Wir alle, die wir träumen und denken, sind Hilfsbuchhalter.
[…] Wir führen Buch und erleiden Verluste.

Fernando Pessoa (1888–1935)

Prolog
Dienstag, 17. September, abends

Er hatte schon fast das Wasser berührt, da wurde der rote Luftballon von einer Windböe erfasst und von ihr wieder hoch in den Himmel gerissen. So taumelte er weiter Richtung Nordwesten, drehte sich um die eigene Achse und verlor dann am Elbstrand erneut an Höhe. Langsam sank er zu Boden, streifte einige der schwarzen Steine am Ufer und verfing sich wenige Meter später in einem Busch.

»Guckt mal, da ist was gelandet!« Einer der acht Jugendlichen – fünf Jungs und drei Mädchen –, die unweit der Strandperle ein kleines Lagerfeuer entfacht hatten, um bei Bier und Musik den neunzehnten Geburtstag eines der Mädchen zu feiern, sprang auf. Er lief zu dem roten Ballon, befreite ihn aus den Zweigen und kam damit zu seinen Freunden zurück.

»Guckt euch das mal an!« Er ließ sich auf der großen Picknickdecke nieder und zeigte allen die Postkarte, die mit einer Kordel gebunden an dem Luftballon hing. Die Schrift darauf war krakelig. Eines der Mädchen schnappte sich die Karte und las dann laut vor.

Liber Got, mein Papa ist bei dir im Himel –
kanst du mir bitte einen neuen schikken?
Von ganzem Hertzen, deine Luzie in den Wolken

Kurz schwiegen sie alle betroffen.

»Die müssen wir zurückschicken«, sagte das Mädchen, das vorgelesen hatte. »Da steht noch, dass das ein Ballonwettbewerb ist.« Sie tippte auf den kleinen Text, der unter der Rücksendeadresse stand. »Hier, ein Spielzeugladen namens ›Mikado‹, da muss sie wieder hin.«

»Machen wir gleich morgen!«, erklärte einer der Jungs, der das Mädchen sehr gern mochte. Dann nahm er den Ballon und schob ein Stück der Kordel unter eine Ecke des Bierkastens, den sie mit an den Strand geschleppt hatten.

Sie hörten weiter Musik, tranken, quatschten und lachten – und irgendwann, von den Jugendlichen unbemerkt, rutschte die Kordel unter dem Kasten hervor, sodass der Ballon davontreiben konnte. Ein kleiner Windstoß reichte aus, um ihn weiter in Richtung Blankenese zu tragen.

Als sie zwei Stunden später das Feuer löschten, alle Flaschen und den Müll ihrer Feier aufsammelten, entdeckten sie, dass der Luftballon mitsamt Karte verschwunden war.

»Wie schade!«, rief eines der Mädchen aus. »Er ist weg.«

»Den wird jemand anderes finden«, wurde sie von einem der Jungs getröstet, der dabei einen Arm um ihre Schulter legte.

»Hoffentlich«, sagte das Mädchen.

»Ja«, stimmte ihr die Freundin zu, die vorhin den Text auf der Karte vorgelesen hatte. »Und hoffentlich findet die kleine Luzie auch einen neuen Papa.« Alle nickten zustimmend.

Dann stapften sie über die steilen und beschwerlichen Stufen, die vom Strand aus bergauf führten, hoch zur Elbchaussee, wo ihre Autos parkten. Dass die Treppe den Namen »Himmelsleiter« trug, fiel keinem von ihnen auf.

Montag, 16. September

Gabriel

An einem Montagvormittag im September wurde Gabriel Bach klar, dass er etwas verloren hatte. Es war kein Ding oder eine Sache, weder vermisste er seine Brille noch seinen Autoschlüssel oder sein Portemonnaie. Nein, das alles war es nicht. Gabriel Bach saß an seinem Schreibtisch, blickte hinaus auf die Elbe, wo sich zwei dicke Containerschiffe langsam ihren Weg stromabwärts bahnten, und bemerkte zu seinem großen Entsetzen, dass ihm etwas ganz Wesentliches fehlte: ein Grund.

Seit den frühen Morgenstunden hockte er hier vor seinem Notebook mit leerem Word-Dokument auf dem Bildschirm und hatte sich – wie bereits in den vergangenen sechs Wochen – felsenfest vorgenommen, endlich mit seinem neuen Roman zu beginnen. Aber: nichts. Da war nichts. Weder in seinem Kopf noch in seinem Herzen, nirgends ein Gedanke, ein Satz oder auch nur ein einziges Wort. Gabriel Bach war leer.

Vor einer Stunde hätte er einen wichtigen Termin bei seinem Verleger Jonathan N. Grief gehabt, um mit ihm sowie mit Lektorat, Marketing und Vertrieb über sein nächstes Projekt zu sprechen. Neun Bücher hatte Gabriel bisher bei Griefson & Books veröffentlicht, zwei unter seinem richtigen Namen, sieben unter dem Pseudonym »Henri Fjord«. Ein Name, der gleichzeitig hanseatisch anmuten und die Sehnsucht nach den endlosen Weiten Skandinaviens wecken sollte.

Der Plan ging auf, von seinem letzten Roman waren allein im

deutschsprachigen Raum über 800 000 Exemplare verkauft worden, noch dazu war er in vierundzwanzig Ländern erschienen. Die Presse nannte ihn mittlerweile den »deutschen Nicholas Sparks«, und wenn Gabriel Bach nicht so furchtbar traurig gewesen wäre, wäre er aus dem Lachen gar nicht mehr herausgekommen.

Sein Handy, das neben dem Computer auf dem Schreibtisch lag, klingelte, und auf dem Display stand Jonathans Name. Wenn Gabriel sich nicht verzählt hatte, war dies der elfte Anruf seines Verlegers im Verlauf der letzten Stunde, und das Gebimmel klang in seinen Ohren von Mal zu Mal schriller. Nach dem fünften Klingeln sprang die Mailbox an, auf der bereits zehn Nachrichten von Jonathan darauf warteten, von Gabriel abgehört zu werden.

Er stand auf, ließ das Telefon liegen und nahm stattdessen seine zerfledderte Ausgabe von Fernando Pessoas *Das Buch der Unruhe* aus der obersten Schreibtischschublade. Schon seit Jahren trug er es immer bei sich. Weil die fiktiven Aufzeichnungen des Hilfsbuchhalters Bernardo Soares, die der portugiesische Autor sich erdacht hatte, entgegen dem Titel das Einzige waren, was Gabriel angesichts der emotionalen Abwärtsspirale, in der er sich mit fortschreitendem Alter immer häufiger und heftiger verfing, wenigstens ein bisschen zur Ruhe brachte. Und heute – heute hatte er diesen Trost nötiger als jemals zuvor, denn gefühlt hatte er die Talsohle nicht nur erreicht, sondern endgültig durchschlagen.

Mit dem Buch unterm Arm stieg er die knarzende Holztreppe hinunter und stolperte am untersten Absatz fast über Tavor, der ein unwilliges Knurren von sich gab, sich aber nicht vom Fleck rührte. Gabriels in die Jahre gekommener schwarzer Flat Coated Retriever suchte sich mit treffsicherem Instinkt stets solche Plätze für seine ausgedehnten Nickerchen aus, an denen die größte Wahrscheinlichkeit bestand, sein Herrchen zu Fall zu bringen. Gabriel zischte ihm ein mahnendes »Benzo« zu, woraufhin er zumindest kurz mit den Ohren zuckte.

Als Sprössling eines B-Wurfs war Benzo sein offizieller Name, genauer gesagt sogar Benzodiazepin, was der Züchter, dem Gabriel den Hund vor zwölf Jahren abgekauft hatte, weder verstanden noch lustig gefunden hatte; vermutlich weil er in Sachen Betäubungsmittelgesetz nicht ganz firm war und im Gegensatz zu Gabriel noch nie in ein derart lautes Tosen des Lebensmeers geraten war, dass es sich nur noch mit starken Beruhigungsmitteln in Schach halten ließ.

Gabriel jedenfalls war der Name schon damals überaus passend erschienen, denn bereits als Welpe hatte Benzo im Vergleich zu seinen Geschwistern eine derartige Trägheit an den Tag gelegt, dass man schon von Sedierung sprechen konnte. Mit den Jahren war es naturgemäß nicht besser geworden, irgendwas in Benzos System schien keine Ahnung davon zu haben, dass er ein *Hund* war, der von Natur aus gern stundenlang draußen herumtollen wollte. Und deshalb eben Benzo – oder in der Koseform Tavor.

Dass Benzo noch dazu schwarz war, hatte für Gabriel zunächst keine größere Bedeutung gehabt. Aber mittlerweile wusste er nur zu genau, was Winston Churchill mit seinem »schwarzen Hund«, dem dunklen Kumpan gemeint hatte.

»Los, alter Junge!« Er beugte sich hinunter und kraulte seinem Hund den flauschigen Nacken, woraufhin Tavor sich sehr, sehr langsam erhob und seinem Herrchen zur Haustür nachtrottete. Gabriel nahm die graue Windjacke vom Garderobenhaken und zog sie über, dann schlüpfte er in seine ausgelatschten Sneakers, ohne sich die Mühe zu machen, die Schnürsenkel zu öffnen. Anschließend betrachtete er sich im Spiegel über dem kleinen Vintage-Tischchen, das ihm als Ablage für Schlüssel, Portemonnaie und Post diente.

Ein müdes Gesicht blickte ihm entgegen. Ein müdes, fahles Gesicht mit graublondem Dreitagebart und blassblauen geröteten Augen. Die vielen Sommersprossen, die sich über Stirn, Nase und Wangen zogen, waren nur noch traurige Erinnerungen an Zeiten, in denen es mal die eine oder andere Frau in seinem Leben gegeben hatte, die ihm zärtlich mit einer Hand darübergestreichelt und sie als »niedlich« bezeichnet hatte. Gabriels ebenfalls graublonde Haare hätten bereits seit längerem sowohl einen Schnitt als auch eine Wäsche vertragen können. Kurzerhand griff er in seiner Jackentasche nach der schwarzen Wollmütze mit dem St.-Pauli-Totenkopf und setzte sie sich auf.

Berufsjugendlich. So hatte ihn einmal eine frühere Freundin oder Affäre, oder wie auch immer man es bezeichnen wollte, genannt. Irgendwann kurz nach seinem achtunddreißigsten Geburtstag und seinem ersten Bestseller. Da hatte sie im Hinblick auf seine ausgebeulten Jeans, seine Turnschuhe und die Longsleeves mit den farblich abgesetzten Ärmeln darauf hingewiesen, dass es für einen Mann, »der bald in die besten Jahre kam«, und »in seiner Position« vielleicht angemessen wäre, sich etwas seriöser zu kleiden.

Damals hatte Gabriel laut gelacht und erwidert, er als Kreativer könne herumlaufen, wie er wolle, er sei schließlich weder im Aufsichtsrat einer Bank noch in irgendeiner anderen Branche tätig, die das Tragen von Anzug, Schlips und rahmengenähten Budapestern vorschrieb.

Gerade in diesem Augenblick wünschte er sich allerdings nichts sehnlicher als genau so einen Posten. Einen Job, den er einfach würde verrichten können, Monat für Monat, Woche für Woche und Tag für Tag. Irgendetwas, das ihn genug auslastete, um nicht über sich selbst nachdenken zu müssen, für das es aber nicht notwendig war, sein Herz daran zu hängen. Ein Herz, in dem ein großes, düsteres und alles verschlingendes Loch klaffte.

Noch einmal hörte er das Handy klingeln, das er oben in seinem Büro zurückgelassen hatte. Er warf einen letzten Blick in den Spiegel, zog sich die Mütze etwas tiefer ins Gesicht und verließ zusammen mit Tavor sein Haus, ohne die Tür abzuschließen. Es war ihm egal, ob jemand etwas stahl. Er hatte sowieso nichts mehr zu verlieren, weltliche Besitztümer waren ihm gleichgültig geworden.

Draußen wurde er umgehend von einer Böe erfasst, die ihm den salzigen Sand des Elbstrands in die Augen trieb. Schützend hielt er sich eine Hand vors Gesicht und stapfte hinunter zu einer der Bänke am Ufer. Er nahm Platz und legte sein Buch neben sich auf das verwitterte Holz, während Tavor sich kraftlos in den Sand plumpsen ließ, um sein Nickerchen fortzusetzen. Gedankenverloren betrachtete Gabriel das rot-weiße Unterfeuer, das vor ihm wie ein Mahnmal aus den Fluten der Elbe ragte.

Wenn er nachts aus dem Fenster schaute, konnte er diesen Leuchtturm sehen, und in den vielen schlaflosen Nächten, in denen er wie ein Gefangener durch sein kleines Kapitänshaus am Blankeneser Strandweg geirrt war, hatte er ihn wieder und wieder stumm angefleht, ihm den richtigen Weg zu weisen, weil er selbst schon längst seinen Kurs verloren hatte. Der meterhohe Turm hatte beharrlich geschwiegen, natürlich hatte er das, und dabei lediglich mit einem grellen Lichtstrahl ziellos in die Ferne geblinkt.

Gabriel beugte sich vor, stützte sich mit den Ellbogen auf den Knien ab und verbarg das Gesicht in beiden Händen. So verharrte er eine Minute oder auch eine Stunde lang, im Wind sitzend auf dieser Bank, und kämpfte gegen den nahezu übermächtigen Drang an, aufzustehen und den Kopf gegen einen der graphitschwarzen Steine zu schlagen, die entlang des Wassers zu einem Schutzwall aufgeschichtet worden waren.

Das laute Tuten eines Schiffshorns ließ ihn wieder aufblicken, ein Hochhaus von Kreuzfahrtdampfer pflügte Richtung Mündung durch die Wellen, an Deck Heerscharen von winkenden Passagieren, die zu den Klängen monumentaler Auslaufmusik ihre Reise von Hamburg nach sonst wohin antraten. *Da müsste man mitfahren*, schoss es Gabriel durch den Kopf. Nicht weil ihn die Fahrt mit einem Luxusliner auch nur ansatzweise reizte. Nein, da hielt er es ganz mit seinem US-Kollegen David Foster Wallace, der vor Jahren seine Kreuzfahrterfahrung in einem herrlichen Buch mit dem Titel *Schrecklich amüsant – aber in Zukunft ohne mich* zu Papier gebracht hatte und dessen Beschreibungen den Rückschluss zuließen, das sei nur etwas für Masochisten.

Was Gabriel allerdings an der Vorstellung, selbst auf einem solchen Ozeanriesen einzuchecken, ungemein reizte, war der Gedanke, dass nur ein kleiner Sprung über die Reling vonnöten wäre, um ihn für alle Zeiten von sämtlichen Qualen zu erlösen. Aber das würde er, wenn er ehrlich zu sich war, nicht fertigbringen. Auch das unterschied ihn von David Foster Wallace.

Eine Weile sah er dem Schiff noch nach, beobachtete, wie es mit stampfenden Motoren auf den Horizont zusteuerte. Aus den Augenwinkeln bemerkte er etwas Grünes, das der Wind über den Strand flattern ließ. Eilig sprang er auf und erwischte gerade noch einen Zipfel der leeren Chipstüte, die eine Sekunde später auf der Elbe davongetrieben wäre. Er ging ein paar Meter zu dem roten Abfallbehälter mit dem sinnigen Aufdruck »Hast du auch Dreck am Stecken?«, stopfte die Plastikverpackung hinein und erfreute sich etwa 0,02 Sekunden lang an dem heroischen Gefühl, die Welt ein kleines bisschen besser gemacht zu haben.

Dann ließ er die Schultern wieder hängen, ging zurück zu Hund und Bank, setzte sich und griff nach seinem Buch. Er schlug es dort auf, wo die Seiten zufällig auseinanderfielen, und begann zu lesen. In der Hoffnung, seinem wunden Herzen damit ein wenig Linderung zu verschaffen.

»Hier steckst du also!«

Montag, 16. September

Miriam

Mein geliebter Schatz,
gestern hast du mich zum glücklichsten Menschen der Welt gemacht: Du hast unserer kleinen Luzie das Leben geschenkt! Luzie, unser ganz persönlicher Schrecken der Straße, ich bin schon sooooo neugierig, wie dieses kleine Menschlein mal wird. Kommt sie nach mir? Chaotisch, launisch und immer etwas verpeilt? Oder nach dir? Wunderbar, grandios und überirdisch schön! 💕
Ich bin wirklich ein absoluter Hornochse, dass ich jetzt gerade im Zug sitzen und zu einem Job fahren muss, statt bei euch zu sein (allerdings konnte ja niemand ahnen, dass unsere Maus es so eilig hat und sich ganze sechs Wochen früher auf den Weg macht, um ihre großartige Mama kennenzulernen). Heute Nacht bin ich zurück und kann es kaum erwarten, meine kleine Familie wieder in die Arme zu schließen!
Mein Herz, während der Kerl hinter mir schrecklich laut und wichtig in sein Handy brüllt, möchte ich dir schreiben, dass ich dich aus vollem Herzen liebe. Dich und unsere kleine »Lucy in the Sky«, die uns der Himmel geschenkt hat. Ich liebe, liebe, liebe euch, das wird sich niemals ändern, und ich …

Miriam Petersen lehnte sich in ihrem Stuhl zurück und massierte sich mit beiden Händen den schmerzenden Nacken. Sie hatte gehofft, das Lesen in den Mails, die Patrick ihr früher geschrieben hatte, könnte ihre unendliche Traurigkeit heute ein wenig lindern. Aber leider war das Gegenteil der Fall: Während sie den Blick über die soeben gelesenen Zeilen wandern ließ, fühlte es sich an, als würde sie innerlich zerbrechen.

Heute Morgen, bevor sie in ihren Laden gefahren war, hatte Miriam an Patricks Grab auf dem Friedhof Diebsteich gestanden. Immer noch fassungslos über seinen Tod, immer noch nicht begreifend, dass ihr Freund einfach nicht mehr da war. Seit fast drei Jahren schon nicht mehr, seit er mit über hundertachtzig Stundenkilometern auf der Autobahn zwischen Hannover und Hamburg gegen einen Brückenpfeiler gekracht war. Patrick war auf der Stelle tot gewesen. Der kleinste Trost für Miriam, immerhin hatte er nicht leiden müssen.

Aber ihr restliches Leben, das musste Miriam nun ohne ihn verbringen. Musste ohne ihn alt werden. Musste es allein und ohne ihn schaffen, musste weiter funktionieren, egal, was war und was noch kommen würde. Schon für Luzie musste sie das. Oft war sie der einzige Grund, der Miriam überhaupt noch aufrecht hielt, der sie jeden Tag weitermachen ließ, und wenn es auch noch so schwer war. Würde es ihre Tochter nicht geben, Miriam hätte nicht mit Sicherheit sagen können, ob sie selbst überhaupt noch da wäre oder ob sie Patrick nicht aus Verzweiflung gefolgt wäre.

Pathetische Gedanken, das wusste sie. Doch heute früh, an Patricks Grab stehend, da hatte sie sich dieses Pathos erlaubt. Hatte dort gestanden, hatte geweint und gleichzeitig versucht, ihm in möglichst fröhlichem Tonfall von Luzies Geburtstag zu berichten, den sie gestern mit ihren drei Freundinnen Alissa, Nika und Luna gefeiert hatte. Endlich sieben, endlich nicht mehr die Einzige in ihrer Klasse, die noch sechs war!

Allerdings auch das erste Mal, dass Luzie morgens nicht mit zum Friedhof hatte kommen wollen, weshalb Miriam erst heute früh und ohne ihre Tochter zu Patrick gefahren war. Kurz war sie über Luzies Weigerung schockiert gewesen, aber Alissas Mutter Rebecca – Becka –, die gleichzeitig Miriams beste Freundin und Luzies Patentante war, hatte sie beruhigt, während sie gemeinsam das Wohnzimmer für die kleine Feier mit Girlanden geschmückt hatten.

»Sie ist eben kein Kleinkind mehr, sondern bald ein großes Mädchen, das so sein will wie alle anderen auch und nicht immer nur ›die ohne Papa‹«, hatte ihre Freundin erklärt.

»Ja, kann sein«, hatte Miriam erwidert – und dabei einen dicken Kloß im Hals verspürt, weil Beckas Bemerkung ihr sofort eine Erinnerung ins Gedächtnis gerufen hatte: Erst vor wenigen Wochen war Luzie nach dem Unterricht weinend zu ihr in den Laden gerannt gekommen, hatte ihre kleinen Arme um den Hals ihrer Mutter geschlungen und sich ganz fest an sie gedrückt. Fast zwanzig Minuten hatte Miriam gebraucht, um ihre Tochter so weit zu beruhigen, dass sie ihr hatte erzählen können, was passiert war; ob sie sich in der Klasse mit jemandem gestritten oder ob sie sich beim Spielen auf dem Schulhof wehgetan hatte.

Und, ja, Luzie war verletzt worden. Allerdings nicht körperlich. Unter Tränen und nur stockend hatte sie ihrer Mutter erklärt, dass jedes Kind bis zur nächsten Woche als Hausaufgabe auf einer großen Pappe eine Collage zusammenkleben musste. Mit dem Titel »Meine Familie und ich« sollten die Kinder ihren Stammbaum erstellen. Mit Fotos von sich, ihren Eltern, Geschwistern, Großeltern, Onkeln, Tanten und wer sonst noch alles zur Familie gehörte.

»Und ich bin die Einzige in der Klasse, die keinen Papa hat!«, hatte ihre Tochter derart verzweifelt geschluchzt, dass Miriam am liebsten sofort ihr Handy gegriffen und Luzies Lehrer Herrn Dr. Krüger angerufen hätte. Um ihn zu fragen, ob er eigentlich noch ganz dicht sei, Aufgaben zu verteilen, die Kinder verletzten oder gar demütigten. Gut, in diesem speziellen Fall offenbar nur das eine, nämlich IHRE Luzie.

Miriam hatte sich zusammenreißen müssen, um sich ihren innerlichen Furor Luzie gegenüber nicht anmerken zu lassen. Und ein Anruf bei Dr. Krüger hätte rein gar nichts gebracht. Denn an Luzies Grundschule in Eppendorf – Patrick hatte die Gegend oft als »bourgeoise Blase« bezeichnet, die mit der wirklichen Welt »da draußen« kaum Überschneidungen hatte – war die vermeintlich heile Hetero-Ehe genauso der Standard wie der SUV und Mini-Cooper auf der hauseigenen Einfahrt vor der Stadthausvilla.

Na gut, das war vielleicht auch ein wenig übertrieben. Nicht alle von Luzies Klassenkameraden wurden morgens vom Chauffeur zur Schule gebracht und mittags wieder abgeholt, die meisten waren genau genommen »Normalos« wie sie und Becka (ihre Freundin war von Tim, dem Vater ihrer zwei Kinder Alissa und Eric, sogar geschieden – shocking!). Aber trotzdem hatte Luzies Traurigkeit Miriam derart aus der Fassung gebracht, dass sie darüber beinahe ihre Beherrschung verloren und den Klassenlehrer zur Rede gestellt hätte.

Stattdessen aber hatte sie ihre weinende Tochter weiter fest im Arm gehalten. Hatte sie getröstet, ihr über den Kopf gestreichelt und gesagt: »Du hast einen Papa! Er ist nur nicht mehr hier unten bei uns, sondern irgendwo da oben in den Wolken. Und von dort aus passt er jeden Tag auf dich auf.«

»Dann kann ich also ein Foto von Papa auf meine Pappe kleben?«, hatte Luzie, immer noch schluchzend, wissen wollen.

»Aber natürlich kannst du das! Das musst du sogar!«

»Okay.« Luzie hatte noch einmal kurz geschnieft und sich mit dem Ärmel ihres Sweatshirts den Rotz von der Nase gewischt – und dann hatte sie ihre Mutter angelächelt, als wäre rein gar nichts passiert.

»Miri?« Beckas Stimme hatte sie aus ihrer Erinnerung zurückgeholt. »Alles okay bei dir?«

»Äh, ja«, hatte sie gestottert. »Warum?«

»Du hast jetzt zwei Minuten lang nichts gesagt und ins Leere gestarrt.«

»Oh«, sie hatte sich geräuspert, »ich musste gerade nur an diese blöde Sache mit dem Familienstammbaum denken. Weißt du, als Luzie so geweint hat.«

»Tut mir leid!«, hatte ihre Freundin erschrocken ausgerufen. »Das wollte ich nicht!«

»Ist ja nicht deine Schuld«, hatte Miriam sie beruhigt und sich an einem schiefen Lächeln versucht. »*Du* bist ja nicht der Idiot, der den Kindern die Aufgabe gegeben hat.«

»Das war aber auch wirklich total daneben!« Becka hatte dabei energisch den Kopf geschüttelt. »So was von lebensfremd! Alissa hat ja kaum alle Fotos der Menschen, die sie als ihre Familie betrachtet, auf diese blöde Pappe geklebt bekommen!« Vor vier Jahren, ein paar Monate nachdem Rebecca und ihr Mann bewundernswert harmonisch auseinandergegangen waren, hatte Tim eine neue Frau kennengelernt. Katrin hatte ebenfalls zwei Kinder aus erster Ehe, Käthe und Liesbeth, die fast im gleichen Alter wie Alissa und Eric waren.

Da Becka und Tim sich für das sogenannte Wechselmodell entschieden hatten, bei dem die Kinder in der einen Woche bei ihrer Mama, in der anderen bei ihrem Papa lebten, betrachteten sich alle vier Kinder als Geschwister. Schließlich wuchsen sie miteinander auf, also hatten auch Katrin, Käthe und Liesbeth auf Alissas Collage ihren Platz gefunden. Und Katrins Eltern, Alissas »Bonus«-Oma und -Opa. »Ich meine«, hatte Becka lachend gesagt, »Katrins Exmann hat mittlerweile auch wieder eine neue Partnerin, die sogar drei Kids hat. Und deren Ex vielleicht auch und dessen Ex ebenfalls und …« Sie hatte die Augen verdreht.

»Wenn man das mal weiterspinnt – so große Pappen gibt's ja gar nicht!«

Miriam hatte gelacht. Oder es wenigstens versucht. Denn während Rebeccas Leben tatsächlich fast ein bisschen überbevölkert war, gab es bei ihr nur Luzie und sie. Ihre Eltern und die von Patrick lebten zwar noch, aber Miriams in Cuxhaven, und Patricks hatten sich vor Jahren einen lang gehegten Traum erfüllt und waren nach Spanien ausgewandert. »Tja«, hatte sie sich an einem leichten Tonfall versucht, »so ist es halt, getrennte Eltern sind ja mittlerweile eher der Standard, vor allem in Großstädten.«

»Offensichtlich nicht, wenn es nach Herrn Dr. Krüger geht.«

»Nö«, hatte sie ihrer besten Freundin zugestimmt. »Und verwitwet – davon hat der noch *nie* was gehört!«

»Eine Unverschämtheit aber auch von dir und Patrick, wie konntet ihr nur?« Nun musste Becka lachen.

Sofort waren Miriam die Tränen in die Augen geschossen, und sie hatte versucht, sie mit einem vorgetäuschten Niesen vor Rebecca zu verbergen. Aber es war ihr nicht gelungen.

»Tut mir leid, Süße!«, hatte Becka sich zum zweiten Mal innerhalb weniger Minuten entschuldigt. »Das war jetzt mehr als unsensibel und daneben von mir.«

»Kein Problem!«, hatte Miriam ihre Freundin beruhigt. »Ich weiß ja, wie du es meinst.«

Und das wusste sie auch. Wenn es einen Menschen gab, der immer liebenswürdig, geduldig und großzügig war, dann war es Becka. Und sie hatte ein riesiges Herz für Kinder, manchmal benahm sie sich fast selbst wie eins: Für Luzies Ehrentag hatte sie eigens – und vermutlich in stundenlanger Arbeit – eine dreistöckige Geburtstagstorte kreiert und mit kleinen Meer-JUNGFRAUEN aus Marzipan dekoriert.

Das Wort hatte Becka beim Überreichen des Kuchens *genau so* ausgesprochen. Mit Betonung auf »Jungfrau«, weil das Luzies

Sternzeichen war und Rebecca als Hobbyastrologin unerschütterlich an die Kraft der Sterne im Allgemeinen und die des Mondes im Besonderen glaubte. Die Tatsache, dass Luzie vor sieben Jahren nicht wie geplant um den 1. November herum, sondern wesentlich früher geboren worden war, hatte Becka gefeiert wie ein Rudel betrunkener Fußballfans den Sieg der deutschen Nationalmannschaft. Weil dem »armen Kind« damit das »Schicksal eines Lebens als Skorpion, geradezu ein Joch!«, erspart geblieben war.

Becka hatte damals nicht ahnen können, wie unbarmherzig das Schicksal stattdessen vier Jahre später zuschlagen würde. Da hatten auch die Sterne und der Mond nicht mehr helfen können, nicht einmal das gesamte Universum.

»Lucy in the sky with diamonds«, summte Miriam leise vor sich hin, während sie nun am Computer den Ordner mit ihren privaten Fotos öffnete und ihren Blick über die Bilder wandern ließ, die Beckas Exmann Tim, ebenso wie Patrick Fotograf, wenige Tage nach Luzies Geburt von ihnen geschossen hatte.

Sie alle drei – Luzie, Patrick und Miriam –, eine vor Glück strahlende kleine Familie, auf der Hollywoodschaukel in ihrem früheren Garten, in das warme und weiche Licht eines Spätsommertags getaucht. Dann ein Foto von Patrick und Luzie, Nase an Nase auf dem Bett liegend, ihre Tochter einen Arm in die Luft gestreckt und mit geballtem Fäustchen, als würde sie dem Himmel damit zeigen wollen, wie viel Kraft und Leben in ihr steckten.

»Lucy in the sky with diamonds …« Fast jeden Abend hatten Patrick oder Miriam ihrer Tochter diesen alten Beatles-Hit vorgesungen und ihr erklärt, dass das ein Lied über sie war. Über das kleine Mädchen, das ihnen quasi wie aus den Wolken in den Schoß gefallen war.

Keine drei Jahre alt war Luzie gewesen, als sie ihren Vater beim

Schlaflied mit empörter Miene unterbrochen und zum ersten Mal korrigiert hatte. »Luzie!«, hatte sie krakeelt. »Luzie, nicht Lusssie!« Das tat sie bis heute, verbesserte jeden, der es wagte, ihren Namen falsch auszusprechen. Lächelnd erinnerte Miriam sich daran, wie Patrick damals entschuldigend beide Hände gehoben hatte. »Okay, okay, meine kleine Luuuttzie in den Wolken!« Und dann hatte er für den Refrain einfach einen neuen Text erfunden, um ihn seiner Tochter vorm Schlafengehen vorzusingen: »Luzie in den Wolken, mit Sternen …«

Dass die Übersetzung des Titels nicht ganz korrekt war (und der Song angeblich eine Hymne auf die Droge LSD), hatten sie beide Luzie gegenüber für sich behalten – allerdings hatte Miriam das Lied seit Patricks Tod kein einziges Mal mehr für ihre Tochter singen können.

Picture yourself in a boat on a river
With tangerine trees and marmalade skies
Somebody calls you, you answer quite slowly
A girl with kaleidoscope eyes

Leise und zaghaft stimmte Miriam die erste Strophe an, doch ihre Stimme brach bereits mit Ende der vierten Zeile heiser ab, und sie spürte, wie ihr eine Träne über die Wange kullerte. Es war nicht nur die abgrundtiefe Traurigkeit, die sie stimmlos gemacht hatte. Viel schlimmer war die Wut. Die Wut über das, was geschehen war. Und die Frage nach dem Warum. Diesem Warum, auf das sie wohl niemals eine Antwort finden würde. Warum? Warum war Patrick …?

Die Türglocke ertönte. Eilig klappte Miriam ihr Notebook auf dem Ladentresen zu, wischte sich einmal hektisch übers Gesicht und räusperte sich zweimal, ehe sie den Kopf hob und lächelnd hinüber zum Eingang sah.

Montag, 16. September

Gabriel

Er zuckte zusammen, als Jonathan Grief sich neben ihm auf die Bank fallen ließ, so schwungvoll, dass die morschen Holzlatten knackten.

»Ich versuche seit zwei Stunden, dich zu erreichen«, teilte ihm sein Verleger mit und musterte ihn verärgert aus seinen Armin-Mueller-Stahl-blauen Augen. »Ich dachte schon, es wäre etwas passiert! Wir hatten um 14 Uhr einen Termin.«

»Ich weiß«, entgegnete Gabriel, klappte das Buch zu und legte es auf seinen Schoß. »Es ging nicht.«

»Was ging nicht?«

»Der Termin ging nicht, meine ich. Ich konnte nicht kommen.«

»Bist du krank?« Jonathans Miene schlug ins Sorgenvolle um. »Warum hast du nicht angerufen?«

»Das konnte ich auch nicht.«

»Du konntest nicht anrufen?«

»Nein.«

Nun wirkte sein Verleger irritiert. »Was ist denn los mit dir?«

»Nichts. Nichts ist los mit mir.« Gabriel seufzte und kickte mit der rechten Schuhspitze ein paar kleine Steinchen fort. »Das ist es ja gerade.«

»Gabriel«, Jonathan rückte ein Stück näher und legte ihm eine Hand auf die Schulter, was ihn zusammenfahren ließ. »Erzähl mir einfach, was dich bedrückt. Ich bin doch nicht nur dein Verleger, sondern auch dein Freund.«

Einen Moment lang zögerte Gabriel, senkte den Blick auf das Buch und dachte darüber nach, mit welchen Worten er Jonathan erklären könnte, was in seinem Inneren vor sich ging. Tatsächlich war Jonathan Grief sein Freund oder wenigstens so etwas in der Art.

Auf alle Fälle war er jemand, der immer an ihn geglaubt hatte. Jahrelang und unerschütterlich, auch am Anfang, als seine ersten beiden Romane alles andere als Kassenschlager gewesen waren. Mehr noch, gemeinsam mit seinem Geschäftsführer Leopold und dem Lektorat hatte er Gabriel geholfen, sich künstlerisch neu auszurichten und seine erzählerische Kraft so zu entfalten, dass er sich schließlich vom Nischenschriftsteller zum Publikumsliebling entwickelt hatte, der heute ein sorgenfreies Leben voller materieller Annehmlichkeiten führen konnte. Und der seine literarischen Ambitionen dabei dennoch nicht hatte verraten müssen.

Oder wenigstens nicht komplett. Der Vergleich mit Nicholas Sparks war schließlich nicht auf seinem Mist gewachsen. Ebenso wenig wie der Name Henri Fjord, unter dem er seit dieser Neuausrichtung veröffentlichte. Sein klangvolles Pseudonym war die Idee einer neunzehnjährigen Verlagspraktikantin gewesen. Gabriel verdankte Griefson & Books und Jonathan eine Menge – und umso schwerer fiel es ihm, seinen Verleger nun enttäuschen und ihm mitteilen zu müssen, dass er keinen weiteren Roman mehr schreiben würde. Weil er es schlicht nicht konnte.

»Hat es dir die Sprache verschlagen?«, wollte Jonathan wissen.

»Hier«, entgegnete Gabriel, nahm das Buch von seinem Schoß, schlug es auf, hielt es seinem Verleger unter die Nase und deutete auf eine Stelle. »Lies das. Dann weißt du, wie es mir geht.«

»Gabriel, ich …«

»Mach es bitte einfach. Treffender kann ich selbst es nicht formulieren.«

»Okay.« Jonathan griff nach dem Buch und fing dann an, laut vorzulesen. *»Ich lebe immer in der Gegenwart. Die Zukunft kenne ich nicht. Die Vergangenheit gehört mir nicht mehr. Die eine lastet auf* *mir wie die Möglichkeit zu allem, die andere wie die Wirklichkeit von nichts. Ich habe weder Hoffnungen noch Sehnsüchte.«* Er sah fragend auf. »Was soll ich damit anfangen?«

»Lies weiter!«, forderte Gabriel ihn auf.

»Ich weiß wirklich nicht …«

»Bitte!«

Kopfschüttelnd wandte Jonathan sich wieder der Textstelle zu. *»Da ich weiß, was mein Leben bis heute war – so viele Male und in so vielem das Gegenteil dessen, was ich mir gewünscht hatte –, was kann ich da mutmaßen über mein morgiges Leben? Einzig, dass es sein wird, was ich nicht vermute, was ich nicht will und was mir von außen zustößt, bisweilen selbst durch mein eigenes Zutun. Da ist nichts in meiner Vergangenheit, an das ich mich erinnerte und mir vergeblich wünschte, es gäbe dafür eine Wiederholung. Ich war immer nur eine Spur, ein Trugbild meiner selbst. Meine Vergangenheit ist all das, was ich nicht zu sein vermochte.«*

»Bis dahin«, unterbrach Gabriel seinen Verleger, der daraufhin das Buch sinken ließ. »Verstehst du jetzt?«

»Ja.« Jonathan nickte langsam. »Ich verstehe, dass du offenbar in einer ziemlichen Krise steckst.«

»Es ist weit mehr als eine Krise. Ich bin Bernardo Soares.«

Sein Verleger schüttelte den Kopf. »Bist du nicht. Das ist eine Kunstfigur von Fernando Pessoa, die es nie gegeben hat.«

»Dann fühle ich mich eben nur so wie er.«

»Schlimm genug«, entgegnete Jonathan und runzelte die Stirn. »Vielleicht hast du eine leichte Depression. Was kein Wunder ist, wenn du«, er gab ihm seine Lektüre zurück, »so was hier liest.«

»Falsch«, widersprach Gabriel. »Ich bin nicht depressiv, weil ich das lese. Ich lese das, weil ich depressiv bin.«

»Wie auch immer, das ist die berühmte Frage nach der Henne und dem Ei.« Jonathan seufzte und sah ihn nachdenklich an. »Wie kann ich dir denn helfen?«

»Gar nicht.«

»Das glaube ich nicht.«

»Ich glaube es für dich mit.«

»Gabriel!« Erneut legte er ihm eine Hand auf die Schulter und lächelte aufmunternd. »Sieh dich doch an! Du stehst mitten im Leben und hast alles, was ein Mensch sich nur wünschen kann. Deine Leser lieben dich, du badest regelrecht in Bewunderung und Anerkennung.« Er stand auf und fing an, vor der Bank auf und ab zu gehen. Aufgrund seiner imposanten Größe von über einem Meter neunzig musste Gabriel den Kopf nun in den Nacken legen, um ihn direkt ansehen zu können. »Dein Haus da drüben«, dozierte er weiter und deutete auf die kleine Backsteinvilla, »weißt du noch, wie du immer zu mir gesagt hast, du würdest davon träumen, irgendwann auch an der Elbe zu wohnen?«

»Ja, ich erinnere mich.«

»Na, siehst du!« Triumphierend riss Jonathan beide Arme in die Höhe und ließ sie dann wieder fallen, wobei seine Hände links und rechts gegen seine Oberschenkel klatschten.

»Ich sehe, dass es darum im Leben nicht geht«, erwiderte Gabriel.

»Worum geht es nicht?« Erneut setzte Jonathan sich neben ihn und musterte ihn abwartend.

»Darum eben. Um meinen Erfolg oder mein Haus oder meinen SUV oder mein Segelboot in Dänemark. Das ist alles absolut unwichtig und spielt überhaupt keine Rolle.«

»Seit wann das denn?«

»Schon immer. Ich habe es nur lange Zeit nicht begriffen, aber mittlerweile wird es mir immer klarer.« Er lachte bitter auf. »Ich meine, das ist doch alles Schwachsinn! Mein Boot kann ich ohne Skipper nicht mal segeln, weil ich keinen Schein habe. Seit zwei Jahren dümpelt es unbenutzt auf seinem Liegeplatz in Sonderborg herum oder steht im Winterlager – warum habe ich mir dieses blöde Ding eigentlich gekauft? Weil ich dachte, dass so was dazugehört, wenn man erfolgreich ist? Hat das auch nur das Geringste mit Glück zu tun?«

»Sollen wir dir einen Segelschein finanzieren?«, schlug Jonathan vor. »Das ist kein Problem!«

»Nein!«, fuhr er ihn an. »Verstehst du nicht, was ich meine? Das sind alles nur rein materielle Dinge. Aber darum geht's doch nicht!«

»Gabriel«, Jonathans Tonfall wurde leicht mahnend, »natürlich stimme ich dir zu, dass die wirklich wichtigen Dinge andere sind. Ich meine, da muss ich ja nur bei mir selbst anfangen!« Er ließ ein fröhliches Lachen erklingen. »Bevor ich Hannah getroffen habe, war ich das Paradebeispiel eines orientierungslosen Mannes.«

»Im Gegensatz zu dir habe ich keine Hannah.«

»Aber das ist doch nun wirklich kein Problem!«, stellte er fest. »Du kannst dich schließlich nicht über mangelnde Angebote beklagen. Wenn ich allein daran denke, wie die Damen bei deinen Lesungen an deinen Lippen hängen, das ist ja schon nicht mehr normal!«

»Du übertreibst.« Gegen seinen Willen und seine derzeitige Seelenlage fühlte Gabriel sich kurz geschmeichelt.

»Tue ich nicht!« Nun bekam Jonathans Tonfall etwas Eifriges. »Was ist denn zum Beispiel mit dieser Natascha, die mit dir bei unserem Empfang auf der Leipziger Buchmesse war? Die war doch äußerst attraktiv und wirkte auch sonst sehr sympathisch, triffst du die nicht mehr?«

»Nadine«, korrigierte er ihn. »Und, nein, ich treffe sie nicht mehr, es war auch nichts Ernstes.«

»Du könntest ja aber …«

»Jonathan«, unterbrach er ihn. »Es ist schön, dass du mit deiner Frau so glücklich bist. Aber du kannst mir glauben: Mir steht der Sinn absolut nicht nach einer Beziehung. Ich halte es ja mit mir selbst fast nicht aus, da kann ich mich kaum einem anderen Menschen zumuten.«

»Das ist doch Unsinn! Wer hat dir denn die Idee in den Kopf gepflanzt?«

Gabriel zuckte mit den Schultern. »Wohl ich selbst. Aber ich habe nun mal nur eine einzige Wirklichkeit, und das ist die, die sich in meinem Kopf abspielt.«

»Dann lass mich dir sagen, dass das nicht die Wirklichkeit ist, sondern nur dunkle Hirngespinste.« Jonathan nickte, als wolle er seinen Worten damit Nachdruck verleihen. »Morgen wird schon alles wieder ganz anders aussehen.«

»Was kann ich schon mutmaßen über mein morgiges Leben?«, zitierte Gabriel erneut seinen Lieblingsschriftsteller.

»Jetzt lass doch bitte mal diesen blöden Portugiesen beiseite!«

»Aber er hat recht!«, begehrte Gabriel auf. »Jeder von uns hofft auf das Morgen. Nur um am nächsten Tag festzustellen, dass das Gestern, das Vergangene, wieder nicht unsere Erwartungen erfüllt hat.«

»Dein Pessimismus ist ja nicht auszuhalten.«

»Hab ich doch gesagt. Ich bin nicht auszuhalten.«

»Nicht *du* als Person«, korrigierte Jonathan ihn und versetzte ihm mit dem Ellbogen einen sanften Rempler in die Seite. »Nur deine derzeitige Sicht auf die Dinge.« Er machte eine kurze Pause. »Lass mich dir da doch bitte raushelfen!«

»Jonathan, es ist sehr aufmerksam von dir, dass du extra hergekommen bist, um mich zu suchen. Und ich weiß es auch sehr zu schätzen, dass du mich aufmuntern willst. Aber glaub mir, es hat keinen Sinn.« Er senkte den Blick, betrachtete erneut seine Schuhspitzen und fügte mit leiser Stimme hinzu: »Gar nichts hat noch Sinn.«

Sein Verleger schwieg einen Moment, ehe er, ebenfalls leise, etwas entgegnete. »Du stellst dir also die große Frage nach dem Sinn, ist es das?«

Gabriel nickte. »Und die Abwesenheit einer Antwort macht mich verrückt. Die Antwort darauf, was das alles soll. Wozu existieren wir? Warum tun wir das, was wir tun? Wozu kämpfen wir uns Tag für Tag durch ein Leben, das letztlich für jeden von uns sowieso unausweichlich auf den Tod zugeht?« Er sah wieder auf, betrachtete Jonathan fast flehend. »Kannst du mir das sagen?«

Er zuckte mit den Schultern. »Um auf dem Weg dahin so glücklich wie möglich zu sein, denke ich.«

»Tja«, Gabriel lachte bitter auf, »und wenn man dann eines Tages feststellt, dass man unterwegs ständig falsch abgebogen ist und nun am Ende einer Sackgasse steht?«

»Wo bist du denn bitte falsch abgebogen? Du hast doch alles richtig gemacht!«

»Leider nein«, widersprach er. »Eher das Gegenteil ist der Fall.«

»Das musst du mir genauer erklären.«

»Kann ich nicht.«

»Kannst du oder willst du nicht?«

Gabriel lächelte schwach. »Du darfst es dir aussuchen.«

»Ich bitte dich! Was sollen diese kryptischen Andeutungen? Steckst du in irgendwelchen Schwierigkeiten?«

»Nein, gar nicht.« Gegen seinen Willen musste Gabriel fast lachen. »Ich stecke in keinen Schwierigkeiten, bei mir ist alles wun-der-bar!«

»Hast du was genommen?« Nun taxierte Jonathan ihn argwöhnisch.

»Macht es den Eindruck?«

»Ehrlich gesagt, ja.«

»Ich kann dich beruhigen, ich habe weder was genommen noch etwas getrunken.«

»Hm.« Ratlosigkeit zeichnete sich auf dem Gesicht des Verlegers ab, ihm schien nichts mehr einzufallen, was er noch sagen könnte.

Eine Weile starrten beide Männer schweigend aufs Wasser, sodass es auf Außenstehende wirken musste, als hingen sie einfach nur ihren Gedanken nach. Zwei Kameraden, die wortlos den feuchten Windböen trotzten, wie Cowboys an einem flackernden Lagerfeuer.

»Was hältst du davon, wenn du das alles einfach aufschreibst?«, schlug Jonathan nach ein paar Minuten vor.

»Was soll ich aufschreiben?«

»Deine Gedanken und Gefühle halt.«

»Wer soll das denn lesen wollen?«

»Leute wie du.« Grinsend deutete er auf *Das Buch der Unruhe.*

»Ich möchte meine Leser nur ungern in den Suizid treiben.«

»Das wird schon nicht passieren.«

Gabriel schüttelte den Kopf. »Nein, das halte ich für keine gute Idee.« Er warf ihm einen unglücklichen Blick zu. »Meine Fans erwarten von mir etwas anderes.«

»Umso besser! Dann schreib was anderes!«

»Das kann ich aber nicht«, entgegnete er und sah wieder zu Boden. »Ich will einfach nicht mehr.«

»Was meinst du damit?« Schlagartig klang Jonathan alarmiert.

»Das, was ich sage: keine Bücher mehr, ich habe nichts mehr zu sagen oder zu schreiben.« Er machte eine kurze Pause. »Wie seinerzeit Karl Kraus: Ich bleibe stumm; und sage nicht, warum.«

»Wenn du noch einen einzigen toten Schriftsteller zitierst, scheuer ich dir eine!«

»Die Lebenden bringen nur selten etwas Schlaues zu Papier.«

»Totaler Humbug!«

»Na gut, stimmt. Aber ich … ich habe nur selten etwas Schlaues geschrieben.«

»Soll ich dir mal aus der Presseabteilung sämtliche Kritiken über deine Romane schicken lassen? Oder die Leserbriefe und -mails?«

»Nein!«, rief Gabriel aus und hob abwehrend die Hände. »Bloß das nicht! Es ist eben …« Nun war er es, der aufstand, zweimal vor der Bank auf und ab marschierte, ehe er direkt vor Jonathan stehen blieb und ihn mit finsterer Miene betrachtete. »In meinen Büchern ist nichts Wahrhaftiges, verstehst du?«

»Nein«, erwiderte Jonathan. »Das verstehe ich tatsächlich nicht. Du schreibst schließlich Fiktion und keine Tatsachenberichte.«

»Ja«, Gabriel lachte zynisch auf. »Ich lasse mich über die ganz großen Gefühle aus, obwohl ich innerlich taub und abgestorben bin.«

»Immerhin: Pathos hast du noch ganz gut drauf«, machte sein Verleger einen etwas hilflosen Scherz.

»Das meine ich ganz ernst! Ich komme mir vor wie ein Lügner, wie ein Blinder, der über Farben spricht. Ich meine, mal ehrlich«, er nahm wieder Platz, »meine längste Beziehung, wenn man sie denn überhaupt so nennen kann, hat gerade mal zwei Jahre gehalten. Und ausgerechnet *mich* nennen sie den deutschen Nicholas Sparks? Das ist doch absurd!«

»Sebastian Fitzek massakriert in seinen Büchern einen Menschen nach dem nächsten, ohne tatsächlich mal einen ermordet zu haben.«

Gabriel zog die Augenbrauen in die Höhe. »Bist du dir da so sicher?«

»Nein«, gab Jonathan grinsend zurück, »nicht ganz.«

»Siehst du!«

Sein Verleger lachte auf, dann räusperte er sich. »Lass uns bitte mal ganz konkret reden. Du weißt, dass wir fürs nächste Jahr einen neuen Titel von dir fest eingeplant haben und du dafür unterschrieben hast?«

Gabriel nickte. »Ja, natürlich weiß ich das.«

»Und dir ist auch klar, dass es für den Verlag eine ziemliche Katastrophe wäre, wenn du nichts lieferst?«

»Auch das weiß ich.« Er schluckte schwer. »Aber was soll ich tun? Ich kann ja schlecht etwas aus mir rausprügeln, wenn da nichts ist.«

»Wenn da *noch* nichts ist«, warf Jonathan ein, »du solltest dir ein bisschen mehr Zeit geben.«

»Das hab ich doch!«, begehrte Gabriel auf. »Seit Wochen sitze ich jeden Tag an meinem Schreibtisch und starre auf mein Notebook. Aber mein Hirn ist genauso leer wie der Bildschirm.«

»Eine ganz normale Schreibblockade, so was kommt vor.«

»Nein«, er schüttelte den Kopf. »Das ist es ja, was ich dir zu erklären versuche. Es ist …«

»Ich habe das alles verstanden«, unterbrach Jonathan ihn. »Trotzdem denke ich, dass du einfach Erholung brauchst.«

»Erholung?«, wiederholte Gabriel ungläubig. »Von was denn? Ich sitze hier tagein, tagaus, trage keine Verantwortung für irgendwen oder irgendwas, wenn ich mal«, er deutete auf den dösenden Hund, »von Tavor absehe, dem ich zweimal am Tag was zu fressen hinstelle und den ich hin und wieder vor die Tür scheuche. Ansonsten kann ich tun und lassen, was ich will. Wenn ich keine Lust habe aufzustehen, bleibe ich liegen, gucke im Bett Netflix, treibe mich bei Facebook rum oder lese in Onlinemagazinen. Zweimal pro Woche kommt meine Putzfrau, räumt auf und macht meine Wäsche, zum Essen gehe ich ins Restaurant oder lasse mir was liefern.«

»Eben hast du noch behauptet, du würdest seit Wochen an deinem Schreibtisch sitzen.«

»Tue ich ja auch! Aber es kommt eben nichts dabei rum. Jedenfalls nichts, wovon ich mich erholen müsste.«

»Jeder Denkprozess ist Schwerstarbeit.«

»Mein Freund«, nun war es an Gabriel, seinem Verleger eine Hand auf die Schulter zu legen, »dein Verständnis ehrt dich, aber ich fürchte, ich muss dich bitten, mich aus meinen Verträgen zu entlassen.«

»Was?« Jonathan starrte ihn entsetzt an und sprang von der Bank auf, als hätte ihn eine Krabbe in den Allerwertesten gepikt.

»Die Vorschüsse zahle ich natürlich zurück«, schob Gabriel eilig hinterher.

»Darum geht es doch nicht!« Jonathan war sämtliche Farbe aus dem Gesicht gewichen. »Es geht um deine Leser, die auf dich zählen, auf Henri Fjord! Es geht um den Verlag, um die Mitarbeiter!«

»Mach es mir bitte nicht schwerer, als es sowieso schon ist.«

»Doch, mein Lieber«, gab sein Verleger zurück, »natürlich mache ich es dir schwer, das ist mein Job.« Er schnappte hörbar nach Luft. »Du bekommst von mir jede Unterstützung, die du brauchst, du musst es einfach nur sagen.«

»Ich denke, dass …«

»Wenn du willst, kannst du im Verlag schreiben, dann fällt dir hier nicht so die Decke auf den Kopf«, schnitt Jonathan ihm das Wort ab und ratterte hastig weitere Vorschläge herunter. »Ich stelle Frau Dr. Künne von sämtlichen anderen Aufgaben frei, dann kann deine Lektorin rund um die Uhr für dich da sein, wenn du willst. Von mir aus organisieren wir dir einen Co-Autor, mit dem du arbeiten kannst. Ganz diskret und inoffiziell natürlich, das versteht sich von selbst. Wir könnten den Titel zur Not auch um ein Programm ins übernächste Frühjahr verschieben, das wäre …«

»Nein«, würgte Gabriel ihn energisch ab. »Begreifst du es nicht? Ich – will – und – kann – nicht – mehr!«

»Bitte!« Wie zum Gebet legte Jonathan die Hände flach gegeneinander und bedachte Gabriel mit einem Blick, der die Steine der

Schutzwälle am Elbufer zum Erweichen bringen könnte. »Das kannst du mir nicht antun!«

»Ich will's ja auch nicht«, sagte er und klang dabei unendlich erschöpft. »Nur fällt mir kein anderer Ausweg ein.«

»Bitte!«, beharrte sein Verleger. »Ich bitte dich inständig! Du *musst* schreiben, das ist sonst eine Katastrophe!«

»Was wäre denn, wenn mich ein Bus überfahren hätte?«, begehrte Gabriel auf. »Oder ich läge an einer Herz-Lungen-Maschine? Dann müsstet ihr auch damit leben, dass von mir erst einmal kein neuer Titel kommt.«

»Stimmt«, gab Jonathan ihm recht. »Aber du liegst *nicht* an einer Herz-Lungen-Maschine.«

»Doch«, widersprach er. »Ich liege an einer *seelischen* Herz-Lungen-Maschine!«

»Was für ein schönes Bild!« Jonathan klang aufrichtig begeistert. »Merk dir das unbedingt für dein nächstes Buch!«

»Es *gibt* kein nächstes Buch!«

»Okay, okay!« Sein Verleger hob beschwichtigend die Hände, wanderte noch einmal auf und ab und setzte sich dann wieder neben ihn. »Lass mich einen Vorschlag machen: Wir warten zwei Monate, und wenn es dir dann noch immer so geht wie heute, lösen wir die Verträge auf.«

»Denkst du, das bringt was?«

»Das weiß ich nicht. Allerdings ist es einen Versuch wert, ehe du die Flinte komplett ins Korn wirfst.« Er betrachtete ihn so eindringlich, so verzweifelt, dass Gabriel ein unangenehmes Kribbeln durch und durch ging. »Wie ich schon sagte: Wir im Verlag brauchen dich, du bist einer unserer wichtigsten Autoren. Der wichtigste eigentlich.«

»Hm«, er dachte einen Moment lang nach, ehe er langsam und auch nur widerwillig nickte. »In Ordnung. Zwei Monate. Besser noch: bis Weihnachten.«

»Das sind über drei Monate.«

»Dann eben nicht.«

»Doch, doch!«, ruderte Jonathan zurück. »Bis Weihnachten, kein Problem, das machen wir! Das wird großartig!« Er klatschte vor Begeisterung in die Hände.

»Aber mach dir keine allzu großen Hoffnungen«, dämpfte Gabriel umgehend die Freude seines Verlegers. »Ich kann mir nicht vorstellen, dass mir innerhalb der nächsten Wochen etwas einfällt, das sich lohnt, aufgeschrieben zu werden.«

»Das werden wir dann ja sehen«, entgegnete Jonathan und lächelte dabei so gut gelaunt, als hätte sein Autor ihm soeben ein dreißigseitiges und fertig ausgearbeitetes Exposé für einen Jahrhundertroman vorgelegt, den er nur noch herunterschreiben musste.

»Ja, werden wir.«

Jonathan klopfte ihm mit einer Hand auf den Oberschenkel. »Entspann dich einfach, dann wird die Inspiration schon kommen. Ist ja meistens so. Wenn man nicht damit rechnet, macht es auf einmal ›bling‹!«

»Bling«, wiederholte Gabriel mit einem sarkastischen Unterton.

»Ich muss jetzt auch mal los«, sagte der Verleger und erhob sich. »Aber ich ruf dich morgen an.«

»Ja, ist gut.«

»Also dann«, Jonathan hob zum Abschied die Hand, dann stapfte er durch den Sand nach oben zur Straße.

Zurück blieb Gabriel. Auf dieser Bank mit seinem zerfledderten Buch. In kompletter Ratlosigkeit. War ihm schon seit Wochen schwer ums Herz, kam es ihm jetzt vor, als hinge ihm ein Betonklotz in den Eingeweiden. Denn er wusste, dass er Jonathan und den gesamten Verlag enttäuschen würde. So, wie er in den entscheidenden Momenten seines Lebens schon immer eine Enttäuschung gewesen war. Für sich. Und für andere.

Montag, 16. September

Miriam

Ein Paar hatte ihr Geschäft betreten, gemeinsam mit zwei kleinen Jungs im Alter von etwa sechs und drei Jahren. Alle vier hanseatisch blond und sonnengebräunt, als wären sie soeben nach einem längeren Törn von ihrer Segeljacht gehüpft. Miriam schätzte die Eltern auf Ende dreißig oder Anfang vierzig – und angesichts der teuren Markenklamotten, in denen sowohl die Frau als auch der Mann und die Kinder steckten, hatte sie den Eindruck, dass sie sich in der Tür geirrt haben mussten. Was wollte diese Designerfamilie bei ihr?

Sie hatte einen geübten Blick dafür, wie Menschen sich kleideten, nicht zuletzt durch ihre langjährige Tätigkeit als PR-Assistentin bei einem – mittlerweile insolvent gegangenen – Hamburger Label für Kindermode. Und diese Leute hier – die gehörten eindeutig in die Kategorie »teuer und neu«. Auf gar keinen Fall das typische Publikum in »Miriams Krümelkiste – Secondhand für Kids«, solche Leute trieben sich eher in den exklusiven Boutiquen am Eppendorfer Baum oder am Neuen Wall herum und kauften dort Kinderjäckchen, die so viel kosteten, dass »normale« Menschen für dasselbe Geld eine Woche in den Urlaub fahren könnten.

Miriams Laden hingegen befand sich in einer Seitenstraße in Lokstedt. Der Stadtteil, den Immobilienmakler gern noch als »schickes Eppendorf« bezeichneten, obwohl er de facto jenseits des Universitätsklinikums lag, das die magische Grenze zwischen den beiden Vierteln zog. Sie hatte die Verkaufsfläche mit drei winzigen Büroräumen, einem WC mit Dusche und einer kleinen Kitchenette zum Schnäppchenpreis von neun Euro warm je Quadratmeter ergattert, nachdem Becka, die Miriam zu der Verhandlung mit dem Eigentümer begleitet hatte, den Ausdruck einer Hamburger Liegenschaftskarte vorgelegt hatte, die bewies, dass sein Objekt in Lokstedt lag. Lokstedt! Nix Eppendorf! Und da sich offenbar auch kein anderer gefunden hatte, der mit fünfzehn oder sechzehn Euro zuschlagen wollte, hatte Miriam das Objekt bekommen.

Für ihre Zwecke war die Raumaufteilung perfekt: Von den drei kleinen Zimmern nach hinten raus war eines für Luzie, in dem sie nach der Schule Hausaufgaben machen und spielen konnte, eines diente als Lager, und für das dritte, das mit der Tür zum Innenhof, suchte Miriam per Aushang gerade noch einen Untermieter, der einen Arbeitsplatz brauchte. Und der vielleicht auch mal im Laden die Stellung halten könnte, wenn sie selbst kurz zur Schule, mit Luzie zum Arzt oder sonst etwas erledigen musste.

Sie fühlte sich wohl in der Krümelkiste – aber natürlich entsprach ihr Laden weder bezüglich Lage noch Außenfassade den Shops, in die Menschen mit Tod's an den Füßen jemals über die Schwelle traten.

»Guten Tag!«, begrüßte sie die Familie trotzdem freundlich und erhob sich von ihrem Barhocker hinterm Tresen, um zu signalisieren, dass sie zur Beratung bereit war.

»Wir wollen uns nur mal umsehen«, entgegnete die hochgewachsene Frau und machte sich prompt daran, die erste Kleiderstange zu inspizieren. Sie trug eine elegante Hochsteckfrisur, da flog kein einziges Härchen frei herum. Faszinierend. Miriam hatte den Kampf gegen ihre widerspenstige schwarze Mähne bereits vor Jahren aufgegeben und knödelte sie meistens mit einem Haargummi auf dem Kopf zusammen, was mal mehr, mal weniger gelungen aussah. Verstohlen musterte sie sich in dem kleinen

Schminkspiegel, der rechts in dem Regal neben ihrer Kasse stand. Heute eher weniger.

»Ich muss mal kurz telefonieren, Schatz«, sagte der Mann zu seiner Frau und war eine Sekunde später wieder nach draußen entschwunden. Dort begann er, mit seinem Handy am Ohr vor dem großen Schaufenster auf und ab zu wandern.

»Hm«, antwortete die Blondine abwesend nickend, während sie mit gerunzelter Stirn ein rosafarbenes Patchworkkleidchen in Größe achtundsechzig vom Bügel nahm und gegen das Licht hielt, das von der Straße aus ins Geschäft fiel.

»Jungssachen habe ich hier drüben«, erklärte Miriam von ihrer Position aus und deutete in die rechte Ecke ihres Geschäfts. »Und ab Größe achtundneunzig hängt dann alles dort.« Sie zeigte auf den Ständer direkt vorm Tresen.

»Ich suche etwas für die Tochter von Freunden«, antwortete die Frau und zog nun den Reißverschluss des Kleidchens prüfend auf und wieder zu. An ihrem rechten Ringfinger blitzte ein Klunker auf, von dem Miriam für den Bruchteil einer Sekunde regelrecht geblendet war. Und sie wurde gegen ihren Willen traurig und sogar ein bisschen neidisch. Musste das denn sein? Musste ausgerechnet in ihre düstersten Gedanken Familie »Rich & Happy« hereinspazieren? Die hatte doch jemand gecastet und ihr absichtlich auf den Hals gehetzt, damit sie sich nicht nur mies, sondern obermies fühlte!

»Ludwig, Julius«, sagte die Frau zu ihren Söhnen, während sie noch immer den Reißverschluss des Kleidchens malträtierte, »ihr könnt da drüben ein bisschen spielen.« Mit diesen Worten beugte sie sich hinunter und schob ihre Kinder sachte in Richtung des großen Regals auf der linken Seite, in dem sich zahlreiche Spielzeuge türmten. Sofort stürmten die Jungs los und fingen an, unter lautem Gelärme und Geklapper alles von den Brettern zu fegen, was Miriam dort dekoriert hatte.

»Äh«, entfuhr es Miriam, »das ist eigentlich …«

»Wie bitte?« Die Frau sah fragend auf und bedachte sie mit einem Blick, der den Vorstandsvorsitzenden eines Milliardenkonzerns zum Schweigen gebracht hätte. Eisblaue Augen, Miriam fühlte sich regelrecht durchbohrt.

»Gar nichts«, entgegnete sie stotternd, »ich …«

Doch die Frau hörte ihr schon gar nicht mehr zu, sondern beschäftigte sich erneut mit dem Reißverschluss.

Miriam nahm wieder auf ihrem Hocker Platz und fühlte sich seltsam kraftlos. Warum hatte sie die Kundin nicht auf den laminierten Zettel am Spielzeugregal hingewiesen, der eigentlich nur für Menschen zu übersehen war, die eine gelbe Armbinde mit drei schwarzen Punkten trugen nicht zu übersehen war?

Liebe Kundinnen und Kunden! Bitte passt ein wenig auf eure Kinder auf. Gern darf das Spielzeug angesehen und in die Hand genommen werden, aber bitte nicht alles auf einmal rausräumen. Leider geht häufig etwas kaputt oder ist später nicht mehr vollständig. Vielen Dank, eure Krümeline!

Doch, sie hätte zu der Kundin etwas sagen müssen. Aber sie hatte sich nicht getraut. Ob es an den eisblauen Augen lag oder daran, dass Miriam ihr Aliasname, den Becka sich für sie ausgedacht hatte, mit einem Mal absolut bescheuert vorkam, sodass sie die Frau nicht auch noch explizit darauf aufmerksam machen wollte, wusste sie nicht. Eher Zweiteres. *Krümeline!* Sie war achtunddreißig Jahre alt und stellte sich auf die gleiche Stufe mit Tiffy aus der *Sesamstraße*!

»Sagen Sie«, unterbrach die Frau ihre Gedanken, »das hier scheint mir aber einige Gebrauchsspuren zu haben.« Sie hielt das Kleidchen empor, nun wirkte sie irritiert.

»Na ja«, gab Miriam zurück und stand wieder auf, »ist eben secondhand.«

»Secondhand?« Die Kundin hängte den Bügel so schnell zurück, als wäre der Stoff mit einem biochemischen Kampfstoff eingenebelt worden.

»Japp«, bestätigte Miriam und drückte dabei den Rücken durch. »Steht auch dran. Krümelkiste, Secondhand für Kids.«

»Oh.« Die Blondine rückte einen Schritt von der Kleiderstange ab. »Das muss ich übersehen haben.«

»Alle Sachen hier sind sauber und ohne Mängel«, versicherte Miriam eilig und wunderte sich gleichzeitig über ihren entschuldigenden Tonfall. Sie klang fast, als würde sie sich schämen.

»Ludwig, Julius«, rief die Frau, ohne die zweite Information auch nur eines Kommentars zu würdigen, »kommt, wir müssen los!«

Ehe Miriam sie noch darum bitten konnte, die Spielzeugtrümmer ihrer Söhne wieder zurückzuräumen, war die Frau mitsamt ihrem Nachwuchs nach draußen geeilt. Dort sagte sie etwas zu ihrem Mann, der kurz das Handy vom Ohr nahm. Er grinste breit, das konnte Miriam sogar aus der Entfernung durchs Schaufenster erkennen. Dann legte er einen Arm um seine Gattin, und mit der Gelassenheit von Leuten, die an einem Montagnachmittag alle Zeit der Welt haben, schlenderten sie los und waren wenige Augenblicke später entschwunden.

Zurück blieb Miriam mit einem unerfreulich gedemütigten Gefühl.

Montag, 16. September

Gabriel

Vielleicht ist es an der Zeit, und ich sollte die einmalige Anstrengung unternehmen und mein Leben betrachten. Ich sehe mich inmitten einer unermesslichen Wüste. Ich rede von dem, was ich gestern, literarisch gesprochen, war, und versuche, mir zu erklären, wie ich dahingekommen bin.

Er klappte das Buch von Pessoa zu und erhob sich von seiner Bank. Blickte noch einmal hinaus aufs Wasser, der Wind ließ Wellen mit kleinen Schaumkronen über die Elbe tanzen. Mit einem Ruck zog er sich die Mütze vom Kopf, schloss die Augen und spürte, wie ihm Sekunden später eine Böe die Haare zerzauste. Sein Leben. Und die Frage, wie er dahingekommen war.

»Komm, Tavor«, sagte er und sah zu seinem Hund, der sich in Zeitlupengeschwindigkeit erhob. Gemeinsam trotteten sie zurück zum Haus. Nach einem kleinen Nickerchen würde er sich bestimmt besser fühlen.

Montag, 16. September

Miriam

Langsam ließ sie ihren Blick durch den Laden wandern, sah sich ratlos in der Krümelkiste um und versuchte, ihr Geschäft mit den

Augen eines Menschen zu betrachten, der es zum ersten Mal betrat.

Vom herumfliegenden Spielzeug abgesehen war es wirklich schön und aufgeräumt hier. Die angebotene Secondhandware hing sorgfältig nach Größe, Geschlecht und Art sortiert (Jacken, Hosen, Kleider) auf weißen Holzbügeln an glänzenden Chromständern, und jedes der Teile war absolut top in Schuss und natürlich sauber. Darauf legte Miriam beim Ankauf großen Wert, sie nahm nichts, was in den Container gehörte. Tatsächlich musste man bei den meisten ihrer Sachen schon ganz genau hinsehen, um zu erkennen, dass es sich um bereits getragene Kleidung handelte.

Zwar bezahlte sie beim Ankauf »nur« Flohmarktpreise, aber ein Großteil der Dinge, die man ihr anbot, war so gut wie neuwertig. Oft waren die Leute einfach nur froh, ihren Krempel unkompliziert loszuwerden, ein bisschen was in Sachen Nachhaltigkeit zu tun, dabei einen kleinen Schnack mit Miriam zu halten und vielleicht sogar das eine oder andere Teil noch günstig mitzunehmen.

Sie sah sich weiter um, konnte aber nichts entdecken, was auch nur ansatzweise Anstoß erregen könnte, weil es den Eindruck eines Grabbeltischs vermittelte. In einem Regal direkt hinter der Eingangstür standen sehr gepflegte Kinderschuhe von Größe neunzehn bis fünfunddreißig in Reih und Glied, Kleinkram wie Bodys, Socken, Strumpfhosen, Unterwäsche, Mützen, Schals und Badesachen fanden die Kunden gut übersichtlich, ebenfalls nach Größe geordnet, in transparenten Aufbewahrungskisten. Das war praktisch und ansehnlich zugleich.

Neben Kleidung hatte Miriam meistens auch noch einiges an Zubehör im Angebot: Mal war ein fast fabrikneuer Kinderwagen dabei, es gab Babyschalen und Autositze, Heizstrahler, Wickeltaschen, bruchsicheres Melamin-Geschirr, Schulranzen, Tretroller,

Schaukeln, Schlittschuhe, Fahrradhelme, Rucksäcke und, und, und. Nein, die Krümelkiste musste sich hinter ihren wohlhabenden Cousinen und Cousins am Neuen Wall in der Hamburger Innenstadt wahrlich nicht verstecken, zumindest was das Sortiment betraf.

Gemeinsam mit Becka hatte Miriam ihr kleines Reich vor einem halben Jahr liebevoll eingerichtet. Tagelang hatten sie in Eigenregie rumgeräumt und renoviert, hatten jede Wand in einem anderen Pastellton gestrichen, und sogar die einzelnen Regalbretter waren bunt lackiert. Ringsum an den Wänden verliefen zwei Zierbordüren mit lustigen Zirkusfiguren, einmal auf der Augenhöhe von Erwachsenen, einmal so, dass kleine Kinder sie gut im Blick hatten.

Becka hatte es sich natürlich nicht nehmen lassen, bei der Gestaltung der Räumlichkeiten sehr genau auf die Feng-Shui-Gesetze zu achten, weshalb der Verkaufstresen mit der Kasse hinten links in der Ecke stand – laut Rebecca der Platz, der für »Reichtum« sorgt. Welche Feng-Shui-Regeln für den restlichen Laden galten, hatte Miriam vergessen – außer dass ausgerechnet der Raum hinten rechts, für den sie einen Untermieter suchte, bisher leer stand. Alles in allem wirkte die Krümelkiste wie eine hübsche Puppenstube mit vielen niedlichen Details: Zwischen den Pullover- oder T-Shirt-Stapeln hockten Stofftiere wie ein rosafarbener Drache, ein Nilpferd oder ein Plüschhund mit treuem Blick und langen Schlappohren, in der Mitte des Raums baumelte ein Mobile aus Papierschmetterlingen von der Decke, und den Vorhang, mit dem Miriam eine Ecke als Umkleide abgetrennt hatte, hatte Becka aus bedrucktem Leinen genäht, das die beliebtesten Disneyfiguren zeigte. Eine Nische daneben hatten sie in sonnigem Gelb angemalt und dort eine Wickelkommode mit weicher Auflage aufgestellt. In den Schubladen des Schränkchens befanden sich neben Feuchttüchern und Babycreme noch Windeln von Größe eins bis sechs, sie hatten wirklich an alles gedacht.

Alle zwei bis drei Wochen dekorierte Miriam das Schaufenster um und präsentierte dort ihre jeweiligen Klamotten-Highlights – sie hatte nicht nur Kleidung von H&M, Zara und den üblichen Verdächtigen, sondern auch mal ein Hemd von Ralph Lauren oder einen Kinder-Trenchcoat von Burberry (sie war fast hintenübergefallen, als sie im Netz nach dem Neupreis dafür gesucht hatte, um zu entscheiden, was er bei ihr kosten sollte). In die zwei weißen Regale mit jeweils neun Fächern stellte Miriam absichtlich Dinge, die bei den lieben Kleinen Begehrlichkeiten wecken konnten.

Eigens dafür kaufte sie im Großhandel Neuware ein, denn es war ja eine Binsenweisheit, dass man mit Speck Mäuse fing: Flummis in Neonfarben, Stickerhefte, Wasserspritzpistolen, Glitzertattoos, Matchboxautos, Knete, Lego & Playmobil, Schleich-Figuren, Riesenseifenblasen, Accessoires zum Verkleiden und anderer Schnickschnack sowie in zwei von den Fächern Glasschalen mit etwas Süßkram wie Esspapier, Fruchtgummi, Lakritze, Brausepulver oder Schaumzuckerwaffeln.

Das bisschen »Lockstoff« hielt sie für legitim, schließlich sollten auch Kinder Lust haben, ihre Eltern in die Krümelkiste zu begleiten. Okay, hin und wieder wurden Eltern von ihrem Nachwuchs hereingezerrt. Aber das war ja nun keine Strategie, mit der andere Läden nicht ebenfalls arbeiteten.

Bei dem Gedanken fiel Miriam ein, dass sie Luzie hoch und heilig versprochen hatte, heute zwei Stunden früher zu schließen, um mit ihr zu Mikado zu gehen. Das einzige Spielzeuggeschäft in der Gegend schickte jedem Kind, das dort für seinen Geburtstag eine Geschenkekiste einrichtete, an seinem Ehrentag eine Postkarte mit Glückwünschen und der Aufforderung vorbeizuschauen, weil es dann eine Überraschung gäbe. Und natürlich musste Luzie, nachdem sie am Samstag die Karte erhalten hatte, heute unbedingt, unbedingt, un-be-dingt zu Mikado, um ihr Präsent abzuholen!

Miriam seufzte tief, ging zu dem Regal, vor dem das verstreute Spielzeug auf dem Boden herumlag, und fing an, es wieder zusammenzusetzen und zurückzuräumen. Sie wich nur ungern von den Öffnungszeiten der Krümelkiste ab, denn jeder Kunde, der vor einer verschlossenen Tür stand, war unter Umständen ein verlorener Kunde. Außerdem brannte ihr die verhasste Buchhaltung unter den Nägeln, und sie hatte sich gestern – wie so oft – fest vorgenommen, heute endlich mal damit anzufangen, ein bisschen Ordnung in ihre Zettelwirtschaft zu bringen, weil es montags im Laden meistens sehr ruhig zuging.

Tatsächlich war es dringend notwendig, dass sie sich mit der Sache befasste: Sechs proppenvolle Schuhkartons mit den gesammelten Belegen über Einnahmen und Ausgaben lugten anklagend aus dem Regal unter der Ladentheke hervor. Die musste sie noch sortieren und abheften, bis Ende des Jahres müsste sie alle Zahlen dem Finanzamt schicken. Nach Eröffnung der Krümelkiste hatte sie im ersten Monat noch alles fein säuberlich in einem Aktenordner abgelegt, so, wie man es ihr im Existenzgründerseminar zum Thema »Einnahmenüberschussrechnung« erklärt hatte. Ab dem zweiten Monat war leider das Chaos ausgebrochen. Oder, wenn sie ehrlich war, die Unlust, sodass sie zur »Ablage Schuhkarton« übergegangen war. Seitdem wurden ihr jedes Mal, wenn sie sich in einem ruhigen Moment einen der Kartons geschnappt hatte, um ihn zu durchforsten, schon nach wenigen Minuten die Lider schwer, und sie hatte den Zettelkasten resigniert zurück ins Regal gestellt. Im Schnitt hatte sie pro Monat seit Eröffnung circa zweitausend Euro Umsatz gemacht. Das war einerseits gut, weil sie so noch als Kleinunternehmerin galt, befreit von lästigen Dingen wie Umsatz- oder Gewerbesteuer – andererseits war es trotz Kindergeld und Halbwaisenrente viel zu wenig, um ihre laufenden Kosten zu decken. Neben der Ladenmiete musste sie ja noch ihre Wohnung bezahlen und die Ausgaben für Luzies und ihr tägliches Leben. Aber sie wollte sich nicht verrückt machen, die Krümelkiste lief ja gerade erst an, da musste sie einfach Geduld haben.

Erneut fiel ihr Blick auf die Schuhkartons. Auch heute würde aus ihrem Vorsatz, wenigstens einen davon zu ordnen, nichts werden. In zehn Minuten käme Luzie aus der Schule, und sie hatte ihr den Ausflug zu Mikado fest versprochen.

Miriam hatte oft ein schlechtes Gewissen, weil ihre Tochter fast jeden Tag – es sei denn, sie war mit Alissa oder einer anderen Freundin verabredet – von Viertel nach vier bis um sechs in ihrem kleinen Zimmer hinten im Geschäft herumhing, damit ihre Mutter weiterarbeiten konnte. Während andere Klassenkameraden zum Schwimmen, zum Klavier oder zum Hockey gekarrt wurden, gab Luzie sich damit zufrieden, an ihrem Schreibtisch zu sitzen, ihre Hausaufgaben zu erledigen, danach etwas zu basteln oder zu malen und dabei einem Hörbuch zu lauschen. Und das, ohne sich jemals darüber zu beschweren.

Erneut spürte Miriam, wie die Traurigkeit ihr fast die Luft zum Atmen nahm. Vor ihrem inneren Auge tauchte die Familie von gerade eben auf. Bis vor drei Jahren hatten sie und Luzie auch so ein Leben gehabt. Vielleicht nicht ganz so hochwohlgeboren, aber immerhin mit Vater, Mutter und Kind in einer großen Vier-Zimmer-Altbauwohnung mit Garten in der Bismarckstraße, malerisch gelegen direkt am Isebekkanal. Eine glückliche Familie, im Wesentlichen sorglos.

Jedenfalls hatte sie, Miriam, immer gedacht, dass sie glücklich sind. Niemals hätte sie es für möglich gehalten, dass dieses Glück von einer Sekunde auf die nächste komplett ausgelöscht werden könnte.

Und jetzt? Jetzt lebte sie mit ihrer Tochter auf einundfünfzig Quadratmetern in zwei Zimmern in einem hässlichen Rotklinkerbau an einer großen Hauptstraße. Vierzehn Parteien pro Häuserabschnitt, was Besseres war für sie im Stadtteil Hoheluft nicht drin.

Für Luzie hatte sie wenigstens hier im Viertel bleiben wollen, damit ihre Tochter neben ihrem Papa nicht auch noch sämtliche vertrauten Freundinnen verlor. Da nahm Miriam es lieber in Kauf, sich Abend für Abend die Schlafcouch ausziehen zu müssen, damit sie wenigstens so etwas wie ein Wohnzimmer hatten. Natürlich waren das keine katastrophalen Lebensumstände, aber sie und Luzie hatten trotzdem eine ganze Weile gebraucht, um sich daran zu gewöhnen.

Hätte es Becka nicht gegeben – Miriam hätte in den letzten drei Jahren oft nicht gewusst, wie sie hätte weitermachen sollen. Nicht nur emotional, sondern auch finanziell hatte Luzies Patentante ihr mehr als einmal unter die Arme gegriffen, obwohl sie es als freie Kostümbildnerin für Film und Theater auch nicht gerade dicke hatte. »Ich habe ja immerhin noch Unterstützung von Tim«, hatte sie Miriams Protest im Keim erstickt, als sie ihr kurz nach Patricks Tod einen Umschlag mit dreitausend Euro in die Hand gedrückt hatte. »Du musst jetzt erst mal wieder auf die Beine kommen, dann sehen wir weiter.«

Miriam griff nach dem auseinandergerupften *Monopoly*-Spiel, stopfte Karten, Plastikhäuschen und Spielgeld zurück in den Karton. Sie atmete tief ein und aus, versuchte, sich zu beruhigen. Sie kamen ja klar, Luzie und sie. Erst recht, seit Miriam die Krümelkiste hatte. Das erste Jahr, nachdem das Modelabel, für das sie halbtags gearbeitet hatte, pleitegegangen war, war hart gewesen. Noch immer hatte sie nach Patricks plötzlichem Tod unter Schock gestanden, und der Konkurs von »Kiddies-First« hatte ihr quasi das letzte Restfitzelchen Boden unter den Füßen weggezogen.

Sie hatte noch Insolvenzgeld in Höhe von drei Monatslöhnen erhalten (bei einer Halbtagsstelle auch nicht die Welt), danach war sie ins Arbeitslosengeld gerutscht, das mit siebenundsechzig Prozent ihres vorherigen Gehalts trotz aller Einschränkungen kaum zum Leben reichte. Die Suche nach einer neuen Stelle im PR-Bereich hatte sich als komplett aussichtslos dargestellt. Miriam hatte einfach nichts finden können, schon gar nicht für zwanzig Stunden die Woche, und beim Wort »alleinerziehend« schienen alle zusammenzuzucken, als sei das eine unheilbare Krankheit.

Ihre Eltern hatten damals angeboten, an zwei Nachmittagen pro Woche aus Cuxhaven anzureisen und sich um ihr Enkelkind zu kümmern. Aber das wäre nur ein Tropfen auf den heißen Stein gewesen, und sie hatte es ihnen auch nicht antun wollen, mit weit über siebzig in ihrem altersschwachen Opel ständig über die »Cuxe«, Norddeutschlands gefährlichste Bundesstraße, zu eiern.

Über Patricks Mutter und Vater hatte Miriam erst gar nicht nachdenken müssen, die lebten in Spanien und waren schon vor dem Tod ihres einzigen Sohnes nicht mehr sonderlich rüstig gewesen. Seit Patricks Beerdigung vor drei Jahren waren sie nicht mehr nach Hamburg gereist, und die wenigen Male, die Miriam und Luzie mit ihnen seitdem telefoniert hatten, hatte sie den Eindruck gehabt, dass sie mehr und mehr abbauten.

So war sie in ihrer Suche immer panischer geworden in dem Wissen, dass das Arbeitslosengeld, irgendwann auslaufen und sie damit auf Grundsicherung zurückfallen würde. Gedanklich hatte sie sich schon fast damit abgefunden, dass zwar nicht ihre Eltern an zwei Nachmittagen pro Woche nach Hamburg kommen, sie und Luzie dafür aber wieder zu ihnen nach Cuxhaven ziehen würden. Zurück in ihr ehemaliges Kinderzimmer, das sie dann mit ihrer Tochter teilen müsste, was für eine Aussicht!

Zwar hatte Becka ihr auch hier Mut zugesprochen und erläutert, dass so etwas selbst im schlimmsten Fall der Fälle nicht passieren würde, weil sie als Bürgergeld-Empfängerin auch ein Anrecht darauf hätte, dass das Amt Miete und Nebenkosten ihrer kleinen Wohnung übernehmen würde – aber was hatte das für ein Trost sein sollen? Von einem wunderbaren Leben mit Traummann und Kind direkt in die staatliche Abhängigkeit!

Becka hatte sie regelrecht ausgeschimpft, als Miriam ihr an einem weinseligen Abend Ende Januar eine Frusttirade um die Ohren gehauen hatte. Eine Tirade, in der sie all ihre Verzweiflung, all ihre Wut und Traurigkeit über die Ungerechtigkeit des Lebens hinausgeschrien hatte – wobei sie ihrer besten Freundin selbst in angetrunkenem Zustand kein Sterbenswort darüber verraten hatte, was es war, das ihre Wut hin und wieder in regelrechte Raserei umschlagen ließ.

Niemals würde sie Becka das erzählen. Ihr nicht und auch sonst keinem. Diesen wunden Punkt, nein, diese hässliche und klaffende Wunde würde sie nie auch nur irgendjemandem zeigen.

An genau diesem Abend war ihnen, nachdem Miriam sich wieder etwas beruhigt hatte (oder als die zweite Flasche Wein ihr diesen Dienst erwiesen hatte), die Idee zu dem Secondhandladen gekommen. Wer von ihnen beiden damit angefangen hatte, konnten sie am nächsten Morgen nicht mehr rekonstruieren, aber irgendwie waren sie beim Brainstormen über mögliche Jobs für Miriam von »Kiddies-First« bei »Kiddies-Second« gelandet.

Auch am nächsten Morgen und wieder nüchtern hatte die Idee sie noch begeistert, und Miriam hatte sich mit Feuereifer sofort in die Umsetzung gestürzt. Auf einem Gründerseminar lernte sie, wie man einen Businessplan erstellte, der anschließend von einer freundlichen Dame bei der Agentur für Arbeit anstandslos durchgewunken worden war, sodass Miriam in den ersten Monaten ihrer Selbstständigkeit ein wenig finanzielle Entlastung hatte, weil sie sechs Monate lang noch volles Arbeitslosengeld und im Anschluss ein weiteres halbes Jahr lang einen monatlichen Zuschuss von immerhin dreihundert Euro erhielt.

Außerdem hatten ihre Eltern Miriam aus ihren nicht gerade üppigen Ersparnissen für zwei Jahre einen zinslosen Kredit über 5000 Euro gewährt, um damit den Laden anzuschieben. Nur widerwillig hatte Miriam dieses Angebot angenommen, aber sie hielt fest an dem Glauben, dass sie ihnen pünktlich die gesamte Summe zurückzahlen könnte. Sie würde das schaffen.

Wenn Miriam jetzt noch einen Untermieter für den einen freien Raum fände, der sich mit zweihundertfünfzig oder dreihundert Euro an der Miete beteiligen würde, wären auch mal wieder Dinge wie ein Ausflug in den Heidepark Soltau oder ein Wochenende an der Ostsee möglich. Vielleicht sogar ein Kurztrip zu Luzies Großeltern nach Spanien?

Auf jeden Fall würde sie ihre Tochter, sobald es machbar wäre, bei der Musicalschule anmelden, die Alissa seit einem Jahr jeden Samstag mit großer Begeisterung besuchte. Miriam wusste, wie gern Luzie zusammen mit ihrer Freundin zur »Hamburg Musical Company« gehen würde – und das musste, musste, MUSSTE einfach irgendwie bis zum Ende das Jahres klappen. Wenigstens das!

Sie würde das schaffen. Für Luzie. Für sich selbst. Sie würde nicht zulassen, dass sie und ihre Tochter an Patricks frühem Tod zugrunde gingen. Das kam nicht in die Tüte! Sie und Luzie – sie waren ein verdammt gutes Team. Sie brauchten nichts und niemanden und würden der Welt und dem blöden Schicksal schon zeigen, was eine Harke war!

»Mami?«

Erschrocken fuhr Miriam herum, als direkt hinter ihr die Stimme ihrer Tochter erklang, sie hatte nicht einmal die Türglocke gehört.

»Du bist ja schon da!«, rief sie, strich sich mit einer Hand ein paar Haarsträhnen aus dem Gesicht und lächelte ihr kleines Mädchen an.

Luzie lächelte nicht. Sie stand vor ihr und sah sie aus ihren großen blauen Kulleraugen verunsichert an. Sie war ein Abbild von Patrick, was Miriam zum Glück nie mit Trauer, sondern immer nur mit Freude erfüllt hatte. Nicht nur Farbe und Form seiner Augen hatte sie geerbt, sondern auch die vollen Lippen und die weizenblonden Haare. Miriam hingegen fand sich optisch kaum in ihrer Tochter wieder, sowohl ihre Augen als auch ihr Haar waren dunkel. »Wenn's umgekehrt wäre, also du Luzies Papa und ich ihre Mama«, hatte Patrick mal im Spaß gesagt, »wäre ich echt misstrauisch.« »Na und ich erst!«, hatte sie erwidert, und darüber hatten sie sich schlapp gelacht.

Jetzt gerade hatte sich bei Luzie sogar die steile Falte zwischen den Augenbrauen gebildet, die für ihren Vater so charakteristisch gewesen war und die sich bei ihr nur zeigte, wenn sie traurig oder wütend war oder angestrengt über etwas nachdachte.

Einer der beiden Zöpfe, die Miriam ihr heute früh geflochten hatte, hatte sich aufgelöst, die kakifarbene Jacke hing ihr schief von den Schultern, auf den Knien ihrer Jeans waren Schmutzflecken zu sehen, als wäre sie darauf einmal quer über den Schulhof gerobbt, und in der rechten Hand ließ sie ihren lilafarbenen Ranzen am Henkel baumeln.

»Warum weinst du denn, Mami?«

Montag, 16. September

Gabriel

Eine graue Wand jetzt, zerkrallt und blutig. Führt kein Weg aus dem Kopf heraus?

Das Nickerchen hatte nicht geholfen. Und der Gedichtband von Sylvia Plath, zu dem Gabriel anstelle von Pessoa gegriffen hatte, tat es auch nicht.

Gegen seinen Willen musste er Jonathan recht geben. Die Werke von hochdepressiven Autoren brachten ihn nicht weiter. Wie sollte Gabriel da nur einen einzigen Gedanken zu Papier bringen? Schwieriger noch, wie sollte Henri Fjord es tun? Es sei denn, er wechselte ins Fach der düsteren Lyrik. Aber das würde – außer ihm selbst vielleicht – wohl niemanden begeistern.

Er wollte es ja, wollte es *wirklich*! Wollte einen guten neuen Roman schreiben, wenigstens für Jonathan und den Verlag. Und ein kleines bisschen auch für seine Leserinnen. Dass mal ein Mann zu einem seiner Bücher griff, kam selten vor. Seine Leserschaft war überwiegend weiblich, und die wenigen Männer, die zu seinen Lesungen kamen, waren entweder von ihren Partnerinnen mitgeschleift worden oder hatten sich schlicht in der Veranstaltung geirrt.

Das war *wirklich* schon mal passiert! Vor etwa vier Jahren, da hatte er seinen neuesten Roman *Das Laute an leisen Tagen* im Hamburger Literaturhaus vorgestellt, und nach gut zehn Minuten war ein Mann in einer der vorderen Reihen aufgestanden. »Sie sind gar nicht Sebastian Fitzek, oder?«, hatte er Gabriel zugerufen, woraufhin das weibliche Publikum in schallendes Gelächter ausgebrochen war.

»Nicht ganz«, hatte Gabriel erwidert, bemüht darum, nicht ebenfalls loszuprusten. »Aber glauben Sie mir: So manche Liebesgeschichte ist grausamer als Mord und Totschlag.« Damit hatte er erneut alle Lacher auf seiner Seite gehabt, im Saal hatte derart lautstarkes Gegröle und Geklatsche geherrscht, als säße ein Comedian am Lesepult und nicht der »deutsche Nicholas Sparks«. Der verirrte Mann hingegen war verstummt und hatte sich etwas umständlich und Entschuldigungen murmelnd den Weg aus seiner Sitzreihe hinausgekämpft.

Ja. Damals, da war er noch lustig gewesen. Zumindest manchmal und zumindest nach außen hin. Dabei hatte Gabriel auch zu diesem Zeitpunkt schon seit Jahren mit einem inneren Stachel zu kämpfen gehabt. Aber damals hatte er noch nicht so tief gesessen wie heute. Mittlerweile fühlte er sich hilflos aufgespießt wie ein Schmetterlingspräparat. Im Wesentlichen nur noch dazu da, in all seiner toten Schönheit betrachtet zu werden.

Was war nur passiert mit ihm? In ihm? War es die Midlife-Crisis? Die Erkenntnis darüber, dass sein Leben genau wie das eines jeden anderen Menschen auf dieser Welt endlich war? Ein Umstand, an den er in jungen Jahren keinen einzigen Gedanken verschwendet hatte.

Live now, pay later. Mit siebzehn, als er gerade sein dysfunktionales Familienleben in Buxtehude gegen eine Wohngruppe mit rebellischen Jugendlichen in Hamburg ausgetauscht hatte, hätte er sich diesen dämlichen Satz beinahe auf den Oberarm tätowieren lassen. Zum Glück hatte er es nicht getan. Trotzdem aber beschlich ihn nun der Verdacht, dass sein Zahltag unmittelbar bevorstand. Und damit verbunden die Einsicht, dass er Fehler begangen hatte, die er niemals wiedergutmachen konnte.

Gabriel erhob sich von seiner Corbusier-Liege, stieg die hölzerne Treppe hinunter, machte einen großen Schritt über Tavor hinweg, der wie immer am letzten Absatz lag und geräuschvoll vor sich hin döste. Er nahm sein Portemonnaie von dem Tisch neben der Haustür, klappte es auf, öffnete den Reißverschluss des hintersten Fachs und holte das Foto heraus.

Nachdenklich betrachtete er das zerknitterte Bild, das er stets bei sich trug; strich mit den Fingern über das hübsche Gesicht, das der Kamera zwar nicht zugewandt war, aber dennoch erkennbar bis über beide Wangen strahlte. Dann steckte Gabriel das Foto zurück und legte das Portemonnaie wieder auf seinen Platz.

Greta. Der Name hallte durch seinen Kopf, als hätte er ihn ausgesprochen. Ob er es irgendwann schaffen würde, sie anzurufen? Oder sogar den Mut hätte, sie zu besuchen? Bereits seit Monaten hatte er ihre Telefonnummer und wusste auch, wo sie wohnte. Gar nicht weit entfernt von ihm. Und trotzdem unerreichbar. Wie so viele. *Kein Mensch ist eine Insel.* Ein Vers des englischen Dichters John Donne. O doch! Er, Gabriel Bach, er *war* eine Insel. Eine Insel ganz weit draußen im Ozean. Ohne auch nur eine einzige Brücke, die zu ihr führte oder über die man sie in Richtung Festland verlassen konnte.

»Hör auf mit dem Gejammer«, sagte er nun tatsächlich laut zu sich selbst. »Das ist einfach nur erbärmlich. *Du* bist erbärmlich!« Tavor gab ein leises Knurren von sich, als würde er sich angesprochen fühlen. Oder seinem Herrchen zustimmen.

Einen kurzen Moment lang hing Gabriel noch seinen Gedanken nach, dann stieg er die Treppe wieder nach oben, um in sein Arbeitszimmer zu gehen. Ihm musste etwas einfallen. Irgendwas! Eine nette kleine Geschichte, wie er schon so viele geschrieben hatte. Boy meets girl; ein bisschen Magie, ein bisschen Zauber, ein bisschen heile Welt und ein Happy End. Warum denn nicht? Er sollte einen neuen Roman schreiben und nicht seine eigene Geschichte. Da konnte doch am Ende auch alles gut werden, es war ja nur Fiktion! Und, genau, Sebastian Fitzek massakrierte im wahren Leben vermutlich auch keine Menschen.

Gabriel nahm vor seinem Notebook Platz, klappte es auf, erstellte ein neues Dokument und legte die Finger auf die Tastatur.

Ein oder zwei oder drei Stunden später saß er immer noch so da. Bewegungslos. Die Seite vor ihm leer.

Montag, 16. September

Miriam

»Komm schon, Mama! Die machen gleich zu!«

»Bis sechs sind es noch eineinhalb Stunden, also hetz mich nicht so!« Mit übergroßen Schritten eilte Miriam hinter Luzie her, die auf ihrem kleinen Fahrrad den Bürgersteig entlangpeste. Sie kam kaum mit und wünschte sich, sie hätte ebenfalls ihr Rad genommen. Aber dafür hätte sie den platten Vorderreifen, mit dem es seit vier Wochen vor der Krümelkiste stand, zuerst wieder aufpumpen müssen, und dazu hatte sie keine Lust gehabt.

Sie hatte selten Lust zu solchen »Männeraufgaben« und nahm an, dass es dafür psychische Ursachen gab, denn früher war es ihr nicht schwergefallen, eine Luftpumpe zur Hand zu nehmen oder einen verstopften Ausguss vom Siff zu befreien. Es schien eine Art innerer Protest zu sein, ein unbewusster Boykott. Als würde irgendetwas in ihr mit selbstgerechter Stimme schreien: »Seht her, ich Arme! Mein Mann ist gestorben und hat mich mit einem platten Fahrradreifen zurückgelassen!«

Albern, überaus albern. Und noch dazu sinnlos, denn damit handelte Miriam sich nichts als Ärger ein, so wie jetzt, wenn sie atemlos hinter ihrem Kind herrennen musste. Noch heute Abend würde sie ihr Rad wieder flottmachen.

»Ich geh schon mal rein!«, rief Luzie ihr über die Schulter hinweg zu, sobald sie das Spielzeuggeschäft erreicht hatte, lehnte ihr Rad eilig gegen die Häuserwand, riss die Glückwunschkarte vom Mikado, die unter dem Gepäckträger klemmte, raus und war eine Sekunde später durch die gläserne Eingangstür verschwunden.

Schmunzelnd schüttelte Miriam den Kopf. Sie freute sich, dass ihre Tochter so aus dem Häuschen war und sich wie jedes andere Kind in diesem Alter aufführte, das bei der Ankündigung einer Überraschung eine Art Tunnelblick bekam und nichts anderes mehr im Sinn hatte, als sie so schnell wie möglich in Händen zu halten. Unbeschwert und aufgekratzt, so, wie es sein sollte. Es hatte lange gedauert, ehe dieser unterschwellige Ausdruck von Traurigkeit aus Luzies Blick verschwunden war, diese nur für Miriam spürbare Bedrücktheit.

Vorhin, als Luzie sie im Laden überrascht und gefragt hatte, weshalb sie weinte – Miriam selbst hatte die Tränen gar nicht bemerkt –, hatte sie geistesgegenwärtig behauptet, sie habe sich den Musikknochen an einem Regal gestoßen. Ihre Tochter hatte ihr diese Erklärung abgekauft. Auch wenn es nichts weiter als eine kleine Notlüge gewesen war, hasste Miriam solche Situationen, in denen sie Luzie etwas vorspielte.

Vor allem die ersten Wochen nach Patricks Tod hatten Miriam einiges an schauspielerischem Talent abverlangt. Früher, bevor es Luzie gab, hatte sie sich bei Liebeskummer heulend und mit einer Flasche Rotwein aufs Sofa verzogen, bis spät in die Nacht schnulzige Filme geschaut und sich in ihrem Selbstmitleid gesuhlt. Ganz nach Bridget-Jones-Manier, »All by myself« und so. Das ging jetzt nicht mehr. Ein hysterisch heulender Elternteil war keinem Kind zuzumuten.

Oh, wie Miriam das manchmal ankotzte! Doch sie wollte nicht

wieder in Grübeleien verfallen, straffte die Schultern und legte die letzten Meter zu Mikado mit betont großen und tatkräftig federnden Schritten zurück.

Kurz vorm Eingang fiel ihr eine Kreidetafel ins Auge, die direkt vorm Schaufenster neben einer riesigen Kiste mit Sandspielzeug, Keschern, Lenkdrachen und bunten Windrädern stand. »Glücklich machen kleine Sachen, oft auch nur ein Kinderlachen« war dort in geschwungenen roten Lettern zu lesen. Jedes Mal wenn sie zu dem Spielzeugladen kam, stand ein anderer Spruch auf der Tafel; und dieser hier schien für sie ganz persönlich gedacht zu sein.

Einen kurzen Moment lang schloss sie die Augen und atmete mehrmals tief durch. Ja, genau so war es. Sie brauchte nicht mehr als eine lachende Luzie, nicht mehr als ein glückliches kleines Mädchen. Und dafür würde sie alles tun.

»Hallooo, Frau Petersen!« Heidi Schrader, die das Mikado seit Anbeginn der Zeit gemeinsam mit ihrer Schwester Gertrud führte, begrüßte Miriam mit einem herzlichen Lächeln, sobald sie das Geschäft betreten hatte. Noch nie hatte Miriam eine der beiden gestresst oder schlecht gelaunt erlebt, sie waren der Inbegriff der Fröhlichkeit und schienen in ihrem Beruf voll und ganz aufzugehen. Dafür sprach auch die Tatsache, dass sowohl Heidi als auch Gertrud mit Sicherheit weit über siebzig waren, aber trotzdem nicht daran dachten, sich zur Ruhe zu setzen.

Die zwei Energiebündel fegten von morgens bis abends durch ihren Laden, machten Scherze mit den Kindern und nahmen sich geduldig Zeit für jede noch so absurde Elternfrage (»Sagen Sie, haben Sie so etwas wie *Mensch ärgere Dich nicht*, nur dass sich beim Verlieren dann keiner ärgert? Oder, besser noch, ganz ohne Verlieren?«).

Strategisch gesehen hätten die Schwestern sich keine bessere Lage aussuchen können, denn direkt gegenüber auf der anderen Straßenseite war ein Kindergarten – und da Luzie eben genau jene Kita besucht hatte, waren sie seit fünf Jahren Stammkunden im Mikado.

Miriam hatte sich das Geschäft für die Krümelkiste zum Vorbild genommen und sich irgendwann sogar getraut, Gertrud und Heidi um ein paar Tipps zu bitten. Die Schwestern hatten keinerlei Konkurrenzdenken und berieten sie ausführlich und sogar voller Begeisterung, weil sie sich aufrichtig freuten, dass Miriams Laden das Viertel »bunter und lebendiger« machen würde. Wie fast alle örtlichen Einzelhändler hatten auch die Schraders in den vergangenen Jahren mehr und mehr mit den Dumping-Preisen im Internet zu kämpfen und lobten Miriam für ihren Mut, es mit einem eigenen Geschäft zu versuchen.

Und mutig war ihr Vorhaben gewesen, schließlich konnte man überall in der Stadt dem Boutiquen-Sterben zusehen. Einige Geschäfte mussten kaum ein Jahr nach Eröffnung bereits wieder schließen, weil ihnen die kaufkräftige Kundschaft fehlte, um die horrenden Mieten zu finanzieren.

»Wenn das so weitergeht«, hatte Becka neulich bei einem gemeinsamen Spaziergang prophezeit, als sie an gleich drei Läden mit dem Schild »Räumungsverkauf« im Schaufenster vorbeigelaufen waren, »sieht es hier bald auch so aus wie in vielen Kleinstädten. Verwaiste Fußgängerzonen, die nur noch aus Sonnenstudios, Nagelstudios, Spielhallen und Schnellimbissen bestehen.«

Wie zum Trotz hatte Miriam daraufhin mit Luzies Filzstiften ein Pappschild mit der Aufschrift »Support your local dealer!« versehen und es direkt unter die Kunststofftafel mit den Öffnungszeiten in die Eingangstür der Krümelkiste gehängt. Egal, ob das etwas brachte oder nicht, es war auf jeden Fall ein deutliches Signal. Auch fürs Mikado hatte sie so ein Schild gemalt und freute sich, jetzt zu sehen, dass die Schwestern es an die Wand hinter der Kasse gehängt hatten, gut sichtbar für jeden Kunden.

»Na? Habt ihr am Wochenende schön Geburtstag gefeiert?«,

wollte Heidi von Miriam zur Begrüßung wissen, während sie gerade dabei war, in einem großen Karton mit bunten Papiertüten herumzuwühlen, der auf der Ladentheke stand. Luzie hatte sich nur wenige Zentimeter daneben postiert und lugte neugierig an Heidi vorbei.

»Ja«, antwortete sie, »Luzie und ihre Freundinnen haben unsere Wohnung in ein Schlachtfeld verwandelt.«

»So muss es sein!«, erwiderte Heidi Schrader lachend.

»Wir hatten sogar eine Piñata, die ich mit Bonbons befüllt habe.« Miriam senkte die Stimme. »Leider hatte meine Freundin Becka die tolle Idee, auch Konfetti in das Ding zu kippen. Wahrscheinlich finde ich noch in fünf Jahren beim Saugen irgendwelche Papierschnipsel.«

Erneutes Lachen von Heidi. »Hauptsache, die Kinder hatten Spaß.« Sie zwinkerte Luzie zu. »Oder etwa nicht?«

»Doch, klar!«, bestätigte Miriams Tochter, ohne den Karton mit den Überraschungen aus den Augen zu lassen. Mittlerweile wippte sie auf den Füßen, sie schien die Anspannung kaum noch aushalten zu können.

»Ah, hier ist sie ja!«, verkündete Heidi gleich darauf die erlösenden Worte, zog eine lilafarbene Tüte hervor und überreichte sie Luzie. »Bitte schön, Fräulein Petersen!«

»Danke!« Sie griff danach und machte sich sofort daran, das Papier unter lautem Geratsche aufzureißen. »Schleimi!«, krakeelte Luzie Sekunden später und reckte eine neongrüne Dose in die Höhe, als wäre sie ein Siegerpokal. »Sogar mit Würmern!« Ihre Stimme kiekste vor Begeisterung. »Genau so was haben Frieda und Viktor auch, das habe ich mir schon IMMER gewünscht!«

»Toll!«, sagte Miriam und hoffte, dass man ihr nicht ansah, was sie in Wahrheit über diese Geburtstagsüberraschung dachte. Sie hasste solchen Tinnef aus Taiwan, ebenso wie die überteuerten Kinderhefte, die immer im untersten Zeitschriftenregal neben der

Supermarktkasse lagen und auf denen billiger Plastikmist klebte, der spätestens dreißig Sekunden nach dem Kauf zu Bruch ging. Dutzende von Leuchtzauberstäben, Nachtsichtferngläsern, Geheimkompässen oder andere Gimmicks von zweifelhaftem Nutzen hatte Miriam direkt nach Inbetriebnahme schon im Müll entsorgen müssen, ehe sie vor einiger Zeit dazu übergegangen war, sich konsequent zu weigern, auch nur einen Cent für so etwas auszugeben.

Nun seufzte sie innerlich, während sie dabei zusah, wie Luzie noch im Geschäft den glibberigen Schleim aus der Dose holte und damit einen langen grünen Faden zwischen ihren Fingern zog.

»Das ist das beste Geschenk ever!«, verkündete ihre Tochter im Brustton der Überzeugung, was Heidi Schrader ein zufriedenes Strahlen aufs Gesicht zauberte. Miriam versetzte es einen kleinen Stich, weil sie in der Nacht von Freitag auf Samstag mit Beckas und Tims Unterstützung vier Stunden lang das Hochbett zusammengeschraubt hatte, das Luzie sich sehnlichst gewünscht und für das Miriam ein halbes Jahr lang gespart hatte.

»Hallo, Frau Petersen!« Gertrud Schrader gesellte sich aus dem hinteren Teil des Ladens zu ihnen. »Alles Liebe zum Geburtstag!«, gratulierte sie Luzie.

»Vielen Dank!«, bedankte das Mädchen sich artig und warf den Glibber von einer Hand in die andere. Miriam sah das Zeug schon im hohen Bogen durch den Laden fliegen.

»Hast du denn an unserem Ballonwettbewerb teilgenommen?«, wollte Heidis Schwester wissen.

»Nö«, entgegnete Luzie und ließ für einen Moment von ihrem Geschenk ab. »Was für ein Wettbewerb?«

»Du kannst einen Ballon mit einer Postkarte steigen lassen«, erklärte Gertrud. »Die drei Kinder, deren Ballons am weitesten geflogen sind, gewinnen einen Gutschein in Höhe von hundert, fünfundsiebzig oder fünfzig Euro.«

»Hundert Euro?« Luzie blieb der Mund offen stehen. In Gedanken war sie vermutlich bereits dabei, die Regale im Mikado leer zu räumen.

»Na ja«, Gertrud Schrader schmunzelte. »Es haben bereits ziemlich viele Jungen und Mädchen mitgemacht, also gehört schon ein bisschen Glück dazu.«

»Ich will trotzdem auch!«, forderte Miriams Tochter. Ihre Augen hatten einen gierigen Glanz angenommen.

»Das habe ich mir gedacht.« Gertrud bedeutete Luzie, ihr zu folgen. »Dann komm mal mit!«

»Darf Mama auch einen Ballon steigen lassen? Dann haben wir größere Chancen, was zu gewinnen.«

Gertrud warf ihrer Schwester einen fragenden Blick zu.

»Von mir aus gern«, sagte Heidi. »Im Herzen sind wir ja schließlich alle noch Kinder, nicht wahr?« Wieder ließ sie ein fröhliches Lachen erklingen.

Eine Minute später hatte Gertrud sie zu einem kleinen Schülerpult neben der offenen Tür zum Lager geführt, vor dem zwei Kinderstühle standen. Ein Stapel mit Motivpostkarten und diverse Buntstifte lagen auf der Arbeitsplatte, ans hintere linke Bein des Pults waren Kordeln mit gut und gern zwanzig bunten Ballons geknotet, die bis dicht unter die Decke schwebten.

»So«, sagte Gertrud zu Luzie, »da könnt ihr euch hinsetzen und jeder eine Karte aussuchen, auf die ihr etwas schreibt oder malt.« Sie blickte zu Miriam. »Aufs Empfängerfeld haben wir die Adresse vom Mikado gestempelt, und Heidi hat in mühevoller Kleinarbeit etwa hundertmal daruntergeschrieben, dass ein Finder die Karte mit Angabe des Fundorts bis spätestens 10. Oktober zurückschicken soll, weil wir zwei Tage später, am Samstag, bei unserem großen Herbst- und Jubiläumsfest die Gewinner küren wollen.« Sie schmunzelte. »Ich persönlich hätte ja einfach in Serie Aufkleber mit dem Text ausgedruckt, aber meine Schwester war der Ansicht, dass es so viel persönlicher und liebevoller wirkt. Und dass damit die Chancen auf möglichst viele Rückläufer steigen.«

»Ich denke eher, die Chancen auf eine Rücksendung steigen, wenn die Karten schon frankiert sind«, warf Miriam ein.

»Ja, natürlich«, stimmte Gertrud ihr zu, nahm eine der Postkarten und tippte auf das rechteckige Feld für die Briefmarke. *Porto zahlt Empfänger* stand dort in Druckbuchstaben. »Sie sehen, wir haben an alles gedacht.«

»Wieso kleben Sie nicht einfach Marken drauf?«, fragte Miriam.

»Weil es Leute gibt, die die dann abpulen und selbst benutzen.«

»Was soll ich denn auf die Karte malen oder schreiben?«, meldete Luzie sich ungeduldig zu Wort.

»Das darfst du ganz allein entscheiden«, erklärte Gertrud. »Vielleicht zeichnest du dich selbst? Oder du erzählst etwas über dich. Ein paar Kinder haben auch einen Wunsch aufgeschrieben.« Sie bedachte Luzie mit einem liebevollen Augenzwinkern.

»Okay«, Luzie nickte eifrig, der Vorschlag schien ihr offensichtlich sehr zu gefallen. »Kann ich dann jetzt endlich anfangen?«

»Na klar!«, meinte Gertrud. Sofort setzte Luzie sich ans Pult, schnappte sich die obere Hälfte des Postkartenstapels und begann, ihn durchzublättern. An einem glitzernden Einhorn blieb sie hängen, legte die Karte vor sich auf den Tisch und ließ dann ihre rechte Hand suchend wie ein Helikopter über die Buntstifte kreisen.

»Und ob wir etwas gewonnen haben, erfahren wir also am 10. Oktober?«, wollte Miriam wissen.

»Nicht ganz«, erwiderte sie. »Wir schreiben von allen Teilnehmern beziehungsweise den Eltern die Telefonnummer auf und rufen am Zehnten die drei Finalisten an. Wer genau auf welchem Platz landet, wird aber erst am Samstag bei unserem Fest verkündet.« Sie lächelte stolz. »Vierzig Jahre Mikado, das heißt schon was!«

»Allerdings!« Miriam nickte anerkennend – und fragte sich insgeheim, ob sie selbst als alte Dame noch immer in der Krümelkiste stehen wollen würde. Der Gedanke erschreckte sie ein wenig, sosehr sie ihren Laden auch liebte.

»Es gibt natürlich was zu essen und zu trinken«, sprach Gertrud weiter. »Fritz baut hinten im Garten einen Würstchengrill und eine Zuckerwattestation auf.« Fritz war Heidis langjähriger Lebensgefährte. Ein zauberhafter und herzlicher Mann, ein richtiger Vorzeige-Opa, der schon auf die achtzig zuging. Bis vor zwei Jahren hatte er ebenfalls jeden Tag im Mikado mitgewirbelt, aber mittlerweile war er nur noch selten hier. »So ist es eben, wenn man alt wird«, hatte er vor einigen Monaten zu Miriam gesagt, als ihr aus Freude darüber, ihn nach längerer Zeit im Laden anzutreffen, ein unbedachtes »Wie schön, Sie endlich auch mal wiederzusehen!« herausgerutscht war.

Sie hatte sich sofort bei ihm entschuldigt, aus lauter Scham war sie rot angelaufen wie ein Feuermelder. »Ach, Quatsch, min Deern!«, hatte er erwidert und dabei schallend gelacht. »Altern gehört mit zum Leben. Wer das nicht will, der muss rauf auf die Köhlbrandbrücke und übers Geländer hüpfen.« Und da war es Fritz gewesen, der mit rotem Kopf um entschuldigende Worte gerungen hatte, weil er natürlich wusste, dass Luzies Vater gestorben war. »Alles gut!«, hatte Miriam ihn beruhigt und ihn spontan kurz umarmt.

Jetzt erinnerte sie sich daran, wie Fritz sich einmal – nur Wochen nach Patricks Tod – rührend um Luzie gekümmert hatte. Wie heute war es kurz nach ihrem Geburtstag gewesen, und Luzie hatte sie direkt nach dem Kindergarten rüber ins Mikado gezerrt, um sich ihre Überraschungstüte zu sichern. Kaum hatten sie das Geschäft betreten, da war Miriam wie aus dem Nichts und vollkommen unkontrolliert in Tränen ausgebrochen. Von Luzie unbemerkt, denn die war natürlich sofort auf den Tresen zu der

Kiste mit den Geschenktüten zugestürmt und hatte ihre Mutter hinter sich nicht im Blick gehabt.

Aber Fritz, der gerade damit beschäftigt gewesen war, ein paar neue Tonie-Figuren ins Schaufenster zu stellen, hatte sofort geschaltet. Sanft, aber bestimmt hatte er Miriam die Hände auf die Schultern gelegt, sie in Richtung des Lagers dirigiert und dort auf einem Stuhl platziert. Dann hatte er ihr eine Packung Taschentücher gereicht und war mit einem »Ich kümmere mich um die Kleine« verschwunden.

Als Miriam sich einige Zeit später wieder beruhigt hatte und in den Laden zurückgehen konnte, hatten Fritz und Luzie nebeneinander auf dem Boden vor dem Regal mit den Kinderbüchern gesessen. Heidis Freund hatte ihrer Tochter mit theatralisch verstellter Stimme aus dem *Grüffelo* vorgelesen, und Luzie hatte – den Kopf vertrauensvoll an seinen Oberarm geschmiegt – vor Begeisterung gelacht und gequietscht.

Umso mehr freute sie sich nun, Fritz beim Jubiläumsfest mal wiederzusehen. Auf jeden Fall würde sie mit Luzie am 12. Oktober dort hingehen, ob sie nun beim Wettbewerb etwas gewannen oder nicht.

»Hoffen wir also darauf«, wurde sie von Gertrud aus ihren Gedanken gerissen, »dass das Hamburger Wetter uns gnädig ist. Und wenn nicht, haben wir für den Garten einen Pavillon zur Überdachung und machen im Laden Platz für die Feier. Für die Kinder gibt's jede Menge Spiele, und außerdem haben wir noch einen Zauberer gebucht. Die Preisverleihung haben wir für 12 Uhr eingeplant.«

»Was ist, wenn unsere Karten nicht zurückgeschickt werden? Oder wenn sie nur bis zur nächsten Straßenecke fliegen?«, hakte Miriam leise nach und warf ihrer Tochter, die sich mit rausgestreckter Zungenspitze über ihre Karte gebeugt hatte und das, was sie schrieb, mit ihrer linken Hand abschirmte, einen schnellen Blick zu.

»Keine Sorge!« Gertrud Schrader nickte verstehend. »Es wird für jeden Teilnehmer eine kleine Überraschung geben, alle gewinnen etwas.«

»Ich auch?«

»Natürlich!« Gertrud lachte. »Sie bekommen auch eine Dose Schleimi, allerdings in Pink und mit Kröten.«

»Ich …«, setzte sie an, wurde aber von Gertrud unterbrochen.

»Mit Kindern ist es wie mit dem Angeln.«

»Angeln?«

»Ja«, sie nickte bestimmt. »Der Wurm muss dem Fisch schmecken, nicht dem, der ihn fangen will. Und wir sind ein Geschäft für Kinder, nicht für Eltern.«

»Das haben Sie recht«, entgegnete sie. »Dann werde ich jetzt auch mal meine Angel auswerfen.« Mit diesen Worten nahm Miriam den gesamten Postkartenstapel in die Hand, zog sich aus der Mitte eine heraus und betrachtete das Motiv.

Sie lachte ungläubig auf. Da musste dieselbe höhere Macht ihre Finger im Spiel haben, die ihr vorhin auch die Vorzeigefamilie in den Laden geschickt hatte – auf der Postkarte war ausgerechnet eines dieser berühmten »Liebe ist …«-Pärchen abgebildet.

Sie atmete ein paarmal tief durch, legte die Karte zurück und zog eine neue aus dem Stapel, die einen süßen Teddy zeigte. Schon besser! Mit trotziger Entschlossenheit griff sie nach der Lehne des zweiten Stuhls vor dem kleinen Pult und wollte sich zu ihrer Tochter setzen.

»Hier nicht, Mama!«, schrie Luzie und warf sich mit ihrem gesamten Oberkörper schützend über ihre Karte.

»Wieso denn nicht?«

»Weil ich einen Wunsch aufschreibe, und der muss geheim bleiben. Er geht doch sonst nicht in Erfüllung!«

»Ich guck ja auch gar nicht hin.«

»Mama, bitte!«

»Okay, okay, schon verstanden!« Miriam hob beschwichtigend die Hände, schnappte sich einen der Buntstifte und verzog sich mit ihrer Postkarte auf die andere Seite des Raums. Vorsichtig schob sie den Barbie-Camper, der hier auf einem Sideboard stand, ein Stück zur Seite, um sich Platz für eine Schreibunterlage zu schaffen. Mit gezücktem Stift beugte sie sich über ihre Karte.

Montag, 16. September

Gabriel

Draußen brach schon die Dämmerung ein, aber das Dokument auf seinem Bildschirm war immer noch leer. Was also sollte er schreiben? Was? WAS?

Montag, 16. September

Miriam

Was also sollte sie schreiben? Was? WAS? Sollte sie auch einen Wunsch hinaus in die Welt schicken, so wie Luzie es gerade tat? Was genau wünschte sich ihre Tochter eigentlich, das so unbedingt in Erfüllung gehen sollte?

Schlagartig wurde ihr das Herz schwer, denn sie ahnte, dass Luzies Wunsch nichts mit einem Pony, einem Meerschweinchen, dem großen Playmobil-Schloss oder mit sonst etwas zu tun hatte, was Mädchen ihres Alters normalerweise heiß begehrten. Nein, Miriam hatte den schrecklichen Verdacht – eher war es eine Gewissheit –, dass ihre Tochter sich einzig und allein das ersehnte, was sie nicht haben konnte: eine vollständige Familie.

Sie seufzte innerlich. Wie gern hätte sie ihrer Tochter so ein Leben geboten. Und sich selbst darüber hinaus natürlich auch. Es war nicht so, dass Miriam sich nach einem neuen Mann sehnte, das nun wirklich nicht. Wobei sie sich eingestehen musste, dass die Abende und Nächte, wenn Luzie schlief und sie allein mit ihren Sorgen und Gedanken war, verdammt einsam waren.

Eine Einsamkeit, die selbst gute Freunde wie Becka nicht vertreiben konnten. Und sosehr sie ihre Tochter auch liebte – diese Leere im Herzen blieb.

Nun seufzte sie so laut auf, dass ihr die junge Frau, die ein Regal weiter gerade dabei war, verschiedene Trinkflaschen zu inspizieren, einen fragenden Blick zuwarf. Miriam lächelte ihr freundlich zu und ertappte sich bei dem Gedanken, sich nach den Zeiten zurückzusehnen, als sie selbst keine größeren Probleme hatte, als die Frage zu klären, ob alles, was sie für Luzie kaufte, auch wirklich frei von Weichmachern oder anderen Giftstoffen war.

Sie richtete den Blick wieder auf die Karte vor sich. Warum nicht einfach mal in die Welt hinausschicken, was sie sich aus tiefster Seele wünschte? Wäre Becka gerade hier, hätte sie ihr sicher dazu geraten. Bis zu Patricks Tod war sie eine leidenschaftliche Verfechterin der These gewesen, dass unsere Gedanken großen Einfluss auf unser Schicksal haben.

Miriam wusste, dass ihre Freundin auch heute noch von dieser Theorie überzeugt war, ebenso wie von der Kraft der Sterne und des Mondes. Allerdings hatte sie sich nach der Katastrophe lange Zeit mit Äußerungen, die auch nur ansatzweise in diese Richtung gingen, zurückgehalten.

Erst seit ein paar Monaten wartete Becka Miriam gegenüber gelegentlich wieder mit Ratschlägen auf, zum Beispiel, welche kosmische Konstellation für welches Vorhaben am besten geeignet war.

Anfang des Jahres hatte sie darauf bestanden, dass Miriam die Krümelkiste genau am 8. April eröffnen musste. »Da ist Neumond«, hatte sie erläutert, »und er steht auch noch in der Waage – das ist *perfekt*! An dem Tag wirkt eine besonders intensive Energie, sodass du richtig durchstarten kannst.« Sie hatte noch etwas über Pluto, eine Sonnenfinsternis und vier Supermonde erzählt, aber Miriam hatte ihr nicht mehr zugehört. Die pragmatische Entscheidung, den Laden am 8. April zu eröffnen, war längst gefallen.

Es würde der erste Montag nach den Hamburger Osterferien sein, sodass alle potenziellen Kunden aus einem eventuellen Urlaub wieder zurück in der Stadt sein würden. Und Miriam glaubte schon immer daran, dass der erste Wochentag sich am besten dafür eignete, mit etwas Neuem anzufangen – die einzige spirituelle Anwandlung, die sie sich bei aller Rationalität zugestand.

Das alles hatte sie Becka allerdings nicht erläutert, sondern ihr die kindliche Freude darüber gelassen, dass sie ihrem Rat sofort und ohne jeden Widerspruch gefolgt war. Wie gern wäre sie manchmal ein kleines bisschen mehr wie Rebecca! Vielleicht nicht gerade ihre esoterischen Ansichten, aber Beckas Lebensmut, ihr Optimismus und ihre Fröhlichkeit waren – ohne jeden Neid! – absolut bewundernswert.

Auch ihre Freundin hatte schon einige Tiefschläge verwinden müssen, nicht zuletzt die Trennung von Tim, unter der sie anfangs schrecklich gelitten hatte. Er hatte sich in eine andere Frau verliebt und es Becka sofort gestanden.

Miriams Freundin hatte weder getobt noch geschrien oder Tim und seiner neuen Flamme die Pest an den Hals gewünscht.

Nichts von alldem, sie hatte ein Verständnis aufgebracht, das Miriam als erstaunlich empfunden hatte. »So etwas kann jedem passieren«, hatte Becka gesagt, während sie gleichzeitig heulte wie ein Schlosshund. »Wir sind alle nur Menschen, und das Leben macht manchmal, was es will, wir können unser Schicksal nicht immer selbst bestimmen. Tim und ich, wir hatten viele schöne Jahre, ich habe mit ihm zwei wundervolle Kinder. Dafür bin ich dankbar.« Dann hatte sie sich die Tränen abgewischt und schelmisch gegrinst. »Außerdem freue ich mich, dass ich in Zukunft auch mal Tage ohne Kinder haben werde, an denen ich mich einzig und allein mit mir beschäftigen kann. Das hat doch auch seine Vorteile.«

Neben ihrem Hang zur Spiritualität war Becka auf der anderen Seite durch und durch pragmatisch. Es war auch nicht das Ende ihrer langjährigen Beziehung mit Tim gewesen, das ihr damals den größten Kummer bereitet hatte, sondern ihre Sorge darüber, wie Alissa und Eric damit klarkommen würden.

Zum Glück hatte sich recht schnell herausgestellt, dass die Kinder mit der neuen Situation gut leben konnten. Nicht zuletzt natürlich, weil sowohl Becka als auch Tim respektvoll und harmonisch miteinander umgingen, statt sich einen gehässigen Rosenkrieg zu liefern. Für Alissa und Eric waren sie weiterhin als Mama und Papa da. Wenn auch anders als zuvor, so doch immer liebevoll und zu hundert Prozent verlässlich.

Ein Tropfen platschte auf die Postkarte und bildete eine Minipfütze direkt auf dem Stempel mit der Adresse vom Mikado. Vorsichtig tupfte Miriam sie mit einem Ärmel ihrer Jacke auf, damit die Tinte nicht verwischte, und fuhr sich danach verstohlen mit dem Handrücken über beide Augen. Sie hatte schon wieder angefangen zu weinen und es wie vorhin in der Krümelkiste nicht bemerkt. Anscheinend war sie heute noch dünnhäutiger als ohnehin schon, und auch wenn sie einerseits wusste, dass sie sich deswegen keine Vorwürfe machen musste, war sie es andererseits auch leid und manchmal regelrecht genervt von sich selbst.

Irgendwann musste es doch mal aufhören oder wenigstens viel besser werden! Irgendwann, wann kam endlich dieses verdammte Irgendwann? Wann waren ihr die Sterne oder der Mond oder der Pluto oder der Sonstwas so gewogen, dass wieder ein bisschen Zuversicht und Leichtigkeit in ihr Leben kamen?

Sie beugte sich über die Postkarte und schrieb drauflos; ließ ihren Gedanken freien Lauf, während sie den Buntstift dabei so fest aufs Papier drückte, dass sie die einzelnen Buchstaben nahezu einritzte.

Liebes Universum oder wie auch immer du da draußen heißt! Ich wünsche mir eine zweite Chance für Luzie und mich, wünsche uns ein glückliches Leben. Bitte mach alles wieder gut! Wie auch immer das dann aussieht, das musst du entscheiden.
Deine Miriam Petersen

Sie setzte den Stift ab und betrachtete ihre Worte. Einen kurzen Moment lang verspürte sie fast so etwas wie Freude. Dann aber nahm sie die Karte, riss sie in acht kleine Stücke und stopfte die Fetzen in die hintere Tasche ihrer Jeans.

Sie ging zurück zu dem kleinen Pult und nahm sich eine neue Karte, während Luzie bereits damit beschäftigt war, eine Kordel mit einem roten Ballon daran durch das vorgestanzte Loch ihrer Luftpost zu fädeln. Auch hierbei war sie sehr bedacht darauf, dass weder ihre Mutter noch Gertrud Schrader, die gerade einen gelben Ballon vom Tischbein löste, einen Blick auf das erhaschen konnten, was sie geschrieben hatte.

Miriam hätte es natürlich gern gewusst, aber auch Siebenjährige haben ein Recht auf Privatsphäre, und so drehte sie ihrer

Tochter demonstrativ den Rücken zu, hielt ihre Postkarte an die Wand und schrieb einfach nur ihren Namen darauf.

»So, fertig!«, verkündete sie dann, woraufhin Gertrud ihr den gelben Ballon reichte, an den sie nun ihre Karte band. »Bist du auch so weit?«, fragte sie ihre Tochter, sobald sie die Kordel verknotet hatte.

Luzie nickte eifrig, ihre Wangen waren vor Aufregung gerötet, sie glühten regelrecht.

»Na dann!« Miriam lächelte sie so fröhlich an, wie es ihr möglich war. »Gehen wir raus und schicken unsere Ballons auf ihre hoffentlich weite Reise.«

Montag, 23. September

Gabriel

Gabriel hatte sich geirrt.

Jonathan rief seit seinem Besuch nicht ein Mal täglich bei ihm an. Nein, er hatte seinen Verleger sogar zwei- bis dreimal pro Tag an der Strippe. Auch am Wochenende. Es war zum Heulen. Und zum Wahnsinnigwerden.

Gestern Abend, beim gefühlt hundertsten Anruf, hatte Gabriel sich schließlich nicht mehr beherrschen können und unfreundlich in sein Handy gebellt, dass er ihn bitte und um Himmels willen in Ruhe lassen solle, weil es selbst ihm, dem großen Jonathan N. Grief, nicht gelingen würde, gewaltsam etwas aus ihm herauszuprügeln, was nicht da war. Danach hatte er das Telefon ausgeschaltet und es bis jetzt, um kurz vor vier am Nachmittag, auch dabei belassen.

Nun saß er wieder auf »seiner« Bank, blickte auf die Elbe und genoss die herrliche Ruhe, die nur gelegentlich von leisen Seufzern oder vom Pupsen seines Hundes gestört wurde, der wie immer zu Gabriels Füßen lag. Und natürlich von der Gruppendiskussion, die in seinem Kopf tobte. Von diesen unermüdlich auf ihn einredenden Stimmen, die sich alle gegenseitig widersprachen und die selbst das Lesen in *Das Buch der Unruhe* heute nicht zum Schweigen bringen konnte.

»Krieg endlich deinen Hintern hoch, denk dir was aus und schreib!«, forderte die eine. »Raff deine Kohle zusammen und hau ab, und zwar so weit weg wie möglich!«, rief die nächste. Sofort ermahnt von einer dritten, die vorschlug, er solle sein Vermögen lieber einem gemeinnützigen Verein spenden und dann noch mal den Sprung über die Reling in Erwägung ziehen. Und zwar von seinem Segelboot, nicht von einem Kreuzfahrtschiff, weil es unter Umweltschutzgesichtspunkten unvertretbar wäre, einer der Reedereien, die solche CO_2-Dreckschleudern rund um den Globus schickten, Geld in den Rachen zu werfen. Und sei es auch nur, um gleich in der ersten Nacht über Bord zu hüpfen. »Jammerlappen!«, beschimpfte ihn eine weitere Stimme. »Nichtskönner! Versager! Mogelpackung! Henri Fjord, der deutsche Nicholas Sparks, ich lach mich tot!«

»Schnauze!« Er fuhr vor Schreck zusammen, so laut hatte er es gebrüllt. Auch Tavor war jaulend aufgesprungen und musterte ihn irritiert, beide Ohren aufmerksam aufgestellt und mit eingeklemmtem Schwanz. Gabriel atmete so schwer, als hätte er den Schrei mit letzter Kraft hinausgeschleudert. Und so fühlte es sich auch an, als sei er ein Ballon, dem schlagartig sämtliche Luft entwichen war. »Alles gut, mein Junge!« Seine Stimme bebte, als er versuchte, Tavor zu beruhigen, und auch seine ausgestreckte Rechte, mit der er dem Retriever gleichzeitig über den Kopf streichelte, zitterte wie die eines alten Mannes.

Für den Hund schien diese bemühte Maßnahme allerdings auszureichen, denn er ließ sich sofort zurück in den Sand plumpsen und schloss die Augen. So ein Gemüt müsste man haben!

Kaum war wieder Ruhe eingekehrt, setzte die Gruppendiskussion erneut ein. Gabriel schloss ebenfalls die Augen und hielt sich beide Ohren zu, was aber nichts brachte, weil das Gezeter ausschließlich in seinem Kopf stattfand.

»Music was my first love and it will be my last. Music of the future, and music of the past ...« Gabriel war erstaunt, wie melodiös die Töne klangen, als er in seiner Not laut zu singen begann. Den alten John-Miles-Song hatte er vor etwa tausend Jahren zum letzten Mal angestimmt, das war in einem anderen Leben gewesen, in einer anderen Galaxie. Von seinem achtzehnten Lebensjahr bis Ende zwanzig war er mit einer schlechten Cover-Band mit dem sinnigen Namen »Heartbeat« über noch schlechtere Stadtfeste getingelt, hatte als Frontman auf kleinen und sehr kleinen Bühnen gestanden und die Hits von heute, gestern und vorgestern geschmettert. Nicht mit der Ambition, irgendwann mal groß herauszukommen – aber mit riesigem Spaß und jeder Menge Freibier.

Hinter noch immer geschlossenen Lidern hatte er plötzlich sich selbst vor Augen. Mit fragwürdiger Frisur, in Biker-Boots und einer schwarzen Hose aus Glattleder sowie einem Foo-Fighters-T-Shirt, mit dem er damals vermutlich zum Ausdruck hatte bringen wollen, dass John Miles ganz und gar nicht seinem persönlichen Geschmack entsprach und es nur einen einzigen Grund gab, weshalb er trotzdem »Music (Was My First Love)« sang: weil das Publikum es so wollte. Und was das Publikum will – das soll es auch bekommen.

»To live without my music would be impossible to do«, sang Gabriel weiter und konnte spüren, wie sich auf seinem Gesicht ein Lächeln ausbreitete, während sein restlicher Körper entspannte. Zum einen, weil die Stimmen in seinem Kopf John Miles nichts mehr entgegenzusetzen hatten – zum anderen, weil ihn die Erinnerung an diese Zeit, die er komplett vergessen hatte, in einen feierlichen Zustand versetzte. Wie jung er damals gewesen war! Wie sorglos!

Und dann? Dann hatte Gabriel den Hamburger Förderpreis für Literatur, um den er sich Jahr für Jahr erfolglos mit seinen Prosatexten beworben hatte, gewonnen, hatte kurz darauf zuerst ein paar Geschichten und dann seinen ersten Roman veröffentlicht; hatte sich schon als sicheren Kandidaten für den Ingeborg-Bachmann-Preis sowie den Deutschen Buchpreis gewähnt, hatte so viel Elan und Hoffnung gehabt, dass er seine Hobbysingerei ohne Umschweife an den Nagel gehängt und sich voll und ganz aufs Schreiben konzentriert hatte, um jetzt …

»Du kannst ja richtig gut singen, du erstaunst mich immer wieder!«

Jonathan N. Grief stand direkt vor ihm. In der rechten Hand hielt er einen krummen Ast, an dessen oberes Ende er ein weißes Taschentuch geknotet hatte, mit dem er nun vor Gabriels Gesicht herumwedelte.

»Du?« Mehr kam ihm nicht über die Lippen, zu groß einerseits sein Ärger, dass Jonathan ihn schon wieder heimsuchte – und andererseits die Scham, dass er ihn dabei erwischt hatte, wie er mit geschlossenen Augen eine Schnulze trällerte.

Sein Verleger ließ die selbst gebastelte Flagge und gleichzeitig die Schultern sinken. »Ich komme in friedlicher Absicht«, erklärte er und versuchte sich an einem Gesichtsausdruck, der vermutlich zerknirscht wirken sollte. »Tut mir leid, dass ich dich die letzten Tage mit meinen Anrufen so genervt habe.«

»Hast du«, stimmte Gabriel ihm zu.

»Genau deshalb komme ich vorbei.«

»Anstelle von Anrufen jetzt also persönliche Belästigung als Entschuldigung – das klingt logisch.«

»Darf ich mich zu dir setzen?«

Gabriel seufzte. »Aber sicher doch.« Er klopfte neben sich auf die Bank, als würde er Tavor auffordern, zu ihm hochzuhopsen.

»Danke.« Jonathan ließ den Ast zu Boden fallen, nahm Platz, räusperte sich und strich sich in einer nervösen Handbewegung durchs Haar. »Also, wir haben die ganze Sache im Verlag sehr ausführlich diskutiert.« Er machte eine Pause, als wolle er Gabriel Gelegenheit geben, etwas zu erwidern. »Wir denken, dass wir eine Lösung für das Problem haben und dir entgegenkommen können«, fuhr sein Verleger fort.

»Wie genau soll das aussehen?«

»Relativ einfach. Wir, also der Verlag, sind darauf angewiesen, dass nächstes Jahr ein neuer Roman von dir erscheint.« Er nickte, als wollte er sich selbst zustimmen. »Spätestens im Herbst. Ein längerer Abstand zu deinem letzten Roman würde uns sonst zu viele Henri-Fjord-Leser kosten.«

»Richtig, wir müssen auf die Henri-Fucking-Fjord-Leser achten!«

»Müssen wir auch«, gab Jonathan ungerührt zurück. »Von denen leben wir nämlich. Und du übrigens auch.«

»Ich Glückspilz!«

»Darauf gehe ich jetzt mal nicht weiter ein. Es ist eben einfach so, dass wir einen neuen Titel brauchen. Du sagst, dass du nicht kannst – also schlage ich vor, wir suchen keinen Co-Autor für dich, sondern lassen deinen nächsten Roman einfach komplett von einem Ghostwriter schreiben.«

Gabriel starrte seinen Verleger entsetzt an, für einen kurzen Moment blieb ihm regelrecht die Luft weg. »Ihr wollt einen Ghostwriter engagieren?«, brachte er schließlich krächzend hervor. »Das ist nicht dein Ernst!«

Jonathan zuckte nur mit den Schultern. »Das scheint uns allen die beste, einfachste und schnellste Lösung zu sein.«

»Bist du verrückt?« Er sprang auf und bedachte Jonathan kopfschüttelnd mit einem missbilligenden Blick. »Ihr könnt doch nicht einen anderen für mich ein Buch schreiben lassen, wie soll das funktionieren?«

»Gabriel«, Jonathan sprach betont ruhig und stand ebenfalls auf, »du wärst nicht der erste Schriftsteller, für den das schon mal gemacht wurde. Wir haben eine Liste mit ausgezeichneten Autoren zusammengestellt, die dafür infrage kämen. Allesamt Vollprofis, die …«

»Auf keinen Fall!«, schnitt er ihm das Wort ab. »Ich mag depressiv und verzweifelt sein – aber ein Betrüger bin ich nicht.«

»Betrüger finde ich in diesem Fall ein sehr großes Wort.«

»Findest du?« Er spürte, wie sich sein Mund zu einem spöttischen Grinsen verzog. »Welches Wort ist denn passender, wenn man den Lesern einen neuen Henri-Fjord-Roman unterjubelt, der gar nicht von Henri Fjord stammt?«

»Herrje, Gabriel!«, rief Jonathan aus. »Es geht doch erst einmal nur um ein einziges Buch. Natürlich bekommst du es zu lesen und kannst alles umschreiben, damit es deine Handschrift trägt. Dann hättest du Zeit gewonnen, um deine Akkus wieder neu aufzuladen, es wäre halt eine einmalige Notlösung.«

»Nur über meine Leiche!«

»Verstehe. Dann also lieber über meine? Und über die von Griefson & Books?«

»Du tust ja gerade so, als würde der Verlag ohne mich pleitegehen.«

Anstelle einer Antwort sah Jonathan ihn nur traurig an.

»Komm schon!« Er boxte ihn spielerisch gegen die Schulter, aber sein Verleger reagierte nicht, sondern schwieg weiterhin beharrlich. »Jetzt mal ernsthaft«, versuchte Gabriel es weiter, »sooo dramatisch kann's doch gar nicht aussehen.«

»Du hast offenbar keine Ahnung, wie dramatisch es in der

Buchbranche mittlerweile aussieht.« Er gab ein bitteres Lachen von sich und ließ sich wieder auf die Bank sinken. »Aber wie auch? Du lebst hier in deinem Wolkenkuckucksheim, dir geht's finanziell bestens – warum solltest du dich mit sinkenden Verkaufszahlen beschäftigen oder deine Nase mal in einen Fachartikel stecken? Hast du doch gar nicht nötig, nein, du kannst es dir ja sogar leisten, das sinkende Schiff zu verlassen und dich einfach so aus dem Staub zu machen.« Mittlerweile war Jonathan laut geworden, eine deutliche Erregung lag in seiner Stimme. »Dabei hast du das alles nur uns zu verdanken!«

»Das weiß ich doch selbst«, entgegnete Gabriel seufzend und setzte sich ebenfalls wieder hin. »Aber ein Ghost? Denkst du, ich habe überhaupt keine Selbstachtung mehr?«

Jonathan N. Grief runzelte die Stirn und bedachte Gabriel mit einem Blick, der ihm durch und durch ging. »Ehrlich gesagt: Ich habe keine Ahnung, was ich von dir noch denken soll.«

»Das trifft mich.«

»Dann steht es eins zu eins.«

Eine plötzliche Bewegung ließ die Männer zusammenfahren. Tavor war aufgesprungen und hatte sich mit einem einzigen großen Satz von seinem Schlafplatz unter der Bank entfernt, jetzt stand er mit eingeklemmtem Schwanz und gesenktem Kopf vor ihnen.

»He, alter Junge! Was ist denn los?« Gabriel beugte sich zu seinem Hund hinunter. »Hat dich was erschreckt? Komm schon wieder her!« Er klopfte sich auffordernd auf den Oberschenkel.

Noch immer in geduckter Haltung und sehr zögerlich tapste Tavor auf sein Herrchen zu, drückte sich dann allerdings an dessen Beinen vorbei und steckte seinen Kopf unter die Bank.

»Was ist denn da?« Sowohl Gabriel als auch Jonathan bückten sich so weit vor, dass sie ebenfalls unter die Bank sehen konnten. Tavor schnüffelte an etwas Rotem herum.

»Ach, nur eine Tüte«, sagte Gabriel. »Die ist ihm wohl vor die Nase geflattert. Tavor, aus!« Er zog sie ihm weg. Sein Hund nahm es gelassen, ließ sich auf den Bauch fallen.

»Dass die Leute ihren Müll einfach so in die Gegend werfen müssen!«, schimpfte Gabriel, während er sich wieder aufsetzte.

»Schlimm«, gab Jonathan ihm kopfschüttelnd recht.

»Japp.« In dieser Beziehung waren er und sein Verleger sich sehr einig, das hatten sie bereits vor Jahren festgestellt – was dieses Thema betraf, steckte in jedem von ihnen ein kleiner Spießer.

»Ist gar keine Tüte«, bemerkte Jonathan und deutete auf das erschlaffte Gummi, das Gabriel mit spitzen Fingern vor sich baumeln ließ und an dessen Ende eine Kordel mit einem Stück Pappe hing. »Ein kaputter Ballon. Mit einer Postkarte dran.«

»Das sehe ich selbst.« Mit der anderen Hand griff Gabriel nach der Karte und drehte sie so, dass sowohl er als auch Jonathan sie lesen konnten. Schweigend betrachteten sie die handgeschriebenen und krakeligen Druckbuchstaben.

Liber Got, mein Papa ist bei dir im Himel - kanst
du mir bitte einen neuen schikken?
Von ganzem Hertzen, deine Luzie in den Wolken

Jonathan brachte nur ein erstauntes »Oh« heraus.

Gabriel nickte. »Ja, rührend.« Er räusperte sich. »Was Kinder sich so vorstellen.« Erneut musste er sich räuspern, er hatte ein unangenehmes Kratzen im Hals.

»Ich finde das traurig«, erwiderte sein Verleger. »Ein kleines Mädchen, das sich einen neuen Papa wünscht. Schon fast tragisch.«

»Tja.« Gabriel zuckte mit den Schultern, während er gleichzeitig mit der linken Hand an den Kragen seines Kapuzenpullis griff und daran zerrte, um sich etwas mehr Platz zu verschaffen. Dieses verdammte Kratzen!

»Die müssen wir zurückschicken«, sagte Jonathan.

»Zurückschicken?«

»Ja, sieh doch mal dort!« Er tippte mit dem Zeigefinger auf die rechte Seite der Karte, wo sich der Adressstempel einer Firma namens Mikado befand. Und direkt darunter stand noch etwas in sehr kleiner Handschrift, die nicht von einem Kind, sondern dem Schwung nach zu urteilen von einem Erwachsenen war.

»›Lieber Finder‹«, las Jonathan vor, »›bitte schicken Sie diese Karte mit der Angabe, wo Sie sie gefunden haben, bis zum 10. Oktober an uns zurück. Bei unserem Jubiläumsfest am 12. Oktober küren wir die drei Gewinnerkinder. Vielen Dank, das Mikado-Team‹.«

»Ach so.« Gabriel kam sich ziemlich blöd vor, dass ihm nicht sofort klar gewesen war, was der Luftballon und die Karte zu bedeuten hatten. »Finde ich nicht«, sagte er dann.

»Was findest du nicht?«

»Dass wir sie zurückschicken sollten.«

»Nein?« Jonathan sah ihn erstaunt an.

Er schüttelte den Kopf. »Der liebe Gott schickt keine Karten zurück.«

»Du jetzt wieder!«

»Wieso?« Er stand auf und marschierte hinüber zu dem Mülleimer, in dem er erst vor wenigen Tagen die leere Chipstüte entsorgt hatte.

»Gabriel!«, rief sein Verleger, sprang auf und lief ihm nach. Doch ehe er ihn eingeholt hatte, waren Ballon und Karte bereits im Schlund des roten Behälters verschwunden. »Das hast du jetzt nicht ernsthaft getan!« Er klang aufrichtig empört, lugte kurz ins Dunkel des Mülleimers hinein und blickte dann wieder zu Gabriel.

»Hast du doch gesehen.« Er lächelte süffisant.

»Seit wann bist du denn so ein Arschloch?«

»Ich muss doch wohl sehr bitten!«

»Nein«, entgegnete sein Verleger. »ICH muss sehr bitten! Du kannst doch die Karte von dieser Luzie nicht einfach wegschmeißen!«

»Ich hab's dir doch schon erklärt: Wenn das wirklich eine Nachricht an den lieben Gott sein soll, ist es nicht richtig, wenn irgendein *Mensch* sie zurückschickt. Das würde das Mädchen doch eher enttäuschen. Der Weihnachtsmann schickt schließlich auch keine Wunschzettel zurück. Nein, er stellt das neue Fahrrad unter den Baum und gut ist.«

»Wusste gar nicht, dass du jetzt auch noch Kinderpsychologe bist.«

Gabriel lachte auf. »Ich stecke halt voller Überraschungen.«

»Kann man wohl sagen.« Es hörte sich ganz und gar nicht freundlich an. Und Jonathans Miene bestätigte, dass es auch nicht im Geringsten freundlich gemeint war. Er warf einen Blick auf seine Armbanduhr. »Also, ich muss jetzt auch mal los«, sagte er dann.

»Okay.« Ohne ein weiteres Wort marschierten sie zurück zur Bank, Gabriel sammelte sein Buch ein und forderte Tavor mit einem »Los, mein Junge!« auf, ihm zu folgen. Dann setzten die Männer ihren Weg zurück zur Straße fort, immer noch schweigend.

Als sie den Wagen des Verlegers, einen etwas in die Jahre gekommenen Saab, erreichten, öffnete Jonathan die Fahrertür, ließ sich auf den Sitz fallen, schnallte sich an und startete sofort den Motor.

»Warte mal!«, rief Gabriel, bevor Jonathan die Tür zugeschlagen hatte.

Jonathan sah zu ihm auf, machte aber keine Anstalten, die Zündung wieder auszuschalten.

»Wie verbleiben wir denn jetzt?«

»Keine Ahnung«, kam es knapp zurück. Er richtete den Blick

wieder nach vorn, langte nach dem Seitengriff und zog die Tür zu sich heran, sodass sie mit einem satten Geräusch ins Schloss fiel. Dann rollte der Wagen langsam los.

Dienstag, 24. September

Miriam

Sie hasste es. Miriam war der festen Überzeugung, dass Buchhaltung und Steuerwesen und alles, was auch nur im Entferntesten damit zu tun hatte, schlichte Ausgeburten der Hölle waren. Erschaffen einzig und allein von irgendwelchen Sadisten, um unschuldige Menschen zu quälen. Und um ihnen ihre Unfähigkeit und Dummheit zu demonstrieren.

Schlecht gelaunt, in Jogginghose und T-Shirt – ihr bevorzugter »Zu Hause«-Look – saß sie an ihrem kleinen Küchentisch, umzingelt von den sechs Schuhkartons, die sie am Abend nach Ladenschluss in zwei großen Ikea-Tüten und mit den besten Vorsätzen nach Hause geschleppt hatte. Jeder der Kartons war bis oben hin vollgestopft mit Zetteln und Kontoauszügen, die sie irgendwie sinnvoll sortieren musste. Nur hatte Miriam nicht die geringste Ahnung, wie.

Warum bekam man so etwas eigentlich nicht in der Schule beigebracht? Sinnvolle Dinge, die man im echten Leben eines Tages wirklich gebrauchen konnte? Was hatte sie davon, dass sie sich noch dunkel daran erinnerte, wie ein Elektromagnet funktioniert oder in welcher Reihenfolge Heinrich VII. von England seine diversen Ehefrauen abgemurkst hatte? Unnützes Wissen, für den Alltag der meisten Menschen komplett irrelevant.

Aber wie man eine Spülmaschine so einräumt, dass das Geschirr wirklich sauber wird, wie und wo man ein Auto anmeldet, worauf man bei einem Mietvertrag zu achten hat oder welche Hausmittel bei einer Erkältung helfen – nein, so etwas Wichtiges stand nicht im Lehrplan. Auch nicht, wie man sein gebrochenes Herz heilt und damit klarkommt, wenn man auf einmal mit seinem Kind allein ist, weil der geliebte Partner nicht mehr auf dieser Erde weilt …

Energisch schüttelte Miriam den Kopf, ehe sich ihre Gedanken wieder auf Wanderschaft begeben konnten. Es ging gerade einzig und allein um ihren Papierkram, um nichts anderes. Wie war das jetzt noch einmal? Auf die eine Seite kamen ihre Einnahmen, also der Umsatz. Auf die andere die Ausgaben. So weit war ihr das schon klar. Aber welche Ausgaben waren für die Steuer überhaupt relevant?

Die Miete für ihren Laden und alles, was sie für die Einrichtung angeschafft hatte, das natürlich. Und sonst noch? Was war mit den Kosten für den Hort, wenn Luzie in den Schulferien dort betreut wurde? War das eine private Ausgabe oder eine geschäftliche? Ohne Betreuung hätte sie schließlich nicht in der Krümelkiste arbeiten können, also müsste doch wenigstens ein Teil dieser Kosten steuerlich relevant sein, oder? Telefon, Strom, Wasser in der Krümelkiste zählten wohl ebenfalls zu den betrieblichen Ausgaben – konnte sie dann auch ihre Küche zu Hause, in der sie so wie jetzt häufig abends saß und noch ein wenig arbeitete, als Homeoffice absetzen? Immerhin – Miriam warf einen Blick auf die große Uhr über der Tür – war es jetzt schon kurz nach halb zwei nachts, und sie grübelte bereits vier Stunden lang vor sich hin. Ohne jedoch bisher auch nur einen einzigen Schritt vorangekommen zu sein.

Seufzend griff sie nach dem ersten Karton, nahm einen großen Zettelstapel heraus und blätterte ihn durch. Kraut und Rüben, anders ließ sich das Chaos der teils sehr zerknitterten Papiere nicht beschreiben. Da flog alles wild durcheinander: Ankaufsquittungen für diverse Klamotten, unausgefüllte Bewirtungsbelege, bei denen Miriam unmöglich sagen konnte, mit wem und warum sie da essen gewesen war (im Zweifel mit Rebecca: Besprechung weitere Einrichtung der Krümelkiste), verschiedene von Luzie gemalte Bilder (was hatten die hier verloren?), ein nie eingelöstes Medikamentenrezept und, und, und. Sogar die zerrissene Postkarte ans Universum steckte in dem Papierwust und erinnerte sie unangenehm an den traurigen Moment, als sie diesen blöden Wunsch aufgeschrieben hatte. Das war nun das erfreuliche Ergebnis davon, dass sie sämtliche Zettel und Schnipsel, die ihr in die Hände fielen, einfach immer in einen der Kartons warf.

Frustriert stopfte sie den Stapel zurück in die Box, schloss die Augen und lehnte sich im Stuhl zurück. Das hier war ein echter Albtraum! Warum hatte sie sich nicht, wie man es ihr beim Gründerseminar empfohlen hatte, von Anfang an jede Woche ganz konsequent eine Stunde lang hingesetzt und ihre Unterlagen geordnet? Am liebsten würde sie zwei große Müllsäcke holen und den ganzen Kladderadatsch dort hineinstopfen, aber das war natürlich auch keine Lösung. Vermutlich gab es nur noch einen Ausweg: Sie würde sich einen Steuerberater suchen müssen, der ihr half. Aber was würde der kosten?

»Mamiiiii!« Miriam sprang so hektisch von ihrem Stuhl auf, dass er krachend umkippte. Eine Sekunde später stand sie in der Tür zum Zimmer ihrer Tochter.

»Was ist?«

Luzie saß kerzengerade auf ihrem Bett, die Finger ineinander verknotet, die Augen angstvoll aufgerissen. Nur eine kleine Nachtlampe spendete ein wenig Licht, doch selbst im Halbdunkel bemerkte Miriam die glitzernden Tränen, die ihrer Tochter über die Wangen liefen.

»Schatz!« Sie setzte sich zu ihr ans Bett und umfasste ihre verkrampften Hände. »Hast du schlecht geträumt?«

»Ja«, jammerte Luzie leise, dicht gefolgt von einem Schniefen.

»Mäuschen«, nun legte Miriam ihr einen Arm um die Schultern und strich ihr mit einer Hand über das zerzauste Haar. Es war klitschnass, Luzies Stirn glühte. »Du hast ja Fieber, Mäuschen!« *Nicht gerade jetzt!*, dachte Miriam erschrocken. Morgen war Luzie mit Alissa verabredet. Wegen einer Teamkonferenz der Lehrerschaft fiel der Unterricht aus, und Rebecca wollte mit den beiden einen Ausflug zu Karls Erdbeerhof bei Travemünde machen. Luzie freute sich riesig darauf, und Miriam war froh, dass ihre Tochter morgen nicht wie sonst so oft an freien Tagen entweder in der Notbetreuung oder in ihrem Zimmer in der Krümelkiste verbringen musste, sondern auch mal etwas erlebte. Wenigstens diesen einen Ausflug wünschte sie sich für Luzie.

»Glaubst du?« Luzies Stimme bebte. Auch ihr war klar, dass sie nicht mitfahren könnte, wenn sie Fieber hatte.

»Vielleicht hast du auch nur geschwitzt«, beruhigte Miriam sie und schob die Bettdecke zur Seite, um ihrer Tochter etwas Luft zu verschaffen. »Wir bleiben jetzt erst einmal hier sitzen, bis du dich beruhigt hast. Und dann kann ich ja mal messen.«

»Hm, okay.« Luzie nickte.

»Erzähl mir doch von deinem Traum!«

»Der war echt schlimm.« Sie lehnte den Kopf gegen die Schulter ihrer Mutter, kuschelte sich so eng an sie, als wolle sie in sie hineinkriechen. Ihr gesamter Körper strahlte eine Wärme ab, als hätte man ihn stundenlang in eine Heizdecke gewickelt. »Ich hab geträumt, dass du und ich zusammen in den Urlaub fliegen.«

Miriams Magen zog sich leicht zusammen. In den Urlaub fliegen, tja. »Das ist doch aber was Schönes!«, sagte sie.

»Nein!«, gab Luzie heftig zurück. »Ich hab dich am Flughafen verloren, du warst auf einmal weg!«

»Oh.«

»Ich hab dich überall gesucht, hab jeden nach dir gefragt, aber ich konnte dich einfach nicht finden!« Sie schluchzte, ihr kleiner Körper begann heftig zu beben.

»Schsch, meine Maus«, sagte Miriam, zog sie fester an sich und strich ihr noch einmal über den Kopf. »Es war nur ein Traum, Mami ist ja hier.«

»Aber … aber«, sprach Luzie stockend weiter, »ich hab so große Angst gehabt. Ich hab gedacht, du hast mich einfach vergessen und alleingelassen.« Ihre Stimme klang so vorwurfsvoll, als hätte Miriam sie wirklich irgendwo ausgesetzt.

»Nein, mein Schatz, Mami verlässt dich nie, das war nur ein total doofer Traum. Ich bin immer bei dir!«

»Versprichst du es?« Nun hob sie den Kopf und sah Miriam flehend an, der Anblick ihrer geröteten Augen brach Miriam fast das Herz.

»Das verspreche ich hoch und heilig.« Zärtlich küsste sie ihr die Wangen, schmeckte das Salz auf ihrer Haut. »Mami ist immer für dich da und geht niemals, niemals fort!«

Mit einem tiefen Seufzer kuschelte sich ihre Tochter wieder an sie. Miriam konnte spüren, wie Luzies Körper sich ein wenig entspannte. Mehrere Minuten lang saßen sie einfach nur so da, dicht an dicht, während Luzies Atem etwas ruhiger wurde. Auch ihre Körpertemperatur schien zu sinken, vielleicht war es tatsächlich nur die Aufregung des Traums gewesen, die sie so erhitzt hatte.

»Weißt du, was, Mami?«, fragte Luzie nach einer Weile.

»Was denn?«

»Wenn du nämlich auch noch weggehst, dann bin ich ja ein Waisenkind.«

»Luzie!« Sie konnte den erschrockenen Ausruf nicht verhindern. »Wie kommst du denn auf so eine Idee?«

»Wir haben doch mal diesen Film geguckt«, erklärte sie, »und da war dieses eine Mädchen, das auch keine Eltern mehr hatte und unbedingt adoptiert werden wollte.«

»Was für ein Film denn?«

»Du weißt schon! Da war ein Mädchen, das hieß Penny. Und zwei Mäuse, die ihr geholfen haben.«

»Ach so, du meinst *Bernard und Bianca*?«

Luzie nickte. »Ja, genau den.«

»Das war nur ein Film, mein Schatz.« Sie platzierte einen Kuss auf Luzies nassem Haar. »Du bist kein Waisenkind, da musst du dir wirklich keine Sorgen machen.«

Erneut hob Luzie den Kopf. Jetzt wirkte ihr Blick sehr ernst und entschlossen. »Papa ist ja tot, woher willst du wissen, ob du nicht auch irgendwann stirbst?«

»Ich … ich …« Sie suchte krampfhaft nach den richtigen Worten. Aber was sollte sie darauf erwidern?

Einen Moment lang sagte Luzie gar nichts und nestelte stattdessen mit gesenktem Kopf an einem Zipfel ihrer Bettdecke herum. Doch dann fuhr sie mit einem Mal zu ihrer Mutter herum und warf die kleinen Ärmchen mit einer Heftigkeit um deren Hals, dass Miriam beinahe zusammen mit ihr vom Bett gefallen wäre.

»Mahahaami!« Luzie schniefte ihr direkt ins Ohr, es knackte schmerzhaft im Trommelfell. Trotzdem drückte Miriam sie noch dichter an sich, schmiegte ihr Gesicht an die heiße Wange ihrer Tochter und strich ihr beruhigend über den Rücken. »Mahahaami! Mahahaami! Mahahaami!«, schluchzte sie wieder und wieder und klang dabei so verzweifelt, wie ein Kind nur klingen kann.

»Ich bin da, Luzie«, flüsterte Miriam und fühlte sich dabei vollkommen hilflos. »Ich bin doch da!«

»Ihhhich weiß«, brachte Luzie stockend hervor. »Aber ich bin sooo traurig! Ihich …« Der Rest des Satzes ging in einem bebenden Weinkrampf unter.

»Das verstehe ich, mein Schatz. Und du darfst auch traurig sein.« Sie begann, sie sanft hin- und herzuwiegen.

Dieses Mal dauerte es länger, bis Luzie sich etwas beruhigt hatte. Miriam kam es vor, als würde sie ihre Tochter seit Stunden halten, aber wenn es ihrer Kleinen ein bisschen half, würde sie das bis in alle Ewigkeit tun. Als Luzie sich schließlich wieder aus der Umarmung löste, zeigte der *Bibi Blocksberg*-Wecker auf ihrem Nachtschränkchen an, dass nur ein paar Minuten verstrichen waren.

Zärtlich wischte Miriam ihr die Tränchen aus dem Gesicht und versuchte, ihr ein aufmunterndes Lächeln zu schenken. Sie konnte sich zwar selbst nicht sehen, war aber sicher, dass sie nur eine hilflose Grimasse zustande brachte. Trotzdem wanderten auch Luzies Mundwinkel ein Stückchen nach oben. Sie legte ihre Hände links und rechts an die Wangen ihrer Mutter und beugte sich so weit zu ihr vor, bis sich ihre Nasen berührten. Miriam schloss die Augen und stieß einen wohligen Seufzer aus.

»Ich liebe dich, Mama«, sagte Luzie.

»Ich dich auch.«

»Kann ich heute Nacht bei dir schlafen?«

»Natürlich!« Miriam stand auf, streckte ihrer Tochter eine Hand hin und ging hinüber in ihr Zimmer. Mit ein paar Handgriffen hatte sie das Schlafsofa ausgeklappt, ein Laken darüber gezogen sowie Kissen und Decken aus der Schublade darunter herausgeholt. Nur kurz dachte sie beim Einrichten des Bettes an die Zettelwirtschaft auf dem Küchentisch. Die würde halt noch länger warten müssen. Genauso wie das Zähneputzen für sie heute ausfallen musste, sie würde ihre Tochter in dieser Nacht nicht mehr allein lassen, keine Sekunde lang.

»Ich liebe dich, Mama«, wiederholte Luzie, als sie schließlich zusammengekuschelt nebeneinanderlagen.

»Ich dich auch«, erwiderte Miriam ebenfalls noch einmal. »Und jetzt musst du dringend schlafen, sonst wird es mit dem Ausflug morgen garantiert nichts.«

»Und was ist mit meinem Fieber?«

Prüfend legte Miriam ihr eine Hand auf die Stirn, sie war nur noch ein bisschen warm. »Du hast keins, alles in Ordnung.«

»Ganz sicher?«

»Ganz sicher«, bestätigte sie. »Oder willst du gar nicht zu dem Erdbeerhof?«

Luzie sah sie empört an. »Natürlich will ich da hin!« Dann kicherte sie – ihre Welt schien von jetzt auf gleich wieder in Ordnung zu sein.

»Dann mal schnell die Augen zu!«

»Okay.« Ihre Tochter stupste sie noch einmal mit der Nase an, dann rollte sie sich zur Seite und atmete schon kurze Zeit später so tief und regelmäßig, dass Miriam wusste, dass sie eingeschlafen war.

Ganz im Gegensatz zu ihr selbst. In ihrem Innern herrschte ein derartiger Aufruhr, dass an Schlaf überhaupt nicht zu denken war. Sie schielte zur Digitalanzeige ihres Radioweckers. Zehn nach zwei – und sie war hellwach.

Kurz überlegte sie, ob sie die Krümelkiste morgen einfach zulassen sollte. Aber das konnte sie sich nicht leisten. Vorsichtig streichelte sie Luzie über eine Wange, zum Glück war sie nicht mehr heiß. Dann drehte sie sich auf den Rücken, schloss die Augen und begann innerlich, sämtliche Bundesstaaten der USA aufzuzählen, beginnend mit der Ostküste. Diesen Tipp hatte sie mal in irgendeiner Frauenzeitschrift gelesen, angeblich sollte die Methode hundertprozentig funktionieren. Miriam hoffte jedenfalls, dass sie spätestens bei Nummer dreißig einschlafen würde. Auf alle fünfzig käme sie ohnehin nie im Leben.

Dienstag, 24. September

Gabriel

Lieber Jonathan,
ich habe noch einmal lange über dein Angebot nachgedacht und bin damit einverstanden, dass ihr für mich einen Ghostwriter beschäftigt. In meiner derzeitigen Verfassung sehe ich mich nicht in der Lage, einen neuen Roman für euch zu schreiben. Ehrlich gesagt weiß ich nicht, ob ich es überhaupt jemals wieder schaffen werde. Aber natürlich möchte ich dem Verlag nach den vielen Jahren der guten und vertrauensvollen Zusammenarbeit nicht schaden – also macht das mit dem Ghost.
Es tut mir leid!
Herzlich
Gabriel

Seit dem frühen Abend wanderte Gabriel rastlos zwischen Küche, Wohnzimmer und Büro umher. Küche, um sich abwechselnd einen Gin Tonic und dann wieder einen Kaffee zuzubereiten, Wohnzimmer, um das jeweilige Getränk zu sich zu nehmen, Büro, um auf die an Jonathan verfasste E-Mail zu starren und sich zu fragen, ob er sie wirklich abschicken sollte. Ja? Nein? Ja? Nein? Was sprach dafür, was dagegen? Er hätte an einem Gänseblümchen zupfen oder eine Münze werfen können, vermutlich wäre dabei eine fundiertere Entscheidung herausgekommen.

Mittlerweile war es kurz nach halb drei in der Nacht. Den vierten Gin Tonic hatte er in den Ausguss geschüttet und war komplett auf Kaffee umgestiegen. Er fühlte sich, als würde ein aufgezogener Duracell-Hase durch seinen Kopf hoppeln. Aber eine Antwort darauf, wie er mit seiner Mail verfahren sollte, hatte er immer noch nicht. Jedes Mal, wenn er vor seinem Schreibtisch stand, um auf »Senden« zu drücken, zuckte er zusammen, als würde er einen Stromschlag befürchten. Er fragte sich, warum. Weil er ein noch größerer Feigling und schlimmerer selbstmitleidiger Jammerlappen war, als er ohnehin schon dachte? Oder weil der Schriftsteller in ihm doch noch nicht ganz tot war?

Während er jetzt mit Kaffee Nummer sieben auf seinem weißen Ledersofa saß, blitzte vor seinem inneren Auge wieder und wieder das Gesicht seines Verlegers auf. Wie enttäuscht er ihn angesehen hatte, ehe er wortlos die Tür seines Saab zugezogen hatte und davongefahren war. Gabriel hatte sich gefühlt wie der letzte Mensch – und ihm schwante, dass Jonathan mit seinem grußlosen Abgang genau das zum Ausdruck hatte bringen wollen. Und dass es nur bedingt etwas mit dem Umstand zu tun hatte, dass sein Autor keinen neuen Roman mehr schreiben wollte und konnte.

Dieser blöde Luftballon mit der Karte hatte ihn so verärgert. Inzwischen konnte er sich selbst nicht mehr erklären, weshalb er den Ballon in den Müll geworfen hatte.

Hätte er Jonathan die Karte doch einfach in die Hand gedrückt, dann hätte der damit machen können, was er wollte! Was ging ihn, Gabriel Bach, ein fremdes kleines Mädchen an, das sich einen neuen Papa wünschte?

Mit einer ruckartigen Bewegung setzte er seine Tasse auf dem Couchtisch ab, ein kleiner Schwall Kaffee schwappte über den Rand und ergoss sich auf die Platte aus Milchglas. Zwanzig Sekunden später riss Gabriel in der Küche den Kühlschrank auf, griff nach Gin- und Tonicflasche und stellte beide auf den Tresen neben dem frei stehenden Kochblock. Dann fischte er sein benutztes Glas aus der Spüle und füllte es bis zur Hälfte mit Gin. Zögerte kurz. Und kippte schließlich auch noch den Rest der Flasche hinterher.

Mit geschlossenen Augen führte er das Glas an seine Lippen, hielt die Luft an und leerte es in einem Zug. Schon beim Trinken spürte er, wie sich sein gesamter Körper mit einer Gänsehaut überzog, und als er das Glas zurück auf den Tresen donnerte, musste er sich schwer beherrschen, den guten Bombay Sapphire nicht sofort und in hohem Bogen wieder auszuspucken. Mit beiden Händen und mit hängendem Kopf stützte er sich am Tresen ab, atmete tief und schwer, darauf wartend, dass der Schwindel nachließ und sich in warme und weiche Gleichgültigkeit wandelte.

Zu seinen Füßen erklang ein Schnüffeln, dann stupste ihn etwas am linken Bein. In Sorge um sein Herrchen war Tavor aus tiefster Lethargie gerissen worden. Mit wackeligen Knien ging Gabriel in die Hocke, bettete seinen Kopf auf das weiche Fell des Hundes und kraulte ihm minutenlang den Nacken.

»Komm, mein Junge«, murmelte er schließlich, ein Rülpsen unterdrückend. »Wir zwei alten Herren gehören ins Bett.«

Beim Aufstehen geriet er leicht ins Taumeln, und auch die Holztreppe nach oben schien ein wenig Seegang zu haben. Tavor blieb ihm dicht auf den Fersen, als würde er im Fall der Fälle als Puffer dienen wollen. Tränen der Rührung stiegen in Gabriel auf. Sein guter und treuer Weggefährte! Würde sich zur Rettung seines Herrchens selbstlos vor ihn werfen. So wie in Astrid Lindgrens Erzählung *Märit*, in der ein kleines Mädchen vor einen herabstürzenden Felsbrocken springt, um Jonas Petter, den Jungen, den es liebt, zu schützen. Und dabei selbst ums Leben kommt.

Im Schlafzimmer angekommen, ließ er sich in voller Montur auf sein großes Boxspringbett fallen. Tavor pflanzte sich wie immer auf den Läufer am Fußende und gab binnen Sekunden leise

Schnarchlaute sowie einen dezenten Pups von sich. Die Sorge um sein Herrchen schien sich gelegt zu haben.

Vollkommen anders beim Herrchen selbst: Das Gesicht in seine Bettwäsche vergraben, lag Gabriel da wie gelähmt. Während in seinem Inneren eine Bilderflut tobte und sein Herz so sehr raste, dass er am liebsten aufgesprungen und weggerannt wäre. Aber er war unfähig, auch nur den kleinen Finger zu rühren. Als hätte ihn ein Locked-in-Syndrom ans Bett gefesselt und dazu verdammt, bewegungslos alles über sich ergehen zu lassen, was ihm durch den Kopf geisterte. *Wo findet die Seele die Heimat, die Ruh?*

Die Stimme seiner Mutter. Mehr als dreißig Jahre lang hatte er sie nicht mehr gehört. Und jetzt war es, als säße sie direkt neben ihm auf der Bettkante und würde ihm die Geschichte von Märit vorlesen. Oder eine der vielen, vielen anderen, jeden Abend hatte sie eine für ihn ausgesucht. Ein unumstößliches Ritual vor dem Schlafengehen, seine gesamte Kindheit hatte aus Geschichten bestanden.

Auch nachdem seine acht Jahre jüngere Schwester Greta zur Welt gekommen war, hatte sie ihm abends weiter vorgelesen. Während das Baby im Schlaf leise schnaufend zwischen ihnen gelegen und sie ihm abwechselnd zärtlich über den kleinen Kopf gestreichelt hatten. Aus lustigen oder spannenden, aus traurigen oder wahren, seine Mutter hatte für ihn gelesen – und ihm damit die größte Liebe seines Lebens geschenkt. Und ihm gleichzeitig eine andere genommen, als sie, kurze Zeit nachdem ihr Mann die Familie verlassen hatte, in tiefe Trauer gefallen und für immer verstummt war, sodass Gabriel und seine Schwester Greta zu den Großeltern nach Buxtehude mussten.

Zwölf Jahre alt war er da gewesen, Greta gerade mal vier, und von da an gab es keine Geschichten mehr, jedenfalls keine lustigen und spannenden. Nur noch traurige und wahre.

Jetzt endlich konnte er sich wieder rühren. Ächzend wälzte er sich auf den Rücken. Das Atmen fiel im schwer, als würde ein leibhafter Alb auf seinem Brustkorb hocken. Märit. Kleines totes Mädchen. Das vergilbte und zerknitterte Foto, das in seiner Brieftasche steckte. Greta. Und … Nein!

Von ganzem Herzen, deine Luzie in den Wolken.

Wer war sie? Wie alt war sie? Wie sah sie aus? Woran war ihr Vater gestorben? Und was war mit ihrer Mutter?

Er drückte mit beiden Händen gegen seine Schläfen, versuchte, all das Denken aus seinem Kopf zu pressen. Warum ließ ihn das nicht los? Warum nicht?

Von ganzem Herzen, deine Luzie in den Wolken.

Japsend fuhr er hoch, schaltete die Leselampe überm Bett ein, hangelte nach *Das Buch der Unruhe* auf seinem Nachttisch und schlug mit zittrigen Händen die erste Seite auf.

Autobiographie ohne Ereignisse

Er stieß ein fast hysterisches Kichern aus. Als er Pessoas Buch zum ersten Mal gelesen hatte, war ihm diese kurze Vorabbemerkung wie ein Bonmot erschienen. Ein Geniestreich, ersonnen von einem der größten Literaten des zwanzigsten Jahrhunderts. Doch jetzt, in diesem Moment, verspürte er nur Bitterkeit. Die Bitterkeit eines einsamen Mannes in mittleren Jahren, der Sätze wie »Wenn das Herz denken könnte, stünde es still« nicht mehr mit jugendlicher Bewunderung las, sondern mit müder Erfahrung nachvollziehen konnte.

Ehe er wusste, was er tat, schleuderte Gabriel das Buch einmal quer durchs Zimmer. Als es gegen den Türrahmen prallte, fiel es auseinander. Tavor erhob sich, tapste darauf zu und schnüffelte an dem Papier. Einen kurzen Moment musste Gabriel sich noch sammeln, dann stand er auf, ging hinüber in sein Büro und setzte sich vor sein Notebook.

Noch immer flimmerte ihm die nicht gesendete Mail an Jonathan entgegen, er klickte auf »Schließen« und dann auf »Als Entwurf speichern«. Darüber würde er später nachdenken. Zuerst musste er seinen Kopf befreien. Und sein Herz. Schreiben. Das hatte früher immer geholfen. Jedenfalls als er es noch nicht beruflich getan hatte. Als das Formulieren von Sätzen noch nicht Mittel zum Zweck, sondern ein Bedürfnis gewesen war.

Er öffnete ein leeres Word-Dokument, legte beide Hände auf die Tastatur – und ließ sie dann minutenlang dort liegen. Was sollte er schreiben? Gabriel schloss die Augen und begann, leise vor sich hin zu summen. *Music was my first love.* Die Geschichte über das vergangene, verlorene Leben eines Mannes? Nein. Abgeschmackt. Blöd. Selbstmitleidig.

Autobiographie ohne Ereignisse.

Gut. Er würde jemandem eine neue Zukunft geben. Eine zweite Chance im Leben. Eine Autobiographie *mit* Ereignissen.

Aber wem?

Bernardo Soares, dem Buchhalter. In seinem, Gabriels Fall, würde er Ben heißen. Ben Sommer, das hörte sich doch gut an.

Und einem kleinen Mädchen. Warum nicht einer Luzie? Das war ein schöner, ein besonderer Name. Luzie, Lucia, Lux, das Licht.

Gut.

Also Ben, der Buchhalter. Und Luzie, das Mädchen voller Licht.

Auf seinem Gesicht breitete sich ein Lächeln aus, als seine Finger begannen, mit einer lange nicht mehr da gewesenen Leichtigkeit über die Tasten zu tanzen.

Dienstag, 24. September

Miriam

Beschämend. Es war absolut beschämend. Mehr als dreiundzwanzig Staaten fielen Miriam nicht ein, beim besten Willen und auch beim konzentriertesten Nachdenken nicht. Und statt endlich in erholsamen Schlaf zu sinken, machte sie der Umstand, dass sie nicht einmal auf die Hälfte kam, absolut kirre. Nach einer halben Stunde gab sie auf. Was für ein blöder Tipp! Unseriöses Zeitschriftengeschreibsel, das hätte ihr als früherer PR-Frau eigentlich gleich klar sein müssen. Sie sollte es lieber mit Schäfchenzählen probieren.

Dreiundzwanzig! Es ließ ihr keine Ruhe. Suchend tastete sie mit der rechten Hand auf dem Schränkchen neben dem Schlafsofa nach ihrem Mobiltelefon und schubste dabei aus Versehen die Lampe um, die dort stand. Miriam hielt den Atem an, als sie polternd zu Boden ging, und warf einen hastigen Blick auf Luzie. Doch ihre Tochter rührte sich nicht.

Langsam setzte sie sich halb auf, spähte auf die kleine Ablage, fand das Handy auf Anhieb und langte danach. Sie fuhr mit dem Zeigefinger übers Display. Die Anzeige blieb schwarz. Hatte sie es ausgeschaltet und nicht, wie sonst in der Nacht, nur den Flugmodus aktiviert? Aber auch als sie den »On«-Knopf drückte, rührte sich nichts. Also hangelte sie nach dem Ladekabel, das immer in der Buchse hinter dem Schränkchen steckte. Es fehlte. Erst jetzt fiel ihr ein, dass sie es morgens mit in den Laden genommen hatte, weil das Kabel, das sie dort benutzte, nicht mehr funktionierte.

Mit einem stummen Fluchen schlüpfte sie unter der Decke

hervor und tapste leise zu dem bunten Patchworksessel, auf dem sie am Abend neben ihrer Kleidung auch ihren braunen Lederrucksack abgelegt hatte, den sie immer mit in die Krümelkiste nahm und in dem auch ihr Notebook steckte. Sie schaufelte die Sitzfläche frei, ließ sich ins Polster sinken, holte den Computer aus der Tasche und schaltete ihn ein. Sobald die Startseite erschien, drückte sie auf die Stumm-Taste, damit Luzie nicht doch noch durch irgendein Piepen geweckt wurde.

So leise wie möglich tippte Miriam vor sich hin, schielte immer mal wieder zu ihrer Tochter rüber, um zu sehen, ob sich unter der Decke etwas regte. Luzie schlummerte seelenruhig, ihr Mund stand ein bisschen offen, und ein sehr, sehr zartes Röcheln erfüllte Miriams Wohnschlafzimmer.

Erneut stiegen ihr die Tränen in die Augen, und plötzlich interessierte es sie nicht mehr die Bohne, wie die Bundesstaaten der USA hießen und ob es fünfzig waren oder hundert oder dreiundzwanzig. Miriam wollte nur noch wissen, wie sie Luzie helfen konnte. Was genau in ihrem kleinen Köpfchen und, wichtiger noch, Herzen vor sich ging und was sie noch tun konnte, um sie über den Verlust ihres Papas hinwegzutrösten.

Unschlüssig starrte Miriam auf die Startseite von Google, die sie eben geöffnet hatte. Sie hatte keine Ahnung, wie sie vorgehen und wonach sie suchen sollte. Aber sie hoffte, in den großen weiten Welten des Netzes irgendetwas über Kinder zu finden, die ein Elternteil verloren hatten. Eine Art Gebrauchsanweisung, mit deren Hilfe es ihr gelingen würde, Luzie wieder glücklich zu machen.

Zwei Stunden später war Miriam zwar hundemüde, aber um keinen Deut schlauer. Ihre Nachforschungen hatten kein brauchbares Ergebnis geliefert, außer dass sich sämtliche Experten einig darin waren, dass es für Kinder immens wichtig ist, neben einer weiblichen auch eine männliche Identifikationsfigur in ihrem Leben zu haben. Und wenn die fehlte, solle man versuchen, eine neue zu finden. Sei es ein Onkel, ein Großvater, ein Erzieher, Lehrer oder Fußballtrainer, irgendeine konstante Bezugsperson, die die Rolle des fehlenden Vaters wenigstens zum Teil ausfüllen konnte.

An Luzies Grundschule waren neunundzwanzig der dreißig Lehrer Frauen, über Dr. Krüger musste man nicht einmal nachdenken, Miriam selbst war Einzelkind, sodass die Frage nach einem Onkel obsolet war, und ihre Eltern wohnten zu weit weg, um Teil von Luzies Alltag zu sein. Natürlich gab es Männer im Bekanntenkreis, Alissas Vater Tim zum Beispiel. Aber ihm stand Luzie nicht nahe genug.

Traurig klappte Miriam ihr Notebook zu, schlich zurück ins Bett und robbte vorsichtig an ihre Tochter heran. Sie atmete ein paarmal tief ein, sog den süßen Duft in sich auf, den ihre Kleine verströmte, schloss müde die Augen und hoffte, dass sie wenigstens noch für zwei oder drei Stunden einschlafen könnte.

Doch der Begriff »männliche Identifikationsfigur« schwirrte ihr beharrlich durch den Kopf. Was gab es da für Möglichkeiten? Einen Au-pair-Jungen einstellen? Oder Luzie davon überzeugen, dass Fußball eine tolle Sache war und sie viermal die Woche zum Training schicken? Basketball, Judo, Boxen? Die Mitgliedschaft in einem Sportverein könnte Miriam sich schon irgendwie leisten, aber wer konnte garantieren, dass Luzie automatisch einen Trainer erwischte, der sich für sie zu einer echten Vertrauensperson entwickelte?

Unruhig wälzte sie sich auf die andere Seite. Vielleicht war das ja alles auch nur blödes Psychogewäsch. Sie und Luzie – sie kamen doch gut miteinander klar, sie waren ein tolles Team! Und in heutigen Zeiten gab es schließlich fast mehr Alleinerziehende als Paare; die Kinder, bei denen Mama und Papa noch zusammenlebten, waren doch fast schon die Exoten!

Dienstag, 24. September

Gabriel

Luzie in den Wolken

Er hing einfach da, der rote Luftballon. Hing schlaff und traurig zwischen den Blättern. Wie das vergessene Überbleibsel eines Kindergeburtstags, achtlos zurückgelassen nach getanem Dienst, jeder weiteren Funktion beraubt.

Ben hatte ihn nicht sofort gesehen. Hatte ihn erst entdeckt, als der Stock, den er für seine Colliedame Joy geworfen hatte, mitten im Gebüsch gelandet war und den roten Ballon erst so zutage gefördert hatte. Neugierig hatte Joy begonnen, daran herumzuschnüffeln, und dann beherzt hineingebissen, sodass auch die restliche Luft aus ihm entwichen war.

»Lass das, Joy!«, ermahnte Ben seine Hündin und ging zu ihr, um zu verhindern, dass sie ein Stückchen Gummi verschluckte. Als er sich zu ihr hinunterbeugte, bemerkte er die Karte. Die Postkarte, die an dem Ballon hing und auf der in krakeligen Druckbuchstaben etwas geschrieben stand. Er nahm sie zur Hand und begann zu lesen.

Zufrieden lehnte Gabriel sich in seinem Stuhl zurück und betrachtete die bisher geschriebenen Zeilen. Es gefiel ihm richtig gut. Und am meisten gefiel ihm dieses kribbelige Gefühl von Aufregung; von Vorfreude auf das, was daraus entstehen könnte; die Lust, eine neue Geschichte zum Leben zu erwecken. Eine seit Ewigkeiten nicht mehr vorhanden gewesene Regung seines Herzens. Ein neues Leben für ihn.

Der Ballon, die Karte, das Mädchen. Er wusste nicht, warum, aber irgendwie hatte ihn das inspiriert. In seiner Euphorie hatte er sogar Jonathan eine Mail geschrieben. Und zwar nicht, dass sein Verleger einen Ghost suchen sollte, sondern dass ihm endlich wieder etwas eingefallen war und er bis zum nächsten Frühjahr einen neuen Roman abgeben würde. Trotz vorgerückter Stunde hatte Jonathan nur Minuten später bei ihm angerufen.

»Wie großartig!«, hatte er in den Hörer posaunt. »Worum wird es denn gehen?«

»Das verrate ich noch nicht«, hatte Gabriel erwidert. »Aber das neue Buch wird sehr zu Herzen gehen.«

»Davon bin ich überzeugt.«

»Und, Jonathan?«

»Ja?«

»Du hattest recht.«

»Mit was?«

»Dass es eine Arschloch-Aktion war, die Karte einfach wegzuwerfen.«

Einen kurzen Moment lang hatte Gabriels Verleger geschwiegen. Und dann gesagt: »Ich weiß, dass das nicht du warst. Das war nur dein böser Zwilling der Verzweiflung.«

Der böse Zwilling der Verzweiflung. Ja, der steckte offenbar wirklich sehr tief in ihm fest. Und Gabriel wollte alles dafür tun, ihn wieder loszuwerden. Er dachte an den Mülleimer unten am Strand. Es war nicht richtig gewesen, die Postkarte wegzuwerfen. Jedenfalls würde Ben Sommer das so sehen. Gabriel stand auf, eilte die Treppe nach unten und schlüpfte in seine Sneaker.

»Bin gleich wieder da!«, rief er Tavor zu, der ihm folgen wollte, aber erst auf halber Treppe war. Er nahm seine Schlüssel, stürmte ohne Jacke nach draußen und zog die Tür hinter sich zu, damit der Hund auch wirklich im Haus blieb.

Es war dunkel, und der Sand blieb an seinen Schuhen kleben,

als er Richtung Ufer stapfte, zweimal wäre er fast zu Fall gekommen. Gabriel meinte, von irgendwoher leise Gitarrenmusik zu vernehmen, in der Ferne flackerte ein schwaches Licht. Nächtliche Strandromantiker.

Er musste grinsen. Was ging da nur immer in seinem verquasten Schriftstellerkopf vor sich? Er hatte den Mülleimer erreicht, spähte durch die kleine Öffnung, konnte aber nichts sehen. Nach kurzem Zögern griff er entschlossen hinein.

Er tastete im Ungewissen herum, erwischte ein Stück Pappe und zog es heraus. Das war sie! Mit eiligen Schritten stapfte er zurück zum Haus, erpicht darauf, als Ben Sommer weiterzumachen. Denn Ben, sein neues Alter Ego, hatte ihm endlich wieder einen Grund gegeben.

Tavor lungerte unten vor der Türschwelle herum, als Gabriel fünf Minuten später wieder reinkam. Der Hund sah ihn so vorwurfsvoll an, als hätte er ihn drei Wochen lang ohne Futter und Wasser allein gelassen.

»Keine Sorge, Alter«, sagte er und tätschelte ihm den Nacken. »Ich musste da nur …«, er überlegte kurz, »was korrigieren. Komm wieder mit hoch!« Gabriel eilte Richtung Treppe, aber sein Hund folgte ihm nicht, sondern fläzte sich stattdessen auf die Fußmatte vor der Eingangstür und stieß ein erschöpftes Seufzen aus.

Zurück in seinem Büro legte Gabriel die Postkarte neben sein Notebook und las sie noch einmal.

Liber Got, mein Papa ist bei dir im Himel - kanst
du mir bitte einen neuen schikken?
Von ganzem Hertzen, deine Luzie in den Wolken

Er schluckte. Das war wirklich rührend. Und, wie Jonathan gesagt hatte, auch ganz schön traurig. So etwas Ergreifendes hätte er sich nicht ausdenken können. Henri Fjord hingegen schon. Der hatte ein Händchen für Tragik, jawohl! Aber am Ende ging alles gut aus, das war ja klar. Henri Fjord würde es schon richten. Henri Fjord, dieser Teufelskerl, er war wieder da!

Von daher: Ben Sommer. Und Luzie. Luzie … und mit Nachnamen … Luzie, Luzie … Lost? Nein, zu direkt, zu platt, zu englisch. Also. Luzie … Luzie … Luzie Herz? Auch platt. Luzie Bach! Ja, das war gut – ein kleiner Scherz, den er sich damit erlaubte, Gabriel Bach schrieb als Henri Fjord über Luzie Bach. Er tippte den Namen in ein zweites Dokument, in dem er Informationen über alle handelnden Personen sammeln würde.

Wie sollte es nun weitergehen? Was würde sein Protagonist tun? Nachdem er diese Karte gefunden hatte? Relativ einfach: Ben Sommer würde alles daransetzen, dem kleinen Mädchen zum sicheren Sieg zu verhelfen. Denn Ben Sommer, das war ein Guter, ein Held, ein … ach, egal, eben eine der Hauptfiguren im neuen *Henri Fjord*, und der müsste sich nun auf die Socken machen.

Eine Minute später hatte Gabriel im Internet die weitesten Strecken recherchiert, die Ballons bei solchen Wettbewerben je zurückgelegt hatten. Der Rekord lag bei über 16 000 Kilometern, ein Ballon aus München hatte sich bis nach Australien durchgeschlagen. Das wäre für Ben Sommer – den kleinen Buchhalter – nur schwer zu toppen. Aber eine Strecke von mehreren hundert Kilometern, ein Ballon aus Norddeutschland bis runter in die Schweiz oder bis nach Italien, das würde er wohl hinkriegen.

Was war von Hamburg aus etwa neunhundert Kilometer entfernt? Nun, es gab da einiges in Skandinavien. Aber reizvoller erschien ihm Italien. Mailand, das waren ungefähr tausendeinhundert Kilometer. Da könnte er den Ballon hinbringen. Bei der Gelegenheit könnte er gleich noch eine gute Flasche Olivenöl kaufen.

Er ging ins Schlafzimmer und ließ sich auf sein Bett fallen. Erst einmal den Rausch ausschlafen – und dann würde er sich als Ben Sommer auf den Weg machen.

Gegen zwei Uhr nachmittags kam Gabriel wieder zu sich. Er fühlte sich nicht mehr verkatert, sondern steckte voller Energie und Tatendrang. Eilig sprang er unter die Dusche, zog sich an und warf seinen Kulturbeutel sowie Klamotten für mehrere Übernachtungen in eine Reisetasche.

Italien, das Land, wo die Zitronen blühn! Er würde auf Goethes Spuren wandeln. Wobei die Italienreise des großen Dichters fast zwei Jahre gedauert hatte, so lange wollte Gabriel natürlich nicht unterwegs sein. Und über ein paar mehr PS als Goethes Postkutsche verfügte sein Audi RS 6 Avant Gott sei Dank auch. Das Wichtigste an seiner Mission war schließlich, dass die Postkarte spätestens am 10. Oktober wieder in Hamburg landete.

Entschlossen griff er nach der Tasche, ging in sein Büro, um Notebook und Postkarte einzustecken, dann rannte er nach unten in den Flur, wo Tavor immer noch beleidigt auf der Fußmatte lag.

Während Gabriel im Flur Jacke und Schuhe anzog, schnalzte er mehrfach mit der Zunge. Der Hund hob den Kopf und sah ihn müde an.

»Komm, los, Tavor!«, rief er ihm zu. »Wir müssen mal kurz was erledigen.«

Samstag, 12. Oktober

Miriam

»Mami?«

»Hmmm?«

»Bist du wach?«

»Nein.«

»Bist du wohohoool!«

Miriam verspürte ein unangenehmes Ziepen am Ohrläppchen, öffnete die Augen und setzte sich abrupt auf. »Autsch! Hast du mich gerade etwa gekniffen?«

»Tut mir leid, Mama.« Luzie versuchte sich an einer zerknirschten Miene. Die ihr allerdings nicht sehr überzeugend gelang, weil ihre Mundwinkel verräterisch nach oben zuckten. »Ich wollte dir nur sagen, dass wir aufstehen müssen.«

»Aufstehen?« Sie gähnte herzhaft. »Warum?«

»Mama!« Die Zerknirschung wich Empörung. »Heute ist doch das Fest bei Mikado!«

»Wie spät ist es denn?« Miriam blinzelte, konnte die Anzeige des Weckers aber kaum entziffern, so verschlafen war sie noch.

»Draußen ist es jedenfalls schon hell.«

»Was?« Miriam blickte Richtung Schlafzimmerfenster. Durch die cremefarbenen Vorhänge fiel das blaue Licht der frühen Morgendämmerung, und jetzt vernahm sie auch das laute Vogelgezwitscher, wie man es nur bei Sonnenaufgang hört. Mühsam stützte sie sich auf einem Ellbogen ab und beugte sich ein Stückchen vor, um die Anzeige des Weckers endlich dechiffrieren zu können. Sie japste auf. »Luzie, es ist gerade mal kurz vor acht!«

»Aber …«

»Es ist Wochenende …«, unterbrach sie ihre Tochter. »Vor zehn Uhr hat Mikado noch gar nicht geöffnet, und die Preisverleihung ist sogar erst um zwölf.«

»Aber ich bin doch einfach nur sooo aufgeregt!«, verteidigte Luzie sich, zog einen Schmollmund und bedachte ihre Mutter mit einem sehr gekonnten Dackelblick.

Wie Butter in der heißen Sonne, dachte Miriam. Wenn ihre Tochter sie so ansah, war sie vollkommen machtlos, da zerfloss sie eben wie Butter in der heißen Sonne.

»Schatz, das verstehe ich ja. Es ist nur noch viel zu früh, wenn wir jetzt schon da hingehen, stehen wir vor verschlossenen Türen. Außerdem müssen wir vorher sowieso in die Krümelkiste, weil Becka mich erst um elf ablösen kann.«

»Echt jetzt?« Luzie verdrehte die Augen.

»Echt jetzt«, bestätigte Miriam. »Ich hab dir das vorgestern auch schon gesagt.«

»Hab ich vergessen«, maulte Luzie. »Und ich finde das total ungerecht! Immer ist die Arbeit wichtiger!«

»Das stimmt doch gar nicht!« Sofort verspürte Miriam ein kleines Piksen in der Herzgegend.

»Stimmt wohl!«

»Luzie«, sie legte ihrer Tochter eine Hand auf den Arm, »es ist nun mal so, dass ich Geld verdienen muss. Gerade samstags ist in der Krümelkiste am meisten los, und wenn ich die Öffnungszeiten ständig verschiebe, ärgern sich die Kunden und kommen irgendwann gar nicht mehr.«

»Trotzdem finde ich das doof.« Luzie senkte den Blick und fixierte die Bettdecke.

»Das verstehe ich, kann es aber nicht ändern. Ich bin heilfroh, dass Becka sich überhaupt die Zeit nimmt, ab elf für mich die Stellung zu halten.« Tatsächlich war es dieses Mal gar nicht so einfach gewesen, Rebecca zu überreden, für ein paar Stunden den Laden zu schmeißen.

Normalerweise sprang ihre Freundin immer sofort und gern ein, wenn Miriam wichtige Termine hatte – vorausgesetzt, es passte bei ihr. Und heute, da hatte es eigentlich überhaupt nicht gepasst. »Puh«, hatte Becka gesagt, als Miriam sie gefragt hatte, »das ist an dem Tag leider echt schwierig. Tim will am Nachmittag zum Spiel von St. Pauli, und ich habe ihm fest versprochen, dass ich ab halb drei die Kinder nehme, obwohl es ›sein‹ Wochenende ist. Außerdem gehe ich ab Dienstag mit dem Theater zehn Tage auf Tournee und muss dafür noch achttausend Sachen vorbereiten – gibt es sonst keinen, der dich vertreten kann?« Den gab es nicht, das wusste Becka auch.

Und so hatte sie sich von Miriam nach dem heiligen Schwur, dass sie spätestens um 14 Uhr wieder zurück wäre, breitschlagen lassen. Es musste endlich ein Mieter für das freie Zimmer her, der in solchen Fällen auch den Laden stundenweise übernehmen könnte. Das würde ihr das Leben erleichtern.

»Um kurz nach elf sind wir im Mikado«, beruhigte Miriam ihre Tochter, »du wirst die Preisverleihung auf gar keinen Fall verpassen.«

»Okay«, fügte Luzie sich, bedachte ihre Mutter aber mit enttäuschter Miene. »Ich bin wirklich sooo aufgeregt! Denkst du, ich habe den Wettbewerb gewonnen?«

»Weiß ich nicht, mein Mäuschen. Ich kann ja leider nicht hellsehen.«

Luzie richtete den Blick Richtung Zimmerdecke, schloss die Augen und hörte sich regelrecht verträumt an: »Es wäre absolut mega, wenn ich auf dem ersten Platz wäre!«

»Wo hast du denn das Wort her?«

Ihre Tochter sah sie fragend an. »Welches Wort meinst du?«

»Na, mega.«

»Keine Ahnung.« Luzie zuckte mit den Schultern. »Das sagen alle.«

»Und wer sind bitte alle?«

»Mama!« Sie fing an, ungeduldig mit den Füßen zu strampeln. »Ist doch jetzt egal.«

»Okay«, lenkte Miriam ein. »Auf jeden Fall ist dein Ballon unter den ersten drei, das ist doch schon mal toll.«

Luzie grinste. »Ja, sag ich doch. Mega.«

Vorgestern Nachmittag hatte Heidi Schrader bei Miriam angerufen und ihr mitgeteilt, dass Luzie zu den drei Gewinnern des Luftballonwettbewerbs zählte. Nur welcher Platz es war – das hatte sie für sich behalten. Selbst als Luzie ihrer Mutter das Handy aus der Hand gerissen hatte, um die ältere Dame anzubetteln, es ihr zu verraten, war sie standhaft geblieben. »Tut mir leid, Süße«, hatte sie gesagt, »ein bisschen Spannung muss ja noch sein!«

Seither war Luzie im absoluten Ausnahmezustand. Außer Rand und Band, sie hatte mit dem Reden und Spekulieren und den »Juchhuuu«-Schreien gar nicht mehr aufgehört. Miriam hatte sie erst um kurz nach elf ins Bett bekommen, und natürlich war sie bereits eine Stunde später im Zimmer ihrer Mutter aufgetaucht, um ihr mitzuteilen, dass sie heute Nacht *auf gar keinen Fall* allein schlafen konnte.

So hatten sie gemeinsam auf dem Sofa geschlafen. Oder eher *nicht* geschlafen, denn bis halb eins hatte Luzie noch immer vor sich hin gebrabbelt – ein Wunder, dass ihre Tochter jetzt schon wieder so fit war!

Sie liebte es zwar, mit ihrer Maus zu kuscheln und ihr ganz nah zu sein; aber manchmal fragte sie sich schon, wie viele Arme und Beine so ein kleiner Mensch eigentlich haben konnte. Im Schlaf kreiselte Luzie wie ein Propeller im Uhrzeigersinn um die eigene Achse, und Miriam hatte ständig einen Fuß, einen Ellbogen oder eine Hand auf ihrem Gesicht liegen.

Hin und wieder wurde sie auch wach, weil ihre Tochter nach einem abgeschlossenen Manöver komplett auf ihr drauflag. Ja, das war schön! Aber der nächtlichen Erholung ziemlich abträglich.

»Okay, mein Schatz, ich sag dir was.«

»Ja?« Luzie setzte sich auf, und an ihren leuchtenden Augen konnte Miriam erkennen, dass ihre Tochter ganz genau wusste, was nun kam.

»Na, mach schon!« Sie seufzte. »Schnapp dir mein Notebook, du darfst in deinem Zimmer was gucken, das Passwort kennst du ja. Sobald ich etwas wacher bin, komm ich dann auch.« »Danke, Mama!« Luzie strahlte, beugte sich vor und drückte ihr einen dicken Schmatzer auf. Dann strich sie ihr mit einer Hand über die Wange.

»Du kannst dir ruhig Zeit lassen.« Luzie grinste frech und sprang auf, schnappte sich Miriams Laptop aus dem Rucksack und marschierte in ihr Zimmer.

»Tür zu!«, rief Miriam ihr nach, aber da war sie schon verschwunden. Wenige Minuten später schepperte die Titelmelodie von *Hexe Lilli* durch die Wohnung, einer der Kinderfilme, die sie für Luzie auf ihr Notebook geladen hatte. »UND LEISER!«, brüllte sie. Sofort wurde die Lautstärke runtergedreht, doch da alle Türen offen standen, konnte sie trotzdem noch gut mithören, welches Abenteuer die kleine Hexe gerade erlebte.

Sie überlegte kurz, ob sie aufstehen und Luzie auffordern sollte, sowohl ihre Tür als auch die zu Miriams Schlafzimmer zu schließen. Aber sie war zu müde.

Samstag, 12. Oktober

Gabriel

Unschlüssig stand Ben vor dem Schaufenster. Die Auslage des Ladens war mit Barbie-Puppen, Lego-Landschaften, Elfenkostümen, Spielzeugautos, Kinderbüchern und Plastikdinosauriern bestückt. Er fragte sich, was er hier eigentlich verloren hatte und ob es nicht vernünftiger wäre, sich wieder in seinen zerbeulten Polo zu setzen und nach Hause zu fahren.

Aber er wollte wissen, ob Luzie wirklich gewonnen hatte. Und er wollte das Mädchen wenigstens ein einziges Mal sehen. Danach würde er nach Hause fahren und die ganze Geschichte vergessen können.

Gabriel klappte das Notebook auf seinem Schoß zu. Seit einer Stunde parkte er schräg gegenüber von Mikado, mittlerweile war es 11.45 Uhr.

Am Mittwoch hatte er sich telefonisch erkundigt, wann die Preisverleihung des Ballonwettbewerbs stattfinden würde, und eine sehr freundliche, offenbar ältere Dame hatte ihm gesagt, dass das für 12 Uhr geplant sei. In fünfzehn Minuten also, er müsste jetzt die Entscheidung treffen, ob er in den Laden hineingehen sollte oder nicht.

Bei Mikado musste eine Menge los sein, jedenfalls waren in der vergangenen Stunde ganze Heerscharen von Kindern, meist in Begleitung von Erwachsenen, in dem Geschäft verschwunden. Sonderlich auffallen würde er unter so vielen Menschen nicht, er wäre einfach nur irgendein Papa, der mit seinem Nachwuchs beim Jubiläumsfest war.

Entschlossen schob er seinen Laptop unter den Fahrersitz, stieg aus und überquerte die Straße. Er war doch nicht mit dem Auto bis nach Mailand gegurkt, um jetzt nicht wenigstens Zeuge zu werden, wie seine Bemühungen hoffentlich von Erfolg gekrönt wurden!

Die Fahrt war furchtbar gewesen. Baustelle an Baustelle und Stau an Stau – und als sie, weil der Gotthardtunnel gesperrt gewesen war, den Pass über die Alpen mit seinen vielen scharfen Serpentinenkurven hatten nehmen müssen, hatte Tavor den gesamten Kofferraum vollgekotzt. In Mailand angekommen, hatten sie beide im wahrsten Sinne des Wortes die Nase voll gehabt, der Hund hatte nur noch hechelnd und fiepend auf seinem Platz gelegen.

Damit war das Grauen aber noch nicht zu Ende gewesen, denn das vorab online reservierte Hotel stellte sich als haustierfeindlich heraus, und in Anbetracht der vorgerückten Stunde, mittlerweile war es halb vier in der Nacht gewesen, hatte Gabriel darauf verzichtet, nach einer weiteren Unterkunft zu suchen und sich noch einmal mit einem unfreundlichen Portier auseinanderzusetzen, dessen Englischkenntnisse sich in einem »Good morning, how are you?« erschöpften. Stattdessen hatte er seine Rückenlehne so weit wie möglich nach hinten geklappt und mit Tavor eine schreckliche Nacht in seinem stinkenden Auto verbracht.

Am nächsten Morgen hatte Gabriel die Postkarte genommen, »25.09., Mailand, Italien« darauf vermerkt und nach kurzem Zögern noch eine Botschaft für Luzie dazugeschrieben.

Verlier nie den Glauben, denn er ist die Stimme deines Herzens!

Danach hatte er die Karte in einen Umschlag gesteckt, ein Postamt gesucht und das Kuvert per Express zurück nach Hamburg geschickt. Damit war das Thema »Italienreise« für ihn vorerst erledigt gewesen, er hatte einfach nur wieder nach Hause gewollt.

Und nun stand er hier, vor der Eingangstür eines Spielwarengeschäfts. Nervös. Und wahnsinnig neugierig, wie wohl das Mädchen aussah, das diese herzzerreißende Karte geschrieben hatte. Er hoffte, dass sie hier war – und natürlich, dass sie auch wirklich gewann. Die Innenreinigung seines Wagens hatte ihn an die zweihundert Euro gekostet, und an die furchtbare Nacht im Auto wollte er gar nicht mehr denken. Das musste sich wenigstens alles gelohnt haben!

Einen kurzen Moment hielt er noch inne, dann stieß er schwungvoll die Tür auf – und brachte damit prompt einen Knirps zu Fall, der direkt dahintergestanden hatte. Sofort heulte der Junge laut los, sämtliche Köpfe der Anwesenden fuhren zum Eingang herum, und die Mutter des Kleinen stürzte mit einem besorgten Ausruf auf ihren Sohn zu.

»Passen Sie doch auf!«, fuhr sie Gabriel an, während sie sich neben ihren Sohn hockte und ihm über die tränennassen Wangen streichelte.

»Tut mir leid!«, erwiderte er und hob beschwichtigend die Hände. »Ich hab ihn echt nicht gesehen.«

»Das hab ich gemerkt!« Die Frau war immer noch erregt. »Tut es irgendwo weh?«, wandte sie sich wieder an ihren Sohn, den Gabriel auf etwa vier Jahre schätzte.

»Jaaa«, plärrte der Junge.

»Komm, Schatz! Du darfst dir ein Spielzeug aussuchen.«

»Das bezahle ich gern«, bot Gabriel an. Die Frau ging überhaupt nicht darauf ein, sondern nahm ihr mit einem Schlag wieder bestens gelauntes Kind auf den Arm und schob sich mit ihm durch die immer noch glotzende Menge zu einem Regal mit Matchboxautos durch.

»Wie gesagt, es tut mir leid«, wiederholte Gabriel und richtete sich damit nun an die zahlreichen Zeugen des Unfalls. Gut und gern fünfzig Augenpaare starrte ihn an, Erwachsene wie Kinder. Die Sache war ihm wahnsinnig unangenehm, und er legte die Hand auf die Klinke der Eingangstür hinter sich, um rückwärts die Flucht zu ergreifen.

»So, nach dieser kurzen Aufregung kommen wir in wenigen Minuten zur großen Preisverleihung des Ballonwettbewerbs!« Eine kleine ältere Dame hatte sich unweit von ihm aufgebaut und sprach mit lauter, resoluter Stimme. »Ist ja nichts passiert, nicht wahr?«, sie warf Gabriel ein Lächeln zu, das so freundlich und verständnisvoll war, dass er prompt ein warmes Gefühl im Bauch bekam. »Ich möchte Sie nach draußen in den Garten bitten, da ist mehr Platz für alle. Direkt nach der Verleihung gibt's dann auch leckere Würstchen vom Grill.«

Sofort kam Bewegung in die Menge, niemand kümmerte sich mehr um Gabriel, alle strömten auf die hintere Seite des Ladens zu, wo er den Durchgang zum Garten vermutete. Nachdem das allgemeine Interesse an ihm verflogen zu sein schien, beschloss er, doch noch zu bleiben. Er war jetzt so nah daran, einen Blick auf Luzie werfen zu können, da wäre es Quatsch, nur wegen eines blöden Malheurs abzuhauen. Außerdem ging es ja gar nicht um seine Neugier – es war eigentlich nur die sehr gründliche Recherche eines Schriftstellers für seinen neuen Roman, so war das nämlich!

Im Garten, der eher ein Innenhof war, standen bereits jede Menge Leute herum, Gabriel schätzte, es waren an die hundert Erwachsene und Kinder. Die meisten Väter und Mütter schienen sich zu kennen, überall hatten sich kleine Grüppchen gebildet, in denen sich angeregt unterhalten wurde – soweit das bei dem ohrenbetäubenden Geschrei der zahlreichen Kinder, die überall herumwuselten, überhaupt möglich war.

Der Hof war über und über mit Luftballons und Girlanden

dekoriert, und aus einer Lautsprecherbox erklang das Lied der Schlümpfe. Es duftete bereits nach den angekündigten Würstchen, und auf der rechten Seite entdeckte Gabriel einen großen Grill, hinter dem ein älterer Mann mit Kochschürze und Zange stand. Direkt daneben war ein Büfett mit Brotkorb, Senf und Ketchup, diversen Kuchen, Getränkeflaschen sowie Mehrweggeschirr aufgebaut. Gabriels Magen knurrte, bei dem Anblick bekam er sofort Hunger.

Weiter hinten, auf der anderen Seite des Gartens, drehte ein Mädchen gerade an einem großen Glücksrad, neben ihr schepperte eine Dosenpyramide zu Boden, auf die ein anderes Mädchen einen Ball geworfen hatte. Beifall erhielt sie von einem Mann in Frack und Zylinder. Unwillkürlich grinste Gabriel in sich hinein – nie im Leben hätte er erwartet, sich eines Tages mal auf so einer Veranstaltung wiederzufinden.

Er suchte sich einen Platz etwas abseits des Getümmels, von dem aus er selbst unbeobachtet alles Weitere beobachten konnte. Kaum hatte er sich hinter dem Glücksrad positioniert, von wo aus er das lustige Treiben gut im Blick hatte, trompetete dröhnend der Refrain von Queens »We Are the Champions« aus der Lautsprecherbox. Vor Schreck und im Reflex hielt Gabriel sich beide Ohren zu. Auch ein paar andere Leute fuhren zusammen, und sobald die Musik verklungen war, legte sich erwartungsvolle Stille über den Hof.

Die ältere Dame von eben trat mit einer etwa gleichaltrigen Frau vor das Büfett, sofort bildeten die Anwesenden einen Halbkreis um sie. Der Mann hinterm Grill schleppte ein kleines Siegerpodest herbei und stellte es neben beiden Frauen ab.

»Noch einmal herzlich willkommen zu unserem Jubiläumsfest!«, rief die Frau, die schon im Geschäft alle in den Garten gebeten hatte. »Vierzig Jahre Mikado!« Lautes Klatschen und Gejohle erklangen.

»Wir freuen uns, dass Sie gemeinsam mit uns feiern!«, schaltete sich die andere ein, sobald sich der Applaus etwas gelegt hatte. »Für die unter Ihnen, die uns nicht kennen, mein Name ist Gertrud Schrader. Das neben mir ist meine Schwester Heidi. Und der gut aussehende junge Mann am Grill ist ihr Lebensgefährte Fritz.« Noch einmal wurde geklatscht, dann übernahm Heidi Schrader wieder das Wort.

»Wir wollen Sie alle gar nicht weiter auf die Folter spannen, denn uns ist klar, dass sie nicht gekommen sind, um uns drei alte Knacker zu sehen.« Sie kicherte, hier und da erklangen im Publikum Laute des Widerspruchs, die sie aber mit erhobenen Händen abwehrte. »Schon gut, schon gut! Also, küren wir nun die drei Sieger unseres Ballonwettbewerbs. Insgesamt waren es siebenundneunzig Teilnehmer!« Erneuter Applaus, der sofort abbrach, als Gertrud Schrader ein Blatt Papier hinter ihrem Rücken hervorzog.

»Wir möchten die drei Gewinner jetzt bitten, zu uns nach vorn zu kommen.« Sie setzte die Lesebrille auf, die an einer Kette um ihren Hals baumelte. »Und zwar sind das ...« Kurze Kunstpause, Gabriel spannte die Fäuste an. Würde er nun gleich erfahren, wer Luzie war? Welches kleine Mädchen sich so verzweifelt einen neuen Papa wünscht? »Gustav-Cesar Franke.«

Er konnte nicht anders, das laute Prusten entfuhr ihm, ehe er es unterdrücken konnte. Zum Glück ging es im noch lauteren Applaus für Gustav-Cesar unter. Was war denn das für ein Name? Er senkte den Kopf, damit niemand seine mit Sicherheit latent entglittenen Gesichtszüge bemerkte, biss sich in eine Faust und versuchte, sein hüpfendes Zwerchfell zu beruhigen.

Sekunden später hörte er einen Mann »Hier! Hier sind wir!« rufen, dicht gefolgt von Gertrud Schrader, die jemanden – vermutlich Gustav-Cesar – mit einem fröhlichen »Glückwunsch, stell dich zu uns!« begrüßte.

Noch einmal sammelte Gabriel sich kurz, dann hatte er sich einigermaßen im Griff.

Und als er wieder aufblickte – sah er sie.

Samstag, 12. Oktober

Miriam

»Gustav-Cesar Franke.«

Sie glaubte, sich verhört zu haben. Gustav-Cesar? Nur mit Mühe gelang es Miriam, nicht in haltloses Gelächter auszubrechen. Sie presste die Lippen fest aufeinander und schluckte einmal schwer, um das plötzliche Kitzeln aus ihrer Kehle zu verscheuchen. Gustav-Cesar, was waren das für Eltern?

Sie schluckte noch ein paarmal, bis sie sicher war, den drohenden Lachanfall abgewehrt zu haben. Dann sah sie sich verstohlen um. Konnte man Leute, die ihr Kind so nannten, an ihrem Aussehen erkennen? So richtig extravagant wirkte keiner der Anwesenden hier.

Ihr Blick blieb an dem großen Glücksrad hängen, an dem Luzie gerade eben noch gedreht hatte. Schräg dahinter und halb versteckt stand ein Mann, dem es offenbar genauso ging wie ihr. Er hatte sich leicht vorgebeugt und biss in seine rechte Faust, während sein gesamter Oberkörper zuckte. Das war auf jeden Fall schon mal *nicht* der Vater von Gustav-Cesar.

Der allerdings trat eine Sekunde später in Erscheinung, als er sich gemeinsam mit seinem Sohn den Weg durch die Menge nach vorn bahnte und dabei hektisch »Hier! Hier sind wir!« schrie.

Eigentlich sah er ganz normal aus. Jedenfalls wenn man rosafarbene Polohemden und blau-karierte Hosen unter »normal« verbuchte.

Er schob einen brünetten, ein wenig schüchtern dreinblickenden Jungen von schätzungsweise elf Jahren in Jeans, T-Shirt und auch sonst unauffällig wirkender Kleidung Richtung Siegerpodest, Gertrud Schrader streckte ihm mit einem herzlichen Lachen eine Hand entgegen und sagte: »Glückwunsch, stell dich zu uns!«

Miriam musste noch einmal schmunzeln und hoffte, dass es für die Umstehenden nicht allzu offensichtlich war, wie sehr sie sich gerade amüsierte. Das also war Gustav-Cesar. Sein Name, der klang wie Donnerhall, passte absolut nicht zu dem schmalen Bürschlein, das die Schrader-Schwestern nun mütterlich in ihre Mitte nahmen.

Noch einmal warf sie einen Blick hinüber zum Glücksrad. Der Mann war noch immer da, beugte sich nun aber nicht mehr vor, sondern stand wieder aufrecht. Und obwohl sie ihn kaum erkennen konnte, weil er sich nach wie vor in seiner Deckung hielt, hatte sie das unbestimmte Gefühl, dass er sie ganz direkt ansah und ihr dabei, kaum merklich, zunickte. Doch bevor Miriam darüber nachdenken konnte, ob sie ihn eventuell kannte, rief Heidi nach Luzie.

Samstag, 12. Oktober

Gabriel

So schnell, wie er gekommen war, war der Moment auch wieder verstrichen. Nur für die Dauer eines Wimpernschlags hatten sie sich angesehen; hatten einen einzigen Blick miteinander ausgetauscht, in dem aber eine eigenartige Vertrautheit gelegen hatte. Ein stummes, ein geheimes Übereinkommen zweier Fremder, die in dieser einen flüchtigen Sekunde Verbündete waren.

»Luzie Petersen, kommst du bitte auch zu uns?« Gabriel zuckte zusammen. Das war sie! Das war SEINE Luzie!

Er schnappte nach Luft und trat einen Schritt zurück, als würde er ganz hinter dem Glücksrad verschwinden wollen. Mit einem Mal kam er sich wie ein Verbrecher vor; wie einer, der auf der Lauer lag; einer, der etwas Unrechtes, etwas Böses plante. Denn direkt neben der zierlichen Frau in dem hellgrünen Sommerkleid, mit den hochgebundenen dunklen Haaren und dem großen Lederrucksack über der rechten Schulter, neben der Frau, mit der er soeben noch in wortlosem Dialog das Geschehen kommentiert hatte – genau neben dieser Frau begann ein blondes Mädchen zu strahlen und machte einen Hüpfer, dass ihre geflochtenen Zöpfe in die Luft flogen.

Sie trug ein gelbes Kleid und war vielleicht sechs, sieben oder acht Jahre alt, das konnte er nicht so genau schätzen. Ihr oberer rechter Schneidezahn fehlte, wodurch ihr Strahlen noch niedlicher wirkte. Und als Gabriel dachte, dass es wohl einfach nur Zufall war, dass »seine« Luzie ausgerechnet hier stand – neben seiner stummen Konversationspartnerin –, da beugte die Frau sich zu ihr hinunter, drückte ihr einen Kuss auf die Wange und forderte sie mit einem Stupser auf, sich ebenfalls zu den Siegern zu gesellen.

Ein wildes Rauschen brandete durch seinen Kopf, und er stützte sich mit einer Hand auf dem hölzernen Ständer ab, auf den das Glücksrad montiert worden war. Die Konstruktion geriet gefährlich ins Wanken, und Gabriel zog eilig seine Hand zurück, ehe er den nächsten Unfall provozierte. Mit geschlossenen Augen atmete er mehrfach tief ein und aus, sich selbst versichernd, dass es keinen Grund gab für diese überzogene Reaktion; dass das wieder nur etwas war, das in seinem Schriftstellerhirn toste und sonst nirgends. Dass es nichts zu bedeuten hatte, rein gar nichts, dass Luzie offenbar die Tochter jener Frau war, die einen »Gustav-Cesar« ebenso zum Totlachen fand wie er selbst.

»Zuletzt möchte ich noch«, weckte ihn die laute Stimme Gertrud Schraders aus seiner Trance, »Mathilda John zu uns bitten.«

Damit war der Bann gebrochen, Gabriels Schwindel verflog, das Rauschen verebbte. Zu der kleinen Gruppe neben dem Siegertreppchen gesellte sich ein weiteres Mädchen, wesentlich älter als ihre beiden Mitplatzierten. Im Gegensatz zu Gustav-Cesar und Luzie, die vor Aufregung zu vibrieren schienen, mäanderte ihre Miene irgendwo zwischen peinlich berührt und betont lässig. Nur bei genauerer Beobachtung fielen ihre leicht zittrigen Hände ins Auge, die sie allerdings prompt hinterm Rücken verschränkte.

»Das sind also unsere drei Finalisten«, verkündete Heidi Schrader, nachdem Applaus und Gelächter verklungen waren. »Und damit sind wir beim Höhepunkt unseres heutigen Fests angelangt. Gertrud?« Sie wandte sich ihrer Schwester zu. »Verrätst du uns bitte, wer den dritten Platz belegt hat?«

»Es ist mir ein Vergnügen!«, antwortete diese und ging zu ihrem Freund an der Grillstation, der ihr einen größeren Umschlag reichte. Sie öffnete ihn und holte eine Postkarte heraus, die sie geheimnisvoll mit dem Kuvert abschirmte. »Platz drei bei unserem Luftballonwettbewerb wurde in Lüneburg gefunden. Das entspricht einer Flugstrecke von 57,6 Kilometern.«

Verhaltenes Klatschen, Gabriel spürte eine gewisse Schadenfreude in sich aufsteigen.

»Damit freue ich mich, einen Mikado-Gutschein im Wert von fünfzig Euro zu überreichen an …« Erneut eine Pause, ein Trommelwirbel hing in der Luft, dann posaunte sie es heraus: »Mathilda John!«

Dieses Mal war der Beifall lauter und ehrlicher, während das junge Mädchen – erst nach einem kleinen Stoß, den Gertrud Schrader ihr versetzt hatte – fast ein bisschen widerwillig die unterste Stufe des Podests erklomm. Sie wirkte allerdings nicht enttäuscht, sondern eher verlegen, so im Mittelpunkt zu stehen, denn sie lächelte, als sie von Heidi Schrader ihren Gewinn entgegennahm.

»Vielen Dank!«, sagte sie so leise, dass es kaum zu verstehen war. Dann straffte sie die Schultern und wurde etwas lauter. »Ich bedanke mich für den Gutschein! Und ich möchte dazu noch sagen, dass ich nicht für mich selbst mitgemacht habe.« Das leichte Erröten ihrer Wangen war zauberhaft! »Wir … also, meine Klasse …« Sie geriet ins Stocken, räusperte sich einmal und setzte neu an. Auf einmal klang ihre Stimme erstaunlich fest. »Ich besuche die 8d am Hildegard-von-Bingen-Gymnasium. Wir haben im letzten Jahr bei Plan International eine Klassenpatenschaft für einen kleinen Jungen aus Benin übernommen.« Nun war es mucksmäuschenstill im Garten, alle hingen wie gebannt an den Lippen des Mädchens, das nun sichtlich selbstbewusster fortfuhr. »Dafür spenden wir jeden Monat achtundzwanzig Euro, die wir mit Aktionen wie Flohmärkten, Kuchenbasar oder Sponsorenläufen sammeln. Als ich vor ein paar Wochen hier im Laden war, dachte ich, ich versuche einfach mal mein Glück.« Sie reckte ihren Gutschein in die Höhe. »Deshalb wäre es toll, wenn mir einer von Ihnen den hier abkauft, damit ich das Geld spenden kann.«

Nun war der Beifall ohrenbetäubend, Pfiffe, Fußgetrappel und Rufe wie: »Ich! Ich!«, oder: »Ich kauf ihn für achtzig Euro!«, und: »Ich biete hundert Euro!« inklusive. Gabriel fiel ein Mann ins Auge, der in vorderster Reihe der johlenden Menge stand und so frenetisch klatschte, dass es vermutlich schon wehtat, mit unübersehbar stolzgeschwellter Brust.

Er hätte jede Wette abgeschlossen, dass es sich dabei um den Vater von Mathilda John handelte. Darüber hinaus hätte er auch noch die Wette abgeschlossen, dass es ihm, Gabriel Bach, ganz genauso ginge, wenn das Mädchen *seine* Tochter wäre. Eilig untersagte er sich diesen Gedanken, und auch die Tränen der Rührung, die ihm in die Augen schossen, blinzelte er energisch fort.

»Das ist toll, Mathilda!«, sagte Gertrud Schrader. »Und du siehst ja, dass sich schon alle um deinen Gutschein reißen, also verhandele das mal gut!« Sie zwinkerte fröhlich in die Runde und erntete damit weitere Äußerungen der Zustimmung. »Dann machen wir mal mit dem zweiten Platz weiter. Heidi?«

Ihre Schwester holte die nächste Postkarte aus dem Umschlag, schirmte sie erneut mit einer Hand ab und betrachtete sie kurz, ehe sie wieder aufsah.

»Zweiter Gewinner ist mit einem Fundort in der Nähe von …« Hatte Mailand gereicht? Hatte – es – gereicht? »… Erfurt und somit ganzen 369 Kilometern …« Reflexartig riss Gabriel beide Arme in die Höhe und konnte einen Siegesschrei gerade soeben noch unterdrücken. Wie gut, dass er versteckt hinter seinem Glücksrad stand! Verlegen ließ er die Arme wieder sinken. »… der Ballon von Gustav-Cesar Franke!!!«

Nun brachen alle Anwesenden im Garten in Jubel aus, und Luzie machte einen regelrechten Luftsprung, während ihre Mutter es Gabriel gleichtat: Sie riss beide Arme in die Höhe und schrie begeistert auf.

Gustav-Cesar hingegen blickte etwas betrübt drein und schien sogar mit den Tränen zu kämpfen. Gabriel konnte ihn verstehen. Als kleiner Junge hätte er als Zweitplatzierter auch keine gute Figur abgegeben.

Der Junge stellte sich neben Mathilda auf seinen Platz des Treppchens, lächelte tapfer und nahm seinen Gewinn entgegen. Ein kurzer Blick auf den Gutschein über fünfundsiebzig Euro schien ihn mit seiner Niederlage zu versöhnen, denn nun wandelte sich sein verkrampftes Lächeln in ein breites Grinsen. Gustav-Cesars Vater sprang vor dem Siegertreppchen herum und machte mit dem Handy Fotos von seinem Filius.

»Ja«, sprach Gertrud Schrader schließlich weiter, »zwar werden Sie alle schon ahnen, wer gewonnen hat – aber ich möchte meine Schwester trotzdem bitten, es ganz offiziell zu verkünden.«

»Das mache ich doch gern!« Ein wenig umständlich, so, als wollte sie damit die nicht mehr vorhandene Spannung steigern, nestelte Heidi die letzte Postkarte aus dem Umschlag. Gabriel wagte sich von seinem Beobachtungsposten ein Stückchen weiter hervor, damit er Luzie besser sehen konnte.

»Gewinnerin unseres Wettbewerbs, die einen Gutschein über hundert Euro erhält und deren Ballon bis nach …« Heidi sah von der Karte auf und blickte bedeutungsschwanger in die Runde, rückte noch einmal ihre Lesebrille zurecht und fuhr fort: »… Mailand in Italien geflogen ist und damit eine Flugstrecke von ganzen 1046 Kilometern zurü …« Ihre restlichen Worte gingen im Tumult unter, das Publikum war vollkommen aus dem Häuschen, klatschte, pfiff, grölte so laut, dass es von den Wänden des Innenhofs widerhallte.

Unterdessen führte Gertrud Schrader eine glückliche Luzie zum Siegertreppchen. Das Mädchen stieg auf ihren Platz in der Mitte, drehte sich zur begeisterten Menge um und winkte ihr zu. Sie strahlte. Gabriel konnte es von seinem Beobachtungsposten aus nicht richtig erkennen, aber er war sich sicher, dass sie helle Augen hatte. Ein vollkommen anderer Typ als ihre Mutter.

Wenn sie denn die Mutter war. Tante, Babysitter, Mutter einer Freundin, war schließlich alles möglich. Noch einmal sah er zu der Frau mit den dunklen Haaren. Sie wischte sich gerade verstohlen eine Träne aus dem Augenwinkel, es musste Luzies Mutter sein. Obwohl er, als er sich wieder dem Siegerpodest zuwandte, zugeben musste, dass er beim Anblick von Luzie, die mit ungläubig aufgesperrtem Mund den Gutschein anstarrte, den Heidi Schrader ihr überreicht hatte, selbst gerührt war. Aber warum auch nicht? Schließlich hatte er für diesen Sieg gekämpft. Jawohl, das hatte er – da musste er nur an sein Auto denken …

»Jetzt möchte ich«, unterbrach Heidi Schrader seine Erinnerungen an die grauenhafte Italienreise und den Gotthardpass, »mit Ihnen allen noch etwas teilen. Etwas, das Gertrud, Fritz und mich sehr bewegt hat.« Sofort kehrte im Garten wieder Stille ein. Die Ladenbesitzerin nahm noch einmal Luzies Postkarte zur Hand, räusperte sich und rückte mit der rechten Hand ihre Lesebrille zurecht. »Also, Luzie hat sich auf ihrer Karte etwas ganz Besonderes gewünscht, und vielleicht ist sie deshalb auch so weit geflogen.« Sie kicherte. »Und als die Karte hier bei uns im Laden ankam, da waren wir so gerührt, dass ich Ihnen allen gern vorlesen möchte …«

Gabriel traute seinen Ohren kaum. Heidi Schrader wollte hier doch nicht ernsthaft verraten, was das Mädchen sich gewünscht hatte! Coram publico vortragen, dass Luzie Petersen den lieben Gott um einen neuen Papa gebeten hatte, und das Mädchen damit bloßstellen? War die noch ganz dicht?

Samstag, 12. Oktober

Miriam

Sie wollte etwas sagen, wollte schreien, wollte Heidi Schrader, diese dämliche Kuh, am liebsten umrennen, sie überwältigen und zu Boden ringen! Hatte sie denn damals nicht mitbekommen, wie *heilig* Luzie ihr geheimer Wunsch war?

Offensichtlich nicht, genauso wenig wie ihre Schwester, die lächelnd dabei zusah, wie Heidi gerade im Begriff war, eine Kinderseele zu schreddern. Luzie stand leichenblass und mit hängenden Schultern auf dem Podest.

»Also«, setzte Heidi mit Blick auf die Postkarte an, »hier steht …«

Ein lautes Krachen ließ alle im Garten zusammenfahren. Das Glücksrad war vornüber umgestürzt, daneben stand der blonde Mann, mit dem Miriam eben ein paar Blicke ausgetauscht hatte.

»Tut mir leid!«, rief er und hob entschuldigend die Hände. »Da bin ich wohl irgendwie gegengestoßen.«

»Nicht so schlimm«, beruhigte Heidi Schrader ihn, während Fritz seine Grillstation verließ und sich daranmachte, das Rad wieder aufzustellen.

Der Fremde ging zu Heidi Schrader und flüsterte ihr etwas ins Ohr. Dann nahm er ihr die Postkarte aus der Hand und gab sie Luzie, die sie sofort mit der Rückseite nach vorn gegen ihre Brust drückte. Es war nicht zu übersehen, wie froh sie war, dass die Inhaberin vom Mikado sie nicht vorgelesen hatte. Der Mann hatte die Katastrophe verhindert, er musste ihrer Tochter die Panik angesehen haben, dass man ihren Text vorlesen wollte. Miriam nahm an, dass er das Glücksrad mit voller Absicht umgestoßen und Heidi Schrader darum gebeten hatte, ihm die Karte zu geben. Sie warf ihm einen dankbaren Blick zu, und als er ihn mit einem verschwörerischen Zwinkern erwiderte, war sie absolut sicher, dass er Luzie hatte helfen wollen.

»Also, ihr Lieben«, sprach Heidi Schrader weiter, »gerade merke ich, dass uns ein wenig die Zeit wegrennt. Von daher erkläre ich die Preisverleihung für beendet und das Büfett für eröffnet.«

Keiner der Anwesenden schien die Frage zu beschäftigen, was Heidi Schrader eigentlich hatte vorlesen wollen. Stattdessen bildete sich sofort eine lange Schlange vorm Würstchengrill, wo

Fritz nach dem Aufstellen des Glücksrads wieder Position bezogen hatte.

»Dann mal los!«, rief er, schnappte sich mit der Zange eine Wurst und hielt sie in die Höhe. »Wer will die erste Thüringer?«

»Ich!«, erklang es aus einem Chor von Stimmen.

»Mama?« Miriam hatte gar nicht bemerkt, dass Luzie ihren Siegerplatz verlassen hatte. Jetzt stand sie direkt vor ihr und musterte sie eindringlich mit ihren großen blauen Augen, den Gutschein und ihre Postkarte hielt sie in der linken Hand.

Ein wenig blass um die Nase war sie immer noch, am besten würden sie jetzt nach Hause gehen. Beziehungsweise in die Krümelkiste, wie Miriam innerlich seufzend dachte, denn sie hatte Becka ja versprochen, sie pünktlich abzulösen. Vielleicht würde sie das Geschäft heute doch einfach schließen, nach dem Schrecken von eben würde Luzie mit Sicherheit ein paar Extrakuscheleinheiten brauchen.

»Mama?«, wiederholte ihre Tochter. Da war sie wieder, die steile Falte zwischen ihren Augenbrauen.

»Soll ich die in meinen Rucksack stecken?«, fragte Miriam und deutete auf Luzies linke Hand.

Sie schüttelte den Kopf, ließ die Postkarte im Halsausschnitt ihres Kleids verschwinden und steckte sie unter das T-Shirt, das sie darunter trug. Nur den Gutschein gab sie ihrer Mutter, Miriam öffnete den oberen Verschluss ihres Rucksacks und warf ihn hinein.

»Dann holen wir uns auch mal eine Wurst und gehen dann zurück in die Krümelkiste, okay?«, sagte sie.

»Neeee!«, kam es entrüstet zurück, ihre Tochter stemmte beide Hände in die Hüfte. »Ich will mir doch was für meinen Gutschein aussuchen!« Ihre Augen wurden noch ein bisschen größer und die Falte so steil, dass sie an das spitze Ende eines Geodreiecks erinnerte. »Für hundert Euro …«, Augen so groß wie ein Handteller, »… kann ich bestimmt eine ganze Menge kaufen.«

Miriam entfuhr ein Glucksen. »Mit Sicherheit«, sagte sie und strich ihrer Tochter zärtlich mit einer Hand über den Kopf. »Eine ganze Menge! Aber willst du das nicht lieber Montagnachmittag in aller Ruhe machen? Ich habe doch Becka versprochen, dass wir nicht zu spät zurückkommen.«

»Nein, bitte!« Luzies Stimme klang so flehend, als ginge es um ihr Leben. »Bis Montag halte ich das auf *gar keinen Fall* aus!«

Erneut musste Miriam lachen. Kinder und Geduld – das passte nicht zusammen.

»Also bitte, Mama! Können wir zusammen reingehen und gucken?«

Sie beugte sich zu ihrer Tochter hinunter und gab ihr einen zärtlichen Kuss auf die Wange. »In Ordnung, mein Schatz, das machen wir. Ich will nur noch eben …« Sie stellte sich wieder gerade hin und sah sich suchend um. Wenigstens bedanken wollte sie sich bei dem fremden Mann, der das Vorlesen verhindert hatte.

Allerdings konnte sie ihn im Garten nicht mehr entdecken. Auch beim Würstchengrill und beim Büfett keine Spur von ihm, er schien wie vom Erdboden verschluckt. Eigenartig, wo war er nur hin?

»Mama?« Luzie zupfte sie ungeduldig am Ärmel. »Ich will jetzt reihein!«

»Okay, okay, machen wir.« Vielleicht war der Mann ja auch drinnen im Laden. Sie folgte ihrer Tochter mit eiligen Schritten, denn ihre Tochter raste förmlich zur Hintertür des Mikado.

Kaum hatten sie das Geschäft betreten, stürzte Luzie zu dem Sideboard, auf dem der Barbie-Camper stand. Seit ihre beste Freundin Alissa so ein Ding zu Weihnachten geschenkt bekommen hatte, erzählte Luzie ihr immer mal wieder begeistert und mit leuchtenden Augen, wie *toll* man damit spielen konnte. Neu kostete der Camper fast achtzig Euro, aber mit ihrem Gewinn würde Luzie sich diesen Wunsch nun erfüllen können.

Miriam blickte sich im Geschäft um, auch hier war der Mann nicht. Hatte sie ihn doch im Garten übersehen? Schon wollte sie ihrer Tochter sagen, dass sie noch einmal kurz in den Hof musste – da entdeckte sie ihn. Er lief im Eiltempo draußen auf dem Bürgersteig am Schaufenster vorbei. Ein Kind hatte er nicht dabei, er war allein.

»Schatz«, rief sie ihrer Tochter zu, während sie schon fast bei der Ladentür war. »Bin gleich zurück, okay?«

»Hm«, antwortete Luzie und klang dabei so abwesend wie jede Siebenjährige auf diesem Planeten, die gerade mit etwas extrem Wichtigem (Fernsehen, Süßigkeiten oder Spielsachen aussuchen) beschäftigt war.

Miriam riss die Tür auf und sprang nach draußen. Der Mann war verschwunden.

»Hallo?«, rief sie. »Wo sind Sie denn? Hallo?« Und dann: »Der Mann vom Glücksrad, sind Sie hier irgendwo?« Miriam lief bis zur nächsten Kreuzung, spähte, dort angelangt, nach links und rechts, aber auch hier kein blonder Mann in T-Shirt, Jeans und Turnschuhen.

Wo war er nur? Und wieso hatte er es plötzlich so wahnsinnig eilig gehabt?

Samstag, 12. Oktober

Gabriel

Das war ja gerade noch mal gut gegangen.

Obwohl Gabriel gar nicht so recht wusste, was *genau* da eigentlich gut gegangen war. Was wäre schon groß passiert, wenn Luzies

Mutter ihn entdeckt hätte? Sie hätten ein paar Worte miteinander gewechselt und fertig.

Trotzdem war er erleichtert, dass er sie noch rechtzeitig aus dem Mikado hatte stürmen sehen, um sich schnell hinter sein Auto zu ducken. Jetzt kniete er auf dem Bürgersteig und linste vorsichtig an der hinteren Stoßstange vorbei zur anderen Straßenseite. Sie rief nach ihm, nach dem »Mann vom Glücksrad«.

»Ey, alles okay?« Gabriel blickte auf. Vor ihm ein Teenagerpärchen. Der junge Mann betrachtete ihn mit einem sorgenvollen und zugleich misstrauischen Blick. »Brauchen Sie Hilfe?«

»Nein, nein«, wehrte Gabriel hektisch ab. »Mir ist nur mein Schlüssel unters Auto gefallen, das ist alles.«

»Dann mal viel Erfolg beim Suchen!« Mit diesen Worten schlurfte der Junge von dannen, seine kaugummikauende Freundin folgte ihm.

Gabriel wartete noch ein paar Sekunden, dann spähte er erneut rüber zu der Frau im grünen Sommerkleid. Gerade lief sie vor bis zur nächsten Kreuzung, sah nach links und nach rechts, kam dann wieder zurück und blieb abrupt vor dem Schaufenster vom Mikado stehen. Und schien dann plötzlich – zu lachen? Jedenfalls zuckte ihr Oberkörper verräterisch, und er meinte, sie kichern zu hören. Was war da so lustig, worüber lachte sie?

Samstag, 12. Oktober

Miriam

Als sie zurück ins Mikado kam, war Heidi Schrader damit beschäftigt, eine Tüte von monströsem Ausmaß für Luzie zu packen.

Gerade ließ sie einen großen Playmobil-Karton darin verschwinden.

»Na?«, fragte Miriam, hauchte ihrer Tochter einen Kuss auf den Scheitel und spähte in den Beutel. »Hast du was Schönes …?« Sie stockte. »Was ist das denn alles?«

»Die Sachen habe ich mir ausgesucht«, erklärte Luzie strahlend und hielt ihr die offene Tüte hin, sodass sie einen besseren Blick hineinwerfen konnte.

»Das ist mir klar. Aber der Barbie-Camper *und* Zauberknete *und* der Playmobil-Feenwald *und* vier Schleich-Tiere *und* drei Stickerhefte *und* ein Springseil *und* eine Packung Glitzerstifte *und* eine LOL-Kugel *und* …« Sie warf Heidi Schrader einen fragenden Blick zu. »Da kommen mit Sicherheit doch wesentlich mehr als hundert Euro zusammen!«

»Na ja«, Heidi räusperte sich verlegen, »Luzie erhält die Ware zu unserem Einkaufspreis.«

»Das ist ja sehr nett von Ihnen. Aber warum, wenn ich fragen darf?«

»Weil, weil …« Heidi geriet ins Stocken, dann senkte sie die Stimme. Was ziemlich nutzlos war, da Luzie direkt neben ihnen stand. »Haben Sie mal einen Moment?«

»Klar.« Miriam sah ihre Tochter an. »Schatz, geh doch bitte im Garten noch ein bisschen spielen. Ich hol dich dann gleich.«

»Okay.« Luzie griff nach der schweren Tasche mit ihren neuen Errungenschaften, schulterte sie und marschierte los.

»Hal…«, setzte Miriam an, um sie zu stoppen. Sie sollte nicht schon hier alle Verpackungen auseinanderrupfen.

»Was denn?« Luzie drehte sich zu ihr um, gab sich ahnungslos und mit unschuldigem Blick. Dabei wusste sie genau, was ihre Mutter meinte, die Diskussion über das Thema »Warte bitte, bis wir zu Hause sind« hatten sie schon tausendfach geführt.

»Nichts.« Sie winkte ab. Sollte das Kind halt machen, gerade war nicht der richtige Zeitpunkt für eine Debatte. »Und hol dir eine Bratwurst!«, rief sie ihr stattdessen hinterher.

»Mach ich!«, antwortete ihre Tochter und verschwand durch die Tür zum Garten.

»Gut, schießen Sie los«, wandte Miriam sich wieder an Heidi Schrader.

»Also, die Sache ist die«, begann sie und hielt ihre Stimme weiterhin in verschwörerischem Ton gesenkt, »dass mir nicht klar war, wie unangenehm Luzie das mit der Karte sein würde, ehe der junge Mann mich darauf hingewiesen hat.«

»Der Mann vom Glücksrad?«

Heidi Schrader nickte. »Er hat mir gesagt, dass ich das bitte nicht vorlesen soll und dass Luzie vor Angst richtig blass ist.« Sie zuckte mit den Schultern. »Erst da ist mir das auch aufgefallen, ich wollte Ihre Tochter sicher nicht bloßstellen.«

»Ist ja nichts passiert«, beruhigte Miriam sie. Das also hatte der Fremde Heidi Schrader ins Ohr geflüstert, woraufhin sie die Postkarte rausgerückt hatte. »Also, Schwamm drüber.« Sie schielte auf die große Uhr, die an der Wand hinter der Kasse hing. Mittlerweile war es Viertel nach eins, sie würden sich beeilen müssen, wenn sie Becka pünktlich ablösen und vorher noch kurz im Supermarkt haltmachen wollte, um ein paar Sachen für das Wochenende einzukaufen.

»Ich möchte es trotzdem gern erklären«, beharrte Heidi Schrader. Sie zwinkerte ihr zu. »Wir sind doch schließlich Kolleginnen!«

»Ich kann Ihnen zwar versichern, dass das nicht zwischen uns stehen wird, aber bitte.«

»Also, ich glaube, das war wirklich nur ein Missverständnis. Wir wollten gar nicht Luzies Wunsch vorlesen, sondern das, was der Finder noch auf die Karte dazugeschrieben hat. Aber das konnte Ihre Tochter natürlich nicht wissen.«

»Derjenige, der die Karte gefunden hat, hat noch etwas draufgeschrieben?«

»Ja, genau. Und das war einfach absolut rührend.«

»Was war es denn?«

»Moment«, sagte Heidi Schrader und griff nach ihrem Handy, das in einem Regal hinter dem Verkaufstresen lag. »Ich hab die Postkarte abfotografiert, weil ich den Satz so schön fand. Der wäre bestimmt mal was für unsere Tafel draußen.« Sie tippte auf dem Display herum, räusperte sich kurz und las dann vor: »Verlier nie den Glauben, denn er ist die Stimme deines Herzens!«

»Das hat jemand dazugeschrieben?«

»Ja.«

»Der Satz ist wirklich sehr, sehr schön«, sagte Miriam, spürte aber trotzdem, wie sie eine riesige Welle der Traurigkeit überspülte. Denn wie sollte ein kleines Mädchen, dessen Vater ohne Vorwarnung und viel zu jung gestorben war, *nicht* den Glauben verlieren? Wie sollte es je wieder Vertrauen fassen können? Vertrauen ins Leben? »Von wem ist das? Paulo Coelho?«

»Das weiß ich nicht«, gab Heidi Schrader zu.

»Kann ich das Foto bitte auch mal sehen?«, bat Miriam, ihre Stimme zitterte ein wenig.

»Tja, ich weiß jetzt nicht«, gab die ältere Dame zögernd zurück. »Also, bestimmt ist es Luzie nicht recht, wenn ich Ihnen das Foto ihrer Postkarte zeige. Da steht ja schließlich auch ihr Wunsch drauf.«

»Ich werde es Luzie nicht verraten, aber als ihre Mutter möchte ich das schon wissen. Vielleicht gibt es ja etwas, das ich tun kann, um ihr diesen Wunsch zu erfüllen.«

»Ja, ja, natürlich, das verstehe ich voll und ganz.« Heidi sah sich einmal kurz im Laden um, ob irgendjemand in der Nähe war, der sie belauschen konnte. »Aber ich fürchte, diesen Wunsch werden Sie Luzie nicht erfüllen können.«

»Das würde ich sehr gern selbst beurteilen«, erwiderte Miriam ein wenig bestimmter als beabsichtigt.

Noch einmal zögerte Heidi Schrader kurz, dann reichte sie ihr das Handy.

Miriam starrte auf den Text, den ganz eindeutig Luzie geschrieben hatte. Sie kannte die krakelige Handschrift und die noch etwas krude Rechtschreibung ihrer Tochter nur zu gut.

Sie musste schlucken.

Und nun konnte sie die Tränen nicht mehr zurückhalten, auch wenn sie versuchte, sie so schnell wie möglich fortzuwischen, ehe sie irgendjemand außer Heidi Schrader bemerkte.

Liber Got, mein Papa ist bei dir im Himel – kanst du mir bitte einen neuen schikken?
Von ganzem Hertzen, deine Luzie in den Wolken

»O mein Gott!«, entfuhr es Miriam. »Das ist ja schrecklich!«

»Na ja«, Heidi Schrader legte ihr sanft eine Hand auf den Arm. »Ich würde es nicht schrecklich nennen. Ich finde, es ist ziemlich normal, dass sich ein kleines Mädchen einen Papa wünscht.«

»Aber doch nicht irgendeinen!«, entfuhr es Miriam.

Heidi zuckte etwas hilflos mit den Schultern. »Es muss ja nicht irgendeiner sein. Vielleicht einfach nur jemand, der in ihrem Leben ein kleines bisschen diese Rolle übernehmen kann.«

Miriam konnte ein zynisches Auflachen nicht unterdrücken, was bei Heidi Schrader einen irritierten Gesichtsausdruck hervorrief. Aber die Inhaberin vom Mikado konnte ja nicht ahnen, was Miriams nächtliche Internetrecherche ergeben hatte.

Und was ist mit mir?, musste sie gleichzeitig denken. Was war mit der Lücke, die Patrick auch in ihr Leben gerissen hatte? Wen interessierte das?

»Alles in Ordnung?«, fragte Heidi Schrader vorsichtig nach.

»Ja, ja, es geht schon«, versicherte Miriam eilig und wischte sich die Tränen aus dem Gesicht. »Ich war nur überrascht, das ist alles.«

»Ist ja mehr als verständlich.« Dann lächelte sie Miriam aufmunternd an. »Aber glauben Sie mir: Ich habe nun schon so viele Jahre mit Kindern zu tun und weiß, dass man nicht jeden Gedanken, der den lieben Kleinen so durch den Kopf schießt, auf die Goldwaage legen sollte.«

Miriam nickte zustimmend. »Können Sie mir das Foto bitte aufs Handy schicken?«

Erneut zögerte die ältere Dame, aber dann stimmte sie zu, tippte Miriams Nummer ein und sendete ihr das Bild als SMS. »Aber verraten Sie mich bitte nicht bei Luzie«, fügte sie noch hinzu. »Ich möchte nicht, dass sie sich hintergangen fühlt.«

»Nein, natürlich nicht! Ich möchte das Foto halt nur gern haben – wer weiß, für später vielleicht mal.«

»Luzie hat ja auch noch ihre Postkarte.«

Miriam lachte auf. »Wenn Sie wüssten, wie chaotisch sie ist! Die Karte ist vermutlich schon verloren, bevor wir überhaupt zu Hause angekommen sind.« Oder Luzie wird sie wegwerfen, damit sie garantiert nie, nie wieder jemand in die Finger bekommt. Aber das sagte sie der älteren Dame natürlich nicht.

»Jedenfalls«, meinte Heidi und seufzte sichtlich erleichtert auf, »bin ich sehr froh, dass wir dieses Missverständnis aus der Welt räumen konnten.«

»Das bin ich auch«, pflichtete Miriam ihr bei, dachte aber eher daran, dass sie froh war, so erfahren zu haben, was Luzie auf ihre Karte geschrieben hatte. Froh – und gleichzeitig unendlich traurig.

»Sagen Sie«, unterbrach Heidi ihre Gedanken, »weil wir ja nicht nur Kolleginnen, sondern jetzt quasi auch«, sie schmunzelte, »Geheimnisträgerinnen sind – wollen wir da nicht lieber Du zueinander sagen?«

»Sehr gern!«

»Ach wie schön!« Und ehe Miriam wusste, wie ihr geschah, hatte Heidi sie schwungvoll umarmt und an sich gedrückt. »Wenn ich irgendetwas für Luzie und dich tun kann«, erklärte sie, sobald sie Miriam wieder freigegeben hatte, »lass es mich gern wissen! Ich und auch meine Schwester und Fritz, da bin ich sicher, wir sind immer für euch da.«

»Das ist sehr lieb von euch.« Sie überlegte einen Moment. »Sag mal, kennst du den Mann von eben eigentlich?«

»Nein«, Heidi schüttelte den Kopf, »den habe ich hier noch nie gesehen.«

»Hm.« Obwohl es nur ein einziger unbestimmter Laut war, schien in ihm eine große Enttäuschung mitzuschwingen, denn Heidi Schrader bedachte sie mit einem neckenden Blick.

»Hat dir wohl gefallen, oder?«

»Was? O nein, nein!«, wehrte sie ab.

»Kann ja sein, dass er neu im Viertel ist«, mutmaßte Heidi, »und in Zukunft häufiger kommt.«

»Ja, kann sein.« Erneut warf Miriam einen Blick auf die große Uhr über der Kasse. Halb zwei, jetzt musste sie wirklich los! »Also, ich schnappe mir mein Töchterlein. Wir sehen uns bestimmt bald!«

»Das hoffe ich!«

Auf dem Weg nach draußen in den Garten schwankte Miriams Gefühlslage zwischen heiter und betrübt, der Vormittag war zu einem unvergesslichen Erlebnis geworden.

Verlier nie den Glauben, denn er ist die Stimme deines Herzens.

Samstag, 12. Oktober

Gabriel

Langsam kam er sich wie ein verdeckter Ermittler vor. Er hockte zusammengekauert hinterm Steuer seines Autos, unfähig, den Blick vom Eingang des Mikado abzuwenden. Es war ihm selbst ein Rätsel, weshalb es ihm nicht gelang, den Motor zu starten und nach Hause zu fahren. Tavor war inzwischen vermutlich schon dabei, sein Aufnahmegesuch für ein Tierheim zu verfassen. Aber es war eigenartig, seine Gedanken und damit auch seine Hände kamen ihm vor wie gelähmt.

Er ließ noch einmal die Szene im Garten Revue passieren. Ob ihn einer der Anwesenden als Henri Fjord erkannt hatte? Bestimmt nicht. Die wenigsten Menschen wussten, wie die Schriftsteller aussahen, deren Bücher sie lasen.

Gabriel lachte in sich hinein, als er an seinen Auftritt auf dem Fest dachte. Aus dramaturgischer Sicht war das Ereignis für den Handlungsverlauf seines Romans perfekt: Nachdem Ben Sommer das Mädchen mit der Postkarte gefunden hat, bewahrt er sie vor einer Demütigung.

Ben Sommer also. Hat verhindert, dass Luzies heimlicher Herzenswunsch nach einem neuen Papa öffentlich vorgetragen wird. Gut, das war sehr gut, das konnte Gabriel eins zu eins so aufschreiben.

Wie ging es dann weiter? Der nächste Schritt, um die Story voranzutreiben, wäre, dass Ben Luzie und ihre Mutter kennenlernt. Nachdenklich sah er rüber zum Spielzeugladen. Sollte er noch einmal hineingehen?

Er hatte die Hand schon am Türgriff und wollte aussteigen,

da tauchte die Frau mit ihrer Tochter im Eingang vom Mikado auf. Das Mädchen stellte eine sehr große Tüte in den Korb eines kleinen Fahrrads und schob damit hinter ihrer Mutter her, die es eilig zu haben schien. Jedenfalls machte sie so große Schritte, dass der Rock ihres grünen Kleids flatterte. Sollte er ihnen nachlaufen? Oder lieber nicht? Er war unschlüssig.

Plötzlich blieben die Frau und Luzie stehen, und Gabriel öffnete die Fahrertür, um nun doch aus dem Wagen zu springen. Allerdings war es nur ein Sekundenstopp, bei dem die Frau ihrer Tochter das Fahrrad abnahm. Danach hasteten sie weiter und verschwanden um die Ecke.

Zu spät. Mal wieder hatte er zu lange gezaudert und damit den richtigen Moment verpasst. Seufzend zog er die Autotür wieder zu. Da blieb ihm wohl nichts anderes übrig, als demnächst häufiger im Mikado vorbeizuschauen.

Es sei denn … Ihm kam ein neuer Gedanke: Es sei denn, die Schraders kannten Luzies Mutter und könnten ihm sagen, wie er sie kontaktieren könnte. Immerhin hatte sie ihn vorhin gesucht. Er könnte auch im Mikado eine Nachricht für sie hinterlassen. Mit der Bitte um … um …

Ach was, darüber würde er gleich noch nachdenken, da würde ihm sicher irgendwas einfallen. Mit einem Ruck riss Gabriel erneut die Tür auf und war mit einem Satz auf der Straße.

»Hey, hast du keine Augen im Kopf?« Klingelnd und fluchend raste ein Fahrradkurier an ihm vorbei, so nah, dass Gabriels Haare durch den Windstoß durcheinanderwirbelten.

»Sorry!«, rief er ihm nach, erhielt darauf aber keine Reaktion, der Kurier drehte sich nicht mal mehr nach ihm um.

Er sah nach links und rechts, um die vierte Beinahekollision des heutigen Tages zu verhindern, dann marschierte er mit entschlossenen Schritten auf den Spielzeugladen zu.

Samstag, 12. Oktober

Miriam

»Tut mir leid, tut mir leid, tut mir leid!«

Um zwanzig Minuten nach zwei kam Miriam in die Krümelkiste gehetzt. Neben Luzies Spielzeugtüte schleppte sie noch zwei große und schwere Baumwollbeutel voller Lebensmittel mit sich, sie fühlte sich wie ein Packesel. »Im Supermarkt war die Hölle los«, fügte sie hinzu, während sie mit der rechten Schulter versuchte, die etwas schwergängige Ladentür so weit aufzudrücken, dass Luzie an ihr vorbeischlüpfen konnte.

»Alles gut, Süße!«, rief Rebecca ihr zu und blätterte, ohne aufzublicken, weiter in der Zeitschrift, die vor ihr auf dem Verkaufstresen lag. »Ich genieße die herrliche Ruhe.« Nun hob sie doch den Kopf, grinste Miriam an und gab ein Seufzen von sich. »Kein Kind hier, das was von mir will«, ihr Grinsen wurde noch breiter und zufriedener, »jedenfalls keins von meinen«, fügte sie hinzu. »Auch kein Regisseur oder ein mies gelaunter Schauspieler, nur hin und wieder ein paar freundliche Leute, die was kaufen und dann wieder gehen – es ist …« Sie unterbrach sich und sprang eilig von ihrem Barhocker auf. »O sorry, ich blöde Sabbeltante, warte, ich helfe dir!«

»Nicht nötig«, wehrte Miriam ab, stemmte sich mit einem lauten Ächzer noch einmal gegen die Tür, sodass sie in der Halterung an der Wand einrastete. Dann ließ sie ihre schwere Last neben sich auf den Boden plumpsen. Erst jetzt bemerkte sie, wie sehr ihr Rücken schmerzte. Mit in die Hüfte gestemmten Händen streckte sie sich mehrmals nach hinten durch und vernahm dabei ein leises Knacken. »Freut mich, wenn du eine gute Zeit hattest«, stieß sie mit einem leisen Stöhnen hervor.

»Ich meinte nur, dass es ohne die Kinder und ohne verrückte Schauspieler oder Regisseure oder sonstige Film- oder Theaterfritzen echt entspannend ist. Ich glaube, ich komme ab sofort jeden Tag.« Sie bückte sich und schnappte sich einen der Einkaufsbeutel.

Miriam lachte und setzte ihre Dehnübungen fort. »Das kannst du gern und jederzeit tun. Ich fürchte nur …«

»Mama?«, wurde sie von Luzie unterbrochen, die sie von hinten am Kleid zupfte.

Miriam drehte sich zu ihr. »Gleich, Schatz, wir unterhalten uns doch gerade. Du kannst ja schon mal in dein Zimmer gehen.«

»Mama!«, quengelte sie, rührte sich aber nicht vom Fleck.

»Einen Moment, unterbrich uns bitte nicht! Geh einfach rein, ich komm dann sofort zu dir.« Sie wandte sich wieder an ihre Freundin. »Also, du darfst gern jeden Tag kommen, nur leider reicht der Umsatz wohl noch nicht so ganz, um dich für die Arbeit dann auch immer zu bezahlen.«

Becka gluckste. »Was heißt hier Arbeit? Im Vergleich zu meinem Job ist das hier Wellness pur!«

»Das ist schön für dich, aber eher traurig für die Krümelkiste. Wenn hier nichts los ist, kommt ja auch kein Geld rein.«

»Nö«, widersprach sie, »ich hab über zweihundert Euro eingenommen.«

»Zweihundert Euro?«, rief Miriam überrascht aus. Dann verzog sie die Lippen zu einem übertriebenen Schmollmund. »Das deprimiert mich.«

»Wieso das? Ist doch gut!«

»Ja, ist es. Mich deprimiert nur, dass du jedes Mal, wenn du für mich einspringst, mehr verkaufst als ich.«

»Reiner Zufall.« Sie giggelte fröhlich. »Hab zwar nicht viel, aber dafür teurere Sachen verkauft. Das Burberry-Jäckchen zum Beispiel, das allein hat schon hundertfünfzig Euro gebracht.«

»Großartig!«, meinte Miriam. »Du solltest wirklich öfter den Laden schmeißen und dich dabei entspannen!« Ein schelmisches Grinsen trat auf ihr Gesicht. »Um das Wellness-Erlebnis komplett abzurunden, darfst du dich auch gern auf meine Buchhaltung stürzen. Die Kartons mit der Zettelwirtschaft stehen alle unterm Tresen.«

»Um Gottes willen!« Becka hob abwehrend ihre noch freie Hand. »Wenn ich das mache, bist du mit einem Bein schon so gut wie im Knast.«

»Mama?«, meldete Luzie sich erneut mit einem weiteren Zupfen am Kleid ihrer Mutter zu Wort.

»Was ist denn?« Sie gab sich Mühe, ihre Tochter nicht anzufahren, trotzdem aber mit einem strengeren Ton klarzumachen, dass sie es nicht mochte, wenn Luzie ein Gespräch unterbrach. Wenigstens ein kleiner Versuch in Sachen gute Erziehung.

»Meine Spielsachen!«

»Ach so, ja natürlich!« Miriam trat einen Schritt zur Seite und gab damit die Tüte, die zwischen ihrem Bein und der Tür geklemmt hatte, frei.

Sofort schnappte sich Luzie ihre neuen Errungenschaften, verschwand damit in ihrem Zimmer und zog geräuschvoll die Tür hinter sich zu. Von ihr würde man nun eine ganze Weile weder etwas hören noch sehen. Sehr gut. Wenn Rebecca nicht sofort wegmusste, wollte Miriam ihr noch von dem Fest bei Mikado und dem kurzen Aufruhr berichten. Und natürlich davon, dass sie nun wusste, was Luzie auf ihre Postkarte geschrieben hatte.

Sie war ratlos, wie sie mit diesem Wunsch umgehen sollte. Würde sie Luzie vielleicht doch in einer ruhigen Minute darauf ansprechen – oder lieber tatsächlich einfach darüber schweigen?

Ihrer Freundin Becka davon zu erzählen, galt für Miriam nicht als Verrat. Irgendwem müsste sie sich schließlich anvertrauen, und darüber hinaus wusste sie, dass ihre beste Freundin niemals, NIE ein Geheimnis verraten würde, das sie ihr anvertraute. Auch wenn es da etwas gab, vom dem selbst Rebecca nichts wusste – aber im Fall von Luzies Postkarte brauchte Miriam einfach dringend eine zweite Meinung, um in der Sache Klarheit zu gewinnen.

Seufzend bückte sie sich nach dem zweiten Einkaufsbeutel, um die Sachen mit Becka im Kühlschrank der kleinen Kitchenette zwischenzuparken, bevor sie sie später mit nach Hause nahm.

Miriams Blick blieb an einem Zettel hängen, der direkt über ihrem Untermietergesuch in der Scheibe der Ladentür klebte. Ein handgezeichnetes Bild: Vier extrem niedliche Hunde schauten sie traurig an, und über ihren Köpfen stand in großen Lettern: WIR MÜSSEN LEIDER DRAUSSEN BLEIBEN!

Sie runzelte die Stirn. »Was ist das denn?«

»Ach so, den Aushang meinst du«, erwiderte ihre Freundin, »den hab ich vorhin gemacht und an die Tür geklebt.«

»Und warum?«

»Aus hygienischen Gründen«, entgegnete sie.

»Hygienische Gründe?«

Becka nickte.

»Die Krümelkiste ist doch kein Supermarkt mit Lebensmitteln.« Miriam schüttelte den Kopf. »So einen Zettel finde ich irgendwie … Also, das geht nicht.«

»Gefällt dir die Zeichnung nicht?« Mit ihren großen dunkelbraunen Augen blickte Rebecca plötzlich ähnlich kummervoll drein wie die Hunde auf ihrem Bild.

»Doch, klar«, versicherte Miriam eilig. »Du kannst einfach echt toll zeichnen. Es geht mir eher um den Inhalt, die Botschaft«, erklärte sie. »So was wirkt auf die Kunden unter Umständen etwas unfreundlich und wenig einladend. Und, wie gesagt, wir haben hier im Laden ja keine Frischetheke.« Sie schob zwei Finger hinter das Blatt Papier und wollte es mit einem Ruck abreißen, doch Becka legte ihr eine Hand auf den Oberarm.

»Warte, ich will dir erst noch was zeigen.« Sie stellte ihren Beutel ab und marschierte los, Miriam folgte ihr. Rebecca steuerte den Wickeltisch an und blieb davor stehen. »Da!« Ihr rechter Zeigefinger deutete anklagend Richtung Boden. Unter den zwei vorderen Beinen der Kommode fehlte ein knapp ein Meter langes und dreißig Zentimeter breites Stück im dunkelgrauen Teppich. So hatte man nun freie Sicht auf den nackten Beton mit ein paar gelben Kleberesten.

Miriam sog erschrocken die Luft ein. »Was ist denn hier passiert?«

»Das war Fluffi.«

»Fluffi?«

Becka nickte. »Jedenfalls hat die Kundin, die vorhin mit ihrem Cockerspaniel da war, den Hund so genannt.« Sie grinste boshaft. »Das heißt, sie hat ihn mit diesem Namen angebrüllt. Weil nämlich der süße kleine Fluffi genau hier«, noch einmal zeigte sie auf das Loch im Teppich, »sein Bein gehoben hat.«

»Er hat in den Laden gepinkelt?«

»Exakt.« Sie nickte bekräftigend. »Und zwar nicht mal so kurz zum Reviermarkieren. Nein, der liebe Fluffi hat sich direkt vorm Wickeltisch einmal so richtig ausgepieschert und auch noch einen dicken Haufen hinterlassen.«

»Gibt's ja gar nicht!«

»Das habe ich auch gedacht«, meinte Becka. »Vor allem, als die Frau sich ihren Köter danach einfach unter den Arm geklemmt hat und ohne ein weiteres Wort abgehauen ist.«

»Sie hat sich nicht mal entschuldigt? Oder angeboten, den Teppich zu reinigen?«

»Nö«, bestätigte ihre Freundin. »Das habe ich dann eine Stunde lang mit einem ganzen Eimer Seifenlauge versucht.«

»Seife?«, hakte Miriam nach. »Oder nicht eher Säure? Da fehlt ein ganzes Stück!«

»Ich weiß«, Rebecca hob beide Hände in einer entschuldigenden Geste. »Der Gestank ging einfach nicht raus, egal, wie sehr ich geschrubbt habe. Und, na ja, das geht ja wohl gar nicht, egal, ob wir ein Supermarkt sind oder nicht.« Sie zuckte mit den Schultern. »Schließlich ist mir nichts Besseres eingefallen, als die gesamte kontaminierte Fläche zu entfernen. Im Werkzeugkasten hinten im Lager habe ich ein Teppichmesser gefunden, damit hab ich es rausgeschnitten.«

»Äh, findest du nicht, dass das eine etwas drastische Maßnahme war?«

Ihre Freundin schüttelte energisch den Kopf. »Überhaupt nicht! Ich meine, selbst wenn ich den Geruch doch ganz wegbekommen hätte – die Vorstellung, dass da noch Hunde-Pipi in den Fasern steckt, ist doch total eklig.«

»Stimmt.« Miriam verzog den Mund.

»Dann sind wir uns ja einig«, sagte Becka und stieß einen erleichterten Seufzer aus. »Hatte schon Angst, du bist sauer auf mich, weil ich das gemacht habe.«

»Nein, bin ich nicht«, beruhigte Miriam sie. Und dann musste sie plötzlich so sehr lachen, dass ihr auf der Stelle die Bauchmuskeln schmerzten. »Fluffi!«, brachte sie gepresst hervor und wischte sich ein paar Tränen aus den Augen.

»Der süße Kleine!« Ihre Freundin prustete ebenfalls lauthals los. »Für das Loch besorge ich einen kleinen Flickenteppich, mit dem wir die Stelle abdecken«, schlug sie vor, nachdem sie sich beide wieder beruhigt hatten. »Davon haben ich jede Menge in meinem Fundus rumfliegen. So ein kleiner Farbklecks unter der Wickelkommode kann sogar ganz hübsch aussehen.«

»Gute Idee!«

»Und das mit dem Hunde-Verbotsschild«, fuhr Becka fort. »Ich verstehe schon, was du damit meinst, dass es unfreundlich wirkt und so. Aber nach Fluffi habe ich mir überlegt, dass im Laden ja oft auch Kleinkinder rumtoben oder Babys über den Boden krabbeln. Selbst wenn hier nicht noch einmal einer das Bein hebt … Na ja, Tierhaare oder eine feuchte Schnüffelnase in den Klamotten …«

»Du hast mich absolut überzeugt«, unterbrach Miriam sie. »Deine Zeichnung bleibt hängen, wo sie ist.«

»Auch wenn's für Fluffi und seine Kollegen natürlich echt traurig ist.« Becka grinste und fing wieder an zu lachen, so laut und fröhlich, dass Miriam mitlachen musste.

»Du, wir stellen Fluffi und seinen Kumpels einfach eine Schale mit Wasser draußen vor die Tür, dann sind die nicht so enttäuscht«, schlug Miriam vor.

»Und auch noch ein paar Leckerlis und ein gemütliches Hundekissen«, fügte Becka hinzu. »Gibt's nicht sogar spezielle Fernsehsendungen für Hunde? Wir könnten einen Bildschirm ins Schaufenster stellen und für ein bisschen Entertainment sorgen.« Erneut brachen beide in Gelächter aus und brauchten ein paar Minuten, um sich wieder einzukriegen.

Danach wurde Miriam aber wieder ernst. »Ich muss dir noch was erzählen«, begann sie mit leiser Stimme. Zwar war Luzies Tür verschlossen und die laute Musik einer *Bibi Blocksberg*-Folge war zu hören, aber sie wollte ganz sichergehen, dass ihre Tochter nichts mitbekam.

»Was denn?« Becka sah sie neugierig an, gluckste aber immer noch ein wenig vor sich hin. »Sollen wir Fluffi zur Fahndung ausschreiben? Ich kann gleich noch ein paar Bilder von ihm zeichnen, dann plakatieren wir das gesamte Viertel mit einem ›Wanted: Pissing Fluffi‹!« Erneut prustete sie los.

»Nein, nein«, Miriam winkte ab, »die Sache ist die …«

Hinter ihnen, vom Eingang her, erklang ein lautes Räuspern. Die Freundinnen fuhren herum.

»Verzeihung, dass ich Sie störe.« In der offenen Tür der Krümelkiste stand Luzies Retter und sah sie entschuldigend an.

Samstag, 12. Oktober

Gabriel

Alea iacta est. Die Würfel waren gefallen, und nun gab es kein Zurück mehr.

Jetzt stand er hier, vor zwei Frauen, die gerade so lachten, dass sie ihn nicht einmal bemerkten. Vielleicht hätte er gleich wieder abhauen und an einem anderen Tag vorbeikommen sollen. Aber nachdem er zuerst sehr vorsichtig am äußersten Rand des Schaufensters durch die Scheibe gelinst und dabei nur eine lesende Frau mit langen kupferroten Haaren entdeckt hatte, hatte er beschlossen, in sicherer Entfernung zur Krümelkiste noch eine halbe Stunde lang auszuharren.

Er hatte sich auf eine Bank an der gegenüberliegenden Bushaltestelle gesetzt, den Timer seines Handys auf dreißig Minuten gestellt und gedanklich eine dicke Entschuldigung an Tavor gesendet.

Und, ungelogen, eine Minute bevor die Zeit abgelaufen war, waren Luzie und ihre Mutter tatsächlich aufgetaucht. Das hatte er als Wink des Schicksals interpretiert, ebenso wie die Tatsache, dass die Tür des Secondhandladens sich hinter ihnen nicht geschlossen hatte, sondern einladend offen stehen geblieben war. Ein paar Minuten hatte Gabriel noch gewartet, sich ein letztes Mal seine Worte zurechtgelegt und war dann entschlossen Richtung Laden gestartet.

Das Gespräch der beiden Frauen, in das er hineinplatzte, hätte ihn allerdings beinahe dazu gebracht, unverrichteter Dinge wieder abzuziehen. Die Art, wie diese Rothaarige Hunde auf ihre Stoffwechselendprodukte reduzierte und sie zu hechelnden Gesundheitsgefährdungen abqualifizierte, hatte er oft genug bei seinen Spaziergängen mit Tavor erlebt.

Kaum dass der Retriever sein Bein an irgendeinem Baum hob, gab es sofort abfällige Blicke von anderen Passanten, und zwar sowohl von betagteren Menschen als auch von Jugendlichen. Und wenn Tavor es dann noch wagte, irgendwo ein großes Geschäft zu verrichten – und sei es auch noch im hintersten Winkel eines Gebüschs –, blieben die Leute sogar stehen und überwachten mit Argusaugen, ob Gabriel die Hinterlassenschaft anschließend auch ja mit einem Kotbeutel (Kotbeutel, was für ein Name!) entsorgte. Das Handy dabei schon gezückt, um im Zweifel zuerst Beweisfotos zu schießen und danach die Kriminalpolizei zu alarmieren, damit sie sich dieses unglaublichen Verbrechens annehmen konnte. Hundehasser eben.

Gabriel hatte es längst aufgegeben, mit solchen Leuten zu diskutieren. Es war sinnlos. Menschen mit so einer Einstellung würden nie verstehen, dass jeder Hund ein Wesen mit einer ganz eigenen Seele und einem Charakter ist. Und für ihre Besitzer der allerbeste, treuste und loyalste Freund.

Seinem Tavor konnte Gabriel alles erzählen. Der hörte ihm immer zu. Zumindest in den kurzen Zeitfenstern, in denen er nicht schlief.

»Du, wir stellen Fluffi und seinen Kumpels einfach eine Schale mit Wasser draußen vor die Tür, dann sind die nicht so enttäuscht«, schlug die dunkelhaarige Frau jetzt lachend vor. Dank Heidi Schrader wusste Gabriel, dass sie Miriam Petersen hieß und Inhaberin des Secondhandladens war, in dem er gerade stand.

Das Geschäft war ein ziemlicher Albtraum in Pastell, bis unter die Decke vollgestopft mit Kinderklamotten und Spielzeug. Kurz musste er in sich hineingrinsen. Nach dem Fest bei Mikado hielt er sich bereits zum zweiten Mal an diesem Tag in einem Paralleluniversum auf, das sehr im Gegensatz zu dem Umfeld stand, in dem er sonst heimisch war.

»Und auch noch ein paar Leckerlis und ein gemütliches Hundekissen«, fügte nun die Rothaarige hinzu. »Gibt's nicht sogar spezielle Fernsehsendungen für Hunde? Wir könnten einen Bildschirm ins Schaufenster stellen und für ein bisschen Entertainment sorgen.« Wieder lachten die Frauen, und der Vorschlag mit den Leckerlis und dem Hundefernsehen stimmte Gabriel sofort etwas versöhnlicher in Bezug auf Miriam Petersens Freundin. Er versöhnte ihn auch mit dem blöden »Wir müssen leider draußen bleiben«-Schild, das ihre Freundin an die Tür gepappt hatte.

Über solche ignoranten Verbote hatte er sich schon oft geärgert. Kam schließlich ständig vor, dass Hunde vor Geschäften weggeklaut wurden.

Aber bevor er sich erneut in Rage denken konnte, beschloss er, mit einem Räuspern auf seine Anwesenheit aufmerksam zu machen. Erschrocken fuhren die Frauen zu ihm herum.

»Verzeihung, dass ich Sie störe«, sagte er zu den beiden, sah dabei allerdings nur Miriam Petersen an.

»Ach, Sie sind es!«, rief sie zu seinem großen Erstaunen erfreut aus und eilte sofort auf ihn zu. »Ich habe im Mikado überall nach Ihnen gesucht, weil ich mich bei Ihnen bedanken wollte«, erklärte sie, als sie ein wenig atemlos vor ihm stand. Sie streckte ihm ihre Rechte entgegen, ihr Händedruck war warm und für eine so zierliche Person erstaunlich kräftig. »Ich heiße Miriam Petersen.«

»Ja, ähm, das weiß ich schon. Frau Schrader hat es mir verraten und mir auch gesagt, wo ich Sie finden kann.«

»Das freut mich aber!« Die herzliche Art und Weise, mit der sie ihm entgegentrat, irritierte Gabriel. Zwar hatte er ja beobachtet, wie sie auf der Straße nach ihm gerufen und sich nach ihm umgesehen hatte – trotzdem hatte er befürchtet, sein unangekündigtes Auftauchen in ihrem Geschäft könnte von ihr als übergriffig empfunden werden. Obwohl Heidi Schrader ihm versichert hatte, sie würde sich bestimmt freuen.

»Ja, also, ähm«, wiederholte er wie ein verschüchterter Schuljunge. Miriam Petersen sah ihn auffordernd an und erwartete offenbar, dass er noch mehr als sein überaus eloquentes »Ja, ähm« von sich gab. Aber ihm fiel nichts ein, die vormals zurechtgelegten Worte hatten sich in Luft aufgelöst wie der versehentlich gelöschte Text eines Word-Dokuments, der sich weder durch lautes Fluchen noch durch einen panisch herbeigerufenen Computerexperten wieder aus den unendlichen Tiefen der Festplatte zurückzaubern ließ. Unsicher steckte er seine wieder freigegebene Hand in die vordere Hosentasche, räusperte sich und brachte immerhin noch ein ungelenkes »Tja« hervor.

Miriam Petersen lächelte weiterhin freundlich. Ihre Augen hatten die warme Farbe von Bernstein. Oder von einem sehr, sehr guten Whisky. Glenfiddich Grand Cru, dreiundzwanzig Jahre alt. Zweihundertfünfzig Euro kostete eine Pulle, vor drei Monaten hatte er vom Verlag eine geschenkt bekommen. Als Motivations-Goodie für seinen neuen Roman. Der Verlag. Sein neuer Roman. Ach ja.

»Sie waren ja so plötzlich verschwunden«, sagte sie nun, es klang ein klein wenig unbeholfen. Der Bernstein war von goldenen Sprenkeln durchsetzt, die im Sonnenlicht, das durch die Tür hereinfiel, glitzerten. »Ich hab Sie nur noch weggehen sehen.«

»Ja«, entgegnete Gabriel und konzentrierte sich auf die Stirn seines Gegenübers, auf der zum Glück nichts glitzerte. »Ich musste vorhin unerwartet ganz dringend ins Büro.«

»An einem Samstag ins Büro?«, hakte sie nach. Bevor er antworten konnte, sprach sie schon weiter. »Tut mir leid, geht mich nichts an, total indiskret von mir. Die Frage ist mir einfach nur so rausgerutscht.« Er sah sie wieder direkt an, ihre Miene war dermaßen zerknirscht, dass es schon anrührend war.

»Es war überhaupt nicht indiskret«, beruhigte er sie. »Ich meine, ich stehe hier unangekündigt und wie ein Stalker in Ihrem Geschäft, da dürfen Sie mich das gern fragen.«

»Und?« Ihr Lächeln kehrte zurück. »Was machen Sie?«

»Ich bin Buchhalter.« Es kam ihm wie selbstverständlich über die Lippen, ohne irgendein Zögern. Allerdings verspürte er ein schwaches Flattern in der Herzgegend. Rührte das von seiner Aufregung her – oder eher vom schlechten Gewissen, dass er diese für ihn ja immer noch fremde Frau glatt heraus anlog?

»Buchhalter? Echt?« Nun machte sie große Augen, Gabriel wurde ganz schwindelig vor lauter Gold und Bernstein. Dann legte sie den Kopf leicht schräg und verzog die Lippen zu einem Schmollmund. »Wie schade, dass Sie schon ein Büro haben!«

»Was für ein Büro?«

»Na das, in das Sie vorhin so dringend mussten!«

»Ach so, ja! Mein Büro, das hab ich natürlich.« Er lachte gekünstelt und konnte nur hoffen, dass er nicht so konfus klang, wie es sich in seinen eigenen Ohren anhörte. »Ich meine, ich wollte fragen, warum das schade ist?«

»Weil ich hier einen Raum zu vermieten habe. Und wenn Sie gerade was suchen würden, hätte das für uns eine Win-win-Situation werden können.«

»Inwiefern?«

Miriam Petersen errötete sichtbar. »Wissen Sie, ich bin erst seit kurzem selbstständig, und der ganze Steuerkram ist für mich das reinste Grauen.« Sie schmunzelte. »Da hätten wir eine gute Lösung für uns beide finden können.«

»Was für eine Lösung meinen Sie?«, hakte er nach.

»Na ja«, sie zuckte mit den Schultern. »So was wie: Büro gegen Buchhaltung?«

»Eine wirklich clevere Idee. Aber leider …« Er ließ den Satz unvollendet in der Luft hängen und hob bedauernd die Schultern.

Buchhaltung! Davon hatte Gabriel noch weniger Ahnung als vom Sinn seines Lebens. Für die Ausgestaltung der Figur Ben Sommer würde er noch ziemlich viel recherchieren müssen.

»Hi!« Er zuckte unmerklich zusammen, als die Stimme ihn aus seinen Gedanken riss. Miriams Freundin hatte sich zu ihnen gesellt, musterte ihn unverhohlen neugierig und streckte ihm ebenfalls eine Hand entgegen. »Ich bin Rebecca Neubert.« Sie lächelte mädchenhaft. »Aber alle nennen mich Becka.« Dann folgte eine Art von Augenaufschlag, die Gabriel bereits von einigen Frauen kannte.

Er schüttelte auch ihr die Hand. »Freut mich!«

»Und?« Sie grinste ihn auffordernd an. »Haben Sie denn auch einen Namen?«

»Äh, ja, natürlich.« Er merkte, wie er schlagartig ins Schwitzen geriet. Dann fügte er sich in sein Schicksal, weil ihm schließlich nichts anderes mehr übrig blieb. »Ich heiße Ben. Ben Sommer.«

»Ben«, wiederholte Rebecca und zwirbelte sich dabei eine Strähne ihres roten Haars um den rechten Zeigefinger. »Von Benedikt oder Benjamin?«

»Ben von Ben«, antwortete Gabriel. »Mehr Silben waren bei meinen Eltern nicht drin.«

»Wie und wo habt Miriam und du euch denn kennengelernt?« Rebecca Neubert verschränkte die Arme vor der Brust und reckte ihr Kinn vor, als erwartete sie eine umfassende Erklärung.

»Vorhin, beim Jubiläumsfest, da hat Herr Sommer Luzie sehr geholfen«, sagte Miriam stattdessen.

»Er hat Luzie geholfen?« Rebecca sah ihre Freundin erstaunt – oder war es vorwurfsvoll? – an. »Das hast du mir ja gar nicht erzählt! Was war denn los?«

»Ich bin doch gerade erst reingekommen«, gab Miriam zurück und klang dabei so defensiv, dass Gabriel sie von dieser inquisitorischen Befragung befreien wollte.

»War keine große Sache, Frau Neubert«, mischte er sich deshalb ein. Rebeccas Augen waren ebenfalls braun. Allerdings nicht wie goldbrauner Bernstein, sondern wie die Schokodrops für Hunde, die Tavor so sehr liebte, dass er für seine Verhältnisse arg in Wallung geriet, sobald Gabriel in der Küche mit einer Tüte davon raschelte.

»Becka«, wurde er von ihr korrigiert. »Und wir können doch hoffentlich beim Du bleiben.«

»Ben«, gab er zögernd und etwas widerwillig zurück. »Und sehr gern Du.«

»Dann bin ich auch einfach nur die Miriam«, schaltete sich Luzies Mutter wieder ein und lächelte breit. Er liebte sie dafür, dass sie den bestimmten Artikel vor ihren Namen setzte! »Allerdings muss ich Ben widersprechen«, fuhr sie fort. »Es war *durchaus* eine große Sache, jedenfalls für Luzie.« Ihr Lächeln wurde noch breiter. Ihre Augen strahlten so, dass es keinen Zweifel daran geben konnte, wie aufrichtig sie das meinte.

»Ich verstehe nur Bahnhof«, kam es von Becka. Ihre Miene spiegelte Verärgerung wider. *Ja, ja*, dachte Gabriel schadenfroh. *Wir müssen leider draußen bleiben, so ist das, wenn man ausgeschlossen wird.*

»Also, Ben hat bei der Preisverleihung des Luftballonwettbewerbs«, machte Miriam sich zu seinem Bedauern sofort daran, Beckas nagende Wunde der Neugier zu verarzten, »eingegriffen, als …« Sie unterbrach sich. »Wieso stehen wir hier eigentlich so blöd im Eingang rum?« Mit diesen Worten löste sie die Tür aus der Halterung, in der sie eingehakt war, sodass sie sich geräuschlos schloss, und bedachte Ben dann mit einem freundlichen und auffordernden Blick. »Soll ich uns nicht einen Kaffee machen?« Im Anschluss, ebenfalls sehr freundlich und etwas bedauernd, sagte sie an Becka gerichtet: »Wobei, du wolltest ja um zwei Uhr weg, richtig? Es ist schon zwanzig vor drei.«

»Ach, schon okay. Tim hält die Kids sicher gern noch ein bisschen länger in Schach, und das Pauli-Spiel beginnt erst um vier.« Gabriel war überzeugt davon, dass »die Kids« gerade auch einsam und verlassen durch einen dunklen Wald irren könnten, wo sie demnächst von einer Hexe aufgegriffen würden – um nichts in der Welt hätte Rebecca sich Kaffee und Berichterstattung entgehen lassen. Irgendwie mochte er diese Becka nicht. Er mochte sie nicht, weil … weil … weil … Immerhin war sie es gewesen, die, wie er aus dem unfreiwillig belauschten Gespräch hatte schließen können, die Idee mit dem Hundeverbot gehabt hatte. Sie daraufhin gleich als unsympathisch und gemein abzustempeln, war unter Umständen unfair, und Gabriel kannte sie ja überhaupt nicht. Aber was sollte er machen?

»Also, was ist jetzt?« Miriam riss ihn abrupt aus seinen Gedanken. »Trinkst du noch einen Kaffee mit uns?«

Er dachte an Tavor. Und daran, dass der nun schon ziemlich lange allein war. Er hatte nur etwas mehr über Luzie und ihre Mutter in Erfahrung bringen wollen, um für seine Geschichte noch ein kleines bisschen mehr Gefühl, mehr Futter zu bekommen. Und natürlich hatte er nicht so wortlos für immer und ewig entschwinden wollen, nachdem Miriam sogar nach ihm gesucht hatte. »Leider habe ich gar nicht viel Zeit«, sagte er trotzdem schweren Herzens, »ich muss …«

»Komm schon«, würgte Miriam ihn ab. »Wir haben hier sehr leckeren Kaffee, und außerdem musst du wenigstens Luzie einmal Hallo sagen. Meine Tochter freut sich bestimmt.«

»Na gut«, willigte er nun doch ein. *Halb zog sie ihn, halb sank er hin*, ging ihm ein Satz aus Goethes Gedicht »Der Fischer« durch den Kopf. Tavor würde heute Abend von ihm einen *ganzen* Beutel Hundeschokodrops bekommen. Ach was, zwei!

Wenige Minuten später standen sie zu dritt vor einer kleinen Küchenzeile und genossen den ausgezeichneten Kaffee – er selbst hatte einen Americano, die beiden jeweils einen Latte macchiato –, den Miriam an einer Espressomaschine zubereitet hatte. Eine »ECM Technika«, wie Gabriel erstaunt aufgefallen war. So eine stand auch bei ihm zu Hause, und diese Geräte kosteten etwa zweitausend Euro. Die Krümelkiste musste ja bombig laufen.

»Ja, ich habe das Glücksrad absichtlich umgeworfen«, gab Gabriel nach Miriams kurzer Schilderung, was sich im Mikado ereignet hatte, zu. »Es war Luzie sehr deutlich anzusehen, dass sie nicht wollte, dass ihre Karte vorgelesen wird, da musste ich einfach einschreiten.«

»Wirklich heldenhaft von dir«, gurrte Rebecca und musterte ihn derart intensiv, als würde sie ihn mit bloßen Augen röntgen wollen. »Ben«, schob sie hinterher und schenkte ihm erneut einen bedeutungsschwangeren Augenaufschlag.

Mit einem Mal wurde Gabriel heiß und kalt. Flirtete Miriams Freundin gar nicht mit ihm, mit Ben Sommer, sondern hatte sie ihn als Gabriel Bach oder Henri Fjord enttarnt?

Vielleicht wäre es besser, nun den geordneten Rückzug anzutreten. Dann wäre die Geschichte damit zu Ende, und er könnte sich darauf konzentrieren, *seine* Geschichte über Luzie und den roten Luftballon einfach im Kopf weiterzuspinnen. *Sollte* Becka ihn tatsächlich erkannt haben, und *sollte* sie das später ihrer Freundin sagen, und *sollte* er, Gabriel, jemals wieder Kontakt zu Miriam Petersen haben, könnte er immer noch behaupten, sich in der Öffentlichkeit anders zu nennen und einen anderen Beruf anzugeben.

»So, Leute, ich muss jetzt echt mal los.« Becka stellte ihr leeres Latte-Glas auf der Küchenzeile ab. »Sonst ist die Wahrscheinlichkeit groß, dass Tim mich umbringt, wenn er beim Anpfiff nicht im Stadion ist.«

»Alles klar, Süße«, sagte Miriam. »Und tausend Dank noch einmal für deine Hilfe!«

»War mir ein Vergnügen!« Statt ihrer Freundin sah sie Gabriel an und zwinkerte ihm zu. Doch, doch, das war Flirten und kein »Ich weiß, wo dein Haus steht«.

Er blickte zu Boden und drehte seine leere Tasse in beiden Händen hin und her. Die Situation war ihm unangenehm, am liebsten hätte er sich auch verabschiedet. Aber das wäre wohl vor allem für Rebecca das falsche Signal. Und so sah er wieder auf und lächelte wortlos.

Die Frauen verabschiedeten sich mit Küsschen, dann streckte Becka ihm erneut ihre Rechte entgegen.

»War sehr nett, dich kennengelernt zu haben«, sagte sie, während sie sich die Hände schüttelten. »Hoffentlich sehen wir uns mal wieder.« Er konnte ihr kaum in die Augen schauen, fühlte sich von ihren Blicken regelrecht in die Zange genommen.

»Ja, gut möglich«, entgegnete er, sah ein paar Millimeter an ihrem Gesicht vorbei und fühlte, wie seine Hand langsam schwitzig wurde. Aber sie ließ ihn nicht los.

»Wäre schön.«

»Ja, wäre es.«

Sie löste sich aus dem Handschlag, nickte ihm und Miriam noch einmal zu und wandte sich Richtung Tür.

Kurz vorm Ausgang hielt sie in der Bewegung inne und drehte sich noch einmal zu ihnen um. »Ach, eine Sache noch, die ich mich frage …« Sie ließ ihren Blick zwischen Miriam und ihm hin- und herwandern.

Samstag, 12. Oktober

Miriam

Ben Sommer war ein attraktiver Mann, das ließ sich nicht leugnen. Etwa einen Meter fünfundachtzig groß, sein enges Shirt unter der offenen Lederjacke ließ eine durchtrainierte Figur erahnen, das dunkelblonde wellige Haar trug er ein bisschen länger und wilder als die meisten anderen in seinem Alter. Miriam schätzte ihn auf Mitte vierzig, ein paar graue Strähnen zogen sich durch seinen dichten Schopf, was ihr gefiel.

Am interessantesten waren allerdings seine auffallend hellblauen Augen in Kombination mit den unzähligen Sommersprossen. Sie waren über sein gesamtes Gesicht verteilt und verliehen ihm etwas Jungenhaftes, was im Kontrast zu seiner tiefen Stimme und dem muskulösen Oberkörper stand. Eine Mischung aus markant und dennoch … Er strahlte gleichzeitig etwas Unerwachsenes aus; ein erwachsen gewordener Peter Pan. Faszinierend und ungewöhnlich. Der Mann, der sich so für Luzie eingesetzt und vor einigen Minuten unverhofft die Krümelkiste betreten hatte, ließ mit Sicherheit allein durch seinen Anblick so manches Frauenherz höherschlagen.

Trotzdem war Miriam über die Art und Weise, wie Becka ihn bei ihrem gemeinsamen Kaffeetrinken anbaggerte, verwundert. Ihr aufgesetztes Lachen, die eindeutigen Blicke, die sie Ben Sommer zuwarf, während sie ständig eine Locke um ihren Zeigefinger zwirbelte oder ihr langes Haar mit einer schwungvollen Bewegung nach hinten warf und ihn dabei anschmachtete – das wirkte schon fast aggressiv. So hatte sie ihre Freundin noch nie erlebt!

Seit ihrer Trennung stand Rebecca Männern ähnlich gleichgültig gegenüber wie Miriam. Es gab sie, natürlich. Aber für sie beide spielten sie keine größere Rolle mehr. Jedenfalls nicht, bevor Luzie, Alissa und Eric die Schule beendet hätten und auf eigenen Füßen stehen konnten. Bis dahin wäre keine von ihnen so verrückt, noch einmal das Risiko einzugehen, sich in jemanden zu verlieben. Die Kinder standen an erster Stelle. Und an zweiter und an dritter und vierter – danach kam sehr, sehr lange erst mal nichts mehr. Punkt. Das war nicht verhandelbar.

Bisher hatte Miriam immer angenommen, dass Becka das genauso sah wie sie. Die wenigen Male, die sie als Singlefrauen abends miteinander ausgegangen waren, hatte ihre Freundin sämtliche Avancen von diversen Typen stets sehr eindeutig abgewehrt. Mit ihren langen und kupferrot leuchtenden Locken, ihrer kurvigen Figur und vor allem mit ihrem offenen und strahlenden Lachen wurde ihr selbst morgens um halb acht und in Jogginghosen an der Käsetheke eines Supermarkts mehr Aufmerksamkeit zuteil als Miriam in den letzten zwanzig Jahren. Aber gleichgültig, wer auch immer Rebecca ansprach, es ließ sie vollkommen kalt.

»Das Letzte, was ich in meinem Leben brauche, ist irgendein Kerl, der es komplizierter macht«, hatte sie erst vor ein paar Monaten zu Miriam gesagt. »Ich bin froh, dass Tim und ich als Eltern so gut funktionieren, ich habe mit dir die tollste beste Freundin, die ich mir nur wünschen kann, und einen Job, der mich meistens sehr erfüllt – in den nächsten fünfzehn Jahren besteht bei mir keinerlei Bedarf, daran irgendwas zu ändern.«

Miriam hatte ihr zugestimmt und sie im Geiste zum etwa tausendsten Mal um Tim als Vater ihrer Kinder beneidet. Es war eine wohlwollende Form des Neids, ein »Ich hätte so was zwar auch gern, aber ich freue mich für dich!«. Sie gönnte es ihrer Freundin und vor allem Alissa und Eric von ganzem Herzen.

Ebenso wie ihr phantastisches Aussehen. Es machte Miriam nichts aus, dass sie nebeneinander wie Goldmarie und Pechmarie wirkten, und sie hatte kein Problem damit, dass sie selbst nur mit gutem Willen und einem noch besseren Push-up-BH mit Ach und Krach auf Körbchengröße A kam. Auch nicht damit, dass sie Jeans in Kindergröße hundertvierundsechzig tragen konnte; seit sie die Krümelkiste betrieb, war das eher praktisch und kostengünstig.

Als »mein kleiner Tomboy« hatte Patrick sie früher oft bezeichnet. Doch bevor sie nun erneut Gefahr lief, in sentimentalen und traurigen Erinnerungen zu ertrinken, konzentrierte Miriam sich lieber wieder auf das Hier und Jetzt in der Krümelkiste.

Rebecca flirtete mit Ben, als hätte sie vor, ihn binnen der nächsten Stunde zum Standesamt zu schleppen. Was war bloß in sie gefahren? Miriam kam aus dem Staunen nicht mehr heraus, während sie gleichzeitig versuchte, ein möglichst lockeres Gespräch zu führen. Denn wenn sie ehrlich war, fühlte sie sich ebenfalls zu ihm hingezogen.

Allerdings nicht, weil er so attraktiv und charmant war. Sie war ihm dankbar dafür, dass er Luzie zur Seite gesprungen war. Ben hätte ein zweiter Quasimodo sein können, mit dieser Aktion hatte er ihr Mutterherz erobert. Wirklich ein Jammer, dass er keinen Bedarf für einen Arbeitsplatz hatte und daher nicht als Untermieter der Krümelkiste infrage kam – ein Buchhalter wäre für Miriam *perfekt* gewesen.

»Ich muss doch sehr bitten!«, rief Ben nun aus, nachdem Miriam den Vorfall auf dem Fest als echte »Show« bezeichnet hatte. »Beinahe wäre ich von einem Glücksrad erschlagen worden!« Sie lachten alle drei.

»Wäre sehr schade gewesen«, stellte ihre Freundin in neckendem Tonfall fest und warf ein weiteres Mal ihre Haare zurück. »Eine absolute Verschwendung.«

Miriam konnte kaum mit ansehen, wie Becka sich aufführte. Und wenn sie sich nicht täuschte, waren Luzies Retter diese eindeutigen Annäherungsversuche ebenfalls unangenehm, jedenfalls ging er nicht im Geringsten auf Rebeccas Flirterei ein. Im Gegenteil, sobald sie sich ein wenig zu ihm vorbeugte und damit freie Sicht auf ihr eindrucksvolles Dekolleté gewährte, wich er sogar jedes Mal ein kleines Stückchen vor ihr zurück. Am liebsten hätte Miriam sie am Ärmel gezupft und sie gefragt, was dieser peinliche Auftritt sollte.

Zum Glück brach Becka nun endlich auf. Sie verabschiedeten sich voneinander, und ihre Freundin hatte die Krümelkiste schon fast verlassen, als sie sich wieder zu ihnen umdrehte.

»Ach, eine Sache noch, die ich mich frage …«

»Die da wäre?«, wollte Miriam wissen.

»Was hat Luzie jetzt eigentlich auf ihre Karte geschrieben, das so geheim war?«

»Nicht so laut!«, zischte Miriam ihr zu. »Sie spielt doch gerade direkt nebenan in ihrem Zimmer!«

»Sorry, hab ich nicht dran gedacht«, sagte sie deutlich leiser und kam zu ihnen zurück. »Also, was hat sie geschrieben? Etwas Schlimmes?«, flüsterte sie.

»Keine Ahnung.« Miriam zuckte mit den Schultern. »Luzie hat die Karte sofort eingesteckt.«

Sie würde ihrer Freundin Luzies großes Geheimnis noch anvertrauen, allein schon deshalb, weil sie Wert auf Beckas Rat legte. Aber bestimmt nicht in Gegenwart von Ben Sommer. So nett und freundlich er auch sein mochte – der Wunsch ihrer Tochter ging ihn nichts ans. Auch nicht, dass Miriam verwitwet war und gerade versuchte, ihr Leben und das von Luzie wieder einigermaßen hinzukriegen.

»Wie schade.« Rebecca wirkte enttäuscht. »Hätte mich schon sehr interessiert.«

»Tja«, erwiderte Miriam lapidar, »das wird wohl Luzies Geheimnis bleiben.« *Luzies und mein Geheimnis*, fügte sie nur für sich hinzu. *Außerdem noch das von Heidi, Gertrud und Fritz.* Was hatte der Finder der Karte noch geschrieben? *Verlier nie den Glauben, denn er ist die Stimme deines Herzens!*

»Alles okay bei dir?« Rebecca betrachtete sie besorgt.

»Äh, was?« Miriam war verwirrt.

»Du hast gerade so seltsam leer vor dich hin gestarrt und nichts mehr gesagt. Als hättest du einen Geist gesehen.«

»Ach so, nein, alles gut!« Sie lächelte verkrampft. »Ich musste gerade nur an was denken, sorry.«

»Okay«, sagte Rebecca, »dann hau ich ab. Wir telefonieren später noch miteinander.« Dieses Mal galt ihr Zwinkern ihrer Freundin.

In Miriams Kopf hingegen schwirrte gerade eine vollkommen andere Frage herum: Wie konnte es sein, dass jemand, der Luzies Ballon in Mailand gefunden hatte, Deutsch sprach? So gut, dass er ihren Text nicht nur verstanden, sondern sogar noch etwas nahezu Lyrisches dazugeschrieben hatte?

»Wirklich alles in Ordnung?«, hakte Rebecca nach.

»Doch, ja, alles prima!«, versicherte Miriam, darum bemüht, es möglichst überzeugend klingen zu lassen, und setzte ein Lächeln auf, das hoffentlich nicht so verkrampft wirkte, wie es sich anfühlte. »Bis nachher!«

Ihre Freundin bedachte sie mit einem letzten fragenden Blick, dann verabschiedete sie sich und war aus der Tür.

Miriam starrte ihr ziellos hinterher und versuchte, sich einen Reim darauf zu machen, was ihr gerade erst bewusst geworden war. Aber mehr, als dass es sich wirklich um einen irren Zufall handeln musste, fiel ihr dazu nicht ein. Das Wort »Schicksal« erschien ihr als zu groß, um es dafür zu bemühen.

Ben Sommer räusperte sich und holte sie damit endgültig ins Hier und Jetzt zurück. »Tja«, sagte er, betrachtete die leere Kaffeetasse in seiner Hand und sah dann zu ihr auf. »Das war ein ereignisreicher Tag.«

»Absolut«, stimmte sie ihm seufzend zu. »Ich kann mich bei dir nur noch einmal ganz herzlich bedanken.«

»Ist gar nicht nötig.« Unbeholfen verlagerte er sein Gewicht von einem Bein auf das andere, es schien, als würde er auf etwas warten.

»War echt klasse.« Sie wusste nicht, was sie sonst noch sagen sollte. Sie standen voreinander wie zwei Teenager nach dem ersten Date. Mit seinem schiefen Grinsen und den vielen Sommersprossen erinnerte Ben sie auch wirklich eher an einen Dreizehnjährigen als an einen erwachsenen Mann. Nur die vielen Lachfältchen um seine Augen verrieten, dass sie mit ihrer Altersschätzung vermutlich richtiglag. Wieder blickte er zu seiner leeren Tasse.

»Möchtest du noch einen Kaffee?«, bot sie an.

»Nein danke«, lehnte er freundlich, aber bestimmt ab. »Ich muss auch langsam los. Noch einmal ins Büro und …«

»Kein Problem«, warf sie eilig ein. Er sollte auf gar keinen Fall denken, dass sie ihn wie Rebecca angraben wollte.

»War aber ein sehr guter Kaffee!«, sagte er und stellte seine Tasse auf der Küchenzeile ab. »Secondhandklamotten für Kinder scheinen ja ziemlich gut zu laufen«, bemerkte er in anerkennendem Tonfall.

»Wie kommst du denn darauf?«

»Na ja«, er deutete mit dem Kinn zur Espressomaschine, »so eine Technika ist nicht gerade billig.«

»Ach so.« Schlagartig sackte ihre Stimmung in den Keller. »Da muss ich dich enttäuschen«, entgegnete sie und hoffte, dass sie nicht so verbittert klang, wie sie sich mit einem Mal fühlte. »Mit dem Laden schlage ich mich zwar einigermaßen durchs Leben, aber die Idee zur Krümelkiste ist mehr aus einer Not heraus geboren. Ein Vermögen kann ich damit leider nicht machen.«

Patrick hatte ihr die Kaffeemaschine zum letzten Jahrestag geschenkt, weil sie so ein »Kaffee-Junkie« sei. Und weil für »seine Süße« nur das »Beste gut genug« sei. Im ersten Schock nach seinem Tod hätte sie die Maschine am liebsten auf dem Schrottplatz entsorgt, es sich dann aber anders überlegt.

»Tut mir leid, ich wollte nicht …«, setzte Ben mit zerknirschter Miene an.

»Schon gut«, unterbrach sie ihn. »Die Maschine vermittelt ja wirklich einen falschen Eindruck.« Sie verzog den Mund zu einem schiefen Grinsen. »Ist ein Relikt aus meinem früheren Leben, Luzies Vater hat sie mir geschenkt. Und weil ich gern und viel Kaffee trinke, steht sie hier im Laden, denn da bin ich die meiste Zeit des Tages.«

»Wie gesagt, es tut mir leid, das war taktlos von mir.«

»War es nicht«, beruhigte sie ihn und machte eine wegwerfende Handbewegung. »War doch eine ganz normale Frage.«

»Ich meine, weil du sagtest, sie sei von Luzies Vater.«

»Ist sie ja auch.«

»Aber er ist weg?«

»Ja«, antwortete sie knapp. Sie hatte wenig Lust, Ben von Patrick zu erzählen. »Mach dir wirklich keine Gedanken, es ist alles gut, du hast mich nicht getroffen oder verärgert.«

Er atmete sichtlich auf. »Dann bin ich erleichtert. Hatte schon befürchtet, ich wäre da mit Anlauf in einen Kübel voller Fett gesprungen, dass es nur so nach allen Seiten wegspritzt.«

Miriam musste über seine Formulierung schmunzeln und traute sich sogar, einen kleinen Scherz zu machen, um ihm zu signalisieren, dass es nicht den geringsten Grund gab, sich weitere Gedanken zu machen. »In jedem Fall«, sagte sie, »wenn du doch mal ein Büro suchst – hier gibt es immerhin ganz ausgezeichneten Kaffee.«

Ben lachte laut, als würde er das mindestens genauso geistreich und amüsant wie sein eigenes Bild mit dem Fettkübel finden.

»Und das Angebot, dass du den Raum haben kannst, wenn du mein Zettelchaos übernimmst, steht noch«, fügte sie hinzu.

Einen Moment lang sah er sie schweigend an, und sie konnte seinen Blick nicht recht deuten. Dachte er tatsächlich darüber nach? Oder fühlte er sich nun doch angeflirtet?

Ein unangenehmes Gefühl stieg in ihr auf, und sie wollte schon eilig zurückrudern, aber ehe sie etwas sagen konnte, grinste Ben und sagte: »Alles klar, das behalte ich im Hinterkopf. Und jetzt muss ich echt los.«

»Ja, sicher.« Sie nickte und nahm irritiert wahr, dass sie eine gewisse Enttäuschung verspürte.

»Noch einmal danke für den Kaffee! Der war echt extrem gut.« Er blieb wie festgewachsen vor ihr stehen und machte keinerlei Anstalten, die Krümelkiste zu verlassen.

»Jederzeit gern«, antwortete Miriam. »Also, falls du mal wieder in der Gegend bist.«

»Darauf komme ich bestimmt zurück.«

»Würde mich freuen!«

»Tja, dann …«

»Ja, also …«

»Mama?« Luzie stand in der Tür zu ihrem Zimmer und hielt ihren neuen Camper fest umschlungen. »Wann gehen wir? Ich brauche *dringend* Ken, und der ist zu Hause in meiner Barbie-Kiste.« Sie schien Ben überhaupt nicht zu registrieren, ihr Blick war einzig und allein auf ihre Mutter gerichtet.

»Luzie«, sagte Miriam und sah abwechselnd zwischen ihrer Tochter und Ben hin und her, »sagst du bitte mal Hallo zu …«

»Hallo!«, kam es sehr knapp von Luzie. Sie sah ihren Retter dabei immer noch nicht an, sondern fixierte weiterhin ihre Mutter. »Wann können wir gehen?«

»Dauert nicht mehr lang, mein Schatz«, antwortete Miriam und sah zur Zeitanzeige der Mikrowelle. »In einer knappen Stunde ist es vier.«

»Eine *ganze* Stunde noch?«, quengelte ihre Tochter. »Aber ohne Ken kann ich nicht weiterspielen!«

»Du hast eine riesige Tüte von Mikado hierhergeschleppt«, erinnerte Miriam sie. »Da wird doch wohl was dabei sein, womit du dich noch ein bisschen beschäftigen kannst.«

»Nein, Mama! Ich brauche Keeeeennnn!«, schleuderte ihr ihre Tochter trotzig entgegen. »Barbie fährt mit ihm und dem Baby in den Urlaub, ich *muss* ihn haben!«

»Luzie!« Miriams Ton wurde strenger.

»Du bist *total* gemein!« Tatsächlich stampfte sie jetzt auch noch mit einem Fuß auf.

»Madame!« Noch ein bisschen strenger. »Ich möchte nicht, dass du so mit mir redest, und mit dem Fuß wird hier auch nicht aufgestampft!« Ihre Tochter sagte nichts mehr, sondern kniff stattdessen die Lippen fest zusammen. Miriam warf Ben, der die ganze Zeit mucksmäuschenstill neben ihr gestanden hatte, einen entschuldigenden Blick zu. »Warte bitte kurz«, sagte sie zu ihm.

»Ich sollte wohl besser …«

»Warte!« Aus Versehen rutschte es ihr im selben Tonfall heraus, den sie gerade Luzie gegenüber angeschlagen hatte, was ihr überaus peinlich war. Ebenso wie die Tatsache, dass ihre Tochter sich wie ein Berserker aufführte und die Anwesenheit eines Dritten komplett ignorierte. Wenn Luzie unbedingt etwas wollte, bekam sie einen Tunnelblick. Nichts anderes spielte dann noch eine Rolle, und sie war ausschließlich auf *diese eine Sache* fixiert, die so bahnbrechend wichtig war, dass ihr weiteres Leben ohne die *sofortige* Erfüllung ihres Wunsches sinnlos war. Und Miriam war dann eben gemein / unfair / doof – oder auch mal in schlichter Schönheit »scheiße«.

»Luzie«, sagte sie nun etwas ruhiger, ging auf ihre Tochter zu und kniete sich vor sie hin. Mittlerweile liefen ihrer Kleinen heiße Tränen über die Wangen. Miriam wischte sie fort, was ihr einen unwilligen Laut und ein beleidigtes Wegdrehen des Kopfes einbrachte. »Lass uns bitte mal kurz in dein Zimmer gehen«, schlug sie vor und schob ihre Tochter sanft in den kleinen Raum. Kaum hatte sie die Tür hinter sich zugezogen, ließ Luzie den Camper auf ihr Tagesbett fallen und warf sich ihr weinend in die Arme.

»Tut mir leid, Mama!« Sie schluchzte so bitterlich, dass ihr ganzer Körper zitterte und bebte. Auch das war normal. Nach dem großen Aufstand folgte prompt die große Verzweiflung. Und zwei Minuten später war dann meist alles wieder vergessen.

»Ist schon gut, mein Schatz«, tröstete Miriam sie und strich ihr über die heiße Stirn.

»Hast du mich noch lieb?«, wollte Luzie mit jämmerlichem Stimmchen wissen, noch immer bebte sie unter Tränen.

»Natürlich habe ich das! Ich hab dich immer lieb, auch wenn ich mal schimpfe.«

»Okay«, schluchzte ihre Tochter. »Ich hab dich auch lieb!«

»Alles wieder gut?«, fragte Miriam, als sie merkte, dass Luzie nicht mehr zitterte.

»Ja.« Sie löste sich von ihr und wischte sich mit einer Hand durchs Gesicht. »Ich spiel dann halt was anderes.«

»Eine gute Idee!« Sie überlegte, ob sie ihrer Tochter sagen sollte, dass der Mann, denn sie gerade geflissentlich ignoriert hatte, ihr Retter vom Fest bei Mikado war und ob sie ihm nach ihrem kleinen Ausraster nicht wenigstens einmal kurz Hallo und Danke sagen wollte. Sie entschied sich dagegen, der Zeitpunkt war nicht gerade ideal. Weder für Luzie noch für Ben. Wobei Miriam davon ausging, dass er solche Szenen kannte. Er hatte ja vermutlich selbst Kinder, auch wenn er das Mikado allein verlassen hatte. Aber was sonst hätte er auf dem Fest eines Spielzeuggeschäfts zu suchen gehabt?

»Ich geh wieder nach vorn, okay?«, sagte sie. »Bevor wir nachher zu Becka fahren, holen wir zu Hause noch schnell Ken ab, dann kannst du mit Alissa mit den neuen Sachen spielen, ja?«

»Ist gut.«

Miriam gab ihrer Tochter noch ein Küsschen auf den Scheitel und wandte sich zur Tür. Sie war noch nicht ganz aus dem Zimmer, da hatte Luzie bereits die zwei ebenfalls bei Mikado ergatterten Kartons mit Playmobil aufgerissen, den Inhalt auf den Teppich ausgekippt und sich mit Eifer darangemacht, die einzelnen Teile zu inspizieren.

Schmunzelnd kam Miriam in den Verkaufsraum zurück. Und stutzte. Ben Sommer stand nicht mehr vor der Küchenzeile. War er einfach abgehauen?

»Ich bin hier drüben!«, erklang seine Stimme. Sie fuhr herum. Er stand vor dem kleinen Regal mit den gebrauchten Kinderbüchern und blätterte gerade in einem dunkelblauen Band. *»Astrid Lindgren erzählt«*, sagte er und deutete auf das Buch. »Das habe ich als Kind geliebt.«

Miriam ging zu ihm hinüber. »Ich auch«, sagte sie und lugte auf die Seite, die er gerade aufgeschlagen hatte. »Märit«, stellte sie fest. »Eine sehr traurige Geschichte, wenn das Mädchen am Ende stirbt.«

»Ja«, erwiderte er knapp und klappte das Buch zu. »Hat Luzie sich wieder beruhigt?«

»Hat sie«, antwortete Miriam. »Tut mir leid, dass sie so bockig war«, fügte sie hinzu und sah ihn bedauernd an. »Ich hatte gedacht, sie freut sich über deinen Besuch, aber …«

»Macht doch nichts! So sind Kinder eben. Sie stecken in ihrer eigenen Welt und in ihren Geschichten, da haben Erwachsene nichts verloren.« Er lächelte. »Und wenn ein Ken gefordert wird, ist ein uralter fremder Mann im Vergleich dazu wirklich nicht sonderlich interessant.«

Miriam entfuhr ein Prusten. »So leid es mir tut«, gab sie zu. »Da hast du wohl recht.«

»Eigentlich ist das ja auch ganz richtig so«, stellte er fest, und ein nachdenklicher Ausdruck trat auf sein Gesicht.

»Was ist richtig?«

»Dass sie das tun. Kinder haben noch nicht verlernt, ihre Bedürfnisse klar zu äußern und sich dafür einzusetzen«, erklärte er. »Aber das wird ihnen bei der Erziehung dann ja schnell abgewöhnt.«

»Na ja«, Miriam runzelte amüsiert die Stirn, »eine Gesellschaft aus lauter dreijährigen Egoisten funktioniert ja nun auch nicht, ein bisschen sozialkompatibel sollte jeder schon sein.«

»Das ist richtig«, stimmte er zu und betrachtete das Buch, das er noch immer in Händen hielt. »Aber wenn man alle seine Wünsche und Träume aufgibt, wird man auch nicht glücklich. Oder wenn man gar nicht mehr weiß, welche Wünsche und Träume man überhaupt hat.«

»Davon kann ja gar keine Rede sein.« Seine Worte irritierten sie, sie verstand nicht ganz, wovon er sprach. »Natürlich möchte ich, dass Luzie glücklich wird.«

Er sah zu ihr auf und stellte das Buch zurück ins Regal. »Das wollen wir alle. Glückliche Kinder.« Eine Weile sahen sie sich schweigend an. Zwei Eltern, die sich verstanden. Auf Miriams Unterarmen bildete sich eine Gänsehaut, und sie begann, mit ihren Händen darüber zu streichen. Der Moment war eigenartig. Eigenartig und irgendwie besonders. Wenn sie auch nicht wusste, weshalb ihr Gespräch plötzlich diese Wendung genommen hatte.

»Ich gehe dann jetzt«, sagte Ben schließlich. »Bei mir im Büro brennt gerade die Luft.«

»Wünsche viel Erfolg beim Löschen! Und noch einmal …«

»Danke«, vollendete er ihren Satz. »Ich weiß.« Sein Blick wanderte einmal durch den gesamten Laden, danach sah er Miriam wieder an, nickte ihr zu und machte sich auf den Weg zum Ausgang der Krümelkiste. Er hatte die Glastür gerade erreicht, als sie von außen aufgedrückt wurde. Eine Frau schob sich mit ihrem Rücken dagegen und zog einen Kinderwagen hinter sich her.

Ben griff nach der Klinke und hielt ihr die Tür auf. Sie bugsierte ihren Kinderwagen in den Laden und bedankte sich bei ihm, er erwiderte »Gern« und ging an ihr vorbei hinaus auf die Straße. Miriam sah ihm nach, aber er drehte sich nicht um.

»Hallo«, begrüßte die Frau sie in gehetztem Ton. Sie hatte tiefschwarze Ringe unter den Augen und machte insgesamt einen recht zerzausten Eindruck. Ganz eindeutig eine Erstlingsmutter. »Ich brauche dringend drei Bodys in Größe zweiundsechzig«, rief sie, während sie den Kinderwagen am Griff beständig vor- und zurückschob. »Für einen Jungen. Haben Sie welche?«

»Natürlich haben wir welche«, antwortete Miriam und seufzte innerlich. Seit einer halben Stunde die erste Kundin, die sich im Geschäft blicken ließ. Am verkaufsstarken Samstag! Und sie wollte ganze *drei* Bodys kaufen, die pro Stück je nach Zustand und Marke zwischen einem und fünf Euro lagen. Nein, ein Bombengeschäft war die Krümelkiste in der Tat nicht.

Noch nicht, sprach sie sich stumm selbst Mut zu.

Samstag, 12. Oktober

Gabriel

Konfus. Gabriel war absolut konfus, als er den Bürgersteig entlanglief und nach seinem Auto suchte. So konfus, dass er sich nicht mehr daran erinnern konnte, wo er den Audi abgestellt hatte. Er war schon gut einen Kilometer weit den Ring 2 zur Osterstraße marschiert, als ihm einfiel, dass der Wagen in der genau entgegengesetzten Richtung stand. Also machte er kehrt und wechselte die Straßenseite, um nicht noch einmal direkt an der Krümelkiste vorbeizukommen. Seine Gedanken fuhren Achterbahn und schlugen einen Looping nach dem nächsten.

»Life imitates art«, hämmerte es in seinem Kopf. Mittlerweile rannte er. Aber das war nicht der Grund für sein atemloses Keuchen. Sondern das, was da gerade in dem Secondhandladen passiert war.

Life imitates art. Bereits im Studium hatte er sich gefragt, was genau Oscar Wilde damit hatte sagen wollen, und wenn er an seine Henri-Fjord-Romane dachte, konnte nicht die Rede davon sein, dass das Leben davon irgendetwas nachahmte. Jedenfalls nicht *sein* Leben. Bei Henri Fjord war immer alles perfekt.

Zumindest am Ende. Vorher gab es natürlich das eine oder andere dramatische Ereignis; Intrigen, Lügen, Schicksalsschläge. Die männliche Hauptfigur war stets edel, aufrichtig und mutig, die weibliche stolz und schön. Zum Schluss siegte das Gute über das Böse, Held und Heldin sanken einander in die Arme, schworen sich ewige Liebe und ritten gemeinsam Hand in Hand in den Sonnenuntergang. In Gabriels Leben hingegen gab es weder einen edlen, aufrichtigen und mutigen Protagonisten noch ein »Hand in Hand« oder einen Sonnenuntergang. Sondern nur die finsterste Nacht.

Aber natürlich konnte man Romane von Henri Fjord auch nicht als Kunst bezeichnen. Eher handelte es sich um Tankstellen-Drehständer-Literatur. Verkleidet als Hardcover mit hochwertiger Ausstattung, leinengebunden mit Schutzumschlag und Lesebändchen. Was am seichten Inhalt freilich nichts änderte.

Jetzt allerdings kam es ihm doch vor, als hätte er etwas herbeigeschrieben. Er hatte den Buchhalter Ben Sommer erschaffen.

Den traurigen, den einsamen Ben Sommer, der sich – wie Pessoas Bernardo Soares – mehr und mehr fragte, worin der Sinn des Lebens besteht. Der Sinn *seines* Lebens. Und der wenigstens ein kleines Stückchen Sinnhaftigkeit darin entdeckt hatte, mit einer Autofahrt über die Alpen einem Mädchen zum Sieg bei einem Wettbewerb und damit zu ein wenig Freude zu verhelfen.

So weit, so gut. Und dann hatte ihn, Gabriel, die Wirklichkeit überrollt, weil er einfach nur hatte wissen wollen, ob Luzie auch wirklich den Wettbewerb gewann; weil er hatte wissen wollen, wie das Mädchen aussah, was für ein Kind sie war. Der Strudel der Ereignisse hatte ihn mitgerissen, hatte ihn für einen kurzen Augenblick mutig und edel gemacht. Wenn auch nicht aufrichtig. Aber dafür heldenhaft.

Er erreichte die Bushaltestelle mit der Bank, von der aus er vorhin die Krümelkiste beobachtet hatte, und setzte sich hin. Während er wartete, dass sein Atem ruhiger wurde und sein rasender Herzschlag das Tempo drosselte, sah er hinüber zu dem Geschäft, hinter dessen bunter Schaufensterauslage zwei Menschen versuchten, trotz ihrer traurigen Geschichte wieder Fuß zu fassen.

Miriam Petersen, noch so jung und trotzdem schon verwitwet. Und er hatte, wenn auch unbeabsichtigt, mit seiner Bemerkung über die teure Espressomaschine auch noch in der Wunde herumgestochert. Ihre Tochter Luzie, dieses hübsche Mädchen mit den großen blauen Kulleraugen und den geflochtenen Zöpfen. Die, was unübersehbar war, mit dem Verlust des Vaters nicht gut zurechtkam; die mit Ken und Barbie »Vater, Mutter, Kind« spielen wollte; die sogar eine Karte an den lieben Gott geschickt hatte, weil sie sich nichts sehnlicher als einen neuen Papa wünschte.

Er beugte sich vor, griff in seine Gesäßtasche nach seinem Portemonnaie und holte das Foto heraus. Betrachtete es und strich beinahe zärtlich mit den Fingern darüber. Märit. Ausgerechnet einen Erzählband von Astrid Lindgren hatte Gabriel im Regal der Krümelkiste entdeckt. Und dass Luzies Mutter, bei all den vielen, wesentlich populäreren Geschichten, gerade *Märit* kannte, das kam ihm in diesem Moment wie ein Fingerzeig des Schicksals vor.

Und noch viel mehr der Umstand, dass sie einen Buchhalter brauchte, während er, Gabriel, mit Ben Sommer soeben erst einen erschaffen und sich darüber hinaus auch noch als diese Person ausgegeben hatte. *Life imitates art.* Er steckte Foto und Portemonnaie wieder ein, ohne dabei den Blick von der Krümelkiste abzuwenden.

Zeitnot, Platznot, Geldnot. So hatte Gabriel es mal gelernt. Mit Zeitnot, Platznot und Geldnot wurde jede Geschichte spannend, eine der wichtigsten und hilfreichsten Regeln der Dramaturgie. Wenn das hier eine Geschichte und nicht die Wirklichkeit wäre, dann würde Ben Sommer das kleine Büro anmieten, und alle Hauptfiguren wären auf engstem Raum versammelt.

Geldnot, so hatte Gabriel Miriams Aussage verstanden, schien ebenfalls vorzuliegen. Und was die Zeitnot betraf … Er dachte an Tavor und daran, dass er seinen Hund nun wirklich dringend befreien musste.

Seufzend stand er auf, um zu seinem Auto zu gehen, diesmal mit wesentlich langsameren und gesetzteren Schritten. Er hatte noch keine zwanzig Meter zurückgelegt, als er neben einem grauen Verteilerkasten auf dem Bürgersteig stehen blieb. Sich noch einmal zur Krümelkiste umdrehte. *Life imitates art.* Bevor die Vernunft ihn bremsen konnte, holte er sein Handy aus der anderen hinteren Hosentasche und wählte die Nummer von Jonathan N. Grief.

»Hallo, mein Lieber!« Sein Verleger ging schon nach dem ersten Klingeln dran und klang erfreut. »Was kann ich für dich tun?«

»Hör zu«, sagte er und kam ohne Umschweife zur Sache, »es geht um die Idee, die ich für den neuen Roman habe. Damit ich sie umsetzen kann, musst du mir einen Gefallen tun.«

»Jeden, den du willst!«

»Du musst Tavor nehmen.«

Jonathan schwieg einen Moment, ehe er fragte: »Tavor?«

»Ja.« Gabriel nickte, obwohl sein Verleger ihn nicht sehen konnte.

»Den Hund?«, fragte er noch einmal nach.

»Richtig. Meinen Hund Tavor.«

»Warum denn?«

»Das kann ich dir gerade nicht erklären.« *Wie müssen leider draußen bleiben.* »Es wäre auch nur tagsüber, abends würde ich ihn in der Regel bei euch abholen.«

»In der Regel?«

»Ich meinte immer.«

»Na ja«, kam es zögerlich und in bedauerndem Tonfall zurück, »das wird trotzdem ein bisschen schwierig, weißt du. Ich selbst bin meistens von neun bis achtzehn Uhr im Verlag und Hannah ab nachmittags in der Rasselbande.«

»Kann sie Tavor nicht einfach mit in die Kita nehmen?«

»Gabriel, sie betreut da kleine Kinder!« Jonathans Kopfschütteln schwang in jeder Silbe mit. »Was denkst du, wie die Eltern reagieren, wenn da ein großer schwarzer Hund zwischen den Knirpsen herumtobt?«

»Er tobt nicht herum, wie du weißt. Meistens schläft er und erhebt sich nur unter Androhung von Waffengewalt.«

»Das musst du Hannahs Eppendorfer Klientel erklären, die werden trotzdem Amok laufen.«

»Tja.« Gabriel machte absichtlich eine längere Pause, ehe er betont resigniert feststellte: »Dann wird's wohl nichts werden mit meiner Idee.«

»Ich verstehe nicht ganz, warum du nur schreiben kannst, wenn du den Hund los bist«, hakte Jonathan nach.

»Wie gesagt«, wiederholte Gabriel, »ich kann es dir jetzt noch nicht erklären, aber es muss eben sein.«

»Gibt es denn keine Hundepension oder so was?«

»Hundepension?« Er war entsetzt. »Du denkst, ich würde meinen Tavor bei irgendwelchen fremden Menschen in Verwahrung geben?«

»Nein, schon gut«, wehrte Jonathan ab. Dann holte er tief Luft und seufzte. »In Ordnung, bring mir den Hund vorbei.«

»Großartig!« Gabriel hatte zwar keine Ahnung, ob es wirklich eine *gute* Sache war, in die er sich da gerade hineinmanövrierte, aber es war immerhin eine Sache. Ein Abenteuer. Zwar eins mit ungewissem Ausgang, aber ein Abenteuer. Ein bisschen Leben nach Jahren der gefühlten Starre. »Ich bringe ihn Montagmorgen vorbei.«

»Alles klar. Dann bereite ich Hannah mal schonend darauf vor, dass wir demnächst einen haarigen Mitbewohner haben. Für wie lange eigentlich?«

»Keine Ahnung«, Gabriel überlegte. Wie lange würde er brauchen, um die Geschichte über Luzie und den roten Luftballon rund zu kriegen? Wie viel Input, wie viel Inspiration waren nötig? »Ein paar Wochen werden es schon werden«, sagte er schließlich.

»Ein paar *Wochen* gleich?«

»Vielleicht sogar zwei oder drei Monate.« Es begann, ihm Spaß zu machen. »Glaube ich aber nicht«, fügte er beruhigend hinzu, um ihn nicht über die Maßen zu schockieren. »Geh mal von vierzehn Tagen aus.«

»Gut«, Jonathan räusperte sich, »pack einfach alles ein, was wir für ihn brauchen.«

»Das mache ich. Also, bis Montag.« Gabriel wollte schon auflegen, als ihm noch etwas einfiel. »Ach, Jonathan!«

»Ja?«

»Eine Frage noch: Du hast doch bestimmt einen guten Steuerberater.«

»Natürlich. Warum?«

»Kann ich den mal anrufen? Geht nur um eine Kleinigkeit.«

»Bist du mit deinem nicht mehr zufrieden?«

»Doch, doch«, versicherte Gabriel eilig. »Nur ist meiner auf freie Künstler spezialisiert, und jetzt brauche ich einen, der sich mit Unternehmen auskennt. Genauer gesagt mit dem Thema Einzelhandel. Und der dabei absolut diskret ist.«

»Wieso das denn? So langsam machst du mich echt neugierig!«

»Das kannst du auch sein!« Er sah hinüber zur Krümelkiste. Gerade kam die Frau mit dem Kinderwagen durch die Tür, die ihr von Miriam Petersen aufgehalten wurde. Schnell duckte er sich hinter dem Verteilerkasten.

»Gabriel?«, meldete sein Verleger sich wieder zu Wort. »Bist du noch da?«

»Ja«, sagte er und lächelte.

»Ich schicke dir mal die Handynummer meines Steuerberaters per SMS. Der heißt Christian Burg. Aber wenn es nicht total dringend ist, ruf ihn lieber erst Montag an, auf Störungen am Wochenende reagiert er manchmal etwas unwirsch.«

»Kein Problem, Montag reicht völlig.«

Sie verabschiedeten sich und legten auf. Gabriel warf einen Blick auf seine Armbanduhr. Kurz vor vier. Armer Tavor. Er würde eine Woche lang *jeden Tag* zwei Tüten Schokodrops bekommen, beschloss er.

Samstag, 12. Oktober

Miriam

»Los, erzähl schon!« Ohne Umschweife kam Becka zur Sache, sobald sie und Miriam allein in ihrer großen Küche standen. Wie fast jeden Samstag verbrachten die Freundinnen den Abend zusammen mit Luzie, Alissa und Eric in Rebeccas Wohnung. Es hatte sich so eingebürgert, dass die Kinder miteinander spielen oder einen Film schauen konnten, während Miriam und Becka das Essen vorbereiteten und dabei ungestört miteinander quatschten. Im Gegensatz zu Miriam hatte Becka ihr Zuhause und das der Kinder nicht verlassen müssen. Tim hatte bei der Trennung von Anfang an klargestellt, dass er alles tun würde, damit Eric und Alissa in ihrer gewohnten Umgebung bleiben können. Und er hatte Wort gehalten.

»Was genau soll ich erzählen?«, fragte Miriam und inspizierte eine Kartoffel auf mögliche Augen oder Keimansätze.

Becka verdrehte gespielt genervt die Augen. »Na, wie ging es mit diesem Ben weiter? Ist er noch lange geblieben?«

»Nein«, antwortete sie. »Er ist kurz nach dir weg, er musste ja dringend ins Büro.«

»Verstehe.« Rebecca klang enttäuscht. »Also«, sagte sie dann und schnappte sich ebenfalls eine Kartoffel, »ich fand den Typen richtig gut.«

»Das war nicht zu übersehen«, entgegnete Miriam. »Um nicht zu sagen, dass es fast schon ein bisschen peinlich war, wie du ihn angebaggert hast.«

»Findest du?« Becka warf eine unsauber geschälte Kartoffel in den bereits mit Wasser gefüllten Topf.

»Ja«, bestätigte Miriam und fischte die Kartoffel wieder heraus, was Rebecca erneut mit verdrehten Augen quittierte. »Das finde ich.« Sie hoffte, dass ihre Freundin ihr diese Offenheit nicht übel nahm, aber immerhin hatte Becka von sich aus sofort mit dem Thema angefangen. »Was war denn da mit dir los?«, wollte Miriam wissen.

»Ach, genau genommen gar nichts.« Becka lachte auf, als wäre hier gerade irgendetwas wahnsinnig lustig. »Ich wollte nur was ausprobieren. Ein kleines Experiment, könnte man sagen.«

»Was denn für eins? Wie schnell du einen Kerl in die Flucht schlagen kannst, indem du ihn so offensiv anflirtest, dass man fast von Stalking reden könnte?«

»Nun übertreib mal nicht!«, kam es zurück. Die nächste mehr schlecht als recht geschälte Kartoffel flog in den Topf.

Dieses Mal holte Miriam sie nicht wieder raus, sondern lehnte sich rückwärts gegen die Arbeitsplatte, stützte sich mit beiden Händen ab und bedachte ihre Freundin mit einem ernsten Blick. »Na ja, Ben Sommer schien das schon unangenehm zu sein.«

»Ist mir auch aufgefallen«, erwiderte Becka lapidar und klang dabei überaus fröhlich. Miriams Bemerkung schien ihr nichts auszumachen. Bens deutliche Ablehnung ebenfalls nicht. So wenig wie die Kartoffeln, die sie nicht komplett von deren Schale befreit hatte. »Wie gesagt, ich wollte halt nur was ausprobieren.«

»Verrätst du mir dann endlich auch, was das war?«

»Klar.« Nun machte Rebecca sich daran, eine Möhre zu schälen. »Wir haben Neumond, falls du es noch nicht gemerkt hast«, erklärte sie und deutete mit dem Kinn in Richtung des Kalenders, der am Kühlschrank hing.

»Bisher nicht«, gab Miriam in leicht sarkastischem Tonfall zurück. Dieses Mal war es an ihr, die Augen zu verdrehen. Sie hoffte stark, dass jetzt nicht schon wieder ein Sonne-Mond-und-Sterne-Vortrag kam.

»Haben wir. Außerdem steht der Mond im Krebs, was für alle Themen rund ums Privatleben ideal ist«, fuhr ihre Freundin fort. Also doch Sonne-Mond-und-Sterne. Miriam schaltete innerlich auf Durchzug. Sie wusste, dass es jetzt gut und gern zwanzig Minuten dauern könnte, bis Rebecca ihr bis ins kleinste Detail erläutert hatte, wie genau die aktuelle kosmische Konstellation aussah und für welche Unterfangen sie besonders gut und nützlich war. »Jedenfalls«, kam sie nach einer Weile zum Ende und hatte in der Zwischenzeit ein Dutzend Möhren bearbeitet, »war der heutige Nachmittag perfekt für den Beginn einer neuen Liebe geeignet.«

»Ach was?«, gab Miriam zurück, streute etwas Salz in den Topf mit den Kartoffeln, stellte ihn auf den Herd und schaltete die Platte darunter an.

»Unbedingt!«, bestätigte Becka in ihrem typischen »Ich weiß, wovon ich rede«-Tonfall. Als würde sie ihre Behauptung damit untermauern wollen, begann sie, mit einem großen Messer und mit sehr energischem Hacken die Möhren in Scheiben zu zerlegen.

»Und du willst also eine neue Liebe beginnen, schließe ich daraus?«, hakte Miriam nach. »Mit Ben Sommer?«

Becka gab ein prustendes Gelächter von sich und pausierte das Zerhacken der Möhren. »Quatsch!«, rief sie aus. »Auf gar keinen Fall will ich das! Ich hab dir doch gesagt, dass ich über so was frühestens dann wieder nachdenke, wenn Alissa und Eric erwachsen sind.«

»Jetzt verstehe ich gar nichts mehr«, gab Miriam zu. »Warum hast du denn so getan, als hättest du dich schockverliebt?«

»Weil ich, wie gesagt, etwas ausprobieren wollte. Nämlich, wie Ben Sommer auf mich reagiert.«

»Etwas verschreckt, würde ich sagen.«

»Tja, das stimmt wohl. So wenig Interesse hat bisher selten

jemand gezeigt.« Sie machte eine kleine Pause und runzelte die Stirn. »Würde mich mal sehr interessieren, welches Sternzeichen er ist.« Sie holte einen kleineren Topf, füllte ihn mit Wasser, warf die Möhrenscheiben hinein und stellte ihn ebenfalls auf eine Herdplatte, die Miriam einschaltete. »Du hast nicht zufällig seine Telefonnummer und könntest ihn mal fragen?«, wollte sie wissen. »Am besten dann auch gleich nach seinem genauen Geburtsort und dem genauen Geburtszeitpunkt«, fügte sie hinzu, »das wäre enorm hilfreich.«

»Hilfreich für was?«, gab Miriam in einem derart patzigen Tonfall zurück, dass er sie fast selbst erschreckte. »Und nein, ich habe *keine* Telefonnummer von ihm. Selbst wenn, würde ich ihn allerdings bestimmt nicht anrufen und nach seinen Geburtsdaten fragen.«

»Schade«, entgegnete Becka, ihre Miene zeigte Bedauern. Dann hellte sie sich sofort wieder auf. »Aber sonst könnte ich das ja machen?«

»Könntest du«, bestätigte Miriam und gab sich Mühe, nicht mehr ganz so genervt und patzig zu klingen. »Aber ich habe ja, wie gesagt, keine Nummer von ihm.«

»Hm.« Mit nachdenklichem Blick entkorkte Rebecca die Flasche Rotwein, die auf dem Küchentisch stand. »Vielleicht können wir die ja herausfinden?«, schlug sie vor, während sie zwei Gläser aus dem Schrank nahm und sich und Miriam jeweils einen großen Schluck Wein einschenkte. »Einen Hamburger Buchhalter mit dem Namen Ben Sommer – das kann ja nicht so schwierig sein.«

»Becka?«

»Ja?«

»Ich sage das nur ungern, aber du kommst mir gerade ein kleines bisschen wahnsinnig vor.«

»Gerade erst?«, erwiderte die prompt und brach erneut in lautes Gelächter aus. Im Gegensatz zu ihrem affektierten Kichern vorhin in der Krümelkiste war es dieses Mal herzlich und ehrlich. So wie Miriam ihre beste Freundin kannte und nicht wie der verrückte Vamp, für den Ben Sommer sie halten musste.

»Da hast du recht«, meinte Miriam und lachte nun auch. »Ich halte dich nicht erst seit eben für wahnsinnig.«

»Also sind wir uns einig?«

»Absolut!« Sie stießen miteinander an, dann trank jede von ihnen einen Schluck. »Trotzdem verstehe ich immer noch nicht«, sagte Miriam und stellte ihr Weinglas neben sich auf der Arbeitsplatte ab, »was du mit deinem Auftritt bezwecken wolltest.«

»Vor ein paar Tagen hatte ich eine Idee«, sagte Rebecca, nahm einen weiteren Schluck und machte dabei ein konzentriertes Gesicht. Als würde sie noch einmal kurz über ihre Idee nachsinnen. »Für einen Podcast«, erklärte sie schließlich. »Oder für ein Buch.«

»Ein Podcast? Ein Buch?«

»Ja genau«, bekräftigte sie. »Es ist doch so: Heutzutage, da hat doch fast jeder einen Podcast. Oder schreibt über irgendwas. Und da habe ich mir überlegt, dass ich vielleicht was zum Thema ›Die Kraft des Mondes‹ oder so machen könnte.«

»Aha. Gibt's davon nicht schon jede Menge?«

»Ja, gibt es«, bestätigte sie. »Aber mir schwebt ein komplett neuer Ansatz vor. Ein persönlicher«, erläuterte sie und klang dabei sehr eifrig, so richtig Feuer und Flamme. »Indem ich in verschiedenen Alltagssituationen ganz praktisch ausprobiere, was passiert, wenn man sein Leben nach dem Mond ausrichtet. Eben nicht nur so in der Theorie, sondern in der Praxis. Tja«, sie schmunzelte, »und heute war die ideale Konstellation, um sich mal an das Thema Liebe heranzutasten.«

»Ist ja nicht ganz so gut gelaufen«, warf Miriam trocken ein.

Rebecca zuckte gelassen mit den Schultern. »Wie gesagt, das muss an Bens Sternzeichen liegen. Vermutlich ein Skorpion.«

»Klar, sicher. Skorpion mal wieder.«

»Ich weiß ja, dass du nicht daran glaubst«, sagte Becka. »Deshalb wärst du für mich die ideale Zielgruppe.«

»Wie das?«

»Weil ich das ja gerade für die Leute machen möchte, die von der Kraft der Sterne nicht überzeugt sind. Genau für die werde ich meine Erfahrungen zusammentragen und darüber entweder in einem Podcast sprechen oder ein Buch darüber schreiben.«

»Wie gesagt, Becka«, Miriam seufzte und stellte die Herdplatte runter, weil das Wasser im Kartoffeltopf gerade anfing überzukochen, »mit einem Bericht über deine heutige Erfahrung dürfte es dir eher gelingen, die Leute davon zu überzeugen, dass der gesamte Astrologiekram totaler Murks ist.«

»Ich bin ja noch am Anfang«, gab Becka etwas maulig zurück. »Da muss ich mich erst einmal ein bisschen in die ganze Sache reinfinden.«

»Um Himmels willen!«, rief Miriam halb im Spaß aus. »Du planst doch hoffentlich nicht noch weitere solche Experimente! Dann aber bitte nicht in der Krümelkiste!«

»Ha, ha, sehr witzig!« Becka zog einen übertriebenen Schmollmund. »Trotzdem würde mich interessieren, wie du diesen Ben so gefunden hast? Ich glaube nämlich, dass er von dir recht angetan war.«

»Den Glauben teile ich nicht«, entgegnete Miriam, spürte aber trotzdem, wie ihr mit einem Mal ganz warm im Bauch wurde. Das würde sie Becka allerdings nicht auf die Nase binden. »Ich habe den Mann in einem Spielzeugladen kennengelernt, also ist mit großer Wahrscheinlichkeit davon auszugehen, dass er zu Hause Frau und Kinder hat.«

»Könnte aber auch nur ein Onkel sein oder ein Freund der Familie oder ein Taufpate oder ein …«

»Becka!«, unterbrach sie ihre Freundin sehr bestimmt, nahm noch mal ihr Glas zur Hand und trank dieses Mal einen so großen

Schluck, dass sie kurz husten musste. »Es ist vollkommen gleichgültig«, brachte sie krächzend hervor, »ob Ben Sommer Skorpion oder Fisch oder Widder ist und ob er diverse Kinder und Frauen hat oder nichts davon – er hat lediglich Luzie aus einer unangenehmen Situation befreit, und dafür bin ich ihm dankbar.« Sie knallte das Glas zurück auf die Arbeitsplatte.

»Deshalb ist er in der Krümelkiste aufgetaucht?«

»Wie meinst du das?«

»Na ja, er hat sich doch wohl kaum die Mühe gemacht herauszufinden, wer und wo du bist, nur weil er Luzie geholfen hat!«

»Jetzt kann ich dir nicht mehr folgen.«

»Warum hätte er das tun sollen? Du hast es ja schon selbst gesagt: Du schuldest ihm Dank, nicht umgekehrt.«

»Tja …« Einen Moment lang fiel Miriam dazu nichts ein, denn: Es stimmte, Ben Sommer hatte nicht den geringsten Grund gehabt, sie im Laden aufzusuchen. »Ich weiß auch nicht«, gab sie zu. »Aber er hat ja gesagt, dass er nicht einfach so hatte verschwinden wollen.«

»Eine sehr dünne Erklärung.«

»Trotzdem eine Erklärung.«

»Egal«, meinte Rebecca. »Jedenfalls glaube ich, dass du ihm gut gefallen hast. Und«, sie machte eine kurze Pause, »er dir wohl auch.«

»Das halte ich für eine steile These.«

»Das kannst du halten, wie du willst. Ich kenne dich.«

»So?«, erwiderte Miriam provozierend.

»Ja, das tue ich.«

»Dann hast du ja sicher auch bemerkt, dass die Zeit um Luzies Geburtstag herum für mich immer echt schwierig ist, weil ich da besonders viel an Patrick denken muss? Und das vollkommen unabhängig davon, in welcher Phase der Mond gerade ist?«

Einen kurzen Moment lang schwieg Rebecca. Dann legte sie

ihrer Freundin eine Hand auf den Arm und entgegnete leise und sichtlich zerknirscht: »Natürlich weiß ich das.«

»Können wir dann bitte das Thema wechseln?«

»Klar, sicher«, antwortete Becka eilig. »Ich wollte dich nicht nerven.«

Eine Weile sagte keine von ihnen etwas. Rebecca goss die Kartoffeln und die Möhren ab, Miriam nahm das Blech mit Brokkoli und Hühnchen aus dem Ofen und probierte, ob beides schon gar war. Schweigend deckten sie den Tisch.

Schließlich war es Becka, die wieder sprach. »Weißt du wirklich nicht, was Luzie auf ihre Postkarte geschrieben hat?«

»Leider gerade auch kein gutes Thema«, gab Miriam zurück.

»Du weißt es also?«

»Kein gutes Thema«, wiederholte sie, füllte den dampfenden Brokkoli mit dem Hühnchen auf eine Servierplatte und stellte sie in die Mitte des Tischs. »Jedenfalls nicht für jetzt.«

»Komm schon«, quengelte Becka. »Tut mir ja leid, dass ich dir offenbar auf den Geist gegangen bin. Aber vorhin in der Krümelkiste, da wolltest du mir noch was erzählen, bevor dieser Ben aufgetaucht ist.«

Miriam schloss die Augen und seufzte noch einmal innerlich.

»Du musst mir aber …«, sie überlegte einen Moment lang, »beim Leben von Eric und Alissa schwören, dass du das nie, nie, NIE irgendwem erzählen wirst.«

»Huch! Ist es so ernst?«

»Ja, ist es.«

»Gut, dann schwöre ich.«

Beinahe musste Miriam wieder lachen, denn wenn es neben Rebeccas Vorliebe für kosmische Kräfte noch eine Sache gab, die sie absolut auszeichnete – dann war es ihre unbändige Neugierde.

»Am besten zeige ich es dir«, sagte Miriam.

»Was zeigst du mir?«

»Herrje, jetzt warte doch mal eine Sekunde!« Sie schnappte sich ihren Rucksack, der an einem der Küchenstühle baumelte, holte ihr Handy heraus, klickte auf »Fotos« und hielt Becka das Bild von Luzies Postkarte unter die Nase.

»Uff«, kommentierte ihre Freundin. »Das ist … das ist … Mir fehlen die Worte.«

»Ging mir heute Mittag genauso.«

»Ist wirklich ein sehr rührender Wunsch«, meinte Becka. »Und das, was der Finder noch dazugeschrieben hat, auch.«

»Aber jetzt weiß ich nicht, was ich machen soll«, sagte Miriam. »Spreche ich Luzie darauf an oder nicht?«

»Auf gar keinen Fall!« Rebeccas Antwort kam ohne jedes Zögern. »Das wäre ein riesiger Vertrauensbruch, Luzie wollte ja selbst *dir* die Karte nicht zeigen.«

»Damit würde ich aber doch nicht ihr Vertrauen brechen«, widersprach Miriam. »Ich habe ja nichts Schlimmes getan. Und wenn ich Luzie erkläre, dass ich es nur deshalb weiß, weil Heidi Schrader …«

»Vollkommen egal!«, wurde sie von Becka unterbrochen. »Für Luzie ist es ein geheimer Wunsch, der nur dann in Erfüllung geht, wenn niemand etwas davon weiß.«

»Tja«, meinte Miriam und spürte, wie ihr die Tränen in die Augen schossen. »Auch dann wird er nicht in Erfüllung gehen, fürchte ich.«

»Das kann man nie wissen.«

»Doch«, sagte Miriam und wischte sich über die Augen. »Ich weiß das.«

»Dann bist du jetzt die Hellseherin von uns beiden?«

»Nein«, antwortete sie. »Aber wir waren uns ja immer einig, dass vorerst keine von uns einen neuen Mann in ihrem Leben haben will.«

»Stimmt«, pflichtete Becka ihr bei. »Der Haken ist nur der: Luzie wünscht sich einen.«

»Sie hat ja Ken.«

»Wie bitte?«

»Vergiss es, war nur ein blöder Witz.« Sie holte tief Luft. »Sosehr Luzie sich das auch wünscht, den kann ich ihr nicht herbeizaubern. Alissa und Eric müssen ja auch ohne einen Papa leben.«

»Nein«, meinte Becka, »müssen sie nicht. Tim ist nicht tot, er ist immer noch da. Nur Luzie hat niemanden.«

Für einen kurzen Moment blieb Miriam die Luft weg. »Das hast du gerade nicht gesagt, oder? Luzie hat mich!«

»Nein, nein, natürlich nicht, tut mir leid«, entschuldigte Rebecca sich sofort wieder kleinlaut. »So habe ich das nicht gemeint. Es ist nur …« Sie geriet ins Stottern. »Denk doch zum Beispiel an die Familienpappe, die sie basteln musste und die sie so aus der Fassung gebracht hat. Dazu noch heute die Postkarte – findest du nicht, es wäre an der Zeit, dem Schicksal eine klitzekleine Chance zu geben?«

»Du denkst dabei nicht zufällig an Ben Sommer, oder?«, hakte Miriam misstrauisch nach.

»Natürlich nicht!«, rief Becka im Brustton der Überzeugung aus und erhob beide Hände zu einer abwehrenden Geste. »Da wirst du schon recht haben, der hat zu Hause vermutlich drei Ehefrauen und zehn Kinder.«

»Ha, ha«, kommentierte Miriam spöttisch. »Außerdem ist er garantiert Skorpion«, fügte sie noch ironisch hinzu.

»Auch wieder wahr«, sagte Becka. »Den Typen solltest du also am besten vergessen.«

»Hab ich schon«, antwortete sie.

Montag, 14. Oktober

Gabriel

Es wurde ernst für Ben Sommer.

Nachdem Gabriel um kurz vor neun Uhr morgens Tavor bei Jonathan und Hannah abgeliefert hatte – entgegen Jonathans Behauptung wollte Hannah den Hund sehr gern mit in die Rasselbande nehmen –, blickte er nun erneut auf die Krümelkiste. Vor wenigen Minuten hatte er beobachtet, wie Miriam Petersen angekommen war. Sie hatte eine Art Aufsteller mit sich herumgeschleppt, diesen kurz abgeladen, das Geschäft aufgeschlossen und war dann mitsamt ihrem schweren Gepäck hinter der Glastür verschwunden.

Jetzt saß er hier, auf »seiner« Bank an der Bushaltestelle und zermarterte sich den Kopf darüber, ob sein Vorhaben richtig war. Sinnvoll. Zielführend. Und nicht vielleicht ein ganz klitzekleines bisschen gemein oder gar hinterhältig.

Er würde also ihre Buchhaltung erledigen. Jonathans Steuerberater Christian Burg hatte sich heute früh sofort dazu bereit erklärt, sich – selbstverständlich unter strengster Geheimhaltung! – der Belange der Krümelkiste anzunehmen, allerdings erst in der nächsten Woche, bis dahin sei er »dicht«. Und natürlich würde er auch nicht pro bono arbeiten, so ein großer Menschenfreund war er nun auch nicht, der Herr Burg.

Wenn man es ganz genau nahm, half Gabriel Miriam Petersen also damit. Und im Gegenzug halfen sie und ihre Tochter ihm dabei, sein Wissen um Kinder und Familie zu erweitern, ihm ein paar weitere Denkanstöße zu liefern – auch wenn sie es nie erfahren würden.

Eine oder zwei Wochen wollte Gabriel in der Krümelkiste bleiben, danach würde er verschwinden, ohne Schaden angerichtet zu haben. Luzies Namen würde er im Manuskript noch ändern, ihren Text auf der Postkarte sowieso, den Ort der Preisverleihung würde er woandershin verlegen – sprich, am Ende würde kein Mensch auch nur ahnen, dass Teile des nächsten Henri-Fjord-Romans auf einer wahren Begebenheit beruhten. Er würde einfach nur darauf achten müssen, dass weder Miriam Petersen noch deren Freundin Rebecca Neubert oder sonst wer herausfanden, was es mit Ben Sommer auf sich hatte.

Doch obwohl er sich an der Bushaltestelle sitzend wieder und wieder selbst gesagt hatte, dass das so schon in Ordnung wäre – so ganz glaubte er sich nicht.

Dann endlich schaffte Gabriel es aufzustehen, um den geordneten Rückzug anzutreten. Je länger er darüber nachgedacht hatte, desto mehr war ihm klar geworden, dass das, was er sich in seinem verquasten Kopf überlegt hatte, absolut und ohne jede weitere Diskussion überhaupt gar nicht ging. Was war da nur in ihn gefahren? Er schämte sich vor sich selbst, dass er den gesamten gestrigen Tag damit verbracht hatte, sich einen Plan zurechtzulegen. Wie er noch einmal zur Krümelkiste gehen und um den Büroraum bitten würde, wie er eine oder zwei Wochen dort bleiben und dann wieder verschwinden würde.

Unsinn, totaler Unsinn! Das nächste Mal, dass er jemanden enttäuschen würde, indem er etwas Unentschuldbares tat. Wie gut, dass er im letzten Moment wieder zu Verstand gekommen war! Er würde also nun zu seinem Auto gehen, Tavor einsammeln, nach Hause fahren und dort die Geschichte eines kleinen Jungen aufschreiben, der einen gelben Luftballon auf die Reise geschickt hatte, um seinen Vater zu finden.

Nein, Quatsch, um einen *neuen* Papa zu finden. *Lukas in den Wolken.* Er dachte an das Foto in seiner Brieftasche, dachte an das lachende Kindergesicht, das es zeigte. Ruben. Ruben in den Wolken. Himmel, ihm war nicht mehr zu helfen! Wirklich höchste Zeit, sich auf den Heimweg zu machen.

»Ben?«

Montag, 14. Oktober

Miriam

Gerade hatte Miriam draußen die Kreidetafel, die sie gestern noch günstig über ein Kleinanzeigenportal erworben hatte, aufgestellt, da entdeckte sie ihn auf der anderen Straßenseite, nur wenige Meter von der Bushaltestelle entfernt. Zuerst reagierte er nicht auf ihr »Ben?«, also rief sie seinen Namen noch einmal etwas lauter. Daraufhin drehte er sich zu ihr um, winkte ihr zu, blickte nach links und rechts und überquerte dann die Straße.

»Guten Morgen!«, begrüßte er sie lächelnd, sobald er vor ihr stand.

»Guten Morgen! Hast du am Samstag was vergessen?«

»Nicht ganz. Ich hatte nur Lust auf einen sehr guten Kaffee.«

»Aha. Komm gern rein«, sagte sie, obwohl sie leicht irritiert war.

Bens Blick fiel auf die Kreidetafel, die nun direkt vorm Schaufenster stand und auf die Miriam wenige Minuten zuvor etwas geschrieben hatte.

Manchmal ist es die zweite Wahl, die erstklassig ist.

»Schöner Spruch«, kommentierte er. »Könnte von mir sein.«

Sie lachte auf. »Du bist also nicht nur Buchhalter, sondern auch Dichter?«

»So in der Art«, antwortete er. Sie bemerkte ein kurzes Zucken seiner Augenlider, dann breitete sich wieder das jungenhafte und schelmische Grinsen auf seinem Gesicht aus, das ihr schon am Samstag aufgefallen war. »Wenn ich einen leckeren Kaffee bekomme, trage ich dir gern ein paar meiner Balladen vor.«

Montag, 14. Oktober

Gabriel

Er war wirklich ein Idiot! Ein selbstverliebter, eitler und strunzdummer Idiot! *Könnte von mir sein.*

Was hatte er sich dabei nur gedacht? Vermutlich wie so oft gar nichts, der Satz hatte seinen Mund verlassen, ehe sein Gehirn einschreiten konnte.

Aber sie hatte gelacht. Auch über die Balladen. Nun standen sie wie vorgestern vor der kleinen Küchenzeile in der Krümelkiste, und Miriam war dabei, für ihn einen Americano und für sich selbst einen Latte macchiato zuzubereiten.

»Die Tafel draußen – hast du die Idee vom Mikado übernommen?«, fragte er.

»Ja«, bestätigte sie und stellte ihm seine Tasse hin »Besser gut geklaut als schlecht selbst ausgedacht, oder?« Die Art, wie sie ihren Kopf schräg legte; wie es in ihren bernsteinfarbenen Augen blitzte!

»Na ja, ›geklaut‹ finde ich etwas übertrieben«, widersprach er. »Solche Tafeln gibt's vor vielen Geschäften.«

»Stimmt.« Sie grinste ihn fröhlich an. »Auf den meisten steht allerdings so was wie ›Dönerteller mit Pommes 9,90 Euro‹.«

»Finde ich sehr lyrisch.«

Sie lachte offen und befreit, so entwaffnend – Gabriel hätte ihr stundenlang dabei zuhören können.

»Also«, sagte sie »du bist aber nicht ernsthaft hier vorbeigekommen, weil du einen Kaffee wolltest?«

»Nein.« Er nahm einen Schluck von seinem Americano. Prompt verbrannte er sich dabei Zunge und Gaumen und schaffte es nur mit äußerster Anstrengung, sich davon nichts anmerken zu lassen und zu verhindern, den Kaffee in hohem Bogen in die Spüle zu spucken.

Dass sie ihn aber auch genau in dem Moment erblickt hatte, in dem er beschlossen hatte, sein bescheuertes Unterfangen abzublasen und nach Hause zu fahren. Nur eine halbe Minute später hätte sie aus ihrem Laden kommen müssen, vielleicht sogar nur zehn Sekunden, dann wäre er zu weit entfernt gewesen, um von ihr noch entdeckt zu werden.

Life imitates art.

Gabriel würgte den heißen Kaffee herunter. Und fügte sich in sein Schicksal. Vermutlich würde er dafür eines Tages in der Hölle schmoren. Nein, nicht vermutlich, ohne jeden Zweifel würde es so kommen. Aber andererseits hatte er schon so viel auf dem Kerbholz, da spielte das hier nun auch keine Rolle mehr. Ein Platz in Satans Reich war ihm ohnehin seit vielen Jahren sicher.

»Die Hölle, das sind die anderen.« Jean-Paul Sartre. Erneut ein toter Schriftsteller, der ihm durch den Kopf geisterte. Immerhin: Sartre hatte sich nicht selbst das Leben genommen. Gut, dafür gestorben an Leberzirrhose, Lungenödem und Durchblutungsstörungen des Gehirns, auch nicht so schön. Allerdings erst im

Alter von vierundsiebzig Jahren, Gabriels Denken ging doch durchaus in eine positivere Richtung.

»Ich habe noch einmal über dein Angebot nachgedacht«, begann er, den Weg des Unausweichlichen zu beschreiten. »Wenn du dir das wirklich vorstellen kannst, würde ich den freien Raum gern mieten.«

Miriam warf ihm einen erstaunten Blick zu. »Aber ich dachte, du hast schon ein Büro?«

»Hab ich auch. Es ist nur so …« Er wusste nicht, ob sie ihm die Räuberpistole abkaufen würde, die er sich seit vorgestern zurechtgelegt hatte. »Es ist nur so«, wiederholte er und räusperte sich. »Also, ich scheine mit meiner Behauptung am Samstag, dass bei mir im Büro die Luft brennt, irgendwas herbeigeredet zu haben. Seit gestern kann man diese Aussage leider wörtlich nehmen.«

»Wörtlich?« Miriams Mund stand leicht offen, sie musterte ihn aus kreisrunden Augen.

»Ja, leider«, er lachte nervös auf, »es hat da einen Schwelbrand gegeben, irgendein Defekt in den elektrischen Leitungen, dabei sind ein paar Kabel angekokelt. Jedenfalls kann ich da vorerst nicht arbeiten …«

»Ein Schwelbrand?«, unterbrach sie ihn. »Kann das nicht total gefährlich werden?«

»Schon, ja.« Er hatte nicht die geringste Ahnung, wie genau ein Schwelbrand aussah und was er anrichtete. Er hatte gestern nur flüchtig im Netz darüber gelesen und in Erfahrung gebracht, dass dabei keine hohen Flammen schlugen und so ein Brand oft unbemerkt vor sich hin schmorte. »Aber er ist zum Glück rechtzeitig vom Hausmeister entdeckt worden, sodass nichts Schlimmes passiert ist.« Etwas unbeholfen zuckte er mit den Schultern. »Ist also alles gut. Außer dass ich eben eine Weile nicht in mein Büro kann. Das muss erst alles gründlich überprüft und die Schäden beseitigt werden.«

»Klar, verstehe ich.« Ihr Blick war mitfühlend. »Nur gut, dass niemand verletzt worden ist. Und natürlich kannst du den Raum haben! Allerdings hast du ihn ja noch gar nicht gesehen.«

»Der wird schon passen.«

»Ich zeig ihn dir kurz.«

Sie führte ihn zu einer Tür neben dem Zimmer, in dem Luzie am Samstag verschwunden war. Auf Augenhöhe befand sich darin ein Fenster, das eher eine Art Guckloch war, durch das man in den dahinter liegenden Raum sehen konnte. Ein Bürostuhl und ein Tisch standen dort, an der Wand darüber hing ein Regal, das bis auf zwei oder drei Klamottenhaufen leer war.

»Tadaa!«, verkündete Miriam und breitete beide Arme aus, nachdem sie den Raum, der mit einer Fläche von höchstens zwei mal zwei Metern mehr die Bezeichnung »Kammer« verdiente, betreten hatten. »Das könnte dein Übergangsreich werden.«

»Hm.« Gabriel sah sich prüfend um.

»Nicht gerade riesig, aber Platz genug für eine Person. Die Klamotten im Regal räume ich noch weg, das kannst du gern benutzen. Und hier«, sie ging zu einer zweiten Tür auf der anderen Seite des Raums und öffnete sie, »kannst du sogar nach draußen gehen.«

Gabriel lugte in den Innenhof, in dem ein in die Jahre gekommener Gartentisch und vier klapprige Stühle standen. Ein paar Blumenkübel mit farbenfrohen Pflanzen, ein hoher Strauch, den er als Bambus identifizierte, sowie der Efeu am Mauerwerk verliehen dem Hof etwas Verwunschenes.

»Gefällt mir«, erklärte er. »Das ist perfekt für mich.« Bis auf das Fenster in der Tür, aber das könnte er einfach abkleben.

»Wirklich?« Miriam strahlte von einem Ohr zum anderen.

»Absolut!«, bestätigte er.

»Oh, ich hab noch was vergessen!« Ihr Tonfall veränderte sich. Ihre Stimme wurde leiser und fast ein bisschen zittrig.

»Ja?«

»Luzie ist ab nachmittags meistens im Zimmer direkt nebenan und ist nicht immer ganz leise, du wirst sie bestimmt ab und zu hören.«

»Stört mich überhaupt nicht«, behauptete er.

In Wahrheit reichte schon das Geräusch einer gefallenen Stecknadel aus, um ihn beim Schreiben aus der Konzentration zu reißen.

»Für den Fall der Fälle habe ich schalldichte Kopfhörer«, fügte er hinzu, um Miriams Bedenken zu verscheuchen. »Mit den Dingern sehe ich zwar aus, als würde ich auf einer Baustelle den Presslufthammer schwingen, aber dafür sorgen sie für eine herrliche Ruhe.«

Miriam musste kichern und konnte sich eine Frage offenbar nicht verkneifen: »Hast du eigentlich auch Kinder?«

»Nein.«

»Ah, okay.« Sie zögerte. Es war ihr an der Nasenspitze anzusehen, dass sie noch etwas wissen wollte, sich aber nicht traute, es zu sagen.

»Ist das ein Problem für dich?«, hakte er vorsichtig nach.

»Nein, gar nicht!«, versicherte sie schnell. »Ich habe mich nur gefragt, weshalb du auf dem Fest im Mikado warst.«

Auf diese Frage hatte er sich gut vorbereitet. »Der Sohn meines besten Freundes, Jonathan, hatte gestern Geburtstag, ich wollte da ein Geschenk für ihn kaufen.«

»Jonathan ist ein sehr schöner Name«, kommentierte Miriam, »wie alt ist er denn?«

»Gerade hat er seinen Fünfzigsten gefeiert«, antwortete Gabriel ehrlich.

Miriam sah ihn perplex an. »Fünfzig?«

»Fünfzig«, bestätigte er.

»Und das ist der Sohn deines besten Freundes? Für den hast du bei Mikado ein Geschenk gekauft?«

»Nein, ach so!«, rief er aus und schlug sich vor die Stirn. »Jonathan ist der Name meines Freundes. Sein Sohn heißt Leo, ist drei Jahre alt und außerdem mein Patenkind.«

Noch mehr unnötige Details, die ihm gefährlich werden könnten. Leo hieß in Wahrheit Leopold und war bei Griefson & Books der zweite Steuermann. Gabriel wusste nicht, wie alt er war, rein optisch konnte er genauso gut Ende vierzig oder Mitte sechzig sein. Bevor Jonathan ihn in den Verlag geholt hatte, hatte Leopold bereits mehrere bewegte Leben hinter sich gebracht. Als Koch, Führungskraft in der Gastronomie, Konzernmanager, Alkoholiker und schließlich Obdachloser. So etwas zeichnete ein Gesicht. Eine Seele zeichnete es allerdings auch, selten hatte Gabriel einen so feinsinnigen und liebenswürdigen Menschen kennengelernt, wie Leopold es war. In nächster Zeit würde er nun eben Leo heißen und drei Jahre alt sein.

Miriam schmunzelte. »Okay, so ergibt das schon mehr Sinn. Dann sind wir uns einig?«

»Sind wir«, bestätigte er. »Ich möchte den Raum gern mieten.«

»Das ist großartig!«, rief Miriam aus. »Vor allem, wenn wir auch über die Sache mit meiner Buchhaltung reden können. Falls du Zeit und Lust hast, dich darum zu kümmern, brauchst du keine Miete zu zahlen.«

»Kommt überhaupt nicht infrage!«

Schlagartig erstarb ihr Lächeln.

»Ich meine das mit der Miete«, erklärte er eilig. »Deine Buchhaltung übernehme ich trotzdem gern, die mache ich umsonst.«

»Nein«, wehrte sie verlegen ab, »das kann ich nicht annehmen!«

»Doch, kannst du«, widersprach er ihr.

»Aber …«

»Du hilfst mir aus einer totalen Notfallsituation heraus«, unterbrach er sie und versuchte, sie möglichst dankbar anzusehen.

»Gut«, sagte sie, »dann bist du ab sofort mein neuer Untermieter.«

»Wann kann ich das Büro beziehen?«

»Sagte ich gerade: sofort! Ich geb dir jetzt einen zweiten Schlüssel, dann kannst du kommen und gehen, wann du willst.«

»Super«, sagte er. »Dann hole ich gleich meine Sachen und richte mich ein.«

Gemeinsam verließen sie das Büro. Während Miriam die Kassenschublade öffnete und aus einem der Fächer einen Schlüssel herausholte, zog Gabriel zweihundertfünfzig Euro aus seinem Portemonnaie, die er ihr unter die Nase hielt.

Sie zögerte. »Das ist aber zu viel!«

»Nein«, widersprach er. »Eher zu wenig, ich kenne die Hamburger Mietpreise.«

»Okay«, kam es lang gezogen zurück. »Und du bist sicher, dass das für dich in Ordnung ist?«

»Ja, bin ich.« Er wedelte auffordernd mit den Scheinen, bis Miriam sie schließlich annahm und in die Kasse legte. Im Gegenzug überreichte sie ihm den Schlüssel.

»Und die Buchhaltung?«

»Damit kann ich sofort anfangen«, erwiderte er. »Die paar Zettel sind für mich ja nun wirklich keine Arbeit.«

»Toll, das würde mir *so sehr* helfen!« Miriams Strahlen war zurückgekehrt, und er freute sich aufrichtig, sie so glücklich zu sehen. »Hier«, sagte sie bückte sich unter den Ladentisch und holte einen Karton hervor, der randvoll mit Papier war. »Und hier.« Es folgten ein zweiter, dritter, ein vierter, ein fünfter und ein sechster Karton, alle bis oben hin mit Zetteln vollgestopft. »Das war der Letzte«, sagte Miriam nach Nummer sechs und sah Gabriel ziemlich zerknirscht an. »Ist chaotisch, ich weiß. Ich steig da einfach nicht mehr durch, es wächst mir alles über den Kopf.«

Er ließ seinen Blick über die Berge aus zerknittertem Papier wandern. Okay, das waren nicht nur »ein paar Zettel«, das war eine Menge. Und, ja, chaotisch war es auch. Trotzdem, für einen Profi wie Ben Sommer müsste es ein Klacks sein, Ordnung in dieses Sammelsurium zu bringen. Also setzte er eine überaus optimistische und selbstsichere Miene auf und erklärte: »Keine Sorge, das ist für mich ein Kinderspiel!«

Miriam Petersen atmete hörbar auf. »Da fällt mir echt ein Stein vom Herzen.« Sie zuckte mit den Schultern. »Ich war, ehrlich gesagt, schon ziemlich verzweifelt.«

»Kriegen wir alles hin«, versicherte er ihr noch einmal. Jedenfalls hoffte er, dass Christian Burg es hinkriegen würde. Das hier sah nach dringendem Handlungsbedarf aus. »Dann düse ich mal los und hole meine wichtigsten Unterlagen. Schätze, ich bin in zwei oder drei Stunden wieder da.«

Eine halbe Stunde später stürmte Gabriel durch seine Villa in Blankenese und sammelte alles ein, was aus seiner Sicht nach »Buchhalter« aussah. Mehrere vollgestopfte Aktenordner mit seinen eigenen Steuerunterlagen, ein paar leere Ordner, Locher, Tacker, Stifte, Textmarker, Tesafilm, Klebestift, Kopierpapier, Trennblätter, Taschenrechner und, und, und.

Nun gab es kein Zurück mehr. Er würde sein Versprechen halten und Miriam helfen. Und dann so geräuschlos wie möglich wieder aus ihrem Leben verschwinden.

Neben den Unterlagen und seinem Notebook stellte Gabriel zwanzig Minuten später noch seinen Drucker in den Kofferraum seines Audi. Er wollte schon losfahren, als er noch einmal innehielt. Ein Buchhalter – und ein Wagen, der bereits in der Grundausstattung an die 200 000 Euro kostete? War das glaubhaft?

Leise fluchend stieg er wieder aus und rief sich ein Taxi.

Montag, 14. Oktober

Miriam

»Du kannst dir nicht vorstellen, wer eben in der Krümelkiste war!«, rief Miriam in ihr Handy.

»Ben Sommer.« Becka musste nicht fragen. »Ich wusste, dass er noch einmal auftauchen würde«, schob sie nicht ohne selbstgerechten Unterton hinterher.

»Ja, klar wusstest du das.« Miriam gluckste fröhlich. »Das hat dir der Mond verraten. Aber weißt du auch, was er hier wollte?«

»Dich heiraten?«

»Fast.«

»Jetzt sag es halt!«

»Er hat den kleinen Raum angemietet!«, posaunte sie hinaus. »Und er zahlt mir dafür 250 Euro!«

»Ich denke, er hat ein Büro?«

»Das ist abgebrannt.«

»Wie bitte?«

Kurz berichtete sie ihrer Freundin die Sache mit dem Schwelbrand und natürlich auch, dass er nicht nur Miete zahlen, sondern sogar ohne Honorar ihren Papierkram erledigen würde.

»Hm.«

»Das ist ja ein sehr ausführlicher Kommentar.«

»Ich weiß nicht«, kam es gedehnt zurück. »Findest du das nicht eigenartig?«

»Was genau soll ich eigenartig finden?«

»Mal ehrlich«, setzte Becka an, und Miriam wusste, dass nun all die Bedenken kamen, die sie selbst sich bisher verboten hatte. »Ben taucht bei Mikado auf und rettet Luzie – gekauft. Er erkundigt sich, wo er dich finden kann, weil er nicht einfach so verschwinden will. Oder weil er, was ich viel eher glaube, dich toll findet und mehr über dich wissen möchte. Auch gekauft. Er ist Buchhalter und kann damit genau das, was du gerade brauchst. Kaufe ich auch noch. Aber *jetzt* ist auch noch sein Büro abgebrannt, und er mietet sich bei dir ein? Also …«

»Becka«, unterbrach sie ihre Freundin harsch. »Tut mir leid, aber von deinen Stimmungsschwankungen werde ich fast seekrank. *Du* warst es doch, die gesagt hat, ich solle dem Schicksal eine Chance geben.«

»Das war, *bevor* Ben Sommer heute Morgen bei dir aufgetaucht ist und jetzt auch noch behauptet, sein Büro wäre abgebrannt«, schnaufte sie. »Da stimmt was nicht, an so viel Zufall oder kosmische Kräfte glaube ja nicht mal ICH!«

»Dann lass es halt!«, pampte sie ihre Freundin an. »Ich kann das Geld gut gebrauchen, und in Sachen Steuern hilft er mir auch.«

»Eben. Er zahlt Miete *und* arbeitet für dich umsonst? Ist er der barmherzige Samariter?«

»So was soll es tatsächlich noch geben, du bist einfach nur paranoid!« Vor wenigen Augenblicken hatte alles so gut ausgesehen. Sie hatte Hoffnung habt, das erste Mal nach so langer Zeit *Hoffnung*, dass es in ihrem und Luzies Leben aufwärtsgehen könnte. Hätte sie doch nur nicht bei Becka angerufen! Gegen ihren Willen entfuhr ihr ein Schluchzen.

»Süße!« Rebecca klang regelrecht erschrocken. »Das wollte ich nicht, es tut mir leid! Ich mache mir nur Sorgen um dich und Luzie.«

»Warum denn?«, fragte sie mit weinerlicher Stimme.

»Weil ich … weil ich nicht möchte, dass euch jemand wehtut. Ihr habt schon so viel …« Sie unterbrach sich.

»Ich vertraue ihm«, erklärte Miriam und schnäuzte geräuschvoll in ein Taschentuch. »Er macht einen durch und durch anständigen Eindruck. Außerdem hat Ben sich bei Mikado ohne jede Not für Luzie eingesetzt. Warum hätte er das tun sollen, wenn er ein schlechter Mensch wäre?«

»Okay, okay«, lenkte Becka ein. »Dann gebe ich ihm ebenfalls einen Vertrauensvorschuss. Aber wenn er ein Schuft ist, knöpfe ich ihn mir vor!«

»Danke.« Sie schnäuzte sich erneut.

»Hast du ihn denn vorhin nach seinem Sternzeichen gefragt?«

»RE-BEC-CA!«

»Ja, sorry, ich mein ja nur!«

Miriam seufzte laut ins Telefon. »Manchmal gehst du mir ECHT auf den Geist!«

»Ich weiß.«

»Wenigstens das.« Ein letztes Mal trötete sie, wenn auch leiser, in ihr Taschentuch. »Aber immerhin hab ich ihn gefragt, ob er Kinder hat.«

»Und?«

»Hat er nicht. Er hat bei Mikado nur was für sein Patenkind gekauft.«

»Ha!«, rief Becka aus. »Hab ich dir doch gesagt!«

»Ja, ja.«

»Trägt er einen Ehering?«

»Darauf habe ich nicht geachtet.«

»Ist klar.«

»Ja, ist es! Und falls du in diese Richtung auch nur denken solltest: Garantiert und unter keinen Umständen sehe ich in ihm einen möglichen neuen Papa für Luzie. Sie hat einen Papa, der heißt Patrick und ist leider tot. Mehr Papas wird's für sie nicht geben.«

»Nein, natürlich nicht! Wäre ja auch wirklich kompletter Unsinn!«

»Dann sind wir uns ja einig«, stellte Miriam trotzig fest. Sie atmete schwer, dieses Telefonat verlangte ihr einiges ab.

»Total«, versicherte ihre Freundin noch einmal. »Allerdings –«, sie unterbrach sich. »Nein, vergiss es!«

»Was allerdings?«

»Ist egal.«

»Raus mit der Sprache, du Nuss!«

»Na ja«, begann Becka zögerlich, »also, ich meine … Trotzdem ist natürlich auch die Frage, was Luzie glaubt. Ich meine, ihre Postkarte … und so.«

»Ich werde ihr die Sache erklären«, entgegnete Miriam so ruhig und sachlich wie möglich »Sie weiß ja, dass ich schon eine Weile nach einem Untermieter suche, weil wir das Geld brauchen. Und das ist nun eben Ben Sommer, der Buchhalter, der das freie Zimmer als Büro nimmt. Ende der Geschichte.«

»Wenn du meinst.«

»Ja, meine ich.« Einen kurzen Moment lang horchte Miriam in sich hinein. Sah sie das tatsächlich so? Ben Sommer war attraktiv, charismatisch und witzig – sah sie in ihm wirklich nicht mehr als einen Mieter?

»Wann zieht er denn ein?«, beendete Becka Miriams inneren Monolog.

»Sofort, also heute noch. Er hat schon den Schlüssel und holt gerade seine Sachen.«

»Er hat schon einen Schlüssel?« echote sie und klang erneut alarmiert.

»Ja«, bestätigte Miriam. »Er hat mir vorhin gleich die Miete bezahlt, da kann ich ihm ja nur schlecht den Zutritt verwehren, oder?«

»Hm … Ich weiß nicht, ob ich das gut finde. Also, dass du ihm gleich einen Schlüssel gegeben hast.«

»Und warum nicht?« Jetzt musste sie lachen. »Denkst du, der haut mit einer Fuhre gebrauchter Kinderklamotten ab?«

»Nein, natürlich nicht. Aber …«

»Was soll schon passieren? Ben ist ein netter Typ. Dass ich ein bisschen was zur Miete dazubekomme, ist super, und wenn das mit der Buchhaltung auch noch klappt, hilft mir das einfach tierisch.«

»Ist ja schon gut«, lenkte Rebecca wieder ein. »Ich möchte halt nur, dass du ein bisschen aufpasst.«

»Mache ich. Gleich morgen früh bringe ich am Wickeltisch an der Schublade mit den Windeln ein dickes Vorhängeschloss an!«

»Sehr lustig!«, kommentierte ihre Freundin trocken. »In jedem Fall hoffe ich, dass die Sache gut geht.«

»Das wird sie«, sagte Miriam. »Wer so viel Pech hatte wie Luzie und ich – der hat jetzt auch mal Glück verdient.«

»Gut.« Becka schwieg einen kurzen Augenblick. Und dann fragte sie: »Kannst du aber bitte wenigstens sein Sternzeichen herausfinden?«

Montag, 14. Oktober

Gabriel

Er konnte nicht sagen, woran es lag – aber vom ersten Augenblick an, nachdem Ben das kleine Büro bezogen hatte, fühlte es sich so an, als hätte er schon immer hierhergehört. Hierher, in diesen Blumenladen, zusammen mit Lukas und seinem Vater Michael.

Genervt löschte Gabriel den ganzen Absatz. Das war ja totaler Mist! Ben und Michael, was sollte das denn für ein Paar werden?

Nicht dass er auch nur das Geringste gegen gleichgeschlechtliche Beziehungen einzuwenden hatte – aber bei Henri Fjord kam so etwas halt nicht vor.

Und Lukas? Ja, auch ein schöner Name. Aber »Luzie in den Wolken« – das war einfach poetisch, emotional. Und es gab wohl niemanden auf der Welt, der dabei nicht sofort an den legendären Beatles-Song denken musste. Lucius? Weckte nicht dieselbe Assoziation.

Gabriel ließ den Kopf auf die Tastatur seines Notebooks sacken. Vor einer Stunde hatte er sich in der Krümelkiste eingerichtet. Hatte seine zu Hause eilig zusammengerafften Sachen in das frisch angemietete Büro getragen und sich dann sofort ans Schreiben gemacht. In der Hoffnung, dass die neue Umgebung in ihm ein Feuerwerk der Inspiration entfachen würde.

Und entfacht, das war er. Nur leider nicht von Inspiration, sondern vielmehr von wirren Gedankenfetzen, die in seinem Kopf Pingpong spielten. Er setzte sich wieder auf und dachte nach. Gut, bei Luzie müsste es bleiben, ein anderer Name ergab keinen Sinn. Auch eine Mutter war für die Geschichte unumgänglich, die dann … Martha hieß? Den Rest der Story würde er komplett verfremden.

Es klopfte an der Tür zu seinem Zimmer, gleichzeitig rief Miriam von draußen: »Willst du einen Kaffee?«

»Danke«, rief er zurück. »Im Moment nicht! Ich bin da gerade an was dran … Also … ich … Später gern!«

Erneut betrachtete Gabriel seinen Bildschirm mit dem blinkenden Cursor. Sekunden später stand er auf und wanderte im Zimmer einmal auf und ab. Sein Blick fiel auf die sechs Schuhkartons mit Miriams Zettelsammelsurium, die im Regal unter seinen Aktenordnern gestapelt waren. Nächste Woche könnte Christian Burg sie bearbeiten.

Gabriel nahm wieder Platz und schnappte sich den ersten

Karton. Bis dahin könnte er ja schon mal ein wenig vorsortieren. Früher, vor seinem großen Erfolg, der es ihm ermöglicht hatte, alles Lästige gegen Bezahlung wegzudelegieren, hatte er den blöden Papierkram schließlich auch immer selbst erledigt. Außerdem wäre es eine gute Übung, um sich in seine Hauptfigur einzufühlen.

Lustlos ging er die Belege und Quittungen durch. Es herrschte wirklich ein heilloses Durcheinander, sogar von Luzie gemalte Bilder hatte Miriam hineingestopft.

Nach einer halben Stunde hatte er die ersten beiden Kartons von allem befreit, was darin nichts zu suchen hatte. Er widmete sich der dritten Chaos-Box und griff nach dem ersten Schnipsel.

Liebes Univers

Handgeschrieben und auf einem abgerissenen Stück dünner Pappe standen diese eineinhalb Worte. Gabriel stutzte und drehte das Fundstück um. Die andere Seite des Papiers zeigte den Teil eines Bildes, eines … Er konnte nicht sagen, was das war. Neugierig begann Gabriel, den Karton zu durchsuchen. Tatsächlich waren da noch mehr Pappstücke, die augenscheinlich zusammengehörten. Er begann, sie vor sich auf dem Schreibtisch wie ein Puzzle zusammenzulegen.

Kurz darauf wusste er, was es mit der Pappe auf sich hatte: Es war eine Postkarte. Mit dem Bild eines Teddybären auf der Vorderseite. Einzig ein winziges Stück des linken Ohrs fehlte bei dem Kuscheltier, aber obwohl Gabriel den Karton mittlerweile einmal komplett ausgekippt und sich durch dessen Inhalt gewühlt hatte, blieb dieses Fragment unauffindbar.

Sorgsam packte er alle Zettel bis auf die zerrissene Postkarte zurück in den Karton. Danach machte er sich daran, die einzelnen Teile des Teddys nach und nach umzudrehen. Als er fertig war, starrte er auf den Text, der vor ihm auf dem Tisch lag. Wieder und wieder las er, was seine neue Vermieterin geschrieben hatte:

Liebes Universum oder wie auch immer du da draußen heißt! Ich wünsche mir eine zweite Chance für Luzie und mich, wünsche uns ein glückliches Leben. Bitte mach alles wieder gut! Wie auch immer das dann aussieht, das musst du entscheiden.
Deine Miriam Petersen

Er räusperte sich mehrfach, aber die Kröte blieb bockig in seiner Kehle hocken. Gabriel stand auf. Nahm wieder Platz. Er sollte gehen, sollte die Krümelkiste verlassen. Er *musste* gehen, sofort! Eilig klappte er sein Notebook zu und warf die Postkartenschnipsel zurück in den Karton. In seinem Kopf herrschte ein Durcheinander, gegen das Miriam Petersens Ablage als »wohlsortiert« zu bezeichnen war. Also, feuerte er sich innerlich selbst an, jetzt einfach nur aufstehen, rausgehen, abhauen!

Das Klopfen gegen seine Zimmertür ließ ihn zusammenfahren.

»Ben?«, rief Miriam.

»Ja?« Seine Stimme krächzte.

»Kann ich kurz reinkommen?«

»Äh«, immer noch krächzend, er musste dringend einen Schluck Wasser trinken, »ja, äh, okay.«

Die Tür schwang nach innen auf. Im Rahmen stand Miriam Petersen – und direkt neben ihr Luzie, die ihn aus großen Augen neugierig musterte.

»So«, sagte Miriam und beugte sich ein Stückchen zu ihrer Tochter hinunter. »Jetzt will ich euch zwei mal richtig miteinander bekannt machen, am Samstag war ja etwas viel Trubel. Also: Luzie, das ist Ben. Ben, das ist Luzie.«

»Hallo, Luzie!«, sagte Gabriel und erhob sich von seinem Stuhl. Vorsichtig ging er drei Schritte auf das Mädchen zu und kniete sich dann vor ihr in die Hocke. »Ich bin Ben.« Er streckte ihr die rechte Hand entgegen, die sie zögerlich ergriff. »Es ist mir eine Ehre, dich kennenzulernen!«

»Danke«, erwiderte Luzie mit leiser Stimme und sah ihn etwas schüchtern an. Doch während sie sich die Hände schüttelten – ein bisschen länger, als man es normalerweise tut –, breitete sich auf ihrem Gesicht ein zaghaftes Lächeln aus. Und dann fragte sie: »Wohnst du jetzt bei uns?«

Donnerstag, 24. Oktober

Miriam

»Guten Morgen! Hast du gut geschlafen?«

»Ja, vielen Dank, du auch?« Miriam nahm den Latte macchiato, den Ben ihr reichte, entgegen und stellte ihn auf dem Verkaufstresen ab, auf dem bereits ein Stück frischer Mohnkuchen lag und auf sie wartete.

»Alles bestens«, entgegnete er und lachte sie gut gelaunt an. »Dann wünsche ich uns beiden mal einen erfolgreichen Tag!« Sekunden später war er wieder in seinem Büro verschwunden und hatte die Tür hinter sich zugezogen.

Auch zehn Tage nach Ben Sommers spontanem Einzug in die Krümelkiste war es für Miriam noch ungewohnt, dass er nun da war. Ungewohnt, aber nicht unangenehm. Vor allem weil er sie seitdem jedes Mal schon mit einem frisch gekochten Latte macchiato und etwas Leckerem wie einem Croissant oder einem Franzbrötchen begrüßt hatte, wenn sie morgens zwischen halb und Viertel vor zehn in den Laden kam.

So etwas hatte sie noch nie erlebt, selbst Patrick hatte das Kaffeekochen immer ihr überlassen. Und Bens Latte war hervorragend, vielleicht sogar besser als ihrer; er zauberte eine Milchschaumkrone wie ein professioneller Barista.

Rebecca, die zwar erklärt hatte, sie würde Ben einen »Vertrauensvorschuss« gewähren, schien dennoch in großer Sorge zu sein. Jedenfalls rief sie, obwohl sie mit dem Theater auf Tournee war, täglich drei- bis viermal an, um »nur mal zu hören«, wie es denn »so lief«. Miriam hatte sie bisher stets beruhigen und ihr versichern können, dass Ben weder versucht hatte, sie zu verschleppen, noch zu ermorden oder mit der Portokasse durchzubrennen.

Dass Luzie ihren Untermieter am ersten Tag mit der Frage »Wohnst du jetzt hier?« begrüßt hatte, hatte Miriam ihrer Freundin gegenüber geflissentlich unter den Tisch fallen lassen.

Abgesehen von der seltsamen Frage, die Luzie ihm gestellt hatte, schien ihre Tochter allerdings nichts weiter in den Neuzugang in ihrem und dem Leben ihrer Mutter hineinzuinterpretieren. Ben war Luzie im Wesentlichen egal. Nachdem Miriam ihrer Tochter die Sache mit dem Büro erklärt hatte, hatte sie die Information mit einem lapidaren »Ach so« und einem Schulterzucken quittiert und sich ansonsten nicht weiter für ihn interessiert.

Was vermutlich auch daran lag, dass Ben aus Sicht eines kleinen Mädchens nicht sonderlich spannend war, denn er hockte in der Regel einfach nur in seinem Zimmer und gab keinen Mucks von sich. Er beschwerte sich auch nicht, wenn Luzie ihre Hörspiele auf volle Lautstärke drehte oder dramatische Szenen ablieferte, weil sie Hausaufgaben machen musste und nicht wollte.

Ben war ein entspannter und ruhiger Untermieter. Vielleicht sogar ein bisschen zu ruhig, Miriam hätte nichts gegen den einen oder anderen Plausch gehabt, wenn keine Kundschaft da war, was, wenn der Laden Gewinn machen sollte, auf keinen Fall so bleiben durfte.

Auch wenn Miriam nicht konkret wusste, wie es um die Krümelkiste bestellt war, hatte sie eine leise Ahnung, in welche Richtung es gerade ging. Vor allem weil die Tage, an denen sie weniger als fünfzig Euro Umsatz machte, bisher eher die Regel als die Ausnahme waren. Sie musste sich eingestehen, dass ihr Unwissen nicht nur darauf beruhte, dass sie mit dem Papierkram so auf Kriegsfuß stand, sondern in Teilen dem Umstand geschuldet war, dass sie es gar nicht so genau wissen *wollte*.

Nach Tagen, an denen es »gebrummt« hatte, sodass am Ende zweihundert oder mehr Euro in der Kasse gelandet waren, fühlte sie sich optimistisch – nach Tagen mit weniger als fünfzig Euro eben nicht. Es würde schon werden, redete sie sich ein, wenn sie aus Langeweile die Plastikboxen mit Kleinteilen wie Socken, Strumpfhosen, Bodys oder Mützen neu durchsortierte, es würde schon werden!

Ginge es nur um sie allein, hätte sie keinerlei Probleme damit gehabt, sich in eine WG einzumieten oder an einen günstigeren Ort als Hamburg zu ziehen, sich mit Kellnern oder Flyerverteilen oder Putzen oder Kugelschreiberzusammenschrauben oder, oder, oder durchzuschlagen.

Aber jetzt war Luzie alles, was zählte, und sie wollte sie nicht noch mehr aus ihrem gewohnten Umfeld herausreißen. Und dafür musste Miriam es mit der Krümelkiste hinkriegen.

Sie war gespannt auf das Gespräch mit Ben, der ihr versichert hatte, ihre Unterlagen so schnell wie möglich durchzuarbeiten. Bisher allerdings standen die sechs Schuhkartons noch unberührt im Regal unter seinen Aktenordnern, aber Miriam wollte ihn nicht drängen.

Wenn sie mal vorsichtig durch die kleine Scheibe in seiner Bürotür linste, saß er immer konzentriert am Schreibtisch, starrte auf den Bildschirm seines Notebooks und tippte. In rasender Geschwindigkeit. Miriam war erstaunt, dass man als Buchhalter so viel schreiben musste. Bei dem Gedanken daran, zu welchem Ergebnis ihr neuer Untermieter kommen würde, begann ihr Herz auf jeden Fall zu rasen.

»Rast dein Herz, weil du an die Buchhaltung denkst oder an Ben Sommer?«, hatte Becka sie vorgestern aufgezogen, als sie ihrer Freundin gegenüber ihre Aufregung eingestanden hatte.

»Wie immer extrem witzig!«, hatte Miriam erwidert. »Natürlich liegt es nicht an Ben!«

»Natürlich nicht!« Becka hatte gekichert.

»Du musst dich mal entscheiden«, hatte Miriam sie angezickt, »ob du ihn für einen Serienmörder hältst oder für eine romantische Projektionsfläche.«

»Das eine schließt das andere nicht aus. Serienmörder sind oft sehr charismatisch. Wie alle Narzissten.«

Miriam hatte genervt aufgestöhnt, sich kurz angebunden verabschiedet und dann aufgelegt. Sosehr sie Becka auch liebte, manchmal ging sie ihr einfach auf den Zeiger.

Als Miriam sich gerade die nächste Plastikbox, dieses Mal die mit den diversen Lätzchen und Spucktüchern, geschnappt hatte, klingelte in Bens Büro ein Handy. An und für sich keine große Sache, aber es war das erste Mal seit zehn Tagen, dass er von jemandem angerufen wurde. Sie hatte sich schon gewundert, dass er, soweit sie es mitbekam, nie telefonierte, schließlich müsste so ein Buchhalter doch jede Menge Klienten haben, die permanent etwas von ihm wollten.

»Ach, hallo, du bist es!«, hörte sie Ben ausrufen, sein Ton klang dabei überaus erfreut. »Gerade habe ich an dich gedacht!« Es folgte eine kurze Pause, dann sagte er: »Einen kleinen Moment, bitte.« Eine Sekunde später kam er aus seinem Büro und eilte, das Handy am Ohr, mit großen Schritten durch die Krümelkiste Richtung Ausgang. »Ja, warte noch, gleich.«

Mit diesen Worten entschwand er nach draußen auf die Straße.

Miriam legte kopfschüttelnd das nächste Lätzchen ordentlich zusammen und zurück in die Box.

Donnerstag, 24. Oktober

Gabriel

Liber Got, meine Mama ist bei dir im Himel – kanst du mir bitte eine neue schikken?
Von ganzem Hertzen, deine Luzie in den Wolken

Gabriel lehnte sich zufrieden in seinem Stuhl zurück. Ja, so würde es funktionieren! Warum war er nicht schon früher auf die Idee gekommen, dass das Mädchen in seinem Roman keinen neuen Papa, sondern eine neue Mama sucht? Er überflog, was er in den vergangenen Tagen geschrieben hatte. In spätestens einer Woche wäre das Exposé für den nächsten *Henri Fjord* fertig, und er könnte es Jonathan schicken.

Danach würde er noch einmal ganz neu anfangen. Ein wenig schade um die gut vierzig Seiten, die er in der ursprünglichen Version bereits verfasst hatte, vor allem um die Schilderung der abenteuerlichen Fahrt über die Alpen nach Italien. Aber einige Teile könnte er sicher später noch einbauen oder in einem anderen Buch verwenden, jetzt brauchte er einen frischen Start. Und den hatte er nun:

Das Mädchen wünscht sich also eine Ersatzmutter. Und es würde auch nicht um Ben Sommer, den Buchhalter gehen – sondern um Ben, den verwitweten Möbelrestaurator mit seiner siebenjährigen Tochter namens Luzie. Im Alten Land hat er eine kleine, feine und überaus bezaubernde Werkstatt und kümmert sich aufopferungsvoll um sein Kind.

Die Frauen aus Bens Heimatdorf liegen ihm allesamt zu Füßen, aber seit dem Tod von Luzies Mutter vor sechs Jahren hat er sein Herz für jeden anderen Menschen außer für sein kleines Mädchen verschlossen. Eines Tages allerdings verliebt er sich gegen seinen Willen und trotz aller Widerstände, die ihn innerlich zerreißen, in ... PLATZHALTER, PLATZHALTER, PLATZHALTER ... eine gestresste Karrierefrau aus Hamburg, die nach einer schrecklichen Trennung (sie wollte Kinder, er nicht) und mit Burn-out Zuflucht bei ihren Großeltern sucht, die – Überraschung! – einen Gasthof im Alten Land betreiben.

Dort entdeckt PLATZHALTER auf dem Dachboden eine antike Spielzeugtruhe, an die sie sich noch aus ihrer Kindheit erinnern kann, weil ihr Vater früher stundenlang mit ihr zusammen mit all den schönen Dingen aus der Truhe gespielt hat. Der Vater ist längst tot (irgendwas Tragisches), aber das Möbelstück rührt natürlich in PLATZHALTER ein tief verborgenes Gefühl an, erinnert sie an all ihre vergessenen Träume, Wünsche und Sehnsüchte, die sie während ihres Lebens auf der Überholspur und in der Beziehung mit dem falschen Mann hatte (Idee: Er will nicht nur keine Kinder, PLATZHALTER hat herausgefunden, dass er bereits welche hat und mit deren Mutter schon ewig verheiratet ist, dass er seit Jahren ein skrupelloses Doppelleben führt, in dem sie für ihn nichts weiter als ein leichtes Opfer war – wunderbarer Auslöser für das dramatische Ende der Beziehung; für PLATZHALTERS Verzweiflung, ihre Verbitterung und für ihre Flucht zu den Großeltern).

Eigentlich ist die alte Holztruhe so beschädigt und wurmstichig, dass man sie nur noch wegwerfen kann, aber PLATZHALTER bringt sie, nächste Überraschung!, zu Ben Sommer, dem leicht melancholischen, aber sehr feinfühligen Restaurator. Durch ihn erkennt sie, worum es im Leben geht: um die Liebe. Ums Lachen. Darum, jeden Tag in vollen Zügen auszukosten, so, als könnte es der letzte sein.

Natürlich öffnet PLATZHALTER ihr Herz nicht nur für Ben – sondern auch für Luzie, mit der sie sich von Anfang an auf seltsame Art und Weise verbunden fühlt. Als wäre sie selbst dieses kleine Mädchen, als würde sie durch einen magischen Spiegel zurück in ihre eigene Vergangenheit blicken. Einen Spiegel, der PLATZHALTER die Chance gibt, bei Luzie das wiedergutzumachen, was … Irgendwie so weiter, da kommt noch was hin … Eines Tages findet PLATZHALTER in … muss noch überlegt werden … ein Versteck, das nur Luzie kennt … eine Schachtel.

Als PLATZHALTER sie öffnet, ist sie erschüttert: Denn neben alten Fotos, die offensichtlich Luzies Mutter zeigen, wie sie ihre Baby-Tochter auf dem Arm hält, liegen in der Schachtel die schlaffen Reste eines roten Luftballons. Mit einer Kordel daran festgeknotet hängt eine Postkarte. Und auf ebendieser Postkarte bittet »Luzie in den Wolken« den lieben Gott um eine neue Mama. Hat das Mädchen versucht, seinen Herzenswunsch in den Himmel zu schicken, und das Schicksal war so grausam, den Ballon nicht fliegen, sondern abstürzen zu lassen? (Ja, war es, der Ballon hatte sich in den Ästen einer alten Kastanie verfangen, und Luzie hatte ihre Luftpost bei einer waghalsigen Kletteraktion daraus befreien müssen, damit niemand anderes (Ben) die Karte und damit ihr Geheimnis entdecken würde.)

Natürlich nimmt PLATZHALTER die Aufgabe, Luzie eine neue Mutter zu sein, nicht sofort an, nein, sie sträubt sich mit allen Mitteln gegen diese Rolle. Schlimmer noch, da sie Luzies geheimen Wunsch nun kennt, fühlt sie sich wie eine Verräterin, die diesen wundervollen Mann und dieses noch viel wundervollere Kind … Okay, noch mal drüber nachdenken, ob PLATZHALTER nicht ZUERST den Brief des Mädchens findet und DESHALB ins Alte Land reist und dann weiter wie gehabt.

Gabriel gefiel seine Idee richtig gut, sie war perfekt! Und Jonathan, das wusste er, würde davon ebenfalls begeistert sein.

In den letzten Tagen hatte Gabriel mit Erstaunen festgestellt, dass sein kleines Büro in der Krümelkiste eine beflügelnde Wirkung auf seine Schaffenskraft hatte. So viel wie seit seinem Einzug in den Secondhandladen hatte er seit Ewigkeiten nicht mehr geschrieben.

Er würde hier wohl länger verweilen als ursprünglich geplant. Zumal es ja auch noch die Sache mit der Buchhaltung gab, zu der er sich nach wie vor verpflichtet fühlte. Eigentlich erwartete Gabriel jeden Tag einen Anruf von Christian Burg. Mittlerweile hatte er alle Belege und Kontoauszüge – befreit von den persönlichen Unterlagen, die nun in einer Klarsichtfolie steckten – per Kurier an den Steuerberater geschickt. Bei Gabriel im Regal standen nur noch die leeren Kartons. Er würde sie entsorgen, sobald er Miriams Zettelwirtschaft geordnet, gebucht und abgeheftet zurückerhalten hätte.

Alles in allem ging es ihm ungewohnt gut. Und nachdem er »Luzies« Geschichte im Wesentlichen abgeändert hatte, hielt sich auch sein schlechtes Gewissen ihr und ihrer Mutter gegenüber im Rahmen.

Die kleine Luzie im Alten Land hatte nichts mit der Luzie in der Krümelkiste zu tun, er war also nicht mehr auf eine »Vor Ort«-Recherche angewiesen und konnte sich voll und ganz auf seine Phantasie verlassen. Bei »seiner« Luzie gab es keinen empörten Protest gegen die Hausaufgaben, kein Geschrei wegen eines Hefts mit Aufklebern, kein *Hui Buh*, keine *Kleine Hexe* und auch keine *Conni*, abgespielt in der Lautstärke eines startenden Düsenjets. Luzie aus dem Alten Land übte mit großer Leidenschaft und stundenlang Cello; auf einem alten Instrument, das ihr Vater vor langer Zeit für seine geliebte Frau restauriert hatte und …

Das Klingeln seines Handys riss Gabriel aus seinem literarischen Höhenflug. Er fluchte leise, eigentlich hatte er das Telefon immer auf Flugmodus, wenn er in der Krümelkiste war. Gab schließlich niemanden, der ihn im Notfall erreichen musste. Aber nun leuchtete Jonathans Name auf dem Display auf.

Ohne Zögern nahm er den Anruf an. Im Gegensatz zu dem Mann, der vor gar nicht allzu langer Zeit deprimiert auf einer Bank an der Elbe gesessen und sich als »leer« bezeichnet hatte, konnte er seinem Verleger nun von einer erfreulichen Entwicklung berichten.

»Ach, hallo, du bist es!«, begrüßte er Jonathan schwungvoll. »Gerade habe ich an dich gedacht!«

»Und ich an dich«, kam es nicht ganz so freundlich und schwungvoll zurück. »Tavor hat gerade das Verlagsfoyer vollgekotzt.«

»Einen kleinen Moment bitte«, erwiderte Gabriel, stand auf und verließ sein Büro. Dieses Gespräch würde er besser draußen führen. Mit dem Handy am Ohr marschierte er an Miriam vorbei, die gerade ein paar Sachen zusammenlegte und neugierig aufblickte.

»Jetzt?«, hörte er Jonathan fragen.

»Ja, warte noch, gleich. Gleich kann ich sprechen.«

»Okay.«

»Was ist mit Tavor?«, wollte er wissen, sobald er aus der Krümelkiste raus war. »Geht's ihm nicht gut? Und warum ist er bei dir, er sollte doch mit in die Rasselbande!«

»Dem Hund geht's bestens«, antwortete sein Verleger und lachte plötzlich laut auf. »Der liegt mir zu Füßen und kaut auf einem schönen Knochen herum, die Rasselbande ist heute geschlossen, Hannah und Lisa haben irgendeine Weiterbildung in der Lüneburger Heide.«

»Aber wieso …?«

»Ich wollte nur deine ungeteilte Aufmerksamkeit«, fiel Jonathan ihm erklärend ins Wort.

»Ist dir gelungen.« Er fragte sich kurz, ob er beleidigt sein sollte, entschied sich aber dagegen. Jonathan hatte es in der letzten Zeit nicht gerade leicht mit ihm gehabt und kümmerte sich außerdem um seinen Hund, also ließ er ihm den kleinen Spaß. »Was gibt es denn sonst?«

»Ich habe eben mit dem Lektorat zusammengesessen«, sagte er, »und wir müssen langsam mit den ersten Planungen für das neue Programm beginnen. Von daher wollte ich dich fragen, ob du mir nicht bitte wenigstens ein kleines bisschen von deiner Idee verrätst, damit ich hier alle beruhigen und schon mal darauf einstimmen kann.«

»Weißt du, eigentlich …«, entgegnete Gabriel zögernd.

»Hannah hat heute Morgen für Tavor Pansen gekocht«, warf Jonathan ein. »Zwei ganze Kilo. Und das mit dem vollgekotzten Foyer war vielleicht doch gar kein Scherz.«

»In Ordnung«, lenkte Gabriel ein.

»Schieß los!«

»Gut.« Er machte eine dem Anlass entsprechende Pause, holte tief Luft und verkündete: »Der Titel des neuen *Henri Fjord* ist: *Luzie in den Wolken*!«

Schweigen. Stille. Sein Verleger sagte nichts.

»Jonathan?«, fragte Gabriel nach gefühlten dreißig Minuten. »Bist du noch da?«

»Jaaaa«, kam es gedehnt aus dem Hörer. »Ich frage mich allerdings gerade, ob du noch da bist. Besser gesagt, ob du noch ganz bei dir bist.«

»Wieso?«

»Denk mal nach!«

»Äh, was meinst du?«

»*Luzie in den Wolken?* Ist das dein Ernst?«

»Absolut!«, rief Gabriel aus. »Ist doch ein toller Titel!«

»Ja«, pflichtete Jonathan ihm bei, »stimmt. Nur leider ist er nicht von dir, sondern von einem kleinen Mädchen, das an einem Luftballonwettbewerb teilgenommen hat.«

»Ach so, das ...«

»Hast du schon mal was von Persönlichkeitsrechten gehört, Gabriel?«, herrschte sein Verleger ihn an.

»Ja, sicher, aber ...«

»Soll ich dir die Liste der Autoren runterbeten, deren Bücher direkt nach Erscheinen per einstweiliger Verfügung vom Markt geklagt worden sind, weil sie sich bei ihrem ›Werk‹ ein klein wenig zu sehr an der Wirklichkeit bedient haben?«

»Nein, nein.« Er kam sich vor wie ein getadelter Schuljunge. »Musst du nicht. Aber ...«

»Dann wird dir ja klar sein, dass es überhaupt nicht infrage kommt, dass du die Geschichte der kleinen Luzie zu einem Roman verwurschtelst, in dem sie ihren Wunsch nach einem neuen Papa auf eine Postkarte kritzelt und per Luftballon auf die Reise schickt!!!« Jonathan japste und atmete schwer.

»Genau das eben nicht!«, posaunte Gabriel begeistert ins Telefon.

Wieder einen Moment lang Schweigen. »Nicht?«, fragte Jonathan schließlich verwundert.

»Nein, natürlich nicht, was denkst du denn?«, gab er sich so empört, als hätte er nicht ... Also, als wäre es ihm nie in den Sinn gekommen, dass ... Egal, er hatte ja rechtzeitig eine Kurskorrektur vorgenommen. In knappen Stichworten erläuterte er seine Idee über den Möbelrestaurator im Alten Land.

»Ah, okay, verstehe«, kommentierte Jonathan, sobald Gabriel

fertig war. Euphorie hörte sich anders an, aber sein Verleger hatte ja auch noch nichts von dem Buch gelesen. »Und wo steckst du gerade?«

»Bin unterwegs.«

»Ja, aber wo genau? Also, wo bist du, dass du Tavor nicht mitnehmen kannst?«

»Auf Recherche.«

»Im Alten Land?«

»Das nicht gerade.«

»Gabriel?«

»Ja?«

»Du machst aber nicht irgendwelchen Unsinn, oder?«

»Was soll ich denn für einen Unsinn machen?«

»Ich meine ja nur.«

»Es ist alles gut«, beruhigte er ihn. »Mach dir keine Sorgen, ich hab alles im Griff.«

»In Ordnung«, entgegnete Jonathan und atmete erleichtert aus. »Wann kannst du den Hund wieder zu dir nehmen?«

»Weiß ich noch nicht, so bald wie möglich.«

»Was hoffentlich auch wirklich bald ist.«

»Das hoffe ich auch.«

»*Luzie in den Wolken* also, richtig?«, fragte Jonathan noch einmal nach.

»Richtig. *Luzie in den Wolken.*«

»Ehrlich gesagt … Na ja, darüber können wir später noch reden. Jetzt schreib erst mal los.«

»Das mache ich.« Sie verabschiedeten sich und legten auf.

»Naaaaaa?«

Vor Schreck ließ Gabriel sein Handy fallen, als ihm eine Stimme von hinten ins rechte Ohr trompetete. Ruckartig fuhr er herum – und blickte in das Gesicht von Miriams männermordender Freundin Rebecca.

»Was ist denn mit Luzie?« Verdammt, sie hatte was von seinem Gespräch mitbekommen! Alles? Oder nur den Namen? Hatte Gabriel sich gerade selbst auffliegen lassen?

»Mit Luzie?«, echote er unbeholfen. Er musste sich zusammenreißen, durfte nicht vor ihr rumstottern wie ein Idiot! Ganz entspannt, locker, alles prima. »Was soll denn mit ihr sein?« Gabriel setzte sein überzeugendstes Lächeln auf und klaubte sein Handy vom Bürgersteig, das zum Glück noch heil war.

»Klang, als hättest du gerade über sie gesprochen.« Sie zuckte mit den Schultern, so beiläufig und lässig, wie er es gerade gern wäre.

»Hab ich nicht«, sagte er und sah ihr direkt in die Augen.

»Ach so.« Noch ein Schulterzucken. »Dann hab ich mich wohl verhört.«

»Hm.« Selten hatte er sich verbal so ungelenk erlebt wie in diesem Moment. Aber was sollte er dazu noch sagen? Am besten nichts weiter – Lügner reden viel, die Wahrheit braucht nur wenige Worte.

»Ich wollte zu Miriam«, sagte Becka.

»Hm, ja.«

»Bin gerade erst von unserer Theatertournee zurück.«

»Wie schön!«

»Ja, war's auch.«

»Freut mich. Miriam ist im Laden. Ich wollte jetzt auch wieder rein.«

»Dann gern nach dir!«

Donnerstag, 24. Oktober

Miriam

»Sieh mal, wen ich hier mitbringe!« Direkt hinter Ben kam Becka durch die Tür, stürmte an ihm vorbei auf Miriam zu und riss sie derart rasant in die Arme, als hätten sie sich mindestens fünf Jahre nicht mehr gesehen.

»Überraschung!«, brüllte sie ihr direkt ins Ohr, dass es schmerzte. Nach einer innigen Umarmung ließ Rebecca von ihr ab und grinste sie an.

»Ich dachte, du kommst erst morgen zurück.«

»Jap«, antwortete Becka, »die Vorstellung heute Abend fällt aus. Unsere Hauptdarstellerin hat eine Kehlkopfentzündung und kriegt kein Wort mehr raus.«

»Oje!«

Rebecca nickte. »Sie hat sich schon seit letzter Woche nicht gut angehört, und heute Morgen ging gar nichts mehr.«

»Ist ja blöd.«

»Ach, na ja«, gab ihre Freundin unbekümmert zurück, »lief eh nicht so gut.« Sie senkte die Stimme, als würde sie ihr ein Geheimnis anvertrauen. »Besser gesagt war's ein totaler Reinfall, meine armen Kollegen mussten fast jeden Abend vor leeren Reihen spielen.«

»Hört sich gruselig an.« Ben, der inzwischen aufgeschlossen hatte, schaltete sich ein.

»Das kannst du wohl sagen!« Lächelnd wandte sie sich wieder Miriam zu. »Krieg ich dann jetzt mal einen Kaffee, oder hast du den Service hier abgeschafft?«

»Klar«, antwortete Miriam. »Ben, nimmst du auch noch einen?«

»Aber gern.«

Wenige Minuten später standen sie vor der Küchenzeile und schlürften ihre Getränke, während Rebecca in den schillerndsten Worten über die Tournee berichtete. Die leeren Häuser und die Kehlkopfentzündung der Hauptdarstellerin waren noch nicht das Highlight gewesen. »Besonders schön war's in Düsseldorf«, erzählte sie kopfschüttelnd. »Der Veranstalter hatte doch glatt vergessen, die Hotelzimmer für uns zu buchen.« Sie nahm einen Schluck von ihrem Latte macchiato. »Leider war gerade irgendeine Messe – die gesamte Stadt ausgebucht, komplett.«

»Was habt ihr gemacht?«, fragte Miriam.

»Im Theater übernachtet.«

»Nicht dein Ernst!«, kam es von Ben, der wie selbstverständlich an ihrem Gespräch teilnahm.

»Doch!«, bestätigte Rebecca und legte ihm kurz eine Hand auf den Ellbogen. »Zum Glück ließen sich die Armlehnen der Sitze im Zuschauerraum hochklappen. Nicht sonderlich bequem, aber besser als auf dem Fußboden.«

»Da waren die leeren Reihen dann von Vorteil«, stellte er fest.

»Sehr schlagfertig, Herr Buchhalter«, gab Becka lachend zurück.

»Vielen Dank.«

»Jetzt mal zu den wichtigen Themen des Lebens«, wurde Becka wieder ernster.

»Die da wären?«, wollte Miriam wissen.

»Also«, Rebecca wandte sich nun ganz direkt an Ben. »Welches Sternzeichen bist du eigentlich?«

Donnerstag, 24. Oktober

Gabriel

»Welches Sternzeichen ich bin?«, wiederholte er überrascht.

»Genau«, bestätigte Becka.

»Warum?«

»Weil ich es gern wissen möchte.«

»Warum?«

»Weil es mich interessiert.«

Sein Blick wanderte irritiert zu Miriam, die entschuldigend beide Hände hob.

»Das ist Rebeccas Leidenschaft«, erklärte sie und schüttelte dabei kaum merklich den Kopf. »Die Macht des Mondes, Astrologie und alles, was damit zusammenhängt.«

»Aha«, sagte Gabriel und richtete sich wieder an Becka. »Ich bin Wassermann.«

»Wie schön, Wassermann! Wann genau ist dein Geburtstag?«

»Äh, für was ist das wichtig?«

»Becka will dir an deinem Ehrentag wahrscheinlich was schenken«, behauptete Miriam.

»Am 18. Februar«, rückte er widerwillig mit dem Datum heraus.

»Noch besser!«, Rebecca klatschte begeistert in die Hände. »Sogar in der letzten Dekade, da ist der Wassermann besonders stark ausgeprägt.« Gabriel verstand nur Bahnhof. »Okay«, fügte sie hinzu und zog die Nase kraus. »Da haben die Fische zwar schon spürbar Einfluss, aber das ist nicht weiter schlimm.«

»Immerhin kein Skorpion!«, warf seine neue Vermieterin ein.

»Ja«, pflichtete Rebecca ihr bei. »*Kein* Skorpion.« Sie zwinkerte

Miriam zu, die das Zwinkern erwiderte. Was hatte das zu bedeuten?

»Also bist du ein Luftzeichen«, wandte Becka sich wieder an ihn.

»Nein«, widersprach er, »Wasser, nicht Luft.«

Miriams Freundin schmunzelte und machte eine wegwerfende Handbewegung. »Egal, das erkläre ich dir ein anderes Mal.«

»Und was heißt das jetzt?«, hakte er nach.

»Gar nichts«, kam es trocken von Miriam. »Nur, dass Becka dir schon bald sehr genau deinen Lebensweg für die nächsten dreißig oder vierzig Jahre prophezeien wird.«

»Mach dich ruhig lustig«, schnappte Becka, kicherte allerdings fröhlich.

»Mach ich doch gar nicht.«

»Tust du wohl, aber damit kann ich umgehen.« Sie setzte eine unbekümmerte Miene auf und schob nonchalant hinterher: »Der Prophet gilt eben nichts im eigenen Land, das ist unser Schicksal.«

»Von welchem Propheten und welchem Land redest du? Und wen genau meinst du mit ›unser‹?«

Rebecca antwortete nicht, sondern quittierte Miriams Frage mit einem empörten Blick. Dann wandte sie sich wieder an Gabriel. »Kennst du auch deinen Aszendenten?«

»Meinen Azteken?«, erlaubte er sich einen müden Scherz, der allerdings ins Leere lief. Beide Frauen starrten ihn schockiert an, Miriam gab sogar ein leises und zweifelsfrei peinlich berührtes Kichern von sich. »Das war ein Witz«, klärte er sie auf. »Für so doof haltet ihr mich hoffentlich nicht, dass ich nicht weiß, was ein Aszendent ist!«

»Auf gar keinen Fall!«, versicherte Miriam entschieden. »Mir war gleich klar, dass das nur ein Spaß sein sollte.«

»Mir auch«, schloss Becka sich an, »natürlich weißt du, was ein Aszendent ist. Das weiß doch jeder!«

»Eben«, stimmte Gabriel zu, obwohl er nicht umhinkonnte, sich einzugestehen, dass ihn diese im Grunde lächerliche Lappalie gekränkt hatte. Wie schlecht war es um sein Selbstbewusstsein bestellt, wenn ihn so eine Nichtigkeit schon aus dem Konzept bringen konnte?

»Und was ist das nun?« Miriams Freundin lächelte ihn freundlich und harmlos an, aber in ihren Augen blitzte es schelmisch, sogar ein bisschen lauernd.

»Was meinst du?«

»Ich meine, was genau ein Aszendent ist«, kam es erwartungsgemäß von Becka zurück. »Was verstehst du darunter?«

»Willst du wissen, was *ich* darunter verstehe oder eher die Allgemeinheit?«, konterte er.

»Einfach die generelle Definition.«

»Sehr gern«, gab er sich souverän, während sein Herz in nicht akzeptabler Illoyalität leicht zu flattern begann, »kein Problem. Also, ein Aszendent, das ist …« Er unterbrach sich, verschränkte die Hände miteinander und ließ sämtliche Knöchel knacken. Dann setzte er neu an. »Zunächst einmal geht der Begriff auf das lateinische Verb ›ascendere‹ zurück.« Gabriel hatte keinen blassen Schimmer, aus welchen Untiefen seines Hirnkastens dieses seit Ewigkeiten verschüttete Wissen mit einem Mal in ihm hochploppte. Oder ob er überhaupt jemals zuvor darüber verfügt hatte. In den zwei Jahren, die er sich während der Schulzeit mit Latein hatte rumschlagen müssen, hatte er ausschließlich Fünfen und Sechsen kassiert.

»Ascendere«, wiederholte Miriam. Zu seiner Überraschung wirkte sie aufrichtig interessiert und betrachtete ihn erwartungsvoll.

»Übersetzt kann ›ascendere‹ verschiedene, leicht voneinander abweichende Bedeutungen wie etwa ›aufsteigen‹ oder ›erklimmen‹ haben. Das Gegenteil ist übrigens ›descendere‹ und meint

›herabsteigen‹. Kann aber auch, je nach Kontext, als ›sich herablassen‹ oder gar als ›sich erniedrigen‹ interpretiert werden. Generell ist ›descendere‹ eher negativ und ›ascendere‹ positiv besetzt. Aszendent, im Deutschen mit ›z‹ statt mit ›c‹ geschrieben, ist der Form nach ein substantiviertes Partizip, wird als Nomen verwendet und heißt so viel wie ›der Aufsteigende‹ oder ›der Emporkommende‹.« Gedankenverloren nickte er sachte mit dem Kopf, als würde er den Quark, den er von sich gab, wohlwollend gutheißen. Dann allerdings streckte er die Waffen, das hier hatte ja keinen Sinn. »Ich glaube, ich beende meine Vorlesung lieber«, sagte er, »und gebe frei heraus zu, dass ich nicht ganz genau weiß, was ein Aszendent ist.«

»Nicht ganz genau?«

»Besser gesagt gar nicht«, erklärte er seine totale Kapitulation.

»So was muss man auch echt nicht wissen«, kam Miriam ihm zu Hilfe.

»Stimmt«, schloss Rebecca sich ihrer Meinung an, »allerdings fand ich deinen Vortrag saukomisch. Substantiviertes Partydingens, so was Durchgeknalltes hab ich echt noch nie gehört.« Giggelnd tippte sie sich mit dem Zeigefinger an die Stirn und verdrehte die Augen.

»Vielen Dank auch«, gab Ben ironisch zurück.

»Gern geschehen!«, erwiderte Becka. »Allerdings hätte ich noch eine Frage.«

»Welche denn?«, entgegnete Gabriel seufzend, Miriam verdrehte die Augen und schlug sich in gespielter Theatralik mit einer Hand vor die Stirn, als würde sie damit »Ich halt's nicht aus!« sagen wollen. »Meine Schuhgröße und den Namen meines ersten Haustiers?«

»Nein, was anderes.«

Ehe sie Gabriel verraten konnte, worum es ging, klingelte sein Handy in seiner Hosentasche.

»Sorry«, sagte er, zückte das Telefon und sah aufs Display. Dieses Mal war es nicht Jonathan wie sonst immer, sondern eine ihm unbekannte 0800-Nummer. Aber es hätte auch irgendein nerviges Meinungsforschungsinstitut sein können, ihm war jeder Anlass recht, um Miriams verrückter Freundin einen Moment lang zu entkommen. »Da muss ich rangehen«, erklärte er bedauernd und marschierte aus der Krümelkiste.

»Ja, bitte?«, fragte er, sobald er draußen war und den Anruf angenommen hatte.

»Hallo! Mein Name ist Rike Hansen«, erklang die Stimme einer Frau. »Ich rufe an im Auftrag des Meinungsforschungsinstituts CTUP. Hätten Sie fünf Minuten Zeit für ein paar Fragen zum Thema ›Nachhaltigkeit in der Kreuzfahrtindustrie‹?«

Er lachte auf. *Life imitates art.* »Äh«, antwortete er, sah durch die große Schaufensterscheibe in die Krümelkiste, wo Miriam und Rebecca offenbar gerade angeregt miteinander diskutierten, jedenfalls gestikulierten beide lebhaft und ausschweifend mit den Armen. »Natürlich«, sagte er dann.

Donnerstag, 24. Oktober

Miriam

»Sag mal, was stimmt eigentlich nicht mit dir?« Kaum war Ben nach draußen verschwunden, knöpfte Miriam sich ihre beste Freundin vor.

»Was soll denn nicht stimmen?«, gab die sich arglos.

»In letzter Zeit führst du dich auf wie eine Verrückte!«, fuhr sie Becka an. »Erst gräbst du auf eine Art an Ben herum, dass der Begriff Fremdschämen nicht ausreicht, um deinen Auftritt zu beschreiben. Und dann terrorisierst du ihn auch noch mit deinem Sternzeichen-Kram.«

»Tut mir leid.« Becka warf ihr einen treuherzigen Blick zu. »Aber trotzdem bleibe ich dabei: Nicht ich bin es, mit der was nicht stimmt – es ist Ben.«

»Wieso? Weil er Wassermann ist?«

»Nein, das spricht ja eher für ihn.« Nachdenklich kaute Becka auf ihrer Unterlippe herum. »Es ist mehr so ein … Gefühl.« Sie zuckte ratlos mit den Schultern.

»Ein Gefühl also.« Miriam musterte sie argwöhnisch. »Oder führst du gerade wieder irgendein neues Experiment durch?«

Becka schüttelte den Kopf. »Ich will halt nur wissen, wer der Typ ist, der bei meiner besten Freundin wohnt, das ist alles.«

»Ben *wohnt* nicht bei mir, er hat in der Krümelkiste einen Büroraum gemietet.«

»Aber du musst schon zugeben, dass er ein eigenartiger Vogel ist.«

»Wieso?«

»Allein dieser Vortrag über …« Ihre Freundin überlegte kurz. »Ascendere und so. Der war doch total schräg!«

»Auch nicht schräger als die Vorträge, die du manchmal hältst.«

»Mag sein, aber mein schräger Kram passt wenigstens zu mir und meinem Interessensgebiet. Aber ein Zahlenmensch, der mit Latein um sich wirft?« Sie schüttelte den Kopf. »Ich weiß nicht so recht.«

»Lass ihn bitte einfach in Ruhe, ja?«

»Aber …«

»Lass! Es! Sein!«, würgte Miriam sie ab. »Von mir aus kann er auch noch aus dem Altgriechischen zitieren, in seiner Freizeit Vögel beobachten oder Mitglied im Kegelverein sein – ich sehe nicht den geringsten Anlass, ihm zu misstrauen.«

»Also, Kegelverein wäre schon richtig schlimm«, gab Rebecca glucksend zurück. Dann aber lenkte sie ein. »Okay, ich höre auf damit.«

»Danke!«, rief Miriam aus. »Und danke auch im Namen meiner Nerven.« Sie stieß einen Seufzer aus.

»Da wäre nur ein Punkt, den ich klären möchte.«

»Was?« Sie starrte Rebecca entsetzt an.

»Nur eine Kleinigkeit«, versicherte ihre Freundin eilig.

»Lass es einfach!«

»Wirklich«, blieb Becka hartnäckig, »da ist noch eine Sache, die mir einfach keine Ruhe lässt. Aber wenn die aus der Welt ist, werde ich Ben Sommer gegenüber ab sofort die Zurückhaltung und Liebenswürdigkeit in Person sein, das verspreche ich dir hoch und heilig«, zur Untermauerung erhob sie eine Hand zum Schwur.

»Welche Sache denn?«

»Es geht um sein Büro. Ich hab da mal …«

»So, alles erledigt!« Schwungvoll kam Ben zurück in den Laden. »Einer meiner Klienten brauchte kurz Rat zu seiner letzten Umsatzsteuervoranmeldung.« Als er bemerkte, dass er in ihr Gespräch geplatzt war, stutzte er. »Störe ich? Soll ich noch mal rausgehen?«

»Im Gegenteil!«, entgegnete Becka und setzte dabei ihr charmantestes Lächeln auf. »Wir haben gerade über dich gesprochen. Ich sagte ja, dass ich noch eine Frage habe.«

Miriam stöhnte innerlich auf.

Donnerstag, 24. Oktober

Gabriel

Vielleicht hätte er sich länger mit der netten Dame von der Marktforschung unterhalten sollen. Aber sie hatte leider nur drei Fragen an Gabriel gehabt. Und davon hatte sie sogar nur eine gestellt, denn als er auf ihr »Haben Sie schon mal eine Kreuzfahrt gemacht?« wahrheitsgemäß mit Nein geantwortet hatte, hatte sie ihm freundlich erklärt, dass sich das restliche Interview damit erledigt hätte. Danach hatte sie sich verabschiedet und aufgelegt, ehe Gabriel ihr noch von dem wunderbaren Buch von David Foster Wallace hatte erzählen können oder davon, dass es noch gar nicht lange her war, dass er selbst Überlegungen dazu angestellt hatte, sich im Atlantik über die Reling eines Ozeandampfers zu stürzen.

Ein paar Minuten lang war er noch vor der Krümelkiste stehen geblieben und hatte sich erlaubt, seinen durch den Anruf ausgelösten Gedanken noch ein wenig nachzuhängen. Tatsächlich hatte der Gabriel, der mit den finstersten Gedanken an der Elbe gehockt und die Sache mit der Reling in Erwägung gezogen hatte, mit dem Gabriel, der er nun war, nur noch wenig zu tun.

Gut gelaunt warf er sich gegen die Eingangstür des Geschäfts, drückte sie auf und kehrte zu Miriam und Rebecca zurück.

»So, alles erledigt!«, rief er ihnen beim Eintreten zu. Die beiden Frauen fuhren zu ihm herum und machten einen etwas erschrockenen Eindruck. »Störe ich?«, fragte er. »Soll ich noch mal rausgehen?«

»Im Gegenteil!«, sagte Becka und winkte ihn zu sich und Miriam heran. »Wir haben gerade über dich gesprochen. Ich sagte ja, dass ich noch eine Frage habe.«

»Dann schieß mal los!«, fügte er sich in sein Schicksal.

»Wo genau ist denn dein eigentliches Büro?«

»Mein«, Gabriel räusperte sich. Heiß und kalt, ihm wurde heiß und kalt. »Mein eigentliches Büro?«

»Ja. Das, was abgebrannt ist.« Ihr Lächeln war harmlos, aber er war zu hundert Prozent davon überzeugt, dass Rebecca nach dem unverbindlichen Geplänkel über ihre Tournee und sein Sternzeichen erst in diesem Augenblick ihr wahres Anliegen zur Sprache brachte. Der Quatsch davor war vermutlich reine Taktik gewesen. Small Talk zum Warmlaufen. Mit ihrer Frage nach Gabriels Büro bestätigte sich der Verdacht, den sein Bauch schon die ganze Zeit gehabt hatte: Sie traute ihm eindeutig nicht und wollte ihm auf den Zahn fühlen. Er bezweifelte, dass ihr Argwohn von seinem Sternzeichen oder einem falschen, ihm nicht einmal bekannten Aszendenten herrührte. Vielmehr hielt Gabriel es für wahrscheinlich, dass es ihm vorhin nicht gelungen war, Becka davon zu überzeugen, dass er am Telefon nicht über Luzie gesprochen hatte. Oder sie stand ihm generell skeptisch gegenüber. Die Geschichte über sein abgefackeltes Büro, die er Miriam aufgetischt hatte, war ja auch ungewöhnlich.

»In der Innenstadt«, behauptete er und streckte den Rücken durch. Rebecca sollte auf keinen Fall den Eindruck gewinnen, er hätte etwas zu verbergen oder würde sich von ihr einschüchtern lassen.

»Innenstadt ist ein dehnbarer Begriff«, kam es provokant zurück.

»Am Neuen Wall«, nannte er den ersten Straßennamen, der ihm durch den Kopf schoss.

»Am Neuen Wall?« Sie pfiff anerkennend. »Noble Adresse. So direkt an der Alster in Hamburgs teuerster Einkaufsstraße.«

»Ach«, er machte eine wegwerfende Handbewegung, »hört sich

nur so an. Ich teile mir da mit vier Kollegen eine ziemlich kleine Fläche in einem Hinterhaus.«

»Und welche Nummer hat das Hinterhaus?«

»Becka«, schaltete Miriam sich ein. »Was soll dieses Verhör?« Ihre Wangen überzog ein zartes Rosa.

»Das ist doch kein Verhör!«, wehrte Rebecca ab.

»Kommt mir aber so vor«, entgegnete Miriam.

»Nein«, wehrte Becka ab. »Ich hab das nur gefragt, weil ein Freund von mir gerade auch einen Buchhalter sucht.«

»Welcher Freund?«, nagelte Miriam sie prompt fest.

»Kennst du nicht.«

»Das würde mich aber …«

»Ist doch gar kein Problem«, ging Gabriel dazwischen. »Er kann sich gern bei mir melden, im Moment bin ich ja täglich in der Krümelkiste anzutreffen.«

»Im Moment«, wiederholte Becka. »Aber irgendwann geht's ja wieder zum Neuen Wall.«

»Das kann noch dauern«, erwiderte er. Täuschte er sich, oder färbten sich Miriams Wangen noch eine Nuance dunkler? Und spielte da ein kleines Lächeln um ihre Mundwinkel? Wäre er selbst gerade nicht so sehr damit beschäftigt, Blut und Wasser zu schwitzen – er hätte sich noch zwei oder drei Sekunden länger in diesen hinreißenden Anblick vertieft. »So ein Schwelbrand …« Er ließ den Satz unvollendet in der Luft hängen und sagte stattdessen. »Außerdem hat Miriam meine Handynummer.«

»Oh!« Rebecca gelang das Kunststück, diese einzelne Silbe spöttisch bis anzüglich klingen zu lassen. »Die hast du schon?«, fragte sie bei ihrer Freundin nach und erhob dabei eine Augenbraue. »Das ging aber schnell!«

»Was redest du für einen Unsinn?« Miriam machte keinen Hehl daraus, wie genervt sie war. »Natürlich haben wir Nummern ausgetauscht, er ist ja mein Untermieter!«

Beckas Blick wanderte wieder zu ihm. »Darf ich die auch haben?«, wollte sie in Kleinmädchenmanier wissen. »Auch ohne gemeinsames …«, sie machte eine affektierte Kunstpause, »Mietverhältnis?«

»Klar, die ist kein Geheimnis«, bejahte er so lässig wie möglich. Ohne Umschweife fischte Rebecca ihr Telefon aus ihrer Handtasche und gab die Zahlen ein, die er ihr diktierte. Wie gut, dass er so geistesgegenwärtig gewesen war, noch am Tag seines Einzugs in die Krümelkiste die Ansage seiner Mobilbox zu ändern. Anstelle von Gabriels persönlichem Begrüßungstext bekamen Anrufer, die dort landeten, nun eine monoton abgehackte Computerstimme zu hören, die zum Hinterlassen einer Nachricht aufforderte.

»Das stimmt ja nicht so ganz«, wurde er von Becka aus seinen Gedanken gerissen.

»Was stimmt nicht?«

»Dass deine Nummer kein Geheimnis ist.« Sie sah ihn nicht an, sondern tippte konzentriert auf dem Display ihres Handys herum, ihre Zungenspitze blitzte zwischen ihren Lippen hervor. »War das am Ende eine Null oder eine Neun?«

»Neun.«

Becka fügte die Ziffer hinzu, speicherte den Eintrag, steckte das Telefon zurück in ihre Tasche und schenkte Gabriel dann wieder ihre ungeteilte Aufmerksamkeit. »Ich meine nur, dass deine Rufnummer anscheinend doch geheim ist.«

»Wie kommst du darauf?«

»Ich hab danach gesucht«, erklärte sie lapidar. »Weil ich doch diesen Freund habe, der auch Hilfe braucht, du weißt schon. Einen Hamburger Buchhalter namens Ben Sommer gibt es weder bei der Auskunft noch bei Google.«

Sie war ein echter kleiner Wadenbeißer. Ein Terrier, der nicht mehr losließ, sobald er etwas zu fassen bekommen hatte, egal, wie energisch man auch versuchte, ihn abzuschütteln.

»Na und?«, kam Miriam ihm zu Hilfe. »Ich hab auch keinen Eintrag.«

»Du nicht«, stimmte Becka ihr zu. »Aber wer nach der Krümelkiste sucht, stößt auf deine Handynummer. Tim und mich findet man auch, genau genommen kenne ich keinen einzigen Freiberufler, der seine Kontaktdaten unter Verschluss hält.«

»Ich halte rein gar nichts unter Verschluss!«, trat Gabriel mit dem Mut der Verzweiflung die Flucht nach vorn an. »Und ich verstehe auch echt nicht, was du mir damit eigentlich sagen willst. Denkst du, ich bin ein Betrüger?«

»Selbstverständlich nicht!«, rief sie so erschüttert aus, als hätte er ihr einen Mord oder zumindest einen bewaffneten Raubüberfall unterstellt. »Mich hat's halt nur gewundert …«

»Meine Akquise läuft über Mund-zu-Mund-Propaganda«, schnitt er ihr das Wort ab. »Damit fahre ich sehr gut, im Moment habe ich sogar eher zu viele als zu wenige Klienten.«

»Das ist ja super für dich, toll!«, gab sie erfreut zurück, und er hegte die Hoffnung, ihr nun endlich den Wind aus den Segeln genommen zu haben. Leider stirbt die Hoffnung bekanntlich zuletzt, denn während Becka noch anerkennend nickte, setzte sie gleichzeitig zur nächsten Frage an. »Aber …«, begann sie, und Gabriel war kurz davor zu kapitulieren. Wenn sie es jetzt nicht gut sein ließ, würde er heute Nacht zur Krümelkiste fahren, seine Sachen zusammenraffen, den Schlüssel draußen in den Briefkasten werfen und verschwinden.

Mit einem Knall flog die Ladentür auf und brachte Rebecca endlich zum Verstummen. Luzie.

»Schatz?«, rief Miriam erschrocken aus und eilte auf ihre Tochter zu. »Was ist passiert?«

Luzie schleuderte ihren Ranzen in die Ecke. Mit einem lauten Rumpeln knallte er gegen das Regal mit den Kinderschuhen, sodass ein paar davon herauspurzelten und zu Boden fielen. Dann, heulend, sehr wütend und an der Welt verzweifelnd, brüllte das Mädchen quer durch das Geschäft: »Mathe ist ein Arsch!!!«

»Luzie!«, riefen alle drei Erwachsenen unisono aus. Miriam hockte sich vor ihre Tochter und versuchte, sie in den Arm zu nehmen. Zuerst sträubte sie sich, aber dann umschlang sie den Hals ihrer Mutter, klammerte sich fest an sie und weinte dabei so schluchzend und bitterlich, dass Gabriel ganz anders wurde.

Stockend und immer wieder schluchzend, berichtete Luzie von ihrem Kummer. Dass nämlich ihr Klassenlehrer, der offenbar Dr. Krüger hieß, im heutigen Mathematikunterricht ein neues Thema begonnen hatte und sie rein gar nichts davon verstanden hätte. Und dass sie aber bis morgen ein paar Hausaufgaben dazu machen musste.

»Das schaffe ich nie!«, heulte sie nun und wischte ihre Rotznase am Oberteil ihrer Mutter ab. »Bitte, Mami, schick mich nicht mehr in die Schule! Ich will da nie wieder hin!«

»Mein armes Mäuschen!« Miriam schlug einen so liebevollen Ton an, dass Gabriel zum zweiten Mal innerhalb kürzester Zeit ganz anders wurde. Zärtlich strich sie ihrer Tochter über das zerzauste Haar. »Ich bin doch da, es wird alles gut.«

Für den Bruchteil einer Sekunde, während er gebannt die Szene beobachtete, blitzte in Gabriels Erinnerung ein Bild auf. Das Bild eines jungen Teenagers, ähnlich voller Wut und Verzweiflung wie Luzie. Aber in dieser Erinnerung, da gab es niemanden, der sagte, dass er da sei und alles gut werden würde. Da gab es nur harte, unerbittliche Blicke und ein keinen Widerspruch duldendes »Reiß dich mal zusammen!«.

Und es gab ein Mädchen, nicht viel älter als Luzie. Ein Mädchen, das … Gabriel kniff beide Augen fest zusammen, diese Bilder wollte er in seinem Kopf nicht haben. Jetzt nicht und auch sonst nicht mehr.

Er konzentrierte sich auf seine Füße, spürte den Boden unter seinen Schuhsohlen. Hier war er gerade, in der Krümelkiste, und wurde Zeuge eines Moments, der so anrührend war, dass sogar Miriams vorlaute Freundin Rebecca davon ergriffen war. In ihren Augen glitzerte es verräterisch, und sie schluckte einige Male schwer. Kurz begegneten sich ihre Blicke, und plötzlich war das Kriegsbeil zwischen ihnen begraben.

Gabriel Bach alias Ben Sommer erkannte augenblicklich seine Chance.

»Soll ich mir das mal ansehen?«, schlug er vor und ging ein paar Schritte auf Miriam und Luzie zu. »Ich kann dir gern bei den Aufgaben helfen. Zu zweit geht es sicher ganz schnell.«

Luzie hob den Kopf von Miriams Schulter und sah ihn aus großen und noch immer verweinten Augen an. »Geht das?«, fragte sie mit noch etwas zittriger, aber hoffnungsvoller Stimme.

»Na klar!«, sagte Gabriel. »Kein Problem.«

Das Mädchen löste sich aus der Umarmung seiner Mutter und lächelte ihn schüchtern an. »Das wäre toll!«

»Ist das in Ordnung für dich?«, fragte Miriam, die sich mittlerweile wieder erhoben hatte. Jetzt, als auch sie zaghaft lächelte, erkannte er, wie ähnlich sie und Luzie sich sahen, obwohl sie auf den ersten Blick kaum etwas gemeinsam hatten. Aber dieses fast gleiche Lächeln, die Art und Weise, wie es nicht nur ihren Mund umspielte, sondern bis hin zu den Augen reichte und sie zum Leuchten brachte – das machte sie unübersehbar als Mutter und Tochter erkennbar. »Du musst aber doch arbeiten«, fuhr sie zögerlich fort, als würde sie ihm noch die Möglichkeit geben wollen, von seinem Angebot zurückzurudern, »ich kann das auch mit ihr machen, immerhin –«

»Nein!«, krakeelte Luzie dazwischen und sah ihre Mutter empört an. »Auf gar keinen Fall!« In deutlicher Abwehr verschränkte sie beide Arme vor der Brust, mit einer steilen Zornesfalte zwischen den Augen schüttelte sie heftig den Kopf. »Als du mir neulich bei Mathe geholfen hast, war hinterher alles falsch, und Dr. Krüger hat geschimpft.«

»Ja, also …«, brachte Miriam stotternd hervor, und ihre Wangen wurden erneut von einem zarten Rosa überzogen, die Situation schien ihr sehr unangenehm zu sein. »Das war … das …« Sie geriet ins Stocken, verknotete angespannt ihre Finger ineinander und setzte nach mehrmaligem Räuspern noch einmal neu an. »Als ich in der Schule war, da haben wir den Stoff komplett anders gelernt, und es ist ja auch schon eine Weile her und …«

»Mach dir mal keine Sorgen!«, unterbrach Gabriel sie freundlich, aber bestimmt, um sie aus ihrer Not zu befreien. »Ich bin Buchhalter, Mathematik ist mein täglich Brot. Das wird ein Klacks für uns. Oder, Luzie?« Er zwinkerte dem Mädchen zu, sofort strahlte die Kleine von einem Ohr zum anderen, als gäbe es für sie nichts Schöneres auf der Welt, als mit ihm zusammen ihre Hausaufgaben zu erledigen.

»Tja, also …«, noch immer wirkte Miriam peinlich berührt und knetete ihre Hände.

Gabriel hätte sie am liebsten umarmt und ihr tröstend übers Haar gestrichen. »Ich hab an so was sogar Spaß«, behauptete er schließlich, um ihre letzten Bedenken zu verscheuchen.

»Wenn du meinst … aber nur …«

»Himmel, Miriam!«, schaltete sich Rebecca ein, die bisher nur stumm danebengestanden und zugesehen hatte. »Das ist ja nicht auszuhalten! Hör mal mit dem Eiertanz auf und lass den Mann einfach machen, ja? Ben hat doch schon dreimal gesagt, dass es für ihn kein Problem ist. Soll er noch einen schriftlichen Antrag stellen, damit er helfen darf?« Sie lachte auf, sichtlich begeistert von der Brillanz ihrer eigenen Formulierung. Luzie nickte zustimmend, und Gabriel registrierte das freche Blitzen in ihren Augen, das ihm zeigte, dass sie trotz ihrer traurigen Geschichte ein fröhliches und selbstbewusstes Mädchen war.

»Nein, Quatsch, natürlich nicht!«, wies Miriam den Einwurf ihrer Freundin zurück, entknotete ihre Finger und ließ dann beide Hände sinken. »Ich will halt nur nicht, dass Ben …«

»Ja«, würgte Becka sie ab, »das haben wir alle verstanden.«

»Gut.« Miriam wandte sich wieder Gabriel zu. »Es wäre toll, wenn du Luzie hilfst.« Sie zuckte bedauernd mit den Schultern. »Wie man sieht, sind Zahlen echt nicht so meins.«

»Können wir jetzt endlich meine Hausaufgaben machen?« Luzies energische Forderung bereitete der Szene ein jähes Ende.

»Auf jeden Fall!« Gabriel schnappte sich Luzies Ranzen und hielt ihr seine ausgestreckte Rechte entgegen. »Lass uns mal schauen, was wir zusammen so hinbekommen.« Sie legte ihre Hand in seine, sie war klein und weich und warm. Dann übernahm Luzie die Führung und zog ihn hinter sich her zu ihrem Zimmer.

Dort angekommen, nahm sie ohne Umschweife an ihrem Schreibtisch Platz. Gabriel stellte den Ranzen neben ihrem Stuhl ab, drehte sich um, lehnte die Tür zum Verkaufsraum an und erhaschte dabei einen letzten Blick auf Miriam und Becka. Beide Frauen lächelten ihn an und nickten ihm wohlwollend zu.

Diverse Steine fielen ihm laut klöternd vom Herzen, gleichzeitig fühlte er sich wahnsinnig erschöpft. Erst die erbarmungslose Vernehmung durch Rebecca, dann das Hin und Her, Für und Wider, Hoch und Runter um Luzies Hausaufgaben, von dem ihm immer noch schwindelig war – und nun die Stunde der Wahrheit, in der er sich beweisen musste.

Luzie hatte bereits ihr Mathebuch und ein Heft auf den Tisch gelegt, die Seite mit den zu bearbeitenden Aufgaben war aufgeschlagen. Gabriel zog sich den Hocker, der vor ihrem Tagesbett stand, heran und setzte sich neben sie.

Donnerstag, 24. Oktober

Miriam

»Okay«, wisperte Rebecca, nachdem Ben und Luzie im Kinderzimmer verschwunden waren. »Jetzt weiß ich endlich, was mit dem nicht stimmt.«

»Was denn?«, wisperte Miriam zurück.

»Er ist ein Spion!«

»Spinnst du?« Sie starrte Becka ungläubig an.

»Doch, doch«, insistierte sie mit ernster Miene und weit aufgerissenen Augen. »Der musste abtauchen und versteckt sich hier bei dir in der Krümelkiste, vermutlich wird er gejagt, und es geht um Leben und Tod!«

»Becka?«

»Ja?«

»Du hast einen Knall.«

»Ich weiß.« Einen kurzen Augenblick gelang es Rebecca noch, ihren todernsten Gesichtsausdruck beizubehalten. Dann aber johlte sie so lautstark los, dass Ben eine Sekunde später den Kopf aus Luzies Zimmer streckte, ihnen ein strenges »Ruhe auf den billigen Plätzen, wir arbeiten hier!« zubellte und die Tür mit einem energischen Ruck schloss.

»In Ordnung«, gab Miriams Freundin schließlich flüsternd zu, »ich nehme alles, was ich gesagt habe, zurück und behaupte das Gegenteil. Dieser Ben scheint ein echt guter Typ zu sein.«

»Macht jedenfalls den Eindruck.«

»Andererseits ist das natürlich auch wieder extrem verdächtig«, warf Becka ein.

»Hörst du endlich auf damit?«

»Womit?«, gab sie unschuldig zurück, nickte dazu aber brav mit dem Kopf. »Ist gut, ich hör auf«, willigte sie ein.

»Vielen Dank.«

»Immerhin ist er Wassermann, das ist gut!«

»Re-bec-ca!«, zischte Miriam sie an.

»Ich mein ja nur.«

»Mein doch bitte mal eine Sekunde lang gar nichts!«

Becka presste die Lippen fest aufeinander und zog mit der rechten Hand einen imaginären Reißverschluss zu.

Dann schwiegen sie, und in der Stille drang Bens dunkle und ruhige Stimme durch die Zimmertür zu ihnen. Gebannt lauschten sie und vernahmen, wie er Luzie etwas über den Zahlenstrahl erklärte und sagte, dass die Zahlen, die links darauf stehen, immer kleiner sind als solche, die weiter rechts auf dem Strahl angeordnet sind.

Unwillkürlich breitete sich in Miriam ein warmes Gefühl aus. Wie nett es von ihm war, dass er seine Zeit opferte, um sich mit dem Matheunterricht einer Grundschülerin zu beschäftigen!

Mucksmäuschenstill horchten die Freundinnen weiter, so fasziniert, als würde jemand auf der anderen Seite der Tür gerade das Geheimnis des ewigen Lebens offenbaren.

»Das Kleiner-Zeichen kann man sich ganz leicht merken«, hörten sie Ben erläutern, »da zeigt nämlich die Spitze eines Dreiecks nach links. Genau so, wie es bei dem Buchstaben ›K‹ ist, wenn du ihn schreibst. Du machst einen geraden Strich von oben nach unten, und direkt an diesen Strich kommt rechts ein Dreieck, das nach links zeigt. Also merkst du dir einfach ›K‹ wie kleiner.«

»Das verstehe ich nicht«, erklang Luzies Stimme.

»Kein Problem! Ich zeichne dir das mal auf.«

Eine Weile lang vernahmen sie nichts mehr. Miriam stellte sich vor, wie Ben neben Luzies kleinem Schreibtisch saß, sich über ein Blatt Papier beugte und ihr darauf das Erklärte skizzierte. Wie ihre Tochter ihm aufmerksam dabei zusah und ihn schließlich anstrahlte, weil sie begriffen hatte, was er meinte.

Zunächst war in ihr noch immer dieses warme Gefühl, die Freude über den freundlichen Menschen, den der Zufall so unverhofft in ihr Leben gebracht hatte; aber je länger sie sich ausmalte, wie die zwei ihre Köpfe zusammensteckten und Luzies Aufgaben lösten, wich die angenehme Wärme einer anderen, einer irritierenden Empfindung. Sie brauchte eine Weile, ehe sie einordnen konnte, was es war, das da wie aus dem Nichts Besitz von ihr ergriff.

Es war Angst.

Dienstag, 12. November

Gabriel

Seit er das Büro in der Krümelkiste bezogen hatte, hatte Gabriel einen neuen Freund. Allerdings auch zwei Feinde.

Der Freund hieß »Lehrer Schmidt«, und ohne ihn wäre er schon mehr als einmal komplett aufgeschmissen gewesen. Lehrer Schmidt erklärte auf seinem YouTube-Kanal nämlich alles, was man für die seriöse und vor allem erfolgreiche Unterstützung eines Grundschülers in Mathematik wissen muss.

Als Gabriel Luzie zum ersten Mal geholfen hatte, war ihm, rückblickend betrachtet, nur ein Glückstreffer gelungen. Tags darauf war sie nach der Schule jubelnd im Geschäft erschienen, hatte ihm und ihrer Mutter freudestrahlend ihr Heft unter die Nase gehalten und mit unverhohlenem Stolz die drei goldenen Sternchen präsentiert, die der gestrenge Herr Dr. Krüger unter ihre Hausaufgabe gestempelt hatte, darüber hinaus versehen mit der handschriftlichen Anmerkung »Sehr gut, weiter so!«.

Und es ging weiter so. Mit sofortiger Wirkung und ohne jede Chance auf Widerspruch hatte Luzie Gabriel zu ihrer persönlichen Reisebegleitung auserkoren, die sie sicher durch die Untiefen des Grundschullehrplans lotsen sollte.

Nach ihrem ersten gemeinsamen Erfolg hatten sie allerdings zunächst eine schmachvolle Niederlage einstecken müssen. Die zweite Hausaufgabe in Mathematik, die Luzie unter Gabriels Ägide erledigt hatte, hatte Dr. Krüger nicht mit goldenen Sternchen abgestempelt. Auch fanden sich keine wohlwollenden und motivierenden Kommentare darunter. Stattdessen hatte Luzies Klassenlehrer, sehr akkurat und pfeilgerade mit einem Lineal, die gesamte ihm vorgelegte Heftseite mit Rotstift durchgestrichen; hatte Gabriels und Luzies Arbeit quasi vernichtet, eine andere Formulierung war ihm für dieses pädagogisch unverantwortliche Vorgehen nicht eingefallen. Miriam hatte recht lange auf ihn einreden müssen, um ihn davon abzuhalten, in die Schule zu stürmen und den lieben Herrn Dr. Krüger mit einem »Wissen Sie eigentlich, wen Sie hier vor sich haben?« zur Ordnung zu rufen.

Das mit dem Hinweis auf seine eigene Bedeutsamkeit hatte Gabriel Miriam gegenüber natürlich nicht erwähnt, für sie war er schließlich »nur« der Buchhalter Ben Sommer. Aber auch als Gabriel Bach oder Henri Fjord fühlte er sich in Wahrheit nicht sonderlich bedeutend, obwohl er sich nach mittlerweile dreißig getippten Seiten über das Lieben und Leiden im Alten Land immerhin wieder traute, sich für einen Schriftsteller zu halten. Jonathan und alle anderen im Verlag, die eine erste Textprobe gelesen hatten, waren begeistert, euphorisch, komplett aus dem Häuschen.

Er selbst fand es – okay. Ausreichend für das, was es am Ende sein sollte: ein Schmöker für Badewanne, Strand oder eine Fahrt von Kiel nach Passau im überfüllten ICE; auf dem Boden hockend, zwischen zwei Waggons, durchgeschüttelt von Unebenheiten im Gleis oder von der trivialen Lektüre, Gabriel scherte sich nicht darum.

Aber Dr. Krüger – dieser miese, kleine Wicht! –, der war nunmehr sein Feind Nummer eins und stand ganz oben auf der Liste derer, die er mit voller Härte zur Strecke bringen würde. Nicht weil der auf Lebenszeit verbeamtete Schmalspurakademiker es gewagt hatte, die außergewöhnlichen Lösungsansätze, die Gabriel und Luzie ihm im Rahmen ihrer zweiten Hausaufgabe aufgezeigt hatten, für null und nichtig zu erklären. Mangelnden Horizont und fehlende Weitsicht konnte man schließlich niemandem zum Vorwurf machen. Wohl aber die heißen Tränen, vergossen von einem Kind, dessen Früchte harter Arbeit man, so mir nichts, dir nichts, mit einem Rotstift herabgewürdigt hatte!

Auf der Suche nach subtilen Methoden, mit denen er Dr. Krüger wirkungsvoll in seine Schranken weisen könnte, war Gabriel schließlich über jenen Lehrer Schmidt gestolpert, den er inzwischen nicht nur als menschliches Internettutorial, sondern auch als Freund betrachtete.

Mit der Hilfe von Lehrer Schmidt lief die Sache wieder rund, in Luzies Matheheft hagelte es einen Sternchenstempel nach dem nächsten, Dr. Krüger übertraf sich von Hausaufgabe zu Hausaufgabe mit immer euphorischeren Äußerungen des Lobs. Der Casus knacksus, die Büchse der Pandora, der Stein der Weisen und das Goldene Vlies – dank Lehrer Schmidt hatte Gabriel das Rätsel seines Scheiterns bei Luzies zweiter Hausaufgabe schnell gelöst.

Es war simpel: Miriams These, heute würde anders gelehrt als früher, traf zu hundert Prozent zu. Zwei plus zwei ergaben zwar immer noch vier, allerdings waren die Wege, die zu diesem Ergebnis führten, für ahnungslose Boomer in Gabriels Alter weitverzweigte und verschlungene Pfade im finstersten Dickicht, durch das man sich mit einer Machete schlagen musste. Andernfalls war man verloren und würde im Rotstift-Dschungel elendig zugrunde gehen, weil man zum Beispiel noch nie etwas von »verliebten Zahlen« gehört hatte (zwei Ziffern, die zusammengerechnet immer zehn ergeben). Oder weil schriftliches Dividieren, wie Gabriel es mal gelernt hatte, auf diese Art und Weise längst nicht mehr unterrichtet wurde, weil es dafür mittlerweile eine wesentlich einfachere Methode gab. Die musste man nur kennen. Oder jemanden kennen, der sie kannte.

Seit Gabriels Triumph über Dr. Krüger half er Luzie auf ihr Bitten hin mittlerweile in allen Fächern. Aus seiner Sicht war das zwar nicht nötig, denn außer in Mathe hatte sie kaum Schwierigkeiten – aber es machte ihm nichts aus. Er hatte wirklich Spaß daran. Am Nachmittag, wenn er so leer gedacht und geschrieben war, dass er kaum noch in der Lage war, einen Einkaufszettel zu verfassen, geschweige denn wohlformulierte Passagen über die liebevolle Aufarbeitung alter Möbelstücke, wirbelte ihm Luzie wie eine frische Brise durch den Kopf und erweckte in ihm bis dato nicht gekannte Lebensgeister.

Gemeinsam arbeiteten sie sich durch ihre Schulbücher, überlegten und diskutierten, lösten Aufgaben, verzweifelten manchmal auch an einer, suchten im Internet nach Antworten und entspannten zwischendurch bei einer Folge *Bibi Blocksberg*.

Vor einer Woche hatte Gabriel sich den dunkelblauen Erzählband von Astrid Lindgren aus dem Regal im Laden geschnappt. Zuerst hatte Luzie auf sein Angebot, ihr daraus vorzulesen, statt sich immer nur von Hörspielen berieseln zu lassen, skeptisch reagiert. Aber schon die erste Geschichte hatte ihr so gut gefallen, dass sie gleich die nächste hatte hören wollen. Und noch eine und noch eine und noch eine.

Glücklich war ein großes Wort – aber wenn er Luzie nach den Hausaufgaben eine halbe oder auch mal eine ganze Stunde lang aus dem Buch vorlas; wenn sie gemütlich auf ihrem Tagesbett lümmelte und ihm aufmerksam lauschte, die Augen mal offen, mal geschlossen; wenn sie lachte oder etwas besonders traurig fand oder eine Frage hatte; wenn sie, was nicht selten passierte, dabei einschlief und er noch so lange weiterlas, bis ihr Atem ganz tief und regelmäßig ging, sodass er sie zudeckte und leise aus ihrem Zimmer schlich – dann war er glücklich.

Aber es gab auch etwas, das dieses kleine Glück überschattete: ein Anruf von Christian Burg. Vor bereits mehr als vierzehn Tagen hatte sich Jonathans Steuerberater bei ihm gemeldet, und seitdem betrachtete Gabriel ihn als seinen Feind Nummer zwei. Wobei der arme Mann gar nichts dafür konnte.

In einem kurzen, aber unmissverständlichen Telefonat hatte Christian Burg ihm das Ergebnis seiner Auswertung von Miriams Unterlagen mitgeteilt. Die Krümelkiste war pleite. Insolvent. Bankrott. Oder jedenfalls so gut wie, es sei denn, es würde in den nächsten zwei Monaten ein Wunder geschehen und der Laden aus dem Nichts das Vierfache seines aktuellen Umsatzes machen. »Frau Petersen hat sich bisher mit dem Gründungszuschuss und dem privaten Kredit ihrer Eltern über Wasser gehalten, damit kommt sie noch bis zum Jahresende, danach ist Schluss«, hatte Jonathans Steuerberater ihm mitgeteilt. »Das ist ein reines Minusgeschäft. Mit einem durchschnittlichen Tagesumsatz von hundert Euro deckt die Krümelkiste nicht mal ihre Fixkosten, von Gewinn will ich hier erst gar nicht reden. Und der wäre ja auch noch zu versteuern, da müssten täglich vier- bis fünfhundert Euro in der Kasse landen, damit es sich auch nur ansatzweise trägt.« Er hatte ein weibisches Gackern von sich gegeben. »Wenn ich ehrlich bin, frage ich mich, wie man so etwas nicht merken kann.«

»Ja, danke für Ihre Einschätzung!«, hatte Gabriel den Überbringer der schlechten Nachricht angeblafft und in Gedanken abgemurkst. »Dann schauen wir mal, was wir da machen können.«

»Wie gesagt …«

»Noch mal vielen Dank!« Ohne ein weiteres Wort hatte Gabriel aufgelegt. Und quälte sich seitdem mit der Frage, wie er das seiner Vermieterin schonend beibringen oder ihr helfen könnte. Er hatte nicht die geringste Ahnung. Nur eines wusste er: Er musste eine Lösung für das Problem finden, und zwar schnell. Lehrer Schmidt würde ihm in diesem Fall wohl leider nicht von Nutzen sein, also blieb ihm nichts anderes übrig, als die Sache selbst in die Hand zu nehmen.

Donnerstag, 14. November

Miriam

Möglicherweise hatte Becka recht, und alles, was im Zeichen des Skorpions stand, war böse, vergiftet und gemein. Zumindest lief die Krümelkiste seit drei Wochen – und damit beinahe exakt seit dem Tag, an dem das Sternzeichen Waage vom Skorpion abgelöst worden war – schlechter denn je. Und zwar so schlecht, dass Miriam fast geneigt war, im Laden ebenfalls einen Mondkalender, und was man sonst noch für ein Dasein im Einklang mit dem Kosmos braucht, aufzuhängen und ihr Leben danach auszurichten.

Aber nur fast. Eher schob sie die totale Flaute auf das miese Wetter, das die Hanseaten zwar gewohnt waren, sie aber trotzdem nicht dazu animierte, das Haus zu verlassen und auf Shoppingtour zu gehen.

Vor Miriams geistigem Auge tauchte die makellose Familie auf, die sich vor ein paar Wochen in die Krümelkiste verirrt hatte. Wie fluchtartig die blonde Frau den Laden verlassen hatte; welches Entsetzen sich auf ihrer Miene abgespielt hatte, nachdem das böse Wort »Secondhand« gefallen war. Mit hoher Wahrscheinlichkeit bummelte sie in genau diesem Augenblick über den Neuen Wall und verprasste innerhalb von zehn Minuten einen Betrag, der die durchschnittliche Monatsmiete für eine Vierzimmerwohnung mit Alsterblick überschritt.

Dass Ben sich ausgerechnet dort ein Büro leisten konnte – auch wenn es zusammen mit vier Kollegen in einem Hinterhaus war –, wunderte sie immer noch. Vor allem, weil er im Verlauf der regelmäßigen Gespräche, die sie mittlerweile täglich bei kleinen Kaffeepausen führten, zugegeben hatte, dass sein Geschäft nicht ganz so glänzend lief, wie er Becka gegenüber behauptet hatte.

»Von ihrer blöden Rumfragerei hab ich mich in die Enge getrieben gefühlt«, hatte er ihr vor ein paar Tagen gestanden. »Als müsste ich mich wehren, ohne überhaupt zu wissen, gegen was. Da hab ich das halt so rausgehauen.«

»Dafür musst du dich nicht entschuldigen«, hatte sie ihn beruhigt. »Rebecca ist der liebste Mensch, den ich kenne. Aber manchmal ist sie auch die Pest, und wenn sie erst mal Fahrt aufgenommen hat, überkommt sie andere Menschen wie eine unaufhaltsame Naturgewalt.«

»Eine überaus passende Umschreibung«, hatte Ben schmunzelnd zugestimmt. »Allerdings hat deine Freundin mit ihrer Anmerkung, dass ein Freiberufler über die Auskunft zu finden sein sollte, schon recht, so ungern ich das auch zugebe.« Ben hatte verlegen auf seiner Unterlippe herumgekaut. »Hätte vielleicht mehr gebracht, als in ein Gemeinschaftsbüro mit pompöser Anschrift zu ziehen. Rückblickend betrachtet war das reiner Schwachsinn, aber ich hatte eben gehofft, die Adresse würde sich positiv auf meine Auftragslage auswirken.« Er hatte ihr sein typisches schiefes und jungenhaftes Grinsen geschenkt. »Im Endeffekt war es aber nur überteuert und mit vier anderen Leuten im selben Raum außerdem wahnsinnig laut und unruhig, sodass ich mich kaum konzentrieren konnte.«

»Hast du da noch nicht deine tollen Presslufthammer-Kopfhörer gehabt?«, hatte sie ihn geneckt.

»Doch«, hatte er erwidert. »Aber unter den Jungs war es mir peinlich, die Dinger aufzusetzen. Die waren im Schnitt alle fünfzehn Jahre jünger als ich und haben sich eh schon immer über den ›alten weißen Mann‹ lustig gemacht.«

»Na, so alt bist du ja nun auch nicht!«

»Vermutlich älter, als du denkst.«

»Okay, lass mich raten.« Sie hatte ihren Blick sehr aufmerksam über sein Gesicht wandern lassen, über die vielen Sommersprossen und die kleinen Fältchen rund um seine Augen und auf seiner Stirn. Die grauen Strähnen, die seinen dunkelblonden, etwas ungezähmten Schopf durchzogen, fielen zwar kaum auf, aber sie waren da. »Ich würde sagen …«, noch einmal hatte Miriam ihn sehr genau betrachtet, und das leichte Zucken an Bens rechtem Augenlid hatte ihr verraten, dass ihre Musterung ihn ein wenig unsicher oder nervös machte. »Ich schätze, du bist siebenundvierzig.«

»Autsch!«, hatte er ausgerufen. »Deinetwegen muss ich mir einen Therapeuten suchen, ich bin erst zweiundvierzig!«

»Sorry«, hatte sie kichernd erwidert, »die fünf Jahre habe ich nur deshalb draufgelegt, weil …« Sie war ins Stocken geraten.

»Weil?«, hatte er nachgehakt.

Ein paar Sekunden lang hatte Miriam ein sehr konzentriertes Gesicht gemacht, dann war sie in lautes Gelächter ausgebrochen. »Keine Ahnung!«, hatte sie japsend ausgestoßen und entschuldigend die Hände erhoben. »Ich hab jetzt nur versucht, meinen Fauxpas wieder geradezubiegen.«

»Schon in Ordnung«, hatte er ihr großzügig verziehen. »Ab fünfzig werden die Augen ja langsam auch schlechter, das nehme ich dir also nicht krumm.«

Sie hatte ein paar Sekunden gebraucht, Bens kleine Unverschämtheit zu verstehen, aber dann hatte sie ihn lachend auf seinen Arm geboxt.

»Vielleicht gehe ich gar nicht in mein altes Büro zurück«, hatte Ben dann überlegt. »Die Sanierung dauert ewig, und so richtig wohl habe ich mich da nie gefühlt.« Er hatte gedankenverloren an seinem Kaffee genippt.

»Dann würdest du hierbleiben?«, hatte sie gefragt.

»Wenn das für dich in Ordnung wäre, gern«, hatte er erwidert.

»Natürlich!«, hatte sie gesagt und gehofft, dass ihr die Freude in ihrer Stimme nicht allzu sehr anzuhören war. Denn natürlich freute sie sich, wenn Ben auf Dauer sein Büro in der Krümelkiste behielt. Nicht nur, weil er ein umgänglicher und sympathischer Mensch war, und auch nicht nur, weil sie die zusätzliche Mieteinnahme gut gebrauchen konnte – sie fühlte sich einfach wohl mit ihm, und schon nach dieser kurzen Zeit würde ihr extrem viel fehlen, wenn er wieder weg wäre.

Noch größer wäre der Verlust für Luzie. Seit Ben sie bei ihren Hausaufgaben unterstützt hatte, half er ihr fast jeden Nachmittag. Er hatte sich sogar schon mit Dr. Krüger anlegen wollen, weil der in einer unterirdischen Aktion eine andere Aufgabe ihrer Tochter nicht korrigiert, sondern einfach nur mit Rotstift durchgestrichen hatte – aber obwohl Miriam Bens Empörung teilte, hatte sie ihn in seinem Furor ausgebremst. Es brachte ja nichts, auf die Barrikaden zu gehen, am Ende war es das Kind, das es ausbaden musste. Sie selbst und jeder andere Erwachsene, den Miriam kannte, hatten die Schule schließlich auch überlebt.

Beim Stichwort »Überleben« wanderten ihre Gedanken wieder zu ihrer heute noch immer sehr, sehr leeren Kasse. Und zu der Frage, wann Ben endlich mal ihren Papierkram in Angriff nehmen würde. Mit jedem Tag, den sie noch im Ungewissen war, wurde sie unruhiger. So toll es war, dass er Luzie half – so langsam müsste er sich auch mal um die Krümelkiste kümmern.

Wie aufs Stichwort schwappte aus dem Zimmer ihrer Tochter lautes Gelächter zu ihr herüber, die beiden schienen sich mal wieder prächtig zu amüsieren.

Genervt warf Miriam die Kaffeemaschine an und machte sich einen Latte macchiato. Während sie zusah, wie der dunkle Espresso langsam in das darunter gestellte Glas tröpfelte, fasste Miriam den Entschluss, Ben noch heute festzunageln. Sobald er aus Luzies Zimmer kam, würde sie mit ihm reden. Sie brauchte seine Hilfe jetzt mindestens so dringend wie ihre Tochter.

Als Ben zwanzig Minuten später vorne bei ihr im Laden erschien, nahm Miriam allen Mut zusammen und sagte, ehe sie es sich noch anders überlegen konnte: »Wir müssen uns dringend unterhalten.«

Er sah sie erschrocken, nahezu verängstigt an. Wie ein Kind, das von seinen Eltern beim Rauchen erwischt worden war und nun eine Standpauke befürchtete. »Hab ich was gemacht?«

»Nein.« Sie schüttelte den Kopf und bemühte sich um einen sachlichen Ton. »Es ist eher das Gegenteil.«

»Das Gegenteil?«

»Du machst nichts.« Die Worte waren heraus, ehe sie bedacht hatte, wie blöd sie waren. Und wie unfair. Vor allem aber alles andere als sachlich. »Sorry, das habe ich unglücklich formuliert, natürlich machst du jede Menge, vor allem für Luzie. Aber«, sie seufzte tief, »ich hänge total in der Luft, ich muss endlich wissen, wie es mit der Krümelkiste aussieht. Wann kannst du dich um meine Buchhaltung kümmern?«

Ben legte den Kopf leicht schräg und sah sie einen Moment

schweigend an. Ob die kleinen Rädchen in seinem Kopf gerade auf Hochtouren ratterten oder ihre Frage bei ihm einen Systemabsturz ausgelöst hatte – beides war möglich, seine Miene war absolut ausdruckslos und zeigte keinerlei Regung, in welche Richtung auch immer. Sie war schon kurz davor, ihn bei den Schultern zu packen, ihn zu schütteln und anzuschreien, da verzog sich sein Mund plötzlich zu einem Lächeln. »Ich wollte es eigentlich erst morgen früh mit dir besprechen«, sagte er. »Wenn ich dir alles ordentlich vorlegen und mit dir durchgehen kann.«

»Du bist fertig mit meinen Sachen?« Sie war überrascht, schließlich hatte sie bisher gedacht, er habe noch gar nicht angefangen.

Ben nickte.

»Und?« Miriam ballte beide Hände zu Fäusten, vor Anspannung wurde ihr schwindelig, sodass sie sich gegen den Tresen lehnen musste, weil sie Sorge hatte, sonst umzukippen.

Sein Lächeln wurde breiter. »Also, insgesamt sieht es nicht komplett dramatisch aus«, teilte er ihr zu ihrer großen Überraschung mit. Zu ihrer großen Überraschung – und noch größeren Erleichterung.

»Wirklich?« Sie konnte kaum glauben, was er sagte.

»Na ja«, relativierte er, schlagartig sackte ihr das Blut in die Knie, »es ist natürlich nicht super, das wird dir ja auch klar sein. Aber so ein neues Unternehmen, das braucht eben Zeit, bis es richtig anläuft, dafür gibt es ja auch den Existenzgründerzuschuss. Aber ich bin zuversichtlich, dass du mit der Krümelkiste schon bald ein gutes Auskommen erwirtschaften wirst.« Er sagte noch ein paar Dinge, die sie nicht verstand. Zum einen, weil es für sie buchhalterisches Kauderwelsch war, zum anderen, weil es in ihren Ohren rauschte wie ein Wasserfall.

»Danke, danke, danke!«, rief sie aus.

»Keine Ursache«, antwortete er und klang dabei etwas gepresst.

Sie sahen einander an, dann senkten sie beide verschämt ihre Blicke.

Donnerstag, 14. November

Gabriel

Es war passiert. Er hatte Miriam wieder ins Gesicht gelogen.

Seine Reaktion war ein Reflex gewesen, als sie ihm eben die Pistole auf die Brust gesetzt hatte. Aber warum? Warum hatte er das behauptet? Was hatte ihn geritten? Hatte er mal wieder derjenige sein wollen, der niemanden enttäuscht? Weil er es selbst in Wahrheit kaum aushalten konnte, in ein trauriges Gesicht zu blicken? Wie hatte er nur so bescheuert sein können, Miriam in dieser Sache anzulügen?

Es gab keinen Ausweg, er würde es ihr sagen müssen. Er würde jetzt und auf der Stelle die Maskerade beenden, würde Miriam gestehen, dass die Krümelkiste so gut wie pleite war. Und wenn er schon dabei war, würde er ihr auch den ganzen jämmerlichen Rest beichten. Dass es den Buchhalter Ben Sommer nicht gab, sondern nur den abgehalfterten Schreiberling Gabriel Bach, der sich auf ihre und Luzies Kosten an ihrer beider Leben bedient hatte, weil er so eine jämmerliche Gestalt war, dass er selbst vor so etwas nicht haltgemacht hatte.

Gabriel schloss die Augen, holte tief Luft, sah dann wieder auf. Da erklang ein dumpfer Schlag aus Luzies Zimmer.

Gemeinsam stürzten sie durch ihre Tür.

»Luzie!«, schrie Miriam. Das Mädchen lag zusammengekrümmt auf dem Boden vor ihrem Tagesbett. Sie hielt sich eine Hand unters Kinn, zwischen ihren Finger quoll Blut hervor, färbte ihr T-Shirt, ihre Leggings, den Teppich unter ihr in tiefes Rot.

»Ich bin gestolpert«, erklärte sie weinend, »und auf eine Ecke von meinem Bett geknallt.«

»Ruf einen Krankenwagen! Sofort!!«, brüllte Miriam Gabriel an, während sie sich neben Luzie kniete, ihr den Kopf hielt und ihr beruhigend über die ebenfalls schon mit Blut verschmierten Wangen strich. Ihr Gesicht war kalkweiß, die Augen hatte sie wie in Todesangst weit aufgerissen.

Er rannte in sein Büro, nestelte sein Handy aus der Innentasche seiner Jacke, die er heute früh wie immer über die Stuhllehne gehängt hatte. Er brauchte drei Anläufe, um den Flugmodus zu deaktivieren, so fahrig tippten seine Finger auf dem Display herum.

Als eine Frau unter der 112 seinen Anruf entgegennahm, zitterte Gabriels Stimme stark, sodass sie mehrfach nachfragen musste, was passiert war und wo. Er war schweißgebadet, als sie endlich die erlösenden Worte sprach: »Ein Wagen ist unterwegs.«

Danach ging alles rasend schnell, so schnell, wie die Spirale in seinem Kopf sich drehte, ein schwindelerregendes Kreiseln, vor seinen Augen drohte alles zu zerfallen.

Zwei Sanitäter kamen durch die Tür in den Laden gerannt, mit einem »Da!« deutete Gabriel auf Luzies Zimmer, in dem das Mädchen noch immer so schrecklich laut weinte. Die Rettungskräfte knieten sich neben Miriam, einer schob sie behutsam beiseite, während der andere sich über Luzie beugte.

Gabriel wusste nicht, ob nur einige Minuten vergingen oder Stunden. Es hätten auch Tage sein können, aber irgendwann humpelte Luzie, von einem Sanitäter gestützt, an ihm vorbei und sah ihn, als sie auf einer Höhe mit ihm war, mit tapferer Miene an. Ihr Gesicht, ihre Hände, ihre Kleidung, alles war über und über voll mit Blut. Langsam setzte Luzie, weiterhin gestützt, ihren Weg nach draußen fort, er blickte ihr nach und fühlte sich wie taub und gelähmt, wie in Watte gepackt.

»Es ist alles gut.« Die Hand, die seinen Arm berührte, holte ihn aus seiner Trance. Die verschwommenen Schlieren in seinem Kopf formten sich direkt vor seinen Augen zu Miriams Gesicht, das Bild wurde klarer und klarer, als würde jemand an einer Linse drehen, um wieder alles scharf zu stellen. »Nur eine Platzwunde am Kinn, sagen die Sanitäter, ganz harmlos. Das viele Blut ist bei einer Gesichtsverletzung normal.« Noch einmal strich sie ihm über den Arm, und er merkte, wie erleichtert auch sie war. Eine Erleichterung, die wie in einer weichen Welle nahtlos auf ihn überschwappte und ihn dann ebenso erfüllte, wie es vor wenigen Sekunden noch ein jämmerliches Weinen getan hatte.

Japsend schnappte er nach Luft. Dann beugte er sich vor, zog seinen Oberkörper zusammen und streckte sich gleich darauf mit hocherhobenen Armen, so weit er nur konnte, nach hinten durch, reckte die Hände in Richtung Decke wie zu einem Himmelsgebet.

»Hältst du hier die Stellung, solange ich mit Luzie im Krankenhaus bin?«, fragte Miriam.

»Na klar«, antwortete er. Er räusperte sich und sagte dann mit fester Stimme: »Ich werde hier jetzt mal richtig Umsatz machen, da werdet ihr euch umgucken!«

»Super, ich bin gespannt!«

Nachdem das Rettungsfahrzeug verschwunden war, blieb Gabriel noch eine Weile unschlüssig im Laden stehen, dann ging er noch einmal in Luzies Zimmer. Mit einem Fuß wischte er über den dunklen Fleck im Teppich, ging hinüber zur Kitchenette, tauchte einen Lappen in kaltes Wasser und rubbelte so lange an der Stelle herum, bis sie deutlich verblasst war. Dann warf er den Lappen zurück in die Spüle, ging noch einmal in Luzies Zimmer und setzte sich auf ihr Bett. Am oberen Pfosten des Holzgestells klebte Blut und markierte so die Stelle, auf die sie beim Toben geknallt sein musste. Gabriel faltete die Hände, legte sie in seinen Schoß und senkte den Kopf.

Und dann – er erlaubte es sich für diesen einen Moment, in dem er allein auf dem Bett saß und niemand ihn sehen oder hören konnte – begann er zu weinen. Weinte und schluchzte, so sehr, wie Luzie es vorhin getan hatte, ließ seinen Tränen freien Lauf, umschlang seinen Oberkörper mit beiden Armen und gab dem kleinen Jungen, der in ihm und mit ihm weinte, ein wenig Halt.

Es dauerte nicht lange, ein oder zwei Minuten, dann richtete er sich auf und trocknete sich das Gesicht ab. Danach stand er auf, ging zurück in den Laden und nahm auf dem Hocker hinter dem Tresen Platz.

Ben Sommer.

Ein echt beschissener Buchhalter.

Aber vielleicht taugte er ja was als Verkäufer.

Donnerstag, 14. November

Miriam

Als sie um kurz nach halb sieben mit Luzie zurück in die Krümelkiste kam, thronte Ben in stockgerader Pose hinterm Ladentisch. Mit finsterer Miene inklusive steiler Zornesfalte auf der Stirn und mit vor der Brust verschränkten Armen blickte er ins Nichts. Vor ihm auf dem Tresen stand sein aufgeklapptes Notebook, aus dem leise Musik dudelte, die er aber mit einem eiligen Tastenklick zum Verstummen brachte.

Alles in allem vermittelte er nicht gerade einen einladenden Eindruck, und Miriam fragte sich, was ihm in der Zwischenzeit für eine Laus über die Leber gelaufen sein mochte.

»Da sind wir wieder!«, rief sie übertrieben fröhlich.

»Endlich!«, stieß er aus.

»War alles gar nicht so schlimm!«, kam es von Luzie.

»Trotzdem sorry, dass es so lange gedauert hat«, fügte Miriam hinzu, »in der Notaufnahme war die absolute Hölle los, aber wir haben wirklich so schnell wie …«

»Kein Problem«, wurde sie von Ben unterbrochen und beschwichtigt, die Zornesfalte verschwand. »Hier ist alles prima.« Er sah sie fragend an. »Oder sehe ich etwa schlecht gelaunt aus?«

»Nein, gar nicht, alles gut«, antwortete sie und machte sich daran, erst ihre Tochter und dann sich selbst aus ihrer Jacke zu befreien.

Bens Blick richtete sich nun auf Luzie, er verließ seinen Hocker, kam zu ihnen und ging vor dem Mädchen in die Knie. Nun bildeten sich unendlich viele Lachfältchen um seine Augen, er grinste, und seine Sommersprossen schienen dabei aufzublitzen. Schlagartig sah er wieder wie ein frecher Junge aus.

»Dann erzähl mal!«, forderte er Luzie auf. »Ich will alles ganz genau wissen!«

»Okay.« Zu Miriams Überraschung pflanzte ihre Tochter sich auf Gabriels gebeugte Oberschenkel, hielt sich mit einer Hand an seiner Schulter fest und reckte ihm stolz ihr Kinn entgegen, auf das der Arzt ein buntes Pflaster mit Disney-Motiven geklebt hatte. »Da!«

»Nur ein Pflaster?«, wollte Ben überrascht wissen und warf Miriam einen fragenden Blick zu. Er schwankte ein wenig, wohl nicht ganz einfach, eine Siebenjährige hockend auf dem Schoß zu balancieren. »Bei all dem Blut hatte ich schon sonst was befürchtet!«

»Ich auch«, gab Miriam zu.

»Das ist aber nicht nur ein Pflaster!«, verkündete ihre Tochter voller Empörung. »Das war eine richtige Platzwunde! Die musste mit *drei* Stichen genäht werden!«

»Drei Stiche, gleich so viele?«, fragte Ben in ehrfurchtsvollem Ton nach und bedachte Luzie mit einem anerkennenden Blick. Gleichzeitig schob er sie vorsichtig von sich runter, sein angestrengter Gesichtsausdruck ließ erahnen, dass ihn seine Kräfte verließen, doch obwohl seine Oberschenkel sichtbar zitterten, blieb er weiterhin vor ihr in der Hocke. »Donnerwetter!« Er nickte beeindruckt.

»Ja, guck mal!« Luzie fasste mit einer Hand an das linke Ende des Pflasters und wollte es abreißen.

»Nein, nicht!«, rief Ben erschrocken, griff nach ihrer Hand und zog sie vom Kinn weg. »Ich glaub's dir ja, das musst du mir nicht zeigen. Lass das Pflaster lieber drauf, das ist bestimmt besser.«

»Richtig«, stimmte Miriam ihm zu und kniete sich neben ihn und ihre Tochter.

»Bitte!«, quengelte Luzie. »Nur einmal ganz kurz!«

»Nein, mein Schatz«, widersprach Miriam, »das ist nicht gut für die Wunde, die braucht jetzt Ruhe, damit sie heilen kann und sich nicht am Ende noch entzündet.«

»Aber …«, setzte das Mädchen an, beendete den Satz aber schließlich mit einem »Hmpf«.

»Was hältst du davon: Wenn die Fäden in einer Woche rauskommen, darfst du das Pflaster am Tag davor abziehen, dann kann Ben sich die Naht noch ansehen.« Miriam erhob sich und machte sich daran, ihre und Luzies Jacken aufzuhängen.

»Okaaay«, willigte Luzie gedehnt ein. Sie wandte sich wieder an Ben, der weiterhin mit ihr auf Augenhöhe geblieben war und dessen Oberschenkel inzwischen so stark zitterten, als hätte er Schüttelfrost. Aber er verharrte tapfer in seiner unbequemen Position. »Sieht darunter aber echt übel aus, richtig gruselig!« Es war nicht zu übersehen, welche Freude es ihr bereitete, die Verletzung möglichst spektakulär auszuschmücken. »Und der Arzt hat das wirklich richtig genäht. Also so *richtig*, mit Nadel und Faden und so!«

Ben griff sich mit der rechten Hand betont dramatisch ans Herz. »O mein Gott!«, rief er, sah dabei allerdings so aus, als würde er jeden Augenblick in Tränen ausbrechen, und zwar in Lachtränen. »Gut, dass ich nicht dabei war! Ich wäre bestimmt ohnmächtig geworden.«

Luzie nickte bekräftigend. »Ja, war schon sehr heftig.«

»Hat das denn nicht total wehgetan?«, wollte er wissen.

»Doch, klar«, gab sie zu. »Aber ich hab vorher eine Betäubung bekommen, damit ging's dann eigentlich.« Sie grinste ihn breit an.

»Oh!« Ben sah sie überrascht an. »Da fehlt ja was!«

»Was meinst du?«, fragte sie verständnislos zurück.

»Na, das da!« Mit einem Finger tippte er sich gegen seine unteren Schneidezähne.

»Ach so, das!« Luzie zuckte in formvollendeter Lässigkeit mit beiden Schultern. »Der hat eh schon gewackelt und ist bei meinem Sturz wohl ganz rausgeflogen. Muss noch irgendwo in meinem Zimmer liegen.«

»Autsch!«, rief Ben aus. »Aber deshalb hast du auch so aus dem Mund geblutet!«

»Ja, kann sein«, entgegnete sie gelangweilt. »Jedenfalls«, kam sie eilig zu ihrem Bericht zurück, »war es auch mit Betäubung ein total krasses Gefühl!« Ihre Augen hatten die Größe von Untertassen angenommen. »Ich meine, das musst du dir mal vorstellen: Da sticht dir einer mit einer Nadel in die Haut und näht sie zusammen.« Kurz wanderte ihr Blick zu Miriam. »So wie Mama einen abgerissenen Knopf annäht.«

»Brrrr!« Ben schüttelte sich und verzog angeekelt den Mund. »Wie gesagt, ich mag mir das nicht mal vorstellen!«

Luzie lächelte, sichtlich zufrieden mit dem Ausmaß an Abscheu, das sie in ihm hervorgerufen hatte. »Danach durfte ich mir das hier aus der Schatzkiste aussuchen.« Sie hielt ihm ihren linken Arm unter die Nase, damit er die Kette aus bunten Glitzersteinen, die an ihrem Handgelenk baumelte, bewundern konnte.

»Wow, richtig schön!«, kommentierte er das Schmuckstück. »Dann hat es sich ja fast schon gelohnt!«

»Auf jeden!«, stimmte sie ihm zu, dann plapperte sie weiter. »Der Arzt hat gesagt, ich krieg jetzt die gleiche Narbe, die Mama unterm Kinn hat.«

»Ist das so?« Ben sah zu Miriam, die noch dabei war, die Jacken aufzuhängen.

»Ja«, bestätigte die, kam zu ihnen zurück und reckte ihm ebenfalls ihr Kinn entgegen. »Scheint in meiner Familie Tradition zu werden«, erklärte sie lachend.

»Sieht ganz danach aus.« Jetzt stand er wieder auf und nahm Miriams Kinn genauer in Augenschein. »Auch beim Toben auf einen Bettpfosten gefallen?«

Sie schüttelte den Kopf. »Nein.« Sie lachte. »Bei mir war es reine Blödheit, mit zehn bin ich beim Fahrradfahren hinten auf ein parkendes Auto geknallt.«

»Autsch!«, rief ihr Untermieter ein weiteres Mal aus und zischte durch die Zähne.

»Ja, das war eine sehr schmerzhafte Erfahrung. Aber auch eine lehrreiche. Seitdem habe ich mir angewöhnt, immer nach vorn zu schauen und auf den Weg zu achten.«

Für die Dauer eines Wimpernschlags, so jedenfalls kam es Miriam vor, sah er sie so nachdenklich an, dass es sie schlagartig verunsicherte. »Das ist gut«, stellte er nickend fest. »Es ist immer gut, nach vorn zu schauen.«

»Äh«, gab sie verlegen zurück, weil sie das diffuse Gefühl hatte, dass er gerade nicht vom Fahrradfahren sprach. Sie räusperte sich und klatschte betont fröhlich in die Hände, um diese seltsame Anspannung zu verscheuchen. »Tja!«, rief sie aus, selbst dieses kurze Wort klang in ihren eigenen Ohren konfus und peinlich ungelenk.

»Ich geh in mein Zimmer und suche den Zahn«, verkündete Luzie. »Den muss ich ja heute Nacht unter mein Kissen legen, damit die Zahnfee mir einen Wunsch erfüllt.« Mit diesen Worten stapfte sie an ihnen vorbei und knallte die Tür hinter sich zu. Der laute Rumms in Kombination mit dem Hörspiel, das nur einen Augenblick später losplärrte, erlöste Miriam endgültig aus ihrer Beklemmung.

»Typisch«, kommentierte sie kopfschüttelnd. »Kaum geht es mal eine Sekunde lang nicht um sie, haut sie sofort ab.«

Ben schmunzelte. »Kinder sind eben noch gesunde Egozentriker.«

Sie musste prusten. »Das trifft allerdings zu tausend Prozent zu!« Ohne jede Vorwarnung, sodass ihr Untermieter zusammenzuckte, brüllte sie: »Stell das bitte leiser!!!« Prompt wurde der Regler heruntergedreht. »Sorry«, entschuldigte sie sich bei Ben, »ich wollte dich nicht erschrecken.«

»So ein spontaner Herzinfarkt ist durchaus belebend.«

Erneut musste sie lachen. Dann senkte sie die Stimme und setzte eine ernsthafte Miene auf. »Ich hoffe, ich habe Luzie mit meinem kleinen Ordnungsruf nicht zu einem Leben als Mitläuferin verdammt.«

»Wie bitte?«

»Hast du mir doch mal erklärt«, erinnerte sie ihn. »Erst sind Kinder glücklich, dann kommen die Erwachsenen und wollen sie erziehen, und schon ist es mit ihrem Glück vorbei.«

»Neeeein!«, gab er entschieden zurück. »Das habe ich *so* gar nicht gesagt.«

»Hast du wohl!«

»Das bestreite ich aufs Energischste!«, polterte er in gespielter Empörung zurück. »Im Gegenteil, ich war und bin schon immer ein Verfechter der schwarzen Pädagogik«, behauptete er. »Der *Struwwelpeter* gehört für mich zur Pflichtlektüre für jeden Vierjährigen!«

»Richtig!«, stimmte sie ihm zu. »Außerdem sollte in Schulen wieder der Rohrstock eingeführt werden!«

»Un-be-dingt!«

Sie genoss die Unbeschwertheit nach dem großen Schrecken, den ihre Tochter ihnen am Nachmittag eingejagt hatte.

»Wie lief's denn nun während unserer Abwesenheit an der Verkaufsfront?«, wollte sie wissen, als ihr Bens Entwarnung wieder in den Sinn kam. »Hast du so viel Umsatz gemacht, dass ich mich jetzt umgucken muss?«

»Eher mittel«, gab er zu, seine Miene wechselte von fröhlich zu unangenehm berührt. »Insgesamt drei Euro fünfundsiebzig.«

»Oh.« Miriam hoffte, sie klang nicht so enttäuscht, wie sie war. »Das ist für drei Stunden natürlich nicht gerade viel.«

»Leider nein.«

»Tja.« Andererseits grenzte es schon fast an ein Wunder, wenn ihm überhaupt jemand etwas abgekauft hatte. Jedenfalls wenn er die ganze Zeit so grimmig vor sich hin gestarrt hatte wie bei ihrem Eintreffen in der Krümelkiste. Aber das sagte sie natürlich nicht. »Falls es dich tröstet«, erklärte sie stattdessen, »bei mir gibt's auch oft solche Tage. Den Rekord für den höchsten Umsatz hält bisher Rebecca. Die paar Mal, die sie mich vertreten hat, hat sie immer erstaunlich viel verkauft.«

»Kann ich mir vorstellen«, entgegnete Ben ironisch, »sie zerrt die Leute gewaltsam von der Straße rein und hypnotisiert sie.«

»Davon ist auszugehen.« Miriam schmunzelte. Seit dem peinlichen Verhör vor ein paar Wochen hatte Becka Wort gehalten und keinen weiteren Mucks mehr von sich gegeben, der auch nur ansatzweise nach Misstrauen geklungen hatte. Im Gegenteil, inzwischen war sie Ben sogar gewogen. Vor allem nachdem er neulich auch Luzies Freundin Alissa unter seine Fittiche als Nachhilfelehrer genommen und den beiden damit zu einer Eins im Sachkundetest verholfen hatte.

»Ehrlich gesagt ist während der gesamten Zeit nur eine einzige Kundin in den Laden gekommen«, erklärte Ben, es klang fast wie eine Rechtfertigung. »Und die hat dann sogar noch versucht, die drei Euro fünfundsiebzig für eine fast neue Schalmütze auf drei Euro runterzudrücken.« Die Zornesfalte auf seiner Stirn trat wieder deutlich hervor. »Die hätte ich am liebsten gefragt, ob sie noch ganz richtig tickt. Und dann hätte ich sie rausgeschmissen.«

»Bloß nicht!«, entfuhr es Miriam. »Das wäre gar nicht gut fürs Geschäft.« Sie zuckte mit den Schultern. »Viele Kunden versuchen, noch ein kleines bisschen zu verhandeln. Das ist hier ganz normal.«

»Aus meiner Sicht ist es eine Unverschämtheit«, wetterte Ben. Mittlerweile blickte er derart düster drein, als würde er im nächsten Moment einen Säbel zücken.

»Das darf man nicht persönlich nehmen«, beruhigte sie ihn. »Die Leute wollen eben nur Flohmarktpreise zahlen und denken nicht groß darüber nach, dass ein Secondhandladen den gleichen Kostenapparat mit sich bringt wie ein normales Geschäft.« Sie warf ihm ein nachsichtiges Lächeln zu. »Meint ja keiner von denen böse.«

»Wie gut, dass es die Buchpreisbindung gibt.«

»Die was?«

Ben schüttelte unmerklich den Kopf und blickte wieder zu ihr hoch. »Ach, ist egal!« Er ließ die Zunge schnalzen und machte gleichzeitig eine wegwerfende Handbewegung. »War nur mal wieder einer meiner kruden Gedankensprünge, nicht weiter wichtig.«

Für einen kurzen Moment schwiegen sie sich an, dann klatschte Miriam ein zweites Mal in die Hände. »Tja, jetzt sind wir ja wieder da, ich kann also übernehmen. Wobei«, sie warf einen Blick auf ihre Uhr, »es ist fast sieben, da werde ich nur noch die Millionen in der Kasse zusammenzählen und für heute Schluss machen.«

»Soll ich dir helfen?«, bot Ben an und fügte augenzwinkernd hinzu: »In meinem abgebrannten Büro hab ich auch noch so eine Zählmaschine stehen, die könnte ich holen.«

»Ha, ha!«, entgegnete sie. »Dann ruf auch gleich noch den gepanzerten Geldtransporter mit bewaffneten Wachmännern an, dass er in einer halben Stunde kommen soll.«

»Wird erledigt.« Er ging hinter den Tresen und klappte seinen Computer zu. »Ich mach jetzt auch Feierabend«, sagte er und klemmte sich das Notebook unter den Arm. Dann trat er einen Schritt zur Seite, um Miriam durchzulassen. Etwas umständlich drückten sie sich aneinander vorbei, und sie registrierte, dass Ben dabei genauso bedacht wie sie darauf war, dass sie sich nicht aus Versehen berührten. Nur ihre Hände streiften sich kurz, Miriam durchzuckte ein leichtes Schaudern, und sie spürte, wie ihr die Röte in die Wangen schoss.

»Äh, Moment.« Eilig bückte sie sich zu dem Regal unter der Theke und tat so, als würde sie etwas suchen.

»Ja?« Ben hielt in der Bewegung inne und bückte sich leider ebenfalls, sodass sein Gesicht auf gleicher Höhe direkt neben ihrem auftauchte. »Ist da was?«

»Nein, alles gut«, brachte sie stotternd hervor und schnellte zurück in die Senkrechte, wobei sie mit ihrem Kopf beinahe gegen seinen geknallt wäre. »Ich dachte nur, ich, äh …« Sie räusperte sich. »Da hab ich mich wohl …« Er hatte sich auch wieder aufgerichtet und musterte sie abwartend. »Der Tag war ziemlich turbulent«, erklärte sie mit einem nervösen Kichern, »ich bin echt noch ein bisschen von der Rolle und sollte dringend ins Bett.«

»Das solltest du.« Bens Ton war so sanft, sein Blick so liebevoll, dass es sich anfühlte, als würde er behutsam über ihre Hand streicheln, obwohl er sie gar nicht berührte. »Und Luzie braucht ebenfalls Erholung. Bei aller Tapferkeit – so ein Unfall mit Rettungswagenfahrt ins Krankenhaus und zugenähter Platzwunde ist zwar aufregend, aber mit Sicherheit auch sehr erschöpfend.«

»Was ist mit mir?« Luzie stand in der Tür zu ihrem Zimmer und blickte neugierig zwischen ihnen hin und her.

»Gar nichts, mein Schatz«, antwortete Miriam.

Donnerstag, 14. November

Gabriel

Ein Anblick für die Götter! Luzie mit zerzausten Zöpfen, blutverschmiertem T-Shirt und einem großen Pflaster unterm Kinn, den Mund in Erstaunen aufgerissen – so stand sie in ihrer Tür, die Miene entschlossen wie Erzengel Michael mit seinem Flammenschwert. Einzig die zwei großen Zahnlücken im Ober- und Unterkiefer fügten sich nicht ganz ins Bild.

»Ich hab genau gehört, dass ihr über mich gesprochen habt!«, teilte sie ihnen mit.

»Donnerwetter!«, entfuhr es Gabriel, und er musste sich schwer beherrschen, um nicht lachend zusammenzubrechen. »Hast du aber gute Ohren!«

»Hab ich«, bestätigte sie knapp und nickte, den Blick starr auf ihre Mutter gerichtet. »Ich will das wissen!«

Im Augenwinkel registrierte er, dass es auch um Miriams Mund herum verräterisch zuckte. »Du, meine kleine Maus«, erklärte sie ihrer Tochter dennoch erstaunlich ruhig, »packst mal schnell deine Schulsachen für morgen zusammen, weil wir nämlich jetzt nach Hause gehen.«

»Was?« Mehr Empörung und Entsetzen mitschwingen zu lassen, war kaum möglich. »Ich geh doch morgen nicht zur Schule!« Trotzig verschränkte sie die Arme vor der Brust. »Auf gar keinen Fall!«

»O doch«, widersprach Miriam gleichbleibend ruhig, »natürlich gehst du.«

»Mama!« Ihre Stimme schlug in ein schrilles Kieksen um. »Ich hatte einen richtig schlimmen Unfall!«

»Du hast vorhin selbst gesagt, dass es gar nicht so schlimm war«, blieb ihre Mutter ungerührt. »Hat sie doch, oder, Ben?« Um Zustimmung heischend sah sie ihn an.

»Oh«, wand er sich unbehaglich. »Da halte ich mich besser raus, so was kann ich doch gar nicht beurteilen.« Nun richteten beide den Blick direkt auf ihn. Schweigend. »Also, ja«, plapperte er in die Stille hinein, »es ist ja wirklich zum Glück sehr glimpflich ausgegangen.« Miriam lächelte kaum merklich, Luzie hingegen musterte ihn mit Todesverachtung. »Andererseits lässt sich nur schwer sagen«, relativierte er prompt, er ließ sich tatsächlich von einer Siebenjährigen einschüchtern, »ob der Sturz nicht doch eine Gehirnerschütterung verursacht hat.«

»Genau!«, pflichtete Luzie ihm vehement bei. »Ich hab nämlich auch richtig doll Kopfschmerzen.«

Miriams Gesicht nahm einen besorgten Ausdruck an. »Wirklich, mein Schatz?«

»Ja«, kam es schwach zurück.

»Dann kannst du natürlich morgen wirklich nicht zur Schule gehen.«

»Nein«, seufzte das Mädchen und senkte betrübt den Kopf. Vermutlich wollte Luzie so das triumphierende Blitzen in den

Augen, das Gabriel meinte, bemerkt zu haben, vor ihrer Mutter verbergen. Oder tat er ihr da unrecht?

Anscheinend schon, denn Miriam ging zu ihr, strich ihr zärtlich übers Haar und sagte: »Ich melde dich für morgen krank, damit du dich erholen kannst.«

»Danke«, murmelte Luzie dem Teppichboden zu.

»Und ich rufe Sarahs Mama an und sag für Samstag ab, dann hast du die ganze restliche Woche, um dich auszuruhen.«

Blitzartig schoss Luzies Kopf nach oben, pures Entsetzen im Blick. »Du willst den Geburtstag bei Sarah absagen? Das geht nicht!«

»Tut mir leid«, sagte Miriam und hörte sich aufrichtig bedauernd an, »aber wenn du dich so schlecht fühlst, kann ich das nicht verantworten.«

»Aber … aber … aber …«, stieß Luzie nach Worten suchend aus. »Alissa und ich freuen uns schon ewig darauf!«

»Tja«, sie seufzte ähnlich betrübt wie eben ihre Tochter. »Wenn du krank bist, lässt sich das halt nicht ändern.«

»Das kannst du mir nicht antun!«

»Meine Süße, das ist doch keine böse Absicht von mir, ich mache mir nur Sorgen.« Gabriel war beeindruckt, wie verständnisvoll und sanftmütig Miriam blieb. Denn vermutlich war ihr schon die ganze Zeit klar, was er spätestens jetzt nicht mehr anzweifelte: Luzie hatte die Chance auf einen schulfreien Tag nutzen wollen. Er grinste amüsiert in sich hinein, da hatte die Kleine die Rechnung wohl ohne ihre Mama gemacht. Er genoss dieses unterhaltsame Schauspiel.

»Aber …«, begann Luzie erneut, auf ihrem Gesicht bildeten sich hektische rote Flecken, »wenn ich nicht zu Sarah darf, ist das eine Katastrophe! Sie hat fast die ganze Klasse eingeladen und …«

»Wie gesagt«, wurde sie von ihrer Mutter unterbrochen. »Das

ist einfach zu gefährlich. Zumal ihr da ja sogar übernachten sollt, das geht natürlich erst recht nicht.«

»Jetzt hör mir doch mal zu!«, schrie das Mädchen vollkommen außer sich. Als Miriam daraufhin nichts mehr erwiderte, sondern ihre Tochter abwartend musterte, sprach Luzie schwer atmend weiter. »Also, wir gehen ins Schokoladenmuseum, da kann doch gar nichts passieren. Hinterher dürfen wir uns alle was bei McDonald's holen, und dann gucken wir bei Sarah zu Hause einen Film. Ihre Eltern haben einen Beamer«, sie erschauderte in Ehrfurcht, »damit ist das wie im richtigen Kino, sogar besser. Und dann ...«

»Schatz«, Miriam ging vor ihrer Tochter in die Knie und legte ihr beide Hände auf die noch immer verschränkten Arme. »Das verstehe ich doch alles, und es tut mir wirklich schrecklich leid.«

Gabriel tat es ebenfalls schrecklich leid. Denn bei aller Erheiterung, die er eben noch verspürt hatte, konnte er gleichzeitig kaum aushalten, in welchem Dilemma das Mädchen nun steckte.

»Du kannst mit Sarah bestimmt ein anderes Mal einen Film gucken und bei ihr übernachten«, schlug Miriam vor.

»Das ist nicht dasselbe!« Nun wich die Entschlossenheit der Traurigkeit, eine dicke Träne bahnte sich ihren Weg über Luzies Wange bis hinunter zum Kinn.

»Ich weiß, aber ...«

»Gar nichts weißt du!« Vor Schreck hätte Gabriel beinahe einen Satz nach hinten gemacht, so wütend hatte Luzie ihre Mutter plötzlich angebrüllt. Und das war erst der Anfang. Luzie wischte sich die Träne fort, dann stieß sie eine böse Schimpftirade aus. »Das ist ein *richtiger* Geburtstag!«, schleuderte sie Miriam entgegen. »Nicht so was Doofes wie bei mir! Mit drei Freunden im Wohnzimmer hocken, Topfschlagen spielen und Kuchen essen, das ist total langweilig! Ich will auch mal was Tolles machen und die halbe Klasse einladen! Aber das geht ja bei uns nicht!« Mit diesen Worten drehte sie sich um und knallte die Tür ihres Zimmers hinter sich zu, so heftig, dass der Boden erzitterte. Wenige Sekunden später dröhnte die Titelmelodie von *Bibi Blocksberg* so ohrenbetäubend laut, dass sie den Regler bis zum Anschlag nach oben gedreht haben musste.

Langsam, sehr langsam erhob Miriam sich aus der Hocke.

Donnerstag, 14. November

Miriam

»Das hat sie nicht so gemeint.«

Trotz des Lärms aus Luzies Zimmer konnte Miriam Ben deutlich verstehen. Er war dicht hinter sie getreten, sie spürte die Wärme seines Körpers, während sie selbst auf die verschlossene Tür starrte.

»Das war nur ein trotziger Ausraster«, sprach er weiter, »in ein paar Minuten tut es ihr wieder leid, und sie entschuldigt sich bei dir.«

»Glaube ich nicht.« Miriam schluckte schwer, um die aufsteigenden Tränen herunterzuwürgen. Als sie glaubte, sich einigermaßen im Griff zu haben und nicht gleich unkontrolliert losheulen zu müssen, drehte sie sich zu Ben um. Ihre Nase berührte fast seine Brust, und sie machte einen eiligen Schritt zur Seite, um einen angemessenen Abstand zwischen ihm und sich zu schaffen. Trotzdem waren sie einander noch so nah. Es fühlte sich vertraut an.

»Ich bin mir sogar sicher, dass es so ist«, stellte er überzeugt fest. »Du solltest dir darüber wirklich keine großen Gedanken machen und es dir auf gar keinen Fall zu Herzen nehmen.«

»Es ist nur …«, sie rang um die richtigen Worte.

»Komm!« Auffordernd streckte Ben ihr eine Hand entgegen. »Lass uns kurz draußen die Beine vertreten und reden, Luzie kann sich solange bei achthundert Dezibel wieder abregen.«

»Okay.«

Zwar ergriff sie nicht seine Hand, lächelte ihn aber dankbar an und strich ihm flüchtig über den Oberarm. Dann nahm sie ihre Jacke vom Haken, zog sie an und verließ mit ihm die Krümelkiste.

»Weißt du«, begann sie erneut, sobald sich die Ladentür hinter ihnen geschlossen hatte und sie ein paar Meter weit bis zur nächsten Straßenlaterne gegangen waren. »Luzie ist nicht so böse und egoistisch, wie du jetzt vielleicht denkst.«

»Das denke ich gar nicht.«

Miriam blieb stehen und sah ihn verwundert an. »Dann bist du hart im Nehmen. Sie hat sich aufgeführt wie eine Furie.«

»Stimmt«, pflichtete er ihr bei und schmunzelte. »Aber was meinst du, was der liebe süße Leo mit seinen gerade mal drei Jahren so alles rauströtet, wenn ihm etwas nicht passt? Ich kann dir sagen, da legst du aber die Ohren an!« Als hätte er eine dieser Szenen bildlich vor Augen, schüttelte Ben ungläubig den Kopf. »Ist gar nicht lange her, bei der Geburtstagsfeier meines Freunds Jonathan, da ist Leo so freigedreht, dass ich dachte, wir müssten einen Exorzisten rufen.«

»Ist nicht wahr!«, stieß sie glucksend hervor.

»Doch, absolut!«, insistierte er übertrieben ernsthaft. »Die Hütte war voll mit Gästen, aber Leo war das vollkommen egal. Vor versammelter Mannschaft hat er randaliert und getobt wie ein Psychopath, und das nur, weil seine Mutter Hannah es gewagt hatte, den kleinen Mann um kurz vor Mitternacht ins Bett zu schicken.« Ein weiteres ungläubiges Kopfschütteln. »Ein Geschimpfe und Geschrei vom Allerfeinsten! Von ›Ich hasse dich!‹

bis hin zu ›Du zerstörst mein Leben!‹ war alles dabei, was man sich an Drama so vorstellen kann.«

»Na ja«, gab sie zurück und machte wieder ein paar Schritte. »Mit drei Jahren stecken die Kids mitten im Trotzalter, da sind solche Anfälle normal.«

»Ich selbst hab solche Auftritte auch mit fünfunddreißig noch hingelegt«, behauptete Ben und versetzte ihr einen scherzhaften Knuff in die Seite. »Selbst heute würde ich wahrscheinlich noch zu so was in der Lage sein.«

»*Das* kann ich mir beim besten Willen nicht vorstellen. So ein zurückhaltender und distinguierter Buchhalter, der verliert doch nicht die Contenance!«

Nun war es an Ben, stehen zu bleiben. Er neigte sich ihr zu und bedachte sie mit einem Blick, der so intensiv war, dass ihr schwummrig wurde. »Lass dich von meiner Fassade nicht täuschen«, raunte er leise. »In mir brodelt ein ungeahntes Feuer der Leidenschaft.«

»Äh«, Miriam schluckte und unterdrückte ein nervöses Kichern. »Okay«, brachte sie schließlich krächzend hervor.

»War nur Spaß!«, löste Ben die eigenartige Stimmung nur eine Sekunde später wieder auf. »Du hast natürlich recht, ich bin nichts weiter als ein langweiliger und blutleerer Zahlenschubser.«

»Hab ich gar nicht gesagt!«

»Ich weiß.« Er lächelte sie schelmisch an, dann nickte er auffordernd in Richtung der Straßenlaterne, und sie schlenderten nebeneinander zu ihr zurück. »Was Luzie betrifft«, kam Ben auf ihre Tochter zu sprechen, »finde ich, dass sie Gründe hatte, so auszuflippen.« Er machte eine kurze Pause, ehe er weitersprach. »Ich meine, Schokoladenmuseum *und* McDonald's *und* Film gucken *und* Übernachtung – da können einem schon mal die Nerven durchgehen, wenn das alles auf einmal nicht mehr stattfinden soll. Dafür muss man nicht in der Trotzphase stecken.«

»Hm«, sie nickte nachdenklich. »Das stimmt wohl, da war ich echt hart zu ihr.« Sie seufzte.

»Sehe ich nicht so.« Sein Widerspruch überraschte sie.

»Gerade hast du doch gesagt, dass du Luzies Reaktion verstehst!«

»Tue ich auch. Aber trotzdem ist es in meinen Augen richtig, dass du konsequent geblieben bist – keine Schule, keine Party. So ist das Leben, das mussten wir alle mal lernen. Davon geht die Welt ja nicht unter.«

»Für Luzie schon.« Ihr entfuhr ein weiterer tiefer Seufzer, Bens verständnisvolle Worte waren wohltuend tröstlich. Sie blieb stehen und lehnte sich mit dem Rücken gegen die Häuserwand. »Seit Patrick weg ist, habe ich oft Angst, alles falsch zu machen.«

»Ich hab zwar so gut wie keine Ahnung von Kindern«, sagte Ben, »aber in meinen Augen machst du das absolut großartig.« Er stützte sich mit einer Hand neben ihrem Kopf ab und beugte sich ein Stück zu ihr, die Straßenlaterne tauchte seine Züge in weiches Licht und verlieh ihm wieder den jungenhaften Ausdruck.

»Richtig«, stimmte sie ihm zu. »Du hast keine Ahnung.«

»*So gut wie* keine«, korrigierte er sie augenzwinkernd. »Wie bereits erwähnt, darf ich ja gelegentlich Zaungast im Leben eines Dreijährigen sein.«

»Als der liebe Onkel, der einen Exorzisten ruft«, scherzte sie.

»Nein«, nahm er ihre Vorlage auf, »nach Jonathans Geburtstag hab ich mich schlau gelesen, beim nächsten Vorfall dieser Art mache ich das einfach selbst. Bisschen Weihrauch und vom Papst gesegnetes Wasser, fertig ist die Teufelsaustreibung.«

Schnaubend entfuhr ihr ein lautes Grunzen, erschrocken schlug sie sich eine Hand vor den Mund. »Sorry, wie peinlich!«, keuchte sie.

»Och«, gab Ben sich großzügig, »der blutleere Buchhalter freut sich, wenn er es schafft, jemanden in Wallung zu bringen.«

»He!«, protestierte Miriam. »Diese Formulierung ist von dir, nicht von mir.«

»Ach ja, richtig.«

»Aber sie passt natürlich.«

Nun war es Ben, der in schallendes Gelächter ausbrach und ebenfalls ein paar grunzende Laute von sich gab.

»Na ja«, sagte sie, »in jedem Fall danke, dass du Luzies Wutanfall so betrachtest, das hat mir geholfen. Ihre Worte haben mich schon getroffen.« Sie stieß sich von der Wand ab und schlenderte zurück zum Eingang der Krümelkiste, Ben folgte ihr. »Und ich kann ihren Frust zum Teil auch verstehen«, fuhr Miriam fort. »Wenn sie sieht, was für ein Feuerwerk andere Eltern zum Geburtstag ihrer Kinder abbrennen, will sie das natürlich auch.«

»Nachvollziehbar«, pflichtete er ihr bei. »Aber irgendwann wird sie erkennen, um was es im Leben wirklich geht.«

»Und was wäre das?«

»Das müsste ich zu Hause nachschlagen, gerade komm ich nicht drauf. Irgendwas mit echten Werten oder so«, er nickte bekräftigend, das übermütige Blitzen in seinen Augen ließ allerdings keinen Zweifel daran, dass er scherzte. »Was auch immer es ist, mit der Zeit wird sie es erkennen.«

»Allerdings nicht mit sieben.«

»Nein«, gab er ihr recht. »Das wäre etwas viel verlangt.« Er überlegte kurz, dann zuckte er mit den Schultern. »Tja, dann muss wohl doch ein Feuerwerk her.«

»Meine finanziellen Mittel erlauben leider nur eine Packung Wunderkerzen«, stellte Miriam sarkastisch fest. »Mal eben ein paar Hundert Euro an einem Nachmittag verprassen und zum Schluss noch jedem Kind ein iPad in seine Mitgebsel-Tüte stecken – das ist halt nicht drin.«

»Was um Himmels willen ist eine Mitgebsel-Tüte?«

»Ein Abschiedsgeschenk für die Gäste.«

»Als ich noch klein war, hat man zum Geburtstag Geschenke mitgebracht und nicht welche bekommen.«

»Die Zeiten haben sich geändert«, klärte sie ihn auf, »wenn es am Ende einer Feier keine Mitgebsel-Tüten gibt, bist du gesellschaftlich erledigt. Da kannst du eine Privatvorstellung im Zirkus buchen, ohne Tüte schießt du dich komplett ins Aus. Und dein Kind natürlich gleich mit.«

»Es verteilt aber nicht ernsthaft jemand iPads, oder?«, hakte er nach.

»Nein, das war übertrieben«, gab sie zu. »Von Swarovski-Armreifen für die Mädchen und Taucheruhren für die Jungs hab ich allerdings mal gehört.« Sie gluckste. »Okay, das stimmt natürlich auch nicht, aber so fünf bis zehn Euro für den Inhalt einer Tüte dürfte dem Standard entsprechen. Bei zehn, elf, zwölf oder mehr eingeladenen Freunden kommt da dann ganz schön was zusammen.«

»Verrückt!« Ben machte einen so irritierten Eindruck, dass es zum Schreien komisch war – wenn es nicht gleichzeitig so traurig gewesen wäre, dass sie Luzie so etwas nicht bieten konnte. Auch zu Patricks Lebzeiten hatten sie Luzies Geburtstag nicht mit Zauberkünstler und achtstöckiger Torte gefeiert, aber da war sie ja auch noch viel jünger gewesen als jetzt. Trotzdem, vor seinem Tod hatten sie sich schon etwas mehr leisten können als nur einen Nachmittag mit Topfschlagen.

Erneut musste sie schlucken, Luzies Worte hatten sie wirklich getroffen. Nicht weil Miriam sie als gemein oder unfair empfunden hatte. Sondern weil sie in der Welt ihrer Tochter der traurigen Wahrheit entsprachen.

»So ist es eben«, fasste sie lakonisch zusammen. »Wenn du mit deiner Prognose für die Krümelkiste richtigliegst«, sagte sie deshalb, »kann ich da ja aber schon bald ohne Probleme mithalten.

Nächstes Jahr lädt Luzie die gesamte Schule zu einer Kreuzfahrt in die Karibik ein.«

»Nein!«, rief er in gespieltem Entsetzen aus. »Wie ordinär, das ist nur was fürs gemeine Volk.«

»Auch wieder wahr.«

»Ich werd mal ein paar internationale Geburtstagsplaner kontaktieren, die sollen uns Vorschläge schicken.«

»Eine sehr gute Idee.« Sie grinsten sich verschmitzt an. »Lass uns reingehen, mir wird langsam kalt. Außerdem muss ich Luzie nach Hause bringen.«

»Klar.«

Miriam drückte die Klinke der Eingangstür runter und wollte sie nach innen aufstoßen, als Ben sie mit einer leichten Berührung an der Schulter zurückhielt. Sie drehte sich zu ihm um und sah ihn fragend an.

»Was machst du denn jetzt mit Luzie?«

»Weiß noch nicht«, erwiderte sie. »Kommt drauf an, ob sie wieder vernünftig mit sich reden lässt.« Sie schob die Tür einen kleinen Spalt weit auf und lauschte. »Immerhin läuft das Hörspiel nicht mehr.«

»Ist das ein gutes oder ein schlechtes Zeichen?«

»Keine Ahnung. Im Zweifel weder noch.«

»Soll ich mal mit ihr sprechen?«, schlug Ben vor. »So als unparteiischer Dritter?«

»Denkst du, das bringt was?«

»Einen Versuch ist es wert. Schlimmer, als dass sie mich auch anbrüllt und ich für immer und ewig in Ungnade falle, kann's ja nicht werden.«

»Hm«, Miriam zögerte. »Okay«, stimmte sie schließlich zu. »Unter einer Bedingung.«

»Wieso stellst du mir eine Bedingung?«

»Nur so. Und weil mir danach ist.«

»Welche wäre das?«

»Du verrätst mir, um was es im Leben wirklich geht.«

Ben stöhnte auf und sah sie bedauernd an. »Wie gesagt, das muss ich zu Hause erst nachschlagen.«

»Dann mach das mal!«

Sie gingen wieder hinein. Ben packte seine Sachen zusammen, Miriam klopfte währenddessen ein paarmal bei Luzie an. Keine Reaktion, also schmollte sie noch. Vorsichtig öffnete sie die Tür.

»Luzie?«, flüsterte Miriam, während sie sich ins Zimmer schob.

Ihre Tochter lag schlafend auf dem Bett, alle viere von sich gestreckt, den Mund leicht geöffnet, leise schnaufend. Der Anblick brachte ihr Herz zum Überschwappen, warum nur war sie vorhin so streng mit ihr gewesen?

Sie vernahm Schritte, Ben kam ebenfalls hereingeschlichen und blieb mit andachtsvoller Miene neben ihr stehen. »Oh«, wisperte er Miriam zu, »ganz erschöpft.«

»Ja.« Gemeinsam schwiegen sie und lauschten Luzies regelmäßigem Atem.

Nach einer Weile trat Ben einen Schritt näher an das Bett heran und deutete auf Luzie. »Sieh mal!«

Miriam ging zur Längsseite, kniete sich vor ihre Tochter und erkannte sofort, was da weiß in ihrer rechten geöffneten Hand schimmerte. »Sie hat ihren Zahn gefunden«, stellte sie fest und drehte den Kopf über die Schulter hinweg zu Ben.

»Das hat sie.« Er sah in etwa so gerührt aus, wie sie sich fühlte, dabei war es ja nur ein ausgefallener Zahn. Und trotzdem so viel mehr als das. »Welchen Wunsch wird die Zahnfee ihr erfüllen?«, wollte er leise wissen.

»Ich denke, das weißt du bereits.«

Donnerstag, 14. November

Gabriel

Es war kurz vor zehn, als Gabriel mit quietschenden Reifen die Rasselbande erreichte, um Tavor abzuholen. Jonathans Frau Hannah hatte die private Kita vor Jahren gemeinsam mit ihrer Freundin Lisa gegründet, und das mit sehr großem Erfolg. Sie hatten eine Marktlücke entdeckt, indem sie Kinderbetreuung anboten, wenn »normale« Einrichtungen in der Regel geschlossen waren: vom späten Nachmittag an bis in den Abend und zweimal pro Monat auch am Wochenende, auf Wunsch konnten die Kids sogar von Samstag auf Sonntag in der Rasselbande übernachten.

Hannah war phantastisch. Warmherzig, schlau, witzig, loyal und vor allem entspannt. Jedenfalls wenn sie nicht wie heute seit sieben Uhr auf Gabriels Erscheinen wartete, um ihm seinen Hund zu übergeben.

»Wo steckst du denn?«, hatte sie ihm um zwanzig nach sieben zum ersten Mal auf die Mobilbox gesprochen. »Ich möchte jetzt los!« Die Nachricht hatte er allerdings erst vor einer halben Stunde abgehört, nachdem er sein Handy aus dem Flugmodus geholt hatte. Wie auch ihre nächsten sechs Mitteilungen, die im Ton immer ungehaltener geworden waren. »Gabriel!«, hatte Hannah um kurz vor neun in den Hörer gebellt. »Spinnst du? Oder muss ich eine Vermisstenanzeige aufgeben? Ich hock hier blöd mit Tavor rum! Lisa hat den VW-Bus mitgenommen, Jonathan ist bei einer Lesung und kann mich auch nicht abholen. Dein Hund schläft tief und fest auf seinem Kissen und wiegt ungefähr eine Tonne, den krieg ich nicht mal einen Millimeter hochgewuchtet, geschweige denn hinter mir her zu Fuß nach Hause gezerrt. Ruf! Mich! An! Ich geb dir noch eine Viertelstunde, dann bringe ich Tavor ins Tierheim.«

Sie hatte aufgelegt. Und zwei Minuten später die nächste Nachricht hinterlassen. »Nein, natürlich mache ich das mit dem Tierheim nicht. Aber ich bin echt sauer auf dich!«

Nach Luzies Unfall hatte Gabriel zuerst komplett die Zeit vergessen und später auch alles andere.

Die andere Frau und vor allem das Kind waren ihm wichtiger gewesen als der Rest der Welt.

Nachdem es Miriam nicht gelungen war, ihre erschöpfte Tochter aufzuwecken, hatte Gabriel angeboten, sie beide nach Hause zu bringen. Das hatte seine Vermieterin erwartungsgemäß strikt abgelehnt und ihm erklärt, dass sie das nicht von ihm verlangen könne. Letztlich hatte sie doch eingewilligt, und er hatte ein Taxi gerufen und kurz darauf die Kleine, die unbekümmert weiterschlummerte, zu dem vorgefahrenen Wagen getragen und sachte auf die Rückbank gelegt.

Miriam hatte sich neben sie gesetzt, Luzies Kopf in ihren Schoß gebettet und eine Adresse genannt. Der mürrisch dreinblickende Chauffeur war daraufhin noch wesentlich mürrischer geworden und hatte fluchend seinen Unmut kundgetan, dass das nicht mal zwei Kilometer wären, sich für ihn nicht lohnen und er dabei sogar draufzahlen würde. Danach hatte er den Motor gestartet und die unrentable Fahrt angetreten.

Als sie nur Minuten später vor einem Mehrfamilienhaus aus Rotklinker zum Stehen gekommen waren, hatte Gabriel ihm mit einem »Warten Sie bitte hier auf mich!« fünfzig Euro in die Hand gedrückt, war ausgestiegen und hatte Luzie von der Rückbank gehoben. Sie war zwar wesentlich leichter als Tavor, aber mit einem schlaffen Kind im Arm das dritte Stockwerk zu erklimmen war dennoch eine Herausforderung gewesen, und ein paarmal wäre er mit ihr fast gegen das Geländer oder die Hauswand gekracht.

Auch diese Prozedur hatte Luzie ohne den kleinsten Mucks überstanden. In der Wohnungstür hatte Miriam ihm ihre Tochter abgenommen und sich für seine Hilfe bedankt.

»Morgen schlaft ihr mal richtig schön aus«, hatte er zum Abschied noch gesagt. Miriam und Ben hatten einen Plan gefasst: Mutter und Tochter würden am nächsten Tag zu Hause bleiben, während er die Krümelkiste managte. Luzie würde auf speziellen Wunsch der Zahnfee am Nachmittag zu Sarahs Geburtstag gehen und dort auch übernachten dürfen, die pädagogische Aufarbeitung der Angelegenheit würde irgendwann später erfolgen.

Beschwingt und mit sich selbst nicht unzufrieden war Gabriel durchs Treppenhaus nach unten gehüpft, und nicht mal der Umstand, dass das Taxi selbstverständlich verschwunden war, hatte ihn aus der Fassung bringen können.

Die anschließende Suche nach seinem Audi, den er wie immer ein paar Straßen entfernt von der Krümelkiste abgestellt hatte, damit Miriam ihn nicht in seiner Protzkarre entdeckte, gestaltete sich schwierig, aber er hatte es dann schließlich doch geschafft. Obwohl er den Standort seines Wagens markiert hatte, hatte ihn das Navigationssystem seines Handys in die Irre geführt. Ständig hatte sich der Pfeil gedreht und seine Ausrichtung geändert, hatte verrückt gespielt wie ein Kompass im Zentrum eines elektromagnetischen Felds. Ebenso wie Gabriels Gedanken, die proportional zu der verrinnenden Zeit und unter dem Druck von Hannahs wütenden Nachrichten immer konfuser durch seinen Kopf getobt waren.

»Verzeih mir!«, rief Gabriel nun theatralisch aus, als er die Tür zur Rasselbande aufriss und hineinstolperte.

»Vergiss es!« Hannah saß im Flur auf dem Fußboden, neben ihr lag Tavor auf seinem Kissen und schnarchte. »Und den Hund kriegst du auch nicht zurück.« Sie funkelte ihn wütend an und warf dabei ihren Kopf in den Nacken.

»Bitte, jetzt komm schon!« Er pflanzte sich auf Tavors andere Seite und begann, seinen Nacken zu kraulen. Sofort gesellte sich zu seinem Schnarchen ein wohliges Brummen. »Also«, fuhr er fort, »ich bekenne mich in allen Anklagepunkten schuldig.«

»Ich habe noch gar keine erhoben«, entgegnete Hannah.

»Egal, ich bin bereit, jede Form der Verdammnis in aller Demut anzunehmen und die gerechte Strafe dafür zu erleiden, möge sie auch noch so grausam sein.«

»Du bekloppter Schreiberling!« Sie schüttelte den Kopf, aber ihre Miene wurde freundlich. So war sie, er hatte noch nie erlebt, dass Hannah jemandem länger als eine Minute böse sein konnte. »Dafür fährst du mich jetzt nach Hause.«

»Natürlich mache ich das!«

»Unterwegs halten wir noch beim Thai an. Ich sitz hier seit Stunden mit leerem Magen und hab schon aus Verzweiflung eine ganze Packung Reiswaffeln gefuttert, weil sonst nichts mehr da war. Du lädst mich ein.«

»Sag mal«, begann Gabriel, als Hannah dreißig Minuten später neben ihm im Wagen Thai-Curry mit Reis aus einer großen Pappschale löffelte, so gierig und hastig, als hätte sie Panik, dass ihr jemand das Essen wegnehmen könnte.

»Hmja?«, gab sie kauend zurück, ein paar Reiskörner flogen auf den Teppich im Fußraum.

Es gelang ihm, sich nichts anmerken zu lassen. Er war nur Reis, nicht das Curry. Er hatte Glück, dass Hannah ihm so schnell wieder gewogen war, das durfte er nicht in einem Anflug von Pingeligkeit zunichtemachen, selbst dann nicht, wenn sie ihm den gesamten Inhalt der Pappschale ins Auto kippte. Wesentlich wichtiger als ein blitzsauberer Wagen war, dass Hannah und Jonathan sich weiterhin um seinen Hund kümmerten. Wenigstens noch für ein paar Tage.

»Darf ich Tavor trotzdem wieder bringen?« Er warf ihr einen unsicheren Seitenblick zu. Als sie nichts erwiderte, sondern ihn nur kauend und mit erhobenen Augenbrauen musterte, fügte er hinzu: »Vor allem morgen wäre es sehr wichtig, so kurzfristig finde ich ja niemanden, der einspringen könnte.« Verkrampft umklammerte er das Steuer, wenn Hannah jetzt Nein sagte, müsste er Miriam anrufen und sein Angebot, einen Tag die Krümelkiste zu übernehmen, wieder zurückziehen. Das wollte er auf gar keinen Fall.

»Klar nehmen wir Tavor«, sprach sie die erlösenden Worte. »Die Kinder lieben ihn, und ich hab mich auch schon daran gewöhnt, ständig über ihn zu stolpern.« Sie grinste breit.

»Danke!«, stieß er erleichtert aus. »Das hilft mir wirklich sehr. Also bringe ich ihn morgen früh wieder gegen neun zu euch?«

»Nein, lieber nicht.«

»Wieso nicht?« Schlagartig verflüchtigte sich seine Erleichterung.

»Weil ich todmüde bin und morgen mal ausschlafen will, ich muss ja erst nachmittags in der Rasselbande sein«, sagte sie. »Jetzt ist es gleich schon elf, von daher würde ich vorschlagen, Tavor übernachtet einfach bei uns.«

»Oh, okay.« Gabriel zögerte. »Aber ich will euch auch nicht zur Last …«

»Zu spät, das tust du sowieso«, würgte sie ihn lachend ab. »Und mein lieber Mann hat mir mit Nachdruck erklärt, dass wir alles tun müssen, damit du dein Buch schreiben kannst.« Sie verdrehte die Augen. »Alles für Griefson & Books.«

»Ja«, Gabriel nickte, »und das ist auch großartig von euch.«

»Mich würde allerdings interessieren, wo du dich seit Wochen rumtreibst und warum du den Hund nicht dorthin mitnehmen kannst.«

»Das habe ich Jonathan doch schon gesagt, ich stecke in einer Recherche«, entgegnete er vage.

»Aha. Und was genau recherchierst du?« Hannahs Augen musterten ihn neugierig.

»Berufsgeheimnis«, musste er sie enttäuschen. »Kannst du nächstes Jahr im neuen *Henri Fjord* lesen.«

»Ich lese keine Romane von Henri Fjord«, teilte sie ihm lakonisch mit. »Die sind mir zu kitschig«, schob sie frech hinterher.

»Stimmt«, konterte Gabriel, »Lesen ist ja eh nicht so deins, sorry, hab ich vergessen. Dann musst du wohl leider auf die Verfilmung warten.«

»Denkst du, die wird weniger rührselig?« Sie schüttelte skeptisch den Kopf. »Ausgebrannte Karrierefrau verliebt sich in einen alleinerziehenden Möbelrestaurator im Alten Land …«

»He!« Gabriel warf ihr einen empörten Blick zu. »Wieso weißt du davon? Das ist streng vertraulich!«

»Na hör mal!«, rief sie aus. »Ich bin Jonathans Frau, wir erzählen uns alles. Und außerdem hat er mir die Textprobe gegeben.«

»Die ist aber verlagsintern.«

»Jetzt komm mal wieder runter!«, zog sie ihn in neckendem Tonfall auf. »Ich bin die Letzte, die so was ausplaudert. Schon allein deshalb nicht, weil mein Mann mich sonst erschießen würde.«

»In Ordnung«, gab er sich gnädig. »Wie hat sie dir denn gefallen?«, schob er hinterher.

»Es ist wirklich kitschig«, teilte sie ihm mit. Dann seufzte sie laut und schloss dabei die Augen. »Und wahnsinnig schön.«

»Echt?«

»Ja, echt«, bestätigte sie. Ihr Gesicht nahm einen nachdenklichen Ausdruck an. »Ich frage mich allerdings …« Sie unterbrach sich.

»Was fragst du dich?«, hakte er nach.

»Deine Recherche hat nicht zufällig irgendwas mit einer Frau zu tun?«

»Überhaupt nicht!«, stritt er vehement ab. »Wie kommst du darauf?«

»Irgendwie …«, Hannah suchte nach den richtigen Worten, »irgendwie schreibst du anders als sonst. Kann ich nicht richtig erklären.«

»Ich denke, du liest keine Henri-Fjord-Bücher?«

»Ertappt!« Sie kicherte. »In Wahrheit bin ich ein totaler Fan.«

»Das höre ich gern.«

Die restliche Fahrt verbrachten sie schweigend. Als sie auf die Auffahrt rollten, hatte Hannah aufgegessen, den Einwegbehälter deponierte sie wie selbstverständlich zu ihren Füßen.

»Du könntest mir noch bei etwas anderem helfen«, sagte Gabriel, als sie schon Anstalten machte auszusteigen.

»Bei was?«

»Du kennst dich doch mit Kindern aus.«

»Hoffe ich zumindest.«

»Was würdest du unternehmen, wenn es etwas ganz Besonderes sein und tierisch viel Spaß machen soll?«

»Pfff«, sie zuckte mit den Schultern. »Da gibt es jede Menge. Kommt auf das Budget an.«

»Das Budget spielt keine Rolle. The sky is the limit.«

»Oha!« Sie überlegte einen Moment. »Disney World in Florida«, schlug sie schließlich vor.

»Meine Frage war ernst gemeint.«

»Meine Antwort auch. Wenn die Kosten egal sind, würde ich die Kids in einen Flieger setzen und mit ihnen dahindüsen.«

»Okay.« Er schmunzelte über Hannahs Verrücktheit. »Ein paar

Einschränkungen gibt es leider, es sollte an einem einzigen Tag zu schaffen sein.«

»Hm, damit fällt Disney World aus.« Sie schob schmollend ihre Unterlippe vor, als hätte Gabriel ihr gerade einen Trip in die USA versaut. »Ich denk mal drüber nach und melde mich.«

»Super!«

»Hat das auch mit der Geschichte im Alten Land zu tun? Oder arbeitest du gleichzeitig an einem Sachbuch über Kinderbespaßung?«

»Wer weiß?«, gab er sich geheimnisvoll und lächelte. »Wer weiß?«

Freitag, 15. November

Miriam

»Mami?« Sie erwachte, als Luzie sie sanft an der Schulter rüttelte. Ihre Tochter saß am Kopfende des Schlafsofas und strahlte von einem Ohr zum anderen.

»Hm?« Gähnend setzte Miriam sich auf, der Wecker auf dem kleinen Nachttisch zeigte 1.23 Uhr. »Es ist ja noch mitten in der Nacht!« Sie gähnte ein weiteres Mal.

»Stimmt das?«, fragte Luzie, ohne auf ihren Hinweis zur Uhrzeit einzugehen.

»Was stimmt?«

»Na, dass ich am Samstag doch zu Sarah kann?« Sie wedelte mit der Geburtstagseinladung ihrer Freundin herum. Gestern Abend hatte Miriam einmal quer und in Rot »Du darfst mitfeiern und auch übernachten, deine Zahnfee« darübergeschrieben und Luzie das Blatt unters Kopfkissen neben den ausgefallenen Zahn geschoben.

»Das ist richtig«, bestätigte sie. Luzie schlang beide Arme um ihren Hals und drückte ihr unzählige Schmatzer auf die linke Wange, ihr Gesicht glühte heiß vor Begeisterung. »Danke, Mami! Du bist die Beste!«

»Dank nicht mir«, gab sie ächzend zurück, weil Luzie sich so fest an sie schmiegte. »Damit habe ich rein gar nichts zu tun, die Zahnfee hat es erlaubt.«

Abrupt hörte Luzie mit dem Küssen auf, ließ ihre Mutter los, rückte ein Stück von ihr ab und sah sie mit einer Mischung aus Skepsis und Belustigung an. Hatte Miriam etwas Falsches gesagt?

»Mami«, erklärte sie streng, die Zornesfalte auf ihrer Stirn trat selbst im Halbdunkeln deutlich hervor. »Ich weiß, dass es in Wahrheit gar keine Zahnfee gib. Ich bin ja kein Baby mehr!«

»Wie bitte?«, kreischte Miriam und riss entsetzt die Augen auf. »Was soll das heißen, es gibt keine Zahnfee? Das ist eine Tragödie!« Luzie prustete lachend auf, Sekunden später hatte sie sich wieder an ihre Mutter gekuschelt. »Du hast vorhin doch selbst gesagt, dass du den Zahn für die Fee unters Kissen legen willst.«

»Ja«, erwiderte sie lapidar. »Ich wollte nur nicht, dass du traurig bist.«

»Warum sollte ich traurig sein?«

Luzie zuckte mit den Schultern. »Weil du dir immer so viel Mühe machst und denkst, dass ich noch daran glaube.« Sie gab ihr einen weiteren Kuss. »Tu ich aber nicht mehr. Auch nicht an den Weihnachtsmann oder den Osterhasen.«

»Auch nicht an den Osterhasen?«, rief Miriam aus und zog ihre Tochter in gespielter Verzweiflung noch dichter an sich heran, als würde sie sich an etwas festhalten müssen. »Das ist nun wirklich eine Katastrophe!«

»Das mit dem Osterhasen weiß ich schon ganz lange«, gestand

Luzie, als sie sich nach einer Weile voneinander gelöst hatten. »Ich hab mal gesehen, wie Papi Schokoladeneier im Garten versteckt hat.«

»Hast du?« Luzie nickte. »Da warst du aber höchstens dreieinhalb, daran kannst du dich doch gar nicht erinnern.«

»Kann ich wohl«, insistierte ihre Tochter. »An dem Tag hab ich den pinken Fotoapparat gefunden, und Papa hat gesagt, dass ich vielleicht später mal das Gleiche mache wie er.«

»Oh«, entfuhr es Miriam erstaunt. Luzie hatte recht, am letzten gemeinsamen Ostersonntag hatte Patrick für sie eine Kinderkamera hinter einem der Sitzkissen der Hollywoodschaukel deponiert. Luzie war in einen Freudentaumel ausgebrochen, nachdem sie sie aufgespürt hatte, hatte sie wie eine Trophäe und glückselig strahlend mit einer Hand in die Höhe gereckt. »Findest du das als Kleinigkeit zu Ostern nicht ein bisschen drüber?«, hatte Miriam Patrick zugeraunt, während Luzie juchzend durch den Garten gesprungen war.

»Nein«, hatte er gesagt und einen Arm um ihre Schulter gelegt. »Finde ich nicht. Sonst hätte ich es ja nicht gemacht.«

Wie immer, wenn Miriam von solchen Erinnerungen heimgesucht wurde, bildete sich ein Kloß in ihrer Kehle, und ein paar Tränen stiegen auf. Sie räusperte sich. »Na gut, es stimmt«, sagte sie, ihre Stimme vibrierte kaum merklich. »Die Zahnfee gibt es nicht.«

»Sag ich doch!« Luzie machte ein zufriedenes Gesicht.

»Trotzdem ist die Erlaubnis nicht von mir.«

»Nein?«, kam es irritiert.

»Oder wenigstens nicht von mir allein«, fügte Miriam hinzu. »Ben hat mich überzeugt, dass ich zu streng mit dir war und dich zu dem Geburtstag gehen lassen soll.«

Eine Sekunde lang wirkte Luzie perplex, dann brach sie in Jubel aus. »Ich liebe Ben!«, trompetete sie.

»Allerdings, Madame«, bremste Miriam ihre Tochter in ihrer Euphorie aus, »ist das eine absolute Ausnahme. In Zukunft gilt …« – wie hatte Ben es formuliert? –, »keine Schule, keine Party.«

»Alles klar«, willigte sie ohne Zögern ein.

»Gut.« Miriam lächelte sie an. »Damit haben wir das geklärt.«

»Ich bleib morgen gar nicht zu Hause«, verkündete Luzie.

»Bleibst du nicht?«

»Neee«, entgegnete sie gedehnt. »Mir geht's wieder okay, ich kann zur Schule.« Sie schlug die Augen nieder. »Vielleicht hab ich vorhin auch etwas übertrieben«, murmelte sie. »Und es tut mir leid.«

»Danke, mein Schatz.« Miriam legte eine Hand unter Luzies Kinn, hob ihr Gesicht und gab ihr ein Küsschen auf die Stirn.

»Wofür?«

»Dass du mir die Wahrheit sagst. Solange wir immer ehrlich miteinander sind, ist alles gut.«

»Okay.« Luzie zögerte. »Dann …«, sie unterbrach sich. »Also, ich will auch deshalb zur Schule, weil wir morgen in Sachkunde einen Film mit Checker Tobi gucken. Das hatte ich ganz vergessen.«

»Verstehe.«

»Und außerdem bringt Sarah bestimmt Süßigkeiten mit, ihr Geburtstag ist nämlich schon morgen.«

»Das verstehe ich umso mehr.« Luzie gähnte herzhaft und präsentierte dabei ihre frische Zahnlücke. »So, meine Maus, jetzt aber schnell zurück ins Bett mir dir, sonst bist du morgen den ganzen Tag motzig.«

Luzie sprang auf und hüpfte in ihr Zimmer, Miriam ließ den Kopf zurück auf ihr Kissen sacken. Nur einen Augenblick später schnellte sie wieder hoch und tastete auf dem Nachttisch nach ihrem Handy. Wenn Luzie morgen nun doch zum Unterricht ging, musste Ben auch nicht die Krümelkiste übernehmen.

Freitag, 15. November

Gabriel

Um zwei Uhr morgens ließ Gabriel sich zum sechsten Mal in dieser Nacht rücklings auf sein Bett fallen, vollkommen erledigt von dem anstrengenden Tag. Luzie nach oben in die Wohnung zu tragen hatte ihn schon ausgelaugt. Aber da es auch ihm nicht gelungen war, Tavor zum Aufstehen zu bewegen, sodass er ihn erst aus der Rasselbande ins Auto und schließlich vom Auto in Hannahs und Jonathans Haus hatte schleppen müssen, schmerzten ihm nun sämtliche Glieder, als hätte ihn ein Lastwagen überrollt.

Er schloss die Augen, darauf hoffend, dass ihn endlich der Schlaf übermannen würde. Aber wie bei den vorangegangenen fünf Versuchen, ins Reich der Träume zu entschwinden, scheiterte er. Obwohl er unendlich müde war, fühlte er sich gleichzeitig überdreht. Gabriel schnaubte unwillig und zog sich die Decke über den Kopf. Dieses Mal würde er nicht wieder aufstehen und unruhig durchs Haus wandern, er würde stur liegen bleiben. Irgendwann musste sich der Sandmann ja mal blicken lassen! Eine Stunde später lag er allerdings immer noch wach.

Ich hasse dich!

Du zerstörst mein Leben!

Wieder und wieder spukten ihm die Sätze durch den Kopf. Er hatte nicht gelogen, als er Miriam von diesem Ausbruch erzählt hatte. Nur waren die Worte nicht von dem dreijährigen Leo gekommen, sondern von seiner kleinen Schwester Greta. Vor sehr langer Zeit hatte sie ihm die Vorwürfe unter wütenden Tränen entgegengeschleudert. Ein bisschen älter als Luzie war sie gewesen, neun Jahre. Damals hatte sie die Welt nicht mehr verstanden, als ihr Bruder – ihr großer und heiß geliebter Bruder! – sie zurücklassen wollte bei Oma und Opa in Buxtehude. Bei diesen warmherzigen Großeltern, die sofort mit unverhohlener Begeisterung ihr Einverständnis für Gabriels Umzug in eine Hamburger Jugendwohngruppe erteilt hatten. Eleganter hätten sie den lästigen Querschläger, mit dem es permanent Ärger gab, nicht loswerden können. Hätte es seine Schwester nicht gegeben, er wäre schon vor zwei Jahren abgehauen, nur ihr zuliebe hatte er durchgehalten. Bis es irgendwann nicht mehr zu ertragen gewesen war.

Natürlich hatte Greta das nicht verstehen können. Dass er sie nicht mitnehmen konnte nach Hamburg. Für sie fühlte es sich so an, dass er sie im Stich ließ, genau wie Mama und Papa es getan hatten. »Ich komm dich ganz oft besuchen und ruf dich an«, hatte er ihr beim Abschied versprochen und sich aus ihrer Umklammerung gelöst, mit der sie ihn im Hausflur hatte zurückhalten wollen. Dann hatte Greta ihn so plötzlich freigegeben, dass er ins Taumeln geraten war, und war einen Schritt von ihm zurückgetreten.

»Nein«, hatte sie ihm mit überraschend fester Stimme und entschieden widersprochen. »Ich will dich nie, nie wiedersehen und nichts mehr von dir hören!« Dann war sie die Treppe nach oben zu ihrem Zimmer gestürmt. Gabriel hatte nach einem Moment der Ratlosigkeit seinen großen Rucksack geschultert, war hinausgetreten und hatte die Eingangstür leise hinter sich ins Schloss gezogen. Mit unerträglichen Schuldgefühlen, die ihn seitdem nie wieder los gelassen hatten.

Auf dem Weg zum Bahnhof hatte er sich eingeredet, dass seine

Entscheidung auch für Greta am besten war. Mit ihr kamen die Großeltern ganz gut klar, und ohne ihn als Störfaktor würden die Dinge mit Sicherheit besser laufen. Nach ein paar Tagen oder Wochen hätte seine Schwester sich beruhigt, ab dann würden sie sich häufig sehen und miteinander telefonieren, Hamburg war ja nicht aus der Welt. Wenn sie älter war, könnte sie vielleicht sogar zu ihm ziehen. Sie und er, in einer eigenen kleinen Wohnung in der Stadt, ja, dann würden sie ein neues Leben beginnen.

Aber Greta hatte Wort gehalten. Hatte sich bei jedem seiner Anrufe verleugnen lassen. Wenn Gabriel persönlich in Buxtehude aufgetaucht war, waren sein Opa oder seine Oma aus dem Haus gekommen und hatten ihn aufgefordert, sofort zu verschwinden. Er hatte ihr Briefe geschrieben, die unbeantwortet blieben.

Schließlich hatte Gabriel aufgegeben und sich damit abgefunden, in seinem Leben allein zu sein. Und sosehr er auch versucht hatte, sich selbst davon zu überzeugen, dass er keine andere Wahl gehabt hatte, als von seinen Großeltern wegzugehen, wusste er doch, dass er genau das verdient hatte. Allein zu sein. Aber das bewahrte ihn nicht davor, Jahre später denselben unverzeihlichen Fehler erneut zu begehen und ein weiteres Mal aus Selbstsucht und Feigheit einen anderen Menschen zu verlassen.

Stöhnend warf er sich auf seinem Bett zur Seite, presste die Hände gegen beide Schläfen, um das Gedankenkarussell in seinem Kopf zu stoppen. Es gelang ihm nicht, es hatte volle Fahrt aufgenommen, die Erinnerungen fegten über ihn hinweg. Seit Januar schon kannte er Gretas Handynummer und ihre Adresse. In der Vergangenheit hatte er im Netz immer mal wieder nach ihr gesucht, sie aber nie finden können; nicht auf Facebook, nicht auf Instagram, nirgends; zwar hatte es jede Menge Greta Bachs gegeben, aber keine davon war seine Schwester gewesen. Ein einziges Mal war er über eine Spur von ihr gestolpert, vor sechs Jahren hatte er eine Traueranzeige in der Onlineausgabe des *Ta-*

geblatts entdeckt. Brunhilde und Egon Nissen, seine Großeltern. Nur wenige Tage nacheinander waren sie verstorben, die Mitteilung denkbar knapp. Lediglich ein kleiner Kasten mit einem schwarzen Kreuz über ihren Namen und Todesdaten, darunter »Greta, Enkeltochter«. Ein Nachruf wie ein Telegramm. Seitdem hatte Gabriel den Namen seiner Schwester nicht mehr in eine Suchleiste getippt, sie hatte einen deutlichen Schlusspunkt gesetzt.

Bis im letzten Dezember, kurz vor Weihnachten, eine Frau bei einer Lesung von ihm aufgetaucht war. Sie hatte sich als riesiger Fan von Henri Fjord zu erkennen gegeben und ihm beim Signieren ihrer mitgeschleppten Bücher erzählt, sie habe mit Greta bis zum Abitur dasselbe Gymnasium besucht. Da hatte er nicht widerstehen können, sie nach ihr zu fragen. Ob sie wisse, wie es ihr gehe und wo sie jetzt wohne. Nichts davon hatte sie ihm beantworten können, ihm aber versprochen, es herauszufinden, wenn er ihr seine Handynummer gab. Drei Tage später hatte Gabriel alle Informationen: Greta hieß mit Nachnamen nun Burmeister, war Lehrerin an einer Grundschule und wohnte mit Mann und drei Kindern in Wedel.

Im ersten Moment hatte er sich übermäßig gefreut. Sie war also – hoffte er – glücklich geworden mit einer eigenen Familie und hatte einen schönen, erfüllenden Beruf.

Gabriel hatte versucht, sich auszumalen, wie seine Schwester lebte. In einem alten Bauernhaus mit großer Wohnküche und reetgedecktem Dach, durch das mehrere Hunde und Katzen wuselten? Mit einem Mann, ein norddeutscher Hüne namens Malte, mit Händen wie Baggerschaufeln, der alles reparieren konnte, ob tropfende Wasserhähne, lecke Gasleitungen oder undichte Fensterrahmen? Wie alt waren ihre Kinder? Waren es Jungs oder Mädchen oder beides? Hatten sie einen großen Garten mit Trampolin und Schaukel? Und: Wussten die Kinder seiner Schwester, dass sie, nur wenige Kilometer entfernt von ihnen in Blankenese, einen Onkel hatten?

Bei diesen Gedanken hatte ihn Traurigkeit überfallen. Natürlich wussten sie es nicht, Greta hatte ihren Bruder mit aller Konsequenz aus ihrem Leben gestrichen. Ihn eliminiert, als hätte es ihn nie gegeben. Was hätte er mit ihrer Telefonnummer und ihrer Adresse da schon anfangen sollen? Nichts. Hätte seine Schwester Kontakt zu ihm gewollt, hätte sie schon lange auf ihn zugehen können. Mittlerweile war er als Schriftsteller so bekannt geworden, dass es sich mit Sicherheit auch bis zu ihr herumgesprochen hatte. Und im Gegensatz zu Greta verfügte er über eine Homepage UND Facebook UND Instagram – auch wenn er da so gut wie nie aktiv war, das erledigte der Verlag für ihn.

Er drehte sich in Seitenlage, nur um sich zwei Sekunden später erneut auf den Rücken zu wenden. Er öffnete die Augen und starrte an die Zimmerdecke, im regelmäßigen Takt wurde sie vom Licht des Unterfeuers erhellt. Alle vier Sekunden an, alle vier Sekunden aus. An, aus, an, aus. Gabriel machte seine Augen wieder zu, legte beide Hände auf den Brustkorb und versuchte, seinem Atem im selben Rhythmus nachzuspüren. Tief ein – tief aus. Tief ein – tief aus. Er wurde ruhiger, und es gelang ihm, die inneren Bilder zum Verblassen zu bringen. Es hatte keinen Sinn, sich von Erinnerungen und Wunschvorstellungen heimsuchen zu lassen, jedenfalls jetzt nicht.

Don't cross the bridge until you come to it. Noch so eine Volksweisheit. Aber er stand gerade nicht an einer Brücke, die ihn von seiner einsamen Insel und zu Greta führen könnte, vorausgesetzt, er hatte den Mut, sie zu betreten. Nein, diese Verbindung war noch längst nicht in Sicht, vielleicht käme sie es auch nie.

Aber es gab eine andere Verbindung, eine Brücke, an deren Aufgang er sich befand. Die zu Luzie und Miriam. Sollte er sich einen weiteren Schritt darauf hervorwagen? Auf die Gefahr hin, dass sie, kaum hätte er ein paar Meter darauf zurückgelegt, unter ihm zusammenbrach und ihn und auch alle anderen um ihn herum in den Abgrund riss?

Ohne den Hauch eines Zweifels kam Gabriel zu dem Schluss, dass es sogar weitergehen *musste*. Er konnte nicht mehr einfach so verschwinden und abtauchen. Dafür hatte er sich bereits viel zu sehr in Miriams und Luzies Leben eingemischt, dafür wusste er mittlerweile zu viel, hatte die beiden zu sehr ins Herz geschlossen. Er hatte die Pflicht, ihnen zu helfen. Weil er es, anders als damals bei Greta, heute konnte. Weil er nicht mehr siebzehn und damit selbst noch ein halbes Kind oder der unreife Schwachkopf von Anfang dreißig war. Er war ein anderer geworden.

»Bist du das?«, raunte ihm eine Stimme zu, fast so klar und deutlich, als säße jemand vor seinem Bett. »Vergiss nicht, wie es mit Ben Sommer angefangen hat.«

Natürlich wusste er, dass sein Roman ursprünglich der Grund dafür gewesen war, dass es den Buchhalter Ben Sommer überhaupt gab. Allerdings hatte er die Story inzwischen ja komplett umgestrickt, sogar die Sache mit dem roten Luftballon und der Postkarte hatte er schweren Herzens gestrichen. Stattdessen fand seine weibliche Hauptfigur Stella in der Schachtel mit den alten Fotos einen Brief, in dem Lukas den lieben Gott um eine neue Mama bat. Mit der Entscheidung, die Sache mit dem Ballon wegzulassen und aus Luzie einen Lukas zu machen, war natürlich auch ein anderer Titel nötig geworden. *Das Geheimnis der alten Spielzeugtruhe* sollte das Werk nun heißen, was Jonathan genauso gut gefiel.

Gabriels Problem war also gelöst, nun galt es, Miriam und Luzie unter die Arme zu greifen. Zwei Menschen, die ebenfalls verlassen worden waren.

Erneut ging Gabriel in Gedanken die drei Punkte durch, die er in den vergangenen Stunden zusammengefasst hatte:

1. Es müsste ihm gelingen, die Krümelkiste auf Erfolgskurs zu bringen und die Pleite abzuwenden.
2. Luzie sollte ihre Freunde zu einem tollen Event einladen können. Sie hatte ihren Vater verloren, und wenn Gabriel ihr schon nicht den Wunsch nach einem neuen erfüllen konnte, dann doch wohl wenigstens eine Sause, die sich gewaschen hatte!
3. Sobald Miriams Laden einigermaßen lief, würde er den geordneten Rückzug antreten. Würde ihr erklären, dass sein Büro wieder nutzbar war und er dort, so gut es ihm in der Krümelkiste auch gefiel, doch ein wenig besser arbeiten konnte.

Drei Aufgaben, wobei die dritte die schwierigste werden würde. Eine andere Möglichkeit hatte er allerdings nicht. Aus der Sackgasse, in die er sich selbst hineinmanövriert hatte, gab es keinen Ausweg.

Es sei denn …

Es sei denn, er schaffte es tatsächlich, Miriams Geschäft in die schwarzen Zahlen zu bringen. Dann, und nur dann, würde sie ihm seine Schwindeleien eventuell verzeihen.

Er wälzte sich wieder auf die Seite, wickelte sich fest in seine Bettdecke wie in einen schützenden Kokon.

Don't cross the bridge until you come to it.

Freitag, 15. November

Miriam

»Hallo?« Bens Stimme hörte sich schläfrig an, als er nach dem fünften Klingeln ans Handy ging.

»Guten Morgen!«, begrüßte Miriam ihn gut gelaunt.

»Was? Wer ... Moment ...« Ein Rascheln erklang, untermalt von leisem Stöhnen im Hintergrund. Es polterte laut, Ben stieß einen Fluch aus. »Miriam? Guten Morgen, was gibt's denn so früh?«

»Es ist Viertel nach neun«, teilte sie ihm mit, »tut mir leid, wenn ich dich geweckt habe.«

»Hast du nicht«, behauptete er und gähnte herzhaft.

»Das hört man«, entgegnete sie ironisch. »Ich hab dir heute Nacht eine Nachricht geschickt, und nachdem du bisher nicht reagiert hast, dachte ich, ich ruf mal an.«

»Ist was mit Luzie?«

»Ja«, sagte sie. Das war ein bisschen gemein, deshalb löste sie es sofort auf: »Sie ist heute früh in die Schule gegangen, das hat sie schon heute Nacht beschlossen.«

Erleichtert stieß er die Luft aus. »Da hast du mir gerade echt einen Schrecken eingejagt!«

»Na ja, und weil es ihr doch nicht so schlecht geht, dass sie zu Hause bleiben muss, gehe ich natürlich in die Krümelkiste, du musst mich also nicht vertreten.«

»Kommt überhaupt nicht infrage!«, gab er zurück, er klang fast aufgebracht. »Heute bin ich der Herrscher im Reich der exquisiten Secondhandklamotten!«

»Eine sehr schöne Umschreibung«, kommentierte sie. »Aber

das ist echt nicht nötig.« Sie senkte die Stimme. »Du kannst also ruhig noch etwas schlafen.«

»Nicht nötig, ich bin hellwach«, behauptete er. »Und ich bestehe darauf, dass du dich nicht im Laden blicken lässt, bis Samstag hast du absolutes Hausverbot.«

»Was soll ich denn stattdessen machen?«

»Hau dich aufs Sofa und zieh dir irgendeine Serie rein. Oder nimm ein schönes Bad und lies ein Buch.«

»Ich hab keine Wanne.«

»Im Yoga-Sitz kann es auch in einer Duschtasse überaus gemütlich sein.«

Miriam überlegte einen Moment. Wann hatte sie zuletzt einen ganzen Tag für sich allein gehabt, ohne jede Verpflichtung? Das lag Ewigkeiten zurück.

»Einverstanden«, willigte sie schließlich ein.

»So ist es brav.«

»Ich ruf in der Schule an und sag Bescheid, dass Luzie nach dem Unterricht direkt nach Hause kommen soll. Sie denkt ja, ich bin im Laden.«

»Mach das.«

»Falls die Info aus irgendwelchen Gründen nicht bei ihr landet und sie doch bei dir auftaucht, melde dich einfach, dann hole ich sie ab.«

»Alles klar«, antwortete er und räusperte sich. »Ich werde dir heute beweisen, was für ein Spitzenverkäufer ich bin!«

»Da bin ich sehr gespannt.« Ihr Blick fiel auf die Uhr ihres Nachttischweckers. »Für einen Hammerumsatz solltest du dich aber langsam beeilen, in einer guten halben Stunde macht die Krümelkiste auf.«

»Weiß ich doch!«, erklärte er. »Bin schon unterwegs.«

Nachdem sie aufgelegt hatten, blieb Miriam belustigt, aber auch verwundert zurück. Warum war Ben so hilfsbereit?

Kurzerhand nahm sie ihr Handy und drückte die Kurzwahltaste, unter der sie Rebecca abgespeichert hatte. Ihre Freundin ging nach dem ersten Klingeln dran, als hätte sie auf ihrem Telefon gesessen.

»Du machst dir zu viele Gedanken«, stellte Becka fest, nachdem Miriam ihr von ihren Zweifeln erzählt hatte. »Ben ist einfach nur nett und hilfsbereit.«

»Das sehe ich auch so. Allerdings brauche ich seine Hilfe heute ja gar nicht. Dass er trotzdem darauf besteht … Hm, ich weiß nicht. Findest du das nicht eigenartig?«

»Nein, ich finde eher dich eigenartig.«

»Na, hör mal! *Ich* bin eigenartig? Vor nicht allzu langer Zeit hast du Ben für einen potenziellen Spion oder Serienmörder gehalten, wenn ich dich daran erinnern darf.«

»Das ist doch schon ewig her!« Becka gackerte fröhlich.

»Gerade mal vier Wochen.«

»Sag ich doch: ewig.«

»Trotzdem«, beharrte sie. »Nett sein ist kein richtiger Grund, für Luzie und mich so viel zu tun.«

»Ben ist eben in dich verknallt.«

Miriam schnappte überrascht nach Luft. »So ein Quatsch!«, stieß sie aus. »Ist er nicht.« Ihr wurde flau im Magen.

»Stimmt«, kam es prompt zurück. »Das ist Quatsch, warum sollte er verliebt in dich sein? Du bist hässlich, dumm, blöd und gemein – wer sollte sich in so jemanden vergucken?« Sie machte eine kleine Pause.

»Hör mit deinen blöden Witzen auf!«

»Ich? Ich soll aufhören?« Urplötzlich hatte Beckas Stimme einen ungnädigen Tonfall angenommen. »Als ich noch der Meinung war, dass Ben unter Umständen nicht ganz koscher ist, hast du mich als paranoid bezeichnet. Kaum finde ich ihn gut, ist dir das auch nicht recht. Was willst du eigentlich? Nimm es einfach mal so hin, wie es ist, und mach dir einen entspannten Tag. So was hast du doch eh viel zu selten.«

»Okay«, willigte Miriam ein, ehe Rebecca sich in Rage reden konnte. »Ich höre also auf, nach niederen Beweggründen zu suchen, und genieße die freie Zeit.«

»Gute Idee«, bekräftigte Rebecca.

»Oder hättest du Lust, mit mir frühstücken zu gehen?«

»Geht leider nicht. Ich hab alle Hände voll zu tun mit den Vorbereitungen für ein neues Stück und hänge schon jetzt komplett hinterher.«

»Schade.«

»Außerdem«, fügte ihre Freundin hinzu, »muss ich heute Mittag ganz dringend in die Krümelkiste.«

»Was?«

»Na, irgendjemand muss doch schließlich nachgucken, was Ben da so treibt.«

»Rebecca!«

»Keine Sorge, ich werde freundlich und charmant sein und keinen Unsinn anstellen. Wie immer.«

»Re–!«

Klack. Ihre Freundin hatte aufgelegt. Miriam starrte verdutzt auf ihr Telefon. Sie drückte auf Wahlwiederholung, aber anstelle von Rebecca ging nur die Mailbox ran. Unschlüssig zuckte sie mit den Schultern und überlegte, was sie als Nächstes tun sollte. Schließlich schnappte sie sich ihr Notebook und machte es sich damit auf ihrem Schlafsofa gemütlich.

Ben ist eben in dich verknallt, hörte sie die Worte ihrer Freundin in sich nachhallen, während sie ziellos durch die Kanäle surfte. Nein, das war absoluter Quatsch! Und selbst wenn, spielte es keine Rolle – sie war schließlich nicht in ihn verknallt.

Freitag, 15. November

Gabriel

Seine erste Verkaufsoffensive schlug nicht so ein, wie er gehofft hatte. Als er um kurz vor zehn in die Krümelkiste gestürmt war, hatte Gabriel sich sofort den Aufsteller geschnappt und den Sinnspruch, den Miriam Anfang der Woche daraufgepinselt hatte, weggewischt. »*Kinder sind Gäste, die nach dem Weg fragen.* Maria Montessori«.

Ein nettes Zitat, aber den Umsatz würde es wohl nicht ankurbeln. Gabriel hatte sich die rote Kreide genommen, und nun prangte in riesengroßen Lettern »Kinder-Secondhand! Nur heute: 70 Prozent auf alles!!!« auf der Tafel. Darunter hatte er noch drei dicke Pfeile gezeichnet, die den Kunden den rechten Weg weisen sollten, denn er wollte den Aufsteller nicht direkt vorm Geschäft platzieren, sondern hundert Meter weiter entfernt an der großen Kreuzung, wo wesentlich mehr Passanten, Auto- und Radfahrer vorbeikommen und so den Hinweis auf das Knallerangebot entdecken würden.

Aber kaum, dass Gabriel den Aufsteller optimal ausgerichtet hatte, war der Besitzer des Kiosks an der Straßenecke aus seinem Laden geschossen gekommen und hatte ihm zugebellt, dass er mit dem Ding sofort verschwinden solle, das sei *seine* Fläche für Gäste, die sitzen wollten. Dabei hatte er auf die vier übereinandergestapelten Plastikstühle gezeigt, die am vergitterten Fenster auf der rechten Seite des Kiosks festgekettet waren.

Also war Gabriel unverrichteter Dinge mit der Tafel abgezogen, und nun stand sie doch draußen vorm Geschäft und hatte in den zwei Stunden, die seit zehn Uhr vergangen waren, ganze drei

Kunden in die Krümelkiste gelockt. Einer von ihnen wollte jedoch nur die Ladentoilette benutzen. Die anderen beiden hatten was gekauft, immerhin. Ein Set aus Regenjacke und -hose, das Miriam mit insgesamt fünfzehn Euro veranschlagt hatte, war für vier Euro fünfzig an eine junge Mutter weggegangen, den Restbetrag über zehn Euro fünfzig hatte Gabriel aus seinem Portemonnaie genommen und in die Kasse gelegt. Nummer drei, ein älterer Herr, vermutlich ein Opa, war in eine Art Kaufrausch geraten, hatte Babyklamotten und Spielzeug im Wert von vierundachtzig Euro erstanden, aber nach Abzug des Rabatts bleib auch davon nicht viel, und Gabriel glich die Differenz aus eigener Tasche aus.

Trotzdem war er zufrieden.

Knapp hundert Euro innerhalb von zwei Stunden, wenn es so weiterging, wären es bei Ladenschluss vierhundert, damit hätte er den Mindestumsatz pro Tag, den Christian Burg veranschlagt hatte, erreicht. Zwar mit unlauteren Mitteln, aber es war das Ergebnis, das zählte.

Ein *Bling* erklang aus dem Lautsprecher seines Notebooks, das aufgeklappt neben ihm auf dem Ladentisch stand.

»Sehr schön«, murmelte er, als er die E-Mail überflog. Hannah hatte ihm drei Vorschläge für tolle Unternehmungen mit Kindern geschickt. Einmal ein Besuch im Spaßbad (das schied aus, Gabriel hasste nichts mehr als chlorvernebelte und stickige Luft). Dann noch ein Nachmittag im Schokoladenmuseum (ging ebenfalls nicht, da würde Luzie ja schon morgen hingehen) und schließlich die »Fun Arena« in Henstedt-Ulzburg. Davon hatte er noch nie etwas gehört, aber wie sollte er auch? Hannah hatte dazugeschrieben, dass die Arena zu einem sehr moderaten Preis alles bot, was Kindern Spaß machte, von großen Trampolinen über diverse Riesenrutschen, Kletterpark, Seilgarten sowie Minigolf und Bowling in einer Schwarzlicht-Welt bis hin zu Geschicklichkeitsläufen durch einen Laser-Parcours. Er klickte auf den beigefügten Link, um sich die Homepage der Arena anzusehen.

»Siebzig Prozent auf alles?« Erschrocken schnellte sein Kopf hoch, als die Türglocke bimmelte, Rebecca hereingerauscht kam und ihn ohne Umschweife mit ihrer Frage beschoss. Hektisch klappte er das Notebook zu, so beherzt, dass das Gerät beinahe vom Tisch rutschte und er es an der Kante gerade noch abfangen konnte. »Hast du das mit Miriam abgesprochen?«

»Dir auch einen schönen Tag!«, gab er mit einem Lächeln zurück. Verdammt, was wollte die hier? »Was treibt dich hierher?«, gab er sich weiter unbekümmert. »Miriam ist nicht da.«

»Weiß ich«, war Beckas überraschende Antwort. »Wir haben heute früh miteinander telefoniert, und sie hat mir gesagt, dass du sie vertrittst.«

»Aha?« Ob er auch so elegant eine einzelne Augenbraue in die Höhe ziehen konnte wie sie? Er versuchte es. »Dann willst du also zu mir? Hat Miriam«, er grinste sie schelmisch an, »dich etwa vorbeigeschickt, um nach dem Rechten zu sehen?«

»Hat sie nicht«, verneinte sie. »Ich brauch nur ein paar Klamotten für Eric und Alissa.«

»Bitte sehr!«, er breitete beide Arme aus wie ein Zirkusdirektor, der seine Stars in der Manege präsentiert. »Schau dich gern in aller Ruhe um.«

»Danke für deine Erlaubnis, sehr großzügig.« Sie bedachte ihn mit einem spöttischen Blick, dann fing sie an, eine Kleiderstange mit Hosen für Jungs durchzugucken. »Was hat es mit diesen siebzig Prozent denn auf sich?«, fragte sie, während sie konzentriert einen Bügel nach dem nächsten von rechts nach links schob.

»Das ist eine Werbemaßnahme«, sagte er, »damit mehr Kundschaft in die Krümelkiste kommt.«

Becka blickte von den Hosen auf und sah ihn an. »Und Miriam weiß Bescheid?«

»Nein«, musste er zugeben, sie würde es ja erfahren, wenn Rebecca ihr von Gabriels Aktion berichtete, was sie mit Sicherheit tun würde. »Ich wollte nur mal testen, ob das was bringt.«

»Na ja«, Becka setzte ihre Suche nach einer Hose fort, »ich bezweifle, dass sie begeistert ist, wenn du die Klamotten zu Schleuderpreisen verscherbelst, die niedriger sind als das, was sie beim Ankauf dafür gezahlt hat.«

»Das mache ich ja gar nicht.«

»Nein?« Sie richtete ihren Blick wieder auf ihn, ihre Miene war skeptisch. »Siebzig Prozent Rabatt – was ist das denn in deinen Augen außer Schleuderpreise?«

Gabriel schmunzelte gönnerhaft. »Es ist wie ›Black Friday‹«, erläuterte er und freute sich ein bisschen über Rebeccas begriffsstutziges Gesicht.

»Black Friday?«

»Ja«, bestätigte er.

»Verstehe ich nicht.«

»Ganz einfach«, führte er aus, »am ›Black Friday‹, eher gesagt auch schon an den Tagen davor und danach, locken Händler mit Rabatten von dreißig, fünfzig oder auch, wie hier, mit siebzig Prozent.«

»Ich weiß, was der ›Black Friday‹ ist«, blaffte sie ihn beleidigt an, »ich bin ja nicht vom Mond.«

»Schon Wochen vor diesem schwarzen Freitag, übrigens ein Trend, der wie so viele andere aus den USA zu uns rübergeschwappt ist. Wie Valentinstag, zum Beispiel. Oder Halloween …«

»Bitte keine Vorträge!«

»Nein, okay, gut. Jedenfalls, der Handel fängt schon Wochen vorher damit an, die Preise Stück für Stück anzuheben. Am Black Friday selbst sind sie dann so hoch, dass er trotz *großzügiger*« – er betonte das Wort ironisch – »Rabatte so gut wie keine Verluste macht. Und der Kunde freut sich immer noch, ein Schnäppchen ergattert zu haben, quasi eine Win-win-Situation.«

»Für den verarschten Kunden nicht wirklich.«

»Der weiß es ja gar nicht. Außerdem muss er ja nichts kaufen, wenn es ihm zu teuer erscheint.«

»Okay«, Becka nickte langsam. »Dann hast du alle Sachen im Laden umetikettiert und teurer gemacht?«

»Nein!« Er lachte amüsiert. »Das würde ja Stunden oder Tage dauern. Ich behaupte einfach, der Preis, der an der jeweiligen Klamotte steht, sei schon der vergünstigte.«

Rebecca nahm den Bügel mit der Kinderjeans, die sie gerade untersucht hatte, von der Stange und hielt sie ihm entgegen. »Die Hose hier ist von S. Oliver und soll«, sie warf einen Blick auf das Pappschild am Bündchen, »vierzehn Euro kosten. Wenn das schon reduziert ist, wären es …« Konzentriert legte sie die Stirn in Falten. »Das wären dann so in etwa … ohne *Rabatt* ungefähr fünfzig Euro.«

»Exakt«, bestätigte er.

Sie verdrehte die Augen und tippte sich mit einem Zeigefinger gegen die Stirn. »Das glaubt doch kein Mensch!«

»Sechs haben es heute Vormittag immerhin schon getan.« Die Kundenzahl zu verdoppeln, hielt er für legitim. »Ich hab schon fast zweihundert Euro in der Kasse.« Den Umsatz zu verdoppeln ebenfalls.

»Echt?« Beckas Skepsis wandelte sich in Erstaunen, einigermaßen fassungslos schüttelte sie den Kopf. »Scheint was dran zu sein an dem Sprichwort, dass aus jedem Zug ein Dummer steigt.«

»Sieht ganz danach aus.«

Die Türglocke ertönte, eine Frau schob sich rückwärts in den Laden und zog umständlich einen Kinderwagen hinter sich her. Rebecca lief sofort zu ihr und half ihr.

»Danke!«, sagte die junge Frau und schob die Kapuze ihrer Winterjacke nach hinten. Gabriel schätzte sie auf Anfang zwanzig, wenn überhaupt. »Haben Sie zufällig gerade so etwas wie einen Maxi-Cosi zum Verkauf?«

»Maxi-was?«, fragte Gabriel.

Rebecca eilte nun auch ihm zu Hilfe. »Das ist eine Babyschale fürs Auto, ein Kindersitz«, erklärte sie und warf der jungen Kundin einen entschuldigenden Blick zu. »Er hat seinen ersten Tag heute.«

Die junge Frau errötete. »Das kenne ich, für mich ist auch alles neu.« Unsicher lächelnd wiederholte sie ihre Frage. »Haben Sie denn so was?«

»Da müsste ich kurz mal nachschauen«, sagte Gabriel.

»Im Regal«, Rebecca zeigte nach rechts oben, »haben wir sogar drei.« Sie wandte sich Gabriel zu. »Holst du bitte die Leiter aus dem Lager, damit wir an die Dinger rankommen?«

»Klar, sicher!« Ohne jeden Widerspruch ging er zum Lagerraum und holte das Verlangte. Rebecca wollte ihm die Leiter prompt abnehmen, aber er schob sie mit einem freundlichen »Ich mach das schon« sanft zur Seite, stellte die Leiter vorm Regal ab und erklomm die Sprossen. Nacheinander reichte er Rebecca die Schalen nach unten, dann gesellte er sich zu den beiden Frauen, die die Sitze inspizierten.

»Die zwei hier links sind von Maxi-Cosi«, sagte Miriams Freundin zu der jungen Frau, »der andere von Römer.«

»Welcher davon ist der beste?«, wollte sie wissen.

»Kann man so nicht sagen. Die sind alle gut und in einem Topzustand. Wir achten beim Ankauf unserer Gebrauchtwaren sehr darauf, dass sie dem höchsten Qualitätsstandard entsprechen«, fuhr Becka fort. »Jede dieser Schalen ist garantiert unfallfrei und wurde von uns bis in die letzte Ritze porentief gereinigt, Sie können also bei keinem der drei Modelle etwas falsch machen.«

Gabriel war einigermaßen beeindruckt, wie fachmännisch und routiniert Miriams Freundin das rüberbrachte.

»Und welches Modell ist am günstigsten?«, kam es leise von der jungen Frau.

Gabriel bückte sich zu dem Preisschild, das am Tragegriff der ersten Schale baumelte, und drehte es so, dass er den Betrag lesen konnte. »Hier hätten wir einmal siebzig Euro«, sagte er und sah sich im Anschluss die anderen beiden Etiketten an. »Dann noch fünfundsechzig Euro und fünfundneunzig.«

»Okay, danke.« Er bemerkte, wie sie auf ihrer Lippe kaute, ihre Miene war konzentriert, als würde sie über etwas nachdenken. »Ist das schon der reduzierte Preis, oder gehen da noch siebzig Prozent runter?«, wollte sie wissen und klang dabei so unsicher und nahezu verschämt, dass Gabriel ihr am liebsten mit einem »Geht aufs Haus« die teuerste der drei Schalen in die Hand gedrückt hätte.

Stattdessen tauschte er mit Becka einen flüchtigen Blick aus, der nicht länger als eine halbe Sekunde dauerte, aber dennoch wortlos bestätigte, dass sie einer Meinung waren.

»Wo denken Sie hin?«, rief er aus und schenkte der Frau sein breitestes Lächeln. »Der Rabatt über siebzig Prozent geht da natürlich noch runter!«

»Oh, das ist toll!« Nun strahlte sie über das ganze Gesicht.

»Es wird sogar noch toller«, fuhr Gabriel fort, »Babymamas bekommen bei uns heute zusätzlich zehn Prozent! Also ist das wohl Ihr Glückstag!«

»Wie ein Sechser im Lotto«, warf Becka ein.

»Gilt das denn heute für alles hier im Laden?«, kam es von der Kundin.

»Japp!«, bestätigte er fröhlich. »Auf alles.«

Die Frau ließ ihren Blick durch die Krümelkiste wandern und sah dabei aus wie ein Kind, das im Süßwarenladen stand und soeben mitgeteilt bekommen hatte, dass es sich so viel nehmen darf, wie es tragen kann.

»Dann, äh, schaue ich mich ein bisschen weiter um, mir fehlt noch einiges.«

Eine halbe Stunde später verließ die Frau mit einer Babyschale sowie Kleidung und Spielzeug im Wert von fast dreihundert Euro das Geschäft. Rebecca hatte sie ausführlich beraten, zum Schluss hatte Gabriel ihre Neuerrungenschaften in eine der Ikea-Tüten gepackt, die Miriam in einem Karton im Lager aufbewahrte.

»Tja«, kam es von Becka, sobald die Frau aus der Tür war. »Nichts verdient, dafür aber ein paar Karma-Punkte gesammelt.«

»So ist es.« Dass er sich phantastisch fühlte und sofort losziehen könnte, um das viele Geld auf seinem Konto sinnvollen Zwecken zuzuführen, sagte er nicht. Sondern nur: »Das war sehr schön.«

»War es«, bestätigte Rebecca. »Leider aber auch auf Kosten von Miriam«, sie grinste ihn schief an.

Wortlos zog Gabriel das Portemonnaie aus seiner hinteren Jeanstasche, nahm zwei Hunderter und einen Fünfziger heraus, tippte den Betrag in die Kasse ein, sodass die Schublade mit einem *Bling* aufsprang. Dann legte er die Scheine in das jeweils dafür vorgesehene Fach.

Rebecca beobachtete erstaunt, was er tat. Erstaunt, aber gleichzeitig nickte sie anerkennend.

»Verrat bitte Miriam nichts davon«, bat er.

»Meine Lippen sind versiegelt«, versicherte Rebecca staatstragend. »Deine Rabattidee solltest du aber noch mal überdenken«, fügte sie hinzu. »Ich weiß ja nicht, wie viel du so verdienst, aber auf Dauer sehe ich schwarz für deine eigenen Finanzen.«

»Werden ja nicht ständig junge Mütter auftauchen, die mir das Herz zerreißen«, wendete er ein.

»Junge Väter können einem auch ganz schön leidtun«, konterte

Rebecca. »Und süße Omis und Opis erst recht.« Gegen seinen Willen tauchte vor Gabriels innerem Auge ein Bild seiner Großeltern auf. Nein, die beiden hatten nie zu der Kategorie »süß« gezählt. »Was ist?«, fragte Rebecca. »Warum schüttelst du den Kopf?«

»Ach, nichts«, versicherte er eilig. »Aber du hast schon recht, ich sollte mein Konzept noch einmal überarbeiten.«

»Solltest du.« Sie packte einen größeren Berg Klamotten, die sie zusammengesucht hatte, während Gabriel den Einkauf der jungen Mutter abkassiert hatte, auf den Ladentisch. »Die Sachen hier nehme ich mit.« Sie zwinkerte ihm zu. »Und bitte ohne Rabatt.«

»Gott sei Dank!«, rief er theatralisch aus. »Ich hatte schon Angst, dass ich einen Kredit aufnehmen muss.«

Rebecca lachte, dann wurde sie mit einem Mal ernst. »Also, ich erzähle Miriam nichts von deiner Rabattaktion«, sagte sie, »dafür verpetzt du mich nicht, dass ich hier was gekauft habe.«

»Wieso? Ist das verboten?«

»Nein«, erwiderte sie. »Nur für mich.«

»Nur für dich? Verstehe ich nicht.«

»Miriam erlaubt mir nicht zu bezahlen, wenn ich was für Eric und Alissa brauche«, führte sie aus. In einer ratlosen Geste zuckte sie mit den Schultern. »Sie ist da stur wie ein Esel und wahnsinnig stolz. Dass sie mir mindestens genauso oft geholfen hat wie ich ihr, lässt sie nicht gelten, sondern sagt immer nur, dass Freundinnen das eben füreinander tun.«

»Stimmt ja auch.«

»Richtig. Ich hab zwar selbst keine Millionen in einem Schweizer Schließfach rumliegen, aber etwas besser als bei Miriam sieht es schon aus. Und deshalb …«, sie geriet ins Stocken, »deshalb hab ich irgendwann angefangen, heimlich Sachen zu kaufen, wenn ich mal für sie eingesprungen bin. Natürlich nicht für Tausende von

Euro«, relativierte sie, »das könnte ich mir gar nicht leisten. Aber so hundert bis hundertfünfzig, die versuche ich schon jeden Monat hier loszuwerden, und tatsächlich brauchen meine Kinder ja auch was zum Anziehen, das ist von mir also keine milde Gabe. Hin und wieder«, erläuterte sie weiter, »nehme ich auch besonders hochwertige Teile aus dem Laden mit nach Hause und stelle sie bei eBay ein. Neulich bin ich da ein Kinderjäckchen von Burberry für echt gutes Geld losgeworden.« Sie lächelte stolz. »Manchmal kaufe ich auch was im Auftrag von Freunden«, setzte sie ihren Bericht eifrig fort. »Und wenn ein Kindergeburtstag oder etwas in der Art ansteht, suche ich immer zuerst in der Krümelkiste nach etwas Passendem. Das geht aber natürlich nur, wenn ich allein im Laden bin.«

Gabriel starrte sie fassungslos an, ihm fehlten schlicht die Worte. Während Becka geredet hatte wie ein Wasserfall, hatte sich seine Kehle mehr und mehr zugeschnürt. Nicht aus Angst – sondern weil das, was sie ihm gerade anvertraute, so unglaublich liebenswert war, dass es sich nicht einmal ein Henri Fjord hätte ausdenken können. Er begriff, was Miriam in Rebecca sah.

»Verstehst du das?«, hakte sie nach einer Weile unsicher nach.

»Ja«, er lächelte sie an. »Natürlich verstehe ich das.«

»Du erzählst es Miriam auch nicht?«

»Nein«, antwortete er und zwinkerte ihr verschwörerisch zu. »Meine Lippen sind ebenfalls versiegelt.«

»Damit sind wir ab sofort Partner in crime?«

»Partner in crime«, bestätigte er. »Jetzt weiß ich allerdings auch, warum du in der Krümelkiste den Umsatzrekord hältst. Aber fällt es Miriam nicht auf, wenn deine Kinder Klamotten aus dem Laden tragen?«

»Nö«, entgegnete sie. »Ich hab ja die Erlaubnis von ihr, mir alles zu nehmen, was ich brauche. Wie soll sie merken, dass ich in Wahrheit dafür bezahlt habe?«

Als Becka zehn Minuten später, ebenfalls mit einer großen Tüte bewaffnet, den Laden verließ, drehte sie sich in der Tür noch einmal zu ihm um. »Ben?«, rief sie.

»Ja?«

Sie nickte ihm zu, als würde sie ihm für irgendetwas eine Bestätigung geben wollen. »Du bist ein sehr, sehr feiner Kerl.«

Freitag, 15. November

Miriam

»Alles bestens!«, trötete Rebecca ins Telefon, ohne sich zuvor die Mühe einer Begrüßung gemacht zu haben. »Es besteht keinerlei Anlass zu Sorge.«

»Auf was genau bezieht sich dein ›keinerlei Anlass zu Sorge‹?«, bellte Miriam gereizt zurück. »Darauf, dass du einfach auflegst und danach nicht mehr abnimmst? Darauf, dass du entgegen meinen ausdrücklichen Willen beschlossen hast, Ben im Laden heimzusuchen, oder darauf …«

»Du hast keinen ausdrücklichen Willen geäußert«, warf ihre Freundin ein.

»Das konnte ich leider nicht, da hattest du mich schon weggedrückt«, herrschte sie Becka an. »Und jetzt halt endlich mal die Klappe!«

»Jawoll!«

»Oder«, fuhr sie in ruhigerem Ton fort, »bezieht sich deine Aussage darauf, dass die Krümelkiste nicht abgebrannt ist und in Schutt und Asche liegt?«

»Auf keins von allem«, kiekste ihre Freundin fröhlich, Miriams

Anpfiff schien sie nicht im Geringsten zu beeindrucken. »Ich wollte dir nur mitteilen, dass ich gerade im Geschäft war und Ben die Lage vollkommen im Griff hat.«

»Ach? Hat er das?«

»Ja.«

»Da fällt mir aber ein Stein vom Herzen! Ich hatte schon befürchtet, er würde sich mit einem Nervenzusammenbruch und Atemnot auf dem Boden vorm Wickeltisch herumwälzen, weil er als erwachsener Mann mit der Situation, ein paar Stunden lang Kinderklamotten zu verkaufen, überfordert ist. Wie gut, dass du nach dem Rechten gesehen hast. Wer weiß, was da alles hätte passieren können?«

»Gern geschehen.«

»Das war ironisch gemeint.«

»Ist mir klar. Aber wenn ich dich jetzt ausnahmsweise auch mal an was erinnern darf …« Becka unterbrach sich.

»Dann was?«, hakte Miriam nach.

»Dann daran, dass du verunsichert warst und dich gefragt hast, warum Ben so hilfsbereit ist und ob irgendetwas dahintersteckt.«

»Und dein Besuch in der Krümelkiste hat dir diesbezüglich neue Erkenntnisse gebracht?«

»Nicht wirklich neue, allerdings gesicherte.«

»Die da wären?«

»Bis eben habe ich nur vermutet, dass er in dich verliebt ist. Jetzt *weiß* ich es.«

Vor Schreck verschluckte Miriam sich und musste ein paarmal husten. »Hat er dir das gesagt?«, brachte sie krächzend hervor.

»Ja, hat er.«

»Was???«

»Nicht ganz wortwörtlich, das nicht.«

»Sondern?«

»Mehr so …« Becka überlegte einen Moment, Miriams Nerven waren zum Zerreißen gespannt, und sie hielt es für wahrscheinlich, dass *sie* gleich diejenige war, die zu Boden ging. »Er hat es eher mit Taten als mit Worten ausgedrückt«, erklärte ihre Freundin schließlich recht vage.

»Was bitte soll denn das schon wieder heißen? Hat er kleine Herzchen aus Tonpappe für mich ausgeschnitten oder ›Miriam forever‹ vorm Laden auf den Bürgersteig gemalt?«

»Nein, das natürlich nicht.« Rebecca lachte. »Aber er hat sich total reingekniet und gibt wirklich alles, um dich zu unterstützen.«

»Damit wären wir wieder bei ›hilfsbereit‹, aber noch lange nicht bei ›verliebt‹«, stellte Miriam trocken fest. Sie ärgerte sich über den Anflug von Enttäuschung, der ihr einen kleinen Stich versetzte.

»Wie soll ich das am besten erklären?«, fragte ihre Freundin. »Lass es mich so formulieren«, fuhr sie dann fort, »mir war es vergönnt, mitten in sein Herz zu blicken.«

»Argh«, ächzte Miriam und unterdrückte nur mit Not eine Mischung aus Husten- und Lachattacke. »Hast du dir gerade mal selbst zugehört? ›Mir war es vergönnt, mitten in sein Herz zu blicken‹«, äffte sie Becka mit verstellter Stimme nach. »Woher hast du diesen Schwulst? Aus *Gute Zeiten, schlechte Zeiten*?«

»Okay, vergiss es!« Rebecca klang beleidigt. »Ich muss jetzt eh los zum Theater, also bis dann!«

»Nein, Becka, warte!«, rief sie hektisch ins Telefon. »Leg nicht auf, bitte! Es tut mir leid, das war blöd von mir!«

»War es«, kam es zurück.

»Du weißt ja, dass ich«, sie hüstelte. »Also, ich finde Ben ja auch richtig nett, und was er für Luzie und mich alles macht, ist toll – aber … aber so was wie Verlieben ist gerade einfach nicht mein Thema.«

»Ich hab ja auch nicht behauptet, dass *du* verliebt bist, sondern *er*.«

»O Mann!«, rief Miriam. »Ob nun er oder ich oder wir beide oder keiner von uns – damit möchte ich mich erst gar nicht beschäftigen.«

»Warum nicht, wenn ich fragen darf?«

»Du weißt, warum. Dafür ist es nicht die richtige Zeit.«

»Es ist immer die richtige Zeit, das Richtige zu tun.«

»Wie salbungsvoll.«

Endlich lachte Becka wieder. »Ja, oder? Das ist übrigens nicht aus *GZSZ*, sondern von Martin Luther King.«

»Weiß ich.«

»Weißt du nicht.«

»Stimmt, war gelogen.« Miriam seufzte tief. »Ach, wer weiß schon, wann es für was das Richtige ist?«

»Süße«, nun schlug Becka einen liebevollen Ton an, »ich meine ja auch gar nicht, dass du dich Hals über Kopf in eine Beziehung mit Ben stürzen sollst. Und dass er in dich verliebt ist, ist natürlich nur meine Interpretation, mit der ich auch komplett falschliegen kann.«

»Genau!«

»Alles, was ich sagen will«, sprach ihre Freundin weiter, »ist, dass ich nach der Skepsis, die ich anfangs hatte, mittlerweile der festen Überzeugung bin, dass Ben zu hundert Prozent vertrauenswürdig und aufrichtig ist. Dazu noch intelligent, humorvoll, großzügig, hilfsbereit, kinderlieb und gut aussehend.«

»Du hast ›tierlieb‹ vergessen«, warf Miriam ein.

»Wieso tierlieb?«, fragte Becka irritiert nach. »Hat er das mal gesagt?«

»Nö«, sie kicherte. »Aber das gehört bei deiner Aufzählung noch zwingend mit dazu. Das ist alles, was Typen auf Tinder über sich behaupten, ehe du beim ersten Date feststellen musst, dass sie beschränkt, verbissen, geizig, egoistisch und unattraktiv sind und außerdem Kinder und Tiere hassen.«

»Wusste gar nicht, dass du auf Tinder bist!«

»Bin ich nicht, das weiß ich nur so vom Hörensagen.«

»Soso.«

»Nix ›soso‹! Ich bin wirklich nicht auf Tinder!«

»Ist ja auch egal«, erwiderte Becka. »Ich finde halt nur, du solltest den Gedanken, dass Ben irgendwann mehr für dich werden könnte als nur dein Untermieter, nicht ausschließen.«

»Findest du?«

»Sonst würde ich es nicht sagen.«

»Aber wir kennen bisher ja nicht mal seinen Aszendenten!«, scherzte Miriam, um den Worten ihrer Freundin etwas von ihrem Gewicht zu nehmen. »Wer weiß, was sich da noch für Abgründe auftun?«

»Der spielt keine Rolle«, stelle Rebecca ungewohnt ruhig und sachlich fest.

»Wie kannst du sagen, dass der Aszendent keine Rolle spielt?«, entgegnete Miriam übertrieben entsetzt. »Becka, mein gesamtes Weltbild bricht in sich zusammen!«

»Du hast dich zwar darüber lustig gemacht«, antwortete sie und blieb dabei immer noch ganz ruhig, nahezu getragen, »aber ich meinte das ernst: Ich habe vorhin in Bens Herz gesehen, er ist ein feiner Kerl.« Sie machte eine kleine Pause. »Von mir aus könnte er sogar Skorpion sein.«

Freitag, 15. November

Gabriel

Kaum war Rebecca weg, stürzte Gabriel in den Lagerraum, zog eine weitere Ikea-Tüte aus dem Karton und eilte damit zurück zur Verkaufsfläche. Miriams Freundin hatte ihn auf eine Spitzenidee gebracht, warum war er nicht von selbst darauf gekommen? In Windeseile lief er von Kleiderstange zu Kleiderstange, riss Hosen, Shirts, Pullis, Jacken von ihren Bügeln und pfefferte sie in die Tüte, bis sie gut gefüllt war. Dann nahm er noch drei Paar Schuhe aus dem Regal, einige Bücher, etwas Spielzeug und legte die Sachen ebenfalls dazu.

Er schleppte seinen »Einkauf« zum Ladentisch, kippte ihn auf dem Boden aus und begann, ein Teil nach dem nächsten in die Kasse einzubongen, bevor er es wieder zurück in die Tüte legte. Ja, er war ein feiner Kerl. Und zwar einer, der Rebeccas Umsatzrekord noch heute brechen würde. Wie gut, dass er sein Auto am Morgen direkt um die Ecke geparkt hatte, weil er es sonst bis zehn Uhr nicht geschafft hätte. So würde er nicht länger als fünf Minuten dafür benötigen, einen handgeschriebenen Zettel mit »Bin sofort wieder da!« an die Scheibe der Eingangstür zu kleben, den Laden abzuschließen und die volle Tüte im Kofferraum seines Audi zu versenken.

Was er später mit den Klamotten anstellen würde, wusste er auch schon. Damals, nach seinem Einzug in die Wohngruppe, hatten er und die anderen Jugendlichen meistens bei einem der Sozialkaufhäuser, von denen es in Hamburg einige gab und die für kleines Geld gespendete Sachen anboten, nach Kleidungsstücken gesucht. Sie hatten ja alle so gut wie kein Geld gehabt, wollten aber natürlich trotzdem cool aussehen. Wenn er sich recht erinnerte, hatte er sogar seine fragwürdige Hose aus Glattleder und die Biker-Boots in einem dieser Läden erstanden. Wie irre lang das her war!

Bei dem Gedanken daran, wie er als Siebzehnjähriger durch Geschäfte gestöbert hatte, die ein kleines bisschen ausgesehen hatten wie die Krümelkiste, wurde ihm angenehm heimelig ums Herz.

Das Alter verklärt – oder versteinert. Marie von Ebner-Eschenbach, österreichische Schriftstellerin und, selbstverständlich, bereits verstorben, allerdings erst mit fünfundachtzig.

Während Gabriel einen Betrag nach dem nächsten in die Kasse eingab, sann er über diesen Satz nach, den er irgendwo mal gelesen haben musste. Zwar war er mit Anfang vierzig noch nicht richtig alt, eher mittelalt, neudeutsch auch »Best Ager« genannt – aber die Versteinerung hatte dennoch schon vor vielen, vielen Jahren eingesetzt. An dem Tag, an dem seine Mutter fortgebracht worden war und er und Greta zu den Großeltern mussten. Der Tag, an dem er seine Schwester verlassen und sie damit für immer verloren hatte, da hatte sich ein weiterer schwerer Stein auf seine Seele geschoben. Und schließlich: Als er aus Dummheit, Arroganz und Selbstsucht seinen eigenen Sohn verraten hatte, hatte ihn das tonnenschwere Geröll seiner unverzeihlichen Taten endgültig unter sich begraben.

Aber dann war plötzlich Luzie auf den Plan getreten. Hatte an seiner versteinerten Oberfläche gerüttelt und gekratzt, hatte ein paar hauchdünne Risse hineingeschlagen, die nun immer weiter aufbrachen, die seinen Panzer aus Granit Stück für Stück wegplatzen ließen. Wie Märit vor Jonas Petter, so hatte sich Luzie vor ihn, vor Gabriel, geworfen; hatte ihn geschützt vor weiteren herabstürzenden Felsbrocken, die …

Die Türglocke erklang, und er war ganz froh, aus seinen theatralischen Gedanken befreit zu werden.

»Siebzig Prozent auf alles?«, wollte der etwa vierzehnjährige Junge wissen, der im Eingang stand. »Habt ihr auch ein iPhone 16 Pro Max mit 512 Gigabyte?«

Gabriel schüttelte bedauernd den Kopf. »Leider nein. Aber du darfst dir gern da vorn«, er deutete auf das kubusförmige Regal im Schaufenster, »aus einem der Gläser einen Lutscher nehmen.«

»Shit!« Der Teenie machte auf dem Absatz kehrt und rauschte von dannen.

Freitag, 6. Dezember

Miriam

Rebeccas Behauptung, dass Ben in sie verliebt sei, hatte Miriam verwirrt. Noch mehr verwirrte sie allerdings, dass ihr Untermieter an den bisher fünf Nachmittagen, an denen er sie seit dem 15. November vertreten hatte, mehr Umsatz gemacht hatte als sie selbst in einer ganzen Woche.

Wie konnte das sein? Das ging doch nicht mit rechten Dingen zu! Natürlich hätte sie das einfach so hinnehmen und sich darüber freuen können. Ebenso wie über die ungewohnte Freizeit, die sie dank seiner Unterstützung nun hatte und die sie dafür nutzte, wieder mehr mit Luzie zu unternehmen. Ihre Tochter war natürlich begeistert und damit auch der Hauptgrund, weshalb Miriam Bens Angebot, die Krümelkiste regelmäßig allein zu managen, angenommen hatte.

Theoretisch war also alles großartig. Aber in der Praxis wurmte es sie. Nicht nur weil sein Erfolg an ihrem Selbstbewusstsein nagte, sondern weil ihr siebter Sinn ihr ganz eindeutig funkte, dass irgendwas im Busch war.

»Du hast überhaupt keinen siebten Sinn«, hatte Becka abgewiegelt, als Miriam ihr gegenüber zum wiederholten Mal Bedenken geäußert hatte. Sie hatte es ihrer Freundin zugeflüstert, denn gerade saßen sie in der abgedunkelten Aula von Luzies, Alissas und Erics Grundschule und wohnten dem Weihnachtsmärchen bei. Auf der Bühne stand eine Theatergruppe, die sich auf Schulaufführungen spezialisiert hatte und dabei besonderen Wert auf zeitgemäße und gendergerechte Inszenierungen legte. So zeitgemäß, dass Miriam und Rebecca das Stück nur anhand des Programmzettels als »Dornröschen« identifizieren konnten.

Den Kindern allerdings schien es zu gefallen. Selbst Eric, der zu Beginn der Vorstellung und vorm Verlöschen der Lichter noch lautstark verkündet hatte, auf so eine »Babykacke echt null Bock« zu haben, hockte zwischen Luzie und Alissa auf seinem Stuhl und verfolgte gebannt das Geschehen.

»Nenn es, wie du willst, siebter Sinn, Bauchgefühl – aber irgendwas stimmt einfach nicht«, zischelte sie zurück.

»Kannst du es nicht mal gut sein lassen?«

»Ich kann es erst dann gut sein lassen, wenn ich verstehe, was da los ist.«

»Du nervst!« Rebecca entfuhr ein Stöhnen. »Gar nichts ist los! Ben hilft dir, das ist alles.« Sie stupste Miriam in die Seite. »Und ohne ihn wärst du jetzt nicht hier.«

»Da hätte ich ja echt was verpasst!« Sie konnte ein leises Kichern nicht unterdrücken. »Ein rappendes Dornröschen erlebt man auch nicht alle Tage.«

»Mami!« Luzie zupfte sie am Ärmel. »Seid leise! Dr. Krüger guckt schon die ganze Zeit zu uns rüber.«

»Oh, tut mir leid, Schatz.« Sie sah sich suchend um, zwei Reihen weiter vorn entdeckte sie Luzies Klassenlehrer, der ihr tatsächlich kopfschüttelnd einen indignierten Blick zuwarf. Entschuldigend hob sie die Hände, Dr. Krüger drehte sich wieder nach vorn zur Bühne.

»Trotzdem«, raunte Miriam ihrer Freundin ein paar Minuten später ins Ohr. »Wie kann es sein, dass Ben so viel besser verkauft als ich?«

»Zufall.«

»Glaub ich nicht.«

Becka stöhnte erneut leise auf. »Okay, meine Süße«, flüsterte sie. »Was ist der größte Unterschied zwischen ihm und dir?«

Miriam überlegte kurz. »Er kann rechnen, ich nicht?«

»Auch«, bestätigte Becka. »Was noch?«

»Hm … Er ist älter als ich?«

»Auch richtig, aber das meine ich nicht.«

Sie grübelte weiter. »Er hat keine Kinder?«

»Miri!« Rebecca schnaubte. »Stellst du dich absichtlich doof?«

»Nö«, flüsterte sie zurück. »Offensichtlich bin ich doof.«

»Ben ist ein Mann, du bist eine Frau«, klärte ihre Freundin sie auf. »Er ist ein *gut aussehender* Mann!«

»Und ich sehe nicht gut aus, oder was?«

»Doch, tust du. Aber darum geht's hier nicht.«

»Sondern?«

»Miri, wer ist deine Hauptkundschaft in der Krümelkiste?«

»Eltern.«

»Falsch.« Rebecca schüttelte amüsiert den Kopf. »Zu neunzig Prozent sind es Mütter, also Frauen.«

»Und?«

»Das liegt doch wohl auf der Hand: Bei einem gut aussehenden Mann kaufen sie natürlich mehr als bei dir oder mir.«

»Das stimmt nicht ganz, bei dir läuft es auch besser als bei mir, und du bist kein Mann.«

»Ich habe eine ausgeprägte maskuline Seite«, meinte Becka.

»Also …«

»Frau Petersen?« Miriam zuckte zusammen, als rechts von ihr eine tiefe Stimme erklang. Sie drehte sich zu ihr um – Dr. Krüger stand direkt neben ihrer Stuhlreihe und musterte sie missbilligend. »Können Sie Ihre Unterhaltung bitte draußen führen?«, zischelte er. »Sie stören die gesamte Aufführung!« Luzie versteckte sich hinter ihrem Programmzettel.

»Ja, äh, natürlich, tut mir leid«, flüsterte Miriam und spürte, wie ihre Wangen heiß wurden.

»Herzlichen Dank!« Mit diesen Worten marschierte Dr. Krüger zurück zu seinem Platz.

»Böses Mädchen!«, zischte Rebecca kichernd. »Das gibt einen Eintrag ins Klassenbuch.«

»Seid endlich leise!«, fauchte Luzie. »Ihr seid echt megapeinlich!«

Eine gute Stunde später erreichten sie die Krümelkiste. Die Kids waren vorausgerannt, weil Ben schon vor Tagen verkündet hatte, dass es eine Nikolausüberraschung geben würde. Damit hatte er die Kinder natürlich sofort in seinen Bann geschlagen, und sie waren, kaum hatte Dornröschen ihr glückliches Ende gefunden, noch vor dem Schlussapplaus aus der Aula geprescht.

»Wir sind da!«, krakeelte Luzie, sobald sie alle in den Laden gestürmt waren. »Was ist die Überraschung?«

»Immer mit der Ruhe!« Ben lachte. »Zuerst einmal gibt's was für die Mamis.«

»Für uns?«, fragte Miriam erstaunt nach.

»Natürlich, der Nikolaus denkt an alle!«

»Menno!«, motzte Eric mit finsterer Miene. »Das ist unfair! Immer die Erwachsenen zuerst! Außerdem ist Nikolaus nur für Kinder.«

»Wer behauptet denn so was?« Ben zog erstaunt beide Augenbrauen in die Höhe.

Jetzt grinste Rebeccas Sohn ihn frech an. »Ich behaupte das«, erklärte er selbstbewusst.

Erneut musste Ben lachen. »Nun, da ich heute den Nikolaus vertrete, gelten meine Regeln. Und die besagen, dass die Erwachsenen auch etwas bekommen. Verteilt wird nach dem Ladys-First-Prinzip.«

»Wir sind auch Ladys!«, warf Alissa ein, die wie ihr Bruder und Luzie so aufgeregt und hibbelig wirkte, als würde sie jeden Augenblick platzen.

»Die kleinen Ladys und der kleine Gentleman müssen sich nur noch zwei Minuten gedulden«, gab er zurück. Dann wandte er sich Miriam und Rebecca zu. »Also«, begann er bedächtig, »die erste Überraschung vom Nikolaus ist, dass ich heute den absoluten Umsatzrekord in der Krümelkiste gebrochen habe.« Er machte eine bedeutungsschwangere Pause. »Und zwar«, er unterbrach sich ein weiteres Mal, Miriam war kurz davor, ihm an die Gurgel zu gehen. »Vierhundertachtundsechzig Euro«, verkündete er schließlich und strahlte dabei von einem Ohr zum anderen.

»Vierhundertachtundsechzig?«, echote Rebecca fassungslos. »Wie hast du das denn angestellt?«

»Keine Ahnung«, gab Ben ehrlicherweise zu und zuckte mit den Schultern. »Vor zwei Stunden war es so, als hätte direkt vor der Tür ein Reisebus gehalten, so viele Menschen wuselten plötzlich durch den Laden und kauften dabei in solchen Mengen, als wäre Shoppen ab morgen verboten.«

»Das ist ja großartig!«, meinte nun auch Miriam. Gleichzeitig gab sie sich Mühe, den kleinen Anflug von Neid, den sie innerlich verspürte, zu ignorieren.

»Und was ist die zweite Überraschung?«, wollte Rebecca wissen.

»Die ist auch was ganz Besonderes«, behauptete Ben. Mit diesen Worten nahm er einen Umschlag vom Ladentisch und überreichte ihn Miriam und Becka mit feierlicher Geste. »Bitte sehr!«

Miriam nahm ihn entgegen. »Da bin ich aber mal gespannt!«, sagte sie und riss das Kuvert auf. »Oh, das ist ja toll!« Sie hielt ihrer Freundin einen Gutschein unter die Nase. »Ein ganzer Wellness-Tag für uns beide im ›Luxurious Spa‹?« Ihre Miene wurde skeptisch. »Das kostet doch sicher ein halbes Vermögen! Das können wir nicht annehmen.«

»Bist du blöd?«, rief Becka aus und schüttelte ungläubig den Kopf. »Klar können wir das!« Sie schnappte sich den Gutschein.

»Aber …«, setzte Miriam an.

»Das könnt ihr wirklich und ohne jedes schlechte Gewissen«, wurde sie von Ben unterbrochen. »Mich kostet das nämlich rein gar nichts.«

»Nichts?«, fragte Miriam.

»Genau«, bestätigte Ben. »Das Luxurious ist ein Klient von mir. Von denen bekomme ich öfter solche Gutscheine und weiß immer gar nicht, was ich damit anfangen soll.« Er verdrehte die Augen. »Ich war nur einmal da, und da hockte prompt der Geschäftsführer vom Spa neben mir nackt in der Sauna und wollte über den letzten Monatsabschluss reden.« Bei der Erinnerung daran verzog er übertrieben entsetzt die Miene und schüttelte sich. »Das muss ich nicht noch mal haben.«

Miriam schmunzelte. »Verständlich, das wäre mir auch unangenehm.«

»Meine Güte, seid ihr prüde«, kommentierte Becka. »Mir würde das nicht das Geringste ausmachen.«

»Du kennst den Geschäftsführer vom Luxurious Spa ja auch nicht persönlich«, gab Ben schlagfertig zurück.

»Wenn er gut aussieht, sollten wir das unbedingt ändern«, witzelte sie.

»Mama!«, riefen Alissa und Eric zeitgleich aus.

»Oh, sorry!« Sie schmunzelte. »Peinlichkeitsalarm.«

»Was ist denn jetzt mit unserer Überraschung?«, quengelte Luzie. »Hoffentlich nicht so was Blödes wie ein Wellness-Tag«, schob sie hinterher.

»Keine Sorge«, wurde sie von Ben beruhigt, der einen weiteren Umschlag vom Ladentisch nahm und ihn Luzie gab.

»Ist das für mich oder für uns drei?«, wollte sie wissen, während sie ihn öffnete.

»Sogar für mehr als nur euch drei, jeder von euch darf einen Freund mitnehmen.«

»Die Fun Arena!«, schrie Alissa begeistert, sobald Luzie einen bunten Flyer aus dem Kuvert genestelt hatte. »Da fahren wir hin?«

»Japp«, bestätigte Ben.

»Cooooool!«, freute sich Eric. »Da waren wir schon mal mit Papa, die ist echt mega!«

»Warst du da auch schon?«, wollte Ben von Luzie wissen.

Sie schüttelte den Kopf.

Eric nahm ihr den Flyer aus der Hand und blätterte ihn auseinander. »Guck mal«, sagte er zu Luzie, »da kann man total viele tolle Sachen machen.« Sein Zeigefinger wanderte von einem Foto zum nächsten. »Die haben einen großen Trampolinpark, ganz, ganz viele Rutschen, einen Laser-Parcours, eine große Luftkissenburg, ein Schwarzlicht-Viertel …« Während er aufzählte, was es in der Fun Arena alles gab, wurden Luzies Augen immer größer, und sie strahlte über das ganze Gesicht.

»Und wir dürfen alle noch einen Freund einladen?«, hakte Alissa nach.

»Genau«, antwortete Ben.

»Lass mich raten«, sagte Miriam. »Die Fun Arena ist auch ein Kunde von dir?«

»So ist es. Deshalb können wir da kostenlos einen Tag verbringen. Und zwar kostenlos inklusive Essen und Getränke.«

»Wie toll!« Luzie quiekte vor Begeisterung und machte einen kleinen Hüpfer. »Können Mami und Becka auch mit?«

»Unbedingt, das müssen sie sogar!«, entgegnete Ben.

»Wir könnten an dem Tag aber auch unseren Wellness-Gutschein einlösen, und du fährst mit den Kids allein«, schlug Rebecca grinsend vor.

»Nö!«, protestierte Luzie. »Ihr sollt mitkommen!«

»War doch nur ein Scherz«, beruhigte Becka sie. »Oder denkst du, das lassen wir uns entgehen?«

»Wann können wir hinfahren?«, fragte Alissa. »Morgen?«

»Das ist ein bisschen spontan«, sagte Miriam. »Außerdem hat die Krümelkiste samstags auf, wir sollten also einen Sonntag nehmen.«

»Übermorgen?«, schlug Eric vor. »Geht das?«

Die Kinder sahen Miriam und Rebecca erwartungsvoll an.

»Wie wäre es denn nächste Woche Sonntag?«, fragte Becka. »Übermorgen ist ja auch ziemlich kurzfristig.«

»Nächste Woche Sonntag ist doch die Weihnachtsfeier in der Musical-Company. Da *müssen* wir hin!«, widersprach Alissa energisch. »Ihr müsst da sowieso alle hinkommen. Wir haben nämlich extra was einstudiert. Außerdem gibt es noch eine Open Stage, bei der jeder mitmachen kann.«

»Stimmt, mein Schatz, das hatte ich vergessen«, meinte Rebecca. »Dann von mir aus gern jetzt am Sonntag, danach kommen ja noch alle möglichen Weihnachtsevents, und dann würde es erst im nächsten Jahr passen. Wie sieht es denn diesen Sonntag bei dir und Luzie aus?«, fragte sie Miriam.

Ihre Freundin nickte. »Bei uns passt es. Und bei dir?«, wollte sie dann von Ben wissen.

»Denke schon«, erwiderte er, »ich müsste nur kurz telefonieren und eine Sache klären, okay?«

»Natürlich«, meinte Miriam.

»Gut, bis gleich.« Mit diesen Worten zog er sein Handy aus der Hosentasche und lief nach draußen.

»Wir gehen was spielen«, verkündete Luzie und verschwand mit Eric und Alissa in ihrem Zimmer.

Miriam und Rebecca sahen sich erstaunt an. »Muss ja sehr geheim sein, was Ben da zu bereden hat«, stellte Becka fest.

»Scheint so.« Miriam zuckte mit den Schultern.

»Vielleicht hat er eine Freundin, die er zuerst fragen muss?«, mutmaßte Rebecca. »Und er will nicht, dass du das mitbekommst.«

»Weil er ja verliebt in mich ist.«

»Exakt.«

Miriam lachte und zeigte ihrer Freundin einen Vogel. »Du kommst echt immer auf komische Ideen.«

»So komisch finde ich die gar nicht.«

»Kann sein, wer weiß?« Bisher hatte Miriam noch nie darüber nachgedacht, ob Ben in einer Beziehung war oder nicht. Er hatte keine Partnerin erwähnt, aber das hieß natürlich nichts. Andererseits war er jetzt schon so lange in der Krümelkiste, und sie hatten sich so viel miteinander unterhalten, da wäre das doch bestimmt mal Thema gewesen.

»Woran denkst du?«

»Hm?« Miriam sah ihre Freundin verständnislos an.

»Du wirkst gerade total weggetreten.«

»Ach so, nein«, sie räusperte sich. »Ich hab nur überlegt, wann wir unseren Wellness-Tag machen könnten«, log sie. Dass sie in Wahrheit darüber gegrübelt hatte, warum ihr der Gedanke, dass Ben eine Freundin haben könnte, nicht sonderlich gut gefiel, verriet sie ihr nicht.

»Ich hab nächste Woche Dienstag komplett frei«, meinte Rebecca. »Tim hat da auch die Kinder. Wenn Ben dich hier wieder vertreten kann, steht dem Tag im Luxurious Spa nichts im Wege.«

»Weiß nicht«, entgegnete Miriam. »So ganz wohl fühle ich mich nicht dabei, wenn Ben hier so viel aushilft.«

»Quatsch!«, fegte Becka ihre Bedenken beiseite. »Es macht ihm doch Spaß.« Sie schmunzelte. »Ich glaube, ihn hat auch der Ehrgeiz gepackt, hier guten Umsatz zu machen.«

»Tja, das ist der nächste Punkt«, sagte Miriam. »Ich verstehe noch immer nicht, warum er so gut verkauft.«

»Hab ich dir doch erklärt«, erwiderte ihre Freundin. »Er sieht toll aus und ist ein Mann, das ist gut fürs Geschäft. Außerdem hat er eben selbst erzählt, wie überrascht er war, dass hier offensichtlich ein ganzer Reisebus gehalten hat.«

»Hm, ja.«

»So langsam läuft die Sache eben an, und der Laden spricht sich rum. Du wirst bald bestimmt genauso gut verkaufen wie Ben.«

Miriam lachte trocken auf. »Gestern waren es siebenundsechzig Euro sechzig.«

»Okay«, Becka giggelte, »dann solltest du dich vielleicht doch besser von der Krümelkiste fernhalten.«

»Ha, ha, sehr witzig!«

»Zerdenk nicht alles«, riet Rebecca ihr. »Nimm es hin, wie es ist, und freu dich darüber, was für eine Bereicherung er nicht nur für den Laden, sondern auch für Luzie ist.«

»Aber gerade das macht mir ja Sorgen.«

»Was meinst du?«

»Na, dass er so gut für Luzie ist. Wie wird sie damit klarkommen, wenn er irgendwann wieder weg ist?«

»Warum sollte er irgendwann weg sein?« Becka sah sie verständnislos an.

»Wenn sein Büro am Neuen Wall fertig ist, wird er ja wieder dort arbeiten.«

»Aber du hast mir doch erzählt, dass er dauerhaft in der Krümelkiste bleiben möchte.«

»Das stimmt so nicht«, korrigierte sie ihre Freundin. »Er hat gesagt, dass er *überlegt*, sein Büro in der Innenstadt aufzugeben.«

»Natürlich bleibt er hier!«, entgegnete Becka vehement. »Daran habe ich überhaupt keine Zweifel.«

»Meinst du?«

»Klar meine ich das, sonst würde ich es nicht sagen.« Sie schmunzelte. »Denn er ist ja verliebt in dich.«

»Sicher.«

Freitag, 6. Dezember

Gabriel

»Ich bin's«, meldete er sich, sobald er Hannah an der Strippe hatte.

»Das sehe ich«, klärte sie ihn auf. »Was gibt's? Kommst du heute erst wieder mitten in der Nacht, um Tavor abzuholen?«

»Nicht ganz, ich werde gegen 18.00 Uhr bei dir sein. Aber könntest du ihn vielleicht auch am Sonntag nehmen?«

»Wieder für eine verdeckte Recherche unterwegs?«

»So ist es.«

Hannah seufzte laut. »Ja, du kannst ihn bringen. Ich bin den ganzen Tag in der Rasselbande, und die Kinder sind total vernarrt in den Hund.« Sie gluckste. »Könnte sein, dass du ihn irgendwann gar nicht mehr zurückbekommst.«

»Soll das eine Drohung sein oder ein Versprechen?«, scherzte er, korrigierte sich aber sofort. »So lange dauert es nicht mehr, bis ich mit dem Roman fertig bin, dann kann ich mich wieder voll und ganz um ihn kümmern.«

»Wie gesagt, die Kids lieben ihn, du darfst ihn also auch weiterhin bei mir abgeben, wenn du was vorhast.«

»Gut zu wissen. Am Sonntag würde ich ihn gegen zehn Uhr bringen, ist das okay?«

»Ist in Ordnung, das passt.«

»Und, Hannah?«

»Ja?«

»Ihr habt doch für die Rasselbande einen VW-Bus, oder?«

»Haben wir.«

»Wie viele Sitzplätze hat der?«

»Neun. Warum?«

»Ja, äh, wenn ihr den am Sonntag nicht braucht, würde ich mir den gern ausleihen.«

»Sonst noch was?«, gab Hannah zurück. »Willst du auch Jonathans und mein erstgeborenes Kind haben?«

»Ihr habt doch gar keine Kinder.«

»Stimmt, das war mir kurzfristig entfallen.« Erneut gluckste sie. »Von mir aus kannst du den Bus haben. Aber dafür will ich wenigstens wissen, was du vorhast.«

»Ich hab euch doch schon erzählt, dass der neue Roman von einem Möbelrestaurator im Alten Land handelt.«

»Ja«, stimmte sie ihm zu, »aber das erklärt nicht, was du in den letzten Wochen so treibst und warum du Tavor nicht mitnehmen kannst. Also raus mit der Sprache!«

»Geht leider nicht.«

»Dann gibt's auch keinen Bus.«

»Tja, muss ich mir halt woanders einen besorgen.«

»Gabriel, du bist echt ein schlimmer Geheimniskrämer!«, maulte Hannah. »Ich finde, ein bisschen mehr könntest du mir verraten.«

»Dafür, dass du Henri Fjord nicht magst, bist du echt neugierig.«

»Meine Neugier bezieht sich nicht auf Henri Fjord, sondern auf Gabriel Bach.«

»In beiden Fällen muss ich dich enttäuschen.«

»Du bist ein Spielverderber.«

»Tut mir leid«, sagte er. »Es ist halt so, dass eine Geschichte nur frisch bleibt, wenn man niemandem davon erzählt.«

»Deine Geschichte hat ein Verfallsdatum?«, wunderte Hannah sich. »Muss sie in den Kühlschrank?«

Gabriel lachte auf. »Das nun nicht gerade. Aber wenn ich die Story, die in meinem Kopf entsteht, jemandem erzähle, bevor ich sie aufgeschrieben habe – dann verliert sie an Kraft.« Er überlegte einen Moment und suchte nach den richtigen Worten. »Es ist schwer zu beschreiben, aber wenn ich darüber rede, verpufft ein Teil davon, und sie wird … irgendwie flach.«

»Du meinst, noch flacher als ein alleinerziehender Möbelrestaurator im Alten Land?«, witzelte Hannah. »Kann ich mir kaum vorstellen.«

»Sehr lustig!«, grummelte er.

»Ich weiß.« Sie kicherte. »Aber okay, du kannst den Bus am Sonntag haben. Will ja nicht, dass du den neuen *Henri Fjord* nicht schreiben kannst, Jonathan würde mich umbringen.«

»Danke, du bist ein Schatz!«

»Ich weiß«, sagte sie noch einmal.

»Ich komme dann in etwa einer Stunde und hole Tavor. Bist du zu Hause oder noch in der Rasselbande?«

»Heute zu Hause, Lisa schmeißt den Laden allein.«

»Gut, dann bis nachher!«

Zufrieden legte Gabriel auf. Das lief ja wie am Schnürchen! Am Montag hatte er mit dem Marketingchef der Fun Arena Axel Gneist telefoniert und mit ihm ausgemacht, dass er in den nächsten Tagen mit einer Gruppe von Kindern kommen würde. Ihm hatte er unter dem Siegel der Verschwiegenheit verraten, dass der

Indoor-Spielplatz im neuen Roman von Henri Fjord eine prominente Rolle spielen sollte. Sie hatten sich darauf geeinigt, dass Eintritt, Essen und Getränke aufgeschrieben und dann von Gabriel in einem Rutsch bezahlt wurden. Natürlich hatte Gabriel ihm noch eingeschärft, dass er niemandem – vor allem nicht den Müttern der Kinder, mit denen er die Arena besuchen würde – etwas über ihr Abkommen verraten dürfte.

»Kein Problem«, hatte Axel Gneist gesagt. »Ich gebe meinen Mitarbeitern Bescheid. Sie und Ihre Gruppe bekommen am Einlass Armbänder, die können Sie dann vorzeigen.«

Gabriel freute sich. Luzie würde ihren ganz besonderen Tag bekommen.

Freitag, 6. Dezember

Miriam

»Sonntag klappt!«, verkündete Ben, als er wenige Minuten später zurück in die Krümelkiste kam. »Ich würde euch dann gegen halb elf einsammeln.«

»Jaaaaaaa!« Alle drei Kinder kamen aus Luzies Zimmer gestürmt, als hätten sie die ganze Zeit an der Tür gelauscht. »Danke, Ben!«, krakeelte Luzie und warf sich kurzerhand in seine Arme.

»Danke, Ben!«, kam es nun auch von Eric und Alissa, die sich ebenfalls auf ihn stürzten und ihn umarmten.

»Nicht so wild, ihr kleinen Racker!«, gab er prustend von sich. »Wenn ihr mir jetzt alle Knochen brecht, wird's nichts mit dem Ausflug. Schließlich muss ich den Bus fahren.« Die Kinder ließen von ihm ab.

»Bus?«, wollte Eric wissen.

»Ja, klar!«, entgegnete Ben. »Wenn Miriam und Rebecca mitkommen und jeder von euch noch einen Freund oder eine Freundin einlädt, passen wir nicht in ein normales Auto.«

»Hast du denn einen Bus?«, wollte Becka wissen.

»Ja«, bestätigte er. »Ist alles schon organisiert.«

»Also echt«, meinte Miriam. »Ich weiß gar nicht, was ich sagen soll.«

»Kein Thema«, winkte er ab. »Ich bin ja froh, wenn ich die Angebote meiner Klienten mal sinnvoll nutzen kann.« Er zwinkerte ihr zu. »Ich selbst wäre nicht unbedingt auf die Idee gekommen, einen Tag in der Fun Arena zu verbringen. Aber für die Kids ist es doch toll.«

»Ist es«, bestätigte Becka.

»Können wir dann jetzt unsere Freunde einladen?«, wollte Alissa wissen.

»Natürlich könnt ihr das«, bestätigte Ben.

»Dann frage ich Nika, ob sie am Sonntag Zeit hat«, sagte Luzie.

»Ich frag Ebbe«, meinte Eric.

»Und ich Luna«, kam es von Alissa. Sie sprang in die Höhe und klatschte in die Hände. »Das wird mega!«

»Wo soll ich euch denn abholen?«, wollte Ben wissen. »Hier im Laden?«

Miriam schüttelte den Kopf. »Nein, komm einfach bei mir zu Hause rum, wir warten dann dort auf dich.«

»Also, wäre gegen halb elf okay?« Er zwinkerte den Kindern zu.

»Jaaaaa!«, riefen Luzie, Alissa und Eric im Chor. »Das wird absolut endgeil!«, fügte Eric hinzu.

»Eric!«, schimpfte Becka. »Das habe ich bitte nicht gehört!«

Ihr Sohn senkte den Kopf. »Sorry«, nuschelte er, »ich freu mich halt nur so mega.«

Rebecca seufzte auf, kommentierte das »mega« ihres Sohnes aber nicht weiter.

»Ich bin mir ganz sicher, dass der Tag endgeil wird!«, schaltete Ben sich ein.

Er ist wirklich zu gut, um wahr zu sein, ging es Miriam durch den Kopf. Und sie hoffte inständig, dass Ben Sommer wahr war. Im nächsten Moment spürte sie wieder diese unbändige Angst in sich aufsteigen. Es war dieselbe Angst, die sich auch damals, als Ben Luzie zum ersten Mal bei ihren Hausaufgaben geholfen hatte, in ihr Herz geschlichen hatte. Die Angst davor, irgendwann wieder vor den Trümmern zu stehen; vor den Trümmern eines Lebens, das endlich, endlich, endlich ein kleines bisschen besser zu werden schien.

Wer Angst vor dem Wind hat, fliegt nicht weit. Wie oft hatte Patrick das zu ihr gesagt, wenn sie sich mal wieder über irgendetwas – in seinen Augen Unsinniges – Sorgen gemacht hatte. Ob es richtig war, dass sie nach Luzies Geburt aus ihrem spottbilligen Zwei-Zimmer-Apartment in eine wesentlich größere, aber sehr viel teurere Vierzimmerwohnung mit Garten gezogen waren. Ob es nicht ein Fehler war, dass Patrick seine Festanstellung als Fotograf bei einem Magazin gekündigt und sich selbstständig gemacht hatte, was er lapidar kommentiert hatte mit: »Die Printmedien sind doch eh schon tot, spätestens in einem Jahr schmeißen die mich sowieso raus. Da ist es doch besser, ich habe die Freiheit, für verschiedene Auftraggeber arbeiten zu können.« Wenn sie besorgt darüber gewesen war, ob sie für Luzie wirklich die richtige Kita ausgesucht hatten. Immer dann hatte Patrick sie mit diesem Satz beruhigt, hatte sie in den Arm genommen und zärtlich auf die Stirn geküsst.

Und dann? Ja, dann war er es gewesen, der mit dem Wind davongeflogen war, ganz, ganz weit weg, in eine unerreichbare Ferne. *Ähnlich wie Luzies Luftballon*, schoss es ihr durch den Kopf. Bis nach Italien hatte er sich vom Wind tragen lassen. Zusammen mit Luzies Wunsch. Ihre Tochter hatte keine Angst vor dem Wind gehabt, sondern ihm etwas anvertraut, das sie nicht einmal ihr, Miriam, hatte erzählen wollen.

Also gut, sie würde es wie Luzie machen. Würde sich mutig in den Wind stellen und sehen, wie weit sie mit ihm fliegen würde.

Sonntag, 8. Dezember

Gabriel

Die Rasselbande
Mehr Freizeit für Eltern
Mo. bis Fr. 15:00–20:00 Uhr. Sa. & So. 10:00–20:00 Uhr
(Alle 14 Tage samstags mit Übernachtung)
0178/23 15 36 00

»Oh!« Entsetzt stand Gabriel vor dem VW-Bus im Innenhof der Rasselbande und betrachtete die Aufschrift auf beiden Seiten, auf der Vorder- sowie auf der Rückseite. »Ich wusste gar nicht, dass ihr den Bus beschriftet habt.«

»Cool, oder?«, fragte Hannah. »Haben wir vor drei Wochen machen lassen, und seitdem hat sich die Nachfrage bei uns verdoppelt.«

»Super!«, meinte er – und dachte gleichzeitig darüber nach, ob er die Schriftzüge irgendwie abkleben könnte. Das Letzte, was er bräuchte, war, dass Miriam oder Rebecca über die Rasselbande stolperten.

»Du musst allerdings noch tanken«, stoppte Hannah sein Grübeln.

»Kein Problem. Benzin oder Diesel?«

»Diesel. Der Fahrzeugschein klemmt unter der linken Sonnenblende.«

»Gut. Ich bringe ihn dir heute Abend gegen halb sieben zurück.«

Sonntag, 8. Dezember

Miriam

»Guten Morgen!«, erklang Bens Stimme aus der Gegensprechanlage von Miriams Wohnung. »Alle bereit?«

»Ja«, bestätigte sie. »Wir kommen runter.« Sie hatte den Satz noch nicht vollendet, da waren Luzie, Alissa, Eric, Nika, Luna und Ebbe schon an ihr und Rebecca vorbei ins Treppenhaus gestürzt.

»Wie cool! Die Rasselbande!«, rief Becka aus, sobald sie vor dem VW-Bus standen, mit dem Ben gekommen war.

»Du kennst den Laden?«, fragte er.

Sie nickte. »Ja, die haben ein sensationelles Konzept.«

»Welches denn?«, wollte Miriam wissen.

»Die Rasselbande ist genau genommen eine Kita«, führte Becka aus. »Nur ist das Geniale daran, dass sie geöffnet haben, wenn andere Einrichtungen geschlossen sind. Unter der Woche von nachmittags bis abends um acht, am Wochenende den ganzen Tag über, und hin und wieder bieten sie von Samstag auf Sonntag sogar an, dass die Kids dort übernachten dürfen. Wie bei einer Pyjamaparty.«

»Du scheinst dich ja gut auszukennen«, stellte Ben fest.

»Ich hab Alissa und Eric da hin und wieder auch schon untergebracht«, erklärte sie. »Die zwei Frauen, die die Rasselbande leiten, sind total nett! Lisa und …« Nachdenklich runzelte sie die Stirn.

»Hannah«, half Ben ihr auf die Sprünge.

»Richtig! Hannah.« Sie lachte. »Und das Beste an der Rasselbande ist, dass sie mit sieben Euro pro Stunde günstiger sind als jeder Babysitter, für ein Übernachtungsfest nehmen sie pauschal nur dreißig Euro.«

»Und so was rechnet sich?«, wollte Miriam erstaunt wissen.

Ihre Freundin zuckte mit den Schultern. »Anscheinend ja, die Rasselbande gibt's schon seit ein paar Jahren.«

»Ich kann bestätigen, dass es dem Laden bestens geht«, warf Ben ein.

Miriam lachte auf. »Dann ist die Rasselbande wohl auch ein Kunde von dir? Und deshalb durftest du von denen für heute den Bus haben?«

Er grinste sie breit an. »So ist es. Also sowohl das mit dem Kunden als auch das mit dem Bus.«

»Lässt du dich immer in Naturalien bezahlen?«, wollte Becka wissen.

»Nein.« Ben schmunzelte. »Aber die meisten meiner Klienten sind so nett zu mir, dass ich gewisse Vorteile genieße.«

»Kann ich mir vorstellen«, meinte Miriam. »Von mir aus kannst du dir auch gern ein paar Sachen aus der Krümelkiste mitnehmen. Umsonst, versteht sich.«

»Auf gar keinen Fall! Das macht ja schon Re…« Ein plötzlicher Hustenanfall hinderte ihn daran weiterzusprechen. Becka klopfte ihm auf den Rücken, bis es wieder ging. »Ich wollte sagen, dass ja schon die Kundschaft regelmäßig versucht, die Preise so weit runterzuhandeln, dass die Sachen fast kostenlos sind.«

»Genau!«, pflichtete Rebecca ihm bei. »Manche sind echt unverschämt!«

»Trotzdem finde ich dein Angebot sehr nett«, wandte Ben sich wieder an Miriam. »Aber da ich keine Kinder habe, wüsste ich nicht, was ich mir im Laden aussuchen sollte. Mir selbst passt vermutlich auch nichts von den Klamotten.«

»Für Leo entdeckst du doch bestimmt irgendwas«, schlug Miriam vor.

»Welcher Leo?«

»Na, dein Patenkind.«

Ben schlug sich mit der flachen Hand gegen die Stirn. »Ja, natürlich, für Leopold.« Er schüttelte den Kopf, als könne er selbst kaum glauben, dass er nicht daran gedacht hatte, für den Jungen etwas in der Krümelkiste zu finden. »Das ist eine gute Idee, da werde ich mich gleich nächste Woche mal umsehen. Wenn das Bobby-Car zum Beispiel noch da ist, wäre das sicher was für ihn.«

»Ist es noch«, bestätigte Miriam. »Ich kann es gern für dich reservieren.«

»Können wir jetzt endlich losfahren?«, maulte Luzie. »Sonst hat die Fun Arena gleich zu!«

»Aber sicher doch, mein kleines Fräulein.« Lächelnd strich Ben ihr über den Kopf. »Dann mal alle rein in den Bus, auf in die Fun Arena!«

Sonntag, 8. Dezember

Gabriel

Der Vorhof zur Hölle, er hatte einen Namen: die »Fun Arena« in Henstedt-Ulzburg. Ben konnte sich nicht daran erinnern, jemals an einem Ort gewesen zu sein, an dem es so laut war wie hier. Er saß auf einer Bank an einem der Tische im Gastro-Bereich, auf dessen Platte lustige Tier-Comicfiguren abgebildet waren, und versuchte, sich auf das Buch zu konzentrieren, das er hatte lesen wollen, während Lukas mit seinen Freunden durch »Deutschlands modernsten Indoor-Freizeitpark« tobte, der auf 12 000 Quadratmetern alles zu bieten hatte, was Kinderherzen höherschlagen ließ: eine Jump-Arena sowie einen Luftkissenpark, unzählige Rutschen, einen Laser-Hindernislauf, einen Kletterpark, ein Schwarzlicht-Viertel mit Minigolfanlage und Mini-Bowlingbahnen und, und, und – kurz, die Fun Arena war exakt genau das, was Stellas Freundin ihnen als Ausflugsziel für Kinder empfohlen hatte. Nur dass ein Geräuschpegel herrschte, dass man sein eigenes Wort nicht verstehen, geschweige denn ein Buch lesen konnte, das hatte sie nicht erwähnt. Und so saß er eben hier, an den Füßen neongrüne Stoppersocken, in der Hand ein Fachbuch über Möbel-Upcycling und …

»Also, wir finden, du solltest das Notebook jetzt mal ausmachen und im Spind einschließen.« Gabriel fuhr zusammen, als Miriams Stimme hinter ihm erklang, in einer fahrigen Bewegung klappte er den Bildschirm zu, ehe sie einen Blick auf den Text werfen konnte, den er soeben geschrieben hatte. Er drehte sich zu ihr um. Miriam, Becka und alle sechs Kinder standen vor ihm und musterten ihn vorwurfsvoll.

»Genau!«, meldete sich Luzie zu Wort. »Du sollst hier nicht arbeiten, sondern mitmachen.«

»Ich weiß nicht«, erwiderte Gabriel zögerlich. »Das hier ist irgendwie nichts für mich.«

»Du hast dich ja noch gar nicht umgesehen«, stellte Becka fest.

»Ich hab den Flyer hier«, er nahm die bunte Broschüre zur Hand, die vor ihm auf dem Tisch lag und die er sich zu Recherchezwecken an der Kasse der Arena besorgt hatte.

Becka lachte prustend auf. »Das ist doch nicht dasselbe!«

»Als würde man in einem Kochbuch blättern und sich dabei nur vorstellen, wie die Gerichte wohl schmecken«, pflichtete Miriam ihr bei.

»Ich habe eine ziemlich große Vorstellungskraft«, gab Gabriel zurück. »Und es ist halt wirklich …«

»Keine faulen Ausreden mehr«, unterbrach Miriam ihn und hob dabei mahnend einen Zeigefinger. »Aufstehen und mitkommen, das ist ein Befehl!« Sie warf ihm einen gespielt strengen Blick zu, auch Becka und die Kinder nickten zustimmend.

»Okay«, gab Gabriel sich geschlagen und stand seufzend auf. »Dann schließe ich mal mein Notebook ein.«

»Und du brauchst auch noch Stoppersocken«, kam es von Luzie. »Ich will mit dir auf jeden Fall in die Jump Arena und in die Luftkissenburg, da muss man die tragen.«

»Ja, in Ordnung, mach ich«, erwiderte Gabriel und ergab sich seinem Schicksal.

»Höher, höher! Und versuch mal einen Salto!« Zehn Minuten später hatte Gabriel sein Notebook weggebracht, an der Kasse ebenfalls ein paar grüne Stoppersocken gekauft und sprang nun mit den Kindern auf dem Trampolin, als ginge es um alles.

Himmel, war das anstrengend! Sein Herz pochte ihm spürbar gegen den Brustkorb, der Schweiß rann ihm den Nacken hinunter, und er konnte nur noch japsende Laute von sich geben. Aber es machte Spaß.

»Salto!«, forderte Luzie ein weiteres Mal sehr lautstark über den Lärm der anderen kreischenden Trampolinspringer hinweg. »Salto!«

Die anderen stimmten mit ein. »Los, mach einen Salto! Salto, Salto, Salto!«

Mit allerletzter Kraft stieß Gabriel sich mehrfach von dem großen schwarzen Sprungnetz ab, hüpfte so hoch, wie er nur konnte, holte Schwung und nahm dann schließlich all seinen Mut für eine Vorwärtsrolle zusammen.

Sie gelang ihm – fast. Denn anstatt auf seinen Füßen landete Gabriel nach seinem Salto direkt neben dem Trampolin auf dem Rücken. Zwar hatte er zum Glück nur eine der Polsterungen erwischt, mit denen die einzelnen Sprungnetze abgeteilt waren, aber trotzdem blieb ihm für einen kurzen Moment die Luft weg.

»Alles okay?«, fragte Miriam nach und sah ihn besorgt an. »Hast du dir wehgetan?«

»Nein, alles gut.« Er stand wieder auf und bedachte sie mit einem schiefen Grinsen. »So leicht bin ich nicht kaputt zu kriegen.«

»Wenn das so ist, dann mach gleich noch mal einen Salto«, kam es von Becka. »Der erste hat uns nicht wirklich überzeugt.«

»Mach du doch mal einen!«, entgegnete Gabriel grinsend. »Ich kann ja hier wohl nicht der Einzige sein, der sich zum Deppen macht!«

»Geht klar, ich nehme die Herausforderung an.« Kaum hatte Becka das verkündet, stieß sie sich schon ab. Sie kam dabei wesentlich höher als Gabriel und legte dann rückwärts einen perfekten Überschlag hin.

»Wow!«, rief Miriam aus und klatschte anerkennend in die Hände. »Das ist ja der Wahnsinn! Wo hast du das denn gelernt?«

»Sieben Jahre Kunstturnen«, gab Rebecca lässig zurück. »Ist

zwar schon eine ganze Weile her, aber manche Dinge verlernt man eben nie.«

»Das wusste ich ja gar nicht!«, sagte ihre Freundin. »Hast du mir nie erzählt.«

»Na ja«, Rebecca lächelte bescheiden, »ist schon sehr lange her, und weit gebracht habe ich es damit nicht.«

»Trotzdem«, meinte Gabriel. »Ich erstarre vor Ehrfurcht und Bewunderung.«

»Vielen Dank!«

Schon eigenartig, wie wenig Becka inzwischen mit der Person zu tun hatte, die er vor zwei Monaten in der Krümelkiste kennengelernt hatte. Keine Spur mehr von der Aggressivität, mit der sie ihn damals angeflirtet hatte. Es kam ihm fast vor, als wäre sie damals ein anderer Mensch gewesen. Er begann, sie richtig zu mögen.

Jetzt müsste er nur noch die Sache mit der Rasselbande regeln. Wie blöd aber auch, dass Rebecca den Laden kannte! Vermutlich würde ihm nichts anderes übrig bleiben, als Hannah heute Abend einen Teil der Wahrheit zu berichten und sie inständig darum zu bitten, sollten eine Miriam Petersen oder eine Rebecca Neubert bei ihr nach einem Ben Sommer fragen, zu bestätigen, dass er für die Rasselbande die Buchhaltung erledigte. Aber welchen Grund hätte eine von den beiden, sich bei der Rasselbande über ihn zu erkundigen?

»Darf ich auch mal einen Salto versuchen?«, unterbrach Luzie Gabriels Überlegungen.

»Ich will auch bitte!«, forderten Alissa und Eric ebenfalls, und Luzies andere Freunde waren ganz erpicht darauf, es alle mit einem Salto zu probieren.

»Kein Problem, ich kann euch Hilfestellung geben«, schlug Becka vor. Kurz erläuterte sie den Kids, dass sie am besten von einem Netz zum nächsten Anlauf nehmen sollten, sie selbst würde dann am Rand stehen und ihnen mit dem sogenannten Sandwich-Griff sicheren Halt geben. »Mit Alissa und Eric habe ich das früher schon ein paarmal gemacht, es ist wirklich ganz einfach.«

Minuten später kam es Gabriel vor, als würde er einem Wettbewerb im Kunstturnen beiwohnen. Wieder und wieder nahmen Luzie und ihre Freunde Anlauf, sprangen in den Salto und ließen sich von Becka in der Drehung unterstützen.

Den kurzen Anflug von Wehmut, dass sein Sohn garantiert ebenfalls mit großer Begeisterung in der Fun Arena dabei gewesen wäre, verscheuchte er mit dem Gedanken, dass Ruben Eltern hatte, die mit ihm bestimmt ähnlich tolle Sachen unternahmen. Wie alt war er jetzt? Elf oder zwölf, sein genaues Geburtsdatum kannte Gabriel nicht, aber so ungefähr müsste es hinhauen. Das einzige Foto, das er von Ruben besaß und das er in seinem Portemonnaie aufbewahrte, um es immer bei sich zu haben, zeigte ihn als etwa Dreijährigen. Ein dreijähriger strohblonder Junge, der mit ausgebreiteten Armen im Vorgarten eines hübschen Stadthauses auf einen Mann zulief und dabei wieder und wieder »Papa, Papa!« rief, bis er ihn schließlich erreichte, sich in dessen Arme warf und von ihm erst in die Luft gewirbelt und dann wieder aufgefangen wurde. Katja, Rubens Mutter, hatte in der Haustür gestanden und den beiden lächelnd zugesehen.

Nein, diese Bilder wollte er nicht in seinem Kopf haben. Er *konnte* sie nicht in seinem Kopf haben, sie mussten weg! *Fehler sind das Tor zu neuen Entdeckungen*. Ja, Gabriel hatte Fehler begangen. Und zwar viele, nicht nur einen einzigen. Nun, dann war es jetzt wohl an der Zeit, James Joyce zu glauben und Neues zu entdecken.

»Kannst du das auch bei mir machen?«, fragte er Becka deshalb. »Also, diesen Sandwich-Griff? Oder bin ich dafür zu groß und zu schwer? Will ja nicht, dass einer von uns beiden gleich mit dem Rettungswagen abtransportiert werden muss.«

Becka lachte laut auf. »Ist kein Problem, ich werde dich schon nicht umbringen.«

»Das wäre mir sehr lieb«, frotzelte er zurück.

»Allerdings muss Miriam dann auch mal«, erklärte Rebecca und sah ihre Freundin an.

»Auf gar keinen Fall, nein!« Sie hob abwehrend die Hände. »Ich bin schon immer als Bewegungslegasthenikerin bekannt und war in der Schule jedes Mal die Letzte, die auf der Bank hocken blieb, wenn Teams gewählt wurden. Noch so eine Demütigung brauche ich nicht.«

»Keine faulen Ausreden«, wiederholte Gabriel die Worte, mit denen Miriam ihn vorhin von seinem Notebook weggezerrt hatte. »Wenn ich mich das noch einmal traue, dann du ja wohl erst recht.« Er zwinkerte ihr zu. »Ich war übrigens früher auch immer der Letzte, der in eine Mannschaft gewählt wurde.«

Sie bedachte ihn mit einem skeptischen Blick. »Das behauptest du doch jetzt nur. Du siehst aus, als hättest du ein Leben lang nichts anderes als Sport gemacht.« Sie gluckste amüsiert. »Rein optisch entsprichst du jedenfalls nicht dem Klischee eines Buchhalters.«

»Das nehme ich mal als Kompliment«, entgegnete er. »Das rettet dich allerdings trotzdem nicht davor, einen Salto zu machen, wenn ich mich traue.«

»Okay«, gab Miriam sich geschlagen. »Aber du zuerst.«

»Abgemacht!«

Sonntag, 8. Dezember

Miriam

Nachdem sie und Ben mit Rebeccas Hilfe jeder einen Eins-a-Salto hingelegt hatten, war das Eis gebrochen. Hatte Ben dem Indoor-Park anfangs noch eher skeptisch gegenübergestanden, gab es für ihn nun kein Halten mehr. Er tobte mit den Kindern kreuz und quer durch die Arena, als wäre er selbst nicht älter als zehn, lieferte sich mit ihnen ein Wettrennen durch den Parcours für Drift Bikes – wobei es schon sehr ulkig aussah, wie Ben mit seinen über eins achtzig zusammengekrümmt auf einem der Gefährte hockte, die an eine Mischung aus Dreirad und Kettcar erinnerten. Tatsächlich ging er aus allen drei Runden, in denen er und die Kids gegeneinander angetreten waren, als Verlierer hervor, was von Luzie und ihren Freunden mit lautstarkem Triumphgeheul gefeiert wurde.

»Denkst du, er hat die Kinder absichtlich gewinnen lassen?«, wollte Miriam von Becka wissen. Sie waren beide nicht mitgefahren, sondern hatten lieber von der Bande aus das Rennen beobachtet.

Rebecca gab ein empörtes Schnauben von sich. »Hast du mal sein Gesicht gesehen? Diesen verbissenen Ausdruck?« Sie schüttelte den Kopf. »Auf gar keinen Fall hat der sich den Kids zuliebe zurückgehalten.« Dann lachte sie. »Ben scheint sich gerade ja selbst wie ein Siebenjähriger zu fühlen.«

»Stimmt«, pflichtete Miriam ihr bei, »das ist mir auch schon aufgefallen.«

»Außerdem ist er ein Mann«, fügte Becka noch hinzu. »Und Männer wollen doch immer gewinnen.«

»Egal, wie der Mond gerade steht?«, machte Miriam einen Witz.

»Haha! Tatsächlich hat der Mond in diesem Fall rein gar nichts damit zu tun. Hier geht's um männliche Urinstinkte – und die sorgen dafür, dass ein Mann immer Sieger sein will.«

Miriam schmunzelte. »Hat dann wohl nicht ganz geklappt.«

»Kann man so sagen.«

Zwei Minuten später hatten Ben und die Kinder ihre Drift Bikes am Rand des Parcours geparkt, waren über die Bande gehüpft und kamen auf Miriam und Rebecca zugerannt.

»Und jetzt?«, wollte Ben atemlos wissen. »Was machen wir als Nächstes?«

»Minigolf in der Schwarzlicht-Welt?«, schlug Luna vor.

»Neeee«, lehnte Eric ab. »Das finde ich öde. Gehen wir lieber in die Laser-Arena.«

»Klingt auch gut«, willigte Luna ein. Allseits zustimmendes Nicken, also machten sie sich auf den Weg ins oberste Stockwerk, wo es laut Plan verschiedene Laser-Games gab.

»Wie genau funktioniert das jetzt hier?«, fragte Ben, nachdem sie durch eine dunkle Schleuse in einen ebenfalls dunklen Raum gekommen waren.

»Ganz einfach«, erklärte Eric. »Zuerst drücken wir rechts auf den großen roten Buzzer, damit startet das Spiel.«

»Aha.« Ben sah aus, als würde er gar nichts verstehen. Miriam ging es nicht anders, und auch Becka hatte mehr als ein Fragezeichen im Gesicht.

»Am besten, ich zeig es euch mal, dann versteht ihr es besser.« Mit diesen Worten drückte er auf den roten Knopf. Schlagartig wurde der dunkle Raum vor ihnen von einem Netz aus roten, grünen und blauen Laserstrahlen durchzogen, eine Computerstimme forderte dazu auf, das Rennen zu beginnen. »Die Challenge besteht darin, so schnell wie möglich ans andere Ende des Hindernislaufs zu kommen. Und dabei natürlich so wenige Laserstrahlen wie möglich zu berühren, denn das gibt Strafpunkte.«

»Äh«, sagte Ben, »ist das nicht ein bisschen unfair? Ich bin ja viel größer als ihr, da ist es doch schwieriger, keinen der Strahlen zu berühren. Ich meine, ihr könnt da ja alle ganz einfach drunter durchkriechen.«

»Nö«, widersprach Eric. »Die Laser verändern ständig ihre Position, sie fahren hoch und runter. Außerdem kannst du dann ja im Gegensatz zu uns einfach darüber wegsteigen.«

»Okay, das leuchtet mir ein.«

»Dann lasst uns mal Zweierteams bilden«, regte Nika an.

»Wir sind neun Leute, das haut nicht hin«, meinte Miriam. »Aber ich verzichte auch gern und warte draußen auf euch.«

»Nein, Mami!«, gab Luzie entrüstet von sich. »Ich will mit dir in einem Team sein!«

Einen Moment lang sahen sich alle ratlos an, dann hatte Rebecca eine Idee: »Wir können doch einfach drei Zweierteams und ein Dreierteam bilden, oder?«

»Klar, das geht natürlich auch«, pflichtete Luna ihr bei. »Dann spiel ich mit Nika, okay?« Nika nickte begeistert.

»Und ich mit Mama«, erklärte Alissa.

»Ich wähle Eric«, meldete sich Ebbe zu Wort.

Nachdem sich jeder von ihnen einen Teampartner ausgesucht hatte, richteten sich sämtliche Blicke auf Ben, der ein kleines bisschen dastand wie bestellt und nicht abgeholt.

»Tja«, gab er mit einem Seufzen von sich. »Ich bin mal wieder der Letzte auf der Bank.«

»Bist du nicht!«, widersprach Luzie mit erstaunlicher Heftigkeit in der Stimme. »Du spielst mit Mama und mir!« Sie sah ihre Mutter fragend an. »Ist doch so, oder?«

»Klar, Ben ist in unserem Team. Team Krümelkiste, sozusagen«, bestätigte Miriam.

»Na gut«, meinte Ben. »Aber ich habe ja schon erklärt, dass ich mit meiner Größe eher ein Klotz am Bein als ein Gewinn sein werde.«

»Das werden wir dann ja sehen«, entgegnete Miriam. »Also, wer fängt an?«

»Wir!«, rief Luna.

»Gut.« Eric legte eine Hand auf den Buzzer.

Luna und Nika bezogen Position, Eric betätigte den roten Buzzer, und sofort stürzten die Mädchen los. Mit erstaunlicher Geschicklichkeit lavierten die beiden sich durch das Netz aus Laserstrahlen, stiegen mal über sie hinweg oder robbten unter ihnen durch. Nach einer Minute und dreiundzwanzig Sekunden und mit nur zwei Strafpunkten, erreichten sie die andere Seite des Raums und hauten auf den Buzzer, der hier zum Beenden der Runde angebracht war.

»Wow!«, entfuhr es Ben. »Das schaffen wir doch im Leben nicht!«

»Quatsch«, widersprach Luzie und knuffte ihn in die Seite. »Wir sind doch das Krümelkisten-Superteam, die schlagen wir locker!«

»Stimmt«, erwiderte Ben und knuffte sie sanft zurück.

»Erst mal abwarten, was wir gleich vorlegen«, mischte Becka sich ein. »Ihr wisst ja, dass ich quasi olympisches Gold im Kunstturnen habe.«

Miriam schüttelte lachend den Kopf. »Quasi, genau!«

»Eben«, erwiderte Becka mit übertriebener Wichtigkeit.

»Denn legt mal los«, forderte Ben sie auf.

»Wollen wir?«, fragte Alissa ihre Mutter.

Sie nickte. »Gern, ich bin bereit!«

Erneut schlug Eric auf den Buzzer, die beiden stürmten los – und fingen sich dank einer wilden Flickflack-Aktion von Becka bereits in den ersten drei Sekunden vier Strafpunkte ein.

»Mama!«, schimpfte Alissa.

»Sorry!«, keuchte Rebecca. »War nur ein Versuch.«

Danach robbte und kletterte Becka wie ihre Tochter durch den Hindernisparcours, am Ende schlugen sie nach einer Minute und siebenundfünfzig Sekunden mit sechs Strafpunkten auf den Buzzer am Ziel.

Ben formte mit beiden Händen einen Trichter vor dem Mund und rief: »Sehr beeindruckend!«

»Sie mich auch!«, rief Becka lachend zurück.

»Okay, wollen wir dann jetzt?«, fragte Ebbe an Eric gerichtet.

»Klar!« Er wandte sich Ben zu. »Drückt ihr auf den Buzzer?«

»Sicher.«

Die Jungs begaben sich in Startposition. Ben schlug auf den roten Knopf, wenige Sekunden später hatten Eric und Ebbe schon fast die Hälfte des Parcours ohne einen einzigen Strafpunkt hinter sich gebracht.

»Super!«, schrie Luzie und machte einen Luftsprung.

»He, mein Fräulein!«, wurde sie von Ben ermahnt und erneut in die Seite gestupst. »Bitte jetzt kein Defätismus!«

»Defä-was?« Sie sah ihn aus großen Augen an.

»Versteh ich gerade auch nicht«, gab Miriam zu.

»Das heißt so viel wie, die Zuversicht der eigenen Truppe zu zerstören«, erklärte Ben.

»Du kennst ja Wörter!«, entgegnete Miriam erstaunt. »Ich selbst würde das allerdings eher ›sich für andere freuen können‹ nennen.«

»Na ja«, meinte Ben grinsend, »wenn man nicht gewinnen will, kann man das natürlich machen.«

»Du hast doch eh schon gesagt, dass wir mit dir im Team keine Chance auf den Sieg haben«, zog sie ihn auf.

»Das war, bevor mein Ehrgeiz geweckt wurde«, gab er zurück.

In diesem Moment erklang der Signalton des Buzzers, die Jungs hatten das Ziel erreicht.

»Siebenundfünfzig Sekunden ohne einen einzigen Strafpunkt«, stellte Miriam beeindruckt fest. »Das schaffen wir nie!«

Ben setzte eine ernste Miene auf. »Wie gesagt, bitte jetzt kein Defätismus!«

»Genau, Mami!«, pflichtete Luzie ihm bei und versuchte, ähnlich streng dreinzublicken wie er. »Kein Defettismus!«

»Okay, ihr habt ja recht.«

Mittlerweile waren die anderen Teams wieder zu ihnen in den Vorraum gestoßen.

»Bereit?«, wollte Eric wissen und legte eine Hand auf den Buzzer.

»Sofort«, meinte Luzie. Zu dritt bezogen sie am Start des Parcours Position, Luzie in der Mitte zwischen Miriam und Ben.

»Okay«, sagte Eric, »dann … los!«

Kaum hatte er auf den Knopf gedrückt, da fasste Luzie ihre Mutter und Ben bei den Händen, rannte los und zog die beiden hinter sich her.

»Halt!«, protestierte Ben, als Luzie sie durch die ersten fünf Laserstrahlen geschleift hatte. »Wir kriegen ja lauter Strafpunkte!«

»Macht doch nichts«, entgegnete Luzie lachend, »dafür werden wir am schnellsten sein!«

Ohne weiteren Widerstand ließen Miriam und Ben sich bis zum Ziel mitschleppen, nach nur siebzehn Sekunden drückte Luzie auf den roten End-Buzzer.

»Tataaaaaa!«, rief sie aus. »Wir sind die Schnellsten!«

»Aber auch die Schlechtesten«, gab Miriam zu bedenken und musste gleichzeitig kichern. Team Krümelkiste. Fast wie eine kleine Familie.

»Wir haben gewonnen!«, verkündete Eric stolz, der zusammen mit den anderen außen herum zum Ziel des Laser-Raums gelaufen war. »Was ist unser Preis?«, wollte er wissen.

»Ich würde sagen«, antwortete Ben, »der Preis ist, dass wir uns alle eine Stärkung verdient haben und jetzt ins Restaurant gehen.«

»Das ist dann aber doch nicht nur für uns, sondern für alle«, maulte Ebbe.

»Ja«, bestätigte Rebecca. »Wir sind nämlich genau genommen alle Sieger. Jeder auf seine Art.«

»Hmpf«, kam es von Eric, »das ist irgendwie unfair.«

»Tja«, erwiderte seine Mutter. »So ist das Leben.«

Sonntag, 8. Dezember

Gabriel

Chicken Nuggets. Currywurst. Hamburger. Cheeseburger. Pommes. Nudeln. Pizza.

Die Speisekarte der Fun Arena las sich wie der Traum eines jeden Kindes.

»Haben Sie auch was Gesundes im Angebot?«, wollte Gabriel von der jungen hübschen Frau wissen, die am Tresen ihre Bestellungen entgegennahm.

»Was genau meinen Sie damit?«, wollte sie wissen.

»Na ja«, erklärte er, »was mit Vitaminen oder so? Irgendwas, das nicht paniert ist oder aus der Fritteuse kommt?«

»Ja«, bestätigte sie. »Sie können den Caesar Salad nehmen.«

»Ich meinte was Gesundes, das auch satt macht.«

»Zwei Caesar Salads«, schlug sie vor.

»Okay.« Gabriel seufzte. »Dann nehme ich einen Hamburger und Pommes mit Ketchup und Mayo.«

»Das will ich auch!«, teilte Luzie mit.

»Ich auch«, meinte Miriam. »Und noch eine Portion Chicken Nuggets«, fügte sie hinzu. Dann wandte sie sich frech grinsend an Gabriel. »Die Fun Arena ist in erster Linie für Kinder und nicht für mittelalte bornierte Spaßbremsen.«

»Soll ich mich da jetzt angesprochen fühlen?«

»Das kannst nur du selbst entscheiden.«

Sonntag, 8. Dezember

Miriam

Der kleine schwarze Kasten, der vor Miriam und Rebecca auf dem Tisch lag, würde blinken und vibrieren, sobald ihr Essen fertig war. Ben war mit den Kindern noch mal losgezogen, um mit ihnen in der Schwarzlicht-Welt eine Runde Minigolf zu spielen.

»Also«, sagte Becka, »ich finde Ben echt richtig cool.«

»Ja, ich mag ihn auch gern«, stimmte Miriam ihr zu. »Wobei ich mich immer noch frage, warum wir den ganzen Tag hier kostenlos verbringen können und sogar das Essen für uns umsonst ist.«

»Du fängst ja schon wieder an, alles zu zerdenken«, tadelte Rebecca sie.

»Ich weiß«, gestand Miriam, »aber was soll ich machen? Irgendwie habe ich ein seltsames Gefühl.«

»Du und deine seltsamen Gefühle. Genieß den Tag doch einfach! So wie Luzie, Eric, Alissa und ihre Freunde es machen.«

»Du hast ja recht«, erwiderte sie und lächelte schief. »Ich sollte mir wirklich nicht so viele Gedanken machen.«

»Da wäre ich dir sehr dankbar!«

Sonntag, 8. Dezember

Gabriel

Nachdem er beim Minigolf erneut eine schwere Schlappe hatte einstecken müssen, gingen sie zurück ins Restaurant, wo bereits das Essen auf sie wartete. Auf dem Tisch mit den bunten Tiercomics stapelten sich Chicken Nuggets, Pommes, Pizza, Burger und zwei große Glaskaraffen mit Limonade.

»Das ist so ein cooler Tag!«, stellte Nika mampfend fest.

»Finde ich auch«, pflichtete Luzie ihr bei. »Vielen, vielen Dank, Ben, du bist echt der Beste! Können wir das jetzt öfter machen?«

»Klar«, erwiderte Gabriel. Und sah sich im Geiste schon alle zwei Wochen beim Trampolinspringen und Burgeressen. Es schmeckte ein kleines bisschen nach Kindheit. Sofort musste er wieder an Ruben denken und konnte einen tiefen Seufzer nicht verhindern.

»Alles okay?«, wollte Becka prompt wissen.

»Ja«, antwortete er eilig, »ich bin einfach nur ein bisschen erschöpft.«

»Jetzt schon?«, fragte Miriam. »Wir sind doch erst drei Stunden hier, nach dem Essen geht's gleich weiter.«

»Ich glaube, ich brauche eine Pause«, gab er zu.

»Och, menno!«, maulte Luzie. »Wir haben doch nur noch vier Stunden Zeit, dann macht die Arena zu!«

Nur noch vier Stunden?, dachte er entsetzt. *Das überlebe ich nicht!*

»Es gibt hier noch soooo viel, was wir machen müssen«, sprach Luzie weiter. »Wir waren noch nicht im Seilgarten und in der Spiele-Arcade, außerdem müssen wir unbedingt noch die Freefall-Rutsche ausprobieren.«

»Ja, ja«, entgegnete Gabriel ermattet. »Das machen wir alles.

Aber gebt der mittelalten und bornierten Spaßbremse noch ein wenig Zeit, okay? Ihr könnt ja gleich schon mal ohne mich weiterziehen.«

»Ohne dich macht es aber nicht so viel Spaß!«, stellte Luzie fest und musterte ihn dabei fast liebevoll.

»Wie gesagt, ein paar Minuten noch, dann bin ich wieder einsatzfähig.«

»Versprochen?«, hakte Luzie nach.

Gabriel nickte und lächelte Luzie ebenfalls liebevoll an: »Hoch und heilig!«

Sonntag, 8. Dezember

Miriam

»Mami, kommst du schon mal mit?«, fragte Luzie.

»Ja, okay«, antwortete sie, obwohl auch sie schon etwas erschöpft war. Andererseits freute sie sich darüber, dass ihre Tochter von Ben genau den Tag geschenkt bekommen hatte, den sie sich so gewünscht hatte. Sie hatte keine Ahnung, was die Sause hier kostete, aber nachdem Ben ihr versichert hatte, dass sie den gesamten Tag umsonst verbringen konnten, hielt sich ihr schlechtes Gewissen in Grenzen.

»Wollen wir zur Luftkissenburg gehen?«, schlug Nika vor.

»Natürlich.« Miriam nickte. »Ich bin zu allen Schandtaten bereit.«

»Kommst du auch mit?«, wollte Eric von seiner Mutter wissen.

Rebecca schüttelte den Kopf. »Mir geht's gerade wie Ben, die alte Dame muss ebenfalls noch kurz Pause machen.«

»Alte Dame?«, zog Miriam ihre Freundin auf. »Du bist zwei Jahre jünger als ich.«

»Das stimmt«, erwiderte Rebecca. »Aber ich habe in meinem Beruf meistens mit bekloppten und gestörten Künstlern zu tun, da altert man viermal so schnell.«

Miriam lachte auf. »Okay, das lasse ich mal gelten.« Dann wandte sie sich an die Kinder. »Also, wollen wir los zur Luftkissenburg?«

Sonntag, 8. Dezember

Gabriel

»So«, sagte Rebecca, sobald die Gruppe außer Sichtweite war, »jetzt mal zu uns zwei Hübschen.«

»Wie bitte?«, fragte Gabriel.

»Du weißt ganz genau, was ich meine. Also raus mit der Sprache!«

Mit einem Schlag brach ihm der Schweiß aus, und sein Herz fing an zu rasen. Wie hatte Becka nur herausgefunden, wer er in Wahrheit war? Über die Rasselbande? Aber das war ja Unsinn, dann hätte sie dort in der Zwischenzeit unbemerkt angerufen haben müssen. Andererseits war sie vorhin einmal verdächtig lange auf der Toilette verschwunden, da hätte sie natürlich schon …

»Ich, also, äh«, stotterte er unbeholfen los.

»Weißt du«, wurde er von ihr unterbrochen, »Miriam ist der liebste und tollste Mensch, den ich kenne. Sie hat in den letzten Jahren eine ganze Menge mitmachen müssen, und deshalb werde ich nicht dabei zusehen, wenn sie vom jemandem verarscht wird.«

Sie bedachte ihn mit einem Blick, der keinen Zweifel daran ließ, wie ernst es ihr mit ihrer Ansprache war.

»Ich, äh, öh …«

»Ich, äh, öh«, äffte sie ihn nach und lachte dabei fröhlich auf. »Sag mir doch einfach, wie du das mit deinen Rekordumsätzen machst, mehr verlange ich ja gar nicht.«

»Ach so, das!«, rief er aus und hoffte, dass es nicht so erleichtert klang, wie es sich in seinen eigenen Ohren anhörte. »Wenn du mir versprichst, es Miriam nicht zu verraten, erzähle ich es dir.«

Wie zum Schwur hob Rebecca Zeige- und Mittelfinger in die Höhe. »Ich schwöre bei meinem Leben, dass ich ihr nichts davon erzählen werde.« Sie gab ein Glucksen von sich. »Es sei denn, es ist strafrechtlich relevant, da sind mir dann natürlich die Hände gebunden.«

»Ist es nicht«, beruhigte Gabriel sie. »Eigentlich ist es vollkommen harmlos.« Er unterbrach sich, suchte nach den richtigen Worten, mit denen er es ihr möglichst unverbindlich erklären könnte.

»Mach's nicht so spannend!«, quengelte Rebecca. »Erzähl's mir einfach.«

»Okay«, erwiderte er. »Genau genommen hast du mich auf die Idee gebracht.«

»Ich?«, fragte sie verwundert. »Auf welche Idee denn?«

»Na ja«, setzte er an, »als du mir erzählt hast, dass Miriam von dir kein Geld annimmt, wenn du bei ihr was für deine Kinder brauchst, und du stattdessen, wenn du allein im Laden bist, immer etwas in die Kasse legst, hatte ich die Idee, dass ich auch so was machen könnte. Also Sachen mitnehmen und dafür bezahlen.«

»Aber du hast doch gar keine Kinder!«, wunderte sie sich und sah ihn irritiert an.

»Das stimmt«, meinte er, »aber trotzdem packe ich, wenn ich in der Krümelkiste bin, immer ein paar Klamotten oder Spielzeug ein, die ich einbonge, und lege den erfassten Betrag in die Kasse. Ein paar von den Sachen gebe ich Leos Eltern. Was sie nicht gebrauchen können, bringe ich in ein Sozialkaufhaus. Die freuen sich immer sehr über solche Spenden.«

»Äh«, nun wirkte Rebecca noch irritierter, »das ist ja sehr edel von dir, aber wie kannst du es dir leisten, ständig so viel Geld in der Krümelkiste zu lassen?«

Gabriel hüstelte verlegen. »Also die Sache ist die – und das darfst du wirklich auf gar keinen Fall Miriam verraten! –, genau genommen müsste ich gar nicht mehr arbeiten. Ich habe vor einigen Jahren sehr viel von meinen verstorbenen Eltern geerbt, deshalb ist mein Beruf eigentlich nur noch ein Hobby für mich.«

Rebecca sah ihn aus großen Augen an. »Soll das heißen, dass du richtig reich bist?«

Er schmunzelte. »Was heißt schon richtig reich? Ich habe keine große Jacht an der Côte d'Azur liegen oder drei Ferraris in der Garage. Aber für mein normales Leben habe ich genug Geld.«

»Warum hast du uns das nicht schon früher erzählt?«

»Ehrlich gesagt«, erklärte er, »will ich gar nicht, dass das jemand weiß. Ich möchte einfach ein ganz normales Leben führen. Und zwar als Buchhalter.«

»Der Buchhalter, der nebenbei die Krümelkiste rettet.«

»Wie gesagt, auf die Idee hast du mich gebracht. Und ich möchte Miriam und Luzie einfach gerne unterstützen. Ich hatte mir sogar schon mal überlegt, ob ich Miriam einen zinslosen Kredit anbiete. Aber so, wie ich sie einschätze, würde sie das gar nicht annehmen.«

»Da schätzt du Miriam sehr, sehr gut ein. Sie ist wirklich wahnsinnig stolz und würde so was in jedem Fall ablehnen.«

»Siehst du? Und genau deshalb mache ich das mit den Klamotten in der Krümelkiste eben heimlich.«

»Hm, ja, das verstehe ich«, erwiderte Becka. »Aber wenn sie

rausfinden sollte, dass du in Wirklichkeit so viele Sachen kaufst, wird sie vermutlich nicht begeistert sein.« Sie machte eine kurze Pause. »Nicht begeistert ist die falsche Formulierung«, erklärte sie dann. »Ich denke eher, sie wäre darüber stocksauer.«

»Genau deshalb bitte ich dich, dass wir das vorerst für uns behalten. Mit der Zeit wird uns bestimmt was anderes einfallen, mit dem wir den Laden richtig in Schwung bekommen können.«

»Ja, das wäre wirklich klasse. Wie ich dir schon gesagt habe, waren die letzten Jahre für Miriam echt hart.«

»Was ist denn eigentlich mit ihrem Mann passiert?«

Rebecca fing an, auf ihrer Unterlippe herumzukauen »Was soll mit dem sein? Patrick ist eben einfach nicht mehr da.«

»Was heißt denn ›nicht mehr da‹? Ist er abgehauen, hat eine andere Frau kennengelernt oder so was?« Gabriel hoffte, sie würde ihm erzählen, was genau passiert war.

»Ich kann dir wirklich nichts dazu sagen. Am besten fragst du Miriam einfach selbst danach.«

»Sie scheint nicht gern darüber reden zu wollen.«

Becka nickte. »Das ist wohl so. Aber deshalb steht es mir erst recht nicht zu, dir etwas zu erzählen.«

Gabriel schüttelte den Kopf. »Nein, um Himmels willen, so habe ich das auch nicht gemeint. Ich war nur neugierig. Warum ein Vater seine kleine Tochter alleinlässt.«

»Ich bin mir sicher, Miriam wird dir irgendwann alles erzählen. Wenn sie so weit ist. Bis dahin ist es eben so, wie es ist: Patrick ist weg – und er kommt garantiert nicht wieder.«

Er nickte. »Weißt du, ich möchte einfach nur gern helfen.«

Rebecca gab einen tiefen Seufzer von sich. »Das will ich auch. Ich glaube, das Beste, was wir tun können, ist, sie mit ihrem Laden und in ihrem Leben zu unterstützen, soweit wir können.«

»Und du verrätst ihr wirklich nichts von meinen regelmäßigen Hamsterkäufen in der Krümelkiste?«

»Nein, natürlich nicht«, Rebecca hob erneut eine Hand zum Schwur. »Das bleibt auf jeden Fall unter uns. Allerdings wäre es gut, wenn wir eine andere Lösung finden, die Krümelkiste zum Laufen zu bringen, als dass wir ständig unser eigenes Geld reinstecken.«

Gabriel lachte. »Ja, das stimmt. Ich bin zwar wohlhabend, aber auf Dauer kann ich den Laden nicht subventionieren.«

»Aber Buchhalter bist du wirklich?«, fragte Rebecca.

»Bin ich«, log er.

»Und du hast auch ein Büro am Neuen Wall, das abgebrannt ist?«

»Ja«, log er noch einmal. »Allerdings gefällt es mir in der Krümelkiste viel besser, von daher werde ich dahin nicht mehr zurückgehen.«

»Sondern stattdessen dein Geld in die Krümelkiste stecken.«

»Solange mir das möglich ist, ja.«

Einen Moment lang grinsten sich die Partner in crime an.

»Ach Mensch, da fällt mir noch was ein, Ben«, meinte Rebecca.

»Was denn?«

»Du hast uns ja diesen Wellness-Tag geschenkt, und da wollte ich dich fragen, ob du vielleicht jetzt schon am Dienstag die Krümelkiste und auch Luzie übernehmen könntest. Denn da würde es bei Miriam und mir gut passen.«

»Klar, kein Problem.«

»Miriam hat Skrupel, dass wir dich ausnutzen oder so.«

»Quatsch!«, erwiderte Gabriel entrüstet. »Mir macht das doch Spaß! Ich halte gern die Stellung, sowohl im Laden als auch für Luzie.«

»Sie könnte sonst nach der Schule auch zu Tim gehen, das wäre überhaupt kein Problem. Alissa und Eric sind ja eh bei ihm.«

»Bist du bescheuert?«

»Wie bitte?« Becka bedachte ihn mit einem irritierten Blick.

»Nein, so hab ich das nicht gemeint«, versicherte er. »Ich wollte eigentlich nur sagen, dass die Zeit mit Luzie für mich die allerschönste ist, und die möchte ich mir nicht nehmen lassen. In meiner Rolle als ›Ersatzpapa‹ fühle ich mich echt wohl.«

»Ersatzpapa?« Nun wurde ihre Miene regelrecht finster. »Wie kommst du denn auf so was? Hat Luzie das mal gesagt?«

»Nein, nein«, korrigierte er sich schnell. »Das war das falsche Wort. Onkel oder … oder … oder …« Er ließ die Schultern sinken. »Mir fällt gerade nichts Passendes ein, also vergiss meine Bemerkung am besten.«

»Okay«, gab sie gnädig zurück. »Schon vergessen.«

»Danke dir!«

Beckas eben noch düstere Miene wandelte sich in einen freundlichen Ausdruck. »Dann ist der Dienstag also ausgemacht?«

»Jawoll, der ist ausgemacht!«

»Super«, freute sie sich. »Eine Frage hätte ich allerdings noch.«

»Und welche wäre das?«

»Wenn du nicht mehr arbeiten musst – warum machst du es dann?«

»Weil ich nicht den ganzen Tag nutzlos rumsitzen will und es mir bei einigen Kunden großen Spaß macht.«

»Du meinst so was wie die Fun Arena oder die Krümelkiste?«

»Exakt«, bestätigte er.

»Und warum hast du das Miriam und mir nicht gleich gesagt?«

»Wäre vielleicht etwas komisch rübergekommen, wenn sich jemand, der sich alles Mögliche leisten kann, ein kleines Zimmer in einem Secondhandladen mietet.«

Rebecca nickte. »Ja, das wäre komisch rübergekommen.« Nun runzelte sie die Stirn. »Tatsächlich frage ich mich gerade, warum du das gemacht hast.«

Ihm brach erneut der Schweiß aus. »Hab ich ja gerade erklärt«, sagte er. »Ich habe mich in der Krümelkiste von Anfang an wohlgefühlt, das ist alles.«

»Und deshalb hast du …«

Ehe Rebecca mit ihrer Befragung weitermachen konnte, wurde Gabriel zum Glück von Luzie und den anderen erlöst.

»Ich finde, ihr habt genug Pause gemacht«, erklärte Miriam.

Sofort erhob sich Gabriel von der Bank, froh darüber, sich nicht weiter von Rebecca ausfragen lassen zu müssen. »Okay, wo wollen wir denn jetzt als Nächstes hin?«

»Wir waren noch nicht im Seilgarten, den möchte ich unbedingt noch ausprobieren«, sagte Luzie.

»Dann mal los!«

Sonntag, 8. Dezember

Miriam

Der Seilgarten an sich war keine große Herausforderung. Jedenfalls nicht, wenn man höchstens einen Meter siebzig groß war. Alle zusammen hangelten sie sich über Wackelbrücken, krochen durch einen Tunnel, hüpften von einem kippeligen Holzblock auf den nächsten.

Als sie sich allerdings durch ein paar besonders eng gesteckte Balken quetschen mussten, gelang es Ben zwar, sich hineinzuzwängen – aber dann blieb er hängen.

»Ich glaube, mir reicht es für heute«, erklärte er, als sie ihn unter großem Gelächter befreit hatten. »Aber ihr könnt natürlich gerne noch zwei Stunden weitertoben. Ich werde mich solange im Restaurant ausruhen.«

»Das kommt überhaupt nicht infrage«, protestierte Luzie. »Du hast mir versprochen, dass wir noch die Freefall-Rutsche zusammen machen.«

»Muss das wirklich sein?«, fragte Ben.

»Na klar muss das noch sein!«, stellte Luzie empört fest. »Die ist doch das Coolste überhaupt!«

»Gut«, erwiderte er ermattet. »Vorher brauche ich aber noch mal eine kleine Pause.«

»Du hattest doch vorhin schon eine«, sagte Nika.

»Richtig!«, stimmte er ihr zu. »Und bevor ich mich ins nächste Unglück stürze, muss ich noch eine machen.«

»In Ordnung«, erteilte Nika Ben gnädig ihre Erlaubnis. »Aber nur, wenn wir alle ein Slush haben dürfen.«

»O ja!!!«, riefen auch die anderen Kinder.

»Nein, das geht nicht«, sagte Becka. »Ihr könnt Ben nicht erpressen!«

»Doch«, widersprach Ben, »das dürfen sie.« Er zwinkerte den Kids zu. »Ist ja schließlich heute euer Tag.«

»Jaaaaa!«, krakeelten alle wie aus einem Mund.

»Was genau ist denn ein Slush?«, wollte Ben wissen.

Sonntag, 8. Dezember

Gabriel

»Das hier ist Slush«, erklärte Ebbe und deutete auf die vier großen durchsichtigen Behälter, die rechts neben dem Tresen standen, an dem sie vorhin ihr Essen bestellt hatten. In jedem davon wurde eine zähflüssige Masse in den Farben Grün, Rot, Blau und Braun umgewälzt. Namen wie »Green Zombie«, »Cherry Lady«, »Alien Slush« und »Black Pearl« standen auf den Tanks, als seien es toxische Substanzen.

Die junge Frau von vorhin lächelte die Gruppe freundlich an. »Was darf's denn sein?«

»Wir beide«, antwortete Miriam, »hätten gern zwei Latte macchiato. Ben, möchtest du auch einen Kaffee?«

»Nein danke«, lehnte er ab, »mein Puls ist nach der Aktion im Seilgarten immer noch auf hundertachtzig.«

»Wir setzen uns schon mal drüben an einen der Tische«, sagte Miriam, nachdem sie und ihre Freundin ihre Lattes entgegengenommen hatten.

»Und was kann ich euch noch Gutes tun?«, fragte die Frau an die Kinder gerichtet.

»Wir möchten Slush«, forderte Luzie, ehe Gabriel darauf hinweisen konnte, dass er auch dieses Mal nichts wirklich »Gutes« entdecken konnte.

»Wollt ihr einen Becher oder eine Palme?«, fragte die Frau.

Sofort richteten sich sämtliche Kinderaugen auf Gabriel. »Dürfen wir eine Palme?«

»Was ist denn das bitte schon wieder?«

»Das da«, die junge Frau zeigte auf eine langstielige Plastikflasche mit grünem Deckel und Strohhalm, »ist eine Palme. Da passen 0,4 Liter rein, und sie kostet sechs Euro, dafür kann sie aber für drei Euro immer wieder aufgefüllt werden.« Sie bedachte Gabriel mit einem Lächeln, als lebe er hinter dem Mond. »Tja, und ein Becher ist eben ein Becher. Der fasst 0,2 Liter, kostet zwei Euro fünfzig, kann aber nicht wieder aufgefüllt werden.«

»Eine Palme, bitte eine Palme!«, forderten die Kinder einstimmig. »Die ist für uns doch eh umsonst!«, fügte Luzie noch hinzu.

»Äh, also«, setzte die junge Frau an, allerdings gelang es Gabriel, sie mit einem Blick der Marke »Laserschwert« und einem

Fingerzeig auf sein Armband der Fun Arena zum Schweigen zu bringen. »Ja klar, natürlich«, brachte sie etwas ungelenk räuspernd hervor, »ihr seid ja heute Gäste der Arena.«

»Genau«, bestätigte Gabriel zufrieden. »Aber jetzt noch mal zum Slush: Was ist denn da drin?«

»Es gibt Waldmeister, Kirsche, Blaubeere und Cola«, antwortete sie.

Gabriel schüttelte – im Ansatz belehrend, wie er selbst mit einem unangenehmen Gefühl bemerkte – den Kopf. »Das meine ich nicht. Ich würde nur gern wissen, was da so an Es drin ist.«

»Es?«, fragte die junge Frau irritiert nach.

»Ja«, bestätigte Gabriel. »Die E-Nummern. Sie wissen schon, diese Zusatzstoffe wie zum Beispiel Konservierungsmittel.«

Anstelle einer Antwort starrte sie ihn nur sprachlos an.

»Also, ich meine«, führte er deshalb weiter aus, »ob Sie mir sagen können, was da an Zusatzstoffen so drin ist.«

Einen kurzen Moment sah die Frau ihn immer noch wortlos an, dann beugte sie sich über den Tresen zu ihm hinüber und sagte leise, aber deutlich: »Sie haben nicht so oft mit Kindern zu tun, oder?«

Nun war es an Gabriel, einen Augenblick lang in Sprachlosigkeit zu verharren. Dann allerdings seufzte er ergeben und sagte: »Okay, Slush-Palmen für alle Kinder. Und ich nehme auch eine!«

»Gehen wir jetzt zu der Freefall-Rutsche?«, fragte Luzie, als alle ihre Palme geleert hatten.

»Wenn es sein muss«, erwiderte er.

Luzie nickte energisch. »Ja, muss es. Außerdem hast du es versprochen!«

»Wir bleiben solange hier und warten«, meinte Miriam.

»Wieso denn?«, wollte Luzie enttäuscht wissen.

»Weil ich, wie du weißt, Höhenangst habe.«

»Die Rutsche ist aber gar nicht so hoch«, behauptete Luzie.

»Mäuschen«, erwiderte ihre Mutter, »ich habe heute alles ganz brav mitgemacht, aber bei der Freefall-Rutsche bin ich raus.«

»Ich eigentlich auch«, meinte Gabriel, »aber ich werde ja gezwungen.«

»Tja, so ist das eben, wenn man etwas verspricht«, kommentierte Becka sarkastisch.

»Du kommst doch wohl aber mit!«, erwiderte er.

»Nein«, sie schüttelte amüsiert den Kopf, »ich kann meine Freundin ja hier nicht allein sitzen lassen.«

Sonntag, 8. Dezember

Miriam

»Über was habt ihr euch eigentlich vorhin unterhalten, als ich mit den Kids in der Luftkissenburg war?«, wollte Miriam wissen, sobald sie und Rebecca allein waren.

»Über nichts Besonderes«, erwiderte ihre Freundin. »Wir haben nur ein bisschen geplaudert.«

»Ich kann dir an der Nasenspitze ansehen, dass das nicht stimmt.«

»Ach? Das kannst du?« Rebecca grinste fröhlich. »Da lern ich ja ganz neue Seiten an dir kennen.«

»Wie überaus witzig!«

»Ich sage nur die Wahrheit«, behauptete Becka.

»Ihr habt also weder über mich noch die Krümelkiste oder Luzie gesprochen?«, hakte Miriam nach.

»Genau«, bestätigte Rebecca.

»Welche Themen bleiben denn da noch übrig?«

»Zum Beispiel mein Job als Kostümbildnerin. Und natürlich mein Wissen um die Kraft des Mondes.«

»Dafür hat Ben sich interessiert?«

»Was soll das denn heißen?«, gab Becka beleidigt zurück.

»Tut mir leid, so habe ich das nicht gemeint!«, entschuldigte sich Miriam.

»Hat sich aber sehr danach angehört.«

»Wie gesagt, es tut mir leid. Ich dachte nur, dass Ben vielleicht auch irgendwas über mich gesagt hat. Wir waren ja über eine halbe Stunde lang weg.«

»Nein, Süße«, wiederholte Becka, »über dich hat er weder was gesagt noch etwas gefragt.«

»Okay.«

»Scheint dir nicht so zu gefallen.«

»Nein, wieso? Alles gut.«

»Dann ist es ja prima«, meinte Rebecca.

Sonntag, 8. Dezember

Gabriel

Von unten sah die Freefall-Rutsche gar nicht so wild aus. Als Gabriel allerdings mit Luzie und ihren Freunden nach oben geklettert war und von dort aus einen Blick nach unten warf, machte es eher den Eindruck, als stünde er auf einem Zehnmeterbrett, von dem aus er sich in ein leeres Becken stürzen sollte.

»Wollen wir uns das wirklich antun?«, fragte er unsicher. »Was soll daran der Spaß sein?«

»Das wirst du dann sehen!«, gab Luzie zurück.

»Bist du schon mal aus so einer Höhe runtergerutscht?«, wollte er wissen.

»Nö«, antwortete sie. »Aber ich bin sicher, dass das richtig mega ist.«

»Ja, das ist mega!«, bestätigte Ebbe.

»Genau«, pflichtete Eric ihm bei. »Wer noch nicht auf der Freefall-Rutsche war, der hat die Fun Arena nicht erlebt!«

»Also«, meinte Gabriel, »ich könnte darauf verzichten. So wichtig ist es mir nicht, behaupten zu können, dass ich in der Fun Arena war.«

»Aber du willst doch hoffentlich dein Versprechen halten, oder?«, erinnerte Luzie ihn. Ihre Freunde nickten zustimmend.

»Okay«, gab er nach. »Sieht so aus, als würde ich um diese Kamikaze-Aktion nicht herumkommen.«

»Genau so ist es«, bestätigte Nika und giggelte. »Wenn wir uns alle trauen, dann du ja wohl erst recht!«

»Ich hab ja schon Okay gesagt«, erwiderte Gabriel. »Wer rutscht als Erstes?«

»Immer der, der fragt«, sagte Luna.

»Also ich?«, wollte Gabriel wissen. Mit einem Mal verspürte er Angst.

»Ja, du«, bestätigte Luzie. »Du musst dir aber erst noch die Socken ausziehen.«

»Wieso das denn?«

»Steht doch da«, antwortete Luzie und deutete auf ein Schild mit der Aufschrift »Rutschen nur ohne Stoppersocken«.

»Und warum?«, fragte er.

Luzie zuckte mit den Schultern. »Keine Ahnung.«

»Für unsinnige Verbote hatte ich noch nie viel übrig«, erklärte Gabriel. Dann setzte er sich hin, robbte bis zum Rand der Rutsche vor, schloss die Augen und atmete noch einmal tief ein und aus. Dann ließ er sich fallen, ehe er es sich noch anders überlegen konnte.

»Ahhhh!«, schrie er aus voller Kehle, weil es sich wirklich so anfühlte, als würde er von einem Zehnmeterturm stürzen. Eine Sekunde später schrie er ein weiteres Mal auf, weil sein linker Fuß so höllisch schmerzte, als würde er ihm abgerissen. Im nächsten Moment landete er unten auf der weichen Matte, krümmte sich zusammen und jaulte laut auf.

»Ben?«, rief Luzie von oben. »Alles okay?«

»Sieht das so aus?«, stieß er hervor.

»Wir kommen!«, rief Ebbe.

Wenige Augenblicke später waren alle sechs Kinder bei ihm. Sie waren nicht gesprungen, sondern in Windeseile nach unten geklettert. Jetzt beugten sie sich besorgt über ihn.

»Soll einer von uns zum Eingang laufen und Hilfe holen?«, fragte Nika. »Die haben hier doch bestimmt so was wie Notfallsanitäter.«

»Ist nicht nötig«, erwiderte Gabriel durch zusammengepresste Lippen. »Wird gleich schon wieder gehen.«

»Na ja«, kam es von Alissa, »jetzt wissen wir wenigstens, warum man auf den Rutschen keine Stoppersocken tragen sollte.«

»Ja«, stimmte Luna ihr zu, »damit man nicht irgendwo hängen bleibt. Das mal zum Thema ›unsinnige Verbote‹.«

»Macht euch ruhig über mich lustig«, stöhnte Gabriel. Langsam ebbte der schlimmste Schmerz in seinem Fuß ab. »Könntet ihr mir wohl hochhelfen?«, bat er.

Sonntag, 8. Dezember

Miriam

»Was ist denn passiert?« Miriam und Rebecca sprangen auf und stürzten auf Ben zu, der von Eric und Ebbe gestützt ins Restaurant gehumpelt kam.

»Mir sind Stoppersocken passiert«, antwortete Ben und brachte, offenbar mit sehr großer Anstrengung, ein schwaches Lächeln zustande.

»Stoppersocken?«, fragte Miriam irritiert nach.

»Ben ist mit seinem linken Fuß an der Rutsche hängen geblieben«, erläuterte Luzie.

»Du Ärmster!«, meinte Becka. »Setz dich erst mal hin.«

Mithilfe der Jungs steuerte er die nächste Bank an, ließ sich stöhnend darauf nieder und legte sein linkes Bein hoch. Dann erzählte er Miriam und Rebecca von seiner Schmach auf der Rutsche und dass er die Anweisung, die Stoppersocken auszuziehen, nicht befolgt hatte. »Tja«, schloss er seine Ausführungen. »Das kommt davon, wenn man sich für oberschlau hält.«

»Das hätte mir auch passieren können«, unternahm Miriam den Versuch, ihn zu trösten.

»Hätte es nicht«, widersprach Luzie. »Du wärst ja nicht mal auf die Rutsche geklettert.«

»Auch wieder wahr«, gab Miriam ihr recht. »Aber *wenn* ich keine Höhenangst hätte und *wenn* ich mit zu der Freefall-Rutsche gekommen wäre, dann *hätte* mir das eben auch passieren können.«

Rebecca lachte. »Das sind ja ziemlich viele Wenns«, stellte sie fest. Zu den Kindern sagte sie: »Kann einer von euch mal nach vorne zum Tresen laufen und fragen, ob sie einen Eisbeutel oder ein Kühlpad oder so was haben?«

»Klar!« Nika und Luna rannten sofort los.

»Dann zeig mal her«, forderte Miriam Ben auf.

Mit schmerzverzerrtem Gesicht zog er die linke Stoppersocke aus. Zu Vorschein kam ein sichtlich angeschwollener Knöchel.

»Oha!«, rief Becka aus. »Damit solltest du zum Arzt, das könnte ein Bänderriss sein.«

»Nein«, Ben schüttelte den Kopf, »das ist nur eine Zerrung. Mit einer Schmerztablette wird's schon wieder gehen.«

»Meinst du?«, fragte Miriam. »Ich bin da eher skeptisch.«

»Doch, doch«, versicherte er. »Aber wenn es euch beruhigt, gehe ich morgen zum Orthopäden, falls es bis dahin nicht besser ist.« Noch einmal verzog er schmerzerfüllt das Gesicht. »Von euch hat nicht zufällig jemand so was wie Ibuprofen oder Paracetamol?«

»Zufällig ja«, sagte Becka.

»Echt? Das wäre großartig!«

»Ich müsste nur mal kurz zum Spind.« Mit diesen Worten marschierte sie los, in der Zwischenzeit kamen Nika und Luna mit einem Kühlpad zurück.

»Ah!«, stöhnte Ben, sobald er das Pad auf seinen Knöchel gelegt hatte. »Es tut so gut, wenn der Schmerz nachlässt!«

»Ich wäre ja immer noch dafür, dass du zum Arzt gehst.«

»Wir haben Sonntag«, erwiderte er. »Da hat keine Praxis geöffnet.«

»Vielleicht in die Notaufnahme vom Krankenhaus?«

Ben schüttelte den Kopf. »Solange der Fuß noch dran ist, bleibe ich lieber zu Hause und lege ihn hoch, ehe ich stundenlang in einer Klinik rumhocke und am Ende sowieso wieder weggeschickt werde.«

»Na gut, deine Entscheidung«, meinte Miriam.

Rebecca kam zurück, in der einen Hand hielt sie eine Packung Ibuprofen, in der anderen einen Becher. »Bitte sehr!«, sagte sie, drückte eine Tablette aus dem Blister und reichte sie Ben. »Und hier habe ich auch gleich Wasser mitgebracht.«

Ben warf die Pille ein und nahm einen Schluck aus dem Becher. »Vielen Dank, Becka!«, sagte er.

»Ich würde sagen, ihr Kinder geht jetzt noch mal zur Freefall-Rutsche, und ich ruhe mich hier aus«, schlug er vor.

»Machen wir«, stimmte Luzie zu und rannte mit ihren Freunden los.

»Aber zieht unbedingt eure Stoppersocken aus!«, schrie Ben ihnen hinterher.

Sonntag, 8. Dezember

Gabriel

Zwanzig Minuten später war Gabriels Knöchel dank des Kühlpads fast wieder auf normale Größe abgeschwollen.

»Seht ihr«, verkündete er zufrieden, »ich hab euch doch gesagt, dass das nur eine Zerrung ist.«

»Ich glaube kaum, dass man das ohne zu röntgen beurteilen kann«, wandte Becka ein.

»Doch«, widersprach Gabriel. »Ich bin nämlich der Mann mit dem Röntgenblick.«

»Sehr witzig«, kommentierte Miriam. »Aber wir sind natürlich froh, wenn es nichts Schlimmeres ist.«

»Liebe Gäste«, ertönte eine männliche Stimme aus den zahlreichen Lautsprechern, die überall in der Arena an der Decke hingen, »wir schließen in zehn Minuten und möchten euch bitten, zum Ende zu kommen. Wir hoffen, ihr hattet einen tollen Tag voller Spaß, Action und Abenteuer!«

»Spaß, Action und Abenteuer«, kommentierte Gabriel sarkastisch. »Also ich persönlich hatte heute davon mehr als genug.«

»Könnte man sagen«, pflichtete Miriam ihm bei, »du hast echt alles mitgenommen, was nur geht. Davon kannst du später noch deinen Enkeln erzählen.«

Kurz zuckte Gabriel zusammen. Dann gab er sich Mühe, so gelassen wir möglich zu klingen. »Ohne eigenen Nachwuchs wird's schwierig, mal Opa zu werden.«

»Ach was!« Rebecca machte eine wegwerfende Handbewegung. »Du bist doch erst zweiundvierzig, da ist noch alles drin!« Täuschte er sich oder zwinkerte Becka bei diesen Worten ihrer Freundin zu?

»Ich such mal die Kinder«, sagte Miriam.

»Wollen wir uns am Bus treffen?«, schlug Gabriel vor.

»Machen wir«, antwortete Becka. »Allerdings würde ich vorschlagen, dass Miriam oder ich fahren. Mit deinem Knöchel könnte das etwas schwierig werden.«

»Wieso das denn?« Gabriel machte Anstalten, sich von der Bank zu erheben, konnte ein schmerzerfülltes Stöhnen aber nicht unterdrücken, sobald er mit dem linken Fuß auftrat.

»Deshalb«, erklärte Becka.

»Die Kupplung werde ich schon noch treten können«, erwiderte Gabriel und machte ein paar hinkende Schritte, um zu demonstrieren, dass er wieder allein laufen konnte.

»Mit Sicherheit«, stimmte Rebecca ihm zu. »Allerdings würde ich vorschlagen, das probierst du erst aus, sobald wir alle heil zu Hause angekommen sind. Bis dahin fahre ich.«

»Kennst du dich mit einem VW-Bus aus?«, wollte Gabriel wissen.

»Nein«, gab sie zu. »Aber das kann ja nicht so schwierig sein.«

»Dabei habe ich kein gutes Gefühl«, entgegnete Gabriel. »Der Van gehört mir ja nicht.«

»Ich kann fahren«, sagte Miriam. »Ist zwar schon ein paar Jahre her, aber Patrick und ich hatten einen Multivan, weil er ein begeisterter Windsurfer war und deshalb einen Bus brauchte, mit dem er seine Boards und Segel transportieren konnte. Nach seinem …«, sie räusperte sich. »Nach seinem Entschwinden habe ich den Wagen verkauft, ich selbst kann nämlich gar nicht windsurfen, und mit einem so großen Fahrzeug ist es eine echte Herausforderung, bei mir im Viertel einen Parkplatz zu finden.«

»Gut, dann fährst du«, bestimmte Gabriel. Miriam hatte »er war« gesagt. Vielleicht hatte Rebecca recht, und irgendwann würde Miriam ihm erzählen, dass und wie Patrick gestorben war.

Sonntag, 8. Dezember

Miriam

Es war ein eigenartiges Gefühl, nach so vielen Jahren wieder am Steuer eines VW-Busses zu sitzen. Trotzdem war es ihr sofort vertraut, als wäre sie erst gestern zum letzten Mal mit einem Van gefahren. Rebecca und Alissa nahmen vorn neben ihr auf der Doppelsitzbank Platz, Ben und die restlichen Kinder verteilten sich hinten im Bus.

Sobald alle angeschnallt waren, startete Miriam den Bus und fuhr los. Mit einem Mal hatte sie einen Kloß im Hals und musste mit den Tränen kämpfen. Zu deutlich waren die Erinnerungen daran, wie Patrick und sie damals fast jedes Wochenende nach

Dänemark, auf den Darß oder zu irgendeinem anderen Surfer-Revier gefahren waren. Wie sie ihm stundenlang dabei zugesehen hatte, wenn er auf dem Brett die schwierigsten Manöver gemeistert hatte. Und abends, nach einem langen Tag, hatten sie meistens im Bus übernachtet, in den Patrick hinten ein kleines Doppelbett eingebaut hatte, das darunter noch genug Stauraum für seine Bretter und Segel hatte. Selbst nachdem Luzie geboren war, waren sie oft ans Meer gefahren. Diese Kurzreisen hatte Miriam ganz besonders geliebt. Wenn Luzie nachts zwischen ihnen gelegen und sich abwechselnd an einen von ihnen rangekuschelt hatte

»Hat's euch denn Spaß gemacht?«, rief Miriam in die Runde, um sich von ihren Erinnerungen zu befreien.

Wie zu erwarten, brüllten die Kinder unisono: »Jaaaaa!!!«

»Vor allem Bens Stunt auf der Freefall-Rutsche, den fand ich am besten«, erklärte Luzie. »Vielen Dank dafür, ab sofort bist du unser Super-Ben!«

»Nicht eher Super-Ken?«, fragte er.

»Nein«, entgegnete Luzie, »du bist viel besser als Ken!« Sie drückte ihm einen deutlich hörbaren Schmatzer auf die Wange, und mit einem kurzen Schulterblick konnte Miriam sehen, dass er darüber gleichzeitig überrascht, aber auch erfreut war.

»Wo sollen wir Super-Ben denn jetzt hinfahren?«, wollte sie dann wissen.

»Mach dir keine Umstände«, antwortete er. »Fahr einfach direkt nach Hause. Die paar Meter werde ich es mit dem Bus schon bis zur Rasselbande schaffen.«

»Bist du sicher?«, fragte Becka.

»Ja«, bestätigte er. »Mein Knöchel tut fast gar nicht mehr weh, das sollte kein Problem sein.«

»Wir können dich auch zur Rasselbande bringen und von dort aus die U-Bahn nehmen. Die Kita ist ja nicht so weit von uns entfernt«, schlug Miriam vor.

»Nein, wirklich nicht«, lehnte er erneut ab, »das kriege ich hin. Bei der Rasselbande steht auch mein Auto. Das hat Automatik, also brauche ich meinen linken Fuß dafür gar nicht.«

»Dann könnten wir dich doch trotzdem zur Rasselbande bringen, du nimmst dein Automatik-Auto, und wir anderen machen uns mit den Öffis auf den Weg«, meinte Becka.

»Das ist wirklich lieb von euch. Aber wenn ich ehrlich bin, möchte ich nicht so gern, dass Hannah mitbekommt, dass Miriam den VW gefahren ist und nicht ich. Sie ist da ein bisschen eigen, wenn ihr versteht, was ich meine.«

»Danke für den Hinweis«, entgegnete Miriam.

»Du fährst super«, erwiderte Ben. »Genau genommen besser als ich. Bei mir ist es schon so lange her, dass ich ein Auto mit Schaltung gefahren bin, dass sich das Getriebe mehrfach mit lautem Knirschen beschwert hat, wenn ich einen anderen Gang eingelegt habe.«

»Also fahren wir erst einmal Luna, Ebbe und Nika nach Hause, danach setzen wir Rebecca, Eric und Alissa ab und fahren dann zu mir, wo du den Bus wieder übernimmst.«

»Klingt nach einem sehr guten Plan!«

Sie hatten die Autobahn noch nicht erreicht, da waren alle Kinder eingeschlafen. Ben schnarchte ebenfalls leise vor sich hin, und auch Miriam musste sich sehr konzentrieren, um nicht am Steuer wegzunicken.

»Erzählst du mir irgendwas, um mich wach zu halten?«, bat sie Rebecca.

»Was soll ich denn erzählen?«

»Irgendwas halt. Von mir aus auch was vom Mond und den Sternen.«

»Okay«, Becka blickte nach hinten, dann wandte sie sich wieder an Miriam. »Ich könnte dir zum Beispiel erzählen, dass Ben und Luzie gerade sehr niedlich ihre Köpfe aneinandergeschmiegt haben.«

»Echt?« Miriam fasste nach dem Rückspiegel und drehte ihn so, dass sie die beiden sehen konnte. Bei dem Anblick wurde ihr warm ums Herz. »Das ist ja wirklich rührend«, stellte sie fest – und hatte prompt wieder einen Kloß im Hals.

»Dann könnte ich dir noch erzählen«, fuhr Becka fort, »worüber Ben und ich gesprochen haben, während ihr in der Luftkissenburg wart.«

»Ich dachte, ihr hättet nur einfach so geplaudert?«

»Haben wir auch«, bestätigte ihre Freundin. »Allerdings hat Ben noch gesagt, dass er sich in der Rolle als ›Ersatzpapa‹ sehr wohlfühlt.«

»Das hat er gesagt?«

»Hat er.«

Miriam spürte, wie sich auf ihren Armen eine Gänsehaut bildete. »Luzies Postkarte«, sagte sie mehr zu sich selbst als zu Becka.

»Genau daran habe ich auch gedacht, als er sich als Ersatzpapa bezeichnet hat.«

»Wird vermutlich nur ein Zufall sein«, meinte Miriam. »Von der Postkarte kann er ja nichts wissen.«

»Es sei denn, Luzie hätte ihm davon erzählt.«

»Auf gar keinen Fall hat sie das! Sie hat die Karte ja nicht einmal mir zeigen wollen.« Sie knabberte an ihrer Unterlippe. »Aber ein bisschen komisch ist das schon.«

»Na ja«, gab Becka zurück, »*so* komisch finde ich das nun auch nicht, dass er sich als so was wie ein Ersatzpapa sieht. Immerhin verbringt er viel Zeit mit Luzie.«

»Stimmt«, gab Miriam ihr recht. »Und sie mag ihn wirklich sehr gern.«

»Und du?«, wollte Rebecca wissen.

»Was meinst du?«

»Och, Süße!«, erwiderte sie. »Stell dich doch nicht absichtlich blöd! Ich will wissen, ob du ihn auch so sehr magst.«

»Schon, ja«, gab sie zu. »Und natürlich ist Ben eine absolute Bereicherung.«

Rebecca entfuhr ein Prusten. »Er ist eine absolute Bereicherung«, äffte sie Miriam nach. »Geht's noch ein bisschen gestelzter?«

»Ist ja schon gut! Ja, ich mag ihn auch sehr gern.«

»Sehr gern oder sehr, sehr, sehr gern?«

»Sehr, sehr gern.«

»So sehr gern, dass man auch sagen könnte, du bist in ihn verliebt?«

Anstelle einer Antwort stieß Miriam einen tiefen Seufzer aus.

»Verstehe«, meinte Becka. »Keine weiteren Fragen.«

Dienstag, 10. Dezember

Gabriel

Ich mag ihn sehr, sehr gern. Wieder und wieder ging ihm durch den Kopf, was Miriam am Sonntag auf der Rückfahrt gesagt hatte. Er war in genau dem Moment aufgewacht, als Becka und Miriam über ihn gesprochen hatten, hatte sich aber weiterhin schlafend gestellt. *Sehr, sehr gern.* Rebeccas Frage, ob sie in ihn verliebt sei, hatte sie zwar nicht beantwortet, aber sie hatte es auch nicht verneint.

Seit Sonntagabend grübelte er, wie es um seine Gefühle für Miriam bestellt war. Sehr, sehr gern – das konnte er ohne jeden

Zweifel bejahen. Verliebt? Ein wenig vielleicht. Schon als er sie im Mikado zum ersten Mal gesehen hatte, hatte sie ihm gefallen. Aber gerade konnte er nicht mit Sicherheit sagen, ob er nicht nur in sein neues Leben verliebt war. Sein Leben als Ben Sommer mit einem Büro in der Krümelkiste, mit einer hübschen und vor allem herzlichen Miriam und mit einem kleinen Mädchen, das sein Herz im Sturm erobert hatte.

Was also war es? Verliebtheit? Und wenn es das war, steckte Gabriel bis zum Hals in Schwierigkeiten. Denn wie sollte er Miriam jemals erklären, dass er nicht der war, für den er sich ausgegeben hatte? *Du, Miriam, eine Kleinigkeit: Mein Name ist gar nicht Ben Sommer, sondern Gabriel Bach. Und ich bin auch kein Buchhalter, sondern ein Schriftsteller, der als Henri Fjord kitschige Liebesromane verfasst. Ach so, bevor ich es vergesse: Ich hab damals Luzies Ballon mit der Karte gefunden und sie von Italien aus zurückgeschickt, also wusste ich von Anfang an, dass Luzies Vater nicht weg, sondern tot ist. Tja, und dann habe ich mich in euer Leben eingeschlichen, um für einen neuen Roman zu recherchieren, weil mich Luzies Karte so inspiriert hat. Inzwischen habe ich die Story allerdings komplett verändert, es geht jetzt um einen kleinen Jungen mit alleinerziehendem Vater, der im Alten Land eine Werkstatt hat, in der er Möbel restauriert. Also würde ich meinen, wir sagen mal »Schwamm drüber«, okay?*

Nein, das war nicht möglich. Wer würde so etwas verzeihen können? Könnte er Rebecca um Hilfe bitten, falls er sich Miriam wirklich irgendwann offenbaren wollte? Wohl kaum, Becka würde ihm vermutlich erst recht den Kopf abreißen, selbst wenn sie mittlerweile einen kleinen Teil der Wahrheit kannte. Aber dass Ben (beziehungsweise Gabriel) wohlhabend war und die Krümelkiste mit seinem Geld subventionierte, das war ja nicht der heikle Part. Es gab keine andere Lösung, als dass er sich – wie ursprünglich geplant – komplett aus Miriams und Luzies Leben zurückziehen musste.

Von sich selbst genervt, schnappte er sich den Aufsteller und wischte ihn sauber. Dann nahm er die Kreide zur Hand und schrieb etwas Neues auf die Tafel:

Zwei Dinge sollten Kinder von ihren Eltern bekommen:
Wurzeln und Flügel.
Johann Wolfgang von Goethe

Kaum hatte er den Satz hingeschrieben, hätte er ihn am liebsten gleich wieder weggewischt. Was war er eigentlich für ein Idiot? Zitierte hier was von Wurzeln und Flügeln – während er selbst sowohl seine Schwester als auch Ruben im Stich gelassen hatte.

Er starrte auf die Tafel. Und beschloss dann, nicht weiter darüber nachzudenken, sondern sie vor der Krümelkiste aufzustellen. Es ging nicht um ihn, sondern um Miriams Laden, und das Zitat von Goethe würde vermutlich allen Eltern gefallen.

Zurück im Geschäft fing Gabriel an, ein paar Klamotten auszusortieren, und zwar die, die eher etwas hochpreisiger waren. Nachdem Rebecca nun Bescheid wusste, wollte er es allerdings auch nicht übertreiben. Und Miriams Freundin hatte ja recht: Entweder die Krümelkiste würde sich in nächster Zeit rentieren, oder Miriam müsste in die Insolvenz gehen. Wenn ihm doch nur irgendwas einfallen würde, wie sie den Secondhandladen in Schwung bringen könnten! Wie sollte er Miriam und Luzie mit einem guten Gewissen zurücklassen, wenn er wieder in sein altes Leben verschwand?

»Guten Morgen!« Gabriel fuhr herum, als Miriams Stimme hinter ihm erklang. Sie war nicht allein, Rebecca stand neben ihr.

»Äh, ja, guten Morgen!« Angespannt umklammerte er die drei Kleiderbügel mit zwei Jeans und einer Jacke, die er gerade in der Hand hielt. Das nannte man wohl »auf frischer Tat ertappt«.

»Was machst du denn da?«, fragte Miriam. »Sortierst du um?«

»Ja«, entgegnete er, froh darüber, dass er nicht schon einen ganzen Klamottenberg auf den Ladentisch gepackt hatte. »Ich dachte, es wäre eine gute Idee, ein paar besonders schöne Sachen ganz vorn an die Ständer zu hängen.«

»Klasse Idee!«, meinte Rebecca.

»Finde ich auch«, pflichtete Miriam ihr bei. »Und das neue Zitat draußen gefällt mir auch echt gut.«

»Freut mich. Goethe geht immer, oder?«

»Stimmt«, sagte Miriam. »Der geht immer.«

»Aber was macht ihr hier eigentlich?«, wollte Gabriel wissen. »Ihr solltet euch doch einen schönen Wellness-Tag machen!«

»Da gehen wir auch gleich hin«, antwortete Miriam. »Wir wollten kurz reinschauen, ob hier alles okay ist.«

»Was soll denn hier nicht okay sein?« Er lachte etwas unbeholfen auf. »Ich mach das ja nicht zum ersten Mal.«

»Hab ich Miriam auch schon gesagt«, erklärte Becka, »aber sie wollte unbedingt noch mal herkommen.«

»Zur Kontrolle?«, fragte er, immer noch die Corpora Delicti umklammernd.

»Quatsch!«, widersprach Miriam. »Ich wollte dir nur sagen, dass du mich jederzeit übers Handy erreichen kannst, falls etwas sein sollte.«

»Du willst dein Telefon mit ins Spa nehmen? In die Sauna und in den Whirlpool?«, fragte er erstaunt.

»Nein, das natürlich nicht.« Sie schüttelte lachend den Kopf. »Aber ich würde einmal pro Stunde nachsehen, ob irgendwas anliegt.«

Gabriel streckte ihr seine freie Hand entgegen. »Handy her!«, forderte er in energischem Ton.

»Wie jetzt?«

»Du sollst mir dein Handy geben. Und Rebeccas nehme ich auch.«

»Also –«, setzte Miriam an, wurde aber von Gabriel sofort unterbrochen.

»Keine Widerrede! Ihr gebt mit beide euer Telefon und zischt dann ab zum Spa. Vor achtzehn Uhr will ich euch hier nicht wieder sehen, ihr macht euch jetzt gefälligst einen schönen Wellness-Tag.«

»Oh, okay«, willigte Rebecca ein, holte ihr Handy aus ihrer Tasche und übergab es ihm. Miriam zögerte noch, aber ein strenger Blick von Gabriel reichte aus, dass auch sie ihr Telefon rausrückte.

»So ist es brav«, lobte Gabriel, als wären sie Kinder.

»Um sechs sind wir aber wieder hier!«, meinte Miriam.

Gabriel nickte. »Hab ich ja erlaubt, aber keine Minute früher! Ach so, und wenn ihr im Spa noch irgendwelche Anwendungen wie eine Massage oder Maniküre buchen wollt, sagt dort einfach, dass das auf Ben Sommer geht, ja?«

»Wie toll! Das machen wir!«, rief Becka und strahlte dabei übers ganze Gesicht. »Dann lass uns mal keine Zeit verlieren«, sagte sie zu Miriam und nahm sie bei der Hand, fast so, als müsste sie ihre Freundin mit Gewalt aus der Krümelkiste zerren.

Gabriel atmete erleichtert auf, nachdem die beiden den Laden verlassen hatten. Das war ja gerade noch mal gut gegangen!

Vorsichtshalber wartete er noch zwei Stunden ab, ehe er sich wieder daranmachte, den »Umsatz« anzukurbeln. Allerdings kam er gar nicht wirklich dazu, denn erfreulicherweise tauchten heute viele Kunden auf. Leider kauften sie nur Kleinigkeiten wie eine Mütze, ein paar Babybodys oder Kindersöckchen, aber trotzdem hatte Gabriel alle Hände voll zu tun. Als Luzie um kurz vor vier vom Nachmittagshort in der Krümelkiste erschien, hatte Gabriel immerhin schon etwas mehr als hundert Euro in der Kasse. Das reichte zwar noch nicht als Tagesumsatz, aber da konnte er ja noch nachbessern.

»Hallo, Ben!«, begrüßte Luzie ihn und ließ ihren Ranzen auf den Boden plumpsen.

»Na?«, fragte er. »Wie war es heute in der Schule?«

»Gut«, gab sie sich einsilbig.

»Irgendwelche Hausaufgaben?«

»Nö«, antwortete sie. »Wo ist Mama?«

»Haben wir dir doch gesagt, Mama und Rebecca gönnen sich heute einen Wellness-Tag.«

»Ach so, ja, hab ich vergessen. Wann ist sie denn wieder da?«

»Gegen sechs.«

»Alles klar, ich geh in mein Zimmer und mal was.«

»Gut. Aber nimm bitte deine Schultasche mit und lass sie nicht direkt im Eingang stehen, wo der nächste Kunde darüber stolpert.«

»Okayyy«, erwiderte sie lang gezogen.

»Vielen Dank!«, sagte Gabriel, als sie ihren Ranzen am oberen Henkel packte.

»Mach ich doch gern«, behauptete sie und grinste ihn so breit an, dass ihre zwei Zahnlücken zum Vorschein kamen.

»Wenn irgendwas ist, rufst du mich, ja?«

Luzie nickte und verschwand in ihrem Zimmer. Eine Minute später dröhnte *Bibi Blocksberg* durch den gesamten Laden.

»Bitte ein bisschen leiser!«, schrie Gabriel, augenblicklich sank die Lautstärke auf ein erträgliches Maß.

Also gut, dann könnte er jetzt das Projekt »Umsatzsteigerung« in Angriff nehmen. Er schnappte sich eine der Ikea-Tüten und wanderte damit von Kleiderstange zu Kleiderstange. Zehn Minuten später hatte er, grob geschätzt, etwas mehr als zweihundert Euro an Klamotten zusammengesammelt, das sollte für heute reichen.

Hinterm Ladentisch kippte er wie immer alles aus, dann begann er, ein Teil nach dem anderen in die Kasse zu bongen und zurück in die Tüte zu werfen.

Als er gerade eine Jeans zum Preis von zwölf Euro fünfzig eingegeben hatte, erklang aus Luzies Zimmer ein dumpfer Knall, direkt danach hörte er sie laut schreien. Sofort stürmte er in ihr Zimmer und fand sie weinend auf dem Boden hockend vor. Weinend – und erneut mit blutendem Kinn.

»Was ist passiert?« Er ging neben ihr auf die Knie, sofort warf sie ihm ihre Arme um den Hals.

»Ich … ichich … ichich«, brachte sie schluchzend hervor.

»Ganz ruhig, Luzie«, sagte er.

»Ich«, begann sie erneut und klammerte sich noch etwas fester an ihn. »Ich wollte … wollte die blaue Tonpappe rausholen.« Sie rückte ein kleines Stück von ihm ab und deutete auf das Regal neben ihrem Schreibtisch. Ganz oben lagen Pappen in verschiedenen Farben. »Ich bin auf meinen Stuhl geklettert und wollte …« Nun fing sie wieder richtig schlimm an zu weinen und klammerte sich schluchzend an ihn.

»Meine Süße«, flüsterte Gabriel sanft. »Warum hast du mich denn nicht gerufen, ich hätte dir die Pappe doch geholt.«

Anstelle einer Antwort schluchzte sie immer heftiger.

»Ich rufe uns ein Taxi, dann fahren wir ins Krankenhaus.«

»Jaaaa«, wimmerte sie.

Ohne Luzie loszulassen, zog Gabriel sein Handy aus der Hosentasche und wählte die Nummer der Taxizentrale. In drei Minuten würde ein Wagen kommen, teilte man ihm mit, und Gabriel war erleichtert, dass es so schnell gehen würde.

Vorsichtig löste er sich von ihr und stand auf, dann hob er sie auf den Arm und ging mit ihr nach vorn in den Laden. Aus der Kitchenette schnappte er sich eine Rolle Küchenpapier, die er Luzie unters Kinn schob. Danach nahm er den Schlüssel für die Krümelkiste aus der Schublade unterm Ladentisch, wo auch Miriams und Rebeccas Handys lagen. So ein Mist aber auch, dass er sie ausgerechnet jetzt nicht erreichen konnte!

Etwas umständlich, weil Luzie sich weiterhin an ihn klammerte, schob er sich zusammen mit ihr durch die Eingangstür und schloss den Laden einhändig ab.

»Ach du Scheiße, was ist denn passiert?«, wollte der Taxifahrer erschrocken wissen, als er kurz darauf vor dem Laden hielt.

»Wir hatten einen Unfall, fahren Sie uns bitte so schnell wie möglich ins nächste Krankenhaus!«

»Klar, kein Problem!«, antwortete der Fahrer und öffnete die hintere Autotür. Vorsichtig, Luzie noch immer im Arm haltend, rutschte Gabriel auf den Sitz. Der junge Mann rannte nach vorn, klemmte sich hinters Steuer und fuhr mit quietschenden Reifen los. »Wir sind in sieben Minuten da!«, teilte er mit und klang dabei so aufgeregt, als wäre es sein eigenes Kind, das da hinten auf der Rückbank weinte.

»Wen haben wir denn da schon wieder?« Der Arzt, der sie nach erfreulich kurzer Zeit aus dem Wartesaal abgeholt und in ein Behandlungszimmer gebracht hatte, lächelte aufmunternd. »Du warst doch erst neulich hier«, stellte er fest. »Und wie ich sehe, bist du schon wieder aufs Kinn geknallt.«

»Ja«, antwortete Luzie. Zwar noch ein bisschen weinerlich, aber nicht mehr ganz so verzweifelt wie nach ihrem Sturz. Noch immer saß sie auf Gabriels Schoß, und er strich ihr beruhigend – jedenfalls hoffte er, dass es beruhigend war – über den Rücken.

»Sie ist von einem Stuhl gestürzt, als sie versucht hat, oben etwas aus ihrem Regal zu holen«, erklärte Gabriel.

»Dann lass mal sehen!«, forderte der Arzt sie auf und zog dabei vorsichtig die mit Blut durchtränkte Küchenrolle weg. »Lucy, Lucy, Lucy!«, sagte er kopfschüttelnd.

»Ich heiße Luzie!«, verbesserte sie ihn überraschend energisch.

»Tut mir leid, das hatte ich vergessen, du hast mir das ja schon beim ersten Mal gesagt.« Er zog sich einen Stuhl heran, dann beugte er sich vor, um die Verletzung genauer zu untersuchen. »Also, Luzie«, er sprach das z in ihrem Namen mit besonderer Betonung aus. »Die gute Nachricht ist, dass du bei deinem Sturz exakt dieselbe Stelle erwischt hast und es deshalb keine neue Narbe geben wird.«

»Und was ist die schlechte?«, wollte Gabriel wissen.

»Dass ich das noch mal nähen muss«, antwortete der Arzt. »Aber du warst ja neulich schon ganz tapfer, richtig?«

Luzie nickte.

Der Arzt stand auf, ging zu dem Schreibtisch, der am Fenster stand, und kehrte mit einem Blatt Papier und einem Stift zu ihnen zurück.

»Dann muss dein Papa hier nur unterschreiben, dass ich das nähen darf, und dann können wir schon loslegen.«

»Ich bin«, setzte Gabriel an, verstummte aber, als Luzie ihn ganz fest am Arm drückte.

»Ja, Papa kann das unterschreiben«, teilte sie dem Arzt mit.

»Gut«, erwiderte er. »Dann legst du dich da drüben«, er deutete auf die Liege auf der anderen Seite des Zimmers, »schon mal hin, okay?«

Gabriel erhob sich, trug Luzie hinüber und legte sie vorsichtig ab. Dann nahm er Formular und Stift entgegen, ging zum Schreibtisch und unterschrieb unleserlich. Einerseits kam er sich vor wie der allerschlimmste und gemeinste Betrüger. Andererseits wollte er Luzie unbedingt helfen, und Miriam hatte es beim letzten Mal ja auch getan und würde den Eingriff mit Sicherheit auch jetzt erlauben. Der Zweck heiligt die Mittel.

»Prima«, bedankte sich der Arzt, nachdem Gabriel ihm das Blatt gereicht hatte. »Du weißt ja schon, wie das hier geht«, sagte er dann zu Luzie, während er einen Stuhl neben die Liege schob. »Der Papa setzt sich neben dich und kann deine Hand halten.« Er warf »Papa« einen auffordernden Blick zu, woraufhin Gabriel sich neben Luzie setzte und ihre rechte Hand nahm. »Ich muss dich einmal kurz piksen, das war dann schon das Schlimmste, das Nähen spürst du überhaupt nicht mehr.«

»Ich weiß«, gab Luzie selbstbewusst zurück.

Dienstag, 10. Dezember

Miriam

»Mal ehrlich, ist es nicht großartig hier?« Becka nahm ihr Glas mit erfrischendem Eistee vom Rand des Whirlpools, in dem sie und Miriam nebeneinandersaßen und den Wellness-Tag ausklingen ließen. Sie hatten im Luxurious Spa wirklich alles mitgenommen, was ging. Neben ausgiebigem Schwimmen und mehreren Saunagängen hatten sich beide eine Ganzkörpermassage, eine Gesichtsbehandlung sowie eine Pedi- und eine Maniküre gegönnt. Bens Namen an der Anmeldung zu nennen hatte genügt, schon waren sie mit einer überbordenden Freundlichkeit hofiert worden, als wären sie VIPs.

»Ja«, bestätigte Miriam und nahm ebenfalls einen Schluck von ihrem Eistee. »Bens Klienten müssen von seiner Arbeit absolut begeistert sein.«

»Stimmt«, meinte Becka. »Ich hätte nichts dagegen, wenn wir öfter herkommen könnten. Von mir aus sogar jeden Tag!«

Miriam lachte auf. »Na ja, sooooo zufrieden, dass wir hier täglich aufkreuzen dürfen, werden sie wohl kaum sein.«

»Wer weiß? Wir können Ben ja mal fragen. Bei der Gelegenheit könnten wir auch in Erfahrung bringen, ob die Rasselbande hin und wieder kostenlos unsere Kinder nehmen würde.«

Miriam zeigte ihrer Freundin einen Vogel. »Wie gesagt, ich finde nicht, dass wir Bens Großzügigkeit ausnutzen sollten.«

»Es ist gar nicht Bens Großzügigkeit, sondern die seiner Kunden«, widersprach Rebecca. »Das ist was anderes.«

»Das ist richtig, aber selbst wenn wir jeden Tag herkommen könnten – wir müssen auch noch arbeiten.«

»Mensch!«, Becka lachte auf. »Das hatte ich glatt vergessen, aber da hast du recht. Wie überaus ärgerlich!«

»Absolut«, entgegnete Miriam seufzend. »Wie auch immer. Ich für meinen Teil hab für heute erst einmal genug und würde gern gehen.«

»Jetzt schon?« Becka deutete auf die große Uhr, die über der Eingangstür zum Wellness-Bereich hing. »Es ist gerade erst kurz nach vier, wir haben noch zwei Stunden Zeit!«

»Mit reicht es trotzdem«, erklärte Miriam. »Außerdem …« Sie unterbrach sich.

»Außerdem was?«

»Ich hab irgendwie so ein komisches Gefühl.«

»Was für ein komisches Gefühl denn schon wieder?«

»Weiß auch nicht.« Miriam zuckte mit den Schultern. »Ob mit Luzie auch alles in Ordnung ist.«

»Was soll denn nicht in Ordnung sein?«, fragte Becka. »Die ist in ihrem Zimmer in der Krümelkiste, und Ben passt auf sie auf, während er hoffentlich wieder sensationell verkauft. Hat er doch schon öfter gemacht, warum hast du heute damit ein Problem?«

»Ich weiß es nicht«, wiederholte Miriam.

»Ben hat gesagt, dass wir uns nicht vor sechs Uhr blicken lassen sollen. Also sei bitte nicht so eine Glucke!«, entgegnete Becka. Nur eine Sekunde später schlug sie sich erschrocken mit einer Hand vor den Mund. »Tut mir leid, das habe ich so nicht sagen wollen. Ich weiß ja noch, wie du damals bei Patrick …«

»Schon okay«, würgte Miriam ihre Freundin ab. »Heute ist es

was vollkommen anderes. Trotzdem möchte ich gern gehen, egal, ob Ben verfügt hat, dass wir vor sechs Uhr nicht mehr auftauchen sollen, oder nicht.«

»Klar«, stimmte Rebecca zu, »immerhin ist die Krümelkiste dein Laden, also bist du der Boss.«

»Richtig, der Boss bin ich!« Beide grinsten sich an.

»Dann lass uns mal nach dem Rechten sehen.« Becka erhob sich aus dem Whirlpool.

Während sie in die flauschigen Bademäntel schlüpften, die sie an der Anmeldung erhalten hatten, stellte Miriam fest: »Das mit der Glucke stimmt allerdings. Und die Glucke will halt sichergehen, dass alles okay und die Krümelkiste nicht gerade abgebrannt ist. Ben hat uns ja die Handys weggenommen, von daher könnte er uns im Katastrophenfall nicht mal Bescheid geben.«

»Er könnte hier im Spa anrufen«, gab Becka zu bedenken.

Eine Dreiviertelstunde später erreichten sie die Krümelkiste. Angefeuert von Miriam war Becka mit ihrem zerbeulten Škoda Fabia gerast wie eine Irre, und statt nach einem Parkplatz zu suchen, hatte sie das Auto mit Warnblinker direkt vorm Laden abgestellt. Mittlerweile hatte Miriam ihre Freundin schon mit ihrer Hysterie angesteckt. Beide sprangen aus dem Wagen und stürzten auf die Krümelkiste zu.

»O mein Gott!«, schrie Miriam, als sie die Klinke der Eingangstür runterdrückte und feststellte, dass sie verschlossen war. »Warum ist hier zu?« Hektisch kramte sie in ihrem Lederrucksack nach ihrem eigenen Schlüssel, fand ihn aber nicht, weil sie dafür viel zu fahrig war.

»Lass mich das machen«, schlug Becka vor, nahm Miriams Rucksack und hielt im nächsten Augenblick den Schlüsselbund in der Hand. Sie sperrte auf, gemeinsam stolperten sie in den Laden.

»Ben? Luzie?«, rief Miriam und rannte auf das Zimmer ihrer

Tochter zu, ihre Freundin peilte währenddessen Bens Büro an. Kaum hatte Miriam die Tür, die nur angelehnt gewesen war, aufgedrückt, fiel ihr Blick auf den umgestürzten Schreibtischstuhl und die Blutlache im Teppich. »Rebecca!«, brüllte sie keuchend. »Komm schnell!«

Sekunden später stand ihre Freundin neben ihr. »Was ist?«, wollte die wissen.

Anstelle einer Antwort deutete Miriam nur stumm auf den dunkelroten Fleck. Sämtliche Farbe war ihr aus dem Gesicht gewichen, sie war kreidebleich.

»Hey«, erwiderte Becka, »kein Grund zur Panik! Das ist doch der Fleck von neulich, als Luzie sich das Kinn aufgeschlagen hat.«

»Eben nicht!«, gab Miriam aufgebracht zurück. »Den hab ich schon längst mit Teppichreiniger rausgerubbelt, der hier ist neu!« Sie ging auf die Knie und strich mit ihrer Hand über die Stelle, dann zeigte sie Rebecca, dass ihre Finger rot waren.

»Du hast recht!« Becka kniete sich ebenfalls hin und fasste in die Lache, so als wolle sie es vorsichtshalber noch einmal selbst überprüfen.

»O mein Gott! O mein Gott!«, flüsterte Miriam erneut, wie eben, als sie vor der abgeschlossenen Ladentür gestanden hatten. »Wo können die zwei nur stecken?«

»Ich würde mal davon ausgehen, dass sie beim Arzt oder im Krankenhaus sind«, mutmaßte Rebecca. »Offensichtlich hat Luzie wieder einen Unfall gehabt. Und Ben konnte uns natürlich nicht erreichen.«

»Ich muss ihn sofort anrufen«, sagte Miriam, erhob sich und marschierte zu der Schublade, in der Ben die Handys verstaut hatte. Irritiert registrierte sie den Klamottenberg, der direkt vorm Verkaufstresen lag, sowie eine Ikea-Tüte, die ebenfalls mit Kinderkleidung gefüllt war. Was hatte Ben hier veranstaltet? Hatte er umräumen wollen?

Miriam zog die Schublade auf und nahm die Handys heraus. Sie wollte gerade die Kurzwahltaste für Bens Nummer drücken, als ihr Blick auf den Ladentisch fiel. »Verdammt!«, fluchte sie.

»Findest du unsere Telefone nicht?«, wollte Becka wissen, die mittlerweile hinter ihr stand.

»Doch«, Miriam griff nach Bens Smartphone und hielt es ihr unter die Nase. »Nur hat Ben sein Handy leider hier liegenlassen.«

»Das ist doch ein gutes Zeichen!«, verkündete Becka und lächelte dabei so breit, als sei das tatsächlich ein Grund zur Freude.

»Was soll denn daran bitte ein gutes Zeichen sein?«

»Na ja, es bedeutet, dass ich mit meiner Vermutung recht hatte«, erläuterte sie. »Luzie hat sich verletzt, Ben hat sich sofort um sie gekümmert und in der Eile sein Telefon vergessen.«

»Und was machen wir nun?«, wollte Miriam wissen.

»Ich würde sagen, wir bleiben im Laden, bis die zwei zurück sind.«

»Bist du wahnsinnig?«, fuhr sie Rebecca an. »Auf gar keinen Fall kann ich hier einfach nur rumsitzen und auf Luzie und Ben warten!«

»Was anderes fällt mir gerade nicht ein«, gab Becka zu. Nur einen Augenblick später erhellte sich ihre Miene. »Lass uns bei Luzies Kinderarzt anrufen! Und wenn sie dort nicht ist, dann im Krankenhaus.«

»Gute Idee!« Schon hatte Miriam ihr Telefon in der Hand, stellte für Rebecca den Lautsprecher an und drückte die Kurzwahltaste von Dr. Hansen. Ohne ein Rufzeichen sprang der Anrufbeantworter an und verkündete, dass Dr. Hansen erst morgen früh um acht wieder zu erreichen wäre. Trotzdem hinterließ Miriam eine Nachricht. Es war ja möglich, dass noch jemand in der Praxis war, der sie hören würde. Tatsächlich klickte es in der Leitung, während Miriam noch sprach, und irgendjemand hob den Hörer ab.

»Frau Petersen!« Es war Dr. Hansen persönlich. »Sie suchen nach Luzie?«

»Ja, genau«, bestätigte sie.

»Tut mir leid, da kann ich Ihnen nicht helfen«, erwiderte der Arzt. »Bei mir in der Praxis ist sie jedenfalls heute nicht gewesen.«

»Trotzdem vielen Dank!«

»Ich hoffe, Sie finden sie bald!«

»Das hoffe ich allerdings auch!« Sie verabschiedete sich und legte auf. Sie war den Tränen nahe.

»Das war ja nur eine Möglichkeit von vielen«, gab Rebecca sich optimistisch.

»Okay«, stimmte Miriam ihr zu, »ich rufe jetzt im Krankenhaus an.«

»Kinderklinik Nord, Notaufnahme«, teilte eine freundliche Männerstimme mit, als Miriam endlich jemanden erreichte. »Was kann ich für Sie tun?«

Miriam schilderte ihm ihr Anliegen und erklärte, dass sie ihre Tochter Luzie Petersen suche, und fragte, ob sie vielleicht im Krankenhaus sei oder zumindest gewesen sei.

»Es tut mir schrecklich leid«, entgegnete der Mann auf ihre Bitte hin, »aber da darf ich Ihnen aus Datenschutzgründen keine Auskunft erteilen.«

»Aber können Sie mir nicht wenigstens sagen, ob meine Tochter bei Ihnen war oder nicht?«

»Mir sind da wirklich die Hände gebunden«, immerhin schwang aufrichtiges Bedauern in seiner Stimme mit. »Ich kann von hier aus ja nicht einmal nachprüfen, ob Sie tatsächlich die Mutter sind oder nicht.«

»Aber …«

Ohne jede Vorwarnung entriss Rebecca ihr das Handy. »Jetzt hör mir mal gut zu, Meister!«, blökte sie ins Telefon. »Hier wird ein siebenjähriges Mädchen vermisst!«, keifte sie weiter. »Vielleicht ist sie weggelaufen oder sogar entführt worden, was weiß denn ich? Unter Umständen irrt sie gerade ganz allein durch Hamburg oder ist schon gar nicht mehr in der Stadt. Alles ist möglich, und wenn Sie uns nicht sofort und auf der Stelle Auskunft erteilen, ob Luzie Petersen heute bei Ihnen gewesen ist oder nicht, alarmiere ich die Polizei!«

»Einen Moment, bitte!«, sagte der Mann eingeschüchtert.

»Aber gern doch!«, gab Rebecca zuckersüß zurück.

Mozarts *Kleine Nachtmusik* erklang in einer schaurigen Xylophon-Version aus dem Lautsprecher von Miriams Handy. Schweigend lauschten sie dem furchtbaren Gedudel. Nach einer gefühlten Ewigkeit meldete sich der Mann erneut.

»Also«, sagte er, »ich habe mich kurz abgesprochen und stelle Sie zum diensthabenden Arzt durch.«

»Herzlichen Dank!«, flötete Becka.

Erneut ertönte Mozart, dieses Mal allerdings nur für ein paar Sekunden, dann klickte es in der Leitung.

»Markus Thiel«, meldete sich ein Mann.

Erleichtert atmete Miriam auf, sie hatte denselben Arzt an der Strippe, der Luzie vor ein paar Wochen zusammengeflickt hatte.

»Miriam Petersen hier. Erinnern Sie sich an mich?«

»Natürlich«, bestätigte er. »Und wie ich aus der Notaufnahme erfahren habe, suchen Sie nach Luzie?«

»Genau.«

»Da kann ich Sie beruhigen, Frau Petersen. Ihre Tochter war bis gerade eben mit ihrem Vater hier.«

Sowohl Miriam als auch Rebecca verzichteten darauf, Dr. Thiel zu erläutern, dass Ben Sommer nicht Luzies Vater war, in dieser Situation spielte das nicht die geringste Rolle.

»Es war nichts Dramatisches«, erklärte der Arzt. »Luzie hat sich nur wieder das Kinn aufgeschlagen.« Er lachte auf. »Irgendwie hat sie das Kunststück vollbracht, exakt die gleiche Stelle wie beim letzten Mal zu treffen, es wird also keine neue Narbe geben. Und sie war wieder unheimlich tapfer und hat beim Nähen keine einzige Träne verdrückt.«

»Wie lange sind Luzie und ihr ...?«, Miriam geriet ins Stocken.

»Hallo, ich bin Luzies Patentante«, schaltete Rebecca sich ungeduldig ein. »Können Sie uns sagen, wie lange Luzie und ihr Vater schon weg sind?«

»Erst seit ein paar Minuten«, antwortete Dr. Thiel. »Höchstens zehn, schätze ich.«

»Vielen Dank, dass Sie uns Auskunft erteilt haben«, sagte Miriam.

»Keine Ursache!«

»Na ja, ehrlich gesagt –«, setzte Rebecca an, wurde aber von ihrer Freundin mit einem strengen Blick zum Schweigen gebracht, ehe sie sich bei dem Arzt darüber beschweren konnte, dass es mitnichten so einfach gewesen war, eine Auskunft zu erhalten.

»Ehrlich gesagt«, fuhr Miriam anstelle von Becka fort, »fällt uns beiden gerade ein Stein vom Herzen. Wir hatten schon Angst, es wäre sonst was passiert.«

»Wie gesagt, es war nicht dramatisch. Aber richten Sie Ihrer Tochter gern aus, dass ich sie hier so bald nicht wiedersehen möchte. Obwohl sie eine wirklich bezaubernde kleine Dame ist.«

»Das mache ich«, versprach Miriam, verabschiedete sich und legte auf.

»Siehst du?«, meinte Becka. »Ich hab doch gleich gesagt, dass bestimmt nichts Schlimmes passiert ist.«

»Klar, du hast halt diese unglaubliche Intuition.«

»So ist es. Und genau diese Intuition sagt mir, dass ich jetzt mal schnell mein Auto umparken sollte, bevor es abgeschleppt wird.«

Dienstag, 10. Dezember

Gabriel

Als Gabriel und Luzie um kurz nach fünf das Krankenhaus verließen, hielt sie noch immer seine Hand. Ihre kleine, warme und fast ein bisschen schwitzige Hand in seiner, diese Geste war ihm inzwischen angenehm vertraut.

»Mal ehrlich«, lobte er Luzie, »das hast du echt super gemacht, total tapfer!« Er grinste sie breit an. »Ich selbst bin allein beim Zusehen fast vom Stuhl gekippt.«

»Na ja«, gab sie lässig zurück, »war ja nicht das erste Mal.«

»Stimmt«, bestätigte er augenzwinkernd, »du bist schon ein Profi.«

»Kann man so sagen«, entgegnete sie erneut mit einer Coolness, als wäre das alles keine große Sache. Luzie war wirklich tough, und Gabriel kam nicht umhin, sich zu fragen, ob das mit dem Tod ihres Vaters zusammenhing.

Aber vermutlich war sie einfach nur stolz darauf, dass der Arzt ihr so viel Anerkennung gezeigt hatte, weil sie sowohl die Betäubungsspritze als auch das Nähen wacker und ohne mit der Wimper zu zucken hingenommen hatte.

»Ich ruf uns wieder ein Taxi«, meinte Gabriel und tastete in der hinteren Hosentasche nach seinem Handy. Dort war es nicht, und erst jetzt fiel ihm ein, dass er sein Telefon vorhin in der Hektik auf dem Ladentisch der Krümelkiste hatte liegenlassen. »Mein Handy ist noch im Laden, dann winken wir uns einfach eins von der Straße ran.«

»Schau mal!«, rief Luzie aufgeregt und deutete auf die Kirche schräg gegenüber der Klinik, auf deren Vorplatz beleuchtete Holzbuden und eine riesige Tanne mit Lichterketten standen. »Da ist ein Weihnachtsmarkt, können wir da noch hingehen?«

»Hm, ich glaube, das ist keine gute Idee«, erwiderte Gabriel zögerlich. »Wir sollten so schnell wie möglich zurück in die Krümelkiste.«

»Ach bitte!«, quengelte Luzie. »Nur eine Runde mit dem Kinderkarussell fahren, ja? Und ich hätte gern eine Tüte Schmalzgebäck und einen Apfelpunsch.«

»Okay«, willigte er ein. Nach all der Aufregung hatte sie sich das verdient. Außerdem war die Krümelkiste ohnehin schon seit kurz nach vier geschlossen, da kam es auf die letzte Stunde auch nicht mehr an. Wenn sie gegen Viertel vor sechs wieder dort wären, hätte er noch genügend Zeit, die restlichen Kleidungsstücke einzubongen und in seinem Büro zu verstecken, bevor er sie morgen oder übermorgen ins Sozialkaufhaus bringen würde. »Aber nicht länger als eine halbe Stunde«, sagte er. »Dann müssen wir wieder in die Krümelkiste, sonst wird Mama sauer, okay?«

»Mega!«

Dienstag, 10. Dezember

Miriam

Während Becka ihr Auto umparkte, hing Miriam noch eine Weile ihren Gedanken nach. Sie war so erleichtert, dass ihr beinahe schon wieder die Tränen kamen. Wie gut, dass Ben sofort gehandelt hatte! Allerdings würde sie nie, nie wieder ihr Handy abgeben, wenn Luzie nicht bei ihr war.

Seufzend machte sie sich daran, das Chaos zu beseitigen, das

Ben hinterm Ladentisch angerichtet hatte. Zuerst nahm sie die Kleidungsstücke aus der Ikea-Tüte und legte sie auf dem Tresen wieder ordentlich zusammen.

Bei einer Winterjacke von einem bekannten Label, die wie neu aussah und immerhin mit stolzen neunundfünfzig Euro ausgepreist war, wurde Miriam stutzig. Was hatte Ben damit vorgehabt? Erst gestern hatte sie das gute Stück für dreißig Euro eingekauft und es ganz vorn auf die Kleiderstange mit den Mänteln und Jacken gehängt – weshalb hatte er sie von dort weggenommen? Und was war mit den anderen Sachen? Hatte er die für Kunden reserviert? Aber dafür waren es viel zu viele Klamotten, die hinterm Ladentisch herumflogen.

Mit einem mulmigen Gefühl drückte sie bei der Registrierkasse auf den Knopf, mit dem sie den bisherigen Tagesbericht abrufen konnte. Die neunundfünfzig Euro für die Jacke tauchten an fünfter Stelle auf. Sie bückte sich zu der Tüte, nahm ein weiteres Kleidungsstück heraus und warf einen Blick auf das Preisschild: eine ebenfalls fast neuwertige Jeans für fünfundzwanzig Euro. Auch dieser Betrag fand sich im Tagesbericht.

Jetzt nahm sie alle Teile aus der Tüte, breitete sie vor sich auf dem Tisch aus und verglich nach und nach sämtliche Preisschilder mit dem, was Ben eingebongt hatte. Ein paar Minuten später wusste sie, dass er jedes einzelne Kleidungsstück in die Kasse eingegeben hatte, als hätte er sie verkauft.

Sie schnappte sich drei Teile aus dem Klamottenberg, der neben der Tüte aufgetürmt war, und verglich die Preise mit dem Tagesbericht. Dieses Mal fand sie keinen einzigen Betrag, der mit der Ware übereinstimmte. Was war hier los?

»Da bin ich wieder!« Becka riss Miriam aus ihren Gedanken. »Das Auto steht jetzt auf dem Aldi-Parkplatz«, verkündete sie. »Ich denke, das geht karmisch gesehen in Ordnung, ich muss nachher eh noch ein paar Lebensmittel einkaufen.«

»Sag mal«, Miriam griff nach der Jacke für neunundfünfzig Euro und hielt sie hoch. »Kannst du mir erklären, was Ben gemacht hat? Ich verstehe das nicht, hier fliegen alle möglichen Klamotten rum, die er eingebongt, aber offensichtlich nicht verkauft hat. Das ist doch seltsam.«

»Äh …« Rebecca schlug die Augen nieder. Als sie wieder aufblickte, ähnelte ihre Miene dem Gesichtsausdruck von Luzie, wenn sie etwas ganz, ganz Schlimmes zu beichten hatte. »Flipp jetzt bitte nicht gleich aus, ja?«

Dienstag, 10. Dezember

Gabriel

»Warum hast du eigentlich keine Kinder?«, fragte Luzie mit der Direktheit eines Kindes, die man als Erwachsener zuverlässig verliert. Sie hockten nebeneinander auf einem Strohballen, Luzie futterte aus einer großen Tüte noch warmes Schmalzgebäck, zu ihren Füßen standen zwei dampfende Tassen mit Apfelpunsch. »Stille Nacht, heilige Nacht« waberte durch die kalte Dezemberluft.

»Wer sagt denn, dass ich keine habe?«, stellte Gabriel die Gegenfrage, nahm seine Tasse und trank einen Schluck.

»Mami sagt das«, gab sie schnörkellos zurück.

»Soso, tut sie das?«

»Ja.« Luzie nickte bekräftigend. »Und sie sagt, dass das sehr schade ist, weil du ein echt guter Papi wärst.«

»Ehrlich?« Gabriel wurde schlagartig warm im Bauch, und das lag nicht am Punsch.

Erneut nickte Luzie. »Ja. Und ich finde das auch«, fügte sie hinzu und lächelte ihn auf eine Art und Weise an, dass ihm nicht nur warm im Bauch wurde, sondern er innerlich zerfloss.

»Tja«, seine Stimme krächzte so sehr, dass er sich räuspern musste. »Ich schätze, ich hab wohl nie die richtige Frau kennengelernt, mit der ich mir Kinder gewünscht hätte.«

»Keine, die so toll ist wie Mami?«, hakte Luzie nach.

»Nein«, antwortete er schließlich. »Keine, die so toll ist wie deine Mami.«

Nun strahlte Luzie ihn an. »Aber wenn ihr euch beide mögt, könntet ihr doch zusammenkommen!« Sie ergriff seine Hand. »Könnt ihr doch, oder? Und ich wäre dann eure Tochter.« Jetzt machte das Strahlen auf ihrem Gesicht dem großen Weihnachtsbaum Konkurrenz, der mit gefühlt zehntausend Lichtern den gesamten Platz erhellte.

Gabriel stieß einen Seufzer aus. »Weißt du, Luzie«, sagte er. »So einfach ist das nicht.«

»Warum nicht?«

»Weil die Welt von uns Erwachsenen manchmal sehr kompliziert ist.« Er machte eine kurze Pause. »Nein«, verbesserte er sich. »Eigentlich ist die Welt von Erwachsenen *immer* kompliziert.«

»Das finde ich doof!«, kommentierte Luzie, zog ihre Hand zurück und runzelte verärgert die Stirn.

»Ja«, stimmte er ihr zu, »das ist tatsächlich doof.«

»Aber ihr könntet die Welt doch unkomplizierter machen!«, schlug sie vor.

»Tja«, er zuckte mit den Schultern, »ich fürchte, das haben wir wohl mit den Jahren verlernt.«

Eine Weile sagten sie beide nichts mehr, schlürften wortlos ihren Punsch, und Luzie mampfte ihr Schmalzgebäck. Aus den umliegenden Lautsprechern ertönte »Vom Himmel hoch, da komm ich her«.

»Mein Papa«, brach Luzie schließlich das Schweigen, »ist gar nicht weg, wie Mama dir gesagt hat. Er ist tot.«

»Oh!« Er musste sich kurz sammeln. Was sollte er da sagen? »Das tut mir sehr leid!«, meinte er schließlich und hoffte, ihm war nicht anzumerken, dass er das in Wahrheit schon lange wusste.

»Er hatte einen Autounfall«, fuhr Luzie fort. »Da war ich drei Jahre alt.« Ihre Miene und ihre großen blauen Kulleraugen spiegelten eine unendliche Traurigkeit wider, die ihm fast das Herz brach. »Ich kann mich kaum an Papa erinnern. Zu Hause stehen zwar Fotos, und Mami hat auf ihrem Handy ein paar Videos von ihm. Aber das sind ja alles nur Bilder oder Filme. Und ich weiß eben nicht mehr, wie er *wirklich* war.«

Mittlerweile lag Gabriels Herz in Scherben. Sie war doch erst sieben Jahre alt – und da hatte sie schon solche Gedanken? Nur mit großer Mühe gelang es ihm, einigermaßen gefasst zu antworten. »Soll ich dir ein Geheimnis verraten?«, fragte er.

Luzie nickte.

»Ich habe eine kleine Schwester, die Greta heißt. Aber leider habe ich sie schon seit sehr vielen Jahren nicht mehr gesehen, deshalb verstehe ich, wie du dich fühlst.«

»Kannst du sie denn nicht mal besuchen?«

»Leider nein«, er schüttelte den Kopf. »Das ist auch so eine komplizierte Sache von Erwachsenen.«

»Hm.« Luzie nahm ihre Tasse und trank den letzten Schluck Apfelpunsch. »Irgendwie habe ich gar keine Lust mehr, erwachsen zu werden.«

Gabriel bedachte sie mit einem etwas traurigen Lächeln. »Ganz ehrlich? Wenn ich es mir hätte aussuchen können, wäre ich auch nie erwachsen geworden. Aber leider lässt sich das nicht verhindern.«

»Blöd«, erwiderte Luzie.

»Ja«, er nickte zustimmend, »das ist blöd.«

»Wie ist das wohl, wenn man tot ist?«, wollte sie auf einmal wissen.

»Ohhh!«, entfuhr es ihm überrascht. »Das ist aber eine sehr, sehr große Frage.«

»Ich möchte es trotzdem gern wissen!«

»Okay.« Er überlegte einen Moment. »Also«, begann er, bemüht darum, seine Gedanken so zu sortieren, dass Luzie alles verstehen würde. »Zuerst einmal hängt es davon ab, was man glaubt. Christen glauben zum Beispiel an das ewige Leben und dass sie nach ihrem Tod auferstehen und dann bei Gott im Himmel sind. An Weihnachten«, er deutete mit beiden Armen in einer ausladenden Geste über den gesamten Markt, »feiern Christen die Geburt von Jesus, Gottes Sohn.«

»Ich weiß«, teilte Luzie ihm eifrig mit, »das hatten wir schon in der Schule in Reli. Und ich bin auch getauft, sagt Mami, also bin ich eine Christin.«

»Okay, dann bist du Christin. Neben dem Christentum«, fuhr er fort und war erstaunt, wie aufmerksam Luzie ihm zuhörte, »gibt es noch sehr viele andere Glaubensrichtungen. Den Islam, zum Beispiel, oder den Buddhismus. Alle diese Religionen unterscheiden sich voneinander, wenn es um die Frage geht, was kommt, wenn wir sterben. Manche haben sehr verschiedene Ansichten, andere unterscheiden sich nur ein bisschen.«

»Ich glaube, Rebecca ist Buddhistin oder so«, warf sie ein.

»Gut möglich, wir können sie ja mal fragen.« *Und sie glaubt außerdem an Sonne, Mond und Sterne,* fügte er stumm hinzu. »Wie aber genau die Wahrheit darüber aussieht, was passiert, wenn wir sterben«, sprach er weiter, »weiß mit Gewissheit niemand, das bleibt ein großes Geheimnis.«

»Wieder blöd!«, stellte Luzie fest.

»Nicht so ganz«, widersprach Gabriel ihr. »Weißt du, was ein Philosoph ist?«

Sie nickte. »Jemand, der ganz viel denkt.«

»Genau«, bestätigte er. »Und weil wir schon seit Tausenden von Jahren auf der Suche nach einer Antwort auf die Frage sind, was nach dem Tod kommt, haben sich viele sehr schlaue Menschen damit beschäftigt, die wir Philosophen nennen.«

»Und von denen hat einer die Antwort gefunden?«

»Leider nein«, gab er zu.

»Dann können die ja doch nicht so schlau sein«, kommentierte sie trocken und runzelte erneut die Stirn.

»Kommt darauf an«, meinte er. »Einige davon haben auf jeden Fall sehr interessante Theorien über den Tod und das Leben aufgestellt.«

»Welche denn?«

»Uh«, stöhnte Gabriel auf. »Ich fürchte, das Thema ist noch ein kleines bisschen zu schwierig für dich.«

»Probier's doch mal aus!«, forderte sie ihn auf.

»Okay.« Erneut musste er zuerst seine Gedanken ordnen. »Vor vielen Jahrhunderten gab es zum Beispiel in Griechenland einen Philosophen, der Epikur hieß«, begann er schließlich. »Und der hat gesagt, dass man vor dem Tod keine Angst haben muss.«

»Warum nicht?«

»Weil er geglaubt hat, dass …«, Gabriel geriet ins Stocken, wie erklärte er das Luzie am besten? »Also«, setzte er neu an, »es gibt einen sehr berühmten Satz von Epikur. Der lautet: ›Wo der Tod ist, sind wir nicht, und wo wir sind, ist der Tod nicht.‹«

»Den verstehe ich nicht«, gab Luzie zu und blickte dabei überaus betrübt drein.

»Ist auch nicht ganz einfach«, beruhigte Gabriel sie. »Übersetzt heißt das eigentlich nur Folgendes: Wenn wir leben, ist der Tod nicht da, und wenn der Tod kommt, sind wir nicht mehr da, um ihn zu bemerken. Wenn mit dem Tod unser Bewusstsein endet, können wir auch kein Leid mehr empfinden.«

»Aha.« Langsam und bedächtig nickte sie, ihre Miene war so hoch konzentriert, dass Gabriel die kleinen Rädchen, die gerade hinter ihrer Stirn ratterten, nahezu sehen konnte. »Kennst du sonst noch Philosophen?«, wollte sie schließlich wissen.

»Jede Menge!«

»Erzähl mir von noch einem!«, verlangte sie.

»Interessiert dich das wirklich?«

»Ja, klar!« Luzie nickte begeistert. »Du erzählst echt viel spannender als Dr. Krüger.«

»Das nehme ich mal als Kompliment.« Er grinste sie an. »Wobei: So, wie ich deinen Klassenlehrer bisher kennengelernt habe, ist es vielleicht doch kein Kompliment.«

Luzie grinste zurück. »Doch, das ist es auf jeden Fall!«

»Na gut.« Erneut überlegte Gabriel ein paar Minuten. »In Rom«, begann er dann, »lebte, ebenfalls vor vielen hundert Jahren, ein Philosoph namens Seneca. Seneca war der Ansicht, dass jeder Mensch den Tod als Teil seines Lebens akzeptieren sollte.«

»Warum?«

»Das war für ihn vollkommen logisch: Wenn wir uns bewusst machen, dass jeder von uns irgendwann sterben wird – dann schätzen wir das Leben und jeden einzelnen Moment davon viel, viel mehr.«

»Und was bedeutet das für mich?«

»Na ja«, Gabriel suchte nach einem passenden Vergleich, »stell dir vor, dir schenkt jemand …« Er unterbrach sich. »Was ist deine Lieblingssüßigkeit?«

»Vanillepudding!«, antwortete Luzie wie aus der Pistole geschossen.

»Okay, dir schenkt also jemand einen Becher Vanillepudding. Es ist nur ein sehr kleiner Becher, aber der Pudding darin ist der beste, den du je gegessen hast. Du genießt jeden einzelnen Löffel davon und lässt ihn dir auf der Zunge zergehen.«

»Das kann ich mir auf jeden Fall vorstellen!«, warf Luzie kichernd ein.

»Prima! Jetzt stell dir vor, eine gute Fee schenkt dir genau diesen Vanillepudding, mit dem einzigen Unterschied, dass er magisch ist. Du kannst davon so viel essen, wie du willst, der Becher wird nie leer sein.«

»Das kann ich mir sogar noch besser vorstellen!«, verkündete Luzie im Brustton der Überzeugung.

»Damit kommen wir zu meiner Frage: Welcher der beiden Puddinge ist für dich kostbarer?«

»Der zweite!«, rief sie ohne Zögern aus. »Ist doch mega, wenn ich so viel Pudding essen kann, wie ich will!«

»Meinst du wirklich?«, fragte er.

»Ist es das etwa nicht?« Schlagartig wirkte sie verunsichert.

»Auch da kommt es darauf an, wie man es sieht«, antwortete Gabriel. »Wenn du jeden Tag so viel Pudding essen kannst, wie du willst, ist das natürlich toll!«

»Sag ich doch!«, gab Luzie, nun wieder deutlich selbstbewusster, zurück.

»Klar ist das toll«, bestätigte er. »Aber nach einer Weile, wenn du Tag für Tag Unmengen an Vanillepudding in dich hineingelöffelt hast, ist er irgendwann für dich nichts Besonderes mehr. Vielleicht hast du sogar keine Lust mehr darauf. Schlimmer noch, er kommt dir fast aus den Ohren raus, allein beim Gedanken an Vanillepudding wird dir übel.«

»Hm«, erwiderte sie nachdenklich, »ich kann mir zwar gerade nicht wirklich vorstellen, dass ich irgendwann keine Lust mehr auf Vanillepudding habe – aber wenn du es mir so erklärst, hast du recht. Dann ist der erste Becher kostbarer als der zweite.«

»Weshalb?«

»Weil ich davon ja nur wenig habe, und wenn ich den Pudding aufgegessen habe, gibt es keinen mehr.«

»Genau!«, rief Gabriel aus und freute sich über ihre Auffassungsgabe. »Mit dem Leben ist es das Gleiche: Wenn wir unsterblich wären, wäre es uns egal, ob wir zwischendurch einmal einen Tag, eine Woche oder sogar ein ganzes Jahr vergeuden. Wir haben ja unendlich viel Zeit zur Verfügung, es macht also nichts, wenn wir davon was verplempern. Aber leider hätte die Unsterblichkeit auch einen Nachteil.«

»Was für einen?«

»Wir würden den Sinn des Lebens verlieren«, erklärte er, »denn ohne ein Ende gibt es auch kein Ziel. Wenn du nichts hast, wo du einmal ankommen möchtest – in welche Richtung sollst du dann gehen?«

»Aber es will doch keiner beim Tod ankommen!«, widersprach Luzie energisch. »Papa wollte das sicher auch nicht!«

»Tut mir leid!«, rief er erschrocken aus. »Ich wollte dich nicht traurig machen!«

»Hast du nicht«, versicherte sie ihm. »Aber warum das Sterben unser Ziel sein soll, verstehe ich nicht.«

»So ist es ja auch gar nicht gemeint«, sagte er. »Es geht darum, dass unser Leben kostbar ist, *weil* es irgendwann endet. Oder, um es mit einem anderen berühmten Zitat von Seneca zu sagen: ›Es ist nicht zu wenig Zeit, die wir haben, sondern es ist zu viel Zeit, die wir nicht nutzen.‹«

»Woher weißt du das eigentlich alles?«, fragte Luzie.

»Ich habe viel gelesen«, antwortete er. »Und ich bin alt«, schob er scherzhaft hinterher.

»Du bist gar nicht alt!«, stellte sie entrüstet fest.

»Im Vergleich zu dir bin ich sogar uralt.« Nun mussten beide lachen. »Was ich dir da gerade alles erzählt habe, über die großen Erkenntnisse von noch viel größeren Philosophen, gilt heutzutage leider als unwichtig und wird vielleicht mal noch auf eine Postkarte gedruckt. Aber so banal diese Erkenntnisse auch sein mögen – sie sind trotzdem immer noch wahr und werden es auch immer bleiben.«

»Was heißt banal?«, fragte sie.

»Banal bedeutet so viel wie platt, abgedroschen oder nichtssagend«, erläuterte er. »Sätze wie ›Man kann dem Leben nicht mehr Tage geben, aber den Tagen mehr Leben‹ werden mittlerweile auf Kissenbezüge gedruckt oder müssen als Wand-Tattoo herhalten.«

»Welcher Philosoph hat das gesagt? Also das mit den Tagen und dem Leben?«

»Ups, erwischt! Das weiß ich nicht«, gab er zu. »Charlie Chaplin? Ach nee, das war der mit den Tagen, die verloren sind, wenn man nicht gelacht hat.« Er gluckste vor sich hin, so sehr amüsierte er sich gerade mit sich selbst. »Im Zweifel war's ein Küchenphilosoph«, setzte er noch einen drauf.

»Was ist ein Küchenphilosoph?«

»Erkläre ich dir ein anderes Mal«, winkte er ab. »Nehmen wir ein anderes Beispiel. Und zwar das berühmte ›Carpe diem‹, was so viel heißt wie ›Nutze den Tag‹. Erdacht wurde diese geniale Formulierung vor mehr als zweitausend Jahren von dem bedeutenden römischen Dichter Horaz. Und heute findest du ›Carpe diem‹ auf T-Shirts, Mousepads, Kaffeebechern, Untersetzern und sonst wo.«

»Der Satz steht auf Beckas Fußmatte!«, rief Luzie aufgeregt.

»Siehst du«, er lächelte sie an und hoffte, es sah nicht allzu gequält aus. »Das hätte sich der große Horaz auch nicht träumen lassen, dass sein Werk mal für Fußabtreter herhalten muss.«

»Findest du das schlimm?«

Gabriel schüttelte den Kopf. »Nein, ich finde das überhaupt nicht schlimm«, versicherte er ihr. »Im Gegenteil! Wir können nicht oft genug daran erinnert werden, wie kostbar unser Leben ist. Und wenn es eine Fußmatte ist, die diesen Job erledigt, ist das ganz wunderbar!« Er lachte auf. »Der hier wäre auch gut:

›Memento mori‹ – ›Bedenke, dass du sterblich bist‹.« Er konnte nicht verhindern, dass sein Lachen etwas schrill wurde. Ausgerechnet er, Gabriel Bach alias Henri Fjord alias Ben Sommer, der vor nicht einmal drei Monaten ohne jeden Lebensmut auf einer Bank an der Elbe gehockt und dort düstere Texte von Pessoa gelesen hatte; ausgerechnet er, dem schon vor so langer Zeit jeglicher Grund für sein Dasein abhandengekommen war; ausgerechnet *er* saß hier, auf diesem Weihnachtsmarkt, und schwafelte einem kleinen Mädchen was vom Sinn des Lebens vor!

»Ben?«, meldete sich Luzie nach einer Weile zaghaft zu Wort und legte erneut ihre Hand auf seine. »Ist alles in Ordnung?«

»Ja«, sagte er und schaffte es, mit dem Lachen aufzuhören. »Ich war nur … Es war nur … Also …«, stotterte er vor sich hin. Dann ließ er erschöpft die Schultern sacken. »Keine Ahnung, mir ging gerade sehr viel durch den Kopf«, gab er zu. »Ich glaube, ich musste an all die verpassten und vergeigten Chancen in meinem Leben denken. Und dass es doch ein Witz ist, in der Theorie genau zu wissen, dass man nicht ewig lebt und jeder Moment deshalb kostbar ist – es in der Praxis dann immer wieder zu vermasseln.«

»Was hast du denn alles vermasselt?«

»Vieles, meine Kleine, sehr, sehr vieles.«

»Aber du lebst ja bestimmt noch ganz lange«, behauptete sie, als würde daran nicht der geringste Zweifel bestehen. »Dann kannst du doch ab sofort einfach alles richtig machen!«

»Weißt du, es gibt da noch ein berühmtes Zitat, das gern auf Kissenbezüge gedruckt wird: ›Leben ist, was passiert, während du gerade andere Pläne machst.‹ Das ist von John Lennon, der lebt leider nicht mehr«, *natürlich lebt er nicht mehr*, fügte er in Gedanken hinzu, alles andere wäre ja auch seltsam gewesen. »John Lennon war ein Mitglied der Beatles, die haben …«

»Die Beatles kenne ich!«, wurde er von Luzie enthusiastisch

unterbrochen. »Die haben sogar einen Song über mich geschrieben!«, fügte sie angemessen wichtig hinzu und lachte ihn dabei aus blitzenden Augen und mit mittlerweile roter Nase so hinreißend an, dass er am liebsten sofort einen Henkel drangeschlagen hätte. So hatte seine Mutter es damals, als noch alles gut war, immer formuliert, wenn ein Kind besonders niedlich war. *Da könnte man glatt einen Henkel dranschlagen!*, hatte sie dann gesagt.

»Du meinst bestimmt ›Lucy in the Sky‹, richtig?«, fand Gabriel ins Gespräch zurück, ehe er sich mal wieder auf gedanklichen Abwegen verirren konnte.

»Ja, genau!« Sie nickte und strahlte stolz von einem Ohr zum anderen. Und plötzlich, wie aus dem Nichts, kullerte ihr eine dicke Träne über die Wange. »Mein Papa hat das Lied früher oft für mich gesungen«, murmelte sie leise und traurig. »Aber dann ist er gestorben.« Ohne jede Vorwarnung schlang sie ihre kleinen Arme um Gabriel und drückte sich ganz fest an ihn. »Wenn Papa gewusst hätte, dass er bald tot ist«, nuschelte sie in seine Daunenjacke, »hätte er das Lied sicher noch viel öfter für mich gesungen.«

Sehr sanft und vorsichtig strich Gabriel ihr mit einer Hand über ihre Wollmütze. »So ist es eben: Keiner von uns weiß, wann er sterben wird.« Er musste einmal schwer schlucken. »Dein Papa hat leider nicht so lange gelebt – aber ich bin mir absolut sicher, dass du und deine Mami ihn zum glücklichsten Menschen der Welt gemacht habt.«

»Glaubst du wirklich?« Sie sah zu ihm auf, hatte noch immer Tränen in den Augen, lächelte aber zaghaft. *Henkel dranschlagen*, ging es ihm erneut durch den Kopf. *Henkel dranschlagen, Henkel dranschlagen, Henkel dranschlagen!*

»Ja«, wiederholte Gabriel, »da bin ich mir *absolut* sicher!«

»Weißt du«, sagte sie, während sie sich noch fester an ihn schmiegte, »mein Papa hat sich sogar einen deutschen Text ausgedacht, und der war nur für mich! Also nicht für das ganze Lied, sondern nur für den Teil, der sich immer wiederholt.«

»Für den Refrain?«

»Ja, genau so hat er das genannt«, bestätigte sie. »Aber ich kann mich nicht mehr an den Text erinnern. Nur noch daran, dass es am Anfang was mit ›Luzie in den Wolken‹ war.« Die nächste Träne kullerte. »Der Rest ist einfach weg«, flüsterte sie nun fast.

Für den Bruchteil einer Sekunde wusste Gabriel nicht, wie er reagieren sollte. Sie wegschieben, weil er weder ihr Papa noch Ben Sommer noch sonst irgendein Kerl war, an den sich ein kleines Mädchen anschmiegen durfte? Dann aber, nach einem weiteren tiefen Schluchzen von Luzie – da schoss er Gabriel Bach / Henri Fjord / Ben Sommer allesamt in den Wind.

»Wollen wir«, schlug er vor und schob Luzie behutsam ein kleines Stückchen von sich weg, »mal zusammen überlegen, was dein Papa für dich gesungen haben könnte?«

»Geht das?« Sie blickte wieder zu ihm auf.

»Klar, das machen wir! Ich hole uns nur kurz zwei neue Tassen Apfelpunsch, okay?«

»Ja, super!« Nun lächelte sie wieder. »Und darf ich noch eine Tüte Schmalzgebäck?«

Während er den Punsch und das Gebäck besorgte, ging es in seinem Kopf drunter und drüber. Nicht nur, weil er sich auf einer derart emotionalen Achterbahn befand, dass er befürchtete, jeden Moment mit all seinen Gefühlen aus der Kurve zu fliegen. Sondern auch, weil er bereits fieberhaft darüber nachdachte, was Luzies Vater sich für den Refrain überlegt haben könnte.

»So«, forderte er das Mädchen auf, als er wenige Minuten später mit frischem Punsch und Schmalzgebäck wieder auf dem Strohballen Platz genommen hatte. »Dann lass uns mal überlegen!«

»Okay!« Sie griff in die Tüte, die Gabriel ihr gereicht hatte, holte den ersten süßen Krapfen heraus und stopfte ihn sich in den

Mund. »Es ging immer los mit ›Luzie in den Wolken‹«, erklärte sie kauend.

»Gut, das ist doch schon mal ein Anfang.« Gabriel begann, den Refrain vor sich hin zu summen. »Luzie in den Wolken, komm ru-u-unter«, sang er leise.

»Neee!« Sie musste so sehr lachen, dass ein bisschen Schmalzgebäck-Pampe auf ihrer Hose landete.

»Wir fangen ja gerade erst an!«, verteidigte er sich. »Also nicht gleich kritisieren, das ist sonst …«

»Däffistisch?«, unterbrach sie ihn.

Gabriel nickte schmunzelnd. »Genau«, stimmte er ihr zu, »defätistisch.« Er überlegte weiter. »Wie wäre es damit: Luzie in den Wolken, mein Määäädchen.«

Sie schüttelte den Kopf. »Das war's auch nicht.«

»Luzie in den Wolken, da ooooben?«

Sie dachte einen Moment lang nach. »In den Wolken ist doch aber sowieso oben«, vernichtete sie schließlich erneut seine ambitionierten Versuche als Dichter.

»Wie wäre es mit einem ganz anderen Ansatz?«, fragte er. »Wir lassen das mit den Wolken und machen daraus: Luzie unser Schrecken der Straaaaße?«

»Häh? Schrecken der Straße?«

»Oje!«, rief er aus. »Ich bin *echt* uralt!«

»Wieso?«

»Das war mal eine sehr bekannte Kinderserie«, erklärte er. »*Luzie, der Schrecken der Straße*, die –«

»Ach so, das meinst du!«, unterbrach sie ihn kichernd. »Das mit dem Mädchen und den Knetfiguren!«

»Genau«, bestätigte er.

»Ja, stimmt, das ist auch nach mir benannt«, teilte sie ihm mit.

Gabriel unterdrückte ein Prusten. Selbstbewusst war sie, die Luzie, das konnte man nicht anders sagen. Sowohl die Beatles als auch die Macher der tschechischen Serie, die bis heute als absoluter Kult galt, hatten ihre Werke also *nach ihr* benannt, nicht umgekehrt.

»Weißt du, was?«, schlug er vor. »Am besten ist es vielleicht, ich denke in den nächsten Tagen mal in Ruhe über weitere Möglichkeiten für den Refrain nach und präsentiere dir dann die Ergebnisse. Was meinst du?«

Mit ernster Miene, als sei sie der Vorstand eines DAX notierten Unternehmens, überlegte sie angestrengt. »Gut«, gab sie sich schließlich gnädig. »So machen wir das.«

»Danke.« Er verkniff sich ein Lachen, denn Luzie schien die Sache überaus ernst zu sein. »Ich werde mir sehr viel Mühe geben«, versprach er und legte einen Arm um ihre schmalen Schultern. Sofort kuschelte sie sich wieder an ihn.

Eine ganze Weile schwiegen sie, lauschten der Weihnachtsmusik, die gerade »In dulci jubilo« verkündete.

»Kann ich dir auch ein Geheimnis verraten?«, wollte Luzie wissen, als schließlich die ersten Töne von »O du fröhliche« erklangen.

»Natürlich kannst du das.«

»Du darfst es aber niemandem erzählen, nicht mal Mama!«, forderte sie.

»Keine Sorge«, erwiderte er, »ich werde es ganz sicher für mich behalten.«

»Okay.« Sie schmiegte sich noch enger an ihn.

Und dann fing sie an, ihm alles zu erzählen. Dass sie beim Luftballonwettbewerb eine Postkarte an den lieben Gott geschickt und ihn um einen neuen Papa gebeten hatte. Und dass sie ihrer Mama davon nichts gesagt hatte, weil sie Angst gehabt hatte, sie damit traurig zu machen. Weil sie dann denken könnte, sie sei nicht genug für Luzie, was aber überhaupt nicht so war. Nur manchmal, ein kleines bisschen, da wünschte sie sich eben eine richtige Familie. Eine, in der es auch einen Papa gab. Vor allem wenn Dr. Krüger so blöde Hausaufgaben erteilte wie die, dass sie auf ein großes Stück Pappe ihren Familienstammbaum aufkleben sollten!

Als sie schließlich damit endete, dass Ben für sie schon fast so etwas wie ein neuer Papi war – da war er sehr froh über den dicken Schal, den er um den Hals trug und mit dem er unbemerkt die Tränen wegwischen konnte, die mittlerweile auch bei ihm kullerten.

»Aber du sagst Mama wirklich nichts?«, versicherte sich Luzie noch einmal, nachdem sie Gabriel ihr »Geheimnis« offenbart hatte.

Er hob die rechte Hand zum Schwur. »Versprochen. Hoch und heilig!«

Wie zur Untermauerung seines Gelübdes ertönte in diesem Moment die Kirchenglocke. Gabriel fuhr wie von der Tarantel gestochen vom Strohballen hoch und sah sich hektisch um, während die Glocke zum zweiten Mal erklang. Beim dritten Schlag hatte er hinter einer Currywurst-Bude den Kirchturm entdeckt. Und die große hell erleuchtete Uhr über dem Eingangsportal.

Ich bin komplett am Arsch!, dachte er äußerst unliterarisch. Über das Gespräch mit Luzie hatte er vollkommen die Zeit vergessen – und jetzt war es sechs.

Dienstag, 10. Dezember

Miriam

»Da seid ihr ja endlich!«

Kaum hatten Ben und Luzie die Krümelkiste betreten, stürzte Miriam auf ihre Tochter zu und nahm sie in ihre Arme. »Ich hab mir ganz schreckliche Sorgen gemacht!«, sagte sie über Luzies Schulter hinweg und bedachte Ben mit einem wütenden Blick.

»Luzie hatte einen Unfall«, setzte er zu einer Erklärung an, »da mussten wir …«

»Weiß ich schon alles«, unterbrach sie ihn unwirsch. Sie war sauer. Natürlich nicht, weil er Luzie nach ihrem Sturz ins Krankenhaus gebracht hatte, sondern wegen der Sache, die Rebecca ihr gebeichtet hatte.

Trotzdem gab sie sich Mühe, einigermaßen gefasst zu bleiben. In Luzies Gegenwart wollte sie kein Donnerwetter veranstalten. Das würde Ben erst später abkriegen. Dann allerdings mit Sicherheit.

»Als wir vorhin hierhergekommen sind«, sprach sie weiter, »der Laden abgeschlossen und keiner von euch da war, dafür aber ein neuer Blutfleck in Luzies Zimmer, habe ich Panik gekriegt. Und als ich euch nicht mal anrufen konnte, weil du dein Handy vergessen hast, kam Becka auf die Idee, bei Luzies Kinderarzt nachzufragen. Nachdem der uns auch nicht hatte weiterhelfen können, habe ich es dann im Krankenhaus versucht.«

»Ich hab dir ja gleich gesagt, dass bestimmt alles in bester Ordnung ist«, mischte Rebecca sich ein, die auf dem Hocker hinterm Ladentisch thronte.

Miriams Kopf fuhr zu ihr herum. »Du, meine Liebe, hältst besser mal den Mund!«, motzte sie ihre Freundin an.

»Sorry«, gab Becka fast unterwürfig zurück. »Ich mein ja nur …«

»Ab sofort meinst du in nächster Zeit besser auch nichts mehr, okay?«

»Ja, sicher«, stimmte ihre Freundin kleinlaut zu.

Miriam schob Luzie ein Stück von sich weg und besah sich das Pflaster unter ihrem Kinn. »Wie ist denn das schon wieder passiert?«, fragte sie.

»Ich wollte bei mir aus dem Regal eine Tonpappe holen«, erklärte ihre Tochter. »Deshalb bin ich auf meinen Stuhl geklettert. Und auf einmal hat der so doll gewackelt, dass ich runtergefallen bin.«

»Mein Mäuschen«, sagte Miriam mit zärtlicher Stimme. »Warum hast du denn nicht Ben gefragt, ob er dir hilft?«

Luzie blickte zu Boden und murmelte verlegen: »Ich dachte halt, ich kann das auch allein.«

»Ich hab ihr auch schon gesagt, dass sie mich hätte fragen sollen«, warf Ben ein. »Aber da war es ja bereits passiert. Und weil ich euch natürlich nicht erreichen konnte, habe ich ein Taxi gerufen und bin mit Luzie in die Notaufnahme der Kinderklinik gedüst.« Er schmunzelte. »Stellt euch vor, Luzie wurde dort von demselben Arzt behandelt, bei dem sie bereits bei ihrem ersten Sturz vor ein paar Wochen war.« Mit einem ungläubigen Lachen schüttelte er den Kopf. »Schon witzig, oder?«

»Auch das wissen wir bereits«, erwiderte Miriam indigniert. »Ich habe mit Dr. Thiel telefoniert, der mir gesagt hat, was passiert ist.«

»Wie beim letzten Mal musste er mein Kinn mit drei Stichen nähen«, berichtete Luzie aufgeregt. »Und weil ich wieder auf genau dieselbe Stelle geknallt bin, hat Dr. Thiel gesagt, dass es nicht mal eine neue Narbe geben wird.«

»Das ist schön, mein Schatz!«, entgegnete Miriam und drückte ihrer Tochter einen Schmatzer auf die Wange. Dann sah sie wieder zu Ben. »Der Arzt hat mir allerdings gesagt, dass ihr schon um kurz nach fünf das Krankenhaus verlassen habt. Wo wart ihr danach noch so lange? Es ist ja schon fast halb sieben!«

»Gegenüber vom Krankenhaus ist ein Weihnachtsmarkt«, erzählte Luzie. »Da wollte ich unbedingt noch hin. Ich durfte eine Runde auf dem Kinderkarussell fahren, danach hat Ben für mich eine Tüte Schmalzgebäck und für uns beide einen Apfelpunsch gekauft.«

»Verstehe«, sagte Miriam und nickte. »Was ich allerdings nicht verstehe, ist, dass Ben«, sie bedachte ihn erneut mit einem wütenden Blick, »dir nicht gesagt hat, dass ihr gern morgen oder ein anderes Mal zum Weihnachtsmarkt gehen könnt. Aber dass ihr jetzt sofort zurück in den Laden müsst, weil ich mir bestimmt Sorgen mache, wo ihr seid. Und weil er ja nicht mal sein Handy hat, auf dem ich ihn anrufen könnte.«

»Zuerst hat Ben auch gesagt, dass es nicht geht«, nahm Luzie ihn in Schutz. »Aber ich hab halt richtig doll gebettelt, also hat er erlaubt, dass wir eine halbe Stunde hingehen. Irgendwie haben wir uns auf dem Markt verquatscht und gar nicht gemerkt, wie spät es schon ist.«

»Warum wart ihr überhaupt schon so früh in der Krümelkiste?«, wollte Ben nun wissen. »Ich hatte euch doch bis sechs Uhr Hausverbot erteilt.«

Dieses Mal gelang es Miriam nicht, einigermaßen gelassen zu bleiben. Sie schnauzte ihn an: »Für dich gilt das Gleiche wie für Rebecca! Klappe halten, okay?«

Ben erhob entschuldigend beide Hände. »Ist ja gut!«

Noch einmal drückte Miriam ihre Tochter ganz fest an sich. »Mach so was bitte nicht noch mal!«, nuschelte sie ihr ins Haar.

»Nein«, versprach Luzie. »Ab sofort bin ich vorsichtiger.«

Miriam löste sich von ihr und stand auf. »Du kannst deine Jacke gleich anlassen«, teilte sie ihrer Tochter mit, als sie Anstalten machte, den Reißverschluss zu öffnen. »Becka nimmt dich mit zu sich nach Hause.«

»Wieso das?«, wollte das Mädchen verwundert wissen.

»Du darfst heute spontan ein Übernachtungsfest bei Alissa feiern!«, kam es von Becka. »Mami hat nämlich noch etwas mit Ben zu besprechen.«

»Was denn?«, hakte Luzie prompt neugierig nach.

»Nichts Besonderes«, behauptete Miriam. »Nur richtig langweiligen Erwachsenenkram.«

»Ben und ich haben auf dem Weihnachtsmarkt auch über Erwachsenenkram gesprochen«, erwiderte Luzie. »Das fand ich gar nicht langweilig.«

»Ach ja? Worüber habt ihr denn geredet?«, wollte Miriam wissen.

»Über den Tod«, gab Luzie lapidar zurück, als sei das komplett selbstverständlich. »Über den Sinn des Lebens und so.«

»Über den Tod und den Sinn des Lebens?« Miriam warf Ben einen alarmierten Blick zu.

»Na ja«, wiegelte er ab. »Es ging eigentlich eher um das Thema Philosophie.«

Miriams Miene wandelte sich von alarmiert zu verwundert. »Philosophie? Und das hast du spannend gefunden, Luzie?«

»Total!«, versicherte sie mit Nachdruck. »Ich hab dabei auch echt viel gelernt, zum Beispiel was über Epikur. Und über Sansibar.«

»Seneca«, verbessert Ben sie mit einem liebevollen Lächeln.

»Verstehe«, meinte Miriam, obwohl sie gerade rein gar nichts verstand. »Das kannst du mir morgen Nachmittag ja alles erzählen. Jetzt fährst du erst mal mit Becka zu Tim. Dort sammelt ihr Alissa und Eric ein, und dann gibt es das Übernachtungsfest.« Sie senkte verschwörerisch die Stimme, warf ihrer Freundin einen Blick der Marke »Es wird kein Widerspruch geduldet!« zu und sagte zu Luzie: »Wenn ich das richtig verstanden habe, dürft ihr euch heute Pizza bestellen. Und einen Film gucken. Außerdem dürft ihr eine ganze Stunde länger aufbleiben, obwohl morgen Schule ist.«

»Mega!«, freute Luzie sich.

»Tja, dann!«, meinte Becka und erhob sich von ihrem Hocker. »Ich würde sagen, wir holen deinen Ranzen aus deinem Zimmer und fahren dann mal los. Morgen kannst du einfach was von Alissa anziehen, okay?«

»Klar«, bestätigte Luzie und nickte begeistert.

Als die beiden aus der Tür waren, nahm Miriam sofort Ben ins Visier. »So, mein Lieber, wir haben da ja noch einiges zu besprechen.« Mit diesen Worten marschierte sie zum Ladentisch, griff nach der blauen Ikea-Tüte dahinter, in der mittlerweile alle Klamotten lagen, die er aussortiert hatte, und ließ sie geräuschvoll auf den Tresen plumpsen. »Ich würde wirklich sehr gern hören, was du dazu zu sagen hast!«

Ben hüstelte verlegen. »Ach so, das, ja, das äh …«, brachte er stotternd hervor, »also das … das kann ich dir natürlich erklären.«

»Da bin ich aber mal *total* gespannt!«

»Ich müsste vorher nur«, sein Tonfall war entschuldigend, »ganz kurz telefonieren und einen Termin für heute Abend absagen. Und, äh, ich würde dafür gern rausgehen, wenn das für dich in Ordnung ist. Ist eher was Privates.«

Miriam schenkte ihm ein zuckersüßes Lächeln. »Warum sollte das für mich nicht in Ordnung sein? Tu dir keinen Zwang an und telefonier in aller Ruhe. Tatsächlich ist es wohl am besten, wenn du deine Verabredung absagst.« Ihr Lächeln wich einer ernsten Miene. »Ich fürchte, wir müssen uns etwas länger unterhalten.«

»Gut, alles klar!«, erwiderte Ben und klang dabei ähnlich kleinlaut wie vorhin Rebecca. »Allerdings … Also, dafür bräuchte ich mein Handy.« Er deutete auf den Ladentisch, wo es noch immer lag.

»Das kannst du dir sehr gern nehmen. Ich werde dich schon nicht beißen.«

Dienstag, 10. Dezember

Gabriel

»Hi, ich bin's«, sprach er leise in sein Handy, damit Miriam auf gar keinen Fall etwas von seinem Telefonat mitbekam. Er stand draußen auf dem Bürgersteig und hatte sich etwa fünfzig Meter von der Krümelkiste entfernt, bevor er Hannahs Nummer gewählt hatte.

Jonathans Frau hielt sich erst gar nicht groß mit einer Begrüßung auf, sondern sagte stattdessen: »Lass mich raten – du holst Tavor heute wieder erst später ab.«

»Ja, leider«, bestätigte er und gab sich Mühe, möglichst zerknirscht zu klingen. »Mir ist was dazwischengekommen, das ich nicht verschieben kann.«

»Da machst du mich ja schon wieder neugierig!«

»Ist überhaupt nichts Spannendes«, wiegelte er ab. »Nur leider etwas, um das ich mich noch heute Abend kümmern muss. Geht echt nicht anders.«

Hannah seufzte am anderen Ende der Leitung. »Hat es was mit deinem neuen Roman zu tun?«, wollte sie wissen.

»Ja«, log er. Wobei er sich gleichzeitig einredete, dass es – zumindest auf gewisse Art und Weise – schon etwas mit dem neuen *Henri Fjord* zu tun hatte. Je nachdem, wie das Gespräch mit Miriam verlief, war zu befürchten, dass er sein Büro in der Krümelkiste verlieren würde. Und im Gegensatz zu den Monaten vor seinem Einzug in den Laden, in denen er wie ein rastloser Tiger um sein Notebook herumgeschlichen war, hatte er hier in seinem »Kabuff« bereits zweihundert Seiten von *Das Geheimnis der alten Spielzeugtruhe* geschrieben.

In etwa sechs Wochen wäre er fertig damit, sodass Griefson & Books den Roman im Juli herausbringen könnte. Zumindest hatte Jonathan ihm gesagt, dass sie es so planten. Und dass der Vertrieb des Verlags für den neuen Henri Fjord bereits sensationelle Vorbestellungen im Handel habe, mit Sicherheit würde sein Buch wieder ganz oben auf der Bestsellerliste landen.

»Dann bleibt mir ja gar nichts anderes übrig, als Tavor heute länger zu behalten«, stellte Hannah fest. »Mein liebster Gatte würde mich töten, wenn ich mich weigern und dadurch dein neues Werk gefährden würde.« Sie hatte das zwar in einem spaßhaften Ton gesagt, trotzdem war nicht zu überhören, dass Hannah das alles gar nicht gefiel.

»Super, das ist großartig!«, bedankte sich Gabriel.

»Ich hätte da allerdings einen Vorschlag«, erwiderte sie.

»Welchen denn?«

»Ich finde dieses ewige Hin und Her nicht nur für mich und dich, sondern auch für Tavor etwas schwierig. Der Hund weiß ja gar nicht mehr, was los ist und wo er hingehört.«

»Na ja«, setzte Gabriel an, »so tragisch ist –«

»Ich habe auch nichts von ›tragisch‹ gesagt«, wurde er harsch von ihr unterbrochen. »Sondern nur, dass ich es nicht gut finde. Von daher würde ich es für eine sinnvolle Idee halten, wenn Tavor einfach bei uns bleibt, bis du deinen Roman beendet hast.«

»Aber dann würde ich ihn ja ein paar Wochen lang gar nicht mehr sehen!«, wendete Gabriel ein.

»Du darfst ihn jederzeit gern besuchen«, gab Hannah sich gnädig. »Aber ich habe keine Lust mehr, auf dich zu warten oder Tavors Hundekorb, seine Fressnäpfe und seinen Pansen ständig von A nach B zu tragen.« Sie gluckste. »Außerdem schläft er besonders gern auf meinen Füßen. Das ist sehr schön kuschelig und besser als jede Wärmflasche.«

»Ich hab da so ein elektrisches Teil, das kann ich dir sehr empfehlen.«

»Einen elektrischen Hund?«

»Nein, eine Wärmflasche!«

»Aha«, erwiderte sie, ging aber gar nicht mehr auf seine Empfehlung ein, sondern fragte nur: »Also, wie machen wir das jetzt mit Tavor?«

Gabriel überlegte einen Moment. »Okay«, willigte er schließlich ein. »Der Hund bleibt vorerst ganz bei dir und Jonathan.«

»Gut«, erwiderte sie knapp. »Ich muss mich jetzt auch mal wieder um die Kinder kümmern.«

»Alles klar, mach das!« Sie legten auf.

Gabriel blieb noch eine Weile draußen auf dem Bürgersteig stehen.

»So, erledigt, ich habe meine Verabredung verschoben«, verkündete er, als er zurück in die Krümelkiste kam.

»Sehr gut«, meinte Miriam. »Dann können wir ja in Ruhe alles besprechen. Wollen wir dafür in dein Büro gehen?«

»Von mir aus«, antwortete er – und freute sich darüber, dass sie »dein Büro« gesagt hatte. Das musste zwar nichts heißen, aber immerhin klang es nicht nach seinem sofortigen Rausschmiss. Er ging in sein Zimmer, Miriam holte sich Luzies Schreibtischstuhl und setzte sich ihm gegenüber.

»Also«, begann sie. »Bevor wir zum eigentlichen Thema kommen, wüsste ich gern, was Luzie damit gemeint hat, dass ihr über das Leben und den Tod gesprochen habt.«

»Na ja«, Gabriel zuckte mit den Schultern. »Sie hat mir erzählt, dass ihr Vater bei einem Unfall gestorben ist.«

»Das stimmt«, bestätigte Miriam nach kurzem Zögern, und ihre Stimme zitterte leicht. »Ich habe dir das deshalb nicht gesagt, weil ich darüber nicht so gern rede.«

»Natürlich nicht! Das geht ja auch niemanden etwas an. Aber Luzie hat es mir halt erzählt.«

»Warum?«

»Keine Ahnung«, gab er zu. »Es schien ihr wichtig zu sein, dass ich es weiß. Und natürlich beschäftigt es sie.«

»Dann seid ihr so auf das Leben, den Tod und die Philosophie gekommen?«, hakte Miriam nach.

»Könnte man so sagen, ja«, bestätigte er. »Ich hab ihr nur erklärt, was große Philosophen wie Seneca und Epikur zu diesem Thema gedacht haben. Also eigentlich nur theoretischer Kram, aber Luzie fand es total spannend.«

»Wirklich?«, fragte Miriam verwundert nach. »Darüber wollte sie mehr wissen?«

»Ich hatte zumindest den Eindruck, dass es so ist.« Gabriel schmunzelte. »Sie hat mir regelrecht Löcher in den Bauch gefragt.«

»Über Epikur und Seneca.«

»Genau.«

»Und woher weißt du so gut Bescheid über deren Theorien?« Sie bedachte ihn mit einem Blick, der irgendwo zwischen skeptisch und amüsiert changierte.

»Tja«, begann er und schlug sich mit beiden Händen klatschend auf die Oberschenkel. Jetzt sollte er vorsichtig sein, schließlich war er »nur« Ben, der Buchhalter. Das musste ja aber nicht bedeuten, dass er nur Zahlen im Kopf hatte. »Ich interessiere mich für Philosophie«, erklärte er. »Vor allem für die Ansichten der Stoiker.«

»Die Ansichten der Stoiker?«

Okay, den Nachsatz mit den Stoikern hätte er wohl besser weggelassen. Denn nun sah Miriam ihn ähnlich neugierig an wie ihre Tochter vorhin auf dem Weihnachtsmarkt. Er verspürte ein Flattern in der Magengegend. Allerdings gar nicht so sehr aus Nervosität, sondern weil er schon wieder drohte in ihren bernsteinfarbenen Augen mit den goldenen Sprenkeln zu versinken.

»Ben?« Ihre Stimme riss ihn aus seiner Trance.

»Ja, äh«, stotterte er. »Die Stoiker, das sind … oder vielmehr, das waren …«

»Ich weiß, was die Stoiker sind«, unterbrach sie ihn augenzwinkernd. »Im Stoizismus geht's, wenn man es mal herunterbricht, darum, die Dinge zu ändern, die man ändern kann. Was man nicht ändern kann, sollte man so gelassen wie möglich hinnehmen. Daher kommt auch das Wort ›stoisch‹. Einen stoischen Menschen kann man kaum aus der Ruhe bringen.«

»Wow!«, entfuhr es ihm in erstaunter Anerkennung. »Das hast du perfekt auf den Punkt gebracht!«

»Vielen Dank! Bekomme ich dann jetzt auch drei goldene Sternchenstempel von dir?«

»Nein, äh«, er räusperte sich, »also ja«, fuhr er ein wenig konfus fort. »Ich hatte nur nicht damit gerechnet, dass du dich damit auskennst.«

»Warum nicht?« Sie zog ihre Augenbrauen hoch, gleichzeitig bildete sich dazwischen die gleiche steile Zornesfalte, die für Luzie so typisch war. »Hältst du mich etwa für blöd?«

»Um Himmels willen, nein!«, rief er bestürzt aus. »Auf gar keinen Fall tue ich das!« Dann, nach einem kurzen Moment, schob er hinterher: »Allerdings für etwas versnobt.«

»Versnobt?« Nun wirkte sie vollkommen perplex. »Wieso das denn?«

»Der Stoizismus gehört nun nicht unbedingt zur Allgemeinbildung«, erklärte er. »Ich würde jedenfalls nicht sagen, dass jemand blöd ist, der davon noch nie etwas gehört hat.«

»Soso, würdest du nicht, wie überaus tolerant von dir«, gab Miriam in ironischem Tonfall zurück. »Es ist aber auch nicht gerade die Eine-Million-Euro-Frage bei Günther Jauch«, fügte sie hinzu.

»Es gibt ja auch noch was dazwischen«, meinte Gabriel. »Du könntest meine Überraschung auch einfach als Kompliment werten. Von jemandem, der sich schon sehr lange mit Philosophie beschäftigt.« Er hüstelte verlegen. »Das ist quasi mein Steckenpferd.« Hatte er gerade *allen Ernstes* »Steckenpferd« gesagt?

»Steckenpferd?«, griff Miriam diese Peinlichkeit prompt und gnadenlos auf. Dazu verdrehte sie betont schmerzerfüllt – aber gleichzeitig kichernd – die Augen. »Das Wort hat man zuletzt in den fünfziger Jahren verwendet.«

»Ha, ha«, gab er zurück. »Mach dich ruhig lustig über mich!« Er setzte eine gespielt beleidigte Miene auf, freute sich aber in Wahrheit, dass es ihm immerhin gelungen war, sie zum Lachen zu bringen. Vielleicht würde ihr Gespräch letztlich doch einen positiven Verlauf nehmen?

»Ich wollte mich gar nicht über dich lustig machen«, behauptete sie. »Aber so, wie du dich für Philosophie interessierst, interessiere ich mich eben für Luzie.«

»Ja, klar, sicher tust du das!«

»In der Tat«, bestätigte sie nickend und wurde mit einem Schlag ernster. »Über was, außer über Philosophie, habt ihr sonst noch so gesprochen?«

»Nichts weiter«, meinte er. »So viel Zeit hatten wir ja nicht.«

»In Ordnung«, sagte sie. »Kommen wir jetzt zum eigentlichen Thema.«

»Welches wäre das?«

»Ich glaube, das weißt du.«

Gabriel schüttelte den Kopf. »Ich denke nicht«, behauptete er, obwohl das natürlich nicht stimmte. Aber er hatte noch ein Restfitzelchen an Hoffnung, dass es vielleicht doch um etwas vollkommen anderes gehen würde.

»Warum tust du so, als hättest du Klamotten verkauft, die du am Ende selbst bezahlst?«, zerstörte Miriam das Fitzelchen. »Ich begreife das nicht!«

»Ich, ähm …«

»Becka hat mir alles erzählt.«

»Was verstehst du unter ›alles‹?«

»Nun«, sie begann, mit den Fingern aufzuzählen. »Dass du erstens durch ein Erbe sehr wohlhabend bist und du deshalb zweitens nur noch als Buchhalter arbeitest, weil das – neben der Philosophie, wie ich ja nun weiß – eine Art Hobby für dich ist.« Sie unterbrach sich.

»Und drittens?«

»Drittens«, ihr verächtlicher Blick traf ihn bis ins Mark, »habe ich dich nur deshalb noch nicht unangespitzt in den Boden gerammt, weil Rebecca mir auch noch gesagt hat, dass sie es war, die dich erst auf diese Idee gebracht hat.«

»Sehr nobel von ihr«, entgegnete Gabriel, »aber so ganz stimmt das nicht. Sie hat mir nur gesagt, dass du kein Geld von ihr annimmst, wenn sie was für ihre Kinder braucht.«

Miriam nickte. »Ja, das ist richtig, sie ist schließlich meine Freundin!«

»Und die Krümelkiste ist pleite.« Ehe er es hatte verhindern können, war ihm dieser Satz herausgerutscht. Einfach so, sein Mund hatte sich quasi verselbstständigt.

»Wie bitte?« Miriam starrte ihn entsetzt an. »Was meinst du mit pleite? Du hast mir doch gesagt, es wäre ganz okay!«

»Pleite war jetzt vielleicht ein bisschen übertrieben«, wiegelte er ab. »Aber der Laden müsste einfach viel, viel besser laufen.«

»Ja?« Sie musterte ihn skeptisch. »Und damit es ›besser‹ läuft, hast du dir gedacht, du subventionierst die Krümelkiste ein bisschen?«

Er zuckte hilflos mit den Schultern. »Irgendwie schon.«

»Verstehe«, schnappte sie regelrecht nach ihm. »Was würden die großen Stoiker dazu nur sagen?«

»Die –«

»Das war eine rhetorische Frage«, würgte sie ihn ab. »Wie heißt es so schön? Ändere die Dinge, die du kannst – kannst du es nicht, nimm sie gelassen hin.« Nun hatten ihre Augen die goldene Farbe des Bernsteins verloren – sie erinnerten eher an heiße Lavaströme.

»Ja, aber ich *kann* sie doch ändern!«, erwiderte er so schnell und eifrig, dass er sich dabei fast verhaspelte. »Und mir tut's doch auch nicht weh, wenn ich dir finanziell unter die Arme greife.«

»Aber *mir* tut es weh!«, schrie sie fast. »Verstehst du das nicht?«

»Doch.« Verlegen schlug Gabriel die Augen nieder.

»Sieh mich bitte an!«, forderte Miriam, er hob den Blick. »Warum?«, fragte sie. »Warum willst du mir helfen?«

Und dann erzählte er ihr alles. So, wie Luzie es vorhin auf dem Weihnachtsmarkt getan hatte. Nun ja, *fast alles* erzählte er. Von seiner kleinen Schwester Greta, die ihn so sehr an Luzie erinnerte und zu der er seit Jahren keinen Kontakt mehr hatte. Davon, wie er sie mit siebzehn verlassen hatte, um in Hamburg ein neues Leben zu beginnen. Von seiner Zeit in der Wohngruppe. Und wie er sich als schlechter Frontman einer Top-Forty-Band versucht hatte. Er erzählte ihr von seiner Traurigkeit, von seiner Verzweiflung und davon, wie viel besser alles sei, seit er das Büro in der Krümelkiste hatte und sie – Miriam und Luzie – in seinem Leben waren.

Was Gabriel ihr nicht erzählte, war, dass er nicht Ben Sommer hieß. Auch nicht, dass er Schriftsteller war und kein Buchhalter.

Er erzählte ihr nichts von seinem Sohn Ruben, den er nie hatte kennenlernen dürfen. Weil er sich damals dessen Mutter Katja gegenüber, als sie mit Ruben schwanger gewesen war, wie ein riesiges Arschloch aufgeführt hatte. Wie im Schock hatte er, als sie ihm den positiven Test unter die Nase gehalten hatte, ausgerufen: »Wir sind erst seit vier Monaten zusammen, das Kind willst du doch wohl nicht behalten, oder?«

Unverzeihlich. Natürlich war das unverzeihlich gewesen. Und dumm. So dumm, wie er damals eben gewesen war, mit gerade mal dreißig und einem nicht vorhandenen Lebenskonzept. Katja war daraufhin, verständlicherweise, komplett abgetaucht. Er hatte sie nirgends finden können, um sich bei ihr zu entschuldigen.

Erst vier Jahre später hatte er sie und ihren gemeinsamen Sohn mithilfe eines Freundes, der Gabriel auch den Namen seines Sohnes verraten hatte, in Berlin aufgespürt. Als er Zeuge wurde – Zeuge werden *musste*! –, wie *sein* Sohn einem fremden Mann als »Papa« in die Arme flog, da hatte er heimlich mit dem Handy dieses eine Foto von Ruben geschossen, das als Ausdruck in seiner Brieftasche steckte.

Den großen Teddy, den Gabriel damals für seinen Sohn gekauft hatte, hatte er auf dem Weg zum Berliner Hauptbahnhof einem kleinen Mädchen geschenkt. Im Zug zurück nach Hamburg hatte er sich geschämt. Geschämt dafür, dass er in seiner Hybris *überhaupt* auf die Idee gekommen war, er hätte ein Recht darauf, an Rubens Leben teilzuhaben; ein Recht darauf, mit einem Stofftier aufzukreuzen und sich als reuiger Vater zu präsentieren.

Das alles erzählte er Miriam nicht. Weil er sich, wenn er ehrlich war, nicht einmal selbst diese Geschichte wieder und wieder erzählen wollte. Also beließ er es bei Greta und seinem Gefühl; dem Gefühl, dass er wenigstens an Luzie und Miriam einiges davon wiedergutmachen konnte, was er damals bei seiner kleinen Schwester vermasselt hatte.

»Uff«, stieß Miriam am Ende seiner »Beichte« aus. Und sie lächelte wieder, immerhin das. »Ich bin gerührt, dass du mir und Luzie helfen willst. Aber ich möchte es mit dem Laden allein schaffen. Entweder das – oder ich muss eine andere Lösung finden. Alles oder nichts, würde Becka dazu sagen, keine Kompromisse.« Mit einem Mal musste sie auflachen.

»Was ist so lustig?«, fragte er.

»Ach, es ist nichts«, entgegnete sie und wedelte wegwerfend mit einer Hand.

»Das glaube ich nicht.« Er verschränkte beide Arme vor der Brust und gab sich Mühe, so energisch wie möglich zu klingen. »Also, raus mit der Sprache!«

»Na ja«, setzte sie an, »das klingt jetzt vielleicht seltsam, aber gerade ging mir durch den Kopf, dass es im Wesentlichen nur zwei Menschentypen gibt.« Erneut gluckste sie.

»Aha? Und welche wären das?«

»Zum einen«, sagte sie, »gibt es solche, die den Kniffel streichen.«

»Kniffel?« Er musterte sie irritiert. »Was genau meinst du mit Kniffel?«

»Kennst du nicht dieses Würfelspiel?«

»Doch, klar kenne ich das!«, erwiderte Gabriel. »Aber was hat das mit uns zu tun? Oder mit den zwei Menschentypen?«

»Es ist so«, erklärte sie und grinste dabei von einem Ohr zum anderen, »dass man manchmal ein Feld streichen muss, wenn man keinen passenden Wurf hat.« Nun lachte sie richtig auf. »Und da gibt es eben Leute, die zuerst den Kniffel opfern. Weil sie denken, dass es am unwahrscheinlichsten ist, fünfmal dieselbe Zahl zu haben.«

»Ist es ja auch«, entgegnete er.

»Das stimmt nicht! Es ist immer gleich wahrscheinlich. Und wer sich zuerst vom Kniffel verabschiedet, der hat keinen Ehrgeiz.« Sie gluckste erneut. »In meiner Theorie gibt es eben die zwei Arten von Menschen: solche, die den Kniffel streichen, und solche, die das nie tun würden.«

»Interessant«, kommentierte er ihre Theorie. »Darüber habe ich noch nie nachgedacht.«

»So ist es aber. Entweder man ist ein Kniffel-Streicher – oder eben nicht.«

»Wenn ich ehrlich bin«, gab Gabriel zu und spürte, wie seine Wangen heiß wurden, »gehöre ich auch zu den Leuten, die als Erstes den Kniffel streichen.«

»Siehst du?« Miriam klatschte triumphierend in die Hände. »Ich hingegen würde das nie tun.«

»Ist das denn in meinem Fall ein gutes, ein schlechtes oder gar kein Zeichen?«, wollte er wissen.

»Kommt ganz darauf an«, entgegnete sie mit ernster Miene. »Wenn wir jetzt noch dein Sternzeichen und deinen Aszendenten hinzunehmen …« Sie ließ den Satz in der Luft hängen, wiegte stattdessen sorgenvoll den Kopf hin und her.

»Dann bin ich wohl ein aussichtsloser Fall«, brachte er seufzend hervor.

Sie bedachte ihn mit einem schiefen Grinsen. »Beim Fliegen ist es auch so«, fuhr sie fort.

»Beim Fliegen?«

»Eher gesagt *vor* dem Fliegen«, korrigierte sie sich. »Da gibt es auch zwei Menschentypen. Die, die sofort aufstehen, sobald zum Boarding aufgerufen wird, und die, die sitzen bleiben und erst dann aufstehen, wenn das Gate so gut wie leer ist. Es ergibt ja auch gar keinen Sinn, sich beim Boarden anzustellen. Keiner der Passagiere kommt früher an. Egal, ob er vorne in der Schlange steht oder hinten. Deshalb bleiben die entspannten Leute gemütlich sitzen.«

Nun war es an Gabriel zu lachen. »Stimmt, da hast du recht«, stellte er prustend fest. »Tatsächlich muss ich zugeben, dass ich auch hier zu den Idioten gehöre, die gleich aufstehen.«

»Damit kannst du dann ja ab sofort aufhören«, entgegnete sie und klimperte noch einmal auf diese hinreißende Art und Weise mit den Wimpern.

Dann kannst du doch ab jetzt einfach alles richtig machen, fiel ihm Luzies Satz vom Weihnachtsmarkt wieder ein. Gabriel schüttelte den Kopf. »Okay«, meinte er. »Damit höre ich auf, beim nächsten Flug bleibe ich so lange sitzen, bis mein Name aufgerufen wird.« Er lächelte sie an. »Ab sofort streiche ich auch nie wieder den Kniffel«, fügte er hinzu. »Ich schwöre!«

»Sehr gut!«, kommentierte sie. Im nächsten Augenblick wurde ihre Miene wieder ernst. »Ich will es mit der Krümelkiste schaffen, weißt du. Aber nicht, indem du hingehst und alle möglichen Klamotten kaufst. Das ist für mich irgendwie … demütigend.«

»Das verstehe ich«, sagte er. »Auch damit höre ich dann ab sofort auf. Stattdessen helfe ich aber gern, den Laden in die schwarzen Zahlen zu bringen. Also, wenn ich darf, meine ich.«

Miriam strahlte ihn an, so umwerfend, dass er prompt wieder dieses Flattern in der Magengegend verspürte. »Ja, das darfst du sehr gern tun.«

»Ich könnte dir aber auch einen zinslosen Kredit geben, bis –«

»Vergiss es!«, unterbrach sie ihn freundlich, aber bestimmt. »Hilfe gern, Geld nein.«

»Verstanden!«

»Gut. Und eine Sache möchte ich hier noch einmal ganz klarmachen.« Ihre Bernsteinaugen verengten sich zu Schlitzen. »Lüg mich nie, NIE wieder an!«

»Nein«, erwiderte Gabriel. »Ich verspreche es.« Er unterstrich es, indem er ihr mit der rechten Hand salutierte.

»Okay«, sie erhob sich von Luzies Stuhl. »Damit sind wir uns dann einig.«

»Ja«, bestätigte er und schaffte es kaum, ein erleichtertes Seufzen zu unterdrücken. So sehr freute es ihn, dass er eine zweite Chance bekam; dass Miriam ihn nicht gleich rausgeschmissen hatte.

Und diese Chance würde er nutzen. Gleich morgen früh, so nahm er sich vor, würde er mit Christian Burg telefonieren. Nein, besser noch, er würde ihn schon heute Abend anrufen, für »Notfälle« hatte er Gabriel seine Handynummer gegeben. Und das hier – das war schließlich ein Notfall. Vielleicht, so hoffte er zumindest, hätte Christian Burg ein paar schlaue Ideen, wie man die Krümelkiste retten könnte.

Mittwoch, 11. Dezember

Miriam

Die Krümelkiste ist pleite.

Ändere die Dinge, die du ändern kannst.

Was du nicht ändern kannst, nimm gelassen hin.

Es gibt Kniffel-Streicher und Nicht-Kniffel-Streicher.

Einige Menschen springen sofort auf, wenn am Gate das Boarding startet, andere bleiben gemütlich sitzen und warten, bis sie nicht mehr anstehen müssen.

Lüg mich nie, NIE wieder an!

In Miriams Kopf herrschte ein heilloses Durcheinander. Nach dem gestrigen Gespräch mit Ben hatte sie in der Nacht kaum ein Auge zugetan. Gerädert saß sie jetzt hinterm Ladentisch der Krümelkiste. Obwohl es schon kurz nach 11.00 Uhr war, hatte

Ben sich noch nicht blicken lassen, was für ihn sehr untypisch war. Normalerweise war er in seinem Büro, wenn sie gegen halb zehn auftauchte, und hatte bereits die Kaffeemaschine angeworfen.

Wer allerdings jetzt schon hier war: Luzie. In ihrer Konfusion hatte Miriam komplett vergessen, dass heute wegen einer Teamtagung mal wieder kein Unterricht stattfand. So hatte sie um kurz vor acht mit ihrer Tochter vor der leeren Grundschule gestanden und sich gefragt, was es da eigentlich alle drei Monate zu tagen gab. Sie hatte Luzie also zuerst zum Einkaufen mitgenommen, und nun spielte sie in ihrem Zimmer in der Krümelkiste.

Viertel vor zwölf. Miriam war langsam besorgt. Nicht weil sie Angst hatte, Ben wäre etwas zugestoßen. Vielmehr beunruhigte sie der Gedanke, ihr gestriges Gespräch könnte ein Grund dafür sein, dass er sein Büro in der Krümelkiste aufgeben würde. War ihm ihre Unterhaltung zu intim, zu direkt, zu was auch immer gewesen?

Andererseits waren solche Gedanken unsinnig. Was war schon groß passiert? Sie hatten über Patricks Tod gesprochen und seine Diskussion mit Luzie auf dem Weihnachtsmarkt. Über Philosophie und Stoizismus, über Kniffel und über Flugreisende. Und darüber, dass Ben eine kleine Schwester namens Greta hatte, zu der der Kontakt leider seit vielen Jahren abgebrochen war.

Auch darüber hatte Miriam im Verlauf ihrer schlaflosen Nacht gegrübelt. Ob sie Ben irgendwie helfen könnte, mit Greta wieder in Verbindung zu treten? Aber würde er das wollen? Bis auf sein Notebook, das er immer mit nach Hause nahm, stand noch alles in seinem Büro: die Aktenordner, der Drucker, diverse Papierstapel und seine geliebte elektrische Wärmflasche, um die Miriam ihn beneidete – alles da.

Sie musste paranoid sein. Aber sie widerstand der kurz aufflackernden Versuchung, sich in Bens Büro ein wenig umzusehen. So was gehörte sich nicht. Außerdem: Was hätte sie dabei schon groß finden können außer kryptischen Zahlenkolonnen, die sie ohnehin nicht deuten konnte?

Als sie um zehn Minuten nach zwölf überlegte, ob sie Ben auf seinem Handy anrufen sollte / könnte / müsste, den Gedanken aber direkt wieder verwarf, erklang die Türglocke, und ein gut gelaunter Ben Sommer kam in den Laden geschneit.

»Guten Morgen!« Er begrüßte sie so fröhlich, als gäbe es einen Anlass zum Feiern.

»Du scheinst ja gute Laune zu haben«, meinte sie und gähnte einmal herzhaft. »Ich dachte schon, du wärst unter einen Lastwagen geraten oder mit einer hübschen Blondine durchgebrannt.« Sie hoffte, ihr Scherz klang so beiläufig und harmlos, dass ihr nicht anzumerken war, welche Sorgen sie sich in Wahrheit gemacht hatte.

»Blondine?« Er grinste sie frech an. »Ich stehe eher auf den dunklen Typ.«

»Äh …« Verlegen griff Miriam sich mit einer Hand in die Haare, die sie wie immer zu einem schiefen Dutt zusammengewurschtelt hatte. »Also …« Nun spürte sie auch noch, wie sie rot anlief.

»Keine Panik«, beschwichtigte er sie, ohne sein freches Grinsen abzulegen. »Anwesende sind natürlich ausgeschlossen.«

Ihr entfuhr ein keuchendes Husten. »Na, vielen Dank auch!«, stieß sie schnaufend hervor.

»Jedenfalls«, überging Ben nonchalant ihren Einwurf und stützte sich ihr gegenüber mit beiden Händen auf dem Ladentisch ab, »hab ich tatsächlich sehr gute Laune. Mir sind nämlich ein paar tolle Ideen gekommen.«

»Lass gern hören!« Sie gähnte ein weiteres Mal.

»Also«, begann er, »im Wesentlichen geht es um vier Prinzipien.« Er legte eine bedeutungsschwangere Pause ein. »Erstens: Liquidität geht vor Rentabilität«, führte er weiter aus. »Das zweite Prinzip ist: Aus kurzem Geld müssen wir langes machen. Nummer drei: Wir brauchen mehr Effizienz und Effektivität.«

»Was ist denn da der Unterschied?«, fragte sie dazwischen.

»Ich bin noch nicht fertig«, entgegnete er. »Hörst du bitte einfach nur zu?«

»Jawoll!«

»Jetzt hast du mich rausgebracht.«

»Du warst bei Effizienz und Effektivität«, half sie ihm auf die Sprünge, sehr bemüht darum, nicht noch ein drittes Mal zu gähnen.

»Richtig«, bedankte er sich. »Damit komme ich zum vierten Prinzip: Ab sofort nimmst du Kleidung nur noch auf Kommission an.«

»Was haben sie dir denn heute in den Kaffee getan?«, frotzelte Miriam.

»Ich hatte heute noch gar keinen Kaffee«, erwiderte er. Er ging zur Küchenzeile und fing an, den Siebträger zu reinigen.

Mit vier lauten Klongs schlug er ihn auf den Abklopfbehälter, sodass der alte Kaffeesatz herausfiel.

Nach dem vierten Klong erschien Luzie in der Tür zu ihrem Zimmer. »Geht das auch leiser?«, bellte sie ungehalten, während sich wieder die steile Zornesfalte zwischen ihren Augen abzeichnete. »Ich male gerade ein Bild für Oma und Opa!«

»Verzeihung, mein Fräulein«, entschuldigte Ben sich unterwürfig mit einem angedeuteten Diener.

»Für welche Oma und welchen Opa denn?«, fragte Miriam nach.

»Für Oma und Opa Cuxhaven UND für Oma und Opa Spanien«, verkündete Luzie wichtig.

»Ahhh«, rief Ben anerkennend aus, »also werden es gleich zwei Bilder?«

»Nein«, antwortete sie. »Wenn ich fertig bin, möchte ich das Bild gern auf deinem Drucker kopieren. Das ist doch so ein Multi-Dings, das auch Farbe kann?«

»Ja, das Multi-Dings kann auch Farbe«, bestätigte Ben, während seine Mundwinkel verräterisch zuckten. »Und natürlich darfst du ihn benutzen.«

»Okay.« Eine Sekunde später fiel die Tür zu Luzies Zimmer lautstark ins Schloss.

»Also«, flüsterte Ben, nachdem Luzie ihre Tür zugeknallt hatte. »Was die Effizienz betrifft, sollten wir uns auf jeden Fall deine Tochter mit ins Boot holen. Auf dem Gebiet ist sie offenbar ein echter Profi.«

»Inwiefern?«

»Sie wägt Zeitaufwand und Resultat gegeneinander ab«, erklärte Ben, während er neues Pulver in den Siebträger füllte. »Dabei ist sie zu dem Ergebnis gekommen, dass es effizienter ist, anstelle von zwei Bildern nur eines zu malen und es dann zu kopieren.«

»Verstehe«, erwiderte Miriam. »Nein, stimmt gar nicht«, korrigierte sie sich. »Ehrlich gesagt verstehe ich von dem Kauderwelsch, das du da von dir gibst, kaum ein Wort. Was soll das heißen? Kurzes Geld, langes Geld?«

»Einfacher gesagt …«, antwortete er, schob den Siebträger in die Maschine und zog ihn am Hebel fest. »Wir müssen dafür sorgen, dass die Krümelkiste so schnell wie möglich auf die Beine kommt. Tatsächlich ist es so, dass du ohne Existenzgründerzuschuss, die Hilfe von Rebecca und den zinslosen Kredit deiner Eltern bereits insolvent wärst.« Er drückte einen der Knöpfe der Maschine, im nächsten Moment ertönte ein Brummen, und die ersten dunklen Tropfen landeten in der Tasse, die Ben unter den

Kaffeeauslauf gestellt hatte. »Es ist noch nicht zu spät«, fuhr er fort, »wir müssen allerdings jetzt sofort eingreifen, um das Ruder noch mal herumzureißen.«

»Und dafür brauchen wir statt kurzem Geld langes Geld?«, wollte Miriam wissen. »Was genau ist kurz, was ist lang?«

»Okay, lass uns zuerst mit dem wichtigsten Thema anfangen«, schlug er vor. »In Zukunft kaufst du keine Ware mehr an, sondern nimmst sie nur auf Kommission entgegen.«

»Gut, okay.« Miriam räusperte sich. »Kommission also.«

»Genau«, bestätigte Ben. »Das gehört dann auch zum Punkt ›Liquidität geht vor Rentabilität‹. Wenn du auf Kommission umstellst, fließt das Geld erst dann, wenn die Ware verkauft wurde. Wenn du vorab schon ankaufst, liegt das gesamte Risiko bei dir. Dass du nämlich auf Klamotten sitzenbleibst, die keiner kauft, für die du aber schon bezahlt hast.«

»Über Kommission habe ich schon vor Eröffnung des Ladens nachgedacht«, sagte Miriam. »Es ist aber so, dass du natürlich nicht so viele Klamotten angeboten bekommst, wenn du sie nicht direkt abkaufst, sondern nur in Kommission nimmst. Außerdem müsste ich dann alles katalogisieren und aufschreiben, denn ich muss ja zuordnen, welche Sachen ich von welchem Kunden verkauft habe. Und, na ja«, sie seufzte, »dass Papierkram nicht meine Kernkompetenz ist, weißt du ja.«

»Das ist mir schon klar«, entgegnete er. »Aber mit der derzeitigen Situation der Krümelkiste lässt es sich nicht anders darstellen.«

»Das verstehe ich, aber …«

Die Türglocke ertönte, eine Frau schleppte sich mit zwei vollgestopften Ikea-Tüten in den Laden.

»Moin!«, brachte sie ächzend hervor. »Ich hab hier ein paar Sachen, die ich loswerden möchte.«

»Lass uns nachher weiterreden, okay?«, sagte Miriam.

»Kein Problem, ich hab eh noch zu tun.« Mit diesen Worten verschwand er in seinem Büro, lehnte die Tür allerdings nur an.

Mittwoch, 11. Dezember

Gabriel

Drei Stunden lang hatte Christian Burg ihm ab acht Uhr einen Vortrag über erfolgreiche Unternehmensführung gehalten. Gabriel selbst hatte tatsächlich auch nur in etwa die Hälfte verstanden, aber er war schließlich Ben Sommer, der gewiefte Buchhalter, der ab sofort dabei helfen würde, Miriams Geschäft zum Erfolg zu führen.

»Meine Schwester hat hier neulich schon ein paar Sachen hingebracht«, hörte er die Frau mit den beiden Ikea-Tüten gerade sagen. »Und sie hat mir erzählt, dass Sie zu fairen Preisen ankaufen.«

»Das hoffe ich doch!«, meinte Miriam. »Zeigen Sie mir einfach, was Sie haben, und dann schaue ich, was ich Ihnen abkaufen kann.«

Okay. Hier musste er einschreiten. Dass gerade die Umstellung auf Kommission wichtig war, war so ungefähr das Einzige, was ihm aus Christian Burgs Vortrag unmittelbar einleuchtete. Er sprang von seinem Stuhl auf und eilte zur Verkaufsfläche.

»Guten Tag!«, begrüßte er die Kundin und streckte ihr seine rechte Hand entgegen.

»Ebenfalls guten Tag«, erwiderte sie.

»Mein Name ist Ben Sommer«, erklärte er, während er sich neben Miriam hinter den Ladentisch stellte. »Ich bin stiller Teilhaber der Krümelkiste.« Er konnte förmlich spüren, dass Miriam ihm am liebsten in die Seite geboxt hätte.

»Angenehm, Herr Sommer! Ich bin Luise Nannen.«

»Frau Petersen hat da leider etwas vergessen«, fuhr Gabriel fort. »Wir haben kürzlich unser Geschäftsmodell geändert und nehmen Ware nur noch in Kommission.«

»So?« Sie runzelte die Stirn. »Meine Schwester hat mir aber gesagt, dass sie direkt abkaufen.«

»Ja«, bestätigte Gabriel, »das war auch bis vor kurzem so. Aber bei der letzten Gesellschafterversammlung haben wir den Beschluss verabschiedet, ab sofort auf Kommission anzukaufen.«

»Was denn für eine Gesellschafterversammlung?«, schaltete Miriam sich jetzt ein. »Davon weiß ich gar nichts.«

»Stimmt, das war mir entfallen, du warst ja leider nicht dabei.« Dann wandte er sich wieder der Frau zu. »Also, Frau Nannen, was wir für verkäuflich halten, nehmen wir Ihnen gern ab. Immer montags zwischen 10.00 und 12.00 Uhr können Sie hier anrufen und nachfragen, wie der Stand der Dinge ist. Wenn wir etwas von Ihnen veräußert haben, bekommen Sie vierzig Prozent davon.«

»Wieso nur vierzig?« Jetzt wirkte sie richtig verärgert. »Es sind doch meine Sachen!«

»Ja, und es ist *unsere* Ladenfläche, für die wir Miete zahlen, *unsere* Zeit, die wir für Präsentation und Verkauf der Ware investieren, Erfassung, Auswertung und, und, und.«

»Das finde ich trotzdem nicht ganz fair.«

»Das bleibt Ihnen unbenommen«, entgegnete er und konnte nicht verhindern, dabei ein wenig süffisant zu klingen. »Sie sind ja nicht gezwungen, Ihre Sachen hier abzugeben. Sie können auch gern morgens um sechs Uhr auf irgendeinem Flohmarkt einen klapprigen Tapeziertisch aufbauen und sich ein paar Stunden lang dahinter stellen. Ist ja gerade jetzt im Dezember, aber auch noch im Januar und Februar die ideale Jahreszeit für so was.

Sie stehen sich also die Beine in den Bauch, mit Glück bei Regen oder Schnee, das wirkt sich besonders gut auf die Kleidung aus, die Sie verkaufen möchten. Ab sieben Uhr stürmen die ersten Schnäppchenjäger an, die prinzipiell höchstens ein Viertel des Preises zahlen wollen, den Sie verlangen. Also feilschen Sie bei einem T-Shirt für, sagen wir mal, zwei Euro zehn Minuten lang mit einem potenziellen Käufer, bis er schließlich für fünfzig Cent mit dem Teil von dannen zieht. In der Zwischenzeit zerwühlen andere Besucher des Flohmarkts die von Ihnen nach Größe und Art des Kleidungsstücks sortierten und ordentlich zusammengelegten Klamotten, sodass die Ware auf Ihrem Tapeziertisch nach kürzester Zeit so aussieht, als hätten Sie einen Container für Altkleidersammlung darauf ausgekippt.

Gegen 17.00 oder 18.00 Uhr ist der Spaß dann leider schon wieder vorbei, Sie haben noch achtzig Prozent Ihrer Ware – dabei aber nur zehn Prozent davon zum Schleuderpreis verkauft, die anderen zehn Prozent wurden Ihnen geklaut – und müssen nun alles wieder zu Ihrem Auto schleppen. Der Tapeziertisch ist nach dem regnerischen Tag nur noch Sperrmüll. Insgesamt haben Sie in über zehn Stunden ganze dreiundsechzig Euro eingenommen, müssen aber noch fünfundzwanzig Euro für die Standmiete zahlen, und an Ihrem Auto klebt ein Knöllchen, weil Sie es, um die Klamotten nicht so weit schleppen zu müssen, mit dem Gedanken ›Wird schon gut gehen, ist ja Sonntag‹ in einer Anwohnerzone geparkt haben. Außerdem hat Ihnen noch jemand den rechten Außenspiegel abgefahren. Tja«, er klatschte fröhlich in die Hände, »es ist Ihre Entscheidung.«

Luise Nannen war anzusehen, dass sie sehr schwer nachdachte. »Okay«, sagte sie schließlich. »Wir können es ja mal auf Kommission versuchen.«

»Prima«, erwiderte Gabriel. »Dann zeigen Sie uns doch gern, was Sie haben!«

Mittwoch, 11. Dezember

Miriam

War Ben komplett wahnsinnig geworden? Stiller Teilhaber? Gesellschafterversammlung? Was sollte das alles? Aber gut, bevor sie mit ihm ein sehr, *sehr* ernstes Gespräch führen würde, sollten sie sich die Sachen von der Kundin angucken. Außerdem musste Miriam zugeben, dass Bens Flohmarktgeschichte realistisch war.

Frau Nannen nahm das erste Kleidungsstück aus einer der Tüten und hielt es ihnen hin. Es handelte sich um eine sehr niedliche Latzhose aus dunkelblauem Cord mit jeweils einem großen blumenförmigen Flicken auf den Knien.

»Die hier«, erläuterte sie, »hat mein Sohn auf dem Tafelberg in Kapstadt getragen, als mein Mann mir endlich einen Heiratsantrag gemacht hat.« Sie lächelte versonnen. »Diesen wundervollen Moment werde ich nie vergessen!« Als würde sie den Augenblick noch einmal erleben, schloss sie mit einem Seufzen die Augen, ehe sie weitersprach. »Die Sonne war schon fast am Horizont verschwunden, beinahe so, als wäre sie ins Meer gefallen. Und plötzlich, ohne irgendeine Vorwarnung, kniete Paul vor mir.«

Nun öffnete Luise Nannen wieder die Augen. »Die Kinder hopsten aufgeregt kichernd auf und ab. Finn war damals fünf und Lina acht Jahre alt. Ich hatte da noch keine Ahnung, dass sie schon längst Bescheid wussten, weil Paul sie vorher gefragt hatte, ob es für sie in Ordnung wäre, wenn er mir einen Antrag macht.« Sie beugte sich näher und senkte geheimnisvoll die Stimme. »Wissen Sie, Finn und Lina sind aus meiner ersten Ehe. Leider war ihr Vater ein ziemliches Arschloch. Ups, sorry!« Erschrocken schlug sie sich mit einer Hand vor den Mund und lief sogar ein kleines bisschen rot an. »Na ja«, fuhr sie fort, »war halt so.«

»Verstehe«, erwiderte Miriam.

»Mein Credo ist ja«, sprach die Frau weiter, »dass die zweite Runde immer die bessere ist.« Sie lächelte zufrieden.

»Zweite Runde?«

»Genau«, bestätigte sie. »In der zweiten Runde macht man nicht mehr die Fehler aus der ersten.« Miriam unterdrückte ein Lachen. DAS wäre ja zu schön, um wahr zu sein! Sie kannte eine Menge Leute, die nicht nur in der ersten, sondern auch in der zweiten, dritten und vierten Runde die gleichen Fehler gemacht hatten. Und wenn nicht die gleichen, dann andere, die aber nicht weniger bescheuert waren.

Frau Nannen schloss erneut die Augen und seufzte. »Das war so unfassbar romantisch«, erzählte sie weiter, sah wieder auf und hielt ihnen unaufgefordert den Diamantring unter die Nase, der an ihrer linken Hand steckte. »Den hier hat er mir dann gegeben – und ich habe ihn seitdem kein einziges Mal wieder abgelegt.«

»Wie schön!«, kommentierte Miriam und hoffte, dass die Frau nicht bemerkte, dass ihre Stimme zitterte.

Die Kundin beugte sich wieder zu einer ihrer beiden Tüten und zog nun ein sehr hübsches Kleid mit pastellfarbenem Blumenmuster hervor. »Das hier hat Lina am Tag ihrer Einschulung getragen. Eigentlich wollte ich es für die Erinnerungsbox der Kinder aufbewahren.« Sie hüstelte. »Aber wir haben mittlerweile schon acht Erinnerungsboxen auf dem Dachboden stehen, sodass Paul mich gebeten hat, nicht so viele Dinge aufzuheben. Und er hat ja auch recht damit. Nicht nur, dass wir irgendwann ein Platzproblem bekommen würden, sondern auch, dass es doch viel schöner ist, wenn ein anderes Kind dieses Kleidchen tragen und damit neue Erinnerungen sammeln kann. Wissen Sie, damals, als wir das Kleid auf Ibiza bei einem Hippie-Markt entdeckt haben, da …«

Miriam verdrehte innerlich die Augen. Luise Nannen hatte zwei prall gefüllte Ikea-Tüten dabei, wie lange würde das hier dauern, wenn sie zu jedem einzelnen Stück eine Geschichte erzählen würde? Sie waren gerade erst beim zweiten Teil!

Sie war schon versucht, Frau Nannen mitzuteilen, dass es am sinnvollsten wäre, sie würde die zwei Tüten einfach hierlassen, dann würden sie und Ben sich alles ansehen und ihr mitteilen, welche Sachen sie zu welchem Preis in Kommission nehmen würden – da schaltete Ben sich ein.

»Frau Nannen«, sagte er und klang dabei überaus freundlich. »Ich mache Ihnen einen Vorschlag.«

»Nämlich?«

»Was möchten Sie haben, wenn wir Ihnen den Inhalt beider Tüten abkaufen.«

»Sie meinen, alles?«, fragte sie nach.

Ben nickte. »Genau.«

»Aber Sie sagten doch, Sie würden nur noch auf Kommission –«

»Das ist richtig«, unterbrach er sie. »Allerdings ist in Ihrem Fall ganz klar, dass Sie uns hier hochwertige Qualität anbieten, deshalb würden wir eine Ausnahme machen. Also, wie viel möchten Sie für alles?«

Luise Nannen überlegte einen Moment mit angestrengter Miene, vermutlich überschlug sie gerade im Kopf, welche Summe angebracht war.

Miriam blieb vor Erstaunen fast der Mund offen stehen. Was war nun schon wieder los?

»Dreihundert Euro«, sagte Frau Nannen schließlich, und bevor Miriam protestieren konnte, dass das viel zu viel sei, griff Ben bereits an ihr vorbei in die Registrierkasse, nahm den gewünschten Betrag heraus (womit die Kasse dann bis auf zwei Fünfer leer war) und drückte ihn der Frau mit einem »Bitte sehr!« in die Hand.

Mittwoch, 11. Dezember

Gabriel

»Ich habe eine sensationelle Idee!«, teilte Gabriel Miriam mit, sobald Luise Nannen aus der Tür war.

»Du weißt schon, dass du eben dreihundert Euro aus der Kasse genommen hast?«, fragte sie. »Und dass du heute insgesamt einen etwas irren Eindruck machst?«

»Das genaue Gegenteil ist der Fall!«, posaunte er. »Ich habe die Lösung für all deine Probleme!« Er rief es so laut und euphorisch aus, dass Luzie neugierig aus ihrem Zimmer kam.

»Was ist denn los?«, wollte das Mädchen wissen.

»Mir ist ein Konzept eingefallen!«, sagte Gabriel und hörte sich dabei immer noch so euphorisch an, als hätte er den Stein der Weisen gefunden. »Ich weiß jetzt, wie wir die Krümelkiste richtig in Schwung bringen.«

»Na ja, das klingt ja mal super«, kommentierte Miriam trocken. »Was genau schwebt dir vor? Noch mehr Geld aus dem Fenster werfen?«

»Lass uns hier eine ganze Wand frei machen«, erklärte er und deutete dorthin, wo das Schuhregal stand.

»Warum?«, wollte Miriam wissen.

»Weil wir das als ganz besondere Ausstellungswand brauchen werden.«

»Für was?«

»Für unsere Kleidung mit Geschichte!«

»Ich verstehe kein Wort«, teilte Miriam ihm mit.

»Es ist einfach«, erklärte er. »Hier hängen wir ganz besondere Sachen hin. Nämlich solche, deren Geschichte wir erzählen.«

»Deren Geschichte?«

»Ja, richtig!« Gabriel grinste und klatschte vor Freude in die Hände. »Luise Nannen hat mich auf eine Idee gebracht: Wir schreiben die Geschichte zu ausgewählten Kleidungsstücken auf, stecken sie in einen kleinen Umschlag, den wir dann mit einer Sicherheitsnadel an dem jeweiligen Teil befestigen.«

»Aha.« Miriam blickte skeptisch drein. »Und du glaubst, das funktioniert?«

Er lachte. »Auf alle Fälle funktioniert das, die Leute werden sich um die Klamotten in deinem Laden reißen!«

»Müssen sie auch, wenn wir jetzt immer so einkaufen wie du gerade bei Frau Nannen.«

»Meinst du die dreihundert Euro?«

»Genau die«, erwiderte sie lapidar.

»Die waren es wert, weil sie mich auf die Idee gebracht haben. Du wirst schon sehen.«

»Ich kann's kaum erwarten.«

Gabriel ließ sich von Miriams ironischem Unterton nicht beirren, er war absolut überzeugt von der Idee. »Wir werden die Krümelkiste außerdem umbenennen«, fuhr er fort.

»Ach, das auch noch?«

»Genau. Und zwar in …«, er machte eine dramatische Pause, »›Second Chance – Kindersachen mit Geschichte‹.«

»Second Chance?«

»Richtig. Weil manche Dinge zu schön sind, um sie wegzuwerfen, die haben eine zweite Chance verdient.«

»Second Chance klingt für mich eher wie eine Drogenberatungsstelle.«

»Hach«, gab er leicht genervt zurück, »deshalb ja der Untertitel.«

»Und wer soll diese Geschichten schreiben?«

»Du, ich, Rebecca, wer auch immer.«

»Stellst du dir das nicht ein bisschen zu einfach vor?«

»Das müssen ja keine Texte sein, mit denen wir den Deutschen Buchpreis gewinnen wollen. Im Gegenteil, sie sollten so authentisch wie möglich klingen. Und ein bisschen märchenhaft.«

Nun meldete sich Luzie zu Wort. »Also, ich persönlich möchte aber gar nicht wissen, was ein Kleidungsstück schon erlebt hat. Eigentlich möchte ich viel lieber wissen, was es noch erleben *wird*.«

Erstaunt starrten Miriam und Gabriel sie an. Beiden stand der Mund offen.

»Das ist eine tolle Idee«, jubelte Gabriel. »Lass uns das sofort in Angriff nehmen!«

»Aber wir kennen doch gar nicht von allen Sachen, die jetzt hier im Laden sind, die Geschichte«, entgegnete Luzie.

»Na und?«, meinte Gabriel. »Dann denken wir sie uns eben aus. Das macht doch nichts. Schriftsteller tun nichts anderes. Sie verkaufen Geschichten!«

»Woher weißt du denn jetzt so genau, wie Schriftsteller arbeiten?«

»Ich habe einige davon als Klienten«, schwindelte Gabriel. »Außerdem hat mein bester Freund Jonathan einen Verlag.«

Vielleicht würde er am Ende doch nicht in der Hölle schmoren, wenn »Second Chance« zu dem Erfolg werden würde, an den er ganz fest glaubte.

Mittwoch, 11. Dezember

Miriam

Während Miriam noch darüber nachsann, ob Bens Plan aufgehen würde, kreuzten Becka und Alissa im Laden auf.

»Moin, moin«, rief Rebecca. »Alissa wollte fragen, ob Luzie mit ihr spielen will.«

»Das ist ja eine rhetorische Frage«, antwortete Miriam. Nach nur zwei Sekunden waren die Mädchen kichernd in Luzies Zimmer verschwunden.

»Wollen wir Becka von unserer Idee erzählen?«, fragte Ben.

»Was heißt hier *unsere* Idee?«, erwiderte Miriam. »Es ist *deine* Idee.«

»Nicht nur«, widersprach er. »Es ist auch die von Luzie.«

»Ich versteh nur Bahnhof«, sagte Rebecca. »Jetzt rückt schon raus! Worum geht's?«

In wenigen Sätzen erläuterte Ben die Idee zu »Second Chance«.

»Das ist absolut großartig!«, rief Becka euphorisch aus.

»Glaubst du echt?« Miriam war noch immer skeptisch.

»Ich *weiß* es!«

»Willst du nicht vorsichtshalber in deinen Mondkalender gucken?«, zog Miriam ihre Freundin auf. »Nur zur Sicherheit.«

»Sehr witzig!«, gab Becka sich gespielt beleidigt.

»Also, jetzt mal zurück zum Thema«, ging Ben zwischen ihre Frotzeleien. »Wir schreiben aus der Sicht des jeweiligen Kleidungsstücks.«

»Aus Sicht der Kleidung?«, hakte Rebecca nach.

»Exakt«, bestätigte Ben.

»Wie soll ich mir das vorstellen?«

Er überlegte einen Moment. »Als Beispiel für einen Bademantel in etwa so: ›Ich habe mal Jonas (8) gehört. In mich hat er sich glücklich reingekuschelt, als er sein Schwimmabzeichen in Bronze geschafft hat. Zusammen mit dir möchte ich neue Abenteuer erleben! Vielleicht brauchst du mich an einem heißen Sommertag nach einer Wasserschlacht im Garten? Oder du nimmst mich mit zu deinem ersten Ferienlager. Ich bin schon sehr gespannt auf dich!‹«

Miriam und Rebecca starrten ihn fassungslos an, keine von ihnen brachte auch nur ein einziges Wort heraus.

»Nicht gut?«, wollte Ben ein wenig verunsichert wissen.

»Nicht gut?«, fand Becka ihre Sprache wieder. »Das ist der Oberhammer!«

»Ja«, stimmte Miriam ihr zu. »Schon sehr niedlich.«

»Finde ich auch«, gab Ben sich wieder selbstbewusst. »Wenn die Kinder Lust haben mitzumachen, wäre es tatsächlich super. Wer kennt die Wünsche und Träume von Kindern besser als die Kinder selbst?«

»Finde ich eine tolle Idee!«, kam es von Becka. »So phantasievoll, so kreativ.« Sie lachte.

»Was meinst du, Miriam?«, wollte Ben wissen.

»Ich bin noch skeptisch«, gestand sie. »Aber Rebecca hat schon recht, das ist mal was anderes, als sich Hörspiele von *Conni* oder *Bibi Blocksberg* reinzuziehen, und würde auch meine Nerven hier schonen.«

»Super!« Ben klopfte an Luzies Zimmertür und rief: »Kommt ihr mal zu uns?«

Eine Sekunde später standen sie vor Ben, Miriam und Rebecca, als hätten sie bereits die ganze Zeit hinter der Tür gelauert.

»Also, Mädels, was haltet ihr davon, wenn wir uns zusammen Geschichten ausdenken?«, fragte Ben. »Was die Klamotten, die wir hier verkaufen, schon erlebt haben und was sie noch erleben sollen, immer passend zum jeweiligen Alter.«

»Finde ich gut«, sagte Luzie.

»Ich auch«, pflichtete Alissa ihr bei.

»Super!«, freute sich Ben.

Miriam war immer noch skeptisch. »Wir können doch die Krümelkiste nicht einfach von heute auf morgen umbenennen«, brachte sie noch einen Einwand.

»Nö«, Becka gluckste. »Wir machen das von heute auf heute! Als Kleinunternehmerin musst du ja nicht mal einen Eintrag ins Handelsregister machen, also ist ein neuer Name gar kein Problem.«

»Und was ist mit dem Banner im Schaufenster draußen und mit unserem Internetauftritt?«, meinte Miriam.

»Das Banner drehen wir einfach um, und ich schreibe dir auf die Rückseite ›Second Chance – Kindersachen mit Geschichte‹. Für Tim ist die Umbenennung der Website eine Sache von drei bis vier Klicks. Entspann dich mal!«

Zwei Stunden später malte Rebecca mit den Acrylfarben, die sie bei Mikado gekauft hatte (auch die Schrader-Schwestern waren von der Idee für die Krümelkiste absolut begeistert gewesen), den neuen Namen auf die Rückseite des Banners. Sie hatte in dem Spielwarenladen auch gleich hübsches Briefpapier und kleine Umschläge besorgt.

Ben hatte unterdessen Haken und Dübel aus dem Baumarkt organisiert und versucht, mit Miriams Bohrmaschine aus dem Lager die Wand für die Kleidungsstücke mit Geschichten vorzubereiten. Nachdem er allerdings fast viermal von der Leiter, die ebenfalls im Lager gestanden hatte, gefallen war, hatte ihm Miriam die Arbeit mit einem »Lass mich das besser machen!« abgenommen.

So saß Ben nun mit Luzie, Alissa und Eric, den Becka nach ihrer Einkaufstour im Mikado vom Fußballtraining abgeholt hatte, in seinem Büro. Gemeinsam dachten sie sich Geschichten für die besonderen Kleidungsstücke aus; sowohl für die Vergangenheit als auch für die Zukunft.

Ben hatte darauf bestanden, die kleinen Geschichten handschriftlich aufzuschreiben. »Das ist viel emotionaler als gedruckt«, hatte er Miriam gegenüber behauptet und ihr seine erste kleine Geschichte unter die Nase gehalten. Neben dem Text hatte sie seine überaus schöne Handschrift bewundert. »Ich schreibe besser nicht mit«, hatte sie erklärt, »leider hab ich eine richtige Sauklaue.«

»Wie gesagt«, hatte Ben widersprochen, »es geht vor allem darum, authentisch zu sein.«

»Na ja, aber man sollte es schon noch entziffern können, oder?«

Er hatte laut gelacht. »Die Kinder schreiben ihre Geschichten auch alle selbst auf. Kann mir kaum vorstellen, dass das leserlicher ist als bei dir.«

»Die Kinder schreiben auch selbst?«, hatte sie ausgerufen. »Dann ist es ja nicht nur schwer zu lesen, sondern strotzt auch noch vor Rechtschreibfehlern!«

»Das ist doch völlig egal«, hatte Ben gemeint. »Das ist ein Kinderladen. Von Kindern für Kinder.«

»Dann darfst du aber erst recht nicht mitschreiben«, hatte sie ihn aufgezogen.

»Was?« Ben hatte sie fröhlich angelacht. »Ich bin das größte Kind von allen!«

Und nun saßen sie in Bens Büro und steckten die Köpfe zusammen. Hin und wieder bekam Miriam mit, wie unter den Kindern heiße Diskussionen darüber entbrannten, ob nun Schiff mit einem oder zwei »f« und ob Skifahren mit »Ski« oder »Schi« anfing.

Nachdem sie die ersten zwanzig Geschichten für ein paar Kleidungsstücke zusammenhatten, dekorierten Miriam und Rebecca die gesamte Wand damit:

Ich habe mal Carl (5) gehört, stand im Briefchen an einer hellblauen Jacke, *und bin zusammen mit ihm das erste Mal geflogen, mit Mama und Papa nach Mallorca. Ich bin schon sehr gespannt darauf, welche Abenteuer ich gemeinsam mit dir erleben werde! Vielleicht trägst du mich auf der Abschlussfahrt deines Kindergartens? Oder du traust dich mit mir zum ersten Mal in eine Geisterbahn?*

Während sie noch dabei waren, die ausgewählten Stücke mit Kleiderbügeln an die Haken zu hängen, die Miriam an die Wand gedübelt hatte, kam eine junge Frau ins Geschäft.

»Ich brauche eine Matschhose für meine Tochter in Größe achtundneunzig.«

»Da haben Sie Glück«, teilte Miriam der Kundin mit und schnappte sich eine lilafarbene Regenhose, die sie erst wenige Minuten zuvor an der Wand platziert hatte. Nachdem sie der Frau das neue Konzept von Second Chance erläutert hatte, nahm diese das Briefchen und las laut vor:

Ich habe Marie (3 Jahre) gehört. Mich hatte sie an, als sie im Kindergarten ihren ersten heimlichen Kuss von Lasse auf die Wange bekommen hat. Das war hinter dem Holzschuppen, in dem das Spielzeug für die Sandkiste aufbewahrt wurde. Vielleicht trägst du mich auch, wenn dein Crush dir einen Kuss geben will?

»Wie entzückend ist das denn?!«, rief die Frau aus. »Haben Sie noch mehr Sachen in Größe achtundneunzig oder hundertvier, an denen eine kleine Geschichte hängt?«

»Aber sicher doch«, bestätigte Ben. »Wir haben nur noch nicht alle Briefchen zugeordnet, aber das kann ich für Sie sofort machen.«

Keine zehn Minuten später verließ die Kundin mit sechs Teilen für insgesamt zweiundachtzig Euro, den dazugehörigen Briefchen und einem »Ich werde allen meinen Bekannten von Second Chance erzählen!« das Geschäft.

»Seht ihr?« Ben strahlte Miriam, Rebecca und die Kinder triumphierend an. »Ich habe euch doch gesagt, dass das der absolute Knaller werden wird.«

»Na ja«, gab Miriam zurück. »Das war jetzt *eine* Kundin, die viel gekauft hat. Aber das muss doch noch gar nichts heißen.«

»Mami!«, rief Luzie empört aus. »Kein Däffitistisch!«

Samstag, 14. Dezember

Gabriel

Und sie bewegt sich doch!

Gabriel fühlte sich wie Galileo Galilei und Nostradamus in Personalunion, denn seine Prophezeiung für Second Chance traf zu zweihundert Prozent zu. Donnerstagmorgen hatten schon gut ein Dutzend Leute vor dem Laden gestanden, als er um kurz nach neun beim Geschäft auftauchte. Am Ende des Tages hatte Miriam über sechshundert Euro in der Kasse.

Am Freitag war es noch mehr Kundschaft gewesen, und jetzt am Samstagvormittag konnte man schon von einem regelrechten Run auf Second Chance reden.

Gabriel, Luzie, Alissa und Eric kamen kaum noch mit dem

Geschichtenschreiben hinterher, während Rebecca die Briefchen an die Kleidung heftete und aufhängte.

»Absoluter Wahnsinn«, freute sich Miriam in einem der seltenen Momente, in denen kein Kunde im Geschäft stand.

»Das kannst du wohl sagen«, pflichtete Rebecca ihr bei. »Ich glaube, es wäre gut, wenn wir nächste Woche eine zweite Wand dekorieren.«

»Um Himmels willen«, rief Gabriel, der einen neuen Stapel Briefchen auf den Ladentisch legte. »Wir stoßen jetzt schon an unsere Grenzen. Außerdem habe ich ja noch einen anderen Beruf.«

»Wir könnten noch ein paar Freunde und Klassenkameraden fragen«, schlug Eric vor.

»Das geht nicht. Das wäre Kinderarbeit«, entgegnete Rebecca.

»Wir sind doch auch Kinder!«, kam es von Eric.

Rebecca lachte auf. »Aber ihr seid unsere eigenen, das ist was anderes. Dafür haben wir ja schon euer Taschengeld aufgestockt.«

»Also, wenn das jetzt immer so gut läuft, sollten wir den Laden auch samstags bis 18.00 Uhr geöffnet lassen«, meinte Miriam.

Nun schaltete sich Alissa ein. »Heute aber nicht. Um drei müssen wir alle zur Weihnachtsfeier in die Musicalschule.« Sie unterstrich ihre Forderung mit einem energischen Nicken. »Wir haben extra eine kleine Aufführung einstudiert.«

»Natürlich gehen wir da alle hin«, versicherte Gabriel. »Oder ich halte bis heute Abend hier die Stellung, und ihr düst ab zum Fest.«

»O nein, mein Lieber. Du kommst schön mit!«, entschied Miriam.

Samstag, 14. Dezember

Miriam

Miriam konnte verstehen, dass Ben nicht sonderlich erpicht darauf war, einer Vorführung von Kindern oder für Kinder beizuwohnen. Mit einem leichten Schaudern dachte sie an »Dornröschen« zurück.

Aber natürlich legte Alissa Wert auf möglichst viel Publikum. Und nachdem sie so fleißig mitgeholfen hatte, sich Geschichten auszudenken, stand ihr dieser Gefallen auch zu. Nach der Weihnachtsfeier, so hatte sie es mit Rebecca ausgemacht, wollte Miriam Ben zum Essen einladen, um sich bei ihm zu bedanken, dass er sich bei der Krümelkiste, oder jetzt Second Chance, so eingebracht hatte. Zunächst hatte Ben das nicht annehmen wollen, aber da Miriam so darauf beharrt hatte, akzeptierte er die Einladung.

Jetzt, um kurz vor drei, saßen sie im abgedunkelten Saal der Musicalschule und warteten darauf, dass es losging. Minuten später wurde die Bühne von zwei Scheinwerfern angestrahlt, und es folgte eine sehr gelungene Show, die kurzweilig war und sogar für einige Lacher im Publikum sorgte.

»So«, teilte Annika, die Chefin der Musicalschule, mit, als sie nach der Aufführung auf die Bühne kam. »Damit kommen wir jetzt zum Teil der Feier, bei dem ihr alle mitmachen dürft.« Sie legte eine bedeutungsschwangere Pause ein. »Und zwar … singen wir jetzt Karaokeeee! Wer von euch fühlt sich berufen?«

Zu ihrem großen Erstaunen hob Ben sofort eine Hand und rief: »Ich tue das!«

»Dann komm gern hier hoch!«

»Mag ja sein, dass Becka fast olympisches Gold im Kunstturnen gewonnen hat«, raunte er Miriam und Rebecca noch im Aufstehen zu. »Aber ich zeige euch jetzt mal, was ich als Entertainer so draufhabe. Schließlich war ich viele Jahre lang der Frontman von der schlechten Top-Forty-Band ›Heartbeat‹.«

Miriam lachte. »Da sind wir aber sehr gespannt!«

»Das könnt ihr auch sein«, erwiderte Ben selbstbewusst.

»Wie heißt du?«, fragte Annika, als Ben unter tosendem Applaus bei ihr auf der Bühne ankam und sie ihm das Mikro unter die Nase hielt.

»Mein Name ist Ben.«

»Und was singst du für uns?«

»Habt ihr das?«, wollte er wissen und flüsterte ihr etwas ins Ohr.

»Mit Sicherheit«, meinte sie, drückte Ben das Mikro in die Hand und ging dann zu dem Notebook, das auf einem Tisch am Rand der Bühne stand. Sie klickte ein paarmal darauf herum und rief mit einem zufriedenen Grinsen: »Ja, haben wir.«

»Gut.«

»Leg los!«, forderte Annika ihn auf.

»Kann ich vorher noch was sagen?«

»Klar. Ein paar letzte Worte, bevor es ernst wird?«

»Exakt.« Ben räusperte sich. »Dieser Song ist für eine ganz besondere kleine Dame«, teilte er dem Publikum mit. »Für Luzie. Ich habe mir einen neuen Refrain für dich ausgedacht und hoffe, dass er dir gefällt.« Er nickte Annika zu, um ihr zu bedeuten, dass sie das Playback starten sollte.

Als die ersten Klänge des Intros anfingen, erstarrte Miriam. Er sang »Lucy in the Sky«! Ausgerechnet dieses Lied, das doch wie kein zweites für die Familie stand, die Miriam, Patrick und Luzie mal gewesen waren.

Picture yourself in a boat on a river
With tangerine trees and marmalade skies
Somebody calls you, you answer quite slowly
A girl with kaleidoscope eyes

Miriam schloss die Augen und schluckte schwer, damit sie nicht in Tränen ausbrach. Denn während in ihrem Inneren alle möglichen Gefühle, Gedanken und Erinnerungen tobten, drückte Luzie ihre Hand und flüsterte ihr zu: »Ui, wie toll, Mami.«

»Ja«, antwortete sie mit zittriger Stimme. Nicht weinen, nicht weinen, sie durfte jetzt einfach nicht weinen!

Doch als Ben schließlich zum Refrain des Songs kam, konnte sie die Tränen kaum noch unterdrücken.

Luzie in den Wolken, du bist für mich
Ein besondres Mädchen, ganz sicherlich
Luzie in den Wolken, ich flieg mit dir
Luzie in den Wolken, für immer wir

Miriam hielt es nicht aus. Hielt nicht aus, wie Ben auf der Bühne stand und für Luzie sang.

»Luzie in den Wolken?«, raunte Becka ihr zu. »Woher weiß er das?«

»Von mir«, erklärte Luzie leise. »Als wir auf dem Weihnachtsmarkt waren, habe ich ihm erzählt, dass Papa das früher immer für mich gesungen und sich sogar einen neuen Refrain für mich ausgedacht hat. Und weil ich mich nicht mehr daran erinnern konnte, wie genau er ging, hat Ben mir versprochen, für mich einen anderen zu schreiben.« Sie strahlte. »Mir gefällt er sehr gut. Dir auch, Mami?«

Miriam schlug sich mit einer Hand vor den Mund, um ein Schluchzen zu unterdrücken. Ohne ein weiteres Wort sprang sie auf, kämpfte sich ihren Weg durch die Sitzreihen und rannte nach draußen.

Unten auf der Straße heulte sie wie ein kleines Kind, das sich bei einem Sturz beide Knie aufgeschlagen hatte. In ihrem Fall waren es keine aufgeschlagenen Knie, sondern ein gebrochenes Herz.

Samstag, 14. Dezember

Gabriel

Als Gabriel sah, wie Miriam aufsprang und aus dem Saal lief, unterbrach er seinen Auftritt mit einem »Sorry, ich muss mal kurz weg!«. Danach drückte er der sehr verdutzten Annika das Mikro in die Hand und hechtete mit einem großen Satz runter von der Bühne.

Er war aber auch ein Riesenidiot! In seiner Begeisterung, Luzie mit dem neuen deutschen Refrain, den er sich in den vergangenen Tagen für sie ausgedacht hatte, zu überraschen, hatte er nicht eine Sekunde lang darüber nachgedacht, was der Song bei Miriam anrichten könnte!

Rebecca war mittlerweile ebenfalls aufgestanden, hatte sich aus ihrer Sitzreihe hinaus in den Gang gekämpft und stellte sich Gabriel in den Weg.

»Ich komme mit«, verkündete sie.

»Bleib du lieber bei den Kindern«, entgegnete er. »Ich glaube, es ist besser, wenn ich erst einmal allein mit ihr rede. Und Luzie ist ja sicherlich auch irritiert.«

»Hm«, sie zögerte kurz. »Okay, da hast du wohl recht«, stimmte sie ihm schließlich zu. »Aber ich hol dir noch schnell eure Jacken von der Garderobe, ist ja eiskalt heute draußen.«

»Keine Zeit!«, rief Gabriel und setzte seinen Spurt nach draußen fort.

Unten auf der Straße konnte er Miriam allerdings nicht finden. Er blickte nach links und rechts, rief nach ihr, aber sie antwortete nicht und war auch nirgends zu entdecken. Er wollte schon sein Handy zücken und ihre Nummer wählen, da erklang direkt hinter ihm ihre Stimme.

»Hier bin ich.«

Er drehte sich um. Miriam stand vor einer Einfahrt neben der Musicalschule. Und sie sah … so herzzerreißend unglücklich aus, vor Kälte schlotternd in ihrer Bluse, dass Gabriel nicht anders konnte, als sie sofort zu umarmen und an sich zu ziehen.

Sie weinte. Weinte so haltlos, verzweifelt und zitternd gegen seine Brust, dass sein Sweatshirt an der Stelle, an die sie sich mit ihrem Kopf kuschelte, binnen Sekunden durchnässt war. »Lucy in the Sky«, schluchzte sie. Und dann, ganz, ganz leise: »Luzie in den Wolken.«

»Es tut mir leid!« Er rang mit sich, suchte nach den richtigen Worten. Aber im Gegensatz zu Gabriel Bach oder Henri Fjord fiel dem Buchhalter Ben Sommer nichts anderes ein. »Es tut mir leid!«, wiederholte er. »So schrecklich, schrecklich leid!« Miriam sagte nichts, aber ihr Weinkrampf schien ein wenig abzuebben. »Ich wollte Luzie eine Freude machen«, brachte er schließlich doch noch hervor. »Dabei habe ich gar nicht an dich gedacht und daran, was der Song bei dir auslösen könnte.« Er stieß einen wütenden Seufzer aus. »Ich bin wirklich ein Hornochse!«

Zu Gabriels großer Überraschung prustete Miriam mit einem lauten Schnauben gegen seine Brust. Sie löste sich aus der Umarmung und sah ihn mit immer noch tränennassem Gesicht an, aber zumindest lächelte sie zaghaft. Wie jedes Mal, wenn sie ihn ganz direkt anblickte, tauchte er ganz in das Bernsteingold ihrer Augen ein.

»Hornochse?« Ihr Lächeln wurde breiter. »Der Begriff ist ja noch besser als Steckenpferd! Wo hast du nur immer diese altmodischen Worte her?«

»Tja«, er zuckte hilflos mit den Schultern. »So ist es eben: alter Mann, alte Worte.«

»Du bist gar nicht alt«, widersprach sie.

Und dann, ohne jede Vorwarnung, schlang sie plötzlich ihre Arme um seinen Hals und küsste ihn. Küsste ihn mit einer solchen Leidenschaft, dass er beinahe ins Taumeln geriet. Allerdings dauerte der Kuss nur wenige Sekunden, dann ließ Miriam von ihm ab und trat zwei Schritte zurück.

»Tut mir leid!«, rief sie, erschrocken über sich selbst, aus. Sie wirkte so peinlich berührt, dass es nun an ihm war, sie erneut zu umarmen.

»Das muss dir nicht leidtun«, sagte er leise. »Ich wollte das schon seit einer Ewigkeit tun.« Mit diesen Worten beugte er sich zu ihr hinunter. Sein Kuss war nicht so leidenschaftlich wie der davor, sondern sanft und zart. Allerdings wurde er von Minute zu Minute feuriger, und in Gabriels Kopf ging es drunter und drüber. Er konnte nichts anderes mehr denken und fühlen als *Miriam, Miriam, Miriam*. Außerdem natürlich noch, dass er gerade drauf und dran war, auf eine riesige Katastrophe zuzusteuern.

Hinter Miriams Rücken öffnete sich die Tür der Musicalschule, Becka kam mit ihren Jacken nach draußen. Eilig schob Gabriel Miriam ein Stück von sich weg. Sie betrachtete ihn irritiert, vermutlich weil er ihren Kuss so abrupt beendet hatte.

»Oh, Entschuldigung, ich wollte euch nicht …«, sagte Rebecca und machte Anstalten, zurückzugehen und die Tür wieder zu schließen.

»Alles gut!«, versicherte Gabriel ihr. »Du störst uns nicht. Wir, äh, wir haben gerade nur, äh«, er gab ein recht verlegenes Kichern von sich. »Also, wir haben da nur gerade was besprochen.«

»Danke, dass du uns die Jacken bringst«, meinte Miriam, die ihre Freundin mittlerweile ebenfalls entdeckt hatte.

Rebecca übergab ihnen die Jacken, die sie sofort anzogen. »Für mich sah das eben aber gar nicht kalt, sondern eher ziemlich heiß aus«, zog sie beide auf und grinste schelmisch. »Da hab ich euch wohl auf frischer Tat ertappt. Also, ich meine, ich habe euch dabei ertappt, wie ihr ›etwas besprechen‹ wolltet.« Sie lachte.

»Ist die Show vorbei?«, fragte Gabriel, um irgendwie vom Thema abzulenken.

»Für mich schon«, antwortete Becka und verdrehte gequält die Augen. »Ich war ganz froh, dass ich vor den Kindern mit euren Jacken eine gute Ausrede hatte, um dem Gejaule zu entkommen.«

»So schlimm?«, wollte Miriam wissen.

»Schlimm ist gar kein Ausdruck! Ich würde es als Körperverletzung bezeichnen.« Sie bedachte Gabriel mit einem anerkennenden Blick. »Nach deinem Kurzauftritt konnten alle anderen ja nur schlechter sein. Aber *so* schlecht?«, sie schüttelte sich und gab ein »Brrrr!« von sich. »Also, mal abgesehen von Alissa, die bei mir *rein objektiv* natürlich immer die Beste ist, warst du der absolute Höhepunkt der gesamten Weihnachtsfeier.«

»Sehe ich auch so«, pflichtete Miriam ihrer Freundin bei. »Mich hat's ja glatt aus den Schuhen gehauen.«

»Was soll ich sagen?«, meinte Gabriel. »Fünf Jahre in einer miesen Top-Forty-Band haben ihre Spuren hinterlassen.« Er schmunzelte verlegen.

»Du steckst wirklich voller Überraschungen«, stellte Miriam fest. »Nicht nur, dass du ein so großartiger Buchhalter bist, dass sich die Klienten um dich reißen und dir jede Menge Goodies zukommen lassen – du kennst dich auch noch mit Philosophie aus, kannst super schreiben und singst phantastisch. Meine Mutter hätte so etwas früher als eierlegende Wollmilchsau bezeichnet.«

Er lachte auf. »Ich finde, das Wort ›Wollmilchsau‹ gehört in dieselbe Kategorie wie Hornochse und Steckenpferd.«

»Das stimmt«, gab Miriam fröhlich zu. »Auf jeden Fall singst du echt wie ein Profi.«

»Na ja, wie ein Profi«, wehrte Gabriel sichtlich geschmeichelt ab, »dazu fehlt wohl doch noch ein bisschen was.«

Becka erhob gespielt tadelnd den Zeigefinger. »Stell dein Licht mal nicht unter den Scheffel!« Sie gluckste. »Miriam hat übrigens beim Aufzählen deiner Qualitäten etwas Wichtiges vergessen.«

»So?«, fragte Miriam erstaunt. »Was denn?«

»Offensichtlich kann Ben auch sensationell gut küssen«, klärte Becka sie auf.

»Ich, also …«, setzte Gabriel an und blickte verlegen auf seine Schuhe.

»Stimmt, das kann er«, wurde er von Miriam unterbrochen, während sie gleichzeitig nach seiner Hand griff und einmal drückte, ehe sie sie wieder losließ. »Tu mir bitte den Gefallen und erzähl den Kindern nichts von unserer Knutscherei.«

»Hältst du mich für so eine Plaudertasche?«, wollte Becka empört wissen.

»Ja«, entgegnete Miriam schnörkellos. »Ich halte dich nicht nur dafür, du *bist* eine.«

»Das ist also der Dank dafür, dass ich euch vorm Erfrieren bewahrt habe. Pffff!« Sie verschränkte die Arme vor ihrer Brust.

»Eben hast du noch behauptet«, mischte Gabriel sich ein, der nach Miriams Kompliment wieder den Kopf erhoben hatte, »sehr froh darüber zu sein, dass du eine gute Ausrede hattest, um dem … äh …«

»Gejaule«, half Miriam ihm auf die Sprünge.

»Genau, um dem Gejaule zu entkommen.« Nun war er es, der Miriams Hand nahm und sie einmal kurz drückte.

Beckas Gesicht verzog sich zu einem frechen Grinsen. »Ihr seid euch ja schon so einig wie ein seelenverwandtes Liebespaar!«, rief sie aus.

»Na ja, also Liebesp …«, wollte Miriam widersprechen, wurde aber von ihrer Freundin sofort unterbrochen.

»Das macht ihr zwei am besten untereinander aus.« Sie lächelte. »Dafür habt ihr ja jetzt jede Menge Zeit, während ich die Kids beim Übernachtungsfest bändige. Davor höre ich mir aber noch ein kleines bisschen Gejaule an.« Mit diesen Worten stieß sie die Tür der Musicalschule auf.

»Ich begleite dich«, sagte Miriam.

»Wieso das?«

»Weil ich mich von Luzie verabschieden und ihr erklären möchte, warum ich vorhin rausgerannt bin.«

»Da mach dir mal keine Sorgen«, gab Becka zurück. »Deine Tochter ist ja nicht blöd.«

»Dann sollte ich aber erst recht …«

»Nein, solltest du nicht.« Rebecca sah sie streng an. »Ich habe ihr schon längst gesagt, dass du nicht traurig, sondern einfach nur gerührt warst. Wenn du Luzie jetzt noch was erklären willst, machst du die Sache größer, als sie ist.«

»Meinst du?«

Ihre Freundin nickte energisch. »Absolut! Ein paar Minuten nachdem ihr verschwunden wart und ich Luzie das mit der Rührung erklärt habe, haben sie und Alissa sich schon darüber ausgetauscht, was sie alles bei der Übernachtungsparty machen wollen.« Sie seufzte tief. »Mir wird nachher die Freude zuteil, Pizza zu bestellen, während die beiden zuerst mindestens zwei Filme gucken und dann die Nacht durchmachen wollen.« Erneut gab sie einen Seufzer von sich. »Das übliche Programm halt. Hoffe nur, dass sie dieses Mal nicht so laut sind, dass ich ebenfalls die Nacht durchmachen muss oder die Nachbarn Sturm klingeln.«

Miriam lachte. »Ich drücke dir alle Daumen.«

»Ich auch«, schloss Gabriel sich an.

»Du kommst morgen Abend gegen sechs, um Luzie abzuholen?«, wollte Rebecca noch wissen.

»Das mache ich, Süße!«, bestätigte sie. »Oder soll ich früher kommen, damit du dich ein bisschen erholen kannst?«

»Auf keinen Fall!« Becka riss beide Augen auf, als sei sie vollkommen schockiert über die Frage ihrer Freundin. »Du weißt doch: Was ist schlimmer als zwei Kinder, die nerven, weil sie laut sind, sich streiten oder sonst was miteinander anstellen?«

Miriam lachte. »*Ein* Kind, das sich langweilt und dir deshalb auf die Nerven geht, sich mit dir streitet oder sonst was anstellt.«

»So sieht's aus.« Mit diesen Worten verschwand Rebecca durch die Tür zur Musicalschule.

Als sie wieder allein waren, wurde Gabriel augenblicklich von einer derart starken Unsicherheit heimgesucht, wie er sie – so zumindest seiner Erinnerung nach – das letzte Mal im Alter von dreizehn Jahren verspürt hatte. Miriam schien es nicht anders zu gehen, denn nun hatte sie ihren Blick starr auf ihre Schuhe geheftet.

»Wollen wir«, brach Gabriel nach ein paar Minuten das Schweigen, das ihn und Miriam so unangenehm umhüllte, »dann was essen gehen?«

»Wenn ich ehrlich bin«, murmelte sie in Richtung ihrer Schuhe – und schon bei diesen vier Worten fing sein Herz an zu rasen, weil Sätze, die so begannen, nie erfreulich endeten –, »möchte ich gerade nicht in irgendein Restaurant mit vielen fremden Menschen. Lieber würde ich nach Hause gehen.«

»Ja, klar, natürlich«, gab er eilig oder eher hektisch zurück. »War ja eben dank meiner Blödheit ziemlich heftig für dich, ich verstehe voll und ganz, wenn du lieber allein sein möchtest.«

Sie blickte auf und sah ihn auf so intensive Art und Weise an, dass er dieses Mal rettungslos in ihren Augen versank. Wie aus weiter Ferne und durch einen Wattebausch hindurch hörte er, was Miriam ihm antwortete.

»Ich habe nicht gesagt, dass ich allein sein will«, sagte sie, »sondern dass ich lieber nach Hause möchte, weil mir nicht danach ist, mit dir in ein Restaurant zu gehen.«

»O-kay …«, entgegnete er lang gezogen. Mittlerweile raste nicht nur sein Herz. Sein gesamter Körper sowie das bisschen Restverstand, über das er hoffentlich noch verfügte, standen in Flammen.

»Aber ich würde mich sehr freuen, wenn du mit zu mir kämst.«

Gabriels Restverstand drohte sich davonzumachen. »Ja, gut, klar, gern, zu dir, kein Problem«, stotterte er.

»Schön«, entgegnete sie. »Allerdings wünsche ich mir noch eine Sache: dass wir uns nur gegenseitig im Arm halten und miteinander reden. Ich glaube, es gibt da einiges, was wir zu klären haben.«

»Ja, gut, sicher, machen wir. Ich habe ein paar … Also, es gibt da tatsächlich einiges, was du … über … also, was du über mich wissen solltest.« Er stotterte immer noch. Zum einen, weil sie ihn zu sich nach Hause einlud – zum anderen, weil er sich bereits in derselben Sekunde, in der Miriam gesagt hatte, dass sie nur reden wollte, eine Sache ganz felsenfest vorgenommen hatte: Heute würde er reinen Tisch machen. Würde ihr alles erzählen, wirklich alles. Nicht nur, dass er einen Sohn hatte, sondern auch, dass sein Name Gabriel Bach war und nicht Ben Sommer. Und dass ihn mit dem Beruf eines »Buchhalters« nur der erste Teil des Wortes verband – das Buch. Er schrieb Bücher, er hielt sie nicht.

»Komm«, unterbrach Miriam die Gedanken, die ihm durch den Kopf wirbelten, und nahm wie selbstverständlich seine Hand. »Gehen wir.«

Samstag, 14. Dezember

Miriam

Nachdem sie sich unterwegs beim Thailänder zwei Gerichte geholt und sie in Miriams kleiner Küche gegessen hatten, saßen sie nun aneinandergeschmiegt auf ihrem Schlafsofa, das sie aber nicht ausgeklappt hatte.

Auf dem kleinen Beistelltisch neben dem Sofa standen zwei Gläser Rotwein.

»Wer fängt an?«, wollte Ben wissen und nahm einen Schluck Wein.

»Immer der, der fragt«, erwiderte sie.

»Gut, das bin dann wohl ich.« Er holte einmal tief Luft. »Ich habe einen Sohn«, gestand er dann.

Miriam sah ihn verwirrt an. »Du hast doch aber erzählt, dass du keine Kinder hast.«

»Das ist einerseits wahr, andererseits auch wieder nicht.«

»Muss ich das jetzt verstehen?«

»Nein. Musst du nicht. Aber ich erkläre es dir.«

Samstag, 14. Dezember

Gabriel

Zwanzig Minuten später hatte er Miriam alles über Ruben erzählt. Über den Sohn, den er einerseits hatte und andererseits auch nicht. Zwischenzeitlich, nachdem er ihr gestanden hatte, wie es zu dem Zerwürfnis mit der Mutter seines Kindes gekommen war, war Miriam aufgestanden und hatte aus der Küche die Rotweinflasche geholt. Sie hatte erst ihm eingeschenkt, dann ihr eigenes Glas wieder aufgefüllt, dann ebenfalls getrunken und ihren Kopf wieder auf seinen Schoß gebettet.

»Der größte Vorwurf, den ich mir bis heute und vermutlich bis an mein Lebensende machen werde«, sagte er nun, während er Miriam durch die Haare kraulte, »ist, dass ich meinen Sohn im Stich gelassen habe.«

»Das hast du nicht!«, widersprach sie ihm vehement. »Natürlich war das, was du zu Katja gesagt hast, extrem verletzend.« Kopfschüttelnd setzte sie sich auf und nahm noch einen Schluck Wein. »Aber du hattest ja auch gar keine Chance, dich zu besinnen. Mit ihrem sofortigen Abtauchen waren dir ja die Hände gebunden, was hättest du denn tun sollen?« Noch einmal schüttelte sie den Kopf.

»Ich weiß nicht«, seufzte er. »Vielleicht hätte ich mich auch weiterhin wie ein Arsch benommen.«

Nun schüttelte sie zum dritten Mal den Kopf. »Hättest du nicht.«

»Woher willst du das wissen?«

»Weil du, als du Ruben schließlich gefunden und gesehen hast, dass er eine Art ›Bonus-Papi‹ hat … da hast du dich zurückgezogen und bist nicht egoistisch wie ›Superdad‹ mit dem großen Teddy in seinem Leben aufgetaucht.«

»Denkst du das?«

»Ja, sonst würde ich es nicht sagen.«

»Weißt du …« Er geriet ins Stocken.

»Was weiß ich?«

»Irgendwie ist Luzie … Sie ist mir so ans Herz gewachsen, und manchmal fühlt es sich so an, als hätte ich eine zweite Chance bekommen.« Er schluckte schwer. »Eine zweite Chance, in der ich auch so was wie ein ›Bonus-Papi‹ sein darf.«

Miriam sagte nichts, ein paar Minuten lang, die sich anfühlten wie eine kleine Ewigkeit. Ein paar Minuten, in denen sie Gabriel wieder mit diesem Blick bedachte, der sein Herz zum Glühen brachte; der ihm jetzt gerade aber auch eine Heidenangst machte, weil er hoffte, nein, betete, dass sie ihm das nicht übel nehmen würde. Schließlich ging es hier um ihre Tochter – war er zu weit gegangen mit seiner Hoffnung auf eine zweite Chance?

Und selbst wenn sie ihm das nicht übel nahm: Das richtig, richtig, RICHTIG Schlimme hatte er ihr ja noch gar nicht gebeichtet. Es kostete ihn einige Anstrengung, in diesem Moment nicht über das nachzudenken, was er noch hinter sich bringen musste. *Don't cross the bridge till you come to it.*

»Was denkst du?«, fragte er zaghaft, nachdem Miriam noch immer beharrlich schwieg. »Sag doch bitte irgendwas!«

Statt etwas zu sagen, nahm sie sein Gesicht in beide Hände, beugte sich zu ihm vor und küsste ihn mit einer Zärtlichkeit, die ihm durch und durch ging.

»Ich denke«, flüsterte sie ihm ins Ohr, »dass du der beste Bonus-Papi bist, den Luzie sich nur wünschen kann.« Sie rückte wieder von ihm ab, und ihre Miene war so ernst, dass sie kaum zu dem passte, was sie gerade gesagt hatte. Auch ihre Tränen passten nicht dazu. Ihre Tränen, die sich wieder zu dem verzweifelten Schluchzen wie vor der Musicalschule wandelten.

»Was ist?«, wollte er unsicher wissen. »Hab ich –?«

»Nein, hast du nicht«, schnitt sie ihm das Wort ab. »Du hast deinen Sohn nicht im Stich gelassen – aber Luzies Vater hat das getan. Hat seine kleine Tochter für immer und ewig verlassen.«

»Redest du von Patrick?«

Miriam nickte. Ihr war anzusehen, wie sehr sie mit ihrer Fassung rang, wie sie versuchte, ihre Tränen zu stoppen. Es gelang ihr nicht. »Patrick«, brachte sie mit vor Wut bebender Stimme hervor, »hatte keinen Unfall. Er ist absichtlich mit hundertachtzig Sachen gegen den Brückenpfeiler geknallt.«

Samstag, 14. Dezember

Miriam

»Was ich dir jetzt erzähle, weiß außer mir kein Mensch«, fuhr Miriam fort, nachdem sie sich wieder beruhigt hatte. Im Schneidersitz saßen sie einander auf dem Sofa gegenüber, einzig ihre Hände berührten sich; das, was Miriam Ben anvertrauen wollte, war kein Thema für dichtes Aneinanderschmiegen oder ein zärtliches Über-den-Kopf-Streicheln. »Weder meine noch Patricks Eltern haben eine Ahnung«, sprach sie weiter, »selbst Becka habe ich es nie gesagt und Luzie natürlich erst recht nicht. Und ich möchte dich inständig bitten, es ebenfalls für dich zu behalten.«

»Natürlich!«, versicherte Ben.

»Gut«, sie atmete tief durch – und spürte innerlich ein unglaubliches Gefühl der Erleichterung. Erleichterung darüber, dass sie das, was sie seit Jahren allein mit sich herumschleppte, nun mit einem Menschen teilen konnte, dem sie vertraute. Sicher, sie vertraute auch Rebecca. Aber Beckas Exmann Tim und Patrick waren beste Freunde gewesen, Luzie, Alissa und Eric hingen aneinander, als wären sie Geschwister – Miriam hatte ihre beste Freundin nicht belasten wollen, hatte für sich beschlossen, diese Last allein zu tragen.

»Du sagst, Patrick hatte keinen Unfall, sondern hat es absichtlich getan?«, fragte Ben nach, als wolle er ihr dabei helfen, ihm die ganze Geschichte zu erzählen. Sie nickte. »Woher weißt du das so sicher?«

»Er hat mir einen Brief hinterlassen, hatte ihn auf mein Kopfkissen gelegt, als ich schon bei der Arbeit war.« Sie lachte bitter auf. »Vermutlich hatte er nur sichergehen wollen, dass ich den Brief auch wirklich finden würde. Er schrieb mir, dass wir durch riskante Aktiengeschäfte, die er getätigt hatte, hoch verschuldet waren. Dass er wochenlang nach einem Ausweg gesucht, aber keinen gefunden hätte. Deshalb hätte er sich dazu entschlossen, bei einem ›Unfall‹ ums Leben zu kommen, damit ich mit dem, was seine Lebensversicherung mir auszahlen würde, die Schulden tilgen und mit Luzie ein paar Jahre lang einigermaßen sorgenfrei leben könnte. Ich sollte den Brief unbedingt verbrennen, damit niemals ein anderer Mensch außer mir davon erfahren könnte. Patrick hat mich zum Schweigen verpflichtet – dann ist er gegen die Brücke gefahren.« Miriam unterbrach sich.

»Das tut mir sehr leid«, sagte Ben und streichelte sanft über ihre Hände. »Wie furchtbar muss es für dich gewesen sein!«

»Gewesen sein?«, stieß sie mit einem solchen Furor in der Stimme aus, dass Ben ein kleines Stück von ihr zurückwich. »Das sollte nicht gegen dich gehen«, entschuldigte sie sich. »Es ist nur … es ist nur so, dass es bis heute furchtbar für mich ist. Mal abgesehen vom Geld – die Summe aus Patricks Versicherung war gerade mal genug, um die Schulden zu bezahlen. Von einem ›sorgenfreien‹ Leben waren und sind Luzie und ich bis heute meilenweit entfernt.« Jetzt schossen ihr schon wieder die Tränen in die Augen, Tränen der Wut. »Warum hat Patrick nie mit mir über seine Sorgen gesprochen? Wenn er sich mir anvertraut hätte, hätten wir doch bestimmt eine Lösung finden können! Stattdessen hat er beschlossen, mich und – viel schlimmer noch! – Luzie im Stich zu lassen! Wie kann man so etwas tun?« Miriams Atem ging schneller und schneller, für jedes einzelne Wort musste sie nach Luft schnappen, es kostete sie unermesslich viel Kraft.

»Ich weiß es nicht«, erwiderte Ben leise und streichelte wieder ihre Hand. »Aber ich habe ja auch …«

»Was du mir über Ruben anvertraut hast«, unterbrach sie ihn, »ist etwas vollkommen anderes. Du warst und bist, verzeih die Formulierung, für ihn genau genommen nur der biologische Vater. Patrick hingegen …«, sie schluckte schwer, um einen Heulkrampf zu unterdrücken. Schließlich, mit all dem Schmerz, mit all der Fassungslosigkeit und mit all dem Zorn, die seit Jahren in ihr wüteten, stieß sie die Worte aus: »Wie kann ein Vater oder eine Mutter so eine Entscheidung treffen? Mit einem Kind geht man eine Verantwortung ein, aus der man sich nicht einfach verpissen kann! Wie sollte Luzie jemals irgendjemandem vertrauen können, wenn sie es erfahren würde? Wie soll ich das? Wie, verdammt, soll ich …« Sie konnte nicht weitersprechen, brachte kein einziges Wort mehr heraus und warf sich weinend in Bens Arme.

Sonntag, 15. Dezember

Gabriel

Er hatte Miriam gestern Abend nichts weiter über sich erzählt. Wie hätte er das auch tun sollen? Nach allem, was sie ihm anvertraut hatte – da wäre er mit der Wahrheit über sich mit Sicherheit im hohen Bogen bei ihr rausgeflogen. Sowohl aus ihrer Wohnung als auch aus seinem Büro und erst recht aus ihrem Herzen.

Und das, das wollte er auf gar keinen Fall. Denn, daran konnte es spätestens seit gestern Abend keinen Zweifel mehr geben: Er hatte sich Hals über Kopf in Miriam verliebt. In sie, in das Leben mit ihr und natürlich auch in Luzie.

Verdammt, verdammt, verdammt! Während sie bei strahlendem Sonnenschein und Händchen haltend (Händchen haltend! Wann war ihm denn so was zum letzten Mal passiert?) um die verschneite Außenalster in Richtung des Cafés »Red Dog« spazierten, ging ihm nur eine einzige Frage durch den Kopf: Wie? Wie? WIE könnte er sich ihr gegenüber outen und trotzdem noch eine Chance bei ihr haben? Nach dem, was sie erlebt hatte, nach all den Lügen und Geheimnissen – da kämen seine Lügen und Geheimnisse mit Sicherheit ganz besonders gut bei ihr an.

»Ich fand es schön mit uns, gestern Abend«, sagte er und platzierte auf ihrer Wange einen Kuss.

»Ich auch«, entgegnete sie und lächelte ihn an. »Es hat mir gutgetan, dir die Sache mit Patrick anzuvertrauen.« Sie seufzte tief. »Als wäre ein ganzer Felsbrocken von meiner Seele gefallen.«

»Hm«, erwiderte er unbestimmt und behielt für sich, dass nun er diesen Felsbrocken auf der Seele hatte. Trotzdem, der Abend und die Nacht mit Miriam waren – bis auf die Geschichte von Luzies Vater – wundervoll gewesen. Nein, sie hatten nicht miteinander geschlafen. Aber beieinander, und das war genau genommen noch viel schöner gewesen. Miriam hatte ihr Sofa ausgeklappt, sie hatten sich unter der Decke aneinandergekuschelt und *Drei Haselnüsse für Aschenbrödel* auf ihrem Notebook geschaut.

»Was machst du eigentlich an Heiligabend?«, fragte sie, als hätte sie gerade seine Gedanken gelesen.

Gabriel zuckte mit den Schultern. »Keine Ahnung«, antwortete er, »mich besaufen, *Dinner for One* gucken und um 19 Uhr ins Bett?«

»*Dinner for One* gibt's nicht an Weihnachten, sondern an Silvester«, informierte sie ihn.

»Da kannst du mal sehen, wie besoffen ich an Heiligabend immer bin, dass ich den kleinen Lord wahlweise für Miss Sophie oder ihren Butler halte«, behauptete er glucksend.

»Davor müssen wir dich in diesem Jahr unbedingt bewahren!«, rief Miriam aus. »Wenn du Lust hast, komm doch mit zu Becka«, schlug sie vor. »Da feiern wir immer alle zusammen, sämtliche Kinder von sämtlichen Ex- und Aktuellpartnern, eine riesige Patchwork-Sause.«

Gabriel blieb stehen und sah sie erstaunt an. »Meinst du das im Ernst?«

»Natürlich nicht!«, entgegnete sie empört. »Wer würde dich schon an Weihnachten bei sich haben wollen? Pffffff!«

»Na warte!« Er bückte sich und klaubte etwas Schnee von einem Haufen neben der Böschung und machte sich daran, ihn zu einem Geschoss zu formen.

Miriam rannte fröhlich vor ihm weg, Gabriel warf seinen Schneeball und traf sie – fast. Lachend liefen sie wieder aufeinander zu, umarmten und küssten sich.

»Ich komme gern«, flüsterte er Miriam ins Ohr.

»Das freut mich, und den anderen wird es bestimmt auch so gehen.« Sie machte eine Pause. »Können wir es aber so machen, dass wir Luzie noch nicht sagen, dass wir …?« Sie geriet ins Stocken.

»Dass wir was?«, hakte er nach.

Sie gab einen genervten Laut von sich. »Dass wir ein Liebespaar sind!«, stieß sie dann aus.

»Sind wir denn ein Liebespaar?« Im Sonnenlicht und in der vor Schnee glitzernden Landschaft funkelte das Gold in ihren Augen so sehr, dass es ihn fast blendete.

»Sagen wir so«, erwiderte sie. »Vielleicht sind wir auf dem Weg, eins zu werden. Vielleicht aber auch nicht. Was meinst du?« Sie betrachtete ihn gespannt.

»Gut«, sagte er nach einem kurzen Moment des Nachdenkens.

»Klingt für mich vollkommen in Ordnung.« *Wenn du dann auch mit Gabriel Bach ein Liebespaar sein möchtest und nicht ausschließlich mit Ben Sommer*, schob er in Gedanken hinterher.

Plötzlich stupste ihn etwas in die Kniekehle, sodass er ein erschrockenes Quieken von sich gab. Er fuhr herum. Zeitgleich mit der Erkenntnis, dass das sein Hund war, der ihn mit treuen Augen anhechelte, rief jemand: »Gabriel?«

Jonathan. *Verdammt, verdammt, verdammt!*

»Komm«, versuchte er hektisch, sie aus der Gefahrenzone zu bringen (Gefahrenzone für ihn, nicht für sie), »hinterher macht das ›Red Dog‹ zu, bevor wir da ankommen.«

»Quatsch«, widersprach sie ihm, »das hat immer bis zum späten Abend geöffnet, jetzt ist es gerade mal halb eins!«

»Gabriel!« Hannah. Es wurde immer schrecklicher!

»Da hast du recht, aber ich hätte da … ein eiliges Bedürfnis.«

»Sag das doch gleich! Oder ist dir das etwa peinlich? Muss es nicht, wir haben *Drei Haselnüsse für Aschenbrödel* zusammen geschaut, da muss uns gar nichts mehr peinlich sein.«

»Ja, äh, richtig. Dann lass uns gehen.« Er nahm Miriam bei der Hand und zerrte sie regelrecht hinter sich her.

Sie kicherte. »Meine Güte, es muss ja wirklich ein sehr dringendes Bedürfnis sein. Wie kommt das denn von jetzt auf gleich?« Ihr Blick wanderte zu Tavor, der nicht von Gabriels Seite wich, sondern neben ihm hertrabte. Für seine Verhältnisse legte der Hund einen regelrechten Sprint hin, um bei seinem Herrchen zu bleiben. »Kennst du den? Oder hast du in deiner Jacke ein paar Leckerlis versteckt, dass er so anhänglich ist?«

»Weder noch«, erwiderte Gabriel knapp. Mittlerweile hatte er Jonathan und Hannah entdeckt, die mit eiligen Schritten aus Richtung der Hundewiese auf sie zuliefen.

Miriam blieb stehen und beugte sich hinunter zu Tavor. »Ja, wer bist du denn?«, fragte sie und streichelte ihm über den Kopf.

»Fremde Hunde sollte man besser nicht anfassen«, merkte Gabriel an, während Tavor sich an seinen Beinen entlangschubberte.

Miriam lachte. »Also, irgendwie habe ich das Gefühl, du scheinst ihm nicht sehr fremd zu sein.« Unbekümmert und Gabriels Rat ignorierend kraulte sie Tavor jetzt am Nacken, was dem Hund sichtlich gefiel. Er ließ sich auf den Bauch plumpsen, schloss genießerisch die Augen und gab ein wohliges Brummen von sich.

»Gabriel?« Gut, es war zu spät. Nun waren Jonathan und Hannah nur noch wenige Meter von ihnen entfernt, sodass auch Miriam Kenntnis von ihnen nahm.

»Verwechseln die dich mit jemandem?«, wollte sie wissen.

»Nein.« Ihm blieben nur noch wenige Sekunden, um mit einer plausiblen Erklärung um die Ecke zu kommen. »Das sind Jonathan und seine Frau Hannah«, zischte er und verhaspelte sich fast dabei. »Jonathan, mein bester Freund. Die beiden kennen mich schon so ewig, dass sie mich immer noch bei meinem ersten Vornamen nennen, obwohl ich den schon lange …«

»Gabriel! Sag mal, hörst du schlecht?«, fragte Jonathan verwundert, als er und Hannah schließlich direkt vor ihm standen.

»Ich glaube, er war abgelenkt«, warf Hannah ein, während sie Miriam anlächelte. »Oh, sorry, das war jetzt sehr unhöflich und unverschämt von mir.« Sie streckte Miriam eine Hand entgegen. »Ich bin Hannah Grief.«

»Miriam Petersen«, stellte sie sich ebenfalls vor, während die zwei Frauen sich die Hände schüttelten.

»Ich bin ihr glückseliger Ehemann, Jonathan Grief«, erweiterte Jonathan die Vorstellungsrunde.

»Sehr erfreut«, begrüßte Miriam ihn. »Ben hat mir schon gesagt, dass Sie sein bester Freund sind.«

»Hat er das, der liebe Ben?« Gabriel hoffte, dass nur ihm die Ironie in Jonathans Stimme auffiel.

»Ja«, bestätigte er. »Aber dass du dir einfach nicht abgewöhnen kannst, mich Gabriel zu nennen, obwohl ich schon seit Jahren nur noch meinen zweiten Namen benutze.« Gabriel versuchte, Jonathan und Hannah über einen bittenden Blick zu signalisieren, dass sie mitspielen sollten.

»Tatsächlich haben wir uns nach all den Jahren noch nicht an ›Ben‹ gewöhnt«, erklärte Hannah nun, und am liebsten wäre Gabriel vor Freude in die Luft gesprungen.

»Wusste gar nicht, dass du zwei Vornamen hast!« Miriam sah in erstaunt an. »Als wir uns kennengelernt haben, hast du gesagt, es gäbe nur ›Ben‹.«

Gabriel hüstelte nervös. »Es ist so, dass mein Vater auch Gabriel hieß. Und nachdem er … Also, kurz gesagt wollte ich irgendwann nicht mehr den gleichen Namen haben wie er, weil er so ein mieser Typ war.«

»Ist er tot?«, wollte Miriam wissen.

»Keine Ahnung«, antwortete er. »Hauptsache, er ist da, wo der Pfeffer wächst.«

Einen kurzen Moment schwiegen alle betreten.

»Dann sind Sie also die Eltern vom kleinen Leopold?«

Erneut geriet Gabriel ins Schwitzen.

»Genau!«, bestätigte Jonathan zum Glück, bedachte Gabriel allerdings mit einem Blick der Marke »Hast du noch alle Latten am Zaun?«.

»Er ist gerade drei geworden, richtig?«

»Ja«, meinte Hannah.

»Ben kann ihn gern mal mit zu uns nehmen. Meine Tochter Luzie ist zwar schon sieben, aber sie spielt sehr gern mit jüngeren Kindern.«

»Ach?«, rief Jonathan aus. »Sie sind die Mutter von Luzie?« Jetzt fing Gabriel sich von ihm einen Blick ein, der eher in Richtung »Wenn ich dich allein erwische, dann Gnade dir Gott!« ging.

»Hat Ben Ihnen schon von ihr erzählt?«, wollte Miriam wissen.

»Jede Menge!«, behauptete Hannah. »Sie muss ein ganz besonderes Mädchen sein.«

Miriam strahlte. »Ich bin da nicht objektiv, aber in meinen Augen ist sie das auf jeden Fall.«

»Absolut!«, bestätigte Gabriel. »Ein tolles Kind!«

»Vor allem seit du ihr immer mit den Hausaufgaben hilfst«, warf Miriam ein.

»Nein, sie ist auch so toll«, er lachte gequält.

»Woher kennen Sie sich denn eigentlich?«, fragte Jonathan.

Dann kam, was kommen musste: Miriam erzählte alles und ließ zu Gabriels Entsetzen nichts aus. Oder so gut wie nichts, den gestrigen Abend behielt sie für sich, aber Jonathan und Hannah hatten vorhin mit Sicherheit gesehen, wie sie Händchen gehalten und sich geküsst hatten. Ansonsten alles dabei: das Kennenlernen bei Mikado und wie Ben Luzie gerettet hatte; der wahnsinnige Zufall, dass Ben gerade ein Übergangsbüro brauchte und sie in ihrem Laden noch ein Zimmer untervermieten wollte; dass Ben so grandios ihre Buchhaltung erledigte und, und, und. Mit jedem ihrer Worte versank Gabriel tiefer im Erdboden.

»Ihnen gehört der Laden Second Chance?«, warf Hannah ein, als Miriam in ihrem Bericht bei Bens Idee, ihr Geschäft umzubenennen, angelangt war.

»Gehört ist etwas viel gesagt, die Räumlichkeiten habe ich nur angemietet«, gab Miriam sich bescheiden. »Aber ja, das ist mein Geschäft.« Sie warf Gabriel einen liebevollen Blick zu. »Und bis zu einem gewissen Grad auch Bens.«

»Das gibt's ja gar nicht!«, rief Hannah aus. »Seit Tagen höre ich permanent Eltern von Second Chance schwärmen. Die Idee mit den Geschichten zu jedem Kleidungsstück hat sich verbreitet wie ein Lauffeuer!«

»Echt?«, hakte Miriam nach.

»Ja«, bestätigte Hannah. »Wissen Sie, gemeinsam mit einer Freundin habe ich vor ein paar Jahren eine private Kita gegründet. Sie heißt ›Rasselbande‹.«

»Dann haben Sie uns den Bus für den Ausflug geliehen!«, stellte Miriam erfreut fest. »Das war echt total nett von Ihnen!«

»Da nich für«, entgegnete Hannah.

»Ben macht auch die Buchhaltung für die ›Rasselbande‹, hat er mir erzählt.«

»Genau«, bestätigte Gabriel eilig.

»Und für Sie ebenfalls?«, fragte Miriam an Jonathan gerichtet. »Sie haben einen Verlag, richtig?«

»Ja«, antwortete Jonathan und räusperte sich »Griefson & Books, wir sind ein Familienunternehmen mit langer Tradition.«

»Das gibt's ja gar nicht!« Wie ein kleines Mädchen klatschte Miriam erfreut in die Hände. »So ein Zufall, dass wir uns hier kennenlernen!«

So ein Zufall ist es eigentlich nicht, stauchte Gabriel sich innerlich selbst zusammen, *wie konntest du nur so blöd sein, mit Miriam ausgerechnet an der Alster auf Höhe der beliebten HUNDEWIESE spazieren zu gehen?*

»Tja, na dann, wir müssen jetzt auch weiter«, versuchte Gabriel, elegant den Abschied einzuleiten.

»Wir auch«, erwiderte Jonathan glücklicherweise. Seine Frau hingegen warf Gabriel ein schelmisches Lächeln zu. Sie hätte es glatt fertiggebracht, noch einen gemeinsamen Cafébesuch vorzuschlagen.

»Dann bis bald vielleicht«, meinte Miriam. »Kommen Sie doch gern mal mit dem kleinen Leo bei Second Chance vorbei.« Sie zwinkerte Jonathan und Hannah verschwörerisch zu. »Ich gebe Ihnen auch einen großzügigen Rabatt.«

»Jahaa, das ist sehr nett«, antwortete Jonathan gedehnt. »Wir kommen sehr gern mal mit dem kleinen Leo vorbei.«

»Also, euch noch einen schönen Tag!« Mit diesen Worten nahm Gabriel Miriam wieder bei der Hand und marschierte los. Hauptsache, so schnell wie möglich weg von den beiden.

Allerdings nicht weg von Tavor, denn der blieb weiterhin wie festgetackert an seiner Seite. Auch als Jonathan und Hannah immer wieder nach ihm riefen, es war nichts zu machen. Schließlich kam Hannah mit Tavors Hundeleine an, aber selbst damit ließ der Hund sich nicht wegziehen. Wenn Tavor stur war, dann war er stur, daran war nichts zu machen.

»Okay«, gab Gabriel schließlich ermattet zu. »Tavor gehört mir.«

Sonntag, 15. Dezember

Miriam

»Und er heißt Tavor?«, fragte Rebecca nach, als Miriam bei ihr in der Küche saß und aufgeregt über die Ereignisse seit dem gestrigen Abend berichtete. Statt um sechs war sie schon um kurz vor vier Uhr bei Becka aufgetaucht, sie musste so schnell wie möglich mit ihrer besten Freundin über alles reden. Außer über die Sache mit Patrick, das würde weiterhin ihr Geheimnis und nun auch das von Ben bleiben. »Tavor?«, wiederholte Rebecca glucksend.

»Genau genommen heißt er Benzodiazepin, in der Koseform auch Benzo genannt.«

Becka schüttelte ungläubig den Kopf. »Dein neuer Freund ist ja echt ein schräger Typ!«

»He!«, rief Miriam streng. »Niemand hat gesagt, dass er mein neuer Freund ist.«

»Nö«, bestätigte Rebecca. »Muss auch niemand sagen, dir strömt die Verliebtheit aus jeder Pore.«

Miriam atmete einmal tief ein und aus. »Ich bin wirklich verliebt.«

»Ist doch großartig!«

»Einerseits schon, andererseits macht es mir Angst.«

»Warte doch einfach mal ab, wie es sich entwickelt. Du musst ihn ja nicht gleich heiraten.«

»Das ist mir auch klar. Aber wenn …«, sie schluckte. »Was mir vor allem Angst macht«, setzte sie neu an, »ist, was mit Luzie passiert, falls es mit Ben und mir schiefgeht.«

»Darüber denken wir nach, wenn es so weit ist«, meinte Becka lapidar. »Außerdem: Wenn ich sehe, wie toll er mit ihr umgeht, denke ich, dass er trotzdem ein Teil ihres Lebens bleiben wird, egal, was mit dir und ihm ist. Die zwei kleben ja schon regelrecht aneinander. Eric und Alissa finden ihn auch großartig.«

Miriam kicherte. »Kein Wunder! Mit einem ganzen Tag Fun Arena inklusive Shuttle-Service, All-you-can-Eat und Slush-Palmen – Kinder sind bestechlich.«

»Mütter auch«, gab ihre Freundin schlagfertig zurück. »Wie gesagt, warte ab und mach dich nicht verrückt. Auf jeden Fall ist es wirklich niedlich, dass Ben seinen Hund bei Freunden untergebracht hat, weil er sich sonst nicht bei dir hätte einmieten können.«

»Ist es denn wirklich okay für dich, dass er den Hund ab sofort mitbringen kann, wenn er bei ihm im Büro oder auch in dem kleinen Innenhof bleibt?«

Erneut schüttelte Becka den Kopf, dieses Mal amüsiert statt ungläubig. »Süße, zum einen ist das total okay für mich – zum anderen ist es *dein* Laden, da habe ich gar nichts mitzureden.«

»Es war aber unsere gemeinsame Idee«, erinnerte Miriam sie.

»Trotzdem bist du die Chefin der Krümelkiste.«

»Second Chance.«

»Ja, genau, daran muss ich mich noch gewöhnen.« Zum dritten Mal schüttelte Becka den Kopf, nun wieder ungläubig. »Es ist doch nicht zu fassen, wie der Laden innerhalb von gerade mal dreieinhalb Tagen zum totalen Renner geworden ist! Allein diese Idee von Ben ist doch Gold wert.«

»Stimmt«, pflichtete Miriam ihrer Freundin bei. »Ich hätte so was nie für möglich gehalten.«

»Ich schon«, behauptete Becka. »Du wirst das sicher nicht hören wollen, aber ich habe mal wieder im Mondkalender nachgeschaut. Seit letzter Woche Mittwoch …«

Miriam zögerte, sagte dann aber: »Okay, leg schon los.«

Eine halbe Stunde später saßen sie immer noch am Küchentisch. Die Sterne, sie standen gut für Miriam und Ben. Jedenfalls laut Rebecca. Miriam hoffte, dass ihre Freundin recht hatte – in diesem Fall war sie absolut geneigt, an das zu glauben, was Becka behauptet hatte: »Ihr seid in jeder Hinsicht das perfekte Paar!«

»Ich werf mal schnell ein paar Nudeln in den Topf, dann können wir hier noch mit den Kindern essen. Du bleibst doch mit Luzie noch ein bisschen?«

»Sehr gern.«

Während Rebecca anfing, in der Küche rumzuwirbeln, stellte Miriam ihr zum letzten Mal die Frage, die sie neben der Tatsache, dass Ben einen Hund hatte, seit dem Zusammentreffen mit Jonathan und Hannah beschäftigte: »Und du findest es wirklich nicht eigenartig, dass Ben eigentlich Gabriel heißt?«

»Nö«, gab Rebecca zurück. »Außerdem heißt er ja *auch* Ben. Wenn er nicht wie sein Vater heißen möchte, finde ich das absolut nachvollziehbar.« Sie ließ Wasser in einen Topf einlaufen. »Würde ich meinen zweiten Vornamen nehmen – wäre es Gerlinde.«

Sonntag, 15. Dezember

Gabriel

Als Gabriel drei Stunden später in seinem Auto saß, war er komplett durch den Wind. Der Tag mit Miriam war einerseits wundervoll, andererseits schrecklich gewesen. Beinahe wäre ihm alles um die Ohren geflogen.

Die Tatsache, dass sein Hund seit Wochen hauptsächlich bei Jonathan und Hannah war, weil Gabriel sich sonst ja nicht in der Krümelkiste hätte einmieten können – er verwies auf das sehr deutliche Schild in der Eingangstür –, und dass er nicht damit gerechnet hätte, länger als zwei oder drei Wochen ein Übergangsbüro zu brauchen; diese krude Story, in der genau genommen aber im Gegensatz zu Gabriels anderen Behauptungen noch am meisten Wahrheit steckte, hatte Miriam »absolut zauberhaft« gefunden.

Sie hatte ihn dafür nicht nur mit zahlreichen Küssen belohnt, sondern auch vorgeschlagen, mit Rebecca zu reden, ob er Tavor nicht mit in den Laden nehmen könne. Der Hund würde ja die meiste Zeit in Gabriels Büro sein und sich nicht durch den halben Laden wühlen und dort ein paar Duftmarken setzen.

Von daher also (fast) alles gut. Bis auf die vierzehn Sprachnachrichten von Jonathan, die aufploppten, als er das erste Mal seit Stunden sein Handy einschaltete. Dann noch eine fünfzehnte von Miriam. Die hörte er sich zuerst an. Zu seiner großen Freude teilte sie ihm mit, dass er Tavor ab sofort mit in den Laden bringen dürfe – und dass sie ihn schon jetzt, keine halbe Stunde nach ihrem letzten Abschiedskuss, vermisse.

Einen Augenblick lang erlaubte Gabriel sich noch, in dem

warmen Glücksgefühl zu verweilen, das durch seinen gesamten Körper schwappte – dann hörte er sich Jonathans Nachrichten an. Wieder und wieder hatte sein Verleger ihm ein und dieselbe Voicemail hinterlassen: »Ruf mich an! Sofort!«

Seufzend drückte er die Kurzwahltaste, zwei Sekunden später hatte er einen aufgebrachten Jonathan an der Strippe.

»Bist du eigentlich von allen guten Geistern verlassen?«, schrie er regelrecht ins Telefon. »Was baust du da gerade für eine Scheiße?«

»Wieso?«, wollte Gabriel wissen und hoffte, möglichst gelassen zu klingen. »Ich schreibe am neuen *Henri Fjord*, und die ersten hundertfünfzig Seiten haben dir und allen anderen im Verlag bisher doch sehr gut gefallen. Einer Veröffentlichung im Juli steht nichts im Wege, in der ersten Januarwoche werde ich komplett fertig sein.«

»Ich rede gerade nicht mit dir als Henri Fjord, sondern mit dir als Gabriel Bach. Mit meinem, wenn ich das mal so sagen darf, *Freund* Gabriel. Und dieser Freund ist ganz offensichtlich dabei, nicht nur sich selbst, sondern auch eine bezaubernde junge Frau und ein kleines Mädchen namens Luzie ins Unglück zu stürzen!« Er atmete schwer. »Luzie? Im Ernst? Das kleine Mädchen mit dem Luftballon? Du hast dich bei Luzies Mutter als Buchhalter ausgegeben und dich in ihren Laden eingemietet? Tickst du noch ganz richtig?«

»Ich …«

Jonathan ließ ihn nicht zu Wort kommen, sondern setzte seine Tirade fort. »Der Buchhalter Ben. Lass mich raten, du als Buchhalter Ben heißt nicht zufällig Sommer mit Nachnamen? Wie der sensible Möbelrestaurator im Alten Land?«

»Die Namen kann man ja alle noch ändern, das sind bisher nur Platzhalter«, verteidigte er sich.

»Ach, das ist ja toll!« Jonathans Stimme triefte vor Ironie. »Dann wollen wir alle mal hoffen, dass die Gefühle der Menschen, mit denen du gerade spielst, auch alle noch verändert werden können. Dass Enttäuschung nur ein Platzhalter für Freude ist und …« Er rang nach Atem. »Mal abgesehen davon, dass das menschlich unter aller Kanone ist, sind die meisten deiner Fans FRAUEN. MÜTTER! Was meinst du, was los ist, wenn bekannt wird, dass Gabriel Bach alias Henri Fjord die Seele eines kleinen Mädchens geschreddert hat? Indem er zuerst versucht hat, aus ihrem sehnlichsten Wunsch nach einem neuen Papa …«

»Ich hab's verstanden!« Nun war es an Gabriel, ins Handy zu brüllen. »Das war alles vollkommen anders geplant und …«, er schluckte schwer, in seinem Hals hatte sich ein Kloß gebildet, »und ich bringe das wieder in Ordnung.«

»Da bin ich aber mal gespannt!«

»Kannst du auch sein.« Wortlos legte Gabriel auf. Er würde das wieder in Ordnung bringen – auch wenn er noch keine Ahnung hatte, wie.

Aber gut, eins nach dem anderen. Gabriel wählte Hannahs Handynummer. Sie pampte ihn zwar nicht so sehr an wie Jonathan, aber sie war auch nicht gerade erfreut. Allerdings war sie, wie Gabriel gehofft hatte, in der Rasselbande und hatte Tavor dabei. Er erklärte ihr, dass der Hund ab sofort wieder ganz bei ihm sein könnte und er ihn in zwanzig Minuten abholen würde.

»Alles klar, dann bis gleich.«

Er atmete erleichtert auf. Immerhin blieb ihm vorerst eine weitere Begegnung mit seinem Verleger erspart. Manchmal waren es die kleinen Dinge, die man schätzen musste.

Montag, 16. Dezember

Miriam

»So langsam verstehe ich, warum er Tavor heißt.«

Seit Ben um kurz vor zehn mit seinem Hund im Laden erschienen war, ihm in seinem Büro eine Kuschelecke eingerichtet, ihm einen Napf mit Wasser sowie einen mit Trockenfutter hingestellt hatte, lag Tavor bewegungslos da. Seit mittlerweile vier Stunden schon. Dabei fläzte er sich allerdings nicht in der Kuschelecke, sondern genau in der Mitte von der Tür zu Bens Büro, sodass er sie nicht mehr schließen konnte und für jeden Kaffee, den er sich holte, über den Hund hinwegsteigen musste.

Ebenso wie für jeden Kuss, den er sich von Miriam holte, sobald sie mal allein waren. Leider oder zum Glück kam das kaum vor. Leider, weil der Ansturm von Kunden heute noch mal größer war als letzte Woche. Zum Glück, weil der Ansturm von Kunden heute noch mal größer war als letzte Woche.

»Findest du nicht, dass Tavor hier ein bisschen ungünstig rumliegt?«

»Doch«, bestätigte er. »Aber da kann man nichts machen. Wenn er irgendwo liegt, liegt er da. Und in der Regel jedes Mal an Stellen, an denen man gut über ihn stolpern kann, das macht er immer so. Wenn es okay ist, tauche ich für eine Stunde in Luzies Zimmer unter, ich muss mich gerade mal konzentrieren.«

»Klar kannst du!«

»Prima.« Er holte sein Notebook und verschwand in Luzies rosafarbener Einhornwelt. Ob er sich da wirklich besser konzentrieren konnte? Miriam schmunzelte in sich hinein bei der Vorstellung, wie er auf dem kleinen Kinderstuhl an dem ebenfalls kleinen Schreibtisch hockte, und sofort fing ihr Herz an zu pochen.

Die Türglocke erklang, herein kam eine Frau mittleren Alters, um deren Hals eine Digitalkamera baumelte.

»Hallo«, begrüßte Miriam sie. »Was kann ich für Sie tun?«

»Sie können mir Ihre Geschichte erzählen«, antwortete sie.

»*Meine* Geschichte?«, fragte sie verwundert nach.

»Oder vielmehr die Ihres Geschäfts«, konkretisierte sie, aber Miriam verstand noch immer nicht, was die Frau von ihr wollte. »Tut mir leid, ich rede hier so kryptisch vor mich hin.« Sie streckte ihr eine Hand entgegen. »Mein Name ist Juliane Ammer, ich bin freie Journalistin und komme im Auftrag des *Hamburger Morgenblatts*.«

Schlagartig verspürte Miriam ein aufgeregtes Kribbeln. »Sie wollen etwas über meinen Laden schreiben?«, fragte sie ganz direkt.

»Exakt, das ist mein Auftrag. Ihr Geschäft hat sich innerhalb von wenigen Tagen überall in Hamburg rumgesprochen, so was hat man noch nicht erlebt, aber Second Chance ist in aller Munde.«

»Scheint so zu sein«, gab Miriam geschmeichelt zu, und wie zum Beweis erklang die Türglocke erneut, zwei Frauen und zwei Männer kamen herein und stürzten sich sofort auf die Wand, an der die Kleidungsstücke mit Geschichte hingen.

»Die Chefredakteurin vom *Morgenblatt* findet die Idee bezaubernd und möchte, dass ich eine ganze Seite über Sie und Ihren Laden mache. Gerade jetzt in der Vorweihnachtszeit ist so eine Story wunderbar gefühlig. Deshalb soll sie auch unbedingt noch diese Woche erscheinen. Vorausgesetzt, Sie wollen überhaupt. Dann müsste es allerdings recht schnell gehen, am besten wäre es, wenn ich gleich jetzt ein Interview mit Ihnen führen und Fotos machen könnte, dann könnte der Artikel schon morgen oder übermorgen erscheinen.«

»Eine ganze Seite?«, hakte Miriam ungläubig nach. »Im *Morgenblatt*?«

»Auf jeden Fall«, bestätigte Juliane Ammer. »Mit vielen Fotos und natürlich einem langen Interview mit Ihnen über Ihre Idee zu Second Chance.«

»Natürlich will ich!«, freute Miriam sich. »Allerdings stammt die Idee gar nicht von mir.«

»Ach so? Von wem denn dann?«

»Einen Augenblick bitte.« Miriam ging zu Luzies Tür, klopfte an und öffnete sie, als Ben »Komm rein!« rief. Kaum hatte sie die Tür hinter sich zugezogen, da war er auch schon aufgesprungen, hatte sie in seine Arme gezogen und fing an, sie leidenschaftlich zu küssen.

»Moment!«, wehrte sie ihn ab. »Ich bin gerade wegen etwas anderem hier.« Vor Freude wippte sie mit den Fußballen auf und ab.

»Okay, was denn?«

»Im Laden ist gerade jemand vom *Hamburger Morgenblatt*, eine Juliane Ammer«, erklärte sie ihm, und ihre Stimme überschlug sich vor Aufregung fast. »Sie will eine Geschichte über uns und den Laden machen, wir bekommen eine ganze Seite!«

»Wie? Eine Geschichte über *uns*? Wie meinst du das?«

»Na ja, wie es zu der Idee für Second Chance kam zum Beispiel, und die hattest ja du und nicht ich.« Sie lachte ihn an. »Wie gesagt, Juliane Ammer steht gerade im Laden, am liebsten würde sie uns jetzt gleich interviewen und Fotos von uns machen, mit Glück erscheint der Artikel dann schon morgen oder übermorgen! Also, kommst du mit?«

»Auf gar keinen Fall!«

Montag, 16. Dezember

Gabriel

Die Schlinge um seinen Hals zog sich immer fester zu. Es war nicht so, dass er Miriam und ihren Laden nicht mit allen Kräften unterstützen wollte.

Aber abgesehen von der Tatsache, dass ihn doch der eine oder andere Leser des *Morgenblatts* als Gabriel Bach identifizieren könnte und er deshalb unter gar keinen Umständen an irgendeiner Publicity-Story mitwirken würde, wäre dies in diesem Fall noch nicht einmal das größte Risiko.

Juliane Ammer kannte ihn, hatte ihn schon zigfach interviewt, wenn ein neues Buch von ihm erschien oder eine Verfilmung im Fernsehen lief oder, oder, oder.

Und, ja: Er hatte mal was mit Juliane gehabt.

Montag, 16. Dezember

Miriam

Miriam starrte ihn entsetzt an.

»Es tut mir leid«, er wirkte aufrichtig zerknirscht, »aber so was ist echt nichts für mich.«

»Aber es ist was für *mich*!«

»Gib es doch als deine Idee aus«, schlug er vor.

»Ich schmücke mich nicht mit fremden Federn.«

»Ach komm! Du weißt doch, wie der Hase läuft.«

»Wie der Hase läuft?«, echote sie ungläubig.

»Sorry, da habe ich mich etwas unglücklich ausgedrückt«, erwiderte er. »Ich meine damit, dass die Story nicht schlechter wird, nur weil ich da nicht mitmache. Weißt du, ich bin nicht der Typ, der sich gern fotografieren lässt. Außerdem schätzen meine Klienten meine Diskretion. Ich glaube nicht, dass sie begeistert wären, über mich zu lesen, dass ich im Nebenerwerb in einem Secondhandladen für Kindersachen tätig bin.«

»Was ist denn das für ein Argument?«

»Ja«, er seufzte, »das ist schwer zu erklären. Aber zu einem seriösen Buchhalter passt –«

»Ein unseriöses Geschäft für gebrauchte Kinderkleidung nicht?«, schnitt sie ihm das Wort ab. Sie merkte, wie sie innerlich bebte. »Kannst du nicht wenigstens mit ihr reden? Sie muss dich ja nicht fotografieren, und sie kann ja statt ›Ben Sommer‹ zum Beispiel nur von einem Bekannten schreiben, der mich auf die Idee gebracht hat.« Nun musste sie lachen, aber es war eher ein verzweifeltes Lachen.

»Aber dann ist es doch wirklich egal, ob ich da mitmache oder nicht«, erwiderte er.

»Bitte, Ben! Tu mir das nicht an!« Sie spürte, wie ihr die Tränen in die Augen schossen.

»Was macht ihr in meinem Zimmer?« Luzie stand vor ihnen und sah einigermaßen verwundert aus. »Und was ist das für ein Hund?«

Ben zog sie herein und warf die Tür hinter ihr wieder zu. »Das sollte eigentlich eine Überraschung sein«, erklärte er ihr. »Das ist mein Hund Tavor, und den bringe ich jetzt immer mit hierher.«

»Wenn er denn überhaupt noch hierherkommt«, entfuhr es Miriam gegen ihren Willen. Ben zuckte bei ihren Worten zusammen, als hätte sie ihn geschlagen.

Es klopfte gegen die Tür. »Wir möchten gern was bezahlen«, rief eine männliche Stimme.

»Bin gleich bei Ihnen!«, antwortete Miriam. Dann wandte sie sich noch einmal an Ben. »Das ist also dein letztes Wort? Du willst nicht mal mit der Journalistin sprechen?«

Er hob bedauernd beide Hände. »Leider nein.«

»Okay«, ihre Miene zeigte, dass es für sie alles andere als »Okay« war. »Luzie?«, wollte sie dann von ihrer Tochter wissen. »Hast du Lust, einer Frau von der Zeitung ein Interview zu geben? Wie du auf die Idee gekommen bist, dass wir nicht nur die Vergangenheit der Kleidung erzählen, sondern auch deren mögliche Zukunft?«

Als hätte jemand bei ihrer Tochter ein Licht angeknipst, leuchtete ihr Gesicht auf. »Ja, total gern!«, jubelte sie.

»Das ist eine tolle Idee!«, rief Ben begeistert aus. »Damit ist die Geschichte doch viel emotionaler, so mit Mutter und Tochter und deren Idee für Second Chance!«

Luzie sah ihn irritiert an. »Aber du bist doch auch bei dem Interview dabei, oder?«

»Ben kann leider nicht mitmachen«, sagte Miriam, bemüht darum, sich vor Luzie weder ihre Enttäuschung noch ihre Wut anmerken zu lassen.

»Warum denn nicht?«

»Das«, sie nahm Luzies Hand, »kann er dir bestimmt ein anderes Mal erklären.«

Montag, 16. Dezember

Gabriel

Er war erledigt. ER-LE-DIGT. Gabriel hockte auf Luzies Tagesbett und war gefangen. Zum einen wörtlich, denn solange Juliane Ammer noch draußen im Laden war, konnte er Luzies Zimmer nicht verlassen. Zum anderen im übertragenen Sinn, gefangen in seinem eigenen Lügenkonstrukt.

Jetzt hatte er nur noch zwei Möglichkeiten: Seine Sachen schnappen und abhauen, sobald die Luft rein war. So würde es jedenfalls der alte Gabriel Bach handhaben.

Oder aber, allein bei der Vorstellung bekam er aus lauter Angst Herzrasen: die Flucht nach vorn wagen. Miriam alles gestehen und darauf hoffen, hoffen, HOFFEN, dass sie ihm das Unverzeihliche verzeihen würde.

Seufzend streckte er sich auf Luzies Bett aus und wickelte sich in ihre flauschige Einhorndecke.

Und dann schlief er erschöpft ein. Tief und fest, von einem Einhorn bewacht.

Montag, 16. Dezember

Miriam

Während sie und eine sehr hibbelige Luzie fast eine Stunde lang von Juliane Ammer interviewt wurden, ebbte Miriams Frust über

Bens Weigerung von Minute zu Minute ab. Und während die Reporterin im Anschluss noch zahlreiche Fotos vom Laden und natürlich auch von Miriam schoss, schämte sie sich schon fast. Welches Recht hatte sie, verärgert zu sein, weil Ben nicht in die Zeitung wollte? Das war eine Entscheidung, die nur er für sich treffen konnte, das hatte sie zu respektieren. Egal, ob sie seine Gründe nachvollziehen konnte oder nicht.

Luzie hingegen wollte *unbedingt* in die Zeitung und vor allem *unbedingt* mit Foto, aber sie durfte diese Entscheidung im Gegensatz zu Ben noch nicht allein treffen. Und zu Luzies riesiger Enttäuschung, bei der natürlich auch Tränen flossen, erlaubte Miriam es nicht, ein Bild ihrer Tochter hatte in der Zeitung nichts verloren. Im Interview kam sie natürlich vor. Ebenso wie Alissa, Eric und Rebecca, die Miriam noch schnell über Beckas Handy erreicht hatte – zum Glück hatten sie alle drei Zeit und Lust, ebenfalls mitzumachen. Zum Unmut von Alissa und Eric durften auch sie nicht fotografiert werden. Rebecca – quasi als Mitbegründerin von »Second Chance – Formerly known as Krümelkiste« – hingegen wurde natürlich ebenfalls abgelichtet.

»Das ist unfair«, maulte Eric, während Miriam und Rebecca vor Juliane Ammers Kamera posierten.

»Ich weiß«, erwiderte Becka. »So ist das als Kind, da ist immer alles unfair.«

»Das war jetzt ein bisschen gemein«, sagte Miriam. »Das schreiben Sie bitte nicht, ja? Meine Freundin hat manchmal ein sehr loses Mundwerk.«

Die Reporterin lachte. »Nein, das schreibe ich natürlich nicht.« Dann schob sie hinterher: »Wobei ich den Ausdruck ›loses Mundwerk‹ auch schon länger nicht mehr gehört habe.«

Natürlich musste Miriam dabei sofort an Ben denken. Sobald sie hier fertig waren, würde sie sich bei ihm entschuldigen.

»So, eigentlich hätten wir alles«, meinte Juliane Ammer nach gut eineinhalb Stunden. »Was ich noch schön finden würde, wären ein oder zwei Stimmen von Kundinnen und Kunden. Hätten Sie was dagegen?«

»Überhaupt nicht!«, erwiderte Miriam. »Befragen Sie gern den Nächsten, der durch die Eingangstür kommt.«

»Das wird nicht lange dauern«, stellte die Reporterin fest. »Hier war ja die ganze Zeit Trubel. Aber nachdem ich mir hier alles genauer ansehen durfte, verstehe ich umso mehr, warum Ihre Idee so eingeschlagen hat.«

»Hm, tja«, erwiderte Miriam. »Das hat sie, was mich selbst überrascht hat.«

»Mich überhaupt nicht«, warf Rebecca ein und legte einen Arm um ihre Freundin. »Schon als sie mir davon erzählt hat, wusste ich, dass es ein voller Erfolg werden wird.«

»Noch eine Frage, Frau Petersen. Ich arbeite ja wie gesagt freiberuflich. Und ich könnte mir vorstellen, dass der lokale Hamburger TV-Sender ›Moin, Moin!‹ großes Interesse an Ihnen hätte. Darf ich das der Redaktion als Thema vorschlagen?«

»Klar«, bejahte Becka. »Wir nehmen alles mit, was geht. Wenn Steven Spielberg anruft, sind wir auch dabei!«

»Genau«, stimmte Miriam ihr zu.

Die Türglocke läutete, eine Kundin erschien, und Juliane Ammer ging gleich auf sie zu und fragte, ob sie kurz fünf Minuten Zeit für ein kleines Interview hätte.

»Sicher, gern, fragen Sie nur.«

»Was führt Sie zu Second Chance?«

»Nun ja«, erwiderte die blonde Frau. »Das ist recht einfach, es ist ein charmanter Laden mit einem Angebot von höchster Qualität. Mein Mann und ich haben ihn schon vor einiger Zeit entdeckt, als er noch Krümelkiste hieß, waren aber auch damals schon hellauf begeistert.«

Während die Frau weiter in den höchsten Tönen über das Geschäft sprach, drehte Miriam sich weg, setzte mit einem Hechtsprung über Tavor hinweg in Bens Büro, riss dort die Tür zum Innenhof auf, warf sie hinter sich zu und brach dann in ein hysterisches Gackern aus, das im Laden hoffentlich nicht zu hören war.

Die Frau, die Second Chance über den grünen Klee lobte – es war die Blondine mit den eisblauen Augen und mit Tod's an den Füßen, die sich mit ihrem Mann und ihren beiden Söhnen vor Monaten in die Krümelkiste verirrt und den Laden fluchtartig verlassen hatte, als Miriam ihr erklärt hatte, dass sie Secondhandware anbot.

»So, jetzt muss ich aber wirklich langsam mal los«, teilte die Journalistin wenige Minuten später, Miriam war nach dem kurzen Lachanfall wieder in den Laden getreten, mit. »Schließlich soll die Story ja ganz schnell erscheinen«, sie zwinkerte den Kindern zu. »Vielen Dank für eure tollen Beiträge und die schönen Geschichten, die ihr euch ausgedacht habt! Wer weiß? Vielleicht werdet ihr später ja Kollegen von mir.« Dann wandte sie sich noch einmal an Miriam. »Frau Petersen, eine Sache noch: Es wäre toll, wenn Sie mir Fotos aus den Anfängen der Krümelkiste zur Verfügung stellen könnten, mit der wir die Story zusätzlich bebildern könnten. Das würde sie irgendwie schöner und runder machen. Hätten Sie da was?«

»Bestimmt habe ich ein paar auf meinem Handy, soll ich mal kurz nachsehen?«

»Lieber wäre mir, Sie könnten sie mir per Mail schicken, tatsächlich müsste ich schon seit einer halben Stunde in der Redaktion sein. Meine Karte habe ich Ihnen auf den Ladentisch gelegt.«

»Kein Problem, ich suche so schnell wie möglich ein paar Bilder raus und maile sie Ihnen.«

»Hui«, meinte Rebecca, sobald Juliane Ammer aus der Tür war. »Das geht ja hier ab, da bekommt man ein Schleudertrauma.« Sie gluckste. »Es freut mich, dass es für dich so gut läuft, meine Süße.« Dann senkte sie die Stimme und flüsterte: »Auch privat.«

»Miriam?«, rief Alissa. Alle drei Kinder hockten auf dem Fußboden neben Tavor. »Ist der Hund tot?«

»Nein«, erwiderte sie. »Nur sediert.«

»Was heißt das?«, wollte Luzie wissen.

»Könnt ihr euch noch an das Weihnachtsmärchen erinnern?«

»Klar«, gab Eric zurück, »das war doch gerade erst.«

»Tavor geht's wie Dornröschen, er ist in einen langen und tiefen Schlaf gefallen.«

Kichernd ging sie zu Luzies Zimmer und klopfte an die Tür. Als Ben nicht antwortete, klopfte sie erneut.

»Ist er durchs Fenster abgehauen?«, wunderte Becka sich. »Und wenn ja, warum? Nicht in die Zeitung zu wollen ist eine Sache – aber eine panische Flucht?«

Miriam öffnete die Tür. Nein, Ben war nicht aus dem Fenster geklettert. Er lag friedlich und leise vor sich hin schnarchend auf Luzies Bett. »Tja«, sagte sie zu ihrer Freundin, während sie die Tür leise zuzog. »Ist wohl was dran an der These, dass Haustiere und ihre Besitzer sich mit den Jahren immer ähnlicher werden.«

»Können wir jetzt in mein Zimmer?«, fragte Luzie.

»Oder mit dem Hund spazieren gehen?«, kam es von Alissa.

Rebecca schüttelte bedauernd den Kopf. »Tut mir leid, ihr Süßen, da sieht es gerade schlecht aus. Aber ihr könnt euch gern noch gemeinsam ein paar Geschichten ausdenken. Mein Gefühl sagt mir, dass wir noch jede Menge davon brauchen werden.«

»Nöööö«, maulte Eric. »Hab ich heute keinen Bock zu.«

»Was denn? So schnell habt ihr den Spaß daran verloren?«, hakte Miriam nach.

»Wir haben heute ja schon gearbeitet«, verkündete Luzie wichtigtuerisch.

»Wann denn das?«, wollte Becka wissen.

»Hallo?«, warf Alissa ein. »Wir haben gerade sehr lange mit der Presse gesprochen!«

»Ach so, ja, natürlich«, erwiderte Miriam bemüht um den nötigen Ernst.

»Das sehe ich auch so«, pflichtete Becka ihnen bei. »Was haltet ihr von … Kino? Ich fahre euch hin, Tim holt euch später ab.«

»Jaaaaaaaaaaaa!«

Sobald Rebecca mit den Kids aus der Tür war, setzte Miriam sich an ihr Notebook und öffnete die Mediathek.

Gedankenverloren scrollte sie zurück bis zum 1. März, als sie die Räumlichkeiten für die Krümelkiste übernommen hatte. Sie klickte sich von Foto zu Foto, wurde fast ein bisschen wehmütig, wenn sie sich an die Zeit erinnerte, in der sie und Rebecca den Laden in stundenlanger – und oft genug auch nächtelanger – Arbeit erst renoviert und dann gemeinsam eingerichtet hatten.

Sie erinnerte sich an ihre permanente Schnäppchenjagd nach Sachen wie Regalen oder Kleiderstangen bei verschiedenen Kleinanzeigen-Portalen im Internet. Wie happy sie gewesen war, den gut erhaltenen Wickeltisch, an dem sie gar nichts mehr groß hatten machen müssen, sogar umsonst geschossen zu haben. Becka und sie hatten den Laden so hübsch wie möglich mit geringen finanziellen Mitteln gestalten wollen – und während Miriam ihren Blick von einem Bild zum anderen wandern ließ, war sie stolz darauf, all das geschafft zu haben.

Sie markierte die zehn besten Fotos und schickte sie in mehreren Mails an Juliane Ammer. Während der Übertragung der Daten scrollte Miriam weiter durch die Fotos, denn natürlich waren da neben den Bildern aus den Anfängen der Krümelkiste jede Menge Schnappschüsse von den Kindern, von gemeinsamen Ausflügen an den Elbstrand im letzten Sommer, von Geburtstagen, von allem, was Miriam zum Lächeln gebracht, und auch von Dingen, die sie traurig gemacht hatten. Zum Beispiel vom Jubiläumsfest des Mikado, das für Luzie als Siegerin des Ballonwettbewerbs natürlich toll, für Miriam aber auch voller Wehmut gewesen war. Sie betrachtete das Foto, das sie von ihrer Tochter geschossen hatte, auf dem sie ihre Postkarte ganz fest gegen ihre Brust drückte, damit NIEMAND auch nur einen Blick darauf erhaschen konnte.

Dann das Foto von der Postkarte.

Liber Got, mein Papa ist bei dir im Himel –
kanst du mir bitte einen neuen schikken?
Von ganzem Hertzen, deine Luzie in den Wolken

Miriam seufzte tief, als sie sich daran erinnerte, welchen Stich Luzies Worte ihr damals versetzt hatten. Im nächsten Moment musste sie lächeln, wenn sie an den Bonus-Papi dachte, der nebenan unter der Einhorndecke selig schnarchte.

Ob er inzwischen wach geworden war? Sie stand auf, ging zu Luzies Zimmer und stellte amüsiert fest, dass sie ihn sogar durch die Tür hindurch schnarchen hören konnte. Noch amüsierter war sie, als sie feststellte, dass es gar nicht Ben war, der röchelte, sondern Tavor. Also sah sie doch leise nach. Ja, auch er schlummerte noch selig, allerdings ohne weitere Geräusche und auf dem Bauch liegend. Dieses Bild – es rührte Miriam fast genauso an wie Luzies Postkarte.

Miriam setzte sich wieder an ihr Notebook, um die nächste Mail an Juliane Ammer zu schicken. Erneut betrachtete sie Luzies Postkarte.

Verlier nie den Glauben, denn er ist die Stimme deines Herzens!

Miriam stutzte. Diese Handschrift kam ihr bekannt vor.

Montag, 16. Dezember

Gabriel

Er träumte. Von Einhörnern, von Miriam, von einem brüllenden Jonathan – dann schreckte er hoch. Er brauchte einen Moment, um sich zu orientieren, um zu erkennen, dass er in Luzies Bett lag. Gabriel warf einen entsetzten Blick auf seine Armbanduhr – er hatte über drei Stunden geschlafen!

Er ging zur Zimmertür, öffnete sie leise und lugte durch einen Spalt, um nachzusehen, ob Juliane Ammer noch da war. Sie war es offenbar nicht, im Laden standen fünf oder sechs Kunden, Miriam war gerade damit beschäftigt, ein paar neue Briefchen an verschiedene Kleidungsstücke zu stecken.

»Guten Morgen!«, rief er ihr im Spaß zu, sie fuhr erschrocken zu ihm herum und fasste sich mit einer Hand an den Brustkorb. »Tut mir leid«, entschuldigte er sich, »ich wollte dir keinen Schreck einjagen«

»Kein Problem«, erwiderte sie, aber ihre Stimme zitterte noch. »Allerdings ist es gut, dass du wach bist. Ich müsste für heute dringend weg, könntest du die letzten zwei Stunden hier übernehmen?«

»Sicher doch, kein Problem.« Er ging ein paar Schritte direkt auf sie zu und wollte ihr einen Kuss geben, dem sie allerdings auswich.

»Du weißt doch, bitte nur, wenn keine Kunden da sind.«

»Sorry, stimmt, ich glaube, ich bin noch nicht ganz wach.«

»Ja, äh, also ich muss jetzt wirklich los.«

»Ist was mit Luzie?«, wollte er besorgt wissen.

»Nein, nein, es geht um was ganz anderes.« Sie schnappte sich ihren Rucksack, steckte ihr Notebook ein und hauchte ihm zum Abschied einen Kuss auf die Wange.

»Ruf mich an, wenn du alles geklärt hast!«

»Ja, das mach ich.«

Gabriel sah ihr versonnen nach. Seinem Mädchen mit goldgesprenkelten Bernsteinaugen.

Im nächsten Moment holte ihn alles wieder ein: Gut möglich, dass sie ihn schon bald auf Nimmerwiedersehen aus ihrem Leben kicken würde. Und das mit Recht. Also nahm er seinen Laptop und setzte sich damit an den Ladentisch.

»Wenn ich Ihnen helfen kann, sagen Sie einfach Bescheid, ja?«, rief er den Kunden zu. Solange könnte er ja schon einmal die Sachen, an die Miriam eben neue Briefchen geheftet hatte, aufhängen.

Er nahm das erste Kleid zur Hand. Und wunderte sich. Denn er war sich ganz, ganz sicher, dass er genau DIESES Kleid erst am Samstag mit einer Geschichte, die er sich dafür ausgedacht hatte, an die Wand gehängt hatte. Gleiches galt für den grünen Pullover und den schwarzen Schneeanzug – sie alle hatten schon mit einem Briefchen an der Wand gehangen. Wieso lagen sie jetzt hier? Hatte Miriam sie verkauft? Aber warum waren dann sämtliche Briefe entfernt worden?

Montag, 16. Dezember

Miriam

»Also, ich bin natürlich keine Graphologin«, sagte Rebecca, »aber ich muss zugeben, dass ich deine Meinung teile. Das ist dieselbe

Handschrift. Oder es sieht zumindest verdammt danach aus. Vor allem diese Schlaufe unter dem kleinen ›z‹, die es sowohl auf der Postkarte als auch in Bens Texten gibt, die finde ich verdächtig. Ich meine, so was macht ja heute kaum noch einer.«

Miriams Herz zog sich schmerzhaft zusammen. Sie hatte gehofft, dass ihre Freundin sie auslachen würde, wenn sie mit drei von Ben geschriebenen Briefchen bei ihr auftauchte, um sie mit dem Foto der Postkarte auf ihrem Notebook zu vergleichen.

»Tatsächlich kann das aber mit letzter Sicherheit nur ein Profi sagen«, fügte Becka hinzu.

»Wo kriegen wir einen her?«

»Keine Ahnung. Gibt's die wirklich?«, überlegte ihre Freundin laut. »Eigentlich dachte ich, die kommen nur in irgendwelchen US-Krimiserien vor.«

»Lass uns mal googeln«, meinte Miriam.

»Wonach denn?«

»Graphologe Hamburg vielleicht?« Sie tippte es in ihr Notebook ein. »Hm, da finde ich nur irgendwelche Detekteien.«

»Ja«, stimmte Becka ihr zu. »Ebenfalls aus US-Serien weiß ich, dass die sehr teuer sind.«

»Tja!«, Miriam lachte bitter auf. »Dank Ben läuft mein Laden ja jetzt so gut, da könnte ich glatt einen engagieren.«

»Okay, lass uns logisch denken«, meinte Rebecca. »Wenn wir davon ausgehen, dass Ben tatsächlich auch den Spruch unter Luzies Karte geschrieben hat …«

»… dann muss er derjenige sein, der sie gefunden und zurück zum Mikado geschickt hat«, vollendete Miriam den Satz. »Aber das ergibt doch keinen Sinn!« Im nächsten Moment japste sie erschrocken auf.

»Was ist?«

»Er hat mir erzählt, dass er kürzlich in Italien gewesen ist!«

»Das muss ja nichts heißen.«

»Nein«, stimmte Miriam ihrer Freundin zu. »Aber es *kann* etwas heißen.«

»Ein Hamburger ist gerade in Italien und findet dort zufällig eine Postkarte von einem kleinen Mädchen, das ebenfalls in Hamburg lebt, und schickt sie zurück.« Becka schüttelte den Kopf. »Mal ehrlich, da wäre aber schon ein sehr tatkräftiger Kommissar Zufall am Werk. Ich fand ja ehrlich gesagt schon die Tatsache, dass Luzies Ballon es bis nach Mailand geschafft haben soll, mehr als unwahrscheinlich.«

»Dann erläutere mir gern, wie es deiner Meinung nach gelaufen sein soll.«

»Also, ich könnte mir Folgendes vorstellen: Luzie schickt ihre Karte los. Ben findet sie und ist – selbstverständlich! – total berührt davon. Und weil er, wie wir ja mittlerweile wissen, überhaupt nicht mehr arbeiten muss, weil er wohlhabend ist und ein dickes Auto fährt. Tja«, sie schlug mit der flachen Hand auf die Platte ihres Küchentischs, so plötzlich und laut, dass Miriam zusammenzuckte, »da setzt er sich halt in sein Auto und fährt bis nach Italien, weil er möchte, dass Luzie den Wettbewerb gewinnt. Am Tag der Verkündung kommt er ins Mikado, weil er wissen will, ob sie wirklich den ersten Preis bekommt.«

»Okay«, meinte Miriam und runzelte die Stirn. »Wie geht's dann weiter, Miss Marple?«

»Recht einfach«, erklärte Becka. »Er sieht nicht nur Luzie, sondern auch dich. Es folgt Schockverliebtheit seinerseits, und als er von deinem Laden erfährt, kreuzt er dort ebenfalls auf und: bingo!« Erneut ließ sie eine Hand auf die Tischplatte knallen. »Ben entdeckt den Aushang, dass du einen Raum zu vermieten hast. Da greift er natürlich zu.«

»Warum so kompliziert? Er hätte mir doch auch einfach sagen können, dass er die Karte gefunden hat, und mich fragen können, ob ich mal mit ihm ausgehe oder so.«

»Hätte er. Aber damit hätte er natürlich auch das Risiko in Kauf nehmen müssen, dass du ablehnst.«

»Stattdessen mietet er sich bei mir ein?« Miriam wurde von einem Schaudern erfasst. »Irgendwie spooky.«

»Aber irgendwie auch süß. Romantisch.«

»Na ja, wenn man bedenkt, dass du in Ben anfangs einen Serienkiller vermutet hast, bist du jetzt, wo es wirklich etwas merkwürdig wird, ja sehr tolerant.«

»Ich mag ihn halt.«

»Hallo?«, rief Miriam und schlug nun ihrerseits mit einer Hand auf die Tischplatte. »Ich mag ihn nicht nur, ich bin verliebt in ihn. Luzie himmelt ihn an. Das ist schön – macht mir aber gleichzeitig auch Angst. Vor allem weil ich das Gefühl nicht loswerde, dass da irgendwas nicht stimmt. Wenn es so gewesen wäre, wie du gerade überlegt hast – da hätte er mir doch irgendwann die Wahrheit sagen können? Spätestens doch wohl am Samstagabend oder am Sonntag bei unserem Spaziergang.«

»Vermutlich hat er sich einfach nicht mehr getraut, weil er schon so lange gelogen hat«, warf Becka ein. »Wie wir alle wissen, reagierst du sehr allergisch auf selbst harmlose Schwindeleien. Das wird Ben mit der Zeit auch mitbekommen haben. Aber da hatte er schon den Point of no Return erreicht.«

»Trotzdem«, erwiderte Miriam, »ich bleibe dabei. Irgendwas stimmt nicht. Allein wie Ben sich vorhin aufgeführt hat, als die Reporterin bei uns war. Da war er regelrecht panisch, wollte nicht einmal mit dieser Juliane Ammer sprechen, selbst wenn sie ihn nicht namentlich in ihrem Interview erwähnen würde, von einem Foto ganz zu schweigen.«

»Ja, das ist merkwürdig«, stimmte Becka ihr zu. »Warum will er auf gar keinen Fall in der Presse erscheinen?«

»Mir hat er gesagt, das würde ihn seinen Klienten gegenüber in ein unseriöses Licht rücken.«

»Den Klienten gegenüber, die er eigentlich gar nicht braucht, weil er sowieso reich ist?«, fasste ihre Freundin zusammen. »Und die offensichtlich so begeistert von ihm sind, dass sie ihn mit Aufmerksamkeiten überhäufen? Gleichzeitig hat er aber kein Problem damit, sich auf eine Bühne zu stellen und Karaoke zu singen. Das war natürlich im eher privaten Umfeld, aber dazu passt dann seine Aussage, er sei nicht so der Typ, der sich fotografieren lässt, ebenfalls rein gar nicht.« Sie schüttelte langsam den Kopf. »Tut mir leid, Miri, aber ich fürchte, du hast tatsächlich recht. Hier stimmt was nicht – und es geht dabei um mehr als nur einen liebeskranken Buchhalter, der es nicht schafft, dir zu gestehen, dass er sich Hals über Kopf in dich verliebt hat. Also, fassen wir mal zusammen, was wir gesichert wissen. Zuerst einmal, dass Ben …«

»Halt!«, schrie Miriam so aufgeregt und laut auf, dass Becka einen kleinen Hopser von ihrem Stuhl machte.

»Mein Gott, ich kriege gleich einen Herzinfarkt.«

»Ja, vielleicht kriegen wir beide gleich einen.«

»Was meinst du damit?«

»Du hast es gerade selbst gesagt: ›Alles, was wir gesichert wissen‹ – wissen wir denn ganz sicher, dass Ben überhaupt Ben heißt? Du konntest bei deiner intensiven Recherche keinen Ben Sommer finden, der in Hamburg als Buchhalter arbeitet.«

»Und wie soll er sonst heißen?«

»Argh!«, stieß Miriam ungeduldig aus. »Ich hab dir doch erzählt, dass wir gestern an der Alster Bens bestem Freund Jonathan und dessen Frau Hannah begegnet sind. Beide haben ihn hartnäckig Gabriel genannt, was Ben damit erklärt hat, dass er die beiden schon so lange kennt, dass er bei ihnen noch unter ›Gabriel‹ läuft. Ist doch aber eigenartig, wenn dein allerbester Freund, dessen Sohn sogar dein Patenkind ist, sich auch nach Jahren nicht einprägen kann, dass du ›Ben‹ genannt werden möchtest.«

»Da ist was dran«, sie fischte einen kleinen Block und einen Stift von der Arbeitsplatte der Küchenzeile. Dann schrieb sie auf:

Ben Sommer
Gabriel

»Was noch?«

»Also, sein bester Freund heißt Jonathan und hat einen Verlag. Seiner Frau Hannah gehört die Rasselbande.«

Rebecca notierte.

Jonathan
Hannah
Rasselbande

»Kannst du dich noch an den Namen des Verlags erinnern?«, fragte Rebecca.

»Leider nein. Aber ein Hamburger Verlag mit langer Familientradition, das kann so schwierig ja nicht sein.«

»Denk trotzdem noch mal nach«, forderte Rebecca sie auf.

»Ich war so aufgeregt, als wir denen begegnet sind. Nach meiner Nacht mit Ben …«

»Oder Gabriel«, warf Becka ein.

»Danke, sehr hilfreich.«

»Ich tue, was ich kann.«

»Jedenfalls war das eine echt eigenartige Begegnung. Dazu noch dieser Hund mit dem seltsamen Namen, der in Wahrheit Ben gehört – ach, ich hätte schon viel eher hellhörig werden sollen!«

»Besser spät als nie.« Rebecca griff wieder zum Stift und notierte:

Hund
Tavor
Benzo

»Ich hab's!«, rief Miriam plötzlich aus. »Der Name des Verlags, das war irgendwas mit Trauer.«

»Und ich hab gerade eine noch viel genialere Idee«, entgegnete Becka.

»Die da wäre?«

»Hannah, Jonathans Frau. Wir müssen einfach nur nach Hannah und Rasselbande googeln.«

Miriam schlug sich mit der flachen Hand vor die Stirn. »Da hätte ich aber auch echt selbst drauf kommen können!«

»Macht ja nichts, Süße, dafür hast du ja mich!«

Keine zehn Minuten später saßen die Freundinnen geschockt vor Miriams Notebook.

Eine winzig kleine Google-Recherche hatte ausgereicht, dass nun alles vor ihnen lang. Monströs lag es vor ihnen.

Grief, das war der Nachname von Jonathan und Hannah. Tatsächlich hatten sie zuerst über die Internetseite der Rasselbande den Namen von Bens – ha, ha, Bens! – besten Freunden herausgefunden. Die Kombination von »Grief« und »Gabriel« hatte sie danach ohne irgendwelche Umwege zur Homepage des Verlags Griefson & Books geführt. Schon auf der Startseite hatte ihnen Bens / Gabriels Gesicht entgegengelächelt, mit seiner Vita, dass er als Henri Fjord erfolgreich Romane schrieb. Und mit der freudigen Ankündigung, dass schon im nächsten Juli ein neuer Roman von ihm, geschrieben unter seinem Pseudonym, erscheinen würde, über den man an dieser Stelle aber noch nichts verraten würde.

Und die Kirsche ganz oben auf dem Sahnehäubchen war ein Interview, das Gabriel Bach mal dem Hamburger TV-Kanal

»Moin, Moin« gegeben hatte. Geführt von Juliane Ammer. Das war schon vier oder fünf Jahre alt, aber so sehr hatte sich Gabriel nicht verändert, dass die Reporterin ihn in Miriams Laden nicht sofort erkannt hätte. Zumal die beiden während des TV-Interviews heftig miteinander flirteten.

»Uff«, stöhnte Becka.

Miriam sagte gar nichts. Ihr liefen Tränen über die Wangen. So war das also. Ben Sommer hieß in Wahrheit Gabriel Bach und schrieb unter dem Namen Henri Fjord Bestseller in Millionenauflage. Noch besser als das Schreiben schien er allerdings das Lügen zu beherrschen.

»Meine Süße!« Rebecca nahm sie tröstend in den Arm. Miriam weinte und weinte und weinte. Musste sie schon wieder so viele Tränen vergießen, nachdem sie doch gestern noch so glücklich gewesen war? Am meisten weinte sie aber nicht um sich selbst und auch nicht um Ben Sommer, Gabriel Bach, Henri Fjord oder von ihr aus auch Fred vom Jupiter. Nein, sie weinte vor allem – um Luzie.

Bei dem Gedanken an ihre Tochter rückte Miriam von Becka ab und wischte sich energisch die Tränen weg. Mit einem Mal, bei dem Gedanken an Luzie, war ihr Kampfgeist geweckt.

»Okay«, sagte sie zu Becka, »wir wissen nun also, dass Ben Gabriel heißt und ein Lügner ist. Für einen Schriftsteller ist das vielleicht sogar von Vorteil. Er hat sich bei mir eingemietet und den ganzen Tag auf seinem Notebook rumgetippt. Da wir nun auch wissen, dass er kein Buchhalter ist und meine Unterlagen vermutlich einfach an irgendein Steuerbüro weitergereicht hat, stelle ich mir folgende Frage: An was, zum Henker, hat er dann so fleißig gearbeitet?«

Dienstag, 17. Dezember

Gabriel

»Guten Morgen, mein Schatz!« Um halb zehn kam Miriam bestens gelaunt in sein Büro. Das heißt, sie stemmte die Tür mit einiger Gewalt nach innen auf, denn dieses Mal hatte Tavor sich nicht in den Rahmen, sondern direkt dahinter fallen lassen. Gabriel klappte sein Notebook zu, stand auf und zog seinen Hund rüber zur Kuschelecke, auf die er noch immer keinen Wert gelegt hatte, obwohl Gabriel es mehrfach versuchte hatte.

Als ihr Weg zu Gabriel frei war, umschlang sie ihn sofort mit beiden Armen. Gabriel ließ sich zusammen mit ihr auf seinen Stuhl sinken, sodass Miriam auf seinem Schoß saß. Nun nahm sie sein Gesicht in beide Hände, so, wie er besonders gern mochte. »Ben«, sagte sie und blickte ihn ernst an. So ernst, dass er doch wieder Panik bekam. »Ich wollte mich noch wegen gestern bei dir entschuldigen. Es war blöd von mir, dich zu diesem Interview drängen zu wollen.«

»Nein«, widersprach er, »eigentlich war es von mir echt blöd, im Nachhinein hätte ich einfach mitmachen sollen. Wäre ja kein großes Ding gewesen.«

»Das geht aber bestimmt noch«, ging sie begeistert darauf ein. »Ruf doch einfach mal Juliane Ammer an, ich geb dir ihre Nummer!«

Die nächste Welle der Erleichterung durchspülte ihn. »Hast du es noch nicht gesehen?«, fragte er und zog die aktuelle Ausgabe des *Hamburger Morgenblatts* aus der obersten Schublade seines Rollcontainers. »Es ist heute schon drin, sehr prominent und riesig auf Seite drei.« Er schlug die Zeitung auf und zeigte es ihr.

»Wow!«, rief sie begeistert aus. »Das ist ja mal *richtig* toll!«

»Finde ich auch«, meinte er, »wundert mich, dass dein Handy nicht schon die ganze Zeit bimmelt.«

»Konnte es nicht«, erklärte sie. »Ich hab es gestern Abend ausgeschaltet, weil ich total Kopfschmerzen hatte und einfach nur noch schlafen wollte.«

»Ach so, deshalb hatte ich immer nur die Mailbox dran.« Und er hatte sich seit gestern bis gerade eben schon die schlimmsten Horrorszenarien ausgemalt.

Miriam gab ihm noch einen Kuss, dann erhob sie sich und ging rüber zum Ladentisch, wo sie ihre Sachen abgestellt hatte. »Ich schalte es gleich mal wieder ein«, sagte sie und wühlte in ihrem großen Lederrucksack.

Die Türglocke erklang, und ohne aufzublicken, rief Miriam: »Wir öffnen erst in zwanzig Minuten.«

»Leute, es ist wichtig!« Vollkommen panisch kam Rebecca in den Laden gestürzt. »Ben, kannst du mich ganz schnell zur Fun Arena fahren? Mein Auto springt nicht an, und Tim erreiche ich nicht.«

Gabriel stand auf und kam nach vorn. »Warum musst du denn so dringend in die Fun Arena?«

»Kann ich dir das bitte unterwegs erklären?«, fragte sie. »Es ist echt supereilig und wichtig!«

»Klar, sicher, ich hol nur meine Jacke und den Autoschlüssel.«

»Ja, bitte!« Rebecca machte wirklich einen panischen Eindruck.

»Passt du auf Tavor auf?«, bat er Miriam und gab ihr noch einen Kuss, bevor er Becka folgte, die schon nach draußen gerannt war.

»Mach ich«, rief sie ihm hinterher. »Ich achte darauf, dass er nicht wieder rumspringt, als sei er tollwütig.«

Gabriel lachte laut auf.

Dienstag, 17. Dezember

Miriam

Geschafft. Sie war allein. Allein mit Tavor – und mit Gabriels Notebook. Sie lief zur Eingangstür, schloss sie von innen ab und klebte das Blatt, das Rebecca gemalt hatte, in die Tür. »Aus privaten Gründen heute leider kein Verkauf. Kommen Sie gern morgen wieder!« Natürlich war es eine Schande, dass sie ausgerechnet an dem Tag, an dem der Laden so riesig in der Zeitung stand, nicht öffnen konnte. Aber das hier war wichtiger.

Ab jetzt hatte sie gut zwei Stunden Zeit, bevor Rebecca und Gabriel hier wieder auftauchen würden. Sie hatten am gestrigen Abend folgenden Plan ausgeheckt: Becka würde kurz nach Miriam vollkommen panisch hereingestürmt kommen und Gabriel bitten, sie SOFORT zur Fun Arena zu fahren. Sie müsste so aufgebracht sein, dass er sein Notebook nicht wie sonst immer einpacken würde.

In der Zwischenzeit erzählte Becka gerade eine wilde Geschichte, dass sie seit Wochen ihren Schlüssel suchte und keine Ahnung hatte, wo er war. Der Verlust ihres eigenen war nicht so tragisch, aber an diesem Bund hing ausgerechnet der Generalschlüssel des Theaters, für das sie gerade arbeitete. Deshalb hatte sie auch einen Anhänger mit ihrer Handynummer daran befestigt und hoffte jeden Tag, dass sich jemand melden würde. Und ebendas war gerade passiert: Der Hausmeister der Fun Arena hatte sie angerufen, er habe den Schlüsselbund unter einem der großen Trampoline entdeckt. Sie müsse sich allerdings beeilen, er könne höchstens bis halb elf auf sie warten, danach würde die Arena bis Neujahr schließen. So in der Art halt, das würde Becka schon überzeugend rüberbringen. Eine eventuelle Nachfrage seitens Gabriel, warum eine Freizeiteinrichtung ausgerechnet dann schloss, wenn alle Menschen gerade Freizeit hatten, würde sie mit einem charmanten »Sag du es mir, ist doch dein Kunde!« parieren.

Miriam setzte sich in »Bens« Büro und klappte sein Notebook auf. Wie nicht anders zu erwarten, war es mit einem Passwort gesperrt. Auf gut Glück versuchte sie es mit Gabriels Geburtsdatum – es sollte ja Menschen geben, die so was machten. Gabriel leider nicht, der Bildschirm blieb schwarz. Sie versuchte es mit anderen Kombinationen, vorwärts, rückwärts, mit und ohne Sonderzeichen. Auch nichts. Dann fiel ihr der Bürocontainer unterm Schreibtisch ein, sie suchte alle Schubladen ab, ob dort irgendwo irgendein Zettel oder ein Büchlein mit Passwörtern war. Auch »kruemelkiste« brachte keinen Erfolg, genauso wenig wie »second_chance«.

Sie schrie frustriert auf, eine halbe Stunde war inzwischen schon verstrichen. »Kein Grund zur Panik«, machte sie sich selbst Mut. Rebecca würde ihr eine Nachricht schicken, sobald sie auf dem Rückweg waren. Auf dem Parkplatz der Fun Arena würde sie ihm, erneut mit allergrößtem Charme, erläutern, dass ihre Story gelogen war, weil sie ihn aus dem Laden hatte weglocken sollen, da Miriam in der Zwischenzeit eine Überraschung für ihn vorbereiten würde.

Und eine Überraschung – die sollte es auch werden. Und was für eine!

Mit der kindlichen Hoffnung einer, trotz allem, immer noch verliebten Frau versuchte sie es mit ihrem eigenen Geburtsdatum. Wieder nichts. Als würde Tavor sie auslachen wollen, ließ er einen lautstarken und leider recht geruchsintensiven Pups fahren.

Miriam sprang auf und öffnete die Tür zum Innenhof, damit der Gestank sich verzog. Auf dem Weg zurück zum Notebook hatte sie auf einmal eine Idee.

Tavor, tippte sie ein. Nichts.

Tavor@1, auch nichts.

Und dann, mit einem eigenartigen Gefühl der absoluten Sicherheit, tippte sie:

Benzodiazepin

Sesam, öffne dich, der Bildschirm erhellte sich und gab Sicht auf eine vollgeschriebene Word-Seite. Oben im Header stand: »Henri Fjord_ Das Geheimnis der alten Spielzeugtruhe«.

Gut, schon gestern Abend waren Becka und sie sich sicher gewesen, dass Gabriel in dem Büro an seinem neuen Buch arbeitete. Miriam überflog die Seite und zuckte kurz zusammen, als der Name »Ben Sommer« auftauchte, aber ansonsten sah es harmlos aus. Irgendeine schwülstige Geschichte, die im Alten Land spielte.

Sie schloss das Dokument, es verschwand in einem Ordner, der den Namen »Geheimnis Spielzeugtruhe« hatte. Neben diesem Ordner waren noch viele, viele mehr. Aber Miriam musste gar nicht lange suchen, denn – chronologisch sortiert – direkt unter der »Spielzeugtruhe« befand sich ein Ordner mit dem Namen »Luzie Wolken«.

Ihre Hände zitterten, als sie den Ordner mit einem Mausklick öffnete und danach das oberste Dokument von insgesamt fünf, die allesamt den Titel »Henri Fjord_Luzie in den Wolken« trugen und sich lediglich im Datum voneinander unterschieden. Als der Text auf dem Bildschirm erschien, stockte ihr der Atem. Sie begann zu lesen. Und es war schlimmer, als Becka und sie befürchtet hatten. Viel, viel schlimmer!

Er hing einfach da, der rote Luftballon. Hing schlaff und traurig zwischen den Blättern. Wie das vergessene Überbleibsel eines Kindergeburtstags, achtlos zurückgelassen nach getanem Dienst, jeder weiteren Funktion beraubt.

Ben hatte ihn nicht sofort gesehen. Hatte ihn erst entdeckt, als der Stock, den er für seine Colliedame Joy geworfen hatte, mitten im Gebüsch gelandet war und den roten Ballon erst so zutage gefördert hatte. Neugierig hatte Joy begonnen, daran herumzuschnüffeln, und dann beherzt hineingebissen, sodass auch die restliche Luft aus ihm entwichen war.

»Lass das, Joy!«, ermahnte Ben seine Hündin und ging zu ihr, um zu verhindern, dass sie ein Stückchen Gummi verschluckte. Als er sich zu ihr hinunterbeugte, bemerkte er die Karte. Die Postkarte, die an dem Ballon hing und auf der in krakeligen Druckbuchstaben etwas geschrieben stand. Er nahm sie zur Hand und begann zu lesen.

Liber Got, mein Papa ist bei dir im Himel –
kanst du mir bitte einen neuen schikken?
Von ganzem Hertzen, deine Luzie in den Wolken

Miriam war innerlich vollkommen ruhig geworden. Als sie die gut vierzig Seiten über Luzie und sich (sie hieß immerhin Marlene, hatte aber trotzdem einen Kinder-Secondhandladen) sowie den charismatischen Buchhalter Ben Sommer gelesen hatte, der für die kleine Luzie eine Art neuer Papi werden würde, nachdem sie das alles gelesen hatte, schaltete sie Gabriels Multi-Dings ein, druckte die Seiten aus und legte sie dann auf Gabriels Notebook. Mit einem Post-it, er möge bitte seinen Kram einsammeln, danach abschließen und den Schlüssel in den Briefkasten werfen. Und dass sie erwartete, morgen früh nichts mehr von ihm hier vorzufinden und ihn auch sonst nie wiederzusehen.

Sie hatte gerade alles hergerichtet und Tavor noch einmal frisches Wasser hingestellt, was er aber nur mit einem weiteren

Pupser quittierte, da erreichte sie die SMS von Becka: »Sind in fünfzehn Minuten da!«

Sie würde also noch zehn Minuten warten, damit der Hund nicht zu lange allein blieb, dann würde sie den Laden verlassen und abschließen. Als sie ging, ließ sie die Tür zum Innenhof von Gabriels Büro offen, damit der Hund nicht an seinen eigenen Flatulenzen erstickte. Sie hielt es für unwahrscheinlich, dass jemand ausgerechnet in den fünf Minuten, in denen niemand im Geschäft war, über den Hof einbrechen würde.

Doch selbst wenn.

Sie hatte nichts mehr zu verlieren.

Luzie jedoch sehr wohl.

Dienstag, Heiligabend

Gabriel

Im Fernseher lief zum achten oder neunten Mal *Dinner for One*, das er in einer Mediathek entdeckt und auf »endlos wiederholen« gestellt hatte. Durch seine Kehle rann der dritte Gin Tonic. Nicht schlecht für halb elf am Morgen.

Es war ihm egal. Gleichgültig. Bedeutungslos. Das mochte am Gin liegen oder am hervorragenden Unterhaltungsprogramm. Er tippte auf den Gin. Seit er seine Sachen aus seinem Büro geräumt und den Schlüssel in den Briefkasten geworfen hatte, hatte er keinen Tropfen Alkohol mehr angerührt. Hatte sich insgesamt nicht mehr gerührt; war einfach zusammen mit Tavor in seinem Haus am Strandweg abgetaucht; war zurück in seiner finsteren Welt, einem Leben ohne einen Grund.

Nein, er hatte sich nicht in Abstinenz geübt, weil er Sorge hatte, sich dann doch von irgendeinem Schiff zu stürzen. Er hatte beschlossen, dass er kein Recht hatte, seinen Kummer zu betäuben – wo er doch anderen so schrecklich, schrecklich wehgetan hatte. Nicht nur Miriam und Luzie; nicht nur seiner Schwester, Katja und Ruben; nicht nur Jonathan und Hannah; nicht nur Rebecca, Alissa und Eric; da waren so viele, SO viele, denen er Schmerzen zugefügt hatte; letztlich sogar seinen treuen Henri-Fjord-Fans, indem er sich insgeheim mehr als einmal in abscheulicher Arroganz über sie lustig gemacht hatte. Er, ausgerechnet er! Wer außer ihm war denn hier die Witzfigur?

Das zu zwei Dritteln fertiggestellte Manuskript von *Das Geheimnis der alten Spielzeugtruhe* hatte er Jonathan gemailt. Mit einer von ihm unterschriebenen Verfügung im Anhang, sein Verleger möge es von einem Autor beenden lassen, der noch brannte für das, was er tat. Gabriel würde nicht nur das gesamte Honorar für die *Spielzeugtruhe* an seinen Nachfolger oder seine Nachfolgerin abtreten, er gäbe auch sein Pseudonym Henri Fjord ab sofort frei. Möge der Name einem anderen Glück bringen.

Ihm hatte er keins gebracht. Wohlstand, das ja. Und ein ungenutztes Segelboot in Dänemark. Aber Glück? Zufriedenheit? Liebe? Wahre, aufrichtige Liebe? Gabriel stieß ein heiseres Lachen aus und goss sich den nächsten Gin Tonic ein. Nein, da wo er, Gabriel, war, gab es kein Glück.

Pathetische Gedanken, das wusste er. Doch heute früh, als er noch ein einziges Mal an Miriams Laden vorbeigefahren war und dabei gesehen hatte, dass im beleuchteten Schaufenster wieder das Banner »Krümelkiste« hing, da hatte er sich dieses Pathos erlaubt. Hatte in seinem Wagen sitzend ein paar Minuten vor dem noch geschlossenen Laden gestanden, hatte geweint und gleichzeitig versucht, sich mit möglichst fröhlichen Gedanken selbst davon zu überzeugen, dass es für Miriam und Luzie so am besten war.

Luzie. Seine Luzie in den Wolken. Nein, das war falsch! Sie war nicht *seine* Luzie in den Wolken, sie war es nie gewesen! Er hatte sie gestohlen, ihre Geschichte, ihre Zuneigung, ihre Liebe. Und das alles auch von ihrer Mutter.

Er war wieder nach Hause gefahren und hatte sich, an diesem einen Tag, die Erlaubnis erteilt, seinem Leben, für das er keinen Grund mehr hatte, immerhin einen Gin zu geben. Selbst in seinem angetrunkenen Zustand vermochte er es nicht, über diesen müden Kalauer zu lachen.

Irgendwann musste er eingeschlafen sein, denn als er auf seinem Sofa wieder zu sich kam, war es draußen bereits dunkel. Er griff nach der Fernbedienung, beendete *Dinner for One* und zappte sich durch die TV-Kanäle. Beim dritten und vierten Sender blieb er hängen. Es lief *Tatsächlich … Liebe* und ausgerechnet in diesem Moment eine der schönsten Liebeserklärungen, die es jemals in einem Film gegeben hat: die berühmte Szene mit den Pappschildern, auf denen Mark (gespielt von Andrew Lincoln) Juliet (gespielt von Keira Knightley) schriftlich seine Liebe gesteht. Nicht weil er darauf hofft, dass sie sie erwidert. Er weiß, dass sie das nicht tut, denn sie ist erst seit kurzem mit seinem besten Freund verheiratet. Trotzdem geht er mit dem Schild zu ihr. Weil Weihnachten ist, und an Weihnachten sagt man die Wahrheit.

Gabriel setzte sich auf, schüttelte seinen Kopf und stellte fest, dass er wieder nüchtern war und es auch bleiben wollte. Er suchte nach Tavor, fand ihn auf der Fußmatte im Gäste-WC und konnte ihn mit Mühe und Not dazu bewegen, mit ihm nach draußen zu gehen.

Er hockte sich wieder auf »seine« Bank, während Tavor ein Stückchen weiter unten ein paarmal das Bein hob, ehe er wieder zu seinem Herrchen zurückgetrottet kam und sich auf dessen Füße plumpsen ließ.

Gabriel zog sein Handy aus der Jackentasche. *An Weihnachten sagt man die Wahrheit*. Er wählte ihre Nummer, rechnete eigentlich nicht damit, dass sie rangehen würde. Doch dann hörte er ihre Stimme.

»Greta?«, fragte er. »Hier ist Gabriel, dein Bruder.«

Montag, 4. März

Miriam

Sie fragte immer noch nach ihm. Beinahe jeden Tag tat Luzie das, seit »Ben« kurzfristig wieder in sein »altes« Büro gezogen war, weil sie seinen Raum mit der rasant angestiegenen Nachfrage nun brauchten, um dort stapelweise Nachschub zu lagern. Sie hatte den Laden zwar wieder in Krümelkiste umbenannt und den verwunderten Kunden erzählt, es habe da ein paar markenrechtliche Probleme gegeben. Aber dass sie weiterhin »Kindersachen mit Geschichte« verkauften, dabei war es geblieben. Denn schließlich war das Besondere an der Idee, dass es vor allem um die Zukunft der Sachen ging, von Luzie gekommen.

Die beiden Notlügen über das Platzproblem und den Grund für die Rückbenennung zur Krümelkiste hatten für ihre Tochter so schlüssig geklungen, dass sie sie nicht anzweifelte. Trotzdem fragte Luzie täglich weiter nach Ben, wollte wissen, ob sie ihn in seinem alten Büro mal besuchen oder sie ihn wenigstens anrufen und auf ein Eis oder so treffen könnte.

Miriam musste immer erfinderischer werden, um Gründe zu nennen, warum es nicht ging. Mal steckte Ben kopfüber in einem neuen Projekt, dann war er lange auf Geschäftsreise, dann war mal dies, dann mal das. Und mit jeder weiteren Lüge, die sie sich für Luzie aus den Fingern saugen musste, fragte sie sich, ob es eigentlich richtig war. Ob sie das Recht hatte, ihrer Tochter einen Menschen vorzuenthalten, den sie doch ganz offensichtlich so sehr vermisste. Ben war ja noch da, im Gegensatz zu Patrick hatte er Luzie nicht im Stich gelassen. Aber dass er bereit gewesen wäre, sie für einen bescheuerten Roman zu verraten – wog das nicht noch schwerer?

Sie hatte keine Silbe mehr von ihm gehört, seit sie ihn rausgeschmissen hatte. Und ja, auch ihr tat es weh. Aber welcher Schmerz nun welcher war, welcher schlimmer und welcher am schlimmsten, das konnte sie nicht sagen.

Nur ein einziges Mal noch hatte sie von ihm gehört. Nicht von ihm persönlich, sondern über Hannah Grief. Einen Tag vor Weihnachten hatte die Chefin der Rasselbande sie im Laden besucht, um ihr zu sagen, dass Gabriel *Luzie in den Wolken* schon seit Wochen aufgegeben hatte, dass der neue *Henri Fjord* von der Spielzeugtruhe handeln würde und dass der Text, den Miriam bei ihm gefunden hatte, schon lange nicht mehr für eine Veröffentlichung bestimmt gewesen war.

Hannah Grief hatte Miriam versichert, dass sie nicht von Gabriel geschickt worden war. »Mir war nur wichtig, dass Sie das wissen«, hatte sie ihr gesagt.

»Das ist sehr nett von Ihnen«, hatte Miriam geantwortet. »Aber wichtig wäre gewesen, wenn *Gabriel* gedacht hätte, wir alle sollten das wissen.«

Hannah hatte stumm genickt, dann hatten sie sich freundlich voneinander verabschiedet und sich gegenseitig Frohe Weihnachten gewünscht. *Frohe Weihnachten!* Wie sollte das gehen?

Tatsächlich waren die Feiertage und der Jahreswechsel für Luzie überhaupt nicht schlimm gewesen. Sie hatte natürlich nach Ben gefragt, aber zum einen war jeden Tag so viel los, sie mussten sich mit Freunden treffen, Oma und Oma Cuxhaven besuchen und in der ersten Januarwoche zu Oma und Opa Spanien fliegen, um bei ihnen ganz in der Nähe vier Tage in einem süßen kleinen Hotel direkt am Strand zu verbringen. Ja, möglich, dass es leichtsinnig war, weil Miriam nach den rekordverdächtigen Einnahmen im Dezember natürlich nicht sagen konnte, ob sich der Laden weiter so gut entwickeln würde. Oder ob die Leute den Namen Krümelkiste nicht doch zu piefig finden würden, auch wenn das neue Konzept bestehen blieb. Sie hatte es sich trotzdem gegönnt; und Luzie, der hatte sie es noch viel mehr gegönnt.

Es war so schön gewesen, ihre Tochter fröhlich und unbeschwert zu erleben, wie sie gemeinsam ein bisschen Leichtigkeit erleben konnten. Fast hatte Miriam den Eindruck gewonnen, Luzie würde Ben vergessen.

Doch sie hatte sich getäuscht. Kaum hatte der Alltag wieder begonnen, fragte sie jeden Tag dringlicher und verzweifelter nach ihm.

»Was soll ich denn nur machen?«, wollte Miriam von Becka wissen, mit der sie am Montagnachmittag die Ausstellungswände neu dekorierte; mittlerweile waren es zwei; den Großteil der Geschichten schrieben sie selbst, die Kinder schrieben hin und wieder etwas, wenn sie neben der Schule Zeit dafür hatten und dann … dann schrieb, was Miriam aber natürlich nicht an die noch so kleinste Glocke hängte, ChatGPT eine ganze Menge. Sobald der Laden sicher lief, würde sie eine studentische Aushilfskraft einstellen. Bis dahin musste eben eine KI den Job erledigen. Wenn Miriam ganz ehrlich zu sich war, war das auch ein klein wenig Rache am »großen« Henri Fjord.

»Wolltest du von mir jetzt eine Antwort haben oder nicht?« Rebecca sprach ihr sehr nah ins Ohr.

»Bitte, was?«

»Du hast mich gefragt, was du bezüglich Luzie und Ben beziehungsweise Gabriel machen sollst, und ich habe dir gesagt, dass ich keine Ahnung habe.«

»Dann war deine Antwort, dass du keine für mich hast?«

Rebecca gluckste. »Ja, so in etwa.« Sie wurde wieder ernster. »Es ist einfach schwierig, die ganze Situation ist so komplex. Keiner von uns möchte Luzie leiden sehen, selbst Eric und Alissa vermissen ihn ja. Aber zuerst einmal müsste man ihnen erklären, dass Ben gar nicht Ben ist und so weiter und so fort.« Sie zuckte hilflos mit den Schultern.

Und dann – dann war es plötzlich ganz einfach zu erklären, dass Ben nicht Ben ist. Kaum hatte Becka ihren Satz beendet, kam eine sehr, sehr wütend aussehende Luzie in den Laden gestapft und hielt ihnen einen Flyer unter die Nase.

»Was ist das? Wieso ist hier ein Foto von Ben, der für einen Gabriel Bach demnächst eine Lesung in der Buchhandlung neben meiner Schule macht?«

»Das, d-d-das«, stotterte Miriam. »Das kann ich dir erklären. Aber nicht jetzt.«

»Warum nicht jetzt?«

»Weil wir hier noch arbeiten müssen und ich dir das lieber in aller Ruhe erklären möchte? Kann ich den Zettel mal haben?«

»Na gut.« Sie drückte Miriam den Flyer in die Hand, stapfte in ihr Zimmer und knallte die Tür hinter sich zu.

»Zeig mal her«, bat Becka. Sie beugten sich gemeinsam über den Flyer – und plötzlich fiel ein dicker Wassertropfen auf das Papier, das Luzie ihnen gegeben hatte. Zum ersten Mal seit Wochen konnte Miriam wieder weinen.

Die Freundinnen blickten auf und sahen sich an, sogar Rebecca hatte Tränen in den Augen. »Ich fasse es nicht«, sagte sie.

»Ich auch nicht«, erwiderte Miriam. Dann nahm sie ihr Handy aus dem Regal neben dem Ladentisch und googelte die Nummer, die sie nun brauchte. Dieser Anruf duldete keinen Aufschub, denn nebenan saß ein kleines Mädchen, das um Antworten bat. Und nicht nur sie tat das.

»Die Rasselbande, Hannah Grief.«

»Hallo, Frau Grief«, sagte Miriam und hörte selbst, wie verheult sie klang. »Ich möchte Sie etwas fragen oder eher gesagt um etwas bitten.«

»Brauchen Sie Betreuung für Ihre Luzie?«

»Nein«, sie lachte. »Zuerst einmal brauche ich Betreuung für mich«, meinte sie albern.

»Das verstehe ich nicht ganz.«

»Nein, natürlich nicht, Entschuldigung!« Sie holte einmal tief Luft. »Haben Sie die Möglichkeit, über Ihren Mann an Vorabexemplare von Büchern zu kommen? Oder an Druckfahnen? Und wenn ja, könnten Sie mir da was besorgen?«

Ein kurzes Schweigen in der Leitung. »Kein Problem, Miriam«, sagte sie dann freundlich. »Das Du ist hoffentlich o.k.? Gib mir deine E-Mail-Adresse, und du hast in fünf Minuten das neue Manuskript von Gabriel. Versehen mit einer Einladung zu einer verlagsinternen Vorablesung, die ist schon nächste Woche Dienstag im Verlags-Foyer.«

Dienstag, 12. März

Gabriel

Als er den letzten Satz gelesen hatte, brach das Publikum in tosenden Beifall aus. Gut, das »Publikum« waren im Wesentlichen Verlagsmitarbeiter, und die waren quasi zu frenetischem Applaus verpflichtet. Aber es waren auch viele geladene Gäste hier, darunter ein paar andere Autoren. Von denen wirkten nicht alle so begeistert.

Aber es störte ihn nicht. Es hätte ihn auch nicht gestört, wenn keiner geklatscht oder die Leute ihn sogar ausgebuht hätten. Für ihn waren nur drei Dinge wichtig.

1. Dass seine Schwester Greta in der ersten Reihe saß, die er gleich am ersten Weihnachtsfeiertag besucht hatte. Er war bis Neujahr bei ihr und ihrer Familie geblieben. In stundenlangen Gesprächen hatten Greta und er nach so vielen Jahren wieder zueinandergefunden.
2. Er hatte Jonathan darum gebeten, ein anderes Buch schreiben zu dürfen. Autor: Gabriel Bach. Nach Zusage seines Verlegers hatte er innerhalb von drei Wochen seine eigene Geschichte runtergeschrieben. Und nun lag die Druckfahne von *Das Buch der Ruhe – Ein Schriftstellerleben mit Ereignissen* vor ihm auf dem Tisch. Im Sommer würde der Titel offiziell erscheinen.
3. Die Zeit vom 23. September bis zum 17. Dezember. Diese zweite Chance, die er erhalten hatte und die er, auch wenn er sie sich selbst zerstört hatte, niemals, nie, nie, nie vergessen würde! Niemals würde er das, nie. Und die Erinnerung daran, die könnte ihm auch niemals jemand nehmen. Sollte er jemals eine dritte erhalten – er würde sie nie wieder …

Er merkte, dass er daran jetzt nicht denken durfte; nicht an Miriam und nicht an Luzie, nicht einmal an die verrückte Rebecca oder Eric und Alissa. Es sei denn, er legte Wert darauf, vor dem gesamten Verlag, den Gästen und den Kollegen zu weinen. Stattdessen stand er auf und verbeugte sich, erneut brandete Applaus auf – und schlug im nächsten Moment in erstauntes Gemurmel um. Gabriel sah, wie immer mehr Leute aus dem Publikum nach oben zeigten.

Auch Gabriel blickte auf, wollte wissen, was es da zu sehen gab. Es war ein roter Luftballon, an dem eine Postkarte hing, von ganz oben schwebte er in die Eingangshalle des Verlags. Er sank nicht schnell, aber gleichmäßig zu Boden, schon versuchten einige Gäste, die Karte daran zu erhaschen.

»Finger weg!«, bellte Gabriel in sein Mikro. »Das ist meiner!«

Eingeschüchtert setzten sich alle wieder hin, während Gabriel in die Mitte der Halle stürzte und dort hochsprang; er sprang, als würde es um sein Leben gehen.

Als er die Karte endlich erwischte, sie umdrehte und las, was in dichter Schrift draufstand, musste er doch weinen. Aber es war ihm egal. Hier ging es tatsächlich um nicht weniger als sein Leben. Den ersten Text auf der Karte hatte Luzie geschrieben, er erkannte ihr Gekrakel sofort. Nur bei der Rechtschreibung hatte wohl jemand nachgeholfen:

> Für den besten Bonus-Papi der Welt:
> »Verlier nie den Glauben, denn er ist die Stimme deines Herzens!«
> (Gabriel Bach, Schriftsteller und Bonus-Papi)

Direkt darunter hatte Miriam geschrieben:

> »Wer bescheuerte Zitate in die Welt schickt, an die er selbst nicht glaubt – der ist blöd, aber nicht gemein. Und hat deshalb eine zweite Chance verdient. Wenn's sein muss auch eine dritte, vierte, fünfte ...«
> (C.M. Petersen, Inhaberin von Second Chance – Kindersachen mit Geschichte)

Zum Schluss kam Miriams Freundin mit einem klassischen Rebecca-Satz: *Am Dienstag, den 12. März, steht der Mond be-*

sonders gut für Hornochsen und Steckenpferde, sich miteinander zu versöhnen.

Nun liefen bei Gabriel die Tränen ungebremst, er musste sich mehrfach über die Augen wischen, um überhaupt noch etwas sehen zu können.

»Ben!«, hörte er Luzie rufen, schon kam sie vom Eingang des Foyers auf ihn zugeschossen, dass ihre wie immer verstrubbelten Zöpfe flogen, und warf sich mit voller Wucht in seine Arme. Gabriel taumelte und landete auf dem Hosenboden, hielt Luzie dabei aber trotzdem sicher an seine Brust gedrückt. Das Publikum lachte und klatschte, einige heulten so wie er. Zum Beispiel sein Verleger Jonathan. »Tut mir leid«, flüsterte Luzie ihm ins Ohr, als er sich mit ihr mühsam wieder hochrappelte. »Gabriel, nicht Ben, daran muss ich mich erst einmal gewöhnen.«

»Du darfst mich nennen, wie du willst. Am liebsten natürlich Bonus-Papi.« Den zweiten Teil des Satzes hatte er nur schluchzend rausgebracht.

»Warum weinst du denn?«

»Weil ich so glücklich bin«, nuschelte er ihr in den leicht verschwitzten Nacken und küsste sie aufs Ohrläppchen, woraufhin sie kicherte.

»So«, erklang Rebeccas rigorose Stimme. »Jetzt wird es aber langsam Zeit für die Versöhnung vom Hornochsen und dem Steckenpferd, sonst steht der Mond nicht mehr gut.«

Vorsichtig ließ er Luzie von seinem Arm. Erneut sah er zum Eingang. Da stand Miriam. Und sie hatte noch nie im Leben so schlecht ausgesehen. Mit schwarzen Rändern unter den Augen, das dunkle Haar erinnerte an eine vertrocknete Topfpalme, sie hatte ganz eindeutig Untergewicht und knabberte nervös an ihren Nägeln. Sehr langsam, fast verunsichert kam sie auf ihn zu.

Gabriel rannte los, das dauerte ihm alles viel zu lange. Zwei

Sekunden später riss er sie in die Arme und küsste sie, wirbelte mit ihr herum und küsste sie erneut. »Du bist wunderwunderschön!«

»He!«, motzte sie und befreite sich aus seiner Umklammerung. »Ich sagte bereits: Lüg mich nie, nie wieder an!«

Gabriel zuckte mit den Schultern. »Wer liebt, der lügt.«

»Soll das eine Liebeserklärung sein?«

»Eine mehr so um die Ecke.«

»Passt zu dir.« Nun lachte sie und umarmte ihn. »Ich habe dein Buch gelesen. Warum hast du mir das alles denn nicht einfach erzählt? Deine Ängste, deine Leere, deine Rastlosigkeit, deine Schuldgefühle.« Sie seufzte fast ein bisschen verärgert.

»Weil ich es nicht konnte«, gab er zu.

»Gut«, sie nahm seine Hand. »Dann lernen wir das ab sofort zusammen. ›Wer Angst vor dem Wind hat, fliegt nicht weit‹ hat mal ein sehr schlauer, aber leider auch sehr toter Mann zu mir gesagt.«

Gabriel grinste sie an. »Ich kenne den anders.«

»Und wie?«

»Wer die Wahrheit spricht, braucht ein schnelles Pferd. Hat, glaube ich, mal ein weiser Mensch gesagt, der ist aber bestimmt auch längst tot.« Mit einem Mal brach er in schallendes Gelächter aus. In einer Sache war er sich immerhin treu geblieben: Wenn ihm ein Text gefiel – dann war dessen Urheber in der Regel tot.

»Was ist so lustig?«, wollte Miriam wissen.

»Nichts«, schwindelte er. Und verbesserte sich. »Das erzähle ich dir ein anderes Mal.«

»Okay.«

»Du hast die Krümelkiste wieder umbenannt?«, fragte er.

»Woher weißt du, dass der Laden zwischendurch wieder Krümelkiste hieß?«

»Na ja«, Gabriel zuckte hilflos mit den Schultern, »ich bin in den letzten Wochen hin und wieder aus Versehen vorbeigefahren.«

»Aus Versehen?«

Er lachte. »Ja, genau, total aus Versehen.«

»Wie auch immer«, sagte Miriam, »das mit der zweiten Chance, die jeder haben sollte, gefiel mir irgendwie besser.«

Erneut nahm Gabriel sie in den Arm. »Danke«, flüsterte er ihr ins Ohr, »danke für die zweite Chance.«

»Verspiel sie nicht«, erwiderte Miriam und gab ihm einen Kuss. Dann löste sie sich von ihm und winkte Rebecca und Luzie zu sich, die gerade bei Jonathan und Hannah standen. Seine Bonus-Tochter kam sofort angerannt, während Becka wild gestikulierte, was er dahingehend interpretierte, dass sie gerade dabei war, seinem Verleger ein Buch über den Mond zu verkaufen.

»Auf Becka müssen wir nicht warten, glaube ich.«

»Der arme Jonathan.«

»Bist du mit dem jetzt per Du, oder was?«

»Klar. Was meinst du, warum wir hier sind?«

Luzie zupfte ihn am Ärmel. »Gehen wir jetzt endlich?«

»Na klar, hüpf rauf!« Er ging in die Hocke und nahm sie huckepack, Miriam nahm er an die Hand.

»Und, wo geht's hin?«, fragte Miriam.

»Ins ›Red Dog‹. Das ist hier direkt um die Ecke, meine Schwester Greta wartet dort schon mit ihrer Familie auf mich.« Er lachte. »Na ja, sie wird eben schon mitbekommen haben, dass ich nicht allein komme, sondern mit *meiner* Familie.«

»Bonus-Familie«, krähte Luzie von oben.

»Gibt's für unsere Bonus-Familie eigentlich auch Rabattkarten?«, wollte Miriam wissen.

»Nö«, teilte Gabriel ihr mit. »Aber auf Wunsch mit Sicherheit einmal pro Woche eine spirituelle Sitzung bei Becka.«

»Bloß das nicht!«, rief Miriam. Vergnügt spazierten sie zu dritt nach draußen.

»Meine Fresse«, hörte Gabriel jemanden hinter sich sagen, »was war das denn für eine abgedrehte Show? So was hab ich ja noch nie erlebt!«

»Wenn du mich fragst, war das Promo für den neuen *Henri Fjord*, der kommt ja im Sommer raus«, erwiderte eine andere Stimme.

»Meinst du?«

»Sicher! So ein Ende? Gibt's doch gar nicht im echten Leben. Aber eben bei Henri Fjord.«

Epilog
Sonntag, 14. September

Miriam & Gabriel

»Ich finde immer noch, dass die Sache hier total übertrieben ist. Genau genommen einfach nur peinlich und zum Fremdschämen.«

»Das weiß ich, mein Schatz.« Gabriel legte einen Arm um Miriams Schulter. »Du hast deine Meinung in den letzten vier Wochen mehrmals am Tag sehr deutlich zum Ausdruck gebracht.« Er drückte sie lachend an sich. »Es besteht also nicht die geringste Gefahr, dass ich das eventuell nicht mitbekommen haben könnte.«

»Tja.« Verärgert schubste sie seinen Arm von ihrer Schulter und rückte auf der Gartenbank, auf der sie saßen, ein Stück von ihm ab. »Umso schöner, dass es offenbar egal ist, was ich finde.«

»Ist es nicht«, widersprach er. »Und du darfst gern alles finden, was du willst«, fügte er hinzu, legte erneut seinen Arm um ihre Schulter, zog sie dieses Mal noch fester an sich und küsste sie.

»Also, es ist …«, setzte sie an, wurde von Gabriel aber mit einem weiteren Kuss zum Schweigen gebracht. Und seine Küsse, das musste sie zugeben, zauberten ihr immer noch Schmetterlinge in den Bauch. Unpraktisch, weil Miriam sich eigentlich vorgenommen hatte, noch eine ganze Weile zu schmollen.

»Komm«, raunte er ihr zu. »Es ist so ein schöner Tag! Also entspann dich doch einfach und genieß es.« Wie aufs Kommando ließ Tavor, der leise schnarchend unter der Bank lag, bei »genieß es« einen Pupser los. »Siehst du«, meinte Gabriel, »der Hund denkt auch, du solltest dich lockermachen.«

»Würde ich gern, aber ich find's halt nicht gut!« Sie wedelte die nicht gerade dezente Duftwolke weg.

»Wie gesagt, das musst du ja auch gar nicht.« Gabriel versetzte ihr einen liebevollen Nasenstüber. »Aber ich finde es gut, Luzie findet es gut, und alle ihre Freunde finden es ebenfalls gut.«

»Ich finde es auch gut!«, rief Heidi Schrader, die das Gespräch zwar nicht belauscht, aber beim Vorübertragen der Geburtstagstorte mitbekommen hatte. »Meine Schwester und Fritz finden es sogar sehr gut!« Lachend entschwand sie in Richtung des Büfetts, wo sie den Kuchen neben all den anderen Leckereien abstellte, die Luzies Freunde beigesteuert hatten. Von Gummibärchen über Chips, Flips, Laugenbrezeln, Minipizzen und, und, und – es war alles vertreten, was Kinderherzen höherschlagen ließ und die Cholesterinwerte nach oben trieb. Immerhin, versuchte Miriam sich an einem versöhnlichen Gedanken, hatte sie Gabriel den professionellen Catering-Service ausreden können. Sonst hätte sie wirklich gestreikt und wäre zu Hause geblieben.

Der Innenhof vom Mikado sah ähnlich aus wie beim Jubiläumsfest im letzten Jahr: Alles war mit bunten Lampions, Lichterketten und Girlanden geschmückt, neben dem üppigen Büfett hatte Fritz sich hinter seinem Würstchengrill positioniert, das Glücksrad wurde wieder eifrig gedreht (natürlich gab es *immer* was zu gewinnen), direkt daneben hatte Rebecca eine Station zum Kinderschminken aufgebaut und verpasste Ebbe gerade einen professionellen Spiderman-Look, aus den Lautsprechern dröhnte »Keine Märchen« von der Band Deine Freunde. Gegen das Buchen eines Zauberkünstlers hatte Miriam sich ebenfalls durchsetzen können – dafür allerdings stand am Ende des Büfetts eine Slush-Maschine mit vier Tanks: »Green Zombie«, »Cherry Lady«, »Alien Slush« und »Black Pearl«.

»Hast du die etwa bei der Fun Arena geliehen?«, hatte Miriam wissen wollen, als sie den Automaten und die beiden Wäschekörbe mit leeren Palmen davor entdeckt hatte, nachdem sie vor gut einer Stunde angekommen waren.

»Nein, wo denkst du hin?«, hatte er entrüstet entgegnet. »Das wäre zu dekadent gewesen!«

»Stimmt«, hatte sie gesagt – und erst dann gemerkt, dass sich damit natürlich eine neue Frage stellte. »Und woher hast du die Maschine dann?«

»Ich hab das Teil selbstverständlich gekauft!« Er war in wieherndes Gelächter ausgebrochen. »War nur Spaß«, hatte er schnaufend hinterhergeschoben, bevor sie sich erneut hatte aufregen können. »Der Automat ist gemietet.«

»Ehrlich?«, hatte sie nachgehakt.

»Ehrlich«, hatte er Miriam versichert. »Komplett verrückt bin ich ja nun auch nicht.«

»Na ja«, nun hatte sie schnaufend gelacht, »kommt darauf an, wie du ›verrückt‹ definierst.«

Und so saßen sie hier auf einer Bank im Innenhof, umzingelt von kreischenden Kids und einem Lärmpegel, der den Erdboden erzittern ließ.

»Weißt du«, sprach Gabriel ihr so dicht ins Ohr, dass sie von seiner Berührung eine Gänsehaut bekam, »Luzie hat sich schon so lange gewünscht, mal einen richtig großen Geburtstag zu feiern, da wollte ich ihr die Freude halt mal machen.«

»Verstehe ich ja«, erwiderte Miriam. »Aber dass du ihr erlaubt hast, nicht nur alle Freunde, sondern ihre gesamte Klasse einzuladen, und dass sich jeder auch noch ein Spielzeug bis dreißig Euro aussuchen darf … Es ist ja nicht mal ein runder Geburtstag, sie wird acht.«

»Acht ist eine absolut runde Zahl.«

»Du meinst, eine gerade Zahl.«

»Bist du jetzt Lehrerin Schmidt, oder was?«

»Ha, ha!« Miriam knuffte ihn in die Seite. »Die Fun Arena hätte es jedenfalls auch getan.«

»Hätte es«, pflichtete er ihr bei. »Allerdings glaubst du doch wohl nicht, dass ich in meinem Leben noch mal neongrüne Stoppersocken anziehe!«

»Haben die nicht auch rote?« Sie gluckste, wurde dann aber wieder ernst und seufzte. »Für meinen Geschmack ist die Feier halt etwas drüber. Allein dass Heidi und Gertrud ihren Laden an einem Sonntag für uns geöffnet haben, das ist doch …«

»… für die beiden ein Bombengeschäft«, unterbrach er sie. »Das Mikado macht heute einen Rekordumsatz. Und *du* warst es doch, die den Schwestern dein handgemaltes ›Support your local dealer‹-Schild geschenkt hat. Jetzt supporte ich den Local Dealer, und es ist auch wieder nicht richtig.«

Jetzt musste Miriam laut lachen. »Okay, okay«, sie erhob beide Hände. »Ich gebe mich geschlagen.«

»Sehr gut, dass du es einsiehst.« Gabriel küsste sie auf die Nase. »Wurde auch Zeit.«

»Wann gibt's die Mitgebsel-Tüte mit dem neuen iPhone 16?«, erkundigte sie sich grinsend.

»Die Tüten gibt's natürlich erst am Ende der Party. Wie immer im Leben: Das Beste kommt zum Schluss.«

»Verstehe.«

Wie aufs Stichwort erklang mit einem Mal Heidi Schraders Stimme über die Lautsprecher. »So, liebe Luzie, liebe Gäste!« Mit einem Mikro in der Hand stand sie auf dem Siegertreppchen, das sie und ihre Schwester in der Zwischenzeit vors Büfett geschoben hatten. »Wir möchten jetzt als Höhepunkt der Party gleich die Torte anschneiden.« Sie senkte die Stimme. »Vorher gibt es aber noch eine kleine Überraschung für dich, Luzie.« Sie sah sich im Hof um. »Luzie? Wo bist du?«

»Hier!«, krakeelte das Mädchen und kam hinter dem Glücksrad hervorgeschossen. Um den Mund herum hatte sie grünlich violette Flecken, in der rechten Hand hielt sie eine halbvolle Slush-Palme.

»Prima. Dann setz dich mal da drüben bei deiner Mama auf den Schoß«, sie deutete in Miriams Richtung. »Alle anderen möchte ich bitten, sich hier vorn an unserer kleinen Bühne«, damit meinte sie wohl das Siegertreppchen, »einen Platz zu suchen.«

»Was kommt denn jetzt?«, wollte Miriam von Gabriel wissen.

»Eine Überraschung.« Er stand auf, während Luzie mit einem Juchzen auf den Schoß ihrer Mutter sprang.

»He, nicht so stürmisch!«, beschwerte Miriam sich bei ihrer Tochter. »Du schmeißt mich hier gleich runter.« Sie schlang beide Arme um Luzie, links und rechts von ihr stellten sich die Gäste der Feier in einem Halbkreis auf.

»Danke, Heidi!« Gabriel übernahm das Mikrophon und den obersten Platz auf dem Podest.

»Was passiert jetzt?«, wollte Luzie aufgeregt wissen.

»Keine Ahnung«, gab Miriam zu.

Eine Sekunde später hatte sie eine Ahnung, als die ersten Takte von »Lucy in the Sky« aus den Lautsprechern erklangen. Sofort stellten sich bei Miriam sämtliche Härchen auf, und ihr wurde warm im Bauch.

»Er singt mein Lied!«, quiekte Luzie begeistert.

Das tat er. Mit einer solchen Hingabe, als wäre er der Show-Act zum Beginn des Superbowls, schmetterte Gabriel den Beatles-Song, die Gäste klatschten begeistert. Und als er zum Refrain kam, gesellten sich bei Miriam zu der Gänsehaut und dem Bauchkribbeln mal wieder ein paar Tränen. Tränen der Freude, der Rührung – und ein kleines bisschen auch der Trauer.

Luzie in den Wolken, bist du für mich
Luzie in den Wolken, ich liebe dich

Luzie in den Wolken, ich flieg mit dir
Luzie in den Wolken, für immer wir

Gabriel hatte den Text noch einmal umgeschrieben, und als die letzten Töne des Songs verebbten, brandeten im Innenhof frenetischer Beifall und lauter Jubel auf.

Miriams Herz glühte, während Luzie von ihrem Schoß sprang, auf Gabriel zustürmte und sich ihm in die Arme warf. »Das ist der beste Geburtstag ever. EVER. Mega!«, rief sie über seine Schulter hinweg. »Danke, danke, danke! Du bist der allerliebste Bonus-Papa der Welt!«

»Das ist er«, kommentierte Becka, die Gabriels Platz auf der Bank neben Miriam eingenommen hatte.

»Ja.« Miriam schluckte schwer, griff nach der Hand ihrer Freundin und drückte sie. »Aber ihr Papa, das wird immer Patrick sein.«

»Natürlich wird er das!« Rebecca seufzte tief. »Ich wünschte, du hättest mir damals die Wahrheit über den Unfall erzählt, dann hätte ich dir helfen können.«

»Wie denn?«

Becka legte einen Arm um Miriams Schulter und drückte sie an sich. »Das ist doch ganz einfach: indem du nicht alles ganz allein mit dir hättest ausmachen müssen.« Sie gab Miriam einen Kuss auf die Wange. »Kein Mensch ist eine Insel«, meinte sie.

»Den hast du von Gabriel!«

»Nein«, widersprach sie. »Der ist von John Donne.«

»Irgendwann werde ich es Luzie sagen«, blieb Miriam ernst.

»Ja«, pflichtete Becka ihr bei. »Irgendwann wird dafür der richtige Zeitpunkt sein.«

Miriams Blick wanderte hinüber zu Luzie und Gabriel. Ihre Tochter war dabei, ihm eine große Slush-Palme zu zapfen. Sie spürte, wie sich auf ihrem Gesicht ein Lächeln ausbreitete. Ein echtes und glückliches Lächeln.

Als hätte Gabriel ihren Blick gespürt, drehte er sich zu Miriam um.

In stummem Einverständnis nickten sie sich zu.

Irgendwann.

Aber zuerst einmal würden sie aus dem Vollen schöpfen. Würden sie diese zweite Chance nutzen, die ihnen das Leben durch Luzie geschenkt hatte. Und nachher, wenn die Feier vorüber und im Innenhof alles wieder aufgeräumt wäre, würden Luzie, Miriam Gabriel und Tavor noch einmal kurz bei Second Chance vorbeigehen. Dort wollten sie das gelbe Kleid aufhängen, das Luzie vor einem Jahr bei der Jubiläumsfeier getragen hatte. Die Geschichte für den Brief daran hatten sie zu dritt noch gestern Abend aufgeschrieben.

Ich habe mal Luzie (7) gehört. Mit mir hat sie einen Luftballonwettbewerb gewonnen und außerdem erlebt, wie ihre Mama sich neu verliebt hat. Es wäre schön, wenn du mich trägst, wenn auch in deinem Leben etwas ganz Besonderes passiert.

Sie würden das Kleid in der Mitte der Wand platzieren. Hatte Gabriel bestimmt, der sich mittlerweile ganz offiziell als Teilhaber des Ladens betrachtete; allerdings nicht als stiller, sondern als einer, der eine ganze Menge zu sagen hatte. Nicht mehr in seinen Büchern, da hatte er alles gesagt, nun waren andere dran. Sondern als ein Mann, der das gefunden hatte, was er so lange verloren geglaubt hatte: einen Grund.

Dank an ...

... meinen Mann Markus Henneberg, an Luzie und meine großartigen Bonus-Kinder Eric und Rebecca. Wir haben gemeinsam zwei Jahre Homeschooling überlebt, was soll uns noch passieren? Ich bin unendlich stolz auf euch und sehr glücklich darüber, dass ich euch habe! Markus: Du hältst mir in jeder Lebenslage den Rücken frei und tippst sogar für mich, wenn ich nicht mehr kann und dir dann diktiere. Sämtliche Rechtschreibfehler in diesem Roman hast natürlich du eingebaut ;-) Ich liebe dich!

... Dr. Angelika Künne sowie an das gesamte Team des Hoffmann und Campe Verlags in Hamburg. Ich freue mich, dass Sie mir als Charlotte Lucas eine neue Heimat geben. Und Jonathan N. Grief freut sich ebenfalls – denn Hoffmann und Campe diente von jeher als Inspiration für Jonathans Verlag Griefson & Books. Besser geht's ja nicht!

... meine Agentin Nadja Kossack. Du bist nicht nur ein Profi, sondern auch eine echte Freundin. Natürlich auch Dank an die gesamte Literarische Agentur Kossack!

Auch euch allen möchte ich danken. Für die kurzen oder langen Wege, die wir miteinander gegangen sind und die mir – egal, ob kurz oder lang – immens wichtig sind: Sabine Münch. Silke Gümmer. Sybille Schrödter. Nicole Theinert. Heike Lorenz. Susanne Lorenz. Miriam Kaefert. Wibke Bode. Martin Bode. Iris Koch. Holger Schöttelndreier. Anja Kirstein. Dr. Kristina Sauter. Dr. Christian Perro. Thomas Becker. Doris Zander. Hannah Liebrenz. Wulf Röver. Julia Weden. Peter Prange. Serpil Prange.

Coco Prange. Mike Raaijmakers. Matthias Weck. Frauke Scheunemann. Bernd Scheunemann. Volker Lorenz. Jan Sievers (der den deutschen Refrain von »Luzie in den Wolken« so toll geschrieben hat, 1000 Dank!). Tom Ockers. Stefan Hübel. Daniela Hübel. Stefanie Belger. Dennis Warncke (das mit dem nicht mehr E-Zigarette Dampfen hat ja hervorragend geklappt! ;-)). Saskia Carstens. Thomas Kühne. Dem Team der Hamburg Musical Company, vor allem Claudia Gerber.

Speziellen Dank an Axel Gneist von der »Fun Arena«. Dafür, dass ich Ihnen Löcher in den Bauch fragen durfte – und natürlich für die Stoppersocken.

Last not least: Dank an »Lehrer Schmidt«. Ohne Sie hätte es beim Homeschooling vielleicht DOCH Tote gegeben.

Mein größter Dank geht an Steffi Bövers und Marion Groß. DANKE. DANKE. DANKE.

Zitatnachweise

Songzitat S. 24:
»Lucy In the Sky With Diamonds« (100%)
Music & Lyrics: John Lennon, Paul McCartney

Song No: 195957

Zitate S. 26, 27, 30, 43:
Fernando Pessoa, *Das Buch der Unruhe des Hilfsbuchhalters Bernardo Soares*. Aus dem Portugiesischen übersetzt und revidiert von Inés Koebel.

Zitat S. 54:
Sylvia Plath, Gedicht »Übers Wasser / Crossing the River«, in: *Nachgelassene Gedichte.* Luxbooks, Wiesbaden, 2013.

Zitat Oscar Wilde »Life imitates art« aus:
»The Decay of Lying: An Observation«. Alma Classics, London.